Lee Child

Der Janusmann

Roman

Aus dem Englischen
von Wulf Bergner

Blanvalet

Die Originalausgabe erschien 2003 unter dem Titel
»Persuader« bei Bantam Press, Transworld Publishers,
The Random House Group Ltd., London.

Umwelthinweis:
Dieses Buch und der Schutzumschlag
wurden auf chlorfrei gebleichtem Papier gedruckt.
Die Einschrumpffolie (zum Schutz vor Verschmutzung) ist aus
umweltschonender und recyclingfähiger PE-Folie.

Der Blanvalet Verlag ist ein Unternehmen
der Verlagsgruppe Random House.

2. Auflage

Dieses Werk wurde vermittelt durch die
Literarische Agentur Thomas Schlück GmbH, 30827 Garbsen
Satz: deutsch-türkischer fotosatz, Berlin
Druck und Bindung: GGP Media GmbH, Pößneck
Printed in Germany
ISBN 3-7645-0181-2
www.blanvalet-verlag.de

1

Genau vier Minuten, bevor er erschossen wurde, stieg der Cop aus seinem Wagen. Er bewegte sich, als kenne er sein Schicksal bereits. Er stieß die Fahrertür gegen den Widerstand schlecht geölter Scharniere auf, rutschte auf dem abgewetzten Kunstledersitz langsam nach links und stellte beide Füße flach auf den Asphalt. Dann packte er den Türrahmen mit beiden Händen und hievte sich nach oben und aus dem Wagen. Er blieb einige Sekunden in der kalten, klaren Luft stehen, bevor er sich umdrehte und die Tür hinter sich abschloss. Verharrte noch einen Augenblick, ging nach vorn und lehnte sich in der Nähe des linken Scheinwerfers an den Kotflügel.

Der Wagen war ein sieben Jahre alter Chevy Caprice. Ein schwarzes Fahrzeug ohne Polizeikennzeichnung. Aber es verfügte über drei Antennen und hatte einfache verchromte Radkappen. Die meisten Cops, mit denen man redete, waren davon überzeugt, dass der Caprice das beste jemals gebaute Polizeifahrzeug sei. Dieser Kerl, der aussah wie ein altgedienter Kriminalbeamter, dem der gesamte Fuhrpark zur Verfügung steht, schien derselben Meinung zu sein. Ich konnte diese Art dickköpfiger Oldtimerpersönlichkeit daran erkennen, wie er sich hielt. Er war groß und massig und trug einen schlichten dunklen Anzug aus einem schweren Wollstoff. Ein alter Mann. Er bewegte den Kopf, schaute zuerst die Straße entlang und dann über die Schulter zum Collegetor. Er stand dreißig Meter von mir entfernt.

Das Collegetor selbst hatte lediglich symbolische Funktion.

Zwei hohe gemauerte Klinkerpfeiler ragten einfach aus der weiten gepflegten Rasenfläche jenseits des Gehsteigs auf. Zwischen ihnen hing ein zweiflügliges Tor aus zu Fantasiegebilden gebogenen, abgewinkelten und verdrehten Eisenstangen. Das Tor glänzte schwarz, wie frisch gestrichen. Wer es nicht benutzen wollte, fuhr einfach über den Rasen. Es stand ohnehin weit offen. Hinter ihm lag eine Zufahrt mit kniehohen kleinen Eisenpollern an beiden Seiten, an denen jeweils ein Torflügel befestigt war. Die Zufahrt führte leicht abfallend zu einer etwa hundert Meter entfernten Ansammlung von Klinkergebäuden mit Moos bewachsenen Steildächern unter überhängenden Bäumen. Die Zufahrt war mit Bäumen gesäumt, ebenso der Gehsteig. Überall standen Bäume. Ihre Blätter waren noch klein, zusammengerollt und lindgrün. In einem halben Jahr würden sie groß, rot und golden sein und den Fotografen Motive für den Collegeprospekt liefern.

Zwanzig Meter jenseits des Tors parkte auf der gegenüberliegenden Straßenseite ein Pick-up. Er stand in fünfzig Meter Entfernung mir zugekehrt dicht am Randstein. Irgendwie passte er nicht hierher. Sein roter Lack war verblasst, und vorn hatte er einen wuchtigen Rammbügel, der aussah, als wäre er schon mehrmals verbogen und wieder ausgerichtet worden. Im Fahrerhaus saßen zwei Männer, jung, groß, blond, mit klar geschnittenen Gesichtszügen. Sie saßen völlig unbeweglich da und blickten nach vorn, ohne etwas Bestimmtes anzuvisieren.

Ich war im Süden stationiert und parkte mit einem anonymen braunen Lieferwagen vor einem Musikgeschäft – ein Laden, den man in der Nähe eines Collegetors zu finden erwartet. Draußen auf dem Gehsteig standen Tische mit gebrauchten CDs, und in den Schaufenstern dahinter hingen Poster, die für Bands warben, welche kein Mensch kannte. Ich hatte die Hecktüren des Lieferwagens geöffnet. Auf der Ladefläche waren Pappkartons gestapelt. Ich hielt einen Packen Lieferscheine in der Hand, und weil es an diesem Aprilmorgen kalt war, trug ich einen kurzen Mantel. Ich hatte auch Handschuhe an, weil an den bereits aufgerissenen Kartons im Laderaum lose Klammern hingen. Ich trug eine Waffe, weil ich das oft tat. Sie steckte hinten im Hosenbund. Die Waffe war ein Colt Anaconda: ein riesiger Revolver aus rostfreiem Stahl, der 44er-Magnum-Patronen verschoss. Er war fünfunddreißig Zentimeter lang und wog über anderthalb Kilo. Als Waffe nicht gerade meine erste Wahl. Der Colt fühlte sich hart, schwer und kalt an, und ich war mir seiner Gegenwart ständig bewusst.

Ich blieb mitten auf dem Gehsteig stehen, schaute von meinen Lieferscheinen auf und hörte den Motor des weit entfernten Pick-ups anspringen. Er fuhr jedoch nicht los, sondern blieb mit laufendem Motor stehen. Es war früh und die Straße noch menschenleer. Ich trat hinter meinen Lieferwagen und blickte die Fassade des Musikgeschäfts entlang zu den Collegegebäuden. Sah vor einem davon einen schwarzen Lincoln Town Car warten, neben dem zwei Männer standen. Sie sahen auch aus hundert Metern Entfernung nicht gerade wie Chauffeure aus. Chauffeure treten nicht paarweise auf, sind meist auch nicht jung und muskulös und wirken nicht angespannt und wachsam. Diese Kerle waren wohl eher Leibwächter.

Das Gebäude, vor dem der Lincoln parkte, schien irgendein kleines Studentenwohnheim zu sein. Über seiner massiven Holztür standen griechische Buchstaben. Während ich die Szene beobachtete, ging die schwere Tür auf, und ein hagerer Junge trat ins Freie. Er hatte langes, fettiges Haar, war mager und wie ein Obdachloser gekleidet, führte aber eine Reisetasche bei sich, deren teures Leder glänzte. Einer der Leibwächter passte auf, während der andere die Autotür aufhielt. Der Junge warf seine Reisetasche auf den Rücksitz und rutschte ebenfalls ins Wageninnere. Er schloss die Tür selbst. Der Knall, mit dem sie zufiel, kam schwach und gedämpft bei mir an. Die

Leibwächter blickten sich kurz um und stiegen dann beide vorn ein. Im nächsten Augenblick fuhr der Wagen an. Dreißig Meter dahinter rollte ein Fahrzeug des College-Sicherheitsdienstes langsam hinter ihm her – nicht etwa, um eine Kolonne zu bilden, sondern nur zufällig in dieselbe Richtung unterwegs. Es war mit zwei Security-Leuten besetzt. Die beiden hockten tief in ihren Sitzen und wirkten gelangweilt.

Ich zog die Handschuhe aus, warf sie hinten in meinen Lieferwagen und trat auf die Straße hinaus, um alles besser beobachten zu können. Ich sah den Lincoln mit mäßiger Geschwindigkeit die Zufahrt entlangkommen. Er war schwarz, makellos gepflegt und verfügte über reichlich Chrom. Die Collegecops befanden sich weit dahinter. Der Wagen hielt kurz an dem mit Ornamenten geschmückten Tor, dann bog er links ab und fuhr nach Süden auf den schwarzen Caprice des Kriminalbeamten zu. Auf mich zu.

Was dann geschah, dauerte acht Sekunden, die mir jedoch nur wie ein Wimpernschlag erschienen.

Der blassrote Pick-up fuhr zwanzig Meter hinter dem Caprice an. Er beschleunigte stark, schloss zu dem Lincoln auf, zog nach links und holte ihn genau auf Höhe des schwarzen Dienstwagens ein. Dann beschleunigte er noch etwas, und sein Fahrer riss das Lenkrad so nach rechts, dass die Ecke des Rammbügels den Kotflügel des Lincoln genau in der Mitte traf. Der Fahrer des Pick-ups ließ das Lenkrad eingeschlagen und den Fuß auf dem Gaspedal und drängte den Lincoln von der Fahrbahn aufs Bankett ab. Der Lincoln wurde abrupt langsamer und knallte dann frontal an einen Baum. Metall verbog sich kreischend, Scheinwerferglas zersplitterte, und aus dem Kühler stieg eine riesige Dampfwolke auf.

Die beiden Männer stürmten aus ihrem Pick-up. Sie hatten schwarze Maschinenpistolen, mit denen sie den Lincoln unter Feuer nahmen. Ihr Hämmern war ohrenbetäubend laut, und ich sah die Messinghülsen verschossener Patronen in weitem Bogen auf den Asphalt regnen. Dann erreichten die Kerle die Türen des Lincoln. Rissen sie auf. Einer von ihnen begann den Jungen herauszuzerren. Der andere gab noch einen Feuerstoß auf die Vordersitze ab, griff anschließend mit der linken Hand in seine Tasche und holte so etwas wie eine Handgranate heraus. Warf sie in den Lincoln, knallte die Türen zu, packte seinen Kumpel und den Jungen an den Schultern, drehte sie weg und zwang sie mit sich in die Hocke. Im Wageninneren blitzte eine gleißend helle Detonation auf. Alle Fenster zersplitterten. Obwohl ich über zwanzig Meter entfernt war, nahm ich den Explosionsdruck ganz deutlich wahr. Glassplitter spritzten nach allen Seiten. Dann rappelte sich der Kerl, der die Handgranate geworfen hatte, auf und spurtete zur Beifahrertür des Pick-ups. Der andere stieß den Jungen vor sich her ins Fahrerhaus und zwängte sich hinter ihm hinein. Die Türen wurden zugeknallt, und ich sah den Jungen zwischen den Kerlen eingezwängt auf dem Mittelsitz hocken. Auf seinem Gesicht zeichnete sich Entsetzen ab. Er war vor Schock leichenblass, und trotz der schmutzigen Windschutzscheibe konnte ich erkennen, wie er den Mund zu einem stummen Schrei aufriss. Ich hörte den Motor aufheulen und die Reifen quietschen, und dann kam der Pick-up direkt auf mich zu.

Der Wagen war ein Toyota. Ich konnte das Wort TOYOTA hinter dem Rammbügel auf der Motorhaube lesen. Er war hochbeinig, und ich sah das große schwarze Differenzial in der Vorderachse. Es hatte die Größe eines Fußballs. Allradantrieb. Riesige Breitreifen. Beulen und verblasster Lack, der seit der Auslieferung nicht mehr gewaschen worden war. Er kam genau auf mich zu.

Mir blieb weniger als eine Sekunde, um mich zu entscheiden.

Ich schlug meinen Mantel zurück und zog den Colt. Zielte

sehr sorgfältig und schoss ein Mal auf den Kühlergrill des Toyota. Der große Revolver blitzte und knallte. Das riesige Geschoss Kaliber 44 zerschmetterte den Kühler. Ich schoss wieder – diesmal auf den linken Vorderreifen. Ließ ihn in einer spektakulären Detonation aus schwarzen Gummiteilen hochgehen. Meterlange Gummistreifen wirbelten durch die Luft. Der Pick-up geriet ins Schleudern und kam so zum Stehen, dass die Fahrerseite mir zugewandt war. Zehn Meter entfernt. Ich verschwand hinter meinem Wagen, knallte die Hecktüren zu, tauchte auf dem Gehsteig auf und schoss diesmal auf den linken Hinterreifen. Mit demselben Ergebnis. Überall flog Gummi herum. Der Pick-up krachte auf die linken Felgen herunter und blieb stark geneigt stehen. Der Fahrer stieß die Tür auf, sprang auf die Straße und richtete sich auf einem Knie auf. Er hielt seine MP in der falschen Hand, wechselte sie rasch in die andere. Ich wartete, bis ich ziemlich sicher war, dass er damit auf mich zielen würde. Dann benutzte ich die linke Hand, um meinen rechten Unterarm mit dem schweren Colt zu stabilisieren, und zielte sorgfältig auf die Körpermitte, wie ich's vor langer Zeit gelernt hatte, und drückte ab. Der Brustkorb des Kerls schien in einer riesigen Blutwolke zu explodieren. Der magere Junge hockte schreckensbleich im Fahrerhaus. Starrte nur entsetzt nach vorn. Doch der zweite Kerl war aus dem Pick-up gesprungen und kam um die Motorhaube herum auf mich zugehastet. Seine MP schwenkte in meine Richtung. Ich wandte mich ihm zu, wartete einen Herzschlag lang und zielte auf seine Brust. Schoss. Mit demselben Ergebnis. Er ging in einer Wolke aus aufspritzendem Blut neben dem Kotflügel zu Boden und blieb auf dem Rücken liegen.

Der magere Junge im Fahrerhaus bewegte sich jetzt. Ich rannte zu ihm und zerrte ihn direkt über die Leiche des ersten Kerls heraus. Schleppte ihn zu meinem Lieferwagen. Stieß ihn auf den Beifahrersitz, schlug die Tür zu, warf mich herum und wollte zur Fahrertür rennen. Aus dem Augenwinkel heraus bemerkte ich einen dritten Mann auf mich zukommen. Er griff in seine Jacke. Ein großer, schwerer Kerl in dunkler Kleidung. Ich schoss und sah seine Brust in einer Blutwolke zerplatzen – in genau der Zehntelsekunde, in der mir klar wurde, dass dies der alte Cop aus dem Caprice war, der in seine Jacke gegriffen hatte, um seine Plakette herauszuholen. Sie war ein goldenes Schild in einem abgewetzten Lederetui, das ihm jetzt aus der Hand flog, sich mehrmals überschlug und dicht vor meinem Wagen am Randstein landete.

Die Zeit stand still.

Ich starrte den Cop an. Er lag im Rinnstein auf dem Rücken. Seine Brust war eine einzige rote Masse. Alles war voller Blut. Aber es quoll nicht, wurde nicht herausgepumpt. Kein sichtbarer Herzschlag. Sein Oberhemd wies ein großes gezacktes Loch auf. Er lag völlig still. Sein Kopf war so zur Seite gedreht, dass eine Wange auf dem Asphalt lag. Seine Arme waren ausgebreitet, und ich konnte die Venen auf den Handrücken erkennen. Die Schwärze des Asphalts, das lebhafte Grün des Grases und das leuchtende Blau des Himmels waren mir sehr bewusst. Während das Echo der Schüsse noch in meinen Ohren dröhnte, konnte ich das Rascheln der von einer Brise bewegten jungen Blätter hören. Ich sah, wie der magere Junge durch die Windschutzscheibe meines Lieferwagens erst den niedergeschossenen Cop und dann mich anstarrte. Ich sah den Streifenwagen des College-Sicherheitsdienstes durchs Tor rollen und nach links abbiegen. Er fuhr langsamer, als er hätte fahren sollen. Hier waren unzählige Schüsse gefallen. Vielleicht machten sie sich Sorgen darüber, wo ihr Zuständigkeitsbereich begann und wo er endete. Vielleicht hatten sie einfach nur Angst. Ich sah ihre blassen Gesichter hinter der Windschutzscheibe. Ihr Wagen kam mit weniger als fünfzehn Meilen auf mich zugekrochen. Ich blickte auf die goldene Plakette im Rinnstein hinab. Das Metall war durch lebenslanges Tragen blank gewetzt. Ich blieb unbeweglich stehen. Schon vor langem hatte ich eines gelernt: dass es ganz einfach ist, einen Mann zu erschießen, aber völlig unmöglich, ihn wieder lebendig zu machen.

Ich hörte, wie der Wagen der Collegecops langsam auf mich zurollte, hörte, wie seine Reifen über Splitt knirschten. Sonst war alles still. Dann begann die Zeit wieder zu laufen, und eine Stimme in meinem Kopf kreischte *Los, los, los!,* und ich rannte los. Ich hechtete in den Lieferwagen, warf den Colt auf den Mittelsitz, ließ den Motor an und wendete so scharf, dass die äußeren Räder die Bodenhaftung verloren. Der magere Junge wurde dabei durchs Fahrerhaus geschleudert. Ich stellte das Lenkrad wieder gerade, gab Vollgas und raste nach Süden davon. Mein Blickfeld im Rückspiegel war beschränkt, aber ich sah, dass die Collegecops sofort ihre Blinkleuchten einschalteten und die Verfolgung aufnahmen. Der Junge neben mir gab keinen Laut von sich. Sein Mund stand offen. Er konzentrierte sich darauf, auf seinem Sitz zu bleiben. Ich konzentrierte mich darauf, noch weiter zu beschleunigen. Zum Glück herrschte nur wenig Verkehr. Dies war eine verschlafene Kleinstadt in New England – und das am frühen Morgen. Ich brachte die Geschwindigkeit auf ungefähr siebzig, umklammerte das Lenkrad, bis meine Fingerknöchel weiß hervortraten, und stierte verbissen nach vorn.

»Wie weit sind sie zurück?«, fragte ich den Jungen.

Er gab keine Antwort, lehnte nur zusammengekrümmt in seiner Ecke und starrte den schmutzig grauen Wagenhimmel an. Mit der rechten Hand stützte er sich von der Tür ab. Blasse Haut, lange Finger.

»Wie weit zurück?«, wiederholte ich. Der Motor röhrte.

»Sie haben einen Cop erschossen«, sagte er. »Dieser alte Mann war ein Cop, müssen Sie wissen.«

»Ich weiß.«

»Sie haben ihn erschossen.«

»Unfall«, sagte ich. »Wie weit sind die anderen zurück?«

»Er wollte Ihnen seine Plakette zeigen.«

»*Wie weit sind die anderen zurück?*«

Er raffte sich auf, drehte sich um und versuchte, durch die kleinen Fenster in den Hecktüren zu sehen.

»Dreißig Meter«, sagte er dann. Seine Stimme klang vage und ängstlich. »Verdammt nah. Der Beifahrer hängt mit einer Waffe in der Hand aus dem Fenster.«

Wie auf ein Stichwort hin hörte ich den Schussknall einer Handfeuerwaffe, der das Röhren des Motors und das Quietschen der Reifen übertönte. Ich griff nach dem Colt neben mir. Ließ ihn wieder fallen. Er war leer geschossen. Ich hatte bereits sechsmal gefeuert. Ein Autokühler, zwei Reifen, zwei Kerle. Und ein Cop.

»Handschuhfach«, sagte ich.

»Sie sollten anhalten«, sagte er. »Ihnen alles erklären. Sie haben mir geholfen. Das mit dem Cop war ein Irrtum.« Er sah mich nicht an, starrte weiter aus den Heckfenstern.

»Ich habe einen Cop erschossen«, erwiderte ich mit einer völlig neutral klingenden Stimme. »Das ist alles, was sie wissen, was sie wissen wollen. Wie oder warum ist ihnen scheißegal.«

Der Junge schwieg.

»Handschuhfach«, wiederholte ich.

Er drehte sich wieder um und öffnete die Klappe. Im Handschuhfach lag eine zweite Anaconda. Identisch. Glänzender rostfreier Stahl, voll geladen. Ich nahm dem Jungen den Colt aus der Hand und kurbelte das Fenster herunter. Kalte Luft wehte wie ein Sturmwind herein und brachte das stetige Knallen einer Handfeuerwaffe mit.

»Scheiße«, sagte ich.

Der Junge schwieg. Die Schüsse knallten weiter. *Wie können sie uns nur verfehlen?*

»Runter auf den Boden«, befahl ich.

Ich rutschte seitlich tiefer, bis meine linke Schulter am Türrahmen anlag, und streckte den angewinkelten rechten Arm so weit aus dem Fenster, dass der Revolver nach hinten zeigte. Als ich den ersten Schuss abgab, starrte der Junge mich entsetzt an, rutschte nach vorn und verkroch sich mit schützend über den Kopf gelegten Händen im Fußraum vor dem Beifahrersitz. Sekunden später explodierte drei Meter hinter der Stelle, an der sein Kopf sich befunden hatte, das Fenster in der Hecktür.

»Scheiße«, sagte ich wieder und lenkte nach links, um meinen Schusswinkel zu verbessern. Schoss erneut nach hinten.

»Ich brauche Sie als Aufpasser«, sagte ich. »Aber bleiben Sie so tief wie möglich unten.«

Der Junge rührte sich nicht.

»Los, kommen Sie rauf!«, sagte ich. »Sofort!«

Er stemmte sich ein wenig hoch und drehte den Oberkörper, bis er gerade so eben nach hinten blicken konnte. Ich bemerkte, wie er das zerschossene Heckfenster registrierte, und erkannte, dass sein Kopf sich in gerader Linie mit dem Fenster befunden hatte.

»Ich fahre jetzt etwas langsamer«, erklärte ich. »Und weiter rechts, damit sie zum Überholen ansetzen können.«

»Tun Sie's nicht«, warnte mich der Junge. »Sie können diese Sache noch in Ordnung bringen.«

Ich ignorierte ihn. Verringerte mein Tempo auf ungefähr fünfzig und fuhr scharf rechts, sodass der Streifenwagen der Collegecops instinktiv nach links zog, um sich neben mich zu setzen. Ich schoss meine drei letzten Patronen auf ihn ab. Seine Windschutzscheibe zersplitterte, und er schleuderte wild über die gesamte Straßenbreite, als sei der Fahrer getroffen oder wenigstens einer der Reifen. Er geriet aufs gegenüberliegende Bankett, pflügte mit dem Kühler durch die sich dort befindliche niedrige Hecke und verschwand außer Sichtweite. Ich warf den leeren Revolver auf den Sitz neben mich, kurbelte das Fenster hoch und gab wieder Vollgas. Der Junge sagte nichts, starrte nur nach hinten in den Lieferwagen.

»Okay«, sagte ich ziemlich außer Atem. »Jetzt kann uns erst mal nichts passieren.«

Der Junge wandte sich zu mir.

»Sind Sie verrückt?«, fragte er.

»Wissen Sie, was mit Leuten geschieht, die Cops erschießen?«, fragte ich zurück.

Darauf wusste er keine Antwort. Wir fuhren etwa eine halbe Meile weit schweigend weiter, wie hypnotisiert durch die Windschutzscheibe starrend. Das Innere des Wagens stank nach Pulverdampf.

»Es war ein Unfall«, sagte ich. »Ich kann ihn nicht wieder lebendig machen. Also finden Sie sich gefälligst damit ab.«

»Wer *sind* Sie?«, fragte er.

»Nein, wer sind *Sie*?«, erwiderte ich.

Er verstummte, atmete schwer. Ich blickte in den Rückspiegel. Die Straße hinter uns war völlig leer. Auch vor uns war niemand zu sehen. Wir befanden uns weit außerhalb der Stadt. Ungefähr zehn Minuten von einem Highwaykreuz entfernt.

»Ich bin eine Zielperson«, sagte er. »Für eine Entführung.«

Eine seltsame Wortwahl.

»Die Kerle wollten mich entführen«, sagte er.

»Glauben Sie?«

Er nickte. »Das wäre nicht das erste Mal.«

»Weshalb?«

»Geld«, sagte der Junge. »Weshalb sonst?«

»Sie sind reich?«

»Mein Vater schon.«

»Wer ist er?«

»Nur irgendein Typ.«

»Aber ein reicher Typ«, sagte ich.

»Er ist Teppichimporteur.«

»Teppiche? Was, wie Auslegeware?«

»Orientteppiche.«

»Als Importeur von Orientteppichen kann man reich werden?«

»Sehr«, sagte der Junge.

»Haben Sie auch einen Namen?«

»Richard«, sagte er. »Richard Beck.«

Ich schaute wieder in den Rückspiegel. Die Straße hinter uns war immer noch leer. Ich nahm etwas Gas zurück und versuchte, wie ein normaler Mensch zu fahren.

»Also, wer waren diese Kerle?«, wollte ich wissen.

Richard Beck schüttelte den Kopf. »Keine Ahnung.«

»Sie wussten, wo Sie sein würden. Und wann.«

»Ich wollte zum Geburtstag meiner Mutter nach Hause fahren. Er ist morgen.«

»Wer könnte das wissen?«

»Schwer zu sagen. Jeder, der meine Familie kennt. Jeder in der Teppichszene, denke ich. Wir sind ziemlich bekannt.«

»Es gibt eine Szene?«, fragte ich. »In Teppichen?«

»Wir konkurrieren alle miteinander«, antwortete er. »Dieselben Lieferanten, dieselben Märkte. Wir kennen uns alle.«

Ich schwieg eine Weile.

»Haben *Sie* einen Namen?«, erkundigte er sich.

»Nein«, sagte ich.

Er nickte, als verstehe er das. *Cleverer Junge.*

»Was haben Sie jetzt vor?«, fragte er.

»Ich setze Sie in der Nähe des Highways ab«, erwiderte ich. »Sie können per Anhalter weiterfahren oder sich ein Taxi rufen und dann vergessen, dass Sie mich jemals gesehen haben.«

Er wurde sehr still.

»Ich kann Sie nicht zur Polizei bringen«, sagte ich. »Das ist unmöglich. Das verstehen Sie doch, oder? Ich habe einen Menschen erschossen. Vielleicht sogar drei. Das haben Sie selbst gesehen.«

Er schwieg weiter. *Zeit, einen Entschluss zu fassen.* Noch sechs Minuten bis zum Highway.

»Sie würden mich einsperren und den Schlüssel wegwerfen«, fuhr ich fort. »Ich hab Scheiße gebaut, es war ein Unfall, aber sie würden mir nicht glauben. Das tun sie nie. Also verlangen Sie nicht, dass ich zu *irgendwem* gehe. Ich verschwinde, als hätte ich nie existiert. Ist das klar?«

Er schwieg.

»Und geben Sie ihnen keine Personenbeschreibung«, erklärte ich. »Erzählen Sie ihnen, Sie könnten sich nicht an mich erinnern. Erzählen Sie ihnen, dass Sie unter Schock gestanden haben. Sonst finde ich heraus, wo Sie sind, und bringe Sie um.«

Er gab keine Antwort.

»Ich setze Sie irgendwo ab«, sagte ich. »Als hätten Sie mich nie gesehen.«

Er drehte sich zu mir und sah mich an.

»Fahren Sie mich nach Hause«, sagte er. »Die ganze Strecke. Wir geben Ihnen Geld. Sind Ihnen behilflich. Verstecken Sie, wenn Sie wollen. Meine Leute werden Ihnen dankbar sein. Ich meine, *ich* bin Ihnen dankbar. Das müssen Sie mir glauben. Sie haben meinen Arsch gerettet. Das mit dem Cop war ein Unfall, stimmt's? Nur ein Unfall. Sie hatten Pech, standen unter Druck. Das kann ich verstehen. Wir halten die Sache geheim.«

»Ich brauche Ihre Hilfe nicht«, entgegnete ich. »Ich möchte Sie nur loswerden.«

»Aber ich muss nach Hause«, sagte er. »Wir würden uns gegenseitig helfen.«

Noch vier Minuten bis zum Highway.

»Wo sind Sie zu Hause?«, fragte ich.

»Abbot«, antwortete er.

»Abbot was?«

»Abbot, Maine. An der Küste. Zwischen Kennebunkport und Portland.«

»Dann fahren wir in die falsche Richtung.«

»Sie können auf dem Highway nach Norden abbiegen.«

»Das müssen zweihundert Meilen sein, mindestens.«

»Wir geben Ihnen Geld. Es soll Ihr Schaden nicht sein.«

»Ich könnte Sie bei Boston absetzen«, schlug ich vor. »Es muss einen Bus nach Portland geben.«

Er schüttelte heftig, fast panisch den Kopf.

»Ausgeschlossen«, sagte er. »Ich kann keinen Bus nehmen. Ich darf nicht allein sein. Nicht jetzt. Ich brauche Schutz. Diese Kerle können noch irgendwo lauern.«

»Diese Kerle sind tot«, entgegnete ich. »Wie dieser verdammte Cop.«

»Sie können Komplizen haben.«

Wieder so ein seltsamer Ausdruck. Er sah klein, dünn und ängstlich aus. Er nahm beide Hände, um sein Haar zusammenzufassen, und drehte den Kopf so, dass ich sein linkes Ohr sehen konnte. Es war nicht da. An seiner Stelle befand sich ein Klumpen hartes Narbengewebe, das wie ungekochte Pasta aussah.

»Sie haben's abgeschnitten und mit der Post geschickt«, erklärte er. »Beim ersten Mal.«

»Wann?«

»Ich war fünfzehn.«

»Ihr Dad hat nicht gezahlt?«

»Nicht schnell genug.«

Ich sagte nichts. Richard Beck saß einfach nur da, zeigte mir seine Narbe, war ängstlich und schnaufte wie eine Dampfmaschine.

»Alles in Ordnung mit Ihnen?«, erkundigte ich mich.

»Bringen Sie mich nach Hause«, bat er eindringlich. »Ich will jetzt nicht allein sein.«

Noch zwei Minuten bis zum Highway.

»Bitte«, sagte er. »Helfen Sie mir.«

»Scheiße«, sagte ich.

»Bitte. Wir können einander helfen. Sie müssen sich verstecken.«

»Diese Kiste können wir nicht behalten«, sagte ich. »Wir müssen damit rechnen, dass ihre Beschreibung im ganzen Staat über Funk verbreitet wird.«

Er starrte mich voller Hoffnung an. Bis zum Highway war es noch eine Minute.

»Wir müssen uns einen anderen Wagen beschaffen«, sagte ich.

»Wo?«

»Irgendwo. Autos stehen überall herum.«

Südwestlich des Highwaykreuzes befand sich ein großes Einkaufszentrum auf der grünen Wiese. Ich konnte es bereits sehen. Es bestand aus riesigen beigefarbenen Gebäuden – ohne Fenster, aber mit hellen Leuchtreklamen. Dazu gehörten riesige Parkplätze, die ungefähr zur Hälfte besetzt waren. Ich bog ab und drehte langsam eine Runde. Das Einkaufszentrum hatte die Größe einer Kleinstadt. Überall liefen Leute herum. Sie machten mich nervös. Ich bog erneut ab und fuhr an einer Reihe von Müllcontainern vorbei zur Rückseite eines großen Kaufhauses.

»Wohin wollen wir?«, fragte Richard.

»Personalparkplatz«, antwortete ich. »Kunden kommen und gehen den ganzen Tag. Unberechenbar. Aber das Personal ist bis Ladenschluss drinnen. Sicherer.«

Er starrte mich an, als kapierte er das nicht. Ich hielt auf eine Reihe von acht oder neun Wagen zu, die an einer kahlen

Mauer eingeparkt standen. Neben einem zirka drei Jahre alten Nissan Maxima in glanzlosem Blau war eine Parklücke frei. Der Nissan würde genügen. Er schien mir ein ziemlich anonymes Fahrzeug zu sein. Der Parkplatz war abgelegen, still und einsam. Ich stieß rückwärts in die Parklücke, bis die Hecktüren fast die Mauer berührten.

»Müssen das kaputte Fenster verstecken«, erklärte ich.

Der Junge sagte nichts. Ich schob die beiden leeren Colts in meine Manteltaschen und stieg aus. Rüttelte an den Türen des Maximas.

»Suchen Sie mir einen Draht«, sagte ich. »Ein Stück starkes Elektrokabel oder einen Kleiderbügel.«

»Sie wollen diesen Wagen stehlen?«

Ich nickte.

»Ist das clever?«

»Wenn *Sie* versehentlich einen Cop erschossen hätten, würden Sie's jedenfalls clever finden.«

Der Junge sah mich einen Augenblick verständnislos an, dann raffte er sich auf und begann herumzusuchen. Ich entlud die Anacondas und warf die zwölf leeren Patronenhülsen in einen Müllbehälter. Der Junge kam mit einem fast einen Meter langen Stück Elektrokabel von einem kleinen Haufen Bauschutt zurück. Ich entfernte die Isolierung mit den Zähnen, bog den Draht vorn zu einem kleinen Haken zusammen und schob ihn durch den Fenstergummi der Fahrertür des Maximas.

»Sie stehen Schmiere«, sagte ich.

Er entfernte sich ein paar Schritte, um den Parkplatz besser überblicken zu können. Ich schob das Drahtende mit dem Haken tiefer und fummelte damit herum, bis die Tür entriegelt war und sich öffnen ließ. Dann warf ich den Draht wieder auf den Haufen, bückte mich unter die Lenksäule und zog die Plastikverkleidung ab. Sortierte die Drähte, bis ich die zwei gefunden hatte, die ich brauchte, und verdrillte sie. Der Anlasser surrte, und der Motor sprang an. Der Junge schien beeindruckt zu sein.

»Vergeudete Jugend«, sagte ich.

»Ist das clever?«, fragte er nochmal.

Ich nickte. »Das Cleverste, was wir tun können. Er wird nicht vor sechs, vielleicht erst um acht Uhr abends vermisst. Wann immer dieser Laden schließt. Bis dahin sind Sie längst zu Hause.«

Er blieb mit einer Hand an der Beifahrertür stehen, dann gab er sich einen Ruck und stieg ein. Ich schob den Fahrersitz zurück, verstellte den Innenspiegel und stieß rückwärts aus der Parklücke. Lenkte den Wagen gemächlich über das Areal des Einkaufszentrums. Ungefähr hundert Meter vor uns sah ich einen Streifenwagen. Ich fuhr in die erste Parklücke, die ich fand, und blieb mit laufendem Motor in dem Nissan sitzen, bis der Streifenwagen außer Sicht war. Zwei Minuten später rollten wir mit sechzig Meilen in der Stunde auf einem breiten Highway nach Norden. In dem Wagen roch es penetrant nach Parfüm, und auf der Mittelkonsole standen gleich zwei Boxen Kosmetiktücher. An den hinteren Seitenfenstern waren als Sonnenschutz Pandabären angebracht, die statt Pfoten Saugnäpfe aus durchsichtigem Plastikmaterial besaßen. Auf dem Rücksitz lag ein Baseballhandschuh aus der Little League, und im Kofferraum klapperte ein Aluminiumschläger herum.

»Mamas Taxi«, bemerkte ich.

Der Junge äußerte sich nicht dazu.

»Keine Sorge«, sagte ich. »Sie ist wahrscheinlich versichert. Bestimmt eine angesehene Bürgerin.«

»Fühlen Sie sich nicht schlecht?«, fragte er. »Wegen des Cops?«

Ich schaute zu ihm hinüber. Er war blass und saß so weit wie irgend möglich von mir abgerückt. Seine rechte Hand lag auf dem Fensterrahmen. Die langen Finger sahen aus wie die eines Musikers. Ich hatte das Gefühl, als bemühte er sich, mich zu mögen.

»Scheiße passiert eben«, erwiderte ich. »Unnötig, sich darüber groß aufzuregen.«

»Was ist das für eine Antwort, verdammt noch mal?«

»Die einzig richtige. Das war ein minimaler Kollateralschaden. Unwichtig, wenn er sich später nicht als belastend erweist. Fazit: Wir können nichts daran ändern, also blicken wir nach vorn.«

Er schwieg.

»Außerdem war Ihr Dad daran schuld«, sagte ich.

»Weil er reich ist und einen Sohn hat?«

»Weil er miserable Leibwächter angeheuert hat.«

Er sah weg. Sagte nichts.

»Sie *waren* Leibwächter, stimmt's?«

Er nickte.

»Also fühlen *Sie* sich nicht miserabel?«, fragte ich. »Ihretwegen?«

»Ein bisschen«, antwortete er. »Wahrscheinlich. Ich hab sie nicht gut gekannt.«

»Sie waren nichts wert«, sagte ich.

»Alles ist so schnell gegangen.«

»Die Kidnapper haben Ihnen dort aufgelauert«, erklärte ich. »Ein klappriger alter Pick-up wie ihrer, der einfach so in einer spießigen kleinen Collegestadt rumhängt? Welchem Leibwächter fällt so was nicht auf? Die haben wohl nie was von Gefahreneinschätzung gehört?«

»Soll das heißen, dass er Ihnen aufgefallen ist?«

Ich nickte. »Ja, das ist er.«

»Nicht schlecht für einen Lieferwagenfahrer.«

»Ich war in der Army. Militärpolizist. Ich weiß, was Leibwächter zu tun haben. Und ich kenne mich mit Kollateralschäden aus.«

Der Junge nickte unsicher.

»Haben Sie auch einen Namen?«, erkundigte er sich.

»Kommt darauf an«, entgegnete ich. »Ich muss erst wissen, wie Sie die Sache sehen. Ich könnte in allerhand Schwierigkeiten geraten. Zumindest ein Cop ist tot, und ich habe gerade ein Auto geklaut.«

Er schwieg. Ich ließ ihm Zeit zum Nachdenken. Wir waren schon fast aus Massachusetts heraus.

»Meine Familie schätzt Loyalität«, sagte er schließlich. »Sie haben ihrem Sohn einen Dienst erwiesen. Und Sie haben *ihr* einen Dienst erwiesen. Ihr zumindest Geld gespart. Sie wird Ihnen ihre Dankbarkeit beweisen und verpfeift Sie auf keinen Fall, da bin ich mir ganz sicher.«

»Müssen Sie sie verständigen?«

Er schüttelte den Kopf. »Sie erwartet mich. Solange ich aufkreuze, brauche ich sie nicht zu verständigen.«

»Die Cops werden sie anrufen. Sie glauben, ich hätte Sie entführt.«

»Sie kennen die Nummer nicht. Die kennt niemand.«

»Das College muss Ihre Adresse haben. Dann lässt sich die Telefonnummer rauskriegen.«

Er schüttelte wieder den Kopf. »Das College weiß unsere Adresse nicht. Die weiß niemand. Mit solchen Dingen sind wir sehr vorsichtig.«

Ich zuckte mit den Schultern und schwieg eine Weile.

»Und was ist mit Ihnen?«, fragte ich dann. »Werden Sie mich verpfeifen?«

Ich sah, wie er sein rechtes Ohr berührte. Das eine, das noch da war – eine völlig unbewusste Bewegung.

»Sie haben meinen Arsch gerettet«, antwortete er. »Ich werde Sie nicht verpfeifen.«

»Okay«, sagte ich. »Mein Name ist Reacher.«

Wir verbrachten ein paar Minuten damit, einen winzigen Zipfel Vermonts zu durchqueren, um dann durch New Hampshire nach Nordosten zu fahren. Richteten uns auf die lange Fahrt ein. Das Adrenalin baute sich langsam ab, und der Junge überwand seinen Schock. Erschöpfung und Müdigkeit überkamen uns. Ich öffnete das Fenster einen Spalt weit, um etwas frische Luft hereinzulassen. Das hielt mich wach. Richard Beck erzählte mir, er sei zwanzig und im vorletzten Studienjahr. Sein Hauptfach im College war irgendeine Art zeitgenössischer Kunstausdruck, der mich sehr an Malerei mit Fingerfarben erinnerte. Er war ein Einzelkind und hatte Schwierigkeiten, Beziehungen aufzubauen. Seine Familie – ein anscheinend sehr eng miteinander verwobener Clan – sah er äußerst ambivalent. Ein Teil von ihm wollte dort raus, während der andere nur im Familienverband überleben konnte. Seine frühere Entführung schien ein schweres Trauma hinterlassen zu haben. Ich frage mich unwillkürlich, ob ihm außer der Sache mit dem Ohr noch etwas anderes widerfahren war. Vielleicht etwas viel Schlimmeres.

Ich erzählte ihm von der Army. Meine Qualifikationen als Leibwächter strich ich dabei heraus. Ich wollte ihm das Gefühl geben, zumindest vorläufig in guten Händen zu sein. Ich fuhr schnell und sicher. Der Maxima war voll getankt, sodass wir unterwegs nicht zu tanken brauchten. Ich hielt einmal an, um auf die Toilette zu gehen. Dann fuhren wir auf dem Highway weiter, passierten Concord in New Hampshire und nahmen Kurs auf Portland in Maine. Die Zeit verging. Je näher wir unserem Ziel kamen, desto entspannter, aber auch schweigsamer wurde er.

Wir überquerten die Staatsgrenze. Ungefähr zwanzig Meilen vor Portland betrachtete er aufmerksam die Umgebung und forderte mich dann auf, die nächste Ausfahrt zu nehmen. Wir bogen in eine schmale Straße ein, die genau nach Osten in Richtung Atlantik verlief. Sie führte unter der I-95 hindurch und mehr als fünfzehn Meilen weit über eine Landzunge bis ans Meer. Die Landschaft hätte im Sommer großartig ausgesehen, doch um diese Jahreszeit wirkte sie rau und abweisend. Hier gab es in der salzhaltigen Luft verkümmerte Bäume und nackte Felsen, von denen Wind und Sturmfluten den letzten Humus gefegt hatten. Die Straße wand und schlängelte sich, und manchmal war der bleigraue Atlantik zu sehen. Die Straße verlief zwischen zahllosen Buchten, die hin und wieder kleine Strände mit grobkörnigem Sand aufwiesen. Dann führte sie nach einer engen Links-Rechts-Kurve auf eine Landspitze hinaus. Sie war wie eine Handfläche geformt und verengte sich abrupt zu einem direkt ins Meer hinausragenden einzelnen Finger. Er bildete eine schätzungsweise hundert Meter breite und achtzig Meter lange felsige Halbinsel. Ich konnte spüren, wie der Wind den Nissan durchrüttelte. Ich fuhr auf die Halbinsel hinaus. Eine Reihe krummer immergrüner Bäume versuchte, eine hohe Granitmauer zu tarnen, was aber nicht gelang, weil sie dafür weder groß noch breit genug waren. Die Krone der gut zweieinhalb Meter hohen Mauer war mit großen Rollen Bandstacheldraht gesichert. Außerdem hatte man in regelmäßigen Abständen Sicherheitsscheinwerfer angebracht. Sie verlief quer über den mehr als hundert Meter breiten Felsfinger. Die scharf abgewinkelten Mauerenden führten bis zum Meer hinunter, wo sie von massiven Steinfundamenten voller Seetang getragen wurden. Genau in der Mauermitte befand sich ein Eisentor. Es war geschlossen.

»Wir sind da«, sagte Richard Beck. »Hier wohne ich.«

Die Straße führte direkt auf das Tor zu. Dahinter verwandelte sie sich in eine schnurgerade lange Zufahrt, an deren Ende sich ein graues Steinhaus erhob, das teilweise über das

Wasser hinausragte. Gleich neben dem Tor stand ein ebenerdiges Wachhäuschen – im selben Stil und aus demselben Stein wie das Haupthaus, aber viel kleiner und niedriger. Es wuchs aus der Mauer heraus. Ich fuhr langsamer und hielt vor dem Tor.

»Einfach hupen«, sagte Richard Beck.

Ich tat ihm den Gefallen und sah, wie die auf einem Torpfosten installierte Überwachungskamera herumschwenkte und sich in unsere Richtung neigte. Nach einer längeren Pause ging die Tür des Wachhäuschens auf. Ein Mann – ein Riese – in dunklem Anzug trat ins Freie. Er ging dicht ans Tor und starrte nach draußen, brauchte eine Weile, mich zu inspizieren, und nur einen Augenblick, den Jungen anzusehen. Dann öffnete er das Tor.

»Fahren Sie gleich zum Haus weiter«, befahl Richard. »Hier nicht halten. Ich mag diesen Kerl nicht.«

Ich passierte das Tor, fuhr langsam weiter und schaute mich um. Begibt man sich auf unbekanntes Terrain, sieht man sich als Erstes nach einem Notausgang um. Die Mauer führte auf beiden Seiten bis zur schäumenden Brandung hinab. Sie war zu hoch, um im Sprung überwunden werden zu können, und der Bandstacheldraht auf der Krone verhinderte ein Überklettern. Gleich dahinter verlief ein etwa dreißig Meter breiter gerodeter Streifen. Wie ein Niemandsland. Die Sicherheitsscheinwerfer leuchteten diesen Streifen aus. Der einzige Ausgang schien das Tor zu sein, das der Riese jetzt hinter uns schloss. Ich konnte ihn dabei im Rückspiegel beobachten.

Die Zufahrt zum Haus zog sich hin. Graues Meer auf drei Seiten. Das Haus war ein großes altes Steingebäude. Vielleicht der Ruhesitz eines Kapitäns aus der Zeit, als mit dem Walfang noch lukrative Geschäfte zu machen waren. Es wies Erker, Gesimse, Zinnen und Nischen auf. Alle nach Norden zeigenden Flächen waren mit grauen Flechten überwuchert. Den Rest bedeckten Flecken von grünem Moos. Es war zweistöckig und besaß ein Dutzend Kamine. Außerdem gab es zahlreiche Gauben mit kurzen Regenrinnen und Dutzenden von dicken Gussrohren, die das Regenwasser ableiteten. Die aus Eiche gefertigte Haustür war mit Eisenbändern verstärkt und mit Nägeln beschlagen. Die Zufahrt endete in einer kreisrunden Auffahrt. Ich folgte ihr im Uhrzeigersinn und hielt genau vor der schweren Tür. Sie ging auf, und ein anderer Mann in einem dunklen Anzug trat ins Freie. Er hatte ungefähr meine Größe, war also viel kleiner als der Kerl im Wachhäuschen. Doch er gefiel mir auch nicht besser. Sein Gesicht wirkte wie versteinert, sein Blick ausdruckslos. Er öffnete die Beifahrertür des Nissan, als hätte er uns erwartet, was vermutlich stimmte, weil der Riese am Tor uns angekündigt haben musste.

»Warten Sie bitte hier?«, fragte Richard mich.

Er stieg aus und verschwand im Haus. Der Typ im Anzug schloss die Eichentür von außen und postierte sich genau davor. Er würdigte mich keines Blicks, aber ich wusste, dass ich mich irgendwo am Rand seines Blickfelds befand. Ich trennte die Drahtverbindung unter der Lenksäule, stellte so den Motor ab und wartete.

Ich musste ziemlich lange warten, fast vierzig Minuten. Es wurde kühl im Wagen. Ich starrte durch die Windschutzscheibe nach Nordosten und konnte in der klaren Meerluft die Küste ausmachen. In ungefähr zwanzig Meilen Entfernung hingen bräunliche Nebel am Horizont, vermutlich aus Portland aufsteigender Smog. Die Stadt selbst lag hinter einem Vorgebirge und war deshalb unsichtbar.

Dann öffnete sich die Haustür wieder, und der Aufpasser trat rasch einen Schritt zur Seite. Eine Frau kam heraus. Unverkennbar Richard Becks Mutter. Sie besaß den gleichen schmächtigen Körperbau und das gleiche blasse Gesicht. Die gleichen langen Finger. Sie war ungefähr fünfzig, hatte windzerzaustes Haar und trug Jeans sowie einen schweren Wollpullover. Sie sah müde und angespannt aus und blieb ungefähr zwei Meter vor dem Wagen stehen, so als wollte sie mir zu verstehen geben, dass es höflicher wäre, wenn ich ausstiege und ihr auf halbem Weg entgegenkäme. Also tat ich ihr den Gefallen. Sie gab mir ihre Hand, die sich eiskalt anfühlte und nur aus Sehnen und Knochen zu bestehen schien.

»Mein Sohn hat mir erzählt, was passiert ist«, begann sie. Ihre Stimme war leise und klang etwas heiser. »Sie wissen gar nicht, wie dankbar ich Ihnen bin, dass Sie ihm geholfen haben.«

»Alles in Ordnung mit ihm?«, erkundigte ich mich.

Sie verzog das Gesicht, als wüsste sie das nicht so genau. »Er hat sich ein bisschen hingelegt.«

Ich nickte. Ließ die Hand los. Danach folgte verlegenes Schweigen.

»Ich bin Elizabeth Beck«, sagte sie.

»Jack Reacher«, erwiderte ich.

»Mein Sohn hat mir Ihr Dilemma geschildert«, sagte sie.

Das war ein nettes neutrales Wort. Wog man Dankbarkeit gegen Abscheu ab, gelangte man vermutlich zu diesem neutralen Ausdruck. Ich sagte nichts.

»Mein Mann kommt am Abend nach Hause«, fuhr sie fort. »Er wird wissen, was zu tun ist.«

Ich nickte. Wieder trat eine verlegene Pause ein. Ich wartete.

»Wollen Sie nicht hereinkommen?«, erkundigte sie sich.

Sie wandte sich um und eilte in die Eingangshalle zurück. Ich folgte ihr. Als ich durch die Tür ging, piepste etwas. Ich sah auf und stellte fest, dass am inneren Türrahmen ein Metalldetektor angebracht war.

»Wären Sie so freundlich?«, fragte Elizabeth Beck. Sie machte eine verlegene Handbewegung, die mich und den hässlichen Kerl im Anzug einbezog. Er schickte sich an, mich nach Waffen zu durchsuchen.

»Zwei Revolver«, sagte ich. »Ungeladen. In meinen Manteltaschen.«

Er zog sie mit geübten Bewegungen heraus und legte sie auf einen Beistelltisch. Dann ging er in die Hocke, ließ die Hände über meine Beine gleiten, stand wieder auf und tastete Arme, Hüften, Brust und Rücken ab. Er arbeitete sehr gründlich und nicht gerade sanft.

»Tut mir Leid«, sagte Elizabeth Beck.

Der Kerl in dem Anzug ging auf Abstand. Eine weitere verlegene Pause entstand.

»Brauchen Sie irgendetwas?«, fragte Elizabeth Beck.

Es gab viele Dinge, die ich hätte brauchen können. Aber ich schüttelte den Kopf.

»Ich bin ein bisschen müde«, entgegenete ich. »Langer Tag. Am liebsten würde ich ein Nickerchen machen.«

Sie lächelte flüchtig, als wäre sie darüber erleichtert, als befreite sie die Tatsache, dass ich irgendwo schlief, von gesellschaftlichen Zwängen.

»Natürlich«, sagte sie. »Duke zeigt Ihnen das Zimmer.«

Sie ließ ihren Blick noch einen Moment länger auf mir ruhen. Dachte man sich den Stress und die Blässe weg, war sie eine sehr attraktive Frau. Sie hatte ein fein geschnittenes Gesicht und einen makellosen Teint. Sie drehte sich um und verschwand irgendwo im Haus. Ich wandte mich dem Kerl im Anzug zu, da ich annahm, dass er Duke sei.

»Wann kriege ich die Revolver wieder?«, wollte ich wissen.

Er gab keine Antwort, zeigte nur auf die Treppe und folgte mir. Deutete auf die nächste Treppe, über die wir in den zweiten Stock gelangten. Er führte mich zu einer Tür und öffnete sie. Ich trat ein und befand mich in einem schlichten quadratischen Zimmer mit schweren, antiken Möbeln und Eichenpaneelen an den Wänden. Auf dem Fußboden lag ein abgetretener Orientteppich – vielleicht ein wertvolles altes Stück. Duke ging an mir vorbei, durchquerte den Raum und zeigte mir, wo sich das Bad befand. Er benahm sich wie ein Hotelpage.

»Abendessen um acht«, sagte er, ging hinaus und schloss die Tür hinter sich. Als ich sie kontrollierte, war sie von außen zugesperrt. Innen besaß sie kein Schlüsselloch. Ich trat ans Fenster und schaute hinaus. Das Zimmer lag auf der Rückseite des Hauses, sodass ich nur den Atlantik sehen konnte. Ich blickte genau nach Osten. Fünfzehn Meter unter mir lagen Felsen, an denen sich die Brandung brach. Die Flut schien eben hereinzukommen.

Ich ging wieder zur Tür, hielt ein Ohr daran und horchte angestrengt. Hörte nichts. Ich suchte die Decke, die Randleisten der Paneele und die Möbelstücke sehr sorgfältig ab. Nichts. Keine Kameras. Mikrofone waren mir egal. Ich hatte nicht vor, Geräusche zu machen. Ich setzte mich aufs Bett, zog den rechten Schuh aus, drehte ihn um und benützte die Fingernägel, um einen Stift aus dem Absatz zu ziehen. Schwenkte den Gummiabsatz wie eine kleine Tür, drehte den Schuh wieder um und schüttelte ihn. Ein rechteckiges Kästchen aus schwarzem Kunststoff fiel aufs Bett, ein E-Mail-Sender. Nichts Ausgefallenes. Ein handelsübliches Gerät, das jedoch so umprogrammiert war, dass es nur an eine Adresse sendete. Es hatte in etwa die Größe eines Piepsers und eine Minitastatur. Ich schaltete es ein und tippte eine Kurznachricht. Dann drückte ich auf *jetzt senden.*

Die Nachricht lautete: *Ich bin drin.*

2

Tatsächlich war ich zu diesem Zeitpunkt schon elf volle Tage *drin*, seit einem feucht glänzenden Samstagabend in Boston, an dem ich bemerkte, wie ein toter Mann den Gehsteig überquerte und in eine Limousine stieg. Und dies war keine Illusion, keine optische Täuschung. Es handelte sich nicht um ein Double, einen Zwillingsbruder, einen Bruder oder einen Cousin. Ich sah einen Mann, der vor einem Jahrzehnt gestorben war. Ganz ohne Zweifel. Er war die entsprechende Anzahl von Jahren gealtert und wies die Narben der Wunden auf, die ihn getötet hatten.

Ich war spätabends auf der Huntington Avenue unterwegs zu einer Bar, von der ich gehört hatte. Aus der Symphony Hall strömte Konzertpublikum. Ich bahnte mir einen Weg durch die Menge. Auf der Fahrbahn parkten Autos und Taxis in zwei Reihen. Ihre Motoren liefen. Ich entdeckte den Mann, als er links von mir aus der Tür des Foyers trat. Er trug einen Kaschmirmantel, hielt Handschuhe und einen Schal in der Hand und war barhäuptig. Er war ungefähr fünfzig. Wir waren beinahe zusammengestoßen. Ich blieb stehen. Er blieb stehen, sah mir ins Gesicht. Im ersten Moment dachte ich, er erkenne mich nicht wieder. Dann huschte ein Schatten über sein Gesicht, bevor er an mir vorbeiging und im Fond eines am Randstein wartenden schwarzen Cadillacs verschwand. Ich stand da und beobachtete, wie der Chauffeur sich in den Verkehrsstrom einordnete und davonfuhr.

Ich merkte mir das Kennzeichen. Ich geriet nicht in Panik, stellte nichts in Frage. Glaubte, was ich mit eigenen Augen gesehen hatte. Zehn Jahre Geschichte wurden in einer einzigen Sekunde über den Haufen geworfen. *Der Kerl lebt noch.* Was mich vor ein riesiges Problem stellte.

Das war der erste Tag. Ich verschwendete keinen Gedanken mehr an die Bar, ging geradewegs in mein Hotel zurück und begann, alte Nummern aus meiner Zeit bei der Militärpolizei anzurufen. Ich brauchte jemanden, den ich kannte und dem ich vertrauen konnte. Aber ich war schon sechs Jahre draußen, und da es zudem Samstagabend war, standen meine Chancen schlecht. Zuletzt begnügte ich mich mit jemandem, der behauptete, er habe schon mal von mir gehört. Er war Fachdienstoffizier und hieß Powell.

»Sie müssen für mich herausfinden, wem ein bestimmtes Autokennzeichen gehört«, erklärte ich ihm. »Als persönlichen Gefallen.«

Da er wusste, wer ich war, konnte er mir meine Bitte nicht abschlagen. Ich gab ihm das Kennzeichen, sagte, es gehöre ziemlich sicher zu einem Privatwagen, nicht zu einem Mietauto mit Chauffeur. Er ließ sich meine Nummer geben und versprach, mich am nächsten Morgen zurückzurufen. Das würde dann der zweite Tag sein.

Er rief mich nicht zurück. Stattdessen verriet er mich. Unter diesen Umständen hätte das jeder getan, denke ich. Der zweite Tag war ein Sonntag. Ich stand früh auf, ließ mir vom Zimmerservice ein Frühstück bringen und wartete auf den Anruf. Kurz nach zehn klopfte jemand an meine Tür. Ich spähte durch den Spion und sah zwei Personen – einen Mann und eine Frau. Dunkle Jacketts. Keine Mäntel. Der Mann trug einen Aktenkoffer. Beide hielten eine Art Dienstausweis hoch.

»Federal Agents«, sagte der Mann gerade so laut, dass ich ihn durch die Tür hindurch verstehen konnte.

In einer solchen Situation kann man nicht einfach so tun, als sei man nicht da. Ich hatte früher oft genug zu den Typen auf dem Flur gehört. Einer bleibt vor der Tür stehen, während der andere nach unten geht, um den Portier mit dem Generalschlüssel zu holen. Deshalb öffnete ich einfach die Tür, trat zur Seite und ließ sie ein.

Anfangs waren sie argwöhnisch. Als sie jedoch erkannten, dass ich unbewaffnet war und nicht wie ein Verrückter aussah, entspannten sie sich. Sie reichten mir ihre Dienstausweise und warteten höflich, während ich sie studierte. Oben stand: *United States Department of Justice.* Unten las ich: *Drug Enforcement Administration.* In der Mitte befanden sich alle möglichen Siegel, Unterschriften und Wasserzeichen. Auch Passfotos und maschinengeschriebene Namen. Der Mann war als Steven Eliot eingetragen – mit einem l wie der alte Dichter. *April ist der grausamste Monat.* Das stimmte genau. Das Foto war ziemlich gut getroffen. Er schien zwischen dreißig und vierzig zu sein, war stämmig, hatte schwarze Haare und ein nettes Lächeln. Die Frau hieß Susan Duffy, war blass und schlank, etwas jünger und größer als Eliot und hatte jetzt eine andere Frisur als auf dem Foto.

»Nur zu«, sagte ich. »Durchsucht das Zimmer. Es ist lange her, dass ich was besaß, das ich vor euch hätte verbergen wollen.«

Ich gab ihnen die Dienstausweise zurück. Als sie sie in die Innentaschen ihrer Jacketts steckten, taten sie es so, dass ich ihre Waffen sah. Sie trugen sie in adretten Schulterhalftern. Unter Eliots Achsel erkannte ich den geriffelten Griff einer Glock 17. Duffy hatte eine 19, die weitgehend identisch, aber etwas kleiner war. Die Glock lag eng an ihrer rechten Brust. Sie musste Linkshänderin sein.

»Wir haben nicht vor, Ihr Zimmer zu durchsuchen«, sagte sie.

»Wir wollen über ein Autokennzeichen reden«, sagte Eliot.

»Ich habe kein Auto«, sagte ich.

Wir standen alle noch unmittelbar hinter der Tür. Eliot hielt seinen Aktenkoffer in der Hand. Ich versuchte herauszufinden, wer von den beiden der Boss war. Vielleicht hatten sie aber auch den gleichen Dienstgrad. Wahrscheinlich einen ziemlich hohen. Sie waren gut gekleidet, wirkten aber etwas müde.

»Können wir uns setzen?«, fragte Duffy.

»Klar«, antwortete ich. Aber in einem billigen Hotelzimmer war das nicht so einfach. Es gab nur einen Stuhl. Er war unter einen kleinen Schreibtisch zwischen Wand und Fernsehschrank geschoben. Duffy zog ihn heraus und drehte ihn mit der Sitzfläche zum Bett um. Ich setzte mich aufs Bett, oben bei den Kissen. Eliot hockte sich ans Fußende und legte dort auch seinen Aktenkoffer ab. Er lächelte mich weiter freundlich an. Duffy machte sich gut auf dem Stuhl. Der Rock ihres Kostüms war ziemlich kurz, und sie trug dunkle Nylonstrümpfe, die heller wirkten, wo sie sich über ihren Knien spannten.

»Sie sind Reacher, stimmt's?«, erkundigte sich Eliot.

Ich wandte den Blick von Duffys Beinen ab und nickte.

»Dieses Zimmer ist an einen gewissen Calhoun vermietet«, sagte er. »Bar bezahlt, nur für eine Nacht.«

»Gewohnheit«, erwiderte ich.

»Sie reisen heute ab?«

»Ich nehme's jeweils für eine Nacht.«

»Wer ist Calhoun?«

»John Quincy Adams' Vizepräsident«, sagte ich. »Ist mir zu dieser Stadt passend erschienen. Die Präsidenten habe ich längst aufgebraucht. Jetzt nehme ich Vizepräsidenten. Calhoun war ungewöhnlich. Er ist zurückgetreten, um für den Senat zu kandidieren.«

»Ist er reingekommen?«

»Keine Ahnung.«

»Wozu der falsche Name?«

»Gewohnheit«, sagte ich wieder.

Susan Duffy sah mir direkt ins Gesicht. Nicht so, als ob ich verrückt wäre, sondern als ob sie sich für mich interessierte. Wahrscheinlich hatte sie die Erfahrung gemacht, dass das eine brauchbare Vernehmungstaktik war.

»Wir haben mit einem Militärpolizisten namens Powell gesprochen«, sagte sie. »Sie haben ihn gebeten, einen Fahrzeughalter für Sie ausfindig zu machen.«

Ihre Stimme klang tief und warm und ein wenig heiser. Ich sagte nichts.

»Dieses Kennzeichen löst in unseren Computern Alarmsignale aus«, fuhr sie fort. »Gleich nachdem er seine Anfrage eingegeben hat, erfuhren wir davon. Wir haben ihn angerufen und nach dem Grund seines Interesses gefragt. Er hat uns erzählt, Sie hätten sich danach erkundigt.«

»Widerstrebend, hoffe ich«, warf ich ein.

Sie lächelte, als hätte sie Mühe, ein Kichern zu unterdrücken. »Er hat sich rasch genug gefangen, um uns eine falsche Telefonnummer zu geben. Der Zusammenhalt in Ihrer ehemaligen Einheit funktioniert also noch.«

»Aber dann hat er Ihnen doch die richtige Nummer gegeben.«

»Wir haben ihm gedroht«, sagte sie.

»Dann haben die Militärpolizisten sich seit meiner Zeit verändert«, entgegnete ich.

»Die Sache war für uns wichtig«, erklärte Eliot. »Das hat er eingesehen.«

»Und jetzt sind Sie für uns wichtig«, meinte Duffy.

Ich hatte in meinem Leben schon viel gehört, aber der Tonfall, in dem sie das sagte, ließ mir einen kleinen Schauder über den Rücken laufen. Wahrscheinlich war sie der Boss, und eine verdammt gute Befragerin.

»Ein Bürger ruft an und möchte den Besitzer eines Autokennzeichens feststellen lassen«, sagte Eliot. »Wozu würde er das tun? Vielleicht hat der betreffende Wagen ihm einen Kotflügel eingebeult. Vielleicht liegt ein Fall von Fahrerflucht vor. Aber würde er damit nicht zu den Cops gehen? Und Sie haben uns gerade erzählt, dass Sie sowieso kein Auto besitzen.«

»Also haben Sie vielleicht jemanden *im* Wagen gesehen«, bemerkte Duffy.

Den Rest ließ sie unausgesprochen. Daraus ergab sich ein hübsches Dilemma. War die Person in dem Wagen mein Freund, dann war ich vermutlich ihr Feind. War die Person in dem Wagen jedoch mein Feind, dann war sie bereit, meine Freundin zu sein.

»Habt ihr schon gefrühstückt, Leute?«, fragte ich.

»Ja«, antwortete sie.

»Ich auch«, sagte ich.

»Das wissen wir«, entgegnete sie. »Zimmerservice, ein kleiner Stapel Pfannkuchen mit einem Ei obendrauf, leicht angebraten. Und eine große Kanne Kaffee, schwarz. Es wurde um sieben Uhr fünfundvierzig serviert. Sie haben bar bezahlt und dem Kellner drei Dollar Trinkgeld gegeben.«

»Aber hat's mir geschmeckt?«

»Sie haben's gegessen.«

Eliot ließ die Schlösser seines Aktenkoffers aufschnappen, zog einen Stapel Papier heraus, der von einem Gummiband zusammengehalten wurde. Das Papier sah neu aus, aber der Text war unscharf. Fotokopien von Faxen, vermutlich nachts angefertigt.

»Ihre Militärdienstakte«, sagte er.

In dem Aktenkoffer konnte ich Fotos sehen. Schwarzweiße Hochglanzfotos im Format dreizehn mal achtzehn. Eine Überwachungssituation.

»Sie waren dreizehn Jahre lang bei der Militärpolizei«, stellte Eliot fest. »Außergewöhnlich schnelle Beförderung vom Leutnant bis zum Major. Belobigungen und Auszeichnungen. Sie waren beliebt. Sie waren gut. Sogar sehr gut.«

»Danke.«

»Tatsächlich sogar mehr als gut. Sie waren oft der Mann, der gerufen wurde, wenn's irgendwo brannte.«

»Stimmt.«

»Aber man hat Sie gehen lassen.«

»Man hat mich geritten«, sagte ich.

»Geritten?«, wiederholte Duffy.

»RIT, Reduktion in Truppenstärke«, sagte ich. »Sie lieben es, aus allem Akronyme zu machen. Der Kalte Krieg war zu Ende, der Wehretat wurde gekürzt, die Army wurde kleiner. Also wurden weniger Leute gebraucht, die gerufen werden, wenn's irgendwo brennt.«

»Die Army existiert weiterhin«, warf Eliot ein. »Nicht alle sind entlassen worden.«

»Nein.«

»Weshalb also gerade Sie?«

»Das würden Sie nicht verstehen.«

Er widersprach mir nicht.

»Sie können uns helfen«, sagte Duffy. »Wen haben Sie in dem Wagen gesehen?«

Ich schwieg.

»Hat's in der Army Drogen gegeben?«, fragte Eliot.

Ich lächelte.

»Armeen lieben Drogen«, antwortete ich. »Das haben sie schon immer getan. Morphium, Benzedrin. Die deutsche Wehrmacht hat Ecstasy erfunden. Es war ein Appetitzügler. Die CIA hat LSD erfunden und an der U.S. Army ausprobiert. Armeen marschieren voll gepumpt mit Drogen.«

»Und in der Freizeit?«

»Rekruten sind durchschnittlich achtzehn Jahre alt. Was denken Sie?«

»War das ein Problem?«

»Wir haben kein großes Problem daraus gemacht. Irgendein Soldat geht auf Urlaub, zieht sich im Zimmer seiner Freundin ein paar Joints rein, das war uns egal. Wir dachten, dass es besser ist, sie mit ein paar Marihuanazigaretten als mit ein paar Sechserpacks zu sehen. Außerhalb unseres Bereichs sollten sie lieber sanft und zurückhaltend sein als aggressiv.«

Duffy sah zu Eliot, der die Fotos aus seinem Aktenkoffer nahm. Er gab sie mir. Es waren insgesamt vier. Sie waren körnig und unscharf und zeigten denselben Cadillac, den ich am Abend zuvor gesehen hatte. Ich erkannte das Kennzeichen wieder. Der Wagen parkte in irgendeiner Tiefgarage. Neben dem Kofferraum standen zwei Männer. Auf zwei Bildern war der Kofferraumdeckel geschlossen, auf zweien stand er offen. Die beiden Männer sahen auf etwas hinunter, das im Kofferraum lag. Was es war, ließ sich nicht erkennen. Einer der Männer, ein Hispanier, sah wie ein Gangster aus. Der andere war ein älterer Mann im Anzug. Ich kannte ihn nicht.

Duffy schien mich beobachtet zu haben.

»Nicht der Mann, den Sie gesehen haben?«, fragte sie.

»Ich habe nicht gesagt, dass ich irgendwen gesehen habe«, antwortete ich.

»Der Hispanier ist einer der größten Dealer«, erklärte Eliot. »Tatsächlich ist er *der* Dealer für den größten Teil des Los Angeles County. Nicht nachweisbar, versteht sich, aber wir wissen alles über ihn. Sein Wochengewinn muss im Millionenbereich liegen. Er lebt wie ein Kaiser. Aber er ist eigens nach Portland, Maine, gekommen, um sich mit diesem anderen Mann zu treffen.«

Ich berührte eines der Fotos. »Das ist Portland, Maine?«

Duffy nickte. »Eine Tiefgarage in der Innenstadt. Vor ungefähr neun Wochen. Die Aufnahme habe ich selbst gemacht.«

»Wer ist also dieser andere Typ?«

»Das wissen wir nicht genau. Das Kennzeichen des Cadillacs haben wir natürlich überprüft. Er ist auf eine Firma namens Bizarre Bazaar zugelassen. Mit Sitz in Portland, Maine. Soviel wir herausfinden konnten, hat sie vor mehreren Jahren als kleine Firma für Ex- und Import aus und in den Nahen Osten angefangen. Jetzt ist sie auf die Einfuhr von Orientteppichen spezialisiert. Unseres Wissens gehört sie einem Mann namens Zachary Beck. Wir vermuten, dass er der andere Kerl auf diesen Fotos ist.«

»Was ihn ziemlich groß macht«, sagte Eliot. »Wenn dieser Typ aus L.A. bereit ist, eigens an die Ostküste zu fliegen, um sich mit ihm zu treffen, muss *er* etliche Leitersprossen höher stehen. Und ein paar Sprossen über dem Kerl aus L.A. liegt die Stratosphäre, das können Sie mir glauben. Also ist Zachary Beck ein Topgangster, der sich einbildet, uns täuschen zu können. Teppichimporteur, Drogenimporteur. Keine schlechte Tarnung.«

»Tut mir Leid«, murmelte ich. »Ich hab den Mann noch nie gesehen.«

»Das braucht Ihnen nicht Leid zu tun«, meinte Duffy. Sie rutschte auf dem Stuhl nach vorn. »Für uns ist's besser, wenn er nicht der Kerl ist, den Sie gesehen haben. Ihn kennen wir bereits. Es ist besser, wenn Sie einen seiner Geschäftspartner gesehen haben. So können wir versuchen, über diesen Mann an ihn ranzukommen.«

»Sie kommen nicht direkt an ihn heran?«

Nun entstand eine kurze, verlegene Pause.

»Wir haben Probleme«, sagte Eliot.

»Gegen den Mann aus L.A. scheint ein begründeter Verdacht vorzuliegen. Und Sie haben Fotos, die seinen Kontakt zu diesem Beck beweisen.«

»Die Fotos sind nicht sauber«, sagte Duffy. »Ich habe einen Fehler gemacht.«

»Die Tiefgarage ist privat«, fuhr sie fort. »Sie liegt unter einem Bürogebäude. Ich hatte keinen Durchsuchungsbefehl. Unser Gesetz verbietet die Verwertung dieser Fotos als Beweismittel.«

»Können Sie nicht einfach behaupten, die Fotos seien von außerhalb aufgenommen?«

»Das lassen die räumlichen Gegebenheiten nicht zu. Die Verteidigung würde das sofort bemerken, und damit wäre der Prozess geplatzt.«

»Wir müssen wissen, wen Sie gesehen haben«, drängte Eliot.

Ich gab keine Antwort.

»Es ist wirklich wichtig«, erklärte Duffy mit einer Engelsstimme, die Männer dazu bringt, Heldentaten zu vollbringen. Aber dahinter steckte keine Raffinesse. Keine Verstellung. Sie merkte gar nicht, wie gut ihre Stimme klang.

»Warum?«, fragte ich.

»Weil ich diese Sache wieder ausbügeln muss.«

»Jeder macht mal einen Fehler.«

»Wir haben eine Agentin auf Beck angesetzt«, sagte sie. »Als verdeckte Ermittlerin. Sie ist verschwunden.«

Schweigen.

»Wann?«, fragte ich.

»Vor sieben Wochen.«

»Haben Sie nach ihr gesucht?«

»Wir wissen nicht, wo wir sie suchen sollen. Wir wissen nicht, wo Beck sich herumtreibt. Wir wissen nicht mal, wo er wohnt. Er hat keinen registrierten Besitz. Er ist eine Nadel in einem Heuhaufen.«

»Haben Sie ihn nicht überwacht?«

»Wir haben's versucht. Er beschäftigt Fahrer und Leibwächter. Sie sind zu gut.«

»Für die DEA?«

»Für uns. Wir arbeiten auf eigene Faust. Das Justizministerium hat sich von dem Unternehmen distanziert, als ich einen Fehler gemacht hatte.«

»Obwohl eine Agentin verschwunden ist?«

»Niemand weiß, dass sie verschwunden ist. Wir haben sie angesetzt, als die Ermittlungen schon beendet waren. Sie hat inoffiziell gearbeitet.«

Ich starrte sie an.

»Wir sind sofort hergekommen«, sagte Duffy. »Wir brauchen eine neue Chance.«

Ich sah von ihr zu Eliot und dann wieder zu ihr. Sie brauchten mich. Ich brauchte sie. Und ich mochte sie. Sie waren ehrliche, sympathische Leute.

»Ich tausche«, sagte ich. »Informationen gegen Informationen.«

»Was brauchen Sie?«

Ich sagte ihr, dass ich zehn Jahre alte Krankenhausakten aus einem Nest namens Eureka in Kalifornien brauchte, und erklärte, wonach sie Ausschau halten sollte. Ich würde in Boston bleiben, bis sie sich wieder bei mir meldete. Sie sollte nichts schriftlich festhalten. Dann gingen die beiden, und das war's für den zweiten Tag. Am dritten Tag geschah nichts. Auch am vierten nicht. Ich lungerte herum. Boston ist das, was ich als Achtundvierziger-Stadt bezeichne. Hält man sich länger als achtundvierzig Stunden dort auf, beginnt sie einen zu langweilen. Natürlich gilt das aus meiner Sicht für fast jeden Ort. Ich bin von Natur aus ruhelos. Deshalb fing ich am Morgen des fünften Tages an, allmählich durchzudrehen. Ich glaubte schon, sie hätten mich vergessen, und spielte mit dem Gedanken, die Sache abzublasen und weiterzuziehen. Vielleicht nach Miami, wo es viel wärmer sein würde. Doch am Spätvormittag klingelte das Telefon. Sie war am Apparat. Ich freute mich, ihre Stimme zu hören.

»Wir sind auf dem Weg nach Boston«, sagte sie. »Wir treffen uns bei der Reiterstatue auf halber Strecke um den Freedom Trail, drei Uhr.«

Das war keine sehr präzise Ortsangabe, aber ich wusste, was sie meinte. Dieser Treffpunkt lag in North End in der Nähe einer Kirche. Ich war frühzeitig dort und setzte mich neben eine alte Frau, die Spatzen und Tauben fütterte, auf eine Bank. Sie musterte mich kurz, dann stand sie auf und wechselte die Bank. Der Kerl auf dem Pferd war Paul Revere.

Duffy und Eliot erschienen auf die Minute pünktlich. Beide trugen schwarze Trenchcoats voller kleiner Schlaufen, Schnallen und Gurten. Ebenso gut hätten sie sich Schilder mit der Aufschrift *Federal Agents aus Washington, D.C.* umhängen können. Sie nahmen Platz, Duffy links, Eliot rechts von mir.

»Rettungsschwimmer haben einen Mann aus der Pazifikbrandung gefischt«, begann Duffy. »Vor zehn Jahren, knapp nördlich von Eureka, Kalifornien. Ein Weißer um die vierzig. Er hatte zwei Kopfschüsse und einen Brustschuss. Kleines Kaliber, wahrscheinlich 22. Er war anscheinend von einer Klippe ins Meer gestoßen worden.«

»Hat er gelebt, als sie ihn rausgezogen haben?«

»So halbwegs«, antwortete sie. »Er hatte einen Steckschuss in Herznähe und einen Schädelbruch. Außerdem waren ein Arm, beide Beine und das Becken von dem Sturz gebrochen. Und er war halb ertrunken. Im Krankenhaus haben sie ihn in einer achtstündigen Operation wieder zusammengeflickt. Er hat vier Wochen auf der Intensivstation und insgesamt ein halbes Jahr im Krankenhaus gelegen.«

»Papiere?«

»Keine. In der Krankenakte steht er als John Doe.«

»Ist versucht worden, ihn zu identifizieren?«

»Keine Übereinstimmung bei den Fingerabdrücken«, erwiderte sie. »Kein Treffer bei den Vermisstenmeldungen. Niemand ist gekommen, um ihn abzuholen.«

Ich nickte. *Fingerabdruckcomputer sagen einem, was jemand ihnen zu sagen befiehlt.*

»Was dann?«, fragte ich.

»Er ist wieder auf die Beine gekommen«, erklärte sie. »Seine Ärzte haben noch überlegt, was sie mit ihm anfangen sollten, als er über Nacht verschwand. Sie haben ihn nie wieder gesehen.«

»Hat er ihnen etwas über sich erzählt?«

»Sie haben Gedächtnisverlust diagnostiziert – jedenfalls in Bezug auf das Trauma, weil das fast unvermeidlich ist. Ihrer Ansicht nach konnte es gut sein, dass er keine Erinnerung an den Vorfall und die beiden Tage davor hatte. Aber er hätte sich an die noch weiter zurückliegende Zeit erinnern müssen. Die Ärzte glaubten, dass diese Amnesie nur gespielt war. Die Krankenakte ist ziemlich dick. Psychiater, der übliche Kram. Sie haben regelmäßig mit ihm gesprochen. Aber er ist eisern bei seiner Linie geblieben. Hat nie ein Wort über sich verloren.«

»Wie war seine körperliche Verfassung, als er abgehauen ist?«

»Ziemlich gut. Er hatte sichtbare Narben von den Schussverletzungen, aber das war alles.«

»Okay«, sagte ich und sah zum Himmel.

»Wer war er?«

»Worauf tippen Sie?«, fragte ich.

»Mit einer Kleinkaliberwaffe in Kopf und Brust geschossen?«, sagte Eliot. »Ins Meer geworfen? Dahinter steckt das organisierte Verbrechen. Hört sich nach Auftragskiller an.«

Ich schwieg.

»Wer war er?«, wiederholte Duffy.

Ich sah weiter zum Himmel auf und zwang mich dazu, zehn Jahre zurück in eine völlig andere Welt zu wandern.

»Verstehen Sie etwas von Panzern?«

»Sie meinen Kampfpanzer? So gut wie nichts.«

»An denen ist nicht viel dran«, sagte ich. »Ich meine, man will, dass sie schnell und zuverlässig sind und nicht so viel Sprit brauchen. Aber was ist das Einzige, das Sie wirklich wissen wollen, wenn jeder von uns einen Panzer hat?«

»Was?«

»Kann ich Sie abschießen, bevor Sie mich abschießen können? *Das* wollen Sie wissen. Kann meine Kanone Sie treffen, wenn wir eine Meile voneinander entfernt sind? Oder kann Ihre Kanone mich treffen?«

»Und?«

»Und da die Naturgesetze für alle gleich sind, lautet die Antwort wahrscheinlich, dass auch Sie mich aus dieser Entfernung treffen können, wenn ich es kann. Also geht's um die richtige Munition. Nehmen wir mal an, ich zöge mich weitere zweihundert Meter weit zurück, damit Ihre Granate von mir abprallt – kann ich dann eine Granate entwickeln, die nicht von Ihnen abprallt? Darum geht's bei Panzern. Der Mann im Pazifik war ein Nachrichtendienstoffizier der U.S. Army, der einen Waffenspezialisten der Army erpresst hatte.«

»Warum landete er im Meer?«

»Haben Sie den Golfkrieg im Fernsehen verfolgt?«, fragte ich.

»Ja«, antwortete Eliot.

»Vergessen Sie die intelligenten Bomben«, sagte ich. »Die wirklichen Stars waren die Kampfpanzer M1A1 Abrams. Sie haben über vierhundert irakische Panzer abgeschossen – die besten Panzer, die der Irak weltweit zusammenkaufen konnte. Aber da dieser Krieg vom Fernsehen übertragen worden ist, kannte die ganze Welt unser Arsenal. Also mussten wir uns daran machen, neues Zeug für den nächsten Krieg zu entwickeln. Das haben wir auch getan.«

»Und?«, fragte Duffy.

»Soll eine Granate weiter fliegen und mehr Durchschlagskraft besitzen, kann man die Treibladung erhöhen oder die Granate leichter machen. Oder beides. Stopft man mehr Treibladung hinein, muss man sich was einfallen lassen, um sie anderswo leichter zu machen. Genau das haben die Entwickler getan. Sie haben die Sprengladung herausgenommen. Was verrückt klingt, stimmt's? Ich meine, wozu ist sie dann noch gut? Aber sie haben ihre Form geändert, etwas konstruiert, das wie ein riesiger Dartpfeil aussieht. Mit Befiederung und allem. Er besteht aus Wolfram und verbrauchtem Uran. Den schwersten Metallen, die es gibt. Er fliegt verdammt schnell und weit. Die Entwickler haben ihn als Langstangen-Penetrator bezeichnet.«

Duffy sah mich mit halb gesenkten Lidern an, lächelte und errötete. Ich erwiderte ihr Lächeln.

»Diesen Namen haben sie geändert«, fuhr ich fort. »Das Ding heißt jetzt APFSDS. Ich habe Ihnen ja gesagt, dass sie auf Abkürzungen stehen. ›Armor piercing fin stabilized dicarding sabot‹ – panzerbrechend, mit Flossen stabilisiert, mit abwerfbarem Führungsring. Im Prinzip wird das Geschoss von einem eigenen kleinen Raketentriebwerk angetrieben. Es trifft den feindlichen Panzer mit ungeheurer kinetischer Energie. Und die verwandelt sich in Hitze, genau wie Sie's im Physikunterricht gelernt haben. Die auftreffende Masse brennt in Sekundenbruchteilen ein Loch in die Panzerung, dringt als geschmolzenes Metall in den Innenraum, tötet die Besatzung und lässt alles hochgehen, was brennbar oder explosiv ist. Eine höchst wirksame Waffe. Und unabhängig davon, wie man schießt, hat man immer Erfolg: Ist die feindliche Panzerung zu dick oder die Schussentfernung zu weit, bleibt das Geschoss wie ein Pfeil stecken und löst einen Hagel von Metallsplittern aus, die sich von der Innenwand ablösen und die Panzerbesatzung wie mit Handgranatensplittern zerfetzen. Das war eine brillante neue Waffe.«

»Was hat sie mit dem Mann im Meer zu tun?«

»Der hat die Baupläne von dem Kerl bekommen, den er erpresst hat«, sagte ich. »Stück für Stück, über lange Zeit. Wir haben ihn überwacht. Wussten genau, was er tut. Er wollte sie dem irakischen Geheimdienst verkaufen. Das hat der U.S. Army nicht gefallen.«

Eliot starrte mich an. »Also hat sie ihn liquidieren lassen?«

Ich schüttelte den Kopf. »Wir haben ein paar Militärpolizisten losgeschickt, um ihn zu verhaften. Das übliche Verfahren, alles legal und ohne Tricks, das können Sie mir glauben. Aber es hat nicht geklappt. Ihm ist die Flucht gelungen. Das hat der U.S. Army ganz und gar nicht gefallen.«

»Daraufhin hat sie ihn also liquidieren lassen?«

Ich sah wieder zum Himmel. Gab keine Antwort.

»Das war nicht das übliche Verfahren«, bemerkte Eliot. »Oder doch?«

Ich schwieg.

»Dieser Auftrag ist inoffiziell erteilt worden«, sagte er. »Stimmt's?«

Ich äußerte mich nicht dazu.

»Aber er ist trotzdem mit dem Leben davongekommen«, meinte Duffy. »Wie hat er geheißen?«

»Quinn«, erwiderte ich. »Hat sich als der übelste Typ erwiesen, dem ich je begegnet bin.«

»Und Sie haben ihn am Samstagabend in Becks Wagen gesehen?«

Ich nickte. »Die Limousine mit Chauffeur hat ihn vor der Symphony Hall abgeholt.«

Ich gab ihnen alle Details, die ich kannte. Aber während wir darüber sprachen, wussten wir, dass die Informationen wertlos waren. Dass Quinn weiterhin mit seiner wahren Identität leben würde, war unvorstellbar. Also hatte ich nicht mehr zu bieten als die Personenbeschreibung eines durchschnittlich aussehenden Weißen von ungefähr fünfzig Jahren, der auf der Stirn zwei Narben von Kleinkalibergeschossen aufwies. Besser als nichts, aber das brachte sie nicht wirklich weiter.

»Wieso sind seine Fingerabdrücke nicht gefunden worden?«, fragte Eliot.

»Er ist ausradiert worden«, antwortete ich. »Als habe er nie existiert.«

»Warum ist er nicht gestorben?«

»Kleinkaliberpistole mit Schalldämpfer«, sagte ich. »Unsere Standardwaffe für verdeckte Nahkampfeinsätze. Aber keine Waffe mit sehr hoher Durchschlagskraft.«

»Ist er noch immer eine Gefahr?«

»Nicht für die Army«, antwortete ich. »Für sie ist er längst Geschichte. Das alles war vor zehn Jahren. Und das APFSDS-Geschoss dürfte bald ins Museum kommen.«

»Wozu dann dieser Versuch, ihn aufzuspüren?«

»Weil er – je nachdem, woran er sich erinnert – dem Kerl, der ihn liquidieren sollte, gefährlich werden könnte.«

Eliot nickte. Sagte nichts.

»Hat er wichtig ausgesehen?«, fragte Duffy. »Am Samstag? In Becks Wagen?«

»Er hat reich ausgesehen«, sagte ich. »Teurer Kaschmirmantel, Lederhandschuhe, Seidenschal. Er hat wie ein Mann ausgesehen, der's gewöhnt ist, herumchauffiert zu werden. Er ist einfach reingesprungen, als täte er das ständig.«

»Hat er den Fahrer begrüßt?«

»Keine Ahnung.«

»Wir müssen ihn irgendwie einordnen«, sagte sie. »Wir brauchen Kontext. Wie hat er sich benommen? Er benutzte Becks Wagen, aber hat er den Eindruck erweckt, als wäre er dazu berechtigt? Oder benahm er sich etwa so, als ob ihm jemand damit einen Gefallen erwiese?«

»Es sah so aus«, antwortete ich. »Als würde er täglich damit fahren.«

»Steht er also auf gleichem Level mit Beck?«

Ich zuckte mit den Schultern. »Er könnte sogar Becks Boss sein.«

»Bestenfalls sein Partner«, meinte Eliot. »Unser Mann aus L.A. würde nicht an die Ostküste reisen, um sich mit einem Handlanger zu treffen.«

»Ich kann mir Quinn nicht als irgendjemandes Partner vorstellen«, sagte ich.

»Wie war er?«

»Normal«, sagte ich. »Für einen Nachrichtenoffizier. In fast jeder Beziehung.«

»Bis auf die Spionage«, sagte Eliot.

»Ja, bis auf die.«

»Und bis auf etwas, das seine heimliche Liquidierung erforderlich machte.«

»Das auch.«

Duffy war schweigsam geworden. Sie überlegte angestrengt. Ich war mir ziemlich sicher, dass sie darüber nachdachte, in welcher Weise sie mich benutzen konnte. Aber das störte mich nicht im Geringsten.

»Bleiben Sie in Boston?«, fragte sie. »Wo wir Sie erreichen können?«

Ich bejahte, und sie verabschiedeten sich. Damit war der fünfte Tag zu Ende.

Nachdem ich in einer Sportbar einen Schwarzhändler für Baseballtickets aufgetan hatte, verbrachte ich den größten Teil des sechsten und siebten Tages im Fenway Park und verfolgte, wie die Red Sox sich früh in der Saison durch zwei Heimspiele quälten. Das Freitagsspiel ging über siebzehn Innings und endete erst spätnachts. Deshalb schlief ich am achten Tag lange und zog abends los, um die Konzertbesucher in Augenschein zu nehmen, die in die Symphony Hall strömten. Vielleicht hatte Quinn ein Abonnement für eine Konzertreihe. Aber er ließ sich nicht blicken. Ich versuchte mich zu erinnern, wie er mich angesehen hatte. Vielleicht war das nur ein missmutiger Blick über das Gedränge auf dem übervollen Gehsteig gewesen. Aber es konnte auch mehr dahinter gesteckt haben.

Am Morgen des neunten Tages – Sonntag – rief Susan Duffy wieder an. Diesmal klang ihre Stimme anders, und zwar wie die eines Menschen, der einen Plan hatte.

»Mittags in der Hotelhalle«, sagte sie.

Diesmal kam sie mit einem Auto. Allein. Es war ein Taurus mit Minimalausstattung, dessen Innenraum schmuddelig aussah. Ein Dienstwagen. Zu ausgebleichten Jeans trug sie teure italienische Slipper und eine abgewetzte Lederjacke. Ihr Haar war frisch gewaschen und aus der Stirn gekämmt. Ich stieg vorn neben ihr ein. Sie wendete über sechs Fahrspuren hinweg und hielt direkt auf den Tunnel zur Massachusetts Turnpike zu.

»Zachary Beck hat einen Sohn«, sagte sie.

Sie nahm eine unterirdische Kurve sehr schnell, bevor der Tunnel endete und wir ins Freie kamen.

»Er ist im vorletzten Studienjahr«, fuhr sie fort. »An irgendeinem unbedeutenden College für Geisteswissenschaften, das nicht allzu weit von hier entfernt liegt. Wir haben mit einem seiner Kommilitonen gesprochen und ihm dafür die Sorge um ein Cannabisproblem abgenommen. Der Sohn heißt Richard Beck. Nicht sehr beliebt, ein bisschen merkwürdig. Scheint durch etwas, das vor ungefähr fünf Jahren passiert ist, schwer traumatisiert zu sein.«

»Wodurch?«

»Er ist entführt worden.«

Ich schwieg.

»Sehen Sie?«, sagte Duffy. »Wissen Sie, wie oft normale Leute heutzutage entführt werden, um ein Lösegeld zu erpressen?«

»Nein«, antwortete ich.

»Kommt so gut wie nie vor«, sagte sie. »Das ist ein fast ausgestorbenes Verbrechen. Also muss es einen Zusammenhang mit Revierkämpfen gegeben haben. Die Entführung beweist praktisch, dass sein Daddy ein Gangster ist.«

»Ziemlich weit hergeholt.«

»Okay, aber sehr plausibel. Und die Entführung ist nie angezeigt worden. Das FBI hat keine Unterlagen darüber. Was sich damals abgespielt hat, ist privat geregelt worden. Und nicht sehr gut. Der Kommilitone sagt, dass Richard Beck ein Ohr fehlt.«

»Und?«

Sie gab keine Antwort. Ich beobachtete sie aus dem Augenwinkel heraus. Sie sah gut aus, war groß, schlank und hübsch und trug kein Make-up. Das brauchte sie auch nicht. Es gefiel mir, mich von ihr spazieren fahren zu lassen. Aber sie fuhr mich nicht einfach nur spazieren, sondern brachte mich zu einem bestimmten Ort. Das war offensichtlich.

»Ich habe Ihre Militärakte studiert«, sagte sie. »Sehr gründlich. Sie sind ein beeindruckender Mann.«

»Eigentlich nicht«, widersprach ich.

»Und Sie haben große Füße«, sagte sie. »Auch das ist gut.«

»Warum?«

»Sie werden schon sehen.«

»Sagen Sie's mir.«

»Wir sind sehr ähnlich«, sagte sie. »Sie und ich. Wir haben etwas gemeinsam. Ich will an Zachary Beck herankommen, um meine Agentin zurückzukriegen. Sie wollen an ihn herankommen, um Quinn zu finden.«

»Ihre Agentin ist tot. Nach sieben Wochen wär's ein Wunder, wenn sie noch lebte. Damit sollten Sie sich abfinden.«

Sie schwieg.

»Und ich mache mir nichts aus Quinn.«

Sie schüttelte den Kopf.

»Doch, das tun Sie«, sagte sie. »Das sehe ich Ihnen an. Es lässt Ihnen keine Ruhe. Er ist eine unerledigte Sache. Und ich vermute, dass Sie ein Mann sind, der unerledigte Dinge hasst.« Sie machte eine kurze Pause. »Außerdem gehe ich immer noch davon aus, dass meine Agentin lebt, und zwar so lange, bis Sie mir das Gegenteil beweisen.«

»Ich?«

»Ich kann keinen meiner Leute einsetzen«, erklärte sie. »Das verstehen Sie doch? Aus der Sicht des Justizministeriums ist diese ganze Sache illegal. Deshalb darf nichts von dem, was ich als Nächstes tue, bei uns aktenkundig werden. Und ich vermute, dass Sie ein Mann sind, der sich mit verdeckten Einsätzen auskennt, nichts gegen sie hat, sie vielleicht sogar bevorzugt.«

»Also?«

»Ich muss jemanden in Becks Haus einschleusen. Und ich habe beschlossen, dass Sie das sein werden – als mein persönlicher Langstangen-Penetrator.«

»Wie?«

»Richard Beck nimmt Sie dorthin mit.«

Sie verließ die Turnpike etwa vierzig Meilen westlich von Boston und fuhr durchs ländliche Massachusetts nach Norden. Wir kamen durch New-England-Dörfer wie aus dem Bilderbuch. Die Vögel sangen. Leute düngten ihren Rasen und beschnitten ihre Büsche. In der Luft hing der Geruch von Holzrauch.

Wir hielten vor einem Motel, das etwas abseits der Straße

lag. Das Gebäude mit dezenter Ziegelverblendung und weiß gestrichenen Balken war makellos gepflegt. Auf dem Parkplatz standen fünf Wagen, alles Dienstautos. Sie blockierten die Zufahrt zu den fünf letzten Zimmern. Im mittleren Raum wartete Steven Eliot mit fünf Männern. Vier hatten ihre Schreibtischstühle aus den eigenen Zimmern mitgebracht. Sie saßen in einem ordentlichen Halbkreis. Duffy führte mich hinein und nickte Eliot zu. Ich konnte mir denken, was das Nicken bedeutete: *Ich hab's ihm gesagt, und er hat nicht abgelehnt. Noch nicht.* Sie trat ans Fenster und drehte sich zu uns um. Das Tageslicht hinter ihr bewirkte, dass ihr Gesicht im Schatten lag. Sie räusperte sich. Im Zimmer wurde es still.

»Okay, alle mal herhören, Leute«, begann sie. »Ich wiederhole nochmals, dies ist ein verdecktes Unternehmen, ein nicht offiziell sanktioniertes, und wir führen es in unserer Freizeit und auf eigene Gefahr durch. Falls jemand aussteigen möchte, braucht er nur zu gehen.«

Niemand bewegte sich. Niemand ging. Das war ein kluger Schachzug. Er zeigte mir, dass Eliot und sie wenigstens fünf Männer hatten, die für sie durchs Feuer gingen.

»Uns bleiben weniger als achtundvierzig Stunden«, fuhr sie fort. »Übermorgen fährt Richard Beck zum Geburtstag seiner Mutter nach Hause. Unser Informant sagt, dass er das jedes Jahr tut. Dass er dafür die Vorlesungen schwänzt. Sein Vater schickt ihm einen Wagen mit zwei Leibwächtern, weil der Junge schreckliche Angst vor einer nochmaligen Entführung hat. Diese Angst werden wir uns zunutze machen. Wir schalten die Leibwächter aus und schnappen ihn uns.«

Sie machte eine Pause. Niemand meldete sich zu Wort.

»Unser Ziel ist es, in Zachary Becks Haus zu gelangen«, begann sie wieder. »Wir können davon ausgehen, dass die vermeintlichen Entführer dort nicht gerade willkommen wären. Deshalb arrangieren wir, dass Reacher den Jungen sofort *vor* den vermeintlichen Entführern rettet. Diese Sache läuft sehr rasch ab: Entführung, Rettung, aus, fertig. Der Junge fließt vor Dankbarkeit über, und Reacher wird am Herd der Familie Beck wie ein Held empfangen.«

Die Männer saßen zuerst noch still da. Dann wurden sie unruhig. Der Plan hatte mehr Löcher als ein Emmentaler. Ich hatte Duffy nicht aus den Augen gelassen, doch jetzt starrte ich an ihr vorbei aus dem Fenster. *Es gibt Möglichkeiten, die Löcher zu stopfen.* Mein Gehirn begann zu arbeiten. Ich fragte mich, wie viele Löcher Duffy selbst schon entdeckt haben mochte und ob sie wusste, dass ich solche Herausforderungen liebte.

»Unser Publikum besteht aus einer einzigen Person«, sagte sie. »Wichtig ist nur, was Richard Beck denkt. Er allein muss davon überzeugt sein, dass alles real ist.«

Eliot sah mich an. »Schwachpunkte?«

»Zwei«, antwortete ich. »Erstens: Wie schalten Sie die Leibwächter aus, ohne sie ernstlich zu verletzen? Ich setze voraus, dass die Sache nicht *so* realistisch ablaufen soll.«

»Tempo, Schock, Überraschung«, sagte er. »Das Entführerteam hat Maschinenpistolen mit reichlich Platzpatronen. Und eine Blendgranate. Sobald wir den Jungen aus dem Wagen gezerrt haben, werfen wir die Granate hinein. Viel Gebrüll und Krach. Davon sind die Leibwächter benommen, mehr nicht. Aber der Junge wird glauben, sie seien Hackfleisch.«

»Okay«, sagte ich. »Aber zweitens hat das Ganze Ähnlichkeit mit Method-Acting, stimmt's? Ich bin jemand, der zufällig vorbeikommt – und zufällig der Typ Mann, der ihn retten kann. Warum schleppe ich ihn dann nicht einfach zu den Cops? Oder warte, bis die zu uns kommen? Wieso würde ich nicht am Tatort warten, um meine Zeugenaussage zu machen und alle möglichen Erklärungen abzugeben? Warum würde ich ihm sofort anbieten, ihn nach Hause zu fahren?«

Eliot wandte sich an Duffy.

»Er wird in panischer Angst sein«, sagte sie. »Er wird Sie darum bitten.«

»Aber weshalb sollte ich mich darauf einlassen? Was er will, ist unwichtig. Entscheidend ist, was mir logisch erscheint. Denn unser Publikum besteht nicht nur aus einer Person, sondern aus *zweien*: Richard Beck dort auf der Straße, und Zachary Beck später. Er wird die Sache nachträglich unter die Lupe nehmen. Wir müssen ihn ebenso überzeugen.«

»Der Junge bittet Sie vielleicht, die Cops aus dem Spiel zu lassen. Wie letztes Mal.«

»Aber warum sollte ich auf ihn hören? Wäre ich Mr. Normal, würde ich als Erstes an die Cops denken. Ich würde alles genau nach Vorschrift machen wollen.«

»Er würde darauf bestehen.«

»Und ich würde ihn ignorieren. Warum sollte ein cleverer, tüchtiger Erwachsener auf einen hysterischen Jungen hören? Das muss Verdacht erregen. Das ist zu zielgerichtet, zu aufgesetzt. Zu *direkt*. Zachary Beck würde keine Minute brauchen, um das zu durchschauen.«

»Vielleicht sitzt er bei Ihnen im Wagen, und Sie werden verfolgt.«

»Dann würde ich geradewegs zum nächsten Polizeirevier fahren.«

»Scheiße«, sagte Duffy.

»Das ist immerhin ein Plan«, meinte ich. »Aber wir müssen realistisch denken.«

Während mein Blick wieder zum Fenster wanderte, sah ich aus dem Augenwinkel Eliot und Duffy zu Boden starren. Sah die fünf Männer unbeweglich dasitzen. Sie schienen eine fähige Gruppe zu sein. Zwei von ihnen waren etwas jünger als ich, groß und blond, zwei andere ungefähr in meinem Alter, unauffällig und durchschnittlich. Einer war viel älter, gebeugt und grauhaarig. Ich dachte lange und angestrengt nach. Entführung, Rettung, Becks Haus. *Du musst in Becks Haus gelangen. Weil du Quinn finden musst. Denk an die Langzeitfolgen.* Ich betrachtete die Sache zuerst aus der Sicht des Jungen, dann aus der des Vaters.

»Das ist immerhin ein Plan«, wiederholte ich. »Aber er muss optimiert werden. Also muss ich die Art Kerl sein, die nicht zu den Cops gehen würde. Oder, noch besser, ich muss vor Richard Becks Augen die Art Kerl *werden,* die nicht zu den Cops gehen *kann.*«

»Wie?«, fragte Duffy.

Ich sah ihr ins Gesicht. »Ich muss jemanden verletzen. Unabsichtlich, im allgemeinen Durcheinander. Einen anderen Passanten. Irgendeinen Unbeteiligten. Durch unglückliche Umstände. Vielleicht überfahre ich jemanden. Eine alte Dame, die mit ihrem Hund Gassi geht. Vielleicht fahre ich sie sogar tot. Ich gerate in Panik und haue so schnell es geht ab.«

»Schwierig zu arrangieren«, sagte sie. »Und tatsächlich nicht genug, um Sie zur Flucht zu veranlassen. Ich meine, unter solchen Umständen kann jederzeit ein Unfall passieren.«

Ich nickte. Im Zimmer blieb es still. Ich schloss die Augen, und langsam begannen sich in meinen Gedanken die Umrisse einer schemenhaften Szene am »Tatort« herauszukristallisieren.

»Okay«, sagte ich. »Wie wär's mit Folgendem? Ich erschieße einen Cop. Versehentlich.«

Alle schwiegen. Ich öffnete die Augen.

»Das ist die Ideallösung!«, sagte ich. »Ist euch das klar? Sie liefert Zachary Beck die Antwort darauf, weshalb ich mich nicht normal benommen habe und zu den Cops gegangen bin. Man geht nicht zu den Cops, wenn man gerade einen von ihnen erschossen hat – auch wenn's ein Unfall war. Das wird er verstehen. Und es liefert mir einen Grund, anschließend in seinem Haus zu bleiben. Er wird glauben, ich müsse mich verstecken, und dankbar sein, weil ich seinen Sohn gerettet habe. Und da er ohnehin kriminell ist, wird sein Gewissen ihn nicht tangieren.«

Es gab keine Einwände. Ich lächelte.

»Und es wird noch besser«, erklärte ich. »Vielleicht heuert er mich sogar an. Ich bin davon überzeugt, dass er das tun wird. Weil er glaubt, seine Familie sei in Gefahr. Außerdem fehlen ihm zwei Leibwächter, die schlechter waren als ich. Und solange er mich für einen Copkiller hält und mich in seinem Haus versteckt, hat er das Gefühl, mir etwas *schuldig* zu sein.«

Auch Duffy lächelte jetzt.

»Also, dann an die Arbeit«, sagte sie. »Uns bleiben weniger als achtundvierzig Stunden.«

Die beiden jüngeren Männer wurden als das Entführerteam eingeteilt. Sie sollten einen Toyota-Pick-up aus dem DEA-Bestand an beschlagnahmten Fahrzeugen benutzen. Als Waffen würden sie ebenfalls beschlagnahmte Uzis mit 9-mm-Platzpatronen und eine aus den SWAT-Beständen der DEA geklaute Blendgranate verwenden. Dann begannen wir, meinen Auftritt als Retter zu proben. Ich würde den ehemaligen Soldaten spielen, der sich ziellos treiben ließ und sich diesmal zur rechten Zeit am rechten Ort befand. Und ich würde, was in Massachusetts illegal war, aber meiner Rolle entsprach, bewaffnet sein.

»Ich brauche einen großen altmodischen Revolver«, sagte ich. »Ich muss eine Waffe haben, die jeder Bürger kaufen könnte. Und die Sache sollte von Anfang bis Ende hochdramatisch ablaufen. Der Toyota kommt auf mich zu, ich muss ihn aufhalten. Also brauche ich drei echte und drei Platzpatronen, genau in dieser Reihenfolge. Die drei echten Patronen für den Pick-up, die drei Platzpatronen für die Leute.«

»Damit können wir jede Waffe laden«, sagte Eliot.

»Aber ich muss die Kammern sehen, bevor ich abdrücke. Ich verschieße keine gemischte Ladung, ohne sie vorher zu kontrollieren. Ich muss wissen, dass ich mit der richtigen Kammer anfange. Also brauche ich einen Revolver. Einen großen, damit ich die Patronen deutlich sehen kann.«

Das leuchtete ihm ein. Er machte sich eine Notiz. Danach bestimmten wir den älteren Mann für die Rolle des dortigen Cop. Duffy schlug vor, er solle rein zufällig in mein Schussfeld geraten.

»Nein«, sagte ich. »Es darf nicht nur ein unüberlegt abgegebener Schuss sein. Beck senior sollte mich wirklich beeindruckend finden. Ich muss wohl überlegt, aber rücksichtslos schießen. Als wäre ich ein Verrückter, und zwar einer, der schießen kann.«

Duffy stimmte zu, und Eliot ging in Gedanken die verfügbaren Fahrzeuge durch und bot mir einen alten Lieferwagen an. Sagte, ich könnte einen Ausfahrer spielen. Das gebe mir einen legitimen Grund, auf der Straße herumzulungern. Wir machten Listen – auf Papier und in unseren Köpfen. Die beiden Männer in meinem Alter saßen ohne Aufgabe da und wirkten ziemlich unglücklich.

»Ihr seid Reservecops«, sagte ich. »Was ist, wenn der Junge gar nicht mitkriegt, wie ich den ersten Cop erschieße? Er könnte in Ohnmacht fallen oder sonst was. Ihr müsst uns mit einem Auto verfolgen, und ich erledige euch, wenn ich sicher bin, dass er zusieht.«

»Reservecops sind unrealistisch«, warf der ältere Mann ein. »Ich meine, was soll das? Vor dem Collegetor wimmelt's auf einmal von Cops?«

»Collegecops«, sagte Duffy. »Ihr kennt die Mietcops, die in Colleges Dienst tun? Sie sind zufällig in der Nähe. Wo sollten sie sonst sein?«

»Ausgezeichnet«, bemerkte ich. »Die beiden können vom Campus aus losfahren und den ganzen Ablauf von hinten über Funk steuern.«

»Wie wollen Sie sie erledigen?«, fragte Eliot mich, als sei das wichtig.

Ich nickte, erkannte das Problem. Bis dahin würde ich bereits sechs Schüsse abgegeben haben.

»Ich kann nicht nachladen«, antwortete ich. »Nicht, während ich fahre. Nicht mit Platzpatronen. Der Junge könnte etwas merken.«

»Könnten Sie sie rammen? Von der Straße abdrängen?«

»Nicht mit einem klapprigen alten Lieferwagen. Ich brauche einen zweiten Revolver, der bereits geladen im Fahrzeug liegt. Vielleicht im Handschuhfach.«

»Sie laufen mit zwei solcher Waffen herum?«, fragte der alte Kerl. »Für Massachusetts etwas merkwürdig.«

Ich nickte. »Das ist ein Schwachpunkt. Aber ohne Risiko geht nichts.«

»Ich sollte Zivil tragen«, sagte der Alte. »Wie ein Kriminalbeamter. Auf einen uniformierten Cop zu schießen, ist mehr als tollkühn. Auch das wäre ein Schwachpunkt.«

»Okay«, sagte ich. »Einverstanden. Sie sind ein Kriminalbeamter und holen Ihre Plakette heraus. Ich halte sie versehentlich für eine Waffe. Das kommt vor.«

»Aber wie sterben wir?«, wollte er wissen. »Halten wir uns nur den Bauch und klappen zusammen wie in einem alten Wildwestfilm?«

»Das ist nicht überzeugend«, meinte Eliot. »Diese Sache muss so realistisch wie möglich aussehen. Wegen Richard Beck.«

»Wir brauchen Hollywoodrequisiten«, sagte Duffy. »Kevlarwesten und mit Kunstblut gefüllte Kondome, die auf ein Funksignal hin explodieren.«

»Und wo kriegen wir das Zeug her?«

»Vielleicht aus New York oder Boston.«

»Viel Zeit bleibt uns nicht mehr.«

»Was du nicht sagst«, meinte Duffy.

Damit endete der neunte Tag. Duffy wollte, dass ich ins Motel umzog, und bot mir an, mich in das Bostoner Hotel fahren zu lassen, damit ich mein Gepäck holen konnte. Als ich ihr erklärte, ich hätte kein Gepäck, musterte sie mich von der Seite, ohne etwas zu sagen. Ich bezog das Zimmer neben dem älteren Mann. Jemand holte Pizza. Alle liefen durcheinander und telefonierten eifrig. Mich ließen sie in Ruhe. Ich lag auf meinem Bett und ging die Sache noch mal von Anfang bis Ende durch. In Gedanken stellte ich eine Liste der Dinge auf, die wir noch nicht berücksichtigt hatten. Es war eine lange Liste. Aber es gab etwas, das mir am meisten Sorgen bereitete. Nicht direkt *auf* der Liste. Eher parallel zu ihr. Ich machte mich auf die Suche nach Duffy. Sie war draußen auf dem Parkplatz, hastete von ihrem Wagen in ihr Zimmer.

»Die Hauptperson ist hier nicht Zachary Beck«, erklärte ich ihr. »Er kann's nicht sein. Ist Quinn darin verwickelt, ist er der Boss. Er würde nie die zweite Geige spielen. Es sei denn, Beck wäre ein noch üblerer Typ als Quinn – und daran darf ich nicht mal denken.«

»Vielleicht hat Quinn sich verändert«, sagte sie. »Er hat zwei Kopfschüsse abbekommen. Möglicherweise hat ihn das geistig umgepolt. Seine Fähigkeiten irgendwie beeinträchtigt.«

Ich sagte nichts, und wir gingen beide in unsere Zimmer zurück.

Der zehnte Tag begann mit dem Eintreffen der Fahrzeuge. Der ältere Kerl bekam einen sieben Jahre alten Chevy Caprice, der sein neutraler Dienstwagen sein würde. Dies war die Ausführung mit dem Corvette-Motor aus dem letzten Modelljahr, bevor General Motors die Produktion einstellte. Der Pick-up war ein Ungetüm in verblasstem Rot mit einem Rammbügel. Ich hörte die jüngeren Männer sich darüber unterhalten, wie sie ihn einsetzen würden. Mein Fahrzeug, ein schlichter brauner Kastenwagen, sah aus wie ein Allerweltslieferwagen. Er hatte keine Seiten-, sondern nur zwei Heckfenster. Ich warf einen Blick ins Wageninnere, um festzustellen, ob er ein Handschuhfach besaß. Das tat er.

»Okay?«, fragte Eliot mich.

Ich klatschte mit der flachen Hand an die Seitenwand, wie Lieferwagenfahrer es tun, und hörte einen dumpfen Widerhall.

»Perfekt«, sagte ich. »Als Revolver hätte ich gern große Kaliber 44 Magnum. Ich möchte drei weiche Bleimantelgeschosse und neun Platzpatronen. Besorgen Sie möglichst laute Platzpatronen.«

»Okay«, sagte er. »Wozu Bleimantelgeschosse?«

»Ich mache mir Sorgen wegen Querschlägern«, antwortete ich. »Ich will nicht, dass jemand versehentlich zu Schaden kommt. Bleimantelgeschosse verformen sich und bleiben geradezu kleben. Ich schieße einmal auf den Kühler und zweimal auf die Reifen. Ich möchte, dass die Reifen stark aufgepumpt werden, damit sie dann regelrecht explodieren. Alles muss spektakulär aussehen.«

Eliot ging, Duffy kam.

»Diese Sachen werden Sie brauchen«, sagte sie. Sie hatte einen Kurzmantel und ein Paar Handschuhe für mich. »Wenn Sie diese Klamotten tragen, wirken Sie überzeugender. Es ist bestimmt kalt. Und der Mantel verdeckt den Revolver.«

Ich probierte den Mantel an. Er passte ziemlich gut. Sie verstand sich offenbar darauf, Größen zu schätzen.

»Der psychologische Aspekt dürfte schwierig sein«, erklärte sie. »Sie werden flexibel sein müssen. Vielleicht ist der Junge vor Angst wie gelähmt. Vielleicht müssen Sie ihn irgendwie aus der Reserve locken. Aber im Idealfall ist er geistig fit und redet mit Ihnen. Dann sollten Sie so tun, als ob es Ihnen widerstrebt, mehr und mehr von ihm vereinnahmt zu werden. Das Beste wäre, er würde Sie dazu überreden, ihn nach Hause zu fahren. Aber gleichzeitig müssen Sie die Kontrolle behalten. Die Ereignisse sollten so schnell ablaufen, dass er keine Zeit hat, lange darüber nachzudenken.«

»Okay«, sagte ich. »In diesem Fall ändere ich meinen Munitionswunsch. Die zweite Patrone in dem zweiten Revolver soll echt sein. Ich fordere ihn auf, sich in den Fußraum zu ducken, und schieße das Heckfenster hinter ihm heraus. Er wird denken, dass das die Collegecops waren, die auf uns geschossen haben. Dann befehle ich ihm, wieder raufzukommen. Das verstärkt sein Gefühl, in Gefahr zu sein, und bringt ihn dazu, meine Befehle auszuführen. Und er hat dann nichts dagegen, dass die Collegecops ihr Fett abbekommen. Ich will unbedingt vermeiden, dass der Junge handgreiflich wird, um mich zu stoppen. Dabei könnte ich den Lieferwagen zu Schrott fahren und uns beide umbringen.«

»Sie müssen versuchen, eine Beziehung zu ihm aufzubauen«, sagte sie. »Er muss später gut von Ihnen sprechen; denn von seinem Vater angestellt zu werden, wäre der Jackpot, darin stimme ich Ihnen zu. Als Leibwächter hätten Sie überall Zutritt. Versuchen Sie also, den Jungen zu beeindrucken. Aber tragen Sie dabei nicht zu dick auf. Er braucht Sie nicht zu mögen. Er soll Sie nur für einen harten Burschen halten, der genau weiß, was er tut.«

Ich machte mich auf die Suche nach Eliot. Danach vereinbarte ich mit den beiden Männern, die als Collegecops auftreten würden, dass sie erst mit Platzpatronen auf mich zielen würden, dann würde ich eine Platzpatrone auf sie abfeuern, anschließend die Heckscheibe des Lieferwagens zerschießen, eine weitere Platzpatrone abfeuern und zum Schluss rasch die letzten drei Platzpatronen verschießen. Bei meinem letzten Schuss würden sie die eigene Windschutzscheibe mit einer richtigen Kugel aus einer ihrer Waffen zerdeppern und danach von der Straße abkommen, als sei ein Reifen oder der Fahrer getroffen.

»Verwechseln Sie bloß die Patronen nicht!«, warnte einer der beiden.

»Ihr auch nicht«, erwiderte ich.

Zum Mittagessen gab es wieder Pizza. Danach fuhren wir los, um das Einsatzgebiet zu erkunden. Wir parkten eine Meile vorher und sahen uns verschiedene Straßenkarten an. Dann riskierten wir drei Probefahrten mit jeweils zwei Wagen, die direkt das Collegetor passierten. Ich hätte mir das Gebiet lieber genauer angesehen, aber wir wollten unter keinen Umständen auffallen. Wir fuhren schweigend ins Motel zurück und versammelten uns in Eliots Zimmer.

»Sieht okay aus«, sagte ich. »Aber in welche Richtung biegen sie ab?«

»Maine liegt nördlich von hier«, antwortete Duffy. »Wir können davon ausgehen, dass er irgendwo im Raum Portland wohnt.«

Ich nickte. »Aber ich glaube, dass sie nach Süden fahren werden. Sehen Sie sich die Karte an. So kommt man schneller zum Highway. Und für Sicherheitspersonal gilt die Standardregel, möglichst schnell eine große, viel befahrene Straße zu erreichen.«

»Damit gehen wir ein Wagnis ein.«

»Sie fahren nach Süden«, sagte ich.

»Noch irgendwas?«, fragte Eliot.

»Ich wäre ein Idiot, wenn ich den Lieferwagen behielte«, erwiderte ich. »Der alte Beck wird sich ausrechnen, dass ich ihn stehen gelassen und einen anderen Wagen geklaut hätte, wenn ich wirklich auf der Flucht wäre.«

»Wo?«, fragte Duffy.

»Der Karte nach liegt kurz vor dem Highway ein ziemlich großes Einkaufszentrum.«

»Okay, wir lassen dort einen zurück.«

»Reserveschlüssel unter der Stoßstange?«, fragte Eliot.

Duffy schüttelte den Kopf. »Nicht glaubwürdig. Die Sache muss unbedingt überzeugend wirken. Er muss ihn tatsächlich aufbrechen.«

»Ich weiß nicht, wie«, sagte ich. »Ich hab noch nie ein Auto geklaut.«

Im Zimmer herrschte Schweigen.

»Okay«, sagte Eliot. »Kein Problem ist unlösbar. Wir lassen die Fahrertür offen. Aber Sie tun so, als *sei* sie abgesperrt. Sie geben vor, die Tür zu knacken. Wir lassen in der Nähe einen Haufen Drähte und ein paar Drahtkleiderbügel zurück. Fordern Sie den Jungen auf, Ihnen etwas zu suchen, damit er das Gefühl hat, mit eingebunden zu sein. Das verstärkt die Illusion. Dann fummeln Sie damit herum ... und plötzlich geht die Tür auf. Wir lockern die Verkleidung unter der Lenksäule und machen die richtigen Drähte blank – *nur* die beiden richtigen Drähte. Sie finden sie und bringen sie zusammen.«

»Brillant«, meinte Duffy.

Eliot lächelte. »Man tut, was man kann.«

»Ich schlage vor, dass wir eine Pause machen«, sagte Duffy. »Nach dem Abendessen geht's weiter.«

Die restlichen Teile des Puzzles wurden nach dem Abendessen eingefügt. Zwei der Jungs kamen mit den letzten Ausrüstungsgegenständen zurück. Ich erhielt zwei identische Colts Anaconda. Große, brutale Revolver, die teuer aussahen. Ich fragte nicht, wo sie herkamen. Mitgeliefert wurden eine Schachtel mit echten Patronen Kaliber 44 Magnum und eine mit Platzpatronen. Die Platzpatronen stammten aus einem Baumarkt. Sie waren für ein Gerät bestimmt, das Stahlnägel in Beton jagte. Ich klappte die Trommeln beider Anacondas heraus und markierte mit der Spitze einer Nagelschere jeweils eine Kammer mit einem X. Die Trommel eines Colts dreht sich im Uhrzeigersinn – anders als bei einem Smith & Wesson, die sich entgegen dem Uhrzeigersinn dreht. Das X bezeichnete die Kammer mit der ersten Patrone, die ich verschießen wollte. Ich würde sie bei zehn Uhr lassen, wo ich sie sehen konnte, und sie würde sich nach rechts unter den Hammer drehen, sobald ich den Abzug betätigte.

Duffy brachte mir ein Paar Schuhe in meiner Größe. Der Absatz des rechten Schuhs war ausgehöhlt. Sie gab mir einen E-Mail-Sender, der genau in diese Höhlung passte.

»Ich bin froh, dass Sie so große Füße haben«, sagte sie. »So war der Sender leichter unterzubringen.«

»Arbeitet er zuverlässig?«

»Das will ich hoffen«, antwortete sie. »Er ist nagelneu, erst seit kurzem bei uns eingeführt. Alle Abteilungen benutzen ihn jetzt für verdeckte Kommunikation.«

»Großartig«, sagte ich. »Während meiner Dienstzeit waren versagende Geräte die Hauptursache für Pannen gewesen.«

»Dies ist das Beste, womit wir Sie ausstatten können«, sagte sie. »Alles andere würden sie finden, denn Sie werden bestimmt durchsucht. Und falls sie die Funkfrequenzen überwachen, dürften sie theoretisch nur ein kurzes Pfeifen wie von einem Modem hören. Sie werden es wahrscheinlich für eine atmosphärische Störung halten.«

Wir hatten drei Bluteffekte von einem New Yorker Kostümverleih. Sie waren groß und sperrig. Jeder bestand aus einer Kevlarplatte mit dreißig Zentimeter Seitenlänge, die auf die Brust des »Opfers« geklebt werden musste. Dazu gehörten

Gummireservoires mit Kunstblut, Empfänger, Sprengkapseln und Batterien.

»Tragt weite Hemden, Jungs«, sagte Eliot.

Die Fernauslöser bestanden aus einzelnen Knöpfen, die ich mit Klebeband an meinem rechten Unterarm befestigen würde. Sie waren mit Batterien verbunden, die ich in der inneren Manteltasche zu tragen hatte. Die Knöpfe waren groß genug, dass ich sie durch Mantel, Sakko und Hemd ertasten konnte. Ich rechnete mir aus, dass es natürlich wirken würde, wenn ich den rechten Unterarm wegen des Coltgewichts mit der linken Hand abstützte. Wir übten den Ablauf ein. Zuerst der Fahrer des Pick-ups. Das war der Knopf am Handgelenk. Ich würde ihn mit dem Zeigefinger drücken. Dann der Beifahrer des Pick-ups. Dieser Knopf befand sich in der Mitte. Mittelfinger. Zuletzt der ältere Kerl, der den Cop spielte. Der dritte Knopf lag in Richtung Ellbogen, Ringfinger.

»Diese Dinger müssen Sie später loswerden«, erklärte Eliot. »In Becks Haus werden Sie garantiert abgetastet. Sie müssen irgendwo auf die Toilette oder sonst wohin verschwinden und sie mit den Batterien wegwerfen.«

Wir übten endlos lange auf dem Parkplatz des Motels. Gegen Mitternacht beherrschten wir unsere Rollen so gut, wie wir es uns nur wünschen konnten. Wir würden von Anfang bis Ende ganze acht Sekunden brauchen.

»Die Entscheidung liegt bei Ihnen«, sagte Duffy zu mir. »Nur bei Ihnen. Sollte irgendwas nicht in Ordnung sein, wenn der Toyota auf Sie zukommt, *irgendwas,* brechen Sie ab und sehen zu, wie er vorbeifährt. Wir bringen die Sache dann irgendwie in Ordnung. Aber Sie geben drei scharfe Schüsse ab, und ich will nicht, dass ein zufällig vorbeikommender Fußgänger, Radfahrer oder Jogger getroffen wird. Sie müssen sich in weniger als einer Sekunde entscheiden.«

»Verstanden«, sagte ich, obwohl ich es für beinahe ausgeschlossen hielt, dass man eine Sache, die so weit gediehen war, wieder in Ordnung bringen könnte. Dann nahm Eliot die letzten Anrufe entgegen und bestätigte, dass sie leihweise einen Streifenwagen bekamen, wie ihn Collegecops fuhren, und ich hinter dem Kaufhauskomplex, der das Einkaufszentrum beherrschte, einen Nissan Maxima vorfinden würde. Der Wagen war im Bundesstaat New York bei einem kleinen Marihuanapflanzer beschlagnahmt worden. Dort gab es noch strenge Drogengesetze. Eliots Leute würden ihn mit gefälschten Kennzeichen aus Massachusetts ausrüsten und mit allem möglichen Kram anfüllen, mit dem eine Kaufhausverkäuferin wahrscheinlich ihr Auto voll stopfte.

»Ab in die Falle!«, rief Duffy. »Morgen wird ein anstrengender Tag.«

Das war das Ende des zehnten Tages.

Am elften Tag kam Duffy sehr früh in mein Zimmer und brachte Kaffee und Doughnuts mit. Wir frühstückten zusammen. Sie zeigte mir Fotos der Frau, die sie sieben Wochen zuvor eingeschleust hatte. Die Agentin war eine zweiunddreißigjährige Blondine, die unter dem Namen Teresa Daniel einen Job als Büroangestellte bei der Firma Bizarre Bazaar angenommen hatte. Sie war klein und zierlich, sah aber wie eine Frau aus, die sich zu helfen weiß. Ich studierte die Fotos eingehend und prägte mir ihre Züge ein, aber vor meinem inneren Auge stand das Gesicht einer anderen.

»Versuchen Sie unbedingt, dass Beck Sie einstellt«, sagte Duffy. »Wir haben die letzten Jahre Ihrer Biographie überprüft, genau wie er es tun würde. Die Angaben sind ziemlich vage. Die Lücken würden mich stören, aber ich vermute, dass er darüber hinwegsehen wird.«

Ich gab ihr die Fotos zurück.

»Er wird mich ganz automatisch anstellen«, erklärte ich.

»Ihm fehlen zwei Leute, und er fühlt sich bedroht. Aber ich werde mich nicht aufdrängen, eher sogar etwas sträuben. Alles andere wäre unglaubwürdig, finde ich.«

»Okay«, sagte sie. »Sie haben sieben einzelne Ziele, von denen Nummer eins, zwei und drei lauten: Passen Sie gut auf sich auf. Wir müssen davon ausgehen, dass diese Leute äußerst gefährlich sind.«

Ich nickte. »Davon müssen wir nicht nur ausgehen. Gehört Quinn zu ihnen, ist das eine Tatsache.«

»Verhalten Sie sich also entsprechend«, sagte sie. »Ziehen Sie von Anfang an die Samthandschuhe aus.«

»Klar«, sagte ich. Ich knetete die linke Schulter mit der rechten Hand. Dann hielt ich abrupt inne. Ein Army-Psychiater hatte mir einmal gesagt, eine unbewusste Geste dieser Art verrate, dass man verwundbar sei. Sie sei rein defensiv, spreche von dem Bestreben, sich zu schützen und zu verkriechen, und sei der erste Schritt zu fetal zusammengekrümmter Haltung auf dem Fußboden. Duffy musste die gleichen Bücher gelesen haben, denn sie erkannte die Bedeutung dieser Geste und sah mich stirnrunzelnd an.

»Sie haben Angst vor Quinn, stimmt's?«, fragte sie.

»Ich fürchte mich vor niemandem«, antwortete ich. »Aber als Toter war er mir natürlich lieber.«

»Wir können die Sache abblasen«, schlug sie vor.

Ich schüttelte den Kopf. »Nein, auf keinen Fall, ich möchte die Chance nutzen, ihn zu finden.«

»Was ist bei seiner Verhaftung schief gegangen?«

Ich schüttelte erneut den Kopf.

»Darüber möchte ich nicht reden«, erwiderte ich.

Duffy schwieg einen Moment, bedrängte mich nicht. Dann fuhr sie mit der Einsatzbesprechung fort. Ruhige Stimme, nüchterne Ausdrucksweise.

»Ziel Nummer vier ist, meine Agentin zu finden«, sagte sie.

»Oder herauszufinden, was ihr zugestoßen ist. Fünftens: Bringen Sie mir solide Beweise, mit denen ich Beck festnageln kann. Sechstens: Finden Sie Quinn, und tun Sie, was Sie tun müssen. Und siebtens: Sehen Sie zu, dass Sie dort verdammt schnell wieder rauskommen.«

Ich nickte. Schwieg.

»Wir beschatten Sie nicht«, fuhr sie fort. »Der Junge könnte uns entdecken. Er dürfte nach all dem ziemlich paranoid reagieren. Und wir bauen in den Nissan keinen Peilsender ein, weil der wahrscheinlich gefunden würde. Sie müssen uns Ihren Aufenthaltsort mailen, sobald Sie ihn kennen.«

»Okay.«

»Schwachpunkte?«

Ich zwang mich dazu, nicht mehr an Quinn zu denken.

»Es gibt drei«, antwortete ich. »Der erste ist, dass ich die Heckscheibe des Lieferwagens zerschießen werde und der Junge dann ungefähr zehn Minuten Zeit hat, um festzustellen, dass im Laderaum kaum Glassplitter liegen und die Windschutzscheibe kein entsprechendes Loch aufweist.«

»Dann lassen Sie's halt.«

»Nein, das geht nicht. Wir müssen dafür sorgen, dass er weiter panische Angst hat.«

»Okay, aber dann stellen wir ein paar Kartons in den Laderaum. Sie brauchen ohnehin Ware, wenn Sie ein Ausfahrer sind. Die dürften ihm die Sicht versperren. Und wenn nicht, können wir nur hoffen, dass er in diesen zehn Minuten nicht zwei und zwei zusammenzählt.«

Ich nickte. »Der zweite Punkt ist, dass der alte Beck irgendwann die hiesigen Cops anrufen wird, um sich meine Aussagen bestätigen zu lassen.«

»Die bekommen von uns ein Drehbuch, an das sie sich halten. Sie spielen so lange mit, wie wir sie brauchen. Was ist der letzte Schwachpunkt?«

»Die Leibwächter«, antwortete ich. »Wie lange könnt ihr die festhalten? Ihr dürft sie an kein Telefon lassen, sonst rufen sie sofort Beck an. Also dürft ihr sie nicht offiziell verhaften und in ein Gefängnis stecken. Ihr müsst sie ohne Kontakt zur Außenwelt festsetzen, was völlig illegal ist. Wie lange könnt ihr das durchhalten?«

Duffy zuckte mit den Schultern. »Maximal vier bis fünf Tage. Länger ist es uns nicht möglich, Sie zu schützen. Sie müssen sich also beeilen.«

»Das habe ich vor«, erwiderte ich. »Wie lange hält der Akku meines E-Mail-Senders?«

»Ungefähr fünf Tage«, antwortete sie. »Bis dahin sind Sie wieder draußen. Ein Ladegerät können wir Ihnen nicht mitgeben. Das wäre verdächtig. Aber Sie können ein Handy-Ladegerät benutzen, falls Ihnen eines unterkommt.«

»Okay.«

Mehr gab es nicht zu sagen. Plötzlich kam sie auf mich zu und küsste mich auf die Wange.

»Alles Gute«, sagte sie. »Ich glaube, wir haben nichts übersehen.«

Aber wir hatten viele Dinge übersehen. Unser Plan wies offenkundige Mängel auf, mit denen ich mich jetzt auseinander setzen musste.

3

Der Leibwächter Duke kam fünf vor sieben wieder in mein Zimmer – fürs Abendessen viel zu früh. Ich hörte seine Schritte draußen auf dem Korridor und ein leises Klicken, als das Schloss aufgesperrt wurde. Ich saß auf dem Bett. Der E-Mail-Sender steckte wieder in meinem rechten Schuh.

»Na, ausgeschlafen, Arschloch?«, erkundigte er sich.

»Warum bin ich eingesperrt?«, wollte ich wissen.

»Weil du ein Copkiller bist«, antwortete er.

Ich sah weg. Vielleicht war Duke selbst ein Cop gewesen, bevor er in die Privatwirtschaft gegangen war. Viele ehemalige Cops landen in der Sicherheitsbranche – als Berater, Privatdetektive oder Leibwächter. Jedenfalls hatte er's auf mich abgesehen, was Probleme machen konnte. Aber es bedeutete auch, dass er Richard Becks Story glaubte, was erfreulich war. Er starrte mich an, geleitete mich aus dem Zimmer, die Treppe ins Erdgeschoss hinunter und durch düstere Korridore zur Nordseite des Hauses. Ich konnte salzhaltige Luft und feuchte Teppiche riechen. Überall lagen Orientteppiche – an manchen Stellen sogar zwei übereinander. Er blieb vor einer Tür stehen, stieß sie auf und machte einen Schritt zur Seite, sodass ich in ein großes quadratisches und mit dunklem Eichenholz getäfeltes Zimmer treten konnte. Der Fußboden verschwand unter Teppichen. Kleine Fenster saßen in tiefen Mauernischen. Draußen waren Abenddämmerung, Felsen und grauer Ozean zu sehen. Auf einem Refektoriumstisch aus Eiche lagen meine beiden Colts Anaconda. Entladen, mit herausgeklappten Trommeln. Am Kopfende des Tischs saß ein Mann in einem Armsessel mit hoher Rückenlehne. Er war der Mann, den ich von Susan Duffys Überwachungsfotos her kannte.

In Person war er wenig bemerkenswert. Ungefähr eins achtzig, ungefähr neunzig Kilo. Graues Haar, nicht dicht, nicht schütter, nicht kurz, nicht lang. Ich schätzte ihn auf etwa fünfzig. Er trug einen grauen Anzug aus teurem Stoff, dessen Schnitt keinerlei Anspruch auf Eleganz erhob. Sein Hemd war weiß, seine Krawatte farblos wie Benzin. Sein Gesicht und seine Hände sahen blass aus, als wären sein natürlicher Lebensraum Tiefgaragen, in denen er Ware aus dem Kofferraum seines Cadillacs verhökerte.

»Nehmen Sie Platz«, forderte er mich auf. Seine Stimme klang ruhig, aber angestrengt, als sitze sie ganz hoch in seiner Kehle. Ich ließ mich ihm gegenüber am anderen Tischende nieder.

»Ich bin Zachary Beck«, sagte er.

»Jack Reacher«, erwiderte ich.

Duke schloss lautlos die Tür und lehnte seinen massigen Körper von innen dagegen. Im Raum herrschte zunächst Schweigen. Ich konnte das Meer hören. Nicht das rhythmische an den Strand brausende Wogen, sondern eine sich ständig an Felsen brechende Brandung.

»Also«, begann Beck. Vor ihm auf dem Tisch stand ein Drink. Irgendeine bernsteinfarbene Flüssigkeit in einem niedrigen, schweren Glas. Scotch oder Bourbon. Er nickte Duke zu. Der griff nach dem zweiten Glas, das auf einem Sideboard für mich bereitstand. Es enthielt die gleiche Flüssigkeit. Er trug es etwas unbeholfen, weil er es zwischen Daumen und Zeigefinger nur ganz unten anfasste. So durchquerte er den Raum und beugte sich leicht nach vorn, um das Glas sorgfältig vor mir abzustellen. Ich lächelte schwach. Ich wusste, wozu es diente.

»Also«, sagte Beck wieder.

Ich wartete.

»Mein Sohn hat mir Ihr Dilemma geschildert«, erklärte er. Genau diesen Ausdruck hatte seine Frau benutzt.

»Das Gesetz unbeabsichtigter Folgen«, sagte ich.

»Diese Sache bringt mich in Schwierigkeiten«, fuhr er fort. »Ich bin nur ein gewöhnlicher Geschäftsmann, der festzustellen versucht, wo seine Verantwortlichkeit liegt.«

Ich wartete.

»Wir sind Ihnen natürlich dankbar«, sagte er. »Bitte verstehen Sie mich nicht falsch.«

»Aber?«

»Hier geht's um rechtliche Fragen, nicht wahr?« Das sagte er mit leichter Verärgerung in der Stimme, als wäre er das Opfer von Schwierigkeiten, die sich seiner Kontrolle entzogen.

»Die Sache ist ganz einfach«, entgegnete ich. »Sie brauchen nur ein Auge zuzudrücken. Wenigstens zeitweise. Eine Hand wäscht die andere. Wenn Sie so was mit Ihrem Gewissen vereinbaren können.«

Danach schwiegen wir wieder. Ich horchte auf den Atlantik. Zachary Becks Blick irrte ziellos umher. Sein Gesicht war schmal, das Kinn nicht sehr ausgeprägt, seine Stirn nachdenklich gerunzelt. Die Augen standen ziemlich dicht beieinander. Die schmalen Lippen waren geschürzt. Er wiegte leicht den Kopf und spielte die Rolle eines gewöhnlichen Geschäftsmanns, der mit schwer wiegenden Problemen kämpft.

»War's ein Fehler?«, fragte er.

»Der Cop?«, sagte ich. »Aus jetziger Sicht schon. Als es passierte, habe ich nur versucht, von dort wegzukommen.«

Er überlegte eine Weile, dann nickte er.

»Okay«, sagte er. »Unter diesen Umständen sind wir vielleicht bereit, Ihnen zu helfen. Wenn wir können. Sie haben der Familie einen großen Dienst erwiesen.«

»Ich brauche Geld«, sagte ich.

»Wofür?«

»Um reisen zu können.«

»Wann?«

»Gleich jetzt.«

»Ist das klug?«

Ich schüttelte den Kopf. »Eigentlich nicht. Am liebsten würde ich ein paar Tage warten, bis die Wogen sich geglättet haben. Aber ich will mein Glück bei Ihnen nicht überstrapazieren.«

»Wie viel Geld?«

»Fünftausend Dollar müssten reichen.«

Er äußerte sich nicht dazu. Begann wieder, sich im Raum umzusehen. Diesmal war sein Blick jedoch etwas mehr fokussiert.

»Ich habe ein paar Fragen an Sie«, sagte er. »Bevor Sie uns verlassen. *Falls* Sie uns verlassen. Zwei Dinge sind vor allem wichtig. Erstens: Wer waren sie?«

»Wissen Sie das nicht?«

»Ich habe viele Konkurrenten und Feinde.«

»Die so weit gehen würden?«

»Ich bin Teppichimporteur«, antwortete er. »Das war nicht mein Berufsziel, aber es hat sich so ergeben. Sie glauben vermutlich, dass ich nur mit Kaufhäusern und Innenarchitekten Geschäftsbeziehungen pflege, aber in Wirklichkeit habe ich Kontakt mit allerlei zwielichtigen Personen in ausländischen Slums, in denen versklavte Kinder gezwungen werden, achtzehn Stunden am Tag zu arbeiten. Ihre Besitzer sind durchweg davon überzeugt, dass ich sie betrüge und ihre Kultur ausbeute. Und das tue ich vermutlich auch – allerdings nicht mehr als sie selbst. Das sind keine Leute, mit denen der Umgang Spaß macht. Damit mein Unternehmen floriert, brauche ich eine gewisse Robustheit. Und die brauchen meine Konkurrenten ebenfalls. Erfolg haben in der Teppichbranche nur die Robusten. Denke ich also an meine Lieferanten und Konkurrenten, fallen mir ein halbes Dutzend Leute ein, denen ich zutraue, meinen Sohn zu entführen, um sich an mir zu rächen. Schließlich hat das vor fünf Jahren bereits einer von ihnen *getan*, wie er Ihnen bestimmt erzählt hat.«

Ich gab keine Antwort.

»Ich muss wissen, wer sie waren«, sagte er, als meinte er das ernst. Deshalb schilderte ich ihm den gesamten Ablauf des Geschehens. Ich beschrieb die beiden DEA-Typen in dem Toyota in allen Einzelheiten.

»Keine Ahnung, wer das gewesen sein könnte«, sagte er.

Ich äußerte mich nicht dazu.

»Das Kennzeichen des Toyota haben Sie nicht gesehen?«, fragte er.

Ich überlegte, dann sagte ich die Wahrheit.

»Ich habe ihn nur von vorn gesehen. Da hatte er keines.«

»Okay«, meinte er. »Sie kamen also aus einem Bundesstaat, der kein Kennzeichen vorn verlangt. Das engt den Kreis etwas ein, vermute ich.«

Ich schwieg. Er schüttelte den Kopf.

»Informationen sind sehr rar«, sagte er. »Einer meiner Geschäftsfreunde hat unauffällig beim Police Department dort unten nachgefragt. Ein städtischer Cop ist tot, ein Collegecop ist tot, zwei Unbekannte, die einen Lincoln gefahren haben, sind tot, und zwei Unbekannte in einem Toyota-Pick-up sind tot. Der einzige überlebende Augenzeuge ist ein weiterer Collegecop, aber der liegt nach einem Verkehrsunfall fast fünf Meilen vom Tatort entfernt noch immer im Koma. Deshalb weiß vorläufig niemand, was passiert ist. Niemand vermutet einen Entführungsversuch. Bekannt ist nur, dass es aus unerklärlichen Gründen ein regelrechtes Blutbad gegeben hat. Die Polizei tippt auf eine Fehde zwischen Gangsterbanden.«

»Was passiert, wenn die Polizei das Kennzeichen des Lincoln überprüft?«, fragte ich.

Er zögerte.

»Der Wagen ist auf die Firma zugelassen«, antwortete er dann. »Das Kennzeichen führt nicht direkt hierher.«

Ich nickte. »Okay, aber ich wäre gern an der Westküste, wenn der zweite Collegcop aufwacht. Er hat mich gut sehen können.«

»Und ich will wissen, wer versucht hat, meinen Sohn zu entführen.«

Mein Blick wanderte zu den Anacondas auf dem Tisch. Irgendwer hatte sie gereinigt und geölt. Ich war plötzlich sehr erleichtert, dass ich die verschossenen Patronen herausgenommen und weggeworfen hatte, und griff nach dem Glas. Umfasste es mit der ganzen Hand und roch an dem Inhalt. Ich hatte keine Ahnung, was das war. Eine Tasse Kaffee wäre mir lieber gewesen. Ich stellte das Glas auf den Tisch zurück.

»Mit Richard alles in Ordnung?«, fragte ich.

»Er wird's überleben«, meinte Beck. »Ich wüsste gern genau, wer's auf mich abgesehen hat.«

»Ich hab Ihnen gesagt, was ich weiß«, erklärte ich. »Sie haben mir keine Ausweise gezeigt. Ich kannte sie nicht persönlich und war nur zufällig dort. Was ist der zweite Punkt?«

Nun folgte eine lange Pause. Draußen toste die Brandung.

»Ich bin ein vorsichtiger Mann«, sagte Beck schließlich. »Und ich möchte Sie nicht beleidigen.«

»Aber?«

»Aber ich frage mich, wer Sie wirklich sind.«

»Ich bin der Mann, der das zweite Ohr Ihres Sohnes gerettet hat«, sagte ich.

Beck sah zu Duke, der rasch vortrat und mein Glas nahm. Er fasste wieder nur den Glasrand mit Daumen und Zeigefinger an.

»Und jetzt sind Sie im Besitz meiner Fingerabdrücke«, sagte ich. »Klar und deutlich.«

Beck nickte erneut wie ein Mann, der eine wohl überlegte Entscheidung trifft. Er deutete auf die auf dem Tisch liegenden Revolver.

»Schöne Waffen«, meinte er.

Er stieß einen Colt mit den Fingerknöcheln an und ließ ihn zu mir hinübergleiten. Der schwere Stahl machte auf der Eichenholzplatte ein hohl nachhallendes Geräusch.

»Verraten Sie mir, warum jeweils eine der Kammern mit einem eingeritzten Kreuz gekennzeichnet ist?«

Ich horchte auf den Ozean.

»Keine Ahnung«, antwortete ich. »Ich habe sie so bekommen.«

»Sie haben sie gebraucht gekauft?«

»In Arizona«, sagte ich.

»In einem Waffengeschäft?«

»Auf einer Waffenmesse.«

»Warum?«

»Ich mag keine Ausweiskontrollen.«

»Haben Sie nicht nach den Kratzern gefragt?«

»Ich habe angenommen, das seien Markierungen«, entgegnete ich. »Irgendein Waffennarr habe mit beiden Revolvern geschossen und die genaueste Kammer markiert. Oder die ungenaueste.«

»Die Kammern sind unterschiedlich?«

»Alles ist unterschiedlich. Das liegt in der Natur industrieller Fertigung.«

»Sogar bei Revolvern für achthundert Dollar?«

»Kommt drauf an, wie pingelig man ist«, sagte ich. »Hat man das Bedürfnis, bis auf Hunderttausendstelmillimeter genau zu messen, ist alles auf dieser Welt unterschiedlich.«

»Spielt das eine Rolle?«

»Nicht für mich«, sagte ich. »Ziele ich mit einer Waffe auf jemanden, ist's mir egal, welches spezielle Blutkörperchen ich im Visier habe.«

Er saß einen Augenblick schweigend da. Dann griff er in seine Jackentasche und brachte eine Patrone zum Vorschein. Glänzende Messinghülse, mattgraues Bleigeschoss. Er stellte sie wie eine winzige Artilleriegranate aufrecht vor sich hin. Dann stieß er sie um und rollte sie unter seinen Fingern auf der Tischplatte hin und her. Als Nächstes legte er sie sorgfältig vor sich hin und schnippte sie so mit der Fingerspitze an, dass sie auf mich zurollte. Sie beschrieb eine elegante weite Kurve und machte dabei ein leicht dröhnendes Geräusch auf dem Holz.

Ich ließ sie über die Tischkante rollen und fing sie mit einer Hand auf. Die Patrone war eine Remington Kaliber 44 Magnum ohne Stahlmantel. Sie war schwer, wog wahrscheinlich über zwanzig Gramm. Ein brutales Ding. Kostete bestimmt so um einen Dollar.

»Haben Sie schon mal russisches Roulett gespielt?«, fragte er.

»Ich muss den Wagen wegschaffen, den ich gestohlen habe«, erklärte ich.

»Den haben wir schon weggeschafft«, meinte er.

»Wohin?«

»Wo er nicht gefunden wird.«

Er sprach nicht weiter. Ich sagte nichts, sah ihn nur an, als fragte ich mich: *Ist das etwas, das ein gewöhnlicher Geschäftsmann tun würde?* Und würde er seine Autos auf Scheinfirmen zulassen? Und sofort wissen, was ein Colt Anaconda im Einzelhandel kostete? Und dafür sorgen, dass die Fingerabdrücke eines Gastes an einem Whiskyglas zurückblieben?

»Haben Sie schon mal russisches Roulett gespielt?«, wiederholte er seine Frage.

»Nein«, sagte ich. »Noch nie.«

»Ich werde bedroht«, sagte er. »Und ich habe gerade zwei Männer verloren. In solchen Zeiten braucht man zusätzliche Männer, statt welche zu verlieren.«

Ich wartete und tat so, als hätte ich Mühe, den Sinn des Gesagten zu begreifen.

»Sie schlagen mir vor, bei Ihnen anzuheuern?«, fragte ich dann. »Ich weiß nicht, ob ich bleiben kann.«

»Ich schlage nichts vor«, entgegnete er. »Ich treffe eine Entscheidung. Sie sehen aus wie ein Mann, der brauchbar ist. Und wenn ich Sie will, kriege ich Sie. In Massachusetts ist ein Cop erschossen worden, und ich habe Ihren Namen und Ihre Fingerabdrücke.«

»Aber?«

»Aber ich weiß nicht, wer Sie sind.«

»Daran müssen Sie sich gewöhnen«, sagte ich. »Woher wissen Sie, wer irgendjemand ist?«

»Das bekomme ich raus«, sagte er. »Indem ich Leute auf die Probe stelle. Was wäre, wenn ich Sie auffordern würde, einen weiteren Cop zu erschießen? Als Beweis Ihres guten Willens?«

»Ich würde nein sagen. Ich würde wiederholen, dass das mit dem ersten ein unglücklicher Zufall war, den ich sehr bedaure. Und ich würde mich zu fragen beginnen, was für ein gewöhnlicher Geschäftsmann Sie eigentlich sind.«

»Mein Geschäft geht nur mich etwas an. Darüber brauchen Sie sich nicht den Kopf zu zerbrechen.«

Ich schwieg.

»Spielen Sie russisches Roulett mit mir«, sagte er.

»Was würde das beweisen?«

»Ein Federal Agent würde es nicht tun.«

»Weshalb machen Federal Agents Ihnen Sorgen?«

»Auch darüber brauchen Sie sich nicht den Kopf zu zerbrechen.«

»Ich bin kein Federal Agent«, sagte ich.

»Dann beweisen Sie's mir. Spielen Sie russisches Roulett mit mir. Ich meine, ich spiele gewissermaßen schon russisches Roulett mit Ihnen, nur indem ich Sie in mein Haus einlasse, ohne genau zu wissen, wer Sie sind.«

»Ich habe Ihren Sohn gerettet.«

»Und dafür bin ich Ihnen sehr dankbar. Dankbar genug, um weiterhin auf zivilisierte Art mit Ihnen zu sprechen. Dankbar genug, um Ihnen vielleicht Zuflucht und einen Job anzubieten. Weil ich etwas für Männer übrig habe, die tatkräftig handeln.«

»Ich bin nicht auf der Suche nach einem Job«, sagte ich. »Ich will irgendwo für achtundvierzig Stunden unterkriechen und dann weiterziehen.«

»Hier wären Sie völlig sicher. Wir würden uns um Sie kümmern. Niemand würde Sie jemals finden. Und wir würden von einer für beide Seiten lohnenden Beziehung profitieren. Wenn Sie den Test bestehen.«

»Das russische Roulett ist der Test?«

»Der unfehlbare Test«, sagte er. »Meiner Erfahrung nach.«

Wir schwiegen beide. Dann beugte sich Beck in seinem Stuhl nach vorn.

»Sie sind entweder für oder gegen mich«, sagte er. »Eines von beiden werden Sie gleich beweisen. Ich hoffe aufrichtig, dass Sie eine kluge Wahl treffen.«

Duke bewegte sich. Unter seinen Füßen knarrte eine Diele. Ich horchte auf das Meer. Die Tümpel zwischen den Felsen liefen voll und wieder aus. Gischt spritzte hoch, und der stürmische Wind ließ schwere Schaumflocken an die Fensterscheiben klatschen. Ich griff nach dem vor mir auf dem Tisch liegenden Colt Anaconda. Duke zog eine Pistole aus seinem Schulterhalfter und zielte damit für den Fall auf mich, dass ich an etwas anderes als Roulett dachte. Er hatte eine Steyr SPP, praktisch eine Maschinenpistole Steyr TMP in Pistolenformat. Die seltene Waffe aus Österreich sah in seiner Hand riesig und hässlich aus. Ich wandte den Blick von ihr ab und konzentrierte mich auf den Revolver. Ich drückte die Patrone in die erstbeste Kammer, klappte die Trommel ein und ließ sie frei rotieren. Das Klinkenrad surrte in der Stille.

»Los«, sagte Beck.

Ich ließ die Trommel nochmals rotieren, hob den Revolver und setzte die Mündung an meine Schläfe. Der Stahlring war kalt. Ich sah Beck in die Augen, hielt den Atem an und betätigte langsam den Abzug. Die Trommel drehte sich, und der Hammer wurde zurückgezogen. Die Mechanik arbeitete glatt und präzise. Ich zog den Abzug ganz durch. Der Hammer schlug nach vorn. Dabei war ein lautes Klicken zu hören. Ich spürte das Auftreffen des Hammers als leichten Schlag, der sich durchs Metall bis zu meiner Schläfe fortpflanzte. Aber sonst spürte ich nichts. Ich atmete aus, ließ den Revolver sinken und behielt ihn in meiner auf der Tischplatte ruhenden Rechten. Dann drehte ich die Hand zur Seite und nahm den Zeigefinger aus dem Abzugbügel.

»Jetzt sind Sie dran«, sagte ich.

»Ich wollte nur sehen, wie Sie's machen«, sagte er.

Im Raum herrschte Stille. Ich lächelte.

»Wollen Sie's noch mal sehen?«, fragte ich.

Beck gab keine Antwort. Ich griff wieder nach dem Revolver, ließ die Trommel rotieren und wartete ab, bis sie zum Stillstand gekommen war. Hob die Mündung an meine Schläfe. Der Lauf war so lang, dass mein Ellbogen nach oben und außen gedrückt wurde. Diesmal zog ich den Abzug rasch durch. In der Stille klang das Klicken unnatürlich laut. Es war das Arbeitsgeräusch eines achthundert Dollar teuren Präzisionsmechanismus, der wie vorgesehen funktionierte. Ich ließ die Waffe sinken und drehte die Trommel zum dritten Mal. Hob den Revolver. Drückte ab. Nichts. Ich ließ rasch ein viertes Mal folgen. Nichts. Das fünfte Mal folgte noch rascher. Nichts.

»Okay«, sagte Beck.

»Erzählen Sie mir etwas über Orientteppiche«, bat ich.

»Da gibt's nicht viel zu erzählen«, sagte er. »Sie liegen auf dem Fußboden. Leute kaufen sie. Manchmal für eine Menge Geld.«

Ich lächelte. Hob erneut den Revolver.

»Die Chancen stehen sechs zu eins«, sagte ich. Dann ließ ich die Trommel zum sechsten Mal rotieren. Im Raum herrschte atemlose Stille. Ich setzte die Mündung an meine Schläfe. Betätigte den Abzug und spürte den leichten Schlag, mit dem der Hammer eine leere Kammer traf. Sonst nichts.

»Genug«, sagte Beck.

Ich ließ den Colt sinken, kippte die Trommel zur Seite und ließ die Patrone auf den Tisch fallen. Legte sie sorgfältig hin und ließ sie zu ihm zurückrollen. Er hielt sie mit dem Handballen auf und betrachtete mich eine Weile wie ein Raubtier im Zoo. Als wünschte er sich vielleicht, zwischen uns befänden sich Gitterstäbe.

»Richard hat erzählt, dass Sie bei der Militärpolizei waren«, begann er das Gespräch wieder.

»Dreizehn Jahre.«

»Waren Sie gut?«

»Besser als diese Penner, die Sie losgeschickt haben, um Ihren Jungen zu beschützen.«

»Er spricht lobend von Ihnen.«

»Das sollte er auch«, sagte ich. »Ich habe seinen Arsch gerettet. Unter beträchtlichem Einsatz.«

»Wird man Sie irgendwo vermissen?«

»Nein.«

»Familie?«

»Keine.«

»Job?«

»Dorthin kann ich nicht mehr zurück«, sagte ich. »Stimmt's?«

Er spielte einen Augenblick mit der Patrone, rollte sie mit dem Zeigefinger hin und her. Dann nahm er sie vom Tisch und warf sie Duke zu. Der fing sie mit einer Hand auf und ließ sie in einer Jackentasche verschwinden.

»Duke ist der Chef meines Sicherheitsdienstes«, erklärte er. »Sie arbeiten ab sofort für ihn.«

Ich sah erst zu Duke, dann wieder zu Beck.

»Was ist, wenn ich nicht für ihn arbeiten will?«, fragte ich.

»Ihnen bleibt nichts anderes übrig. In Massachusetts ist ein Cop erschossen worden, und wir haben Ihren Namen und Ihre

Fingerabdrücke. Sie sind auf Probe angestellt, bis wir wissen, was für ein Mensch Sie wirklich sind. Aber ich bin sicher, dass wir zu einer für alle zufrieden stellenden Beziehung gelangen werden.«

Der Unterschied zwischen einem Ehrengast und einem Angestellten auf Probe war, dass ich mit dem übrigen Personal in der Küche aß. Der Riese aus dem Wachhäuschen an der Mauer ließ sich nicht blicken, aber Duke und ein weiterer Typ, den ich für eine Art Hausmeister und Mädchen für alles hielt, erschienen zum Abendessen. Ein Dienstmädchen und die Köchin vervollständigten unsere Runde. Wir saßen zu fünft an einem einfachen Tisch aus Kiefernholz und aßen ebenso gut wie die Familie oben im Speisezimmer. Möglicherweise besser, denn vielleicht hatte die Köchin in ihr Essen gespuckt. Ich hatte genügend Erfahrung mit Unteroffizieren und Mannschaften, um zu wissen, wie solche Dinge ablaufen.

Beim Essen wurde nicht viel gesprochen. Die Köchin war eine säuerliche Person Anfang sechzig. Das junge, unscheinbare und ziemlich schüchterne Dienstmädchen schien noch nicht lange hier zu sein. Sie wusste nicht recht, wie sie sich benehmen sollte. Zu ihrem formlosen Baumwollkleid trug sie eine Strickjacke, dazu klobige Schuhe mit flachen Absätzen. Der Hausmeister war um die fünfzig, hager, grauhaarig, schweigsam. Auch Duke war schweigsam, weil er nachdachte. Beck hatte ihn vor ein Problem gestellt, und er überlegte, wie er damit umgehen sollte. Konnte er mich einsetzen? Konnte er mir trauen? Er war nicht dumm. Das war offensichtlich. Er sah die Schwierigkeiten und war durchaus bereit, sich mit ihnen zu befassen. Er musste so ungefähr in meinem Alter sein und hatte eines dieser hässlichen, von Maisbrei aufgedunsenen Gesichter, die sich im Alter kaum verändern. Er war ungefähr so groß und schwer wie ich. Ich saß neben ihm, aß meinen Teller leer und bemühte mich, die Fragen zu stellen, die man von einem normalen Menschen erwarten konnte.

»Erzähl mir mehr übers Teppichgeschäft«, sagte ich in einem Tonfall, der erkennen ließ, dass ich vermutete, Zachary Beck verdiene sein Geld in Wirklichkeit mit ganz anderen Geschäften.

»Nicht jetzt«, erwiderte Duke, als meinte er: *Nicht vor dem Personal!* Und dann starrte er mich auf eine Art an, die nur bedeuten konnte: *Weiß ohnehin nicht, ob ich mit einem Kerl reden will, der verrückt genug ist, um sechsmal hintereinander sein Leben aufs Spiel zu setzen.*

»Die Patrone war nicht echt, stimmt's?«, erkundigte ich mich.

»Was?«

»Kein Pulver drin«, sagte ich. »Wahrscheinlich nur etwas Watte.«

»Warum soll sie nicht echt gewesen sein?«

»Ich hätte ihn damit erschießen können.«

»Wieso hättest du das tun wollen?«

»Ich hätte es nicht tun wollen, aber er ist ein vorsichtiger Mensch. Das hätte er nicht riskiert.«

»Ich hab dich in Schach gehalten.«

»Ich hätte zuerst dich erschießen können und danach ihn mit deiner Pistole.«

Er versteifte sich leicht, sagte aber nichts. *Er mag keine Konkurrenz.* Ich konnte ihn nicht besonders gut leiden. Was mich nicht weiter störte, weil ich davon ausging, dass er schon bald auf der Verlustliste stehen würde.

»Hier, nimm«, sagte er.

Er holte die Patrone aus seiner Jackentasche und drückte sie mir in die Hand.

»Warte hier«, befahl er.

Er stand auf und verließ die Küche. Ich stellte die Patrone

vor mich hin, genau wie's Beck getan hatte. Dann aß ich auf. Es gab keine Nachspeise, keinen Kaffee. Als Duke zurückkam, baumelte an seinem rechten Zeigefinger einer meiner Colts. Er ging an mir vorbei zum Hinterausgang und nickte mir zu, ich sollte mitkommen. Ich griff nach der Patrone und folgte ihm hinaus. Die Tür piepste, als wir hindurchgingen. Ein weiterer Metalldetektor, der fast unsichtbar im Türrahmen angebracht war. Aber es gab keine Alarmanlage. Für ihre Sicherheit verließen sie sich im Haus auf das Meer, die Mauer und den Bandstacheldraht.

Vor der Küchentür gab es eine feuchtkalte Veranda, von der eine klapprige Windfangtür auf den Garten hinter dem Haus führte, der aus der Spitze der felsigen Landzunge bestand. Sie war knapp hundert Meter breit und erstreckte sich halbkreisförmig vor uns. Das aus dem Haus kommende Licht fiel auf grauen Granit. Der Sturm heulte, und ich sah die Schaumkronen auf dem Meer leuchten. Die Brandung toste. Vor dem tief über der Kimm stehenden Halbmond jagten Wolkenfetzen vorüber. Die Luft war kalt. Als ich nach oben sah, konnte ich über mir das Fenster meines Zimmers erkennen.

»Patrone«, befahl Duke.

Ich gab sie ihm.

»Sieh her«, sagte er.

Er steckte sie in die Trommel des Revolvers, schlenkerte kurz mit der Hand, damit sie einrastete. Kniff die Augen zusammen und klickte die Trommel weiter, bis die Kammer mit der Patrone sich in Zehnuhrposition befand.

»Pass auf!«, sagte er dann.

Er hob den Revolver und zielte mit ausgestrecktem Arm etwas unterhalb der Waagerechten auf eine der flachen Granitplatten an der Brandungslinie. Dann drückte er ab. Die Trommel drehte sich, und der Hammer schlug nach vorn. Die Waffe bockte, blitzte und donnerte. Gleichzeitig splitterte Granit ab, und ich hörte das unverkennbare Jaulen eines Querschlägers. Es verhallte rasch. Das Geschoss ging vermutlich hundert Meter weiter in den Atlantik. Vielleicht traf es einen Fisch tödlich.

»Sie war echt«, erklärte er. »Ich bin schnell genug.«

»Okay«, sagte ich.

Er klappte die Trommel zur Seite und schüttelte die leere Patronenhülse heraus. Sie fiel klirrend auf die Felsen vor seinen Füßen.

»Du bist ein Arschloch«, sagte er. »Ein Arschloch von einem Copkiller.«

»Du warst ein Cop?«

Er nickte. »Ist schon lange her.«

»Ist Duke dein Vor- oder Nachname?«

»Nachname.«

»Wieso braucht ein Teppichimporteur bewaffnete Leibwächter?«

»Wie er dir erzählt hat, geht's in der Branche rau zu. Mit Teppichen ist viel Geld zu verdienen.«

»Willst du mich wirklich hier haben?«

Er zuckte mit den Schultern. »Schon möglich. Schnüffelt jemand herum, brauchen wir vielleicht etwas Kanonenfutter. Lieber du als ich.«

»Ich habe den Jungen gerettet.«

»Und wenn schon. Stell dich hinten an. Jeder von uns hat den Jungen schon mal gerettet. Oder Mrs. Beck oder Mr. Beck selbst.«

»Wie viele Männer hast du?«

»Nicht genug«, erwiderte er. »Nicht wenn wir wirklich angegriffen werden.«

»Was findet hier statt – ein Krieg?«

Er gab keine Antwort, ging einfach an mir vorbei ins Haus zurück. Ich kehrte der ruhelosen See den Rücken zu und folgte ihm.

In der Küche war nichts Besonderes los. Der Hausmeister war verschwunden, die Köchin und das Dienstmädchen räumten auf. Sie stellten das Geschirr in eine Maschine, die groß genug war, um in einem Restaurant Dienst zu tun. Das Dienstmädchen besaß zwei linke Hände. Sie wusste nicht, was wohin gehörte. Ich sah mich nach Kaffee um, entdeckte aber keinen. Duke setzte sich wieder an den leeren Kieferntisch. Hier gab es keine Aktivität. Keine Dringlichkeit. Mir war bewusst, dass die Zeit verrann. Ich misstraute Susan Duffys Schätzung, dass ich fünf Tage Zeit haben würde. Fünf Tage sind eine lange Zeit, wenn man zwei gesunde Männer heimlich gefangen hält. Hätte sie drei Tage gesagt, wäre ich zufriedener gewesen.

»Geh schlafen«, forderte mich Duke auf. »Morgen hast du ab halb sieben Dienst.«

»Was muss ich tun?«

»Du tust, was ich dir sage.«

»Schließt du meine Zimmertür wieder ab?«

»Verlass dich drauf«, antwortete er. »Ich sperre sie um Viertel nach sechs auf. Sei um halb sieben hier unten.«

Ich wartete auf der Bettkante sitzend, bis ich hörte, wie er die Treppe heraufkam und die Tür abschloss. Als ich sicher war, dass er nicht zurückkommen würde, zog ich meinen Schuh aus, um nachzusehen, ob eine Nachricht für mich da war. Als ich das kleine Gerät einschaltete, füllte die fröhliche Ankündigung *You've Got Mail!* in Kursivschrift den winzigen grünen Bildschirm aus. Die einzige Mail kam von Susan Duffy. Sie bestand aus nur einem Wort: *Standort?* Ich drückte die Antworttaste und tippte ein: *Abbot, Maine, Küste, 20 Mi. S Portland, Einzelhaus auf felsiger Landzunge.* Das musste genügen. Ich hatte keine genaue Adresse oder GPS-Koordinaten. Aber sie würden das Haus finden, wenn sie es auf einer Karte in kleinem Maßstab suchten. Ich drückte auf *jetzt senden.*

Dann starrte ich den Bildschirm an. Ich wusste nicht genau, wie E-Mail funktionierte. Kam die Verbindung wie bei einem Telefongespräch augenblicklich zustande? Oder würde meine Antwort irgendwo im Ungewissen verharren, bis sie Duffy erreichte? Ich nahm an, dass Duffy auf sie warten würde und Eliot und sie sich Tag und Nacht abwechseln würden.

Neunzig Sekunden später meldete das Gerät wieder: *You've Got Mail!* Ich lächelte. Vielleicht war dieses Verfahren doch nicht schlecht. Diesmal war ihre Nachricht länger. Nur zweiundzwanzig Wörter, aber ich musste den Text auf dem winzigen Bildschirm abrollen lassen, um ihn ganz lesen zu können: *Wir suchen es auf den Karten, danke. Fingerabdrücke zeigen, dass festgehaltene Leibwächter bei der Army waren. Hier alles unter Kontrolle. Bei Ihnen? Fortschritte?*

Ich drückte die Antworttaste und tippte: *Wahrscheinlich angestellt.* Ich überlegte kurz, dachte an Teresa Daniel und Quinn und fügte hinzu: *Ansonsten noch keine Fortschritte.* Dann überlegte ich nochmals und tippte ein: *Was Leibwächter betrifft, MP Powell speziell von mir »10-29, 10-30, 10-24, 10-36« fragen.* Danach drückte ich auf *jetzt senden.* Ich beobachtete, wie das Gerät *Ihre Nachricht ist verschickt* meldete, und sah aus dem Fenster in die Dunkelheit, hoffend, dass Powells Generation noch dieselbe Sprache wie meine beherrschte. 10-29, 10-30, 10-24 und 10-36 waren vier von der Militärpolizei im Funkverkehr verwendete Codes, die für sich allein unverfänglich waren. 10-29 bedeutete: *schlechter Empfang.* Das war nur eine Beschwerde über ein versagendes Funkgerät. 10-30 hieß: *fordere Unterstützung an, ohne den Notfall zu erklären.* 10-24 meinte: *verdächtige Person.* Und 10-36 hieß: *bitte meine Meldungen weiterleiten.* Da laut Code 10-30 kein Notfall vorlag, wäre die gesamte Reihe ignoriert worden. Man hätte sie aufgezeichnet, irgendwo gespeichert und vergessen. Für Insider stellte sie jedoch eine Art Untergrundjargon dar. Zumindest hatte sie das getan, als ich noch Uniform trug. *Schlechter Empfang* war die Aufforderung: *Diese Sache geheim und unter dem Radar halten.* Bestätigt wurde das durch *angeforderte Unterstützung,* was *aus den heißen Akten raushalten* hieß. *Verdächtige Person* erklärte sich von selbst. *Bitte meine Meldungen weiterleiten* bedeutete: *Haltet mich auf dem Laufenden.* War Powell auf Draht, würde er kapieren, was gemeint war: *Überprüfen Sie diese Kerle unauffällig, und teilen Sie mir das Ergebnis mit.* Ich hoffte, dass er auf Draht war, weil er mir etwas schuldete. Und das nicht zu knapp. Er hatte mich verraten. Sicher suchte er nach Möglichkeiten, das wieder gutzumachen.

Ich sah erneut auf den winzigen Bildschirm: *You've Got Mail!* Das war Duffy, die diesmal nur *okay, beeilen Sie sich* schrieb. Ich antwortete mit *gebe mir Mühe,* schaltete ab und verstaute das Gerät wieder in meinem Schuhabsatz. Dann inspizierte ich das Fenster.

Es war ein Schiebefenster in zweiteiliger Standardausführung. Die untere Hälfte ließ sich vor der feststehenden oberen hochschieben. Außen war kein Fliegengitter angebracht. Die Lackierung auf der Innenseite war dünn und sauber aufgebracht. Die Außenlackierung sah klumpig und uneben aus, weil die salzhaltige Luft ständig neue Anstriche nötig machte. Der Drehgriff aus Messing war ein antikes Stück. Moderne Sicherungseinrichtungen gab es nicht. Ich drehte den Griff nach links und schob das Fenster hoch. Es stockte wegen einiger Farbklumpen, ließ sich aber trotzdem bewegen. Als ich es gut eine Handbreit geöffnet hatte, wehte kalte Meeresluft herein. Ich ging in die Hocke und suchte nach Sensoren einer Alarmanlage. Als ich keine fand, schob ich es ganz hoch und untersuchte den Rahmen. Nirgends ein Anzeichen für ein Überwachungssystem. Das war verständlich. Dieses Fenster lag fünfzehn Meter über den Felsen und dem Meer. Und das Haus selbst war wegen der hohen Mauer und der Brandung unerreichbar.

Ich beugte mich aus dem Fenster und blickte nach unten. Sah den Platz, an dem ich gestanden hatte, als Duke die Kugel verschoss. Ich blieb etwa fünf Minuten am offenen Fenster, starrte aufs Wasser hinaus, roch die salzhaltige Luft und dachte an die Kugel. Ich hatte sechsmal abgedrückt. Das hätte eine schöne Schweinerei geben können. Mein Kopf wäre explodiert. Die Teppiche wären ruiniert gewesen, und die Eichentäfelung wäre zersplittert. Ich gähnte. Das Nachdenken und die Meeresluft machten mich müde. Ich schloss das Fenster und ging ins Bett.

Ich war bereits auf, geduscht und angezogen, als ich hörte, wie Duke am nächsten Morgen, dem zwölften Tag, um 6.15 Uhr meine Zimmertür aufsperrte. Mittwoch, Elizabeth Becks Geburtstag. Ich hatte schon meinen E-Mail-Empfänger kontrolliert. Diesmal war keine Nachricht da. Aber das beunruhigte mich nicht. Ich verbrachte zehn nachdenkliche Minuten am Fenster. Das Meer war ruhig, grau und schwer. Die Flut war abgelaufen, und ich entdeckte neue Felsen. Hier und dort hatten sich Tümpel gebildet. Zwischen den Felsen sah ich Vögel: Trottellummen, deren schwarzes Frühlingsgefieder ihr graues Winterkleid zu ersetzen begann. In der Ferne zogen Kormorane und Mantelmöwen ihre Kreise. Heringsmöwen auf Futtersuche stießen tief herab.

Ich wartete, bis Dukes Schritte verhallt waren. Dann ging ich nach unten in die Küche, wo ich dem Riesen aus dem Wachhäuschen erstmals von Angesicht zu Angesicht gegenüberstand. Er lehnte am Ausguss und trank ein Glas Wasser. Wahrscheinlich hatte er gerade seine Steroidpillen eingeworfen. Er war wirklich sehr groß. Ich bin eins fünfundneunzig und muss ziemlich genau zielen, um durch eine dreißig Zoll breite Standardtür zu gelangen. Dieser Kerl war mindestens fünfzehn Zentimeter größer als ich und hatte zwanzig Zentimeter breitere Schultern. Er wog bestimmt achtzig oder neunzig Kilo mehr als ich. Ich spürte den kalten Schauder, der mich immer überkommt, wenn ich einem Kerl begegne, demgegenüber ich mich klein fühle. Dabei scheint die Welt ein wenig zu kippen.

»Duke ist im Fitnessraum«, informierte mich der Kerl.

»Hier gibt's einen Fitnessraum?«, fragte ich.

»Im Keller«, antwortete er. Seine Stimme klang hell und hoch. Wahrscheinlich schluckte er seit Jahren Steroide wie andere Leute Vitamintabletten. Seine Augen waren trüb, und er hatte eine schlechte Haut. Er war Mitte dreißig, aschblond, und trug ein ärmelloses T-Shirt und eine Trainingshose. Seine Arme mussten dicker sein als meine Beine. Er sah wie eine Witzfigur aus.

»Wir trainieren immer vor dem Frühstück«, erklärte er.

»Schön«, sagte ich. »Lass dich nicht aufhalten.«

»Du auch.«

»Ich trainiere nie«, sagte ich.

»Duke erwartet dich. Arbeitest du hier, trainierst du mit.«

Ich sah auf meine Armbanduhr. 6.25 Uhr. Die Zeit verrann.

»Wie heißt du?«, fragte ich.

Er gab keine Antwort. Starrte mich nur misstrauisch an. Das ist ein weiteres Problem bei Steroiden. Schluckt man zu viele, leidet das Gehirn. Und dieser Typ machte den Eindruck, als sei er noch nie einer der Hellsten gewesen. Er sah dumm und bösartig aus. Freundlicher konnte man es nicht ausdrücken. Und das war keine gute Kombination. Schon sein Gesichtsausdruck war mir zuwider. Ich mochte ihn nicht. Somit stand es in Bezug auf die Frage, wie mir meine neuen Kollegen gefielen, null zu zwei.

»Das ist keine schwierige Frage«, bemerkte ich.

»Paulie«, sagte er.

Ich nickte. »Freut mich, dich kennen zu lernen, Paulie. Ich bin Reacher.«

»Ich weiß«, sagte er. »Du warst bei der Army.«

»Hast du ein Problem damit?«

»Ich mag keine Offiziere.«

Ich nickte. *Sie haben deine Angaben überprüft.* Sie wussten, welchen Dienstgrad ich gehabt hatte. Sie hatten Zugang zu solchen Dingen.

»Warum nicht?«, fragte ich. »Bist du als Offiziersanwärter abgelehnt worden?«

Er schwieg wieder.

»Komm, wir sehen zu, ob wir Duke finden«, sagte ich.

Er stellte sein Wasserglas ab und führte mich durch den rückwärtigen Korridor zu einer Tür, hinter der eine hölzerne Kellertreppe lag. Das gesamte Haus war unterkellert. Diese Räume mussten aus dem Fels herausgesprengt worden sein. Ihre naturbelassenen Wände waren an einigen Stellen mit Beton ausgebessert und geglättet. Die Luft hier unten war etwas feucht und abgestanden. In Drahtkäfigen unter der Decke brannten nackte Glühbirnen. Einer der vielen Kellerräume samt Kunststoffboden war ganz in Weiß gehalten. Hier roch es nach altem Schweiß. Zu den Fitnessgeräten gehörten ein Hometrainer, ein Laufband und eine Kraftmaschine. Von einem Deckenträger hing ein schwerer Sandsack herab. Daneben war ein Punchingball angebracht, mit dem Schnelligkeit trainiert wurde. In einem Regal lagen Boxhandschuhe. Hanteln hingen in ihren Wandhalterungen. Auf dem Fußboden neben einer Bank befanden sich aufsteckbare Hantelgewichte. Dort stand Duke in seinem dunklen Anzug. Er sah müde aus, als habe er die ganze Nacht kein Auge zugetan. Er war unrasiert und ungekämmt. Sein Anzug war verknittert, vor allem am hinteren unteren Rand des Jacketts.

Paulie begann sofort mit irgendwelchen komplizierten Dehnübungen. Er war so mit Muskeln bepackt, dass seine Arme und Beine nur eingeschränkt beweglich waren. So konnte er seine Schultern nicht mit den Fingern erreichen. Seine Bizepse waren zu groß. Ich betrachtete die Kraftmaschine. Sie wies alle möglichen Griffe, Stangen und Hebel auf. Massive schwarze Drahtseile führten über Rollen zu einem hohen Stapel Bleiplatten. Wer sie bewegen wollte, musste imstande sein, über zweihundert Kilo zu stemmen.

»Trainierst du nicht?«, fragte ich Duke.

»Geht dich nichts an«, wehrte er ab.

»Ich auch nicht«, sagte ich.

Paulie drehte langsam den Kopf auf seinem massiven Hals, um mich anzustarren. Dann streckte er sich auf der Bank aus und rutschte so weit darauf zurück, bis seine Schultern sich unter einer Hantel auf einem Ständer befanden. An beiden Enden der Hantel waren Scheibengewichte aufgesteckt. Er grunzte halblaut, umklammerte die Stahlstange mit beiden Händen und fuhr sich mit der Zungenspitze über die Lippen, als bereite er sich auf eine größere Anstrengung vor. Dann hob er die Hantel von dem Ständer. Die Stahlstange bog sich schwankend durch. Sie war so schwer belastet, dass ihre Enden wie in einem alten Film über russische Gewichtheber bei Olympischen Spielen weit herabhingen. Paulie grunzte nochmals, dann stemmte er sie hoch, bis seine Arme gestreckt waren. So hielt er die Hantel eine Sekunde lang gedrückt. Dann ließ er sie krachend auf den Ständer zurückfallen. Er drehte den Kopf zur Seite und sah mich an, als erwartete er, dass ich beeindruckt sein würde. Was stimmte – und zugleich wieder nicht. Das war ein riesiges Gewicht, und Paulie hatte gewaltige Muskeln. Aber Steroidmuskeln sind dumme Muskeln. Sie sehen eindrucksvoll aus und funktionieren gut, wenn man sie nur zum Gewichtheben benutzt. Aber sie sind auch langsam und schwer und ermüden allein durch ihr Gewicht, das man ständig mit sich herumschleppen muss.

»Kannst du hundertachtzig Kilo stemmen?«, rief Paulie. Er war leicht außer Atem.

»Hab's nie versucht«, sagte ich.

»Willst du's mal versuchen?«

»Nein.«

»Für einen Schwächling wie dich wär's gutes Aufbautraining.«

»Ich bin Offizier«, entgegnete ich. »Ich brauche kein Aufbautraining. Will ich hundertachtzig Kilo gestemmt haben, suche ich mir einen großen, dämlichen Affen und befehle ihm, das für mich zu tun.«

Er funkelte mich wütend an. Ich ignorierte ihn und begutachtete den schweren Sandsack. Ein Exemplar in Standardausführung. Nicht neu. Ich stieß ihn mit der Handfläche an, sodass er an seiner Kette leicht hin- und herpendelte. Duke beobachtete mich. Dann sah er zu Paulie. Er hatte irgendwelche Schwingungen aufgefangen, die mir entgangen waren. Ich stieß den Sandsack nochmals an. Wir mussten bei der Nahkampfausbildung viel mit schweren Sandsäcken trainieren. Wir hatten Ausgehuniform getragen, die Zivilkleidung darstellen sollte, und die Sandsäcke mit Tritten bearbeitet. Einmal passierte es mir, dass ich einen schweren Sandsack mit dem Schuhabsatz aufschlitzte. Der ganze Sand lief aus. Das hätte Paulie vermutlich beeindruckt. Aber ich hatte nicht vor, es jetzt zu versuchen. Ich wollte nicht riskieren, den ich meinem Absatz versteckten E-Mail-Sender zu beschädigen. Absurderweise nahm ich mir vor, Duffy zu sagen, sie hätte das Gerät im linken Schuh verstecken sollen. Wahrscheinlich hatte sie aus ihrer Sicht genau das Richtige getan, weil sie Linkshänderin war.

»Ich mag dich nicht«, sagte Paulie laut. Da er mich dabei

ansah, nahm ich an, dass er mich meinte. Seine Augen waren klein, seine Haut glänzte.

»Wir sollten Armdrücken spielen«, meinte er.

»Was?«

»Wir sollten Armdrücken spielen«, wiederholte Paulie. Er stand auf und kam auf mich zu. Er überragte mich um einiges. Er verdunkelte praktisch das Licht und roch stechend nach Schweiß.

»Ich will nicht Armdrücken spielen«, entgegnete ich. Ich bemerkte, dass Duke mich beobachtete, und begutachtete Paulis Hände. Sie waren zu Fäusten geballt, aber keineswegs riesig. Und Steroide bewirken nichts bei Händen, wenn diese nicht eigens trainiert werden.

»Schlappschwanz«, kommentierte er meine Absage.

Ich schwieg.

»Schlappschwanz«, wiederholte er.

»Was ist für den Sieger drin?«, fragte ich.

»Befriedigung«, sagte er.

»Okay.«

»Okay was?«

»Okay, wir machen's«, antwortete ich.

Er wirkte überrascht, ging aber sofort wieder an die Hebebank zurück. Ich zog mein Sakko aus und legte es ordentlich über den Hometrainer. Knöpfte den rechten Hemdsärmel auf und krempelte ihn bis über den Ellbogen hoch. Im Vergleich zu Paulies Arm wirkte meiner mager. Doch meine Hand war eine Spur größer, und meine Finger waren länger. Und die wenigen Muskeln, die ich im Vergleich zu ihm besaß, waren nicht mit Pillen angezüchtet, sondern angeboren.

Wir knieten auf beiden Seiten der Bank nieder und stemmten unsere Ellbogen auf das Kunstleder. Sein Unterarm war etwas länger als meiner, sodass er das Handgelenk leicht abwinkeln musste, was mir nützen würde. Wir klatschten die Handflächen aneinander und packten zu. Paulies Hand fühlte sich feuchtkalt an. Duke baute sich wie ein Schiedsrichter am Fußende der Bank auf.

»Los!«, befahl er.

Ich schummelte von Anfang an. Beim Armdrücken geht es darum, die Hand des Gegners mit Arm- und Schulterkraft flach auf den Tisch oder die Matte zu drücken. Das war unmöglich zu schaffen. Nicht gegen dieses Ungetüm. Aussichtslos. Ich würde Mühe haben, meine eigene Hand oben zu behalten. Dshalb versuchte ich nicht einmal, gegen ihn zu gewinnen. Ich drückte lediglich. Eine Million Jahre menschlicher Evolution haben uns den Daumen beschert, mit dem wir zangenartig Druck ausüben können. Ich brachte seine Knöchel in eine Linie und zerquetschte sie unbarmherzig. Meine Hände sind sehr kräftig. Ich konzentrierte mich darauf, meinen Arm gerade zu halten. Starrte ihm in die Augen und quetschte seine Hand, bis ich spürte, dass die Knöchel nachgaben. Dann drückte ich fester zu. Und noch fester. Er gab nicht auf. Er war ungeheuer stark. Der Druck ließ nicht nach. Ich schwitzte und keuchte vor Anstrengung, nur um nicht zu verlieren. So blieben wir eine Minute lang zitternd im Gleichgewicht. Ich drückte fester zu. Beobachtete, wie sich das auf seinem Gesicht abzeichnete. Dann drückte ich noch ein wenig fester zu.

Das macht sie fertig. Wenn sie glauben, es könnte nicht mehr schlimmer werden, wird's schlimmer. Und noch schlimmer, als rastete jedes Mal eine Sperrklinke ein. Schlimmer und noch schlimmer, als erwartete sie ein Universum aus Schmerzen, die sich erbarmungslos *steigern* und *steigern*. Sie fangen an, sich auf ihre Schmerzen zu konzentrieren. Und dann beginnt die Erkenntnis in ihrem Blick zu flackern. Sie wissen, dass ich sie betrüge, und erkennen, dass sie nichts dagegen tun können. Sie können nicht einfach sagen: *Er tut mir weh! Das ist unfair!* Dann wären sie der Schlappschwanz, nicht ich. Und das würden sie nicht ertragen. Also schlucken sie's herunter und fragen sich besorgt, ob die Schmerzen sich noch steigern können. Und das können sie. Garantiert.

Ich starrte in Paulies Augen und drückte noch fester zu. Schweiß machte seine Haut rutschig, sodass meine Hand sich mühelos über seiner schloss, sie mehr und mehr zerquetschte. Es gab keinen durch Reibung verursachten brennenden Schmerz, der ihn hätte ablenken können. Der Schmerz war allein in den Fingerknöcheln konzentriert.

»Genug«, rief Duke. »Das ist ein Unentschieden.«

Ich lockerte meinen Griff so wenig wie Paulie seinen Druck verringerte. Sein Arm war hart wie ein Baumstamm.

»Genug, hab ich gesagt!«, rief Duke. »Ihr Arschlöcher habt noch zu arbeiten.«

Ich hob den Ellbogen, damit Paulie mich nicht in letzter Sekunde überrumpeln konnte. Er sah weg und zog seinen Arm von der Bank. Wir ließen beide los. Seine Hand war rot und weiß gefleckt. Mein Daumenballen brannte wie Feuer. Paulie stand auf und verließ wortlos den Fitnessraum. Ich hörte seinen schweren Schritt auf der hölzernen Kellertreppe.

»Das war echt dämlich«, sagte Duke. »Du hast dir gerade einen weiteren Feind gemacht.«

Ich war außer Atem. »Was, hätte ich absichtlich verlieren sollen?«

»Das wäre besser gewesen.«

»Nicht meine Art.«

»Dann bist du blöd«, meinte er.

»Du bist der Chef des Sicherheitsdienstes«, sagte ich. »Du musst ihn dazu bringen, sich wie ein Erwachsener zu benehmen.«

»Das ist nicht einfach.«

»Dann sieh zu, dass du ihn loswirst.«

»Auch das ist nicht einfach.«

Ich stand langsam auf. Krempelte den Hemdsärmel herunter und knöpfte die Manschette zu. Sah dabei auf meine Armbanduhr. Schon fast sieben Uhr. Die Zeit verrann.

»Was mache ich heute?«

»Du fährst einen Kleinlaster«, antwortete Duke. »Den kannst du doch fahren, oder?«

Ich nickte, weil ich nicht nein sagen konnte. Als ich Richard Beck gerettet hatte, war ich mit einem Lieferwagen unterwegs gewesen.

»Ich muss noch mal duschen«, sagte ich, »und brauche saubere Klamotten.«

»Sag's dem Dienstmädchen«, knurrte er müde. »Ich bin nicht dein verdammter Kammerdiener.«

Er warf mir noch einen kurzen Blick zu, verschwand dann in Richtung Treppe und ließ mich im Keller allein. Ich reckte mich, atmete keuchend und schüttelte meine Hand, um die Verkrampfung zu lösen. Dann nahm ich mein Sakko und machte mich auf die Suche nach Teresa Daniel. Theoretisch konnte sie irgendwo hier unten eingesperrt sein, aber ich fand sie nicht. Das Kellergeschoss bestand aus einem Labyrinth von Räumen, die in den Fels hineingesprengt oder aus ihm herausgebrochen waren. Es gab einen Heizungsraum mit einem laut arbeitenden Kessel und einem Gewirr aus isolierten Rohren. Dann eine Waschküche, in der eine große Waschmaschine auf einem Holzpodest stand, damit der Abwasserschlauch in einen kniehoch in die Wand eingelassenen Ablauf führen konnte. Es gab mehrere Lagerräume und zwei abgeschlossene Räume mit massiven Türen. Ich legte ein Ohr an sie, ohne dahinter etwas zu hören. Anschließend klopfte ich leise, bekam aber keine Antwort.

Ich ging wieder nach oben und begegnete in der Eingangshalle Richard Beck und seiner Mutter. Richard hatte sich die Haare gewaschen, rechts einen tiefen Scheitel gezogen und sie auf die andere Seite gekämmt, damit sie das fehlende Ohr verdeckten. Das erinnerte an die Frisur so mancher alten Männer, die damit ihre Glatze verstecken wollen. Aus seiner Miene sprach noch immer eine gewisse Ambivalenz. Er schien erfreut, mich zu sehen. Nicht nur, weil ich seinen Arsch gerettet hatte, sondern vielleicht auch, weil er in mir einen Vertreter der Außenwelt sah.

»Alles Gute zum Geburtstag, Mrs. Beck«, sagte ich.

Sie lächelte, als fühle sie sich geschmeichelt, dass ich daran gedacht hatte. Sie sah besser aus als am Tag zuvor. Obwohl sie mindestens zehn Jahre älter war als ich, hätte ich wahrscheinlich mit ihr zu flirten versucht, wenn wir uns zufällig irgendwo in einer Bar oder einem Club begegnet wären.

»Sie werden eine Zeit lang bei uns bleiben«, sagte sie. Dann schien ihr einzufallen, warum ich bei ihnen bleiben würde. Ich hielt mich hier versteckt, weil ich einen Cop erschossen hatte. Sie wirkte verwirrt, wendete den Blick ab und ging weiter. Richard, der sie begleitete, sah sich nochmals verstohlen nach mir um. Ich kehrte in die Küche zurück. Paulie war nicht dort. An seiner Stelle erwartete mich Zachary Beck.

»Was für Waffen hatten sie?«, fragte er mich. »Die Kerle in dem Toyota?«

»Uzis«, antwortete ich. *Bleib wie jeder gute Lügner möglichst bei der Wahrheit.* »Und eine Handgranate.«

»Was für Uzis?«

»Die Mikros«, erwiderte ich. »Die kleine Ausführung.«

»Magazine?«

»Kurzmagazine. Zwanzig Schuss.«

»Wissen Sie das ganz sicher?«

Ich nickte.

»Verstehen Sie etwas davon?«

»Diese Maschinenpistole hat ein Leutnant der israelischen Armee konstruiert«, erklärte ich. »Er hieß Uziel Gal und war ein Tüftler. Er hat die alten tschechischen Modelle 23 und 25 so verbessert, dass zuletzt eine völlig neue Waffe entstand. Das war 1949. Die erste Uzi wurde dann 1953 gebaut. Sie wird in Belgien und Deutschland in Lizenz hergestellt. Ich habe schon einige gesehen.«

»Und Sie wissen bestimmt, dass dies die kleine Ausführung mit dem kurzen Magazin war?«

»Hundertprozentig.«

»Okay«, sagte Beck, als bedeute ihm das etwas. Dann verließ er den Raum. Ich dachte über die Dringlichkeit seiner Fragen und die Knitterfalten in Dukes Anzug nach. Die Kombination aus beiden machte mir Sorgen.

Ich fand das Dienstmädchen und erklärte ihm, dass ich Klamotten brauchte. Sie zeigte mir eine lange Einkaufsliste und sagte, sie sei in den Supermarkt unterwegs. Ich machte ihr klar, dass ich keine neuen Sachen besorgt, sondern nur von jemandem ausgeliehen haben wollte. Sie wurde rot, nickte und verschwand wortlos. Dann tauchte die Köchin auf und machte mir ein Rührei mit Schinken. Dazu gab es Kaffee, was den Tag schon in freundlicheres Licht tauchte. Nach dem Frühstück stieg ich die zwei Treppen in mein Zimmer hinauf. Das Dienstmädchen hatte einen kleinen Stapel Kleidungsstücke auf den Fußboden neben die Tür gelegt. Schwarze Jeans und ein schwarzes Jeanshemd. Schwarze Socken und weiße Unterwäsche. Alles tadellos gewaschen und gebügelt. Ich vermute, dass die Sachen von Duke stammten. Becks oder Richards Klamotten wären mir zu klein gewesen, und in Paulies Sachen hätte ich ausgesehen, als steckte ich in einem Zelt. Ich schloss mich im Bad ein und holte den E-Mail-Empfänger hervor. Die einzige Nachricht stammte von Susan Duffy: *Haben Ihren Standort auf der Karte gefunden. Ziehen in Motel nahe der I-95 und 25 Mi. SW von Ihnen um. Antwort von Powell: »Vertraulich, beide UE nach 5, 10-2, 10-28.« Fortschritte?*

Ich lächelte zufrieden. Powell und ich sprachen noch dieselbe Sprache. *Beide UE nach 5* bedeutete, dass die beiden Männer nach fünf Dienstjahren unehrenhaft entlassen worden waren. Nach so langer Zeit konnte ihre Entlassung nichts mit mangelnder Befähigung oder Ausbildungsproblemen zu tun gehabt haben. Solche Dinge hätten sich viel früher gezeigt. Nach fünf Jahren flog nur raus, wer etwas ausgefressen hatte. Und daran ließ *10-2, 10-28* keinen Zweifel. 10-28 war die Standardantwort bei Sprechproben: *laut und klar.* Und 10-2 bedeutete: *Krankenwagen wird dringend gebraucht.* Aber im Geheimjargon der MPs verwandelte *Krankenwagen wird dringend gebraucht, laut und klar* sich in *diese Kerle müssen umgelegt werden, ganz ohne Zweifel.* Powell hatte sich ihre Akten angesehen und wollte mich vor den beiden warnen.

Ich drückte die Antworttaste und tippte *Noch kein Fortschritt, bleibt auf Empfang* ein. Dann bestätigte ich die Taste *jetzt senden* und verstaute das Gerät wieder in meinem Absatz. Ich blieb nicht lange unter der Dusche, zog die geliehenen Sachen an, die ich durch meine Schuhe, mein Sakko und den Kurzmantel ergänzte. Als ich wieder nach unten kam, sah ich Zachary Beck und Duke in der Eingangshalle stehen. Beide trugen Mäntel. Duke hielt Autoschlüssel in der Hand. Er hatte noch immer nicht geduscht, sah weiter müde aus und machte ein finsteres Gesicht. Vielleicht gefiel ihm nicht, dass ich seine Sachen anhatte. Durch die offene Haustür sah ich das Dienstmädchen mit einem alten Saab wegfahren, um ihre Einkäufe zu machen. Vielleicht sollte sie auch eine Geburtstagstorte besorgen.

»Also los«, sagte Beck, als gäbe es Arbeit, aber nur wenig Zeit, sie zu erledigen. Sie traten vor mir ins Freie. Der Metalldetektor piepste zweimal – bei beiden je einmal, doch nicht bei mir. Die Luft war kalt und frisch, der Himmel fast wolkenlos. Becks schwarzer Cadillac stand in der bogenförmigen Einfahrt. Duke hielt die hintere Tür auf, und Beck nahm auf dem Rücksitz Platz. Duke setzte sich ans Steuer. Ich wählte den Beifahrersitz. Das erschien mir angebracht. Gesprochen wurde dabei nichts.

Duke ließ den Motor an und beschleunigte die Zufahrt entlang. Weit vor uns sah ich Paulie, der das Tor für das Dienstmädchen in dem Saab öffnete. Er trug jetzt wieder seinen Anzug, blieb am offenen Tor stehen und wartete auf uns. Wir fuhren rasch an ihm vorbei nach Westen, vom Meer weg. Ich drehte mich um und beobachtete, wie er das Tor wieder schloss.

Wir fuhren fünfzehn Meilen weit landeinwärts und bogen am Highway nach Norden in Richtung Portland ab. Ich starrte durch die Windschutzscheibe und fragte mich, wohin die beiden mit mir wollten. Und was sie mit mir vorhatten, wenn wir dort ankamen.

Sie brachten mich bis zum Rand des Hafengebiets außerhalb von Portland. Ich konnte die Aufbauten der am Kai liegenden Schiffe und unzählige Hafenkräne sehen. Auf Lagerplätzen voller Unkraut waren rostige Container gestapelt, die anscheinend niemand mehr brauchte. Dazwischen standen lange, niedrige Bürogebäude. Auf den Zufahrtsstraßen herrschte reger Lastwagenverkehr. Überall flogen kreischende Seemöwen herum. Duke fuhr durch ein Tor auf eine kleine eingezäunte Parkfläche, die teils aus rissigem Beton, teils aus vielfach geflicktem Asphalt bestand. Mitten auf dieser Fläche stand ein Lastwagen. Er war mittelgroß mit einem kastenförmigen Aufbau auf dem Fahrgestell eines Pick-ups. Der Aufbau war breiter als die Fahrerkabine und ragte sogar ein Stück über den oberen Rand der Windschutzscheibe hinaus. Ein typischer Mietwagen, mit unbeschrifteten Seiten. Der Wagen war alt, mittelblau lackiert und wies einzelne Roststreifen auf. Er schien sein Leben in salzhaltiger Luft zugebracht zu haben.

»Die Schlüssel sind im Türfach«, erkärte Duke.

Beck beugte sich vom Rücksitz nach vorn und gab mir einen Zettel mit der Wegbeschreibung zu einer Adresse in New London, Connecticut.

»Sie fahren den Lastwagen zu genau dieser Adresse«, befahl er. »Da ist ein Parkplatz, der ganz ähnlich aussieht wie dieser und auf dem ein identischer Lastwagen steht. Wieder mit den Schlüsseln im Türfach. Sie lassen diesen dort, bringen den anderen her.«

»Und ohne reinzusehen«, warnte mich Duke.

»Und fahren Sie langsam«, sagte Beck. »Erregen Sie keine Aufmerksamkeit.«

»Wieso?«, fragte ich. »Was ist in den Wagen?«

»Teppiche«, klärte mich Beck auf. »Ich denke dabei nur an Sie. Nach Ihnen wird gefahndet. Sie sollten lieber nicht auffallen. Lassen Sie sich also Zeit. Machen Sie irgendwo eine Kaffeepause. Benehmen Sie sich ganz normal.«

Mehr erfuhr ich nicht. Ich stieg aus dem Cadillac. Die Luft roch nach Wasser, Öl, Dieselqualm und Fisch. Der Wind blies. Um mich herum nahm ich undefinierbaren Industrielärm und das Kreischen der Möwen wahr. Ich ging zu dem blauen Lastwagen. Sah, dass der Verschlusshebel des Rolltors mit einem kleinen Bleisiegel gesichert war. Ich ging zur Fahrertür und öffnete sie. Fand die Schlüssel im Türfach. Stieg ein und ließ den Motor an. Schnallte mich an, legte den ersten Gang ein und verließ den Parkplatz. Ich sah, dass Beck und Duke mich mit ausdrucksloser Miene beobachteten. Ich hielt an der ersten Kreuzung, bog dann links ab und fuhr nach Süden.

4

Die Zeit verrinnt. Dessen war ich mir ständig bewusst. Dies war eine Art Bewährungsprobe oder Test, und ich würde mindestens zehn kostbare Stunden brauchen, um ihn zu absolvieren. Zehn Stunden, die ich eigentlich nicht erübrigen konnte. Der Lastwagen war eine schreckliche, alte Klapperkiste mit röhrendem Motor, ausgeleiertem Getriebe und so miserablen Stoßdämpfern, dass der ganze Wagen schwankte und auf dem Asphalt zu schwimmen schien. Doch die Außenspiegel waren an die Türen geschraubte große, solide Rechtecke, in denen ich alles, was sich mehr als zehn Meter hinter mir befand, ausgezeichnet erkennen konnte. Ich fuhr bei schwachem Verkehr auf der I-95 in Richtung Süden und war mir ziemlich sicher, dass mich niemand beschattete. Ziemlich, aber nicht hundertprozentig sicher.

Ich fuhr etwas langsamer, stellte den linken Fuß aufs Gaspedal, griff nach unten und zog den rechten Schuh aus. Holte ihn zu mir herauf und schaffte es, den E-Mail-Sender mit einer Hand herauszuziehen. Hielt ihn mit dem Oberkörper ans Lenkrad gepresst und tippte gleichzeitig: *Müssen uns dringend auf 1. Rastplatz I-95 südl. von Ausfahrt Kennebunk (Fahrtrichtung S) treffen. Unbedingt Lötkolben und Lötzinn aus Radio Shack oder Baumarkt mitbringen.* Dann drückte ich *jetzt senden* und ließ das Gerät auf den Beifahrersitz fallen. Schlüpfte wieder in den Schuh und stellte ihn aufs Gaspedal. Sah nochmals in meine Außenspiegel. Nichts. Also begann ich im Kopf zu rechnen. Von Kennebunk nach New London waren es ungefähr zweihundert Meilen, vielleicht etwas mehr. Vier Stunden bei fünfzig Meilen in der Stunde. Zwei Stunden und fünfzig Minuten bei siebzig, und siebzig war vermutlich die Höchstgeschwindigkeit, die aus dieser Klapperkiste herauszuholen war. Das bedeutete, dass ich bestenfalls eine Stunde und zehn Minuten Zeit hatte, um zu tun, was meiner Ansicht nach getan werden musste.

Ich fuhr gleichmäßig mit fünfzig auf der rechten Spur. Alle überholten mich. Niemand blieb hinter mir. Ich wurde nicht beschattet, wusste nicht, ob das gut oder schlecht war. Die Alternative konnte schlimmer sein. Nach neunundzwanzig Minuten kam ich an der Ausfahrt Kennebunk vorbei. Eine Meile weiter sah ich eine Tafel, die eine Raststätte ankündigte. Sie versprach Essen, Benzin und Toiletten in sieben Meilen Entfernung. Für diese Entfernung brauchte ich achteinhalb Minuten. Die Ausfahrt führte leicht ansteigend in einer sanften Rechtskurve durch ein Wäldchen. Die Sicht war nicht sehr gut, die Raststätte selbst vorerst nicht zu sehen. Ich nahm den Fuß vom Gas, ließ den Lastwagen über den Scheitelpunkt der Steigung rollen und fuhr zu einer standardmäßig angelegten Raststätte hinunter, die an jeder Interstate hätte stehen können. Sie bestand nur aus einer breiten Fahrbahn mit diagonal angeordneten Parkbuchten auf beiden Seiten und einer Ansammlung niedriger Klinkerbauten auf der rechten Seite. Hinter diesen Gebäuden lag eine Tankstelle. In der Nähe der Toilette standen ungefähr ein Dutzend Wagen. Einer davon war Susan Duffys Taurus, der ganz links außen parkte. Sie stand mit Eliot an der Fahrertür.

Ich fuhr langsam an ihr vorbei und machte eine Handbewegung, die *Wartet!* bedeutete, und stellte meinen Wagen vier Plätze weiter ab. Ich machte den Motor aus und blieb einen Moment sitzen. Dann steckte ich den E-Mail-Sender in den Absatz zurück, zog meinen Schuh wieder an und versuchte, mich wie ein ganz normaler Autofahrer zu benehmen. Ich reckte die Arme, öffnete die Tür, rutschte hinaus und stapfte ein paar Schritte herum wie jemand, der seine Beine lockert und dabei die frische Waldluft genießt. Ich drehte mich ein paar Mal um die eigene Achse und suchte dabei meine Umgebung ab, bevor ich stehen blieb und die Zufahrt beobachtete. Kein Wagen zu sehen. Ich konnte den schwachen Verkehr auf dem Highway hören. Ich zählte zweiundsiebzig Sekunden ab, die bei fünfzig Meilen in der Stunde einer Meile entsprachen. Noch immer kein anderes Auto auf der Zufahrt. Und niemand versucht, einem mit mehr als einer Meile Abstand zu folgen. Deshalb lief ich zum Taurus, neben dem Duffy und Eliot auf mich warteten. Er trug Freizeitkleidung, in der er sich nicht sehr wohl zu fühlen schien. Sie hatte wieder verwaschene Jeans und die abgewetzte Lederjacke an. Selbst in diesem Aufzug sah sie blendend aus. Keiner der beiden hielt sich mit einer langen Begrüßung auf, was mir nur recht war.

»Wohin fahren Sie?«, fragte Eliot.

»New London, Connecticut«, antwortete ich.

»Was ist in dem Lastwagen?«

»Weiß ich nicht.«

»Keine Überwachung«, sagte Duffy. Das war keine Frage, sondern eine Feststellung.

»Könnte elektronisch sein«, sagte ich.

»Wo wär sie angebracht?«

»Unter der Ladung, wenn sie einigermaßen vernünftig sind. Haben Sie den Lötkolben dabei?«

»Nein, aber der kommt gleich«, sagte sie. »Wozu brauchen wir den?«

»Der Laderaum ist mit einem Bleisiegel gesichert«, sagte ich. »Das muss wieder so aussehen wie vorher.«

Sie sah besorgt die Zufahrt entlang. »War schwierig, ihn so schnell zu besorgen.«

»Ich schlage vor, die zugänglichen Teile zu kontrollieren, während wir warten«, sagte Eliot.

Wir trabten zu dem blauen Kastenwagen zurück. Ich ließ mich auf die Knie nieder, um einen Blik auf den Unterboden des Fahrzeugs zu werfen. Er war dick mit altem, von austretendem Öl und Hydraulikflüssigkeit fleckigen Schmutz überkrustet.

»Nicht hier unten«, sagte ich. »Man würde einen Meißel brauchen, um an blankes Metall zu kommen.«

Eliot entdeckte den Sender in knapp fünfzehn Sekunden im Fahrerhaus. Er war mit einem kurzen Streifen Klettband unter der Schaumstoffpolsterung des Beifahrersitzes befestigt. Das Ding glich einer ungewöhnlich dicken Münze, aus der ein zwanzig Zentimeter langer dünner Draht heraushing – vermutlich die Antenne. Eliot hielt den Minisender in einer Faust, als er hastig aus dem Fahrerhaus stieg und die Zufahrt entlangsah.

»Was ist?«, fragte Duffy.

»Das verstehe ich nicht«, erwiderte er. »Dieses Ding hat eine Hörgerätebatterie, sonst nichts. Kaum Leistung, kaum Reichweite. Ist höchstens zwei Meilen weit zu empfangen. Wo ist also der Typ, der Reacher beschattet?«

Auf der Zufahrt war kein Fahrzeug zu sehen. Nach mir war niemand mehr vom Highway abgebogen. Wir starrten mit vom kalten Wind tränenden Augen ins Leere. Hinter den Bäumen konnten wir den Verkehr auf der I-95 hören, aber die Zufahrt zur Raststätte blieb leer.

»Wie lange sind Sie jetzt schon hier?«, fragte Eliot.

»Ungefähr vier, fünf Minuten«, sagte ich.

»Das verstehe ich nicht«, wiederholte er. »Dann hätte der Typ vier bis fünf Meilen hinter Ihnen sein müssen. Aber aus dieser Entfernung kann er den Sender gar nicht hören.«

»Vielleicht gibt's gar keinen Typen«, sagte ich, »weil sie mir vertrauen.«

»Wozu haben sie dann dieses Ding im Fahrerhaus installiert?«

»Vielleicht haben sie's nicht getan. Vielleicht war es seit Jahren dort. Vielleicht hatten sie's ganz vergessen.«

»Zu viele Vielleichts«, meinte er.

Duffy wandte sich nach rechts und starrte in die Bäume.

»Sie könnten auf der Standspur des Highways stehen«, erklärte sie. »Genau auf unserer Höhe.«

Eliot und ich starrten in dieselbe Richtung. Duffy hatte natürlich Recht. Es wäre keine sehr clevere Überwachungstaktik gewesen, auf den Rastplatz zu fahren und direkt neben dem zu überwachenden Fahrzeug zu parken.

»Sehen wir mal nach«, sagte ich.

Vor uns lagen ein schmaler Rasenstreifen und ein ebenso schmaler Streifen, auf dem Landschaftsgärtner den Waldrand mit angepflanzten Büschen und Rindenmulch kultiviert hatten. Danach kamen nur noch Bäume. Der Highway hatte sie im Osten, der Rastplatz im Westen verdrängt, aber dazwischen war ein ungefähr vierzig Meter breiter Waldstreifen erhalten geblieben. Dornengestrüpp, Brombeerranken und niedrige Äste standen uns im Weg. Zum Glück hatten wir erst April. Im Juli oder August wäre hier vermutlich kein Durchkommen gewesen.

Kurz bevor die Bäume in niedrigeres Buschwerk übergingen, blieben wir stehen. Vor uns lag eine Grasböschung, die sanft abfallend zur Standspur der I-95 hinunterführte. Wir arbeiteten uns vorwärts, so weit wir uns trauten, und hielten mit vorgesreckten Hälsen nach links und rechts Ausschau. Dort parkte niemand. So weit wir sehen konnten, war die Standspur leer. Es herrschte kaum Verkehr. Manchmal vergingen fünf Sekunden, ohne dass irgendein Fahrzeug auftauchte. Eliot zuckte mit den Schultern, als verstehe er das alles nicht. Wir kehrten um.

»Das begreife ich nicht«, sagte er wieder.

»Sie haben nicht genügend Leute«, vermutete ich.

»Nein, sie sind auf der Route One«, sagte Duffy. »Das ist die einzige Möglichkeit. Sie verläuft die ganze Küste entlang parallel zur I-95. Von Portland bis tief nach Süden hinunter. Der Abstand dürfte meist weniger als zwei Meilen betragen.«

Wir wandten uns wieder nach Osten, als könnten wir durch die Bäume einen Wagen erkennen, der mit laufendem Motor auf dem Seitenstreifen der parallel verlaufenden Route One stand.

»So würde ich's machen«, meinte Duffy.

Ich nickte. Das war eine sehr plausible Erklärung. Natürlich hatte es technische Nachteile. Bei Abständen von bis zu zwei Meilen musste jede verkehrsbedingte Beschleunigung oder Verzögerung bewirken, dass das Signal schwächer oder gar nicht zu hören war. Andererseits wollten die Überwacher nur wissen, in welche Richtung ich fuhr.

»Möglich«, sagte ich.

»Nein, sogar wahrscheinlich«, erklärte Eliot. »Duffy hat natürlich Recht. Das ist nur vernünftig. Sie wollen möglichst lange nicht in Ihrem Rückspiegel auftauchen.«

Ich nickte wieder. »Jedenfalls müssen wir davon ausgehen, dass sie irgendwo in der Nähe sind. Wie lange verläuft die Route One parallel zur I-95?«

»Ewig«, antwortete Duffy. »Viel weiter als bis New London, Connecticut. Sie trennen sich vor Boston, kommen dann aber wieder zusammen.«

»Okay«, sagte ich. Sah auf meine Uhr. »Ich bin jetzt ungefähr neun Minuten hier. Lange genug, um auf die Toilette zu gehen und eine Tasse Kaffee zu trinken. Wird Zeit, dass der Sender wieder auf die Straße kommt.«

Ich forderte Eliot auf, das kleine Gerät auf den Beifahrersitz von Duffys Taurus zu legen und mit nicht mehr als fünfzig Meilen in gleichmäßigem Tempo nach Süden zu fahren. Irgendwo vor New London würde ich ihn mit dem blauen Kastenwagen einholen, erklärte ich ihm. Darüber, wie der Sender wieder an seinen richtigen Platz kam, würde ich mir später den

Kopf zerbrechen. Eliot fuhr los, und ich blieb allein mit Duffy zurück. Wir beobachteten, wie ihr Wagen nach Süden davonrollte, und wandten uns dann nach Norden um, damit wir die Zufahrt im Auge behalten konnten. Mir blieben noch eine Stunde und eine Minute, und ich benötigte dringend einen Lötkolben. *Die Zeit verrinnt.*

»Wie ist's dort droben?«, erkundigte sich Duffy.

»Ein Albtraum«, antwortete ich. Ich berichtete ihr von der zweieinhalb Meter hohen Granitmauer, dem Bandstacheldraht, dem massiven Eisentor, den Türrahmen mit Metalldetektoren und den Zimmertüren ohne Schlüsselloch. Und ich erzählte ihr von Paulie.

»Irgendeine Spur von meiner Agentin?«, fragte sie.

»Ich bin doch erst kurz dort«, erwiderte ich.

»Sie müssen zusehen, dass Sie Fortschritte machen«, sagte sie. »Jede Stunde, die Sie dort verbringen, bringt Sie mehr in Gefahr.«

»Das weiß ich.«

»Wie ist Beck persönlich?«

»Nicht ganz dicht«, sagte ich. Ich erzählte ihr von den Fingerabdrücken an dem Whiskyglas, davon, wie er den Maxima hatte verschwinden lassen, und von dem russischen Roulett.

»Sie haben's gespielt?«

»Sechsmal«, sagte ich und sah die Zufahrt entlang.

Duffy starrte mich an. »Sie sind verrückt! Sechs zu eins, da müssten Sie tot sein.«

Ich lächelte. »Haben Sie's schon mal gespielt?«

»Das täte ich nie. Auf so was kann ich verzichten.«

»Sie denken wie die meisten Leute. Das hat auch Beck getan. Er hat geglaubt, die Chancen stünden sechs zu eins. Aber sie stehen eher sechshundert zu eins. Oder sechstausend. Lädt man eine präzise gefertigte, gut gepflegte Waffe wie diese Anaconda mit einer einzelnen schweren Patrone, wär's geradezu ein Wunder, wenn die Trommel so stehen bliebe, dass die Patrone oben ist. Stattdessen sinkt sie durch ihr Gewicht unweigerlich nach unten. Präzisionsmechanismus, etwas Waffenöl, die Schwerkraft hilft mit. Ich bin schließlich kein Idiot. Russisches Roulett ist viel sicherer, als die meisten Leute denken. Und es hat sich gelohnt, das Risiko einzugehen, um angestellt zu werden.«

Sie schwieg eine Weile.

»Was halten Sie von ihm?«, fragte sie dann.

»In seinem Haus sieht's wie bei einem Teppichimporteur aus«, antwortete ich. »Überall liegen Teppiche rum – teils doppelt übereinander.«

»Aber?«

»Aber er ist keiner«, sagte ich. »Darauf würde ich meine Pension verwetten. Ich habe ihn nach Teppichen gefragt, und er hat nicht den Eindruck gemacht, als verstünde er allzu viel davon.«

»Sie bekommen eine Pension?«

»Nein«, sagte ich.

In diesem Augenblick kam ein grauer Taurus, der bis auf die Farbe mit Duffys Dienstwagen identisch war, die Zufahrt entlanggerast. Er wurde etwas langsamer, als der Fahrer den Rastplatz absuchte, beschleunigte dann wieder und hielt geradewegs auf uns zu. Am Steuer saß der ältere Typ, den ich in der Nähe des Collegetors im Rinnstein zurückgelassen hatte. Er hielt neben dem blauen Kastenwagen, öffnete die Tür und stemmte sich genau so heraus, wie er aus dem von der Polizei geliehenen Chevy Caprice ausgestiegen war. In der rechten Hand hatte er eine rotschwarze Tragetüte mit dem Aufdruck *Radio Shack*. Sie enthielt mehrere Schachteln, die sich unter dem dünnen Kunststoff abzeichneten. Er hielt sie hoch, lächelte und kam auf mich zu, um mir die Hand zu geben. Er trug ein frisches Hemd, aber denselben Anzug. Ich konnte die Flecken sehen, wo er versucht hatte, das Kunstblut auszuwaschen. Sehr erfolgreich war er nicht gewesen. Sein Anzug sah aus, als habe er sich mit Ketchup bekleckert.

»Dürfen Sie schon Aufträge erledigen?«, fragte er.

»Ich weiß nicht, was ich darf«, entgegnete ich. »Wir haben ein Problem mit einem Bleisiegel.«

Er nickte. »Hab ich mir gedacht. Was sollte es bei dieser Einkaufsliste sonst sein?«

»Haben Sie schon mal eins geöffnet?«

»Ich bin ein Mann der alten Schule«, erklärte er. »In der guten alten Zeit haben wir jeden Tag zehn geöffnet. Überall gab's Raststätten für Fernfahrer, und die Ladung war kontrolliert, bevor der Kerl auch nur seine Suppe bestellt hatte.«

Er ging in die Hocke und leerte die Tragetüte auf dem Asphalt aus. Er hatte einen Lötkolben, eine Spule stumpfes Lötzinn und einen Trafo, damit er den Lötkolben vom Zigarrenanzünder seines Autos aus betreiben konnte. Dazu musste der Motor laufen, deshalb ließ er ihn an und stieß ein Stück weit zurück, damit das Kabel reichte.

Das Siegel bestand im Prinzip aus einem gezogenen Bleidraht mit zwei großen angeschmolzenen Bleiklumpen an den Enden. Die Klumpen waren mit einer erwärmten Formzange zusammengedrückt worden, sodass reliefartig geprägte Siegel entstanden waren. Diese Siegel ließ der Alte unangetastet. Sein Vorgehen zeigte, dass er genau wusste, was zu tun war. Er steckte den Lötkolben ein, ließ ihn heiß werden und prüfte seine Temperatur, indem er auf ihn spuckte. Als er mit ihr zufrieden war, tupfte er mit der heißen Spitze auf seinen Jackenärmel und berührte dann damit den Draht an der dünnsten Stelle. Der erhitzte Bleidraht schmolz sofort. Der Alte zog die beiden Drahthälften aus den Ösen am Griff, ging zu seinem Wagen und legte sie aufs Instrumentenbrett. Ich packte den Verschlussgriff des Rolltors und drehte ihn nach links.

»Okay«, sagte Duffy. »Was haben wir hier?«

Wir hatten Teppiche. Das Tor ratterte nach oben, Tageslicht fiel in den Laderaum, und wir erkannten mindestens hundertfünfzig Teppiche – jeder ordentlich zusammengerollt, mit Bindfaden verschnürt und auf einem Ende stehend. Alle waren unterschiedlich groß, wobei sich die höheren Rollen vorn am Fahrerhaus und die kürzeren hinten am Rolltor befanden. Da sie alle mit der Oberseite nach innen gerollt waren, sahen wir nur die farblosen, groben Unterseiten. Die rauen Sisalschnüre, mit denen sie umwickelt waren, sahen alt und vergilbt aus. Aus dem Laderaum schlugen uns der starke Geruch von Rohwolle und der schwächere Duft von Pflanzenfarben entgegen.

»Wir sollten sie kontrollieren«, schlug Duffy vor. Ihre Stimme klang ein wenig enttäuscht.

»Wie viel Zeit haben wir?«, fragte der Alte.

Ich sah auf meine Uhr.

»Vierzig Minuten«, entgegnete ich.

»Dann müssen Stichproben reichen«, meinte er.

Wir holten ein paar aus den hintersten Reihen. Sie waren straff gerollt. Keine Pappröhren im Inneren. Einer der Teppiche wies Fransen auf. Er roch alt und muffig. Die Bindfadenknoten waren alt und zusammengequetscht. Wir bohrten mit den Fingernägeln darin herum, konnten sie aber nicht öffnen.

»Ich denke, sie schneiden die Bindfäden durch«, sagte Duffy. »Aber das dürfen wir nicht.«

»Richtig«, sagte der Alte. »Das dürfen wir nicht.«

Der raue Bindfaden sah fremd aus. Ich hatte schon lange keinen so primitiven Strick mehr gesehen. Er schien aus irgendeiner Naturfaser zu bestehen. Vielleicht Jute oder Hanf.

»Was machen wir jetzt?«, fragte der Alte.

Ich zog eine weitere gerollte Brücke heraus. Wog sie prüfend in den Händen. Sie hatte das richtige Gewicht für einen Teppich. Ich drückte sie zusammen. Sie gab leicht nach. Ich stellte sie auf den Asphalt und schlug mit der Faust in ihre Mitte. Sie gab nur wenig nach, wie man es von einem straff zusammengerollten Teppich erwartete.

»Das sind bloß Teppiche«, stellte ich fest.

»Irgendwas unter ihnen?«, fragte Duffy. »Vielleicht sind die hohen Rollen ganz vorn nicht wirklich hoch, weil sie auf etwas stehen.«

Wir zogen die Teppiche nacheinander heraus und legten sie in der Reihenfolge, in der wir sie wieder würden einordnen müssen, auf den Asphalt. So entstand ein zufälliger Zickzackweg durch den Laderaum. Die hohen Rollen waren genau, was sie zu sein schienen: große Teppiche, eng zusammengerollt, mit Bindfaden verschnürt, auf einem Ende stehend. Unter ihnen war nichts versteckt. Wir kletterten aus dem Fahrzeug und standen vor einem Durcheinander aus Teppichen in der Kälte.

»Das ist eine Scheinladung«, bemerkte Duffy. »Beck hat sich ausgerechnet, dass Sie irgendwie in den Laderaum gelangen würden.«

»Schon möglich«, sagte ich.

»Oder er wollte Sie einfach aus dem Haus haben.«

»Während er was tut?«

»Sie überprüfen lässt«, sagte sie. »Um sicherzugehen.«

Ich sah auf die Uhr. »Wir sollten einladen. Ich muss ohnehin schon wie ein Verrückter fahren.«

»Ich komme mit«, sagte sie. »Bis wir Eliot einholen, meine ich.«

Ich nickte. »Das wäre gut. Wir haben einiges zu besprechen.«

Wir stellten die Teppichrollen wieder hinein, bearbeiteten sie mit Fußtritten und schoben sie zurecht, bis sie wieder in ihrer ursprünglichen Position standen. Dann zog ich das Rolltor herunter, und der Alte machte sich mit seinem Lötkolben an die Arbeit. Er steckte den Draht wieder durch die Ösen und brachte die geschmolzenen Enden dicht zusammen. Dann erhitzte er den Lötkolben, überbrückte die Lücke mit der Spitze und berührte das heiße Metall mit dem Lötdraht. Die Lücke füllte sich mit einem großen silbernen Metallklumpen. Er war viel zu groß und hatte die falsche Farbe.

»Keine Sorge«, beruhigte uns der Alte.

Er benutzte die Lötkolbenspitze wie einen winzigen Pinsel und trug damit den Klumpen mehr und mehr ab. Zwischendurch schlenzte er das überschüssige Metall mit einer raschen Bewegung weg. Er arbeitete sehr behutsam. Dafür brauchte er drei lange Minuten, aber als er fertig war, sah alles wieder so aus wie zuvor. Er ließ die Stelle etwas abkühlen und blies dann kräftig darauf. Der helle Silberton verwandelte sich augenblicklich in ein stumpfes Bleigrau. Damit war die Reparatur mit bloßem Auge praktisch nicht mehr zu sehen.

»Okay«, sagte ich. »Sehr gut. Aber das müssen Sie noch mal machen. Ich muss einen anderen Lastwagen zurückfahren. Den sollten wir uns vorsichtshalber auch ansehen. Dazu treffen wir uns auf dem ersten Rastplatz nach Portsmouth, New Hampshire, in Richtung Norden.«

»Wann?«

»In fünf Stunden.«

Duffy und ich fuhren so schnell nach Süden weiter, wie es der alte Lastwagen verkraftete. Viel schneller als siebzig lief er einfach nicht. Aber das reichte. Ich hatte ein paar Minuten Luft.

»Haben Sie sein Büro gesehen?«, fragte sie.

»Noch nicht. Aber das müssen wir noch inspizieren. Tatsächlich sollten wir seinen ganzen Betrieb im Hafen unter die Lupe nehmen«, antwortete ich.

»Daran arbeiten wir schon«, sagte Duffy. »Zum Glück herrscht in Portland keine allzu große Hektik. In der Liste der US-Hafenstädte steht es erst an vierundvierzigster Stelle. Ungefähr vierzehn Millionen Tonnen Einfuhrgüter pro Jahr. Das sind pro Woche etwa eine Viertelmillion Tonnen. Davon scheinen etwa zehn in zwei oder drei Containern an Beck zu gehen.«

»Kontrolliert der Zoll seine Einfuhren?«

»Nicht mehr und nicht weniger als die anderer Firmen. Im Augenblick liegt die Kontrollhäufigkeit bei ungefähr zwei Prozent. Bekommt er im Jahr hundertfünfzig Container, werden vielleicht drei davon kontrolliert.«

»Wie macht er's also?«

»Er könnte das Risiko, dass etwas gefunden wird, dadurch minimieren, dass nur jeder zehnte Container Schmuggelware enthält. Das würde die Wahrscheinlichkeit, erwischt zu werden, auf null Komma zwei Prozent verringern. Damit könnte er jahrelang durchkommen.«

»Er kommt schon jahrelang durch. Also muss er jemanden bestechen.«

Sie nickte, schwieg.

»Können Sie Sonderkontrollen veranlassen?«, erkundigte ich mich.

»Nicht ohne begründeten Verdacht«, entgegnete sie. »Vergessen Sie nicht, dass wir inoffiziell arbeiten. Wir würden handfeste Beweise brauchen. Und die Möglichkeit, dass in Portland jemand bestochen wird, macht den Hafen ohnehin zu einem Minenfeld. Wir könnten uns an genau den falschen Zollbeamten wenden.«

Wir überholten den gesamten übrigen Verkehr. In den Rückspiegeln hielt ich jetzt nicht nach Beschattern, sondern nach Cops Ausschau. Duffys DEA-Dienstausweis hätte uns vermutlich Immunität gesichert, aber ich wollte nicht, das ich Zeit verlor, während sie mit den Cops diskutierte.

»Wie hat Beck reagiert?«, fragte sie. »Ihr erster Eindruck?«

»Er war verwirrt«, antwortete ich. »Und leicht verärgert. Ist

Ihnen aufgefallen, dass Richard Beck im College nicht bewacht wurde?«

»Sichere Umgebung.«

»Eigentlich nicht. Eine Entführung aus einem College wäre ein Kinderspiel. Keine Leibwächter bedeutet keine Gefahr. Ich glaube, dass die Begleitung durch Leibwächter auf der Heimfahrt nur zur Beruhigung gedacht war, weil der Junge an Verfolgungswahn leidet. Ich glaube nicht, dass der alte Beck sie für wirklich nötig hielt, sonst hätte er den Jungen auch im College bewachen oder ihn gar nicht erst studieren lassen.«

»Und?«

»Und deshalb vermute ich, dass es irgendwann mal einen Deal gegeben hat. Wahrscheinlich im Zusammenhang mit der ursprünglichen Entführung. Eine Art Garantie gegen weitere Versuche. Daher keine Leibwächter im Studentenwohnheim. Deshalb Becks Verärgerung, als hätte jemand eine Vereinbarung gebrochen.«

»Glauben Sie?«

Ich nickte. »Er war überrascht, verwirrt und verärgert. Seine große Frage war: Wer?«

»Liegt auf der Hand.«

»Aber das war eine Wie-können-sie's-nur-wagen-Frage. Als hätte jemand sich eine Dreistigkeit erlaubt. Beck war nicht nur betroffen, sondern auch über irgendjemanden verärgert.«

»Was haben Sie ihm erzählt?«

»Ich habe den Toyota und auch Ihre Leute beschrieben.«

Sie lächelte. »Dann kann nichts passieren.«

Ich schüttelte den Kopf. »Bei ihm arbeitet ein Typ namens Duke. Vorname unbekannt. Ein ehemaliger Cop. Der Chef seines Sicherheitsdienstes. Ich war heute Morgen mit ihm zusammen. Er hatte die ganze Nacht nicht geschlafen, sah übermüdet aus und hatte nicht geduscht. Sein Jackett war hinten am unteren Rand ganz verknittert.«

»Und?«

»Das bedeutet, dass er die ganze Nacht mit dem Auto unterwegs war. Ich vermute, dass er runtergefahren ist, um sich den Toyota anzusehen – vor allem das hintere Kennzeichen. Wo haben Sie ihn versteckt?«

»Den haben wir von den State Cops abschleppen lassen. Wegen der Glaubwürdigkeit. Wir konnten ihn nicht in die DEA-Garage zurückbringen. Er steht jetzt auf irgendeinem Polizeigelände.«

»Wohin führt das Kennzeichen?«

»Hartford, Connecticut«, sagte sie. »Dort haben wir einen kleinen Ecstasy-Ring ausgehoben.«

»Wann?«

»Letzte Woche.«

Der Verkehr wurde dichter.

»Unser erster Fehler«, sagte ich. »Beck wird das überprüfen und sich dann fragen, wieso irgendwelche kleinen Ecstasy-Dealer aus Connecticut versuchen, seinen Sohn zu entführen. Und weiter wird er sich fragen, *wie* sie das *können*, wenn sie seit letzter Woche eingelocht sind.«

»Scheiße«, sagte Duffy.

»Es kommt noch schlimmer«, fuhr ich fort. »Ich glaube, Duke hat sich auch den Lincoln angesehen. Der hat zwar einen Frontschaden und keine Scheiben mehr, aber er weist keine Einschusslöcher auf. Und er sieht nicht so aus, als sei in seinem Inneren eine echte Handgranate detoniert. Der Lincoln beweist klar, dass der Überfall ein einziger großer Schwindel war.«

»Nein«, sagte sie. »Den Lincoln haben wir versteckt. Er steht nicht dort, wo der Toyota ist.«

»Wissen Sie das bestimmt? Heute Morgen hat Beck mich nämlich wegen der Uzis ins Verhör genommen. Als wollte er mich dazu bringen, mich selbst zu belasten. Zwei Uzis in der

Mikroausführung, Magazine mit zwanzig Schuss, vierzig Schuss abgegeben und kein einziges Einschussloch im Wagen?«

»Nein«, wiederholte sie. »Ausgeschlossen. Der Linoln ist gut versteckt.«

»Wo?«

»Er steht in Boston in unserer Garage, aber auf dem Papier im Leichenhaus. Zur näheren Untersuchung. Angeblich sind die Teile der Leibwächter über sein gesamtes Inneres verteilt. Wir haben auf Plausibilität geachtet. Dieses Unternehmen ist durchdacht.«

»Bis auf das Kennzeichen des Toyotas.«

Sie wirkte ernüchtert. »Aber der Lincoln ist in Ordnung. Er steht hundert Meilen von dem Toyota entfernt. Dieser Duke hätte die ganze Nacht unterwegs sein müssen.«

»Ich glaube, das war er auch. Und warum hat Beck dann so nachdrücklich nach den Uzis gefragt?«

Sie überlegte.

»Wir müssen das Unternehmen abbrechen«, sagte sie mit einem Mal. »Wegen des Toyotas. Nicht wegen des Lincolns. Der ist in Ordnung.«

Ich sah auf die Uhr. Konzentrierte mich wieder auf die Straße vor uns. Bald würden wir Eliot einholen. Ich jonglierte in Gedanken mit Zeiten und Entfernungen.

»Wir müssen abbrechen«, wiederholte sie.

Ich dachte an Quinn.

»Darüber reden wir später«, sagte ich. »Vorläufig bleiben wir im Geschäft.«

Acht Minuten später überholten wir Eliot. Sein Taurus fuhr mit bescheidenen fünfzig auf der äußersten rechten Fahrspur. Ich setzte mich vor ihn und passte mich seinem Tempo an. Wir fuhren um ganz Boston herum und bogen auf den ersten Rastplatz südlich der Stadt ab. Hier herrschte viel mehr Betrieb. Ich blieb neben Duffys Taurus in meinem Lastwagen sitzen und beobachtete zweiundsiebzig Sekunden lang die Zufahrt. In dieser Zeit sah ich vier Wagen von der I-95 abbiegen. Keiner der Fahrer achtete auf mich. Zwei hatten Mitfahrer im Auto. Alle benahmen sich ganz normal: Sie stiegen aus, standen gähnend an ihren offenen Autotüren, blickten sich um, gingen dann zu den Toiletten und in das Schnellrestaurant.

»Wo steht der andere Lastwagen?«, fragte Duffy.

»Auf einem Grundstück in New London«, antwortete ich.

»Schlüssel?«

»Im Türfach.«

»Dann sind auch dort Leute. Niemand lässt einen Lastwagen mit Schlüsseln unbewacht stehen. Also werden Sie erwartet. Wir wissen nicht, welchen Auftrag die Leute in Bezug auf Sie haben. Sie sollten überlegen, ob Sie diese Sache nicht abbrechen wollen.«

»Ich gerate in keinen Hinterhalt«, entgegnete ich. »Nicht meine Art. Und der andere Lastwagen hat vielleicht eine interessantere Ladung.«

»Okay«, sagte sie. »Wir kontrollieren sie in New Hampshire. Wenn Sie so weit kommen.«

»Sie könnten mir Ihre Glock leihen.«

Sie griff unter ihren rechten Arm. »Für wie lange?«

»Für so lange, wie ich sie brauche.«

»Was ist mit den Colts?«

»Die haben sie mir abgenommen.«

»Das geht nicht«, sagte sie. »Ich darf meine Dienstwaffe nicht aus der Hand geben.«

»Ihr ganzes Unternehmen ist sowieso höchst illegal.«

Sie dachte nach.

»Scheiße«, sagte sie dann, zog die Glock aus dem Schulterhalfter und gab sie mir. Ich wog sie in der Hand und genoss ihr beruhigendes Gewicht. Duffy wühlte in ihrer Umhängetasche und brachte zwei Magazine zum Vorschein. Ich steckte sie in die eine und die Waffe in die andere Manteltasche.

»Danke.«

»Wir sehen uns in New Hampshire. Dort kontrollieren wir den Lastwagen. Und dann treffen wir eine Entscheidung.«

»Okay«, sagte ich, obwohl meine Entscheidung schon feststand. Eliot kam herüber und brachte den Minisender, um ihn wieder unter dem Beifahrersitz anzubringen. Danach ging er mit Duffy zum Dienstwagen. Ich wartete noch ein paar Minuten und fuhr dann wieder auf die I-95 hinaus.

Nach New London fand ich ohne Schwierigkeiten. Die Stadt war ein trübseliges altes Nest. Ich war noch nie dort gewesen. Hatte nie Grund dazu gehabt. New London ist eine Navy-Stadt. Ich glaube, dass dort U-Boote gebaut werden. Oder irgendwo in der Nähe. Vielleicht in Groton. Ich folgte Becks Wegbeschreibung, verließ frühzeitig den Highway und schlängelte mich durch verfallende Industriegebiete. Dort gab es reichlich alte Klinkerbauten, feucht, rauchgeschwärzt und heruntergekommen. Ungefähr eine Meile von dem Grundstück entfernt bog ich in eine Seitenstraße ab. Dann fuhr ich einmal rechts und einmal links, um mich ihm aus der Gegenrichtung anzunähern. Ich parkte an einer defekten Parkuhr und sah mir Duffys Pistole an: eine Glock 19, höchstens ein Jahr alt. Die Reservemagazine waren voll. Ich stieg aus. Vom Sund her war das Tuten von Nebelhörnern zu hören. Anscheinend lief eine Fähre ein. Der Wind trieb Abfälle die Straße entlang. Aus einem Hauseingang trat eine Nutte, die mir einladend zulächelte.

Ich kam um eine Straßenecke und konnte nun mein Ziel, das unbebaute Grundstück, zum größten Teil überblicken. Es fiel zum Meer hin leicht ab. Mein Standort war etwas erhöht.

Ich erkannte den Kastenwagen, der dort für mich bereitstand. Er war identisch mit dem Fahrzeug, in dem ich gekommen war. Gleiches Alter, gleiches Modell, gleiche Farbe. Er stand ganz allein mitten auf dem Grundstück, ein mit Ziegelmehl bestreutes und von Unkraut überwuchertes Quadrat. Vor zwei Jahrzehnten war hier irgendein altes Gebäude abgerissen, aber nicht durch einen Neubau ersetzt worden.

Ich konnte niemanden sehen, der auf mich wartete, aber in Sichtweite des Grundstücks gab es tausend schmutzige Fenster, hinter denen theoretisch Tausende von Beobachtern lauern konnten. Ich blieb unbeweglich stehen, bis mir kalt wurde. Dann ging ich zu dem Lastwagen zurück, fuhr ihn um den Block und auf das Grundstück. Parkte ihn Motorhaube an Motorhaube mit seinem Pendant. Zog den Zündschlüssel heraus und ließ ihn ins Türfach fallen. Sah mich ein letztes Mal um und stieg aus. Steckte meine Hand in die Manteltasche und hielt Duffys Pistole umklammert. Horchte angestrengt. Nichts als das Rascheln leerer Plastiktüten, die der Wind vor sich hertrieb, und die fernen Geräusche einer heruntergekommenen Stadt. Mir konnte nichts passieren, außer jemand beabsichtigte, mich aus größerer Entfernung mit einem Gewehrschuss zu erledigen. Und davor schützte mich auch die Glock 19 in meiner Tasche nicht.

Die Fahrertür des anderen Lastwagens war offen, der Schlüssel lag im Türfach. Ich rückte den Sitz zurecht und stellte die Rückspiegel ein. Spielte den Unbeholfenen, ließ den Schlüssel fallen und warf einen Blick unter die Sitze. Kein Peilsender. Nur ein paar Kaugummipapiere und Wollmäuse. Ich ließ den Motor an, wendete auf dem Grundstück und fuhr in Richtung Highway. Ich sah niemanden, und niemand fuhr hinter mir her.

Der neue Wagen fuhr etwas besser als der alte, war ein wenig leiser und schneller. Er spulte die Meilen herunter, brachte mich nach Norden zurück. Ich starrte auf die Straße und hatte das Gefühl, sehen zu können, wie das einsame Haus auf der felsigen Landzunge mit jeder Minute größer wurde. Es zog mich an und stieß mich gleichzeitig ab. Rhode Island war ruhig. Niemand folgte mir, als ich es durchquerte. Massachusetts bestand hauptsächlich aus einem weiten Bogen um Boston herum und dem sich daran anschließenden Hügelland im Nordosten, in dem links Kaffs wie Lowell und weit rechts malerische Urlaubsorte wie Newburyport, Cape Ann und Gloucester lagen. Keine Beschattung. Dann kamen New Hampshire und Portsmouth. Ich passierte diese Ausfahrt und begann auf Schilder zu achten, die Rastplätze ankündigten. Kurz bevor ich Maine verließ, entdeckte ich eines. Es besagte, dass Duffy, Eliot und der Alte mit dem fleckigen Anzug in acht Meilen Entfernung auf mich warteten.

Dort warteten nicht nur Duffy, Eliot und der Alte. Sie hatten einen DEA-Spürhund mitgebracht. Lässt man diesen Beamtentypen genug Zeit zum Nachdenken, kommen sie manchmal auf geniale Ideen. Ich bog vom Highway ab auf ein Gelände, das dem Rastplatz Kennebunk sehr ähnlich war, und sah ihre beiden Dienstwagen am Ende einer Reihe leerer Parkplätze neben einem unauffälligen Van mit Dachventilator stehen. Ich parkte vier Plätze von ihnen entfernt und wartete vorsichtshalber wieder zweiundsiebzig Sekunden, bis ich sicher wusste, dass mir niemand gefolgt war. Wegen der Standspur der I-95 machte ich mir keine Gedanken. Vom Highway aus war der Rastplatz nicht zu sehen. Überall standen Bäume. In Maine gab es verdammt viele Bäume, so viel war sicher.

Ich stieg aus. Der Alte fuhr seinen Wagen dicht heran und machte sich sofort mit dem Lötkolben an die Arbeit. Duffy zog mich am Ellbogen mit sich.

»Ich habe ein bisschen herumtelefoniert«, erklärte sie. Sie

hielt ihr Handy hoch, als wollte sie's mir beweisen. »Gute Nachrichten und schlechte.«

»Zuerst die guten«, sagte ich. »Heitern Sie mich auf.«

»Ich denke, die Toyota-Sache könnte in Ordnung sein.«

»Könnte?«

»Der Fall ist kompliziert. Wir haben uns vom Zoll eine Liste von Becks Lieferungen besorgt. Sein ganzes Zeug kommt aus Odessa. Das liegt in der Ukraine, am Schwarzen Meer.«

»Ich weiß, wo es liegt.«

»Ein plausibler Herkunftsort für Teppiche. Sie kommen aus dem ganzen Nahen Osten dorthin. Aber aus unserer Sicht ist Odessa ein Heroinhafen. Alles, was nicht direkt aus Kolumbien in die USA geschmuggelt wird, kommt aus Turkmenistan, Afghanistan und übers Kaspische Meer sowie dem Kaukasus. Bezieht Beck seine Ware aus Odessa, handelt er mit Heroin, und als Heroinschmuggler kennt er garantiert keine Ecstasy-Dealer. Weder in Connecticut noch sonst wo. Da gibt's keine Beziehungen. Beide sind in völlig verschiedenen Geschäftszweigen tätig. Also muss er ganz von vorn anfangen, wenn er etwas über sie herausbekommen will. Ich meine, das Toyota-Kennzeichen liefert ihm einen Namen und eine Adresse, klar, aber damit kann er nicht gleich etwas anfangen. Er wird einige Tage brauchen, um ihre Fährte aufnehmen zu können.«

»Das soll die gute Nachricht sein?«

»Ja. Glauben Sie mir, sie leben in verschiedenen Welten. Und uns bleiben ohnehin nur ein paar Tage. Wir können die Leibwächter nicht endlos lange festhalten.«

»Was ist die schlechte Nachricht?«

Sie machte eine kurze Pause. »Leider lässt sich nicht ausschließen, dass doch jemand einen Blick auf den Lincoln geworfen hat.«

»Wie konnte das passieren?«

»Nun, vielleicht ist die Garage nicht ganz so gut bewacht worden, wie's möglich gewesen wäre.«

»Was bedeutet das?«

»Das bedeutet, dass wir nicht dafür garantieren können, dass nichts Unvorhergesehenes passiert ist.«

Wir hörten das Rolltor des Lastwagens nach oben rattern. Im nächsten Augenblick rief Eliot uns. Als wir bei ihm ankamen, erwarteten wir, etwas Positives zu sehen. Stattdessen zeigte er uns einen weiteren Peilsender – wieder eine dicke Scheibe von der Größe einer Münze mit einer zwanzig Zentimeter langen Drahtantenne. Er klebte ungefähr in Kopfhöhe innen am Rahmen des Rolltors.

»Klasse«, meinte Duffy.

Der Laderaum war in bekannter Manier mit Teppichen voll gepackt. Sie waren eng zusammengerollt, mit einem groben Strick zusammengebunden und in absteigender Größe aufgereiht.

»Kontrollieren wir sie?«, fragte der Alte.

»Keine Zeit«, antwortete ich. »Wenn jemand das Sendersignal verfolgt, rechnet er sich aus, dass ich hier vielleicht zehn Minuten bleibe, nicht mehr.«

»Schickt den Hund rein«, sagte Duffy.

Ein Mann, den ich nicht kannte, öffnete die Hecktür des DEA-Vans und holte einen Beagle an einer Leine heraus. Es war ein kleines, fettes, kurzbeiniges Tier mit einem Brustgeschirr. Er hatte Schlappohren und einen wachen Gesichtsausdruck. Ich mag Hunde. Ich habe schon daran gedacht, mir einen zuzulegen. Er könnte mir Gesellschaft leisten. Dieser hier ignorierte mich völlig. Er ließ sich von dem Hundeführer zu dem blauen Lastwagen bringen und wartete dann auf seinen Einsatzbefehl. Der Mann hob ihn hoch und setzte ihn auf den Teppichrollen ab. Er schnalzte mit den Fingern, gab ein kurzes Kommando und nahm ihm die Leine ab. Der Beagle rannte rauf und runter, kreuz und quer über die Rollen. Wegen seiner kurzen Beine hatte er Mühe, die Höhenunterschiede zu bewältigen. Doch er schnüffelte jeden Quadratzentimeter ab, kam dann zum Ausgangspunkt zurück und stand mit glänzenden Augen, wedelndem Schwanz und wie zu einem Grinsen hochgezogenen Lefzen da, als wollte er fragen: *Okay, wo ist die Action?*

»Nichts«, sagte der Hundeführer.

»Legitime Ladung«, meinte Eliot.

Duffy nickte. »Aber weshalb soll sie wieder nach Norden geschafft werden? Es gibt keine Wiederausfuhr von Teppichen nach Odessa. Wozu denn auch?«

»Das war ein Test«, erklärte ich. »Sie wollten sehen, ob ich mich für die Ladung interessiere oder nicht.«

»Bringt das Siegel wieder an«, befahl Duffy.

Der Mann hob seinen Hund heraus, und Eliot zog das Rolltor wieder herunter. Der Alte griff nach seinem Lötkolben, und Duffy nahm mich nochmals beiseite.

»Entscheidung?«, fragte sie.

»Was würden Sie tun?«

»Abbrechen«, erwiderte sie. »Der Lincoln ist der Schwachpunkt. Er kann Ihnen das Genick brechen.«

Ich sah über ihre Schulter und beobachtete den Alten bei der Arbeit. Er war schon dabei, den Klumpen Lötzinn in Form zu bringen.

»Sie sind auf unsere Story reingefallen«, sagte ich. »Sie konnten gar nicht anders. Es war eine großartige Story.«

»Sie könnten sich den Lincoln genauer angesehen haben.«

»Aus welchem Grund?«

Der Alte war schon fast fertig. Er beugte sich über die Lötstelle, um draufzublasen, damit der Draht mattgrau wurde. Duffy legte mir eine Hand auf den Arm.

»Wieso hat Beck von den Uzis gesprochen?«, fragte sie.

»Keine Ahnung.«

»Fertig!«, rief der Alte.

»Entscheidung?«, fragte Duffy.

Ich dachte an Quinn. Erinnerte mich daran, wie sein Blick über mein Gesicht geglitten war, nicht hastig, nicht langsam. Dachte an die Narben von Kleinkalibergeschossen in seiner linken Stirnseite.

»Ich fahre zurück«, sagte ich. »Hätten sie Zweifel gehabt, hätten sie mich schon heute Morgen umgelegt.«

Duffy schwieg. Sie erhob keine Einwände, nahm nur die Hand von meinem Arm und ließ mich gehen.

5

Sie ließ mich gehen, verlangte aber ihre Pistole nicht wieder zurück. Vielleicht war das eine unbewusste Reaktion. Vielleicht wollte sie, dass ich sie behielt. Ich schob sie hinten in den Hosenbund. Die Reservemagazine versteckte ich in meinen Socken. Dann fuhr ich wieder auf die I-95 und erreichte das unbebaute Grundstück in der Nähe des Hafens Portland genau zehn Stunden nach meiner Abfahrt. Niemand wartete dort auf mich. Kein schwarzer Cadillac. Ich stellte den Wagen auf der freien Fläche ab, ließ den Zündschlüssel ins Türfach fallen und stieg aus. Nach fünfhundert Highwaymeilen war ich müde und ein bisschen taub.

Es war achtzehn Uhr, und die Sonne stand schon tief. Ich fror in der kalten Luft und dem feuchten Seewind und knöpfte meinen Mantel zu. Für den Fall, dass ich beobachtet wurde, blieb ich noch einen Augenblick stehen. Dann schlenderte ich davon, bemüht, ziellos zu wirken. Doch ich wollte nach Norden und sah mir die Gebäude auf meinem Weg genau an. Das

Grundstück war von niedrigen Bürobauten umgeben. Sie sahen wie radlose Auflieger von Sattelschleppern aus, waren billig hergestellt und schlecht instand gehalten. Die zu ihnen gehörenden kleinen, ungepflegten Parkplätze standen voller Mittelklassewagen. Alles wirkte betriebsam und nüchtern. Hier wurden wirklich Geschäfte gemacht, das war klar. Keine luxuriösen Firmenzentralen, kein Marmor, keine Statuen, nur ein Haufen gewöhnlicher Leute, die hinter ungeputzten Fenstern mit defekten Jalousien schwer für ihr Geld arbeiteten.

Manche der Büros befanden sich in Anbauten an der Seite von Lagerhäusern, die aus modernen Stahlfertigteilen errichtet waren. Praktisch alle verfügten über hüfthohe Ladeplattformen aus Stahlbeton. Sie standen auf schmalen Grundstücken, deren Einfahrten durch massive Betonsäulen gekennzeichnet waren. An diesen Säulen befanden sich Autolackspuren in sämtlichen der Menschheit bekannten Farbtönen.

Nach ungefähr fünf Minuten entdeckte ich Becks schwarzen Cadillac. Er stand neben einem Lagerhaus auf einem Rechteck aus rissigem Asphalt in der Nähe einer Bürotür. Diese im Kolonialstil erbaute Tür erinnerte an eine Haustür in irgendeinem Vorort. Sie hatte keinen Schutzanstrich und war in der salzhaltigen Luft rau und grau geworden. Im oberen Drittel erkannte ich ein Schild mit der Aufschrift *Bizarre Bazaar*.

Ich hörte ein Auto näher kommen, verschwand hinter dem benachbarten Lagerhaus und wartete. Es war eine große Limousine, die langsam heranrollte – ein Lincoln Town Car, glänzend schwarz und mit dem identisch, den wir vor dem Collegetor verschrottet hatten. Der Lincoln fuhr langsam an Becks Cadillac vorbei, bog um die Ecke und parkte hinter dem Lagerhaus. Ein Kerl, den ich nicht kannte, stieg aus. Er reckte sich gähnend, als hätte er ebenfalls eine weite Fahrstrecke hinter sich. Er war mittelgroß und trug sein schwarzes Haar ziemlich kurz. Hageres Gesicht, unreine Haut. Irgendwie sah er aus, als stünde er in der Hackordnung ganz unten. Er beugte sich noch einmal in den Wagen und zog einen tragbaren Scanner heraus. Das Ding hatte eine verchromte Stabantenne und einen Lautsprecher, aus dem Pieptöne kamen, wenn der entsprechende Sender nicht mehr als zwei Meilen entfernt war.

Er marschierte um die Ecke und verschwand hinter der ungestrichenen Tür. Ich blieb vorerst, wo ich war. Ließ mir die letzten zehn Stunden nochmals durch den Kopf gehen. Aus der Sicht meines Beschatters hatte ich dreimal angehalten. Jeder Halt war so kurz gewesen, dass niemand auf falsche Gedanken kam. Eine visuelle Beobachtung hätte ein völlig anderes Bild ergeben. Aber ich war mir ziemlich sicher, dass ich mich bei keinem Halt in Sichtweite eines schwarzen Lincolns befunden und Duffy vermutlich Recht hatte. Dieser Kerl und sein Scanner waren auf der Route One unterwegs gewesen.

Ich blieb noch eine Minute stehen, bevor ich aus meinem Versteck trat, zu der Tür ging und sie aufstieß. Ein Gang führte rechtwinklig nach links zu einem kleinen Bereich mit Schreibtischen und Aktenschränken. Keiner der Schreibtische war besetzt. Aber an ihnen hatten vor kurzem noch Leute gearbeitet. Das war offensichtlich. In diesem Büro herrschte tagsüber Betrieb. Die drei Schreibtische waren voller Dinge, die Leute am Ende eines Arbeitstags zurücklassen: halb erledigte Vorgänge, Kaffeetassen, Haftnotizen an Bildschirmen, Souvenirbecher mit Bleistiften und Filzschreibern, Boxen mit Papiertaschentüchern. An den Wänden befanden sich Elektroheizkörper. Die Luft war sehr warm und roch schwach nach Parfüm.

In der Rückwand dieses Raums gab es eine geschlossene Tür, hinter der halblaute Stimmen zu hören waren. Ich erkannte die von Beck und Duke. Sie sprachen mit einem dritten Mann, den ich für den Kerl mit dem Scanner hielt. Was sie sagten, war nicht genau zu verstehen, aber der Tonfall klang irgendwie dringlich. Als werde über etwas debattiert. Keiner erhob die Stimme, aber sie sprachen nicht über den bevorstehenden Betriebsausflug.

Ich sah mir die Sachen auf den Schreibtischen und an den Wänden an. Am auffälligsten fand ich die beiden riesigen Wandkarten. Eine zeigte die ganze Welt. Das Schwarze Meer lag ziemlich genau in der Kartenmitte. Odessa war links von der Halbinsel Krim zu erkennen. Ich sah keine eingetragene Route, aber ich konnte mir den Weg vorstellen, den ein kleiner Frachter nehmen würde: durch den Bosporus und die Dardanellen, durchs Mittelmeer, die Meerenge von Gibraltar und dann mit voller Kraft voraus über den Atlantik nach Portland, Maine. Wahrscheinlich eine Seereise von zwei bis drei Wochen. Die meisten Schiffe sind ziemlich langsam.

Auf der zweiten Wandkarte waren die Vereinigten Staaten abgebildet. Die Stadt Portland selbst verschwand unter einem fettigen Fleck, wo das Papier abgewetzt war. Ich vermutete, dass schon viele Leute ihren Daumen darauf gedrückt hatten, um Zeit und Entfernung abzuschätzen. Die Spanne einer nicht allzu großen Hand bezeichnete wohl eine Tagesstrecke. Jedenfalls war Portland nicht der ideale Ort für ein Umschlagszentrum. Der Hafen lag weit von den meisten Ballungsräumen an der amerikanischen Ostküste entfernt.

Mit dem ganzen Papierkram auf den Schreibtischen konnte ich nichts anfangen. Ich sah nur, dass es sich um Versandpapiere handelte. Auf manchen Vordrucken standen Preise. Manche waren hoch, manche niedrig. Zu den Preisen gehörten Warenkodes. Sie konnten Teppiche oder auch etwas anderes bezeichnen. Aber auf den ersten Blick sah das Büro tatsächlich wie eine harmlose Versandabteilung aus. Ich fragte mich, ob Teresa Daniel hier gearbeitet hatte.

Ich horchte erneut auf die Stimmen hinter der Tür. Jetzt klangen sie verärgert und sorgenvoll. Ich ging auf den Gang zurück, zog die Glock aus dem Hosenbund und steckte sie mit dem Zeigefinger am Abzug in meine Manteltasche. Eine Glock hat keinen Sicherungshebel, sondern eine Art zweifachen Abzug. Eine kleine Sperrklinke löst sich, wenn man Druckpunkt nimmt. Ich verstärkte den Druck leicht, fühlte sie nachgeben. Ich wollte vorbereitet sein und rechnete mir aus, dass ich zuerst Duke, dann den Kerl mit dem Scanner und zuletzt Beck erschießen würde. Er war vermutlich am langsamsten, und man hebt sich den Langsamsten immer für zuletzt auf.

Ich steckte auch die linke Hand in die Manteltasche. Ein Mann, der eine Hand in der Tasche hat, wirkt bewaffnet und gefährlich. Einer, der beide Hände in den Taschen hat, sieht entspannt und lässig aus. Nicht bedrohlich. Ich atmete tief durch und ging dann ins Büro zurück, wobei ich absichtlich laut auftrat.

»Hallo?«, rief ich.

Die ins hintere Büro führende Tür wurde aufgerissen, und Beck, Duke sowie der neue Mann starrten mich an. Keine Waffen.

»Wie bist du hier reingekommen?«, fragte Duke. Er wirkte noch müder als am Morgen.

»Die Tür war offen«, antwortete ich.

»Woher wussten Sie, welche Tür die richtige ist?«, erkundigte sich Beck.

Ich behielt die Hände in den Manteltaschen. Ich konnte nicht sagen, dass ich das handgemalte Schild gesehen hatte, weil ich den Namen seiner Firma nur von Duffy wusste, nicht von ihm selbst.

»Ihr Wagen steht draußen«, antwortete ich.

Er nickte.

»Okay«, meinte er.

Er fragte nicht, wie die Fahrt nach New London verlaufen

war. Die musste der Kerl mit dem Scanner ihm schon beschrieben haben. Der Neue war jünger als Beck. Jünger als Duke. Jünger als ich. Ich schätzte ihn auf Anfang dreißig. Er sah teils bemitleidenswert, teils gefährlich aus, so wie viele der Männer, die ich bei der Army eingebuchtet hatte. Die meisten waren miserable Soldaten gewesen.

»Hat der Ausflug Spaß gemacht?«, fragte ich ihn.

Er gab keine Antwort.

»Ich hab gesehen, wie Sie vorhin mit dem Scanner reingegangen sind«, erklärte ich. »Ich hab die erste Wanze gefunden. Unter dem Beifahrersitz.«

»Warum haben Sie danach gesucht?«, fragte er.

»Gewohnheit«, erwiderte ich. »Wo war die zweite?«

»Im Laderaum«, sagte er. »Sie haben nicht Halt gemacht, um irgendwo was zu essen.«

»Kein Geld«, sagte ich. »Niemand hat mir welches gegeben.«

Der Kerl lächelte nicht.

»Willkommen in Maine«, sagte er. »Hier kriegt man kein Geld geschenkt. Man muss es sich verdienen.«

»Okay«, sagte ich.

»Ich bin Angel Doll«, stellte er sich vor, als erwarte er, dass sein Name mich beeindrucken würde.

»Ich bin Jack Reacher.«

»Der Copkiller«, sagte er mit einem bestimmten Unterton in der Stimme.

Er musterte mich noch einen Augenblick, dann wandte er den Blick ab. Ich konnte nicht herausbekommen, welche Rolle er spielte. Beck war der Boss und Duke der Leiter seines Sicherheitsdienstes, aber dieser jüngere Mann führte in ihrer Gegenwart ganz lässig das große Wort.

»Wir sind in einer Besprechung«, sagte Beck. »Sie können draußen beim Wagen warten.«

Er ging mit den beiden anderen ins Büro zurück und schlug mir die Tür vor der Nase zu. Allein das bewies mir, dass es hier im Sekretariat nichts Lohnendes zu finden gab. Also schlenderte ich wieder ins Freie und inspizierte dabei genau die Alarmanlage. Sie war verhältnismäßig primitiv, aber effektiv. An der Tür und allen Fenstern waren Kontaktstreifen befestigt. Ihre Leitungen, die in Farbe und Durchmesser an Spaghetti erinnerten, verliefen in Bodennähe auf den Sockelleisten. Zusammengeführt wurden sie in einem Metallkasten, der in der Nähe des Anschlagbretts an der Wand hing. Dieses schwarze Brett war voller vergilbender Mitteilungen über Zusatzversicherungen für Angestellte und Standorte von Feuerlöschern und Fluchtwege im Brandfall. Der Schaltkasten der Alarmanlage wies ein Zahlenfeld und zwei kleine Kontrollleuchten auf. Neben der roten Leuchte stand *ein*, neben der grünen *aus*. Es gab keine getrennten Abschnitte. Keine Bewegungsmelder. Dies war nur eine primitive Vorfeldüberwachung.

Ich wartete draußen nicht neben dem Cadillac, sondern lief eine Weile herum, bis ich ein Gefühl für die Umgebung bekommen hatte. Das ganze Gebiet, durch das sich eine Lkw-Zufahrt schlängelte, war mit ähnlichen Betrieben durchsetzt. Ich konnte mir vorstellen, dass es als Einbahnstraßensystem funktionierte. Container, die von den Kais im Norden kamen, wurden in den Lagerhäusern ent- und dann auf Lieferfahrzeuge geladen, um die Waren nach Süden zu transportieren. Becks Lagerhaus lag genau in der Mitte einer Fünferreihe, verfügte jedoch über keine von außen zugängliche Ladebucht und keine -plattform. Stattdessen wies es ein Rolltor auf. Dieses wurde im Augenblick von Angel Dolls Lincoln blockiert, doch es war selbst für Sattelschlepper groß genug. So ließ sich jederzeit Geheimhaltung herstellen.

Dieses Gebiet war nicht mit einer Marinewerft zu vergleichen. Es gab keinen allgemeinen Sicherheitsdienst, keinen Maschendrahtzaun, kein Tor, keine Schlagbäume und keine Posten in Wachlokalen. Es war nur ein kreuz und quer gebautes Gebiet mit über vierzig Hektar voller Lagerhäuser, Pfützen und dunkler Ecken. Ich vermutete, dass hier zu jeder Tages- und Nachtzeit irgendwelche Aktivitäten stattfanden. Wie viele, war nicht abzuschätzen. Aber wahrscheinlich waren es genügend, um heimliches Kommen und Gehen zu kaschieren.

Als die drei auftauchten, lehnte ich am linken Kotflügel des Cadillacs. Während Beck und Duke ins Freie traten, blieb Doll in der Tür stehen. Meine Hände steckten noch immer in den Manteltaschen, bereit, zuerst Duke zu erschießen. Aber keiner der drei verhielt sich irgendwie aggressiv. Auch nicht misstrauisch. Beck und Duke gingen lediglich auf ihren Wagen zu. Sie sahen müde und nachdenklich aus. Doll blieb in der Tür stehen, als gehörte der Laden ihm.

»Also los«, sagte Beck.

»Nein, wartet noch«, rief Doll ihnen nach. »Ich muss erst mit Reacher reden.«

Beck blieb stehen. Drehte sich nicht um.

»Fünf Minuten«, sagte Doll. »Länger dauert's nicht. Ich schließe dann ab.«

Beck und auch Duke äußerten sich nicht dazu. Ich ließ die Hände in den Manteltaschen und ging auf Doll zu. Der drehte sich um und ging durch den Sekretariatsbereich ins hintere Büro voraus. Dann durch eine zweite Tür in einen Glaskasten im eigentlichen Lagerhaus. Ich sah einen Gabelstapler und Stahlregale voller Orientteppiche. Die Regale waren mindestens sechs Meter hoch und die Teppiche alle eng zusammengerollt und verschnürt. In dem Glaskasten, aus dem eine weitere Tür ins Freie führte, standen ein Stahlschreibtisch mit einem Computer und ein abgewetzter Bürostuhl. Aus seinen aufgeplatzten Nähten quoll schmutzig gelber Schaumstoff. Doll nahm darauf Platz und sah mich lächelnd an. Ich stand an der Querseite des Schreibtisches und blickte auf ihn hinab.

»Was?«, fragte ich.

»Sehen Sie diesen Computer?«, fragte er. »Über den hab ich Zugang zu allen Zulassungsstellen für Kraftfahrzeuge im ganzen Land.«

»Und?«

»Folglich kann ich Kennzeichen überprüfen.«

Ich schwieg. Er zog eine Pistole aus der Tasche. Eine geschickte Bewegung, schnell und flüssig. Offensichtlich war er doch kein völliger Idiot. Andererseits hatte er eine dafür sehr gut geeignete Waffe. Eine PSM aus sowjetischer Produktion, schlank und glatt, damit sie sich nirgends verhakte. Sie verschoss ungewöhnliche russische Munition, die schwer aufzutreiben war. Unter dem Verschluss gab es einen Sicherungsflügel, der sich bei Dolls Pistole in rückwärtiger Stellung befand. Ich hatte vergessen, ob das *entsichert* oder *gesichert* bedeutete.

»Was wollen Sie?«, fragte ich.

»Ich möchte etwas von Ihnen bestätigt bekommen«, antwortete er. »Bevor ich damit an die Öffentlichkeit gehe und eine oder zwei Leitersprossen höher steige.«

Kurze Pause.

»Wie wollen Sie das anstellen?«, fragte ich.

»Indem ich ihnen eine Kleinigkeit verrate, die sie noch nicht wissen«, entgegnete er. »Vielleicht verdiene ich mir damit einen netten kleinen Bonus.«

Ich betätigte den Abzug der Glock in meiner Manteltasche, bis die Pistole entsichert war. Schaute nach links. Ich konnte durch das rückwärtige Fenster des Büros ins Freie sehen. Beck und Duke standen neben dem Cadillac. Sie kehrten mir den Rücken zu. Aber sie waren nur zwölf bis fünfzehn Meter entfernt. *Zu nahe.*

»Ich habe den Maxima für Sie entsorgt«, sagte Doll.

»Wo?«

»Spielt keine Rolle«, antwortete er. Dann lächelte er wieder.

»Was?«, fragte ich noch einmal.

»Sie haben ihn gestohlen, stimmt's? Auf dem Parkplatz irgendeines Einkaufszentrums geklaut.«

»Und?«

»Er hatte Nummernschilder aus Massachusetts«, erklärte er. »Aber die waren gefälscht. Dieses Kennzeichen ist nie ausgegeben worden.«

Ich schwieg.

»Also habe ich die VIN überprüft«, sagte er. »Die Vehicle Identification Number. Jedes Fahrzeug hat eine. Sie ist auf einer kleinen Metallplakette oben in der linken Ecke des Instrumentenbretts angebracht.«

»Ich weiß«, sagte ich.

»Sie hat zu einem Maxima gehört«, fuhr er fort. »So weit, so gut. Aber der Wagen war in New York zugelassen. Auf einen bösen Jungen, der vor fünf Wochen verhaftet worden ist. Von der Drug Enforcement Agency.«

Ich sagte nichts.

»Können Sie mir das vielleicht erklären?«, fragte er.

Ich sah wieder durchs rückwärtige Bürofenster. Ließ die Glock los und zog meine Hände aus den Manteltaschen.

»Die Liste der New Yorker Zulassungsstelle muss veraltet sein«, erwiderte ich. »Der Maxima war ein altes Auto. Kann schon vor einem Jahr nach Massachusetts verkauft worden sein. Haben Sie den Authentisierungskode überprüft?«

»Wo?«

»Auf dem Bildschirm oben rechts. Die Zahlen müssen stimmen, sonst ist die Liste nicht aktuell. Ich war bei der Militärpolizei. Ich kenne mich mit solchen Anfragen besser aus als Sie.«

»Ich hasse Militärpolizisten«, sagte er.

Ich ließ seine Pistole nicht aus den Augen.

»Wen Sie hassen, ist mir egal«, bemerkte ich. »Ich erzähle Ihnen nur, dass ich weiß, wie diese Systeme funktionieren und ich diesen Fehler auch schon gemacht habe. Mehr als nur einmal.«

Er schwieg einen Augenblick.

»Das ist Bockmist«, sagte er schließlich.

Diesmal lächelte ich.

»Versuchen Sie's doch«, schlug ich vor. »Blamieren Sie sich meinetwegen. Mich stört das nicht.«

Er verharrte sekundenlang unbeweglich. Dann nahm er die Pistole von der rechten in die linke Hand und machte sich mit der Maus an die Arbeit. Er versuchte, mich im Auge zu behalten, während er klickte und scrollte. Ich trat etwas näher, als interessierte ich mich für das, was auf dem Bildschirm erschien. Die Suchseite des Department of Motor Vehicles im Bundesstaat Massachusetts tauchte auf. Ich machte noch einen Schritt und stand jetzt fast hinter Doll. Er gab das Kennzeichen des Maxima auswendig ein. Drückte auf *Suchen.* Auf dem Monitor erschien eine neue Darstellung. Ich bewegte mich erneut, als hielte ich mich bereit, ihm zu demonstrieren, wo er sich geirrt hatte.

»Wo?«, fragte er.

»Dort!«, sagte ich und deutete auf den Bildschirm. Aber ich tat dies mit beiden Händen und zehn Fingern. Meine rechte Hand machte an seinem Genick Halt. Meine Linke nahm ihm die Pistole aus der Hand. Sie fiel zu Boden. Ich sah wieder aus dem rückwärtigen Bürofenster. Beck und Duke standen immer noch mit dem Rücken zu mir. Ich umklammerte Dolls Hals mit beiden Händen und drückte zu. Er schlug wild strampelnd um sich. Wehrte sich. Ich wechselte den Griff. Der Stuhl unter ihm fiel um. Ich drückte fester. Sah weiter durchs

Fenster. Becks und Dukes Atem bildete weiße Wölkchen. Doll begann an meinen Handgelenken zu zerren. Ich drückte noch fester zu. Seine Zunge hing aus dem Mund. Dann ließ er von meinen Handgelenken ab, griff nach hinten und versuchte, mir die Augen auszukratzen. Ich neigte den Kopf zurück, hakte eine Hand unter sein Kinn und legte die andere flach an seinen Kopf. Drehte seinen Unterkiefer ruckartig nach rechts, drückte seinen Kopf dabei scharf nach links unten und brach ihm das Genick.

Ich stellte den Stuhl wieder auf und schob ihn ordentlich an seinen Platz hinter dem Schreibtisch. Hob die Pistole auf und entfernte das Magazin. Es war voll. Acht flaschenförmige russische Patronen für 5,45-mm-Pistolen. Sie entsprachen ungefähr unserem Kaliber 22 und waren ziemlich langsam, sollten aber viel Durchschlagskraft besitzen. Angeblich waren die sowjetischen Sicherheitskräfte mit dieser Waffe äußerst zufrieden gewesen. Ich kontrollierte die Kammer. Sie war leer. Der Sicherungsflügel stand auf *gesichert.* Ich schob das Magazin wieder hinein, lud die Pistole durch und steckte sie gesichert in meine linke Manteltasche.

Dann durchsuchte ich seine Taschen. Er hatte das übliche Zeug bei sich: eine Geldbörse, ein Mobiltelefon, einen Geldclip ohne allzu viele Scheine und einen großen Schlüsselbund. Ich ließ ihm alles. Öffnete die ins Freie führende Tür und sah nach draußen. Beck und Duke waren hinter einer Ecke des Lagerhauses nicht zu sehen. Auch sonst war hier niemand unterwegs. Ich ging zu Dolls Lincoln und machte die Fahrertür auf. Fand die Taste, die den Kofferraum entriegelte. Ich ging wieder hinein und schleifte Doll am Kragen gepackt hinaus. Öffnete den Kofferraum und wuchtete ihn hinein. Drückte den Deckel wieder zu und schloss lautlos die Fahrertür. Sah auf meine Armbanduhr. Die fünf Minuten waren vorüber. Ich würde die Müllentsorgung später vornehmen müssen. Ich ging durch den Glaskasten, durchs hintere Büro, durchs Sekretariat, durch die Eingangstür und ins Freie hinaus. Beck schien zu frieren und sich über die Verzögerung zu ärgern. Duke zitterte ein wenig vor Kälte und versuchte, ein Gähnen zu unterdrücken. Er sah aus wie ein Mensch, der seit sechsunddreißig Stunden nicht mehr geschlafen hat. Davon versprach ich mir einen dreifachen Vorteil.

»Ich fahre«, schlug ich vor. »Wenn du willst.«

Er zögerte. Sagte aber nichts.

»Dass ich fahren kann, weißt du«, erklärte ich. »Ihr habt mich den ganzen Tag herumirren lassen. Ich hab meinen Auftrag ausgeführt, wie Doll euch bestätigt hat.«

Er schwieg.

»War das ein weiterer Test?«, fragte ich ihn.

»Du hast die Wanze gefunden«, sagte er.

»Habt ihr gedacht, ich würde sie nicht finden?«

»Hättest du sie nicht gefunden, hättest du dich womöglich anders verhalten.«

»Wozu denn? Ich wollte nur schnell und sicher zurückkommen. Ich war zehn Stunden lang in Gefahr, geschnappt zu werden. Nicht unbedingt ein Spaß für mich. Ich habe mehr zu verlieren als ihr – unabhängig davon, was ihr in Wirklichkeit treibt.«

Dazu äußerte er sich nicht.

»Wie du willst«, sagte ich, als wäre mir das egal.

Er zögerte noch einen Moment, dann gab er mir seine Schlüssel. Das war der erste Vorteil. In der Übergabe eines Schlüsselbunds liegt etwas Symbolisches. Sie bedeutet Vertrauen. Damit machte ich einen Schritt hinein in den engeren Kreis. Kam von meinem Außenseiterstatus weg. Und der Schlüsselbund war groß. Er enthielt nicht nur die Autoschlüssel, sondern auch die von Haus und Büro. Es waren ungefähr ein Dutzend Schlüssel. Ein Haufen Metall. Beck beobachtete die Übergabe, ohne sie jedoch zu kommentieren, wandte sich nur ab und stieg hinten ein. Duke nahm auf dem Beifahrersitz Platz. Ich rutschte hinters Steuer und ließ den Motor an. Arrangierte den Mantel so, dass die Pistolen in meinem Schoß lagen. Ich war darauf gefasst, sie einzusetzen, wenn ein Handy klingelte. Die Chancen standen fifty-fifty, dass der nächste Anrufer diesen Kerlen melden würde, Doll sei ermordet aufgefunden worden. Deshalb würde der nächste Anruf zugleich ihr letzter sein.

Aber während der gesamten Heimfahrt klingelte kein Telefon. Ich fuhr ruhig und zügig und brauchte meine Mitfahrer nie nach dem Weg zu fragen. Dann bog ich nach Osten in Richtung Atlantik ab. Hier war es längst stockfinster. Ich erreichte die Landzunge, fuhr auf den Felsenfinger hinaus und hielt geradewegs auf das Haus zu. Auf der gesamten Mauerkrone brannten Scheinwerfer. Der Bandstacheldraht funkelte. Paulie kam heraus, um uns das Tor zu öffnen. Er starrte mich finster an, als ich an ihm vorbeirollte. Ich ignorierte ihn, fuhr in flottem Tempo die Einfahrt hinauf und hielt genau vor der Haustür. Beck und Duke stiegen wortlos aus.

»Wohin soll der Wagen?«, fragte ich Duke.

»In die Garage, Arschloch«, antwortete er. »Ums Haus herum.«

Das war der zweite Vorteil. Ich würde fünf Minuten allein sein.

Ich folgte dem Kreisbogen, den die Einfahrt beschrieb, und lenkte den Wagen zur Südseite des Hauses. Der Garagenblock stand etwas abseits in einem von Mauern umgebenen Innenhof. Vermutlich war dieser Bau früher einmal der Pferdestall gewesen. Er hatte Granitpflaster vor den Toren und ein Kuppeldach mit Lüftungsschlitzen, damit der Stallgeruch entweichen konnte. Die Pferdeboxen waren entfernt worden, um

Platz für vier Einzelgaragen zu schaffen. Den Heuboden hatte man zu einem Apartment ausgebaut. Ich vermutete, dass dort der schweigsame Hausmeister wohnte.

Die Garage links außen, deren Tor offen stand, war leer. Ich fuhr den Cadillac hinein und stellte den Motor ab. Eine schwache Glühbirne an der Decke gab Licht. An den Wänden standen Regale mit all dem Krempel, der sich in einer Garage ansammelt: Öldosen, Kanister und alte Flaschen mit Autowachs. Ich sah einen Kompressor, mit dem sich Reifen aufpumpen ließen, und daneben einen Karton mit Putzlappen. Ich steckte die Schlüssel ein und stieg aus. Horchte auf ein Telefonklingeln drüben im Haus. Nichts. Ich begutachtete die Lappen. Zog einen heraus, der die Größe eines kleinen Handtuchs besaß. Ich benutzte ihn, um einen imaginären Fleck von der vorderen Stoßstange des Cadillac zu wischen. Sah mich dabei um. Niemand zu sehen. Ich wickelte Dolls PSM, Duffys Glock und die beiden Reservemagazine in den Lappen. Steckte das Bündel unter meinen Mantel. Vermutlich wäre es mir gelungen, die Waffen ins Haus zu schmuggeln. Ich hätte durch die Hintertür hineingehen und den Metalldetektor piepsen lassen, einen Augenblick verwirrt dreinschauen und dann den großen Schlüsselbund aus der Tasche ziehen können. Ein klassisches Täuschungsmanöver. Vielleicht hätte es sogar funktioniert, aber es wäre dann sehr schwierig gewesen, die Waffen wieder aus dem Haus zu schaffen. Falls nicht schon bald ein Anruf kam, würde ich das Haus vermutlich mit Beck oder Duke – oder mit beiden – auf dem gewöhnlichen Weg verlassen, ohne damit rechnen zu können, wieder in den Besitz des Schlüsselbundes zu kommen. Also musste ich mich entscheiden. Etwas riskieren oder auf Nummer Sicher gehen? Ich entschied mich dafür, auf Nummer Sicher zu gehen und meine Artillerie draußen zu verstecken.

Ich verließ den Garagenhof und ging hinten ums Haus

herum. Blieb an der Ecke der Mauer stehen, die den Innenhof umgab. Wartete einen Augenblick, bog dann rechtwinklig ab und folgte der Mauer in Richtung Felsen, als wollte ich einen Blick auf das Meer werfen. Das Wasser war schwarz und ruhig. Ich starrte eine Weile hinaus, dann bückte ich mich und schob die eingewickelten Waffen in eine kleine Aushöhlung am Fuß der Mauer. Dort wucherte spärliches Unkraut. Um sie zu finden, müsste man über sie stolpern.

Ich schlenderte zurück, gab den nachdenklichen Mann, der ab und zu ein paar Minuten Einsamkeit brauchte, und ging in Richtung Hintereingang. Durchquerte die Veranda und gelangte so in die Küche. Der Metalldetektor piepste. Duke, der Hausmeister und die Köchin drehten sich ruckartig um. Ich überlegte kurz, dann zog ich den Schlüsselbund aus der Manteltasche. Hielt ihn hoch. Ihr Blick wandte sich wieder ab. Ich trat in die Küche und warf die Schlüssel vor Duke auf den Tisch. Er ließ sie dort liegen.

Der dritte Vorteil von Dukes Erschöpfung zeigte sich im Verlauf des Abendessens immer deutlicher. Er konnte sich kaum noch auf den Füßen halten und sagte kein Wort. Die Küche war warm, und wir nahmen ein Mahl zu uns, das jeden schläfrig gemacht hätte. Es gab eine dicke Suppe und Steak mit Kartoffeln und Gemüse – und das reichlich. Die Teller quollen fast über. Die Köchin arbeitete wie am Fließband. Auf einer Warmhalteplatte stand noch unberührt ein großer Teller mit einer weiteren Mahlzeit. Vielleicht hatte jemand die Angewohnheit, zweimal zu Abend zu essen.

Ich aß schnell und lauschte angestrengt, ob irgendwo das Telefon klingelte. Ich rechnete mir aus, dass ich mir die Schlüssel schnappen und im Freien sein konnte, bevor das erste Klingeln verstummt war. Im Cadillac, bevor das zweite ertönte. Halb die Einfahrt hinunter, bevor das dritte verhallte. Ich konnte das Tor durchbrechen und Paulie überfahren. Aber das Telefon klingelte nicht. Außer den Kaugeräuschen der anderen war es im Haus still. Auch heute gab es wieder keinen Kaffee. Ich war kurz davor, das persönlich zu nehmen, denn ich liebe Kaffee. Nun musste ich Wasser trinken. Es kam aus dem Hahn über dem Ausguss und war stark gechlort. Bevor ich mein zweites Glas geleert hatte, kam das Dienstmädchen aus dem Speisezimmer der Familie und kam auf mich zu. Sie bewegte sich mit ihren altmodischen Schuhen ein wenig unbeholfen und wirkte schüchtern. Ich fand, dass sie wie eine waschechte Irin aussah.

»Mr. Beck möchte Sie sprechen«, sagte sie.

Dies war das zweite Mal, dass ich sie reden hörte. Sie hatte einen leichten irischen Akzent.

»Jetzt?«, fragte ich.

»Ich glaube schon«, antwortete sie.

Er erwartete mich in dem Raum mit dem langen eichenen Refektoriumstisch, an dem ich für ihn russisches Roulett gespielt hatte.

»Der Toyota war aus Hartford, Connecticut«, begann er. »Angel Doll hat das Kennzeichen heute Morgen überprüft.«

»In Connecticut gibt's keine vorderen Nummernschilder«, sagte ich, weil ich etwas sagen musste.

»Wir kennen die Besitzer«, sagte er.

Ich starrte ihn an und benötigte eine Zehntelsekunde, um zu begreifen, was er damit meinte.

»Woher kennen Sie sie?«, wollte ich wissen.

»Wir haben geschäftliche Beziehungen.«

»In der Teppichbranche?«

»Welcher Art unsere Beziehungen sind, braucht Sie nicht zu interessieren.«

»Wer sind sie?«

»Auch das braucht Sie nicht zu kümmern«, wehrte er ab.

Ich schwieg.

»Aber es gibt ein Problem«, fuhr er fort. »Die Leute, die Sie beschrieben haben, sind nicht die Leute, denen der Toyota gehört.«

»Wissen Sie das bestimmt?«

Er nickte. »Sie haben sie als groß und blond beschrieben. Die Kerle, denen der Wagen gehört, sind klein und schwarzhaarig.«

»Wer sind dann die Kerle, die ich gesehen habe?«, fragte ich.

»Zwei Möglichkeiten«, sagte er. »Erstens: Jemand hat ihr Auto geklaut.«

»Oder?«

»Zweitens: Vielleicht haben sie neue Leute eingestellt.«

»Beides ist möglich«, bemerkte ich.

Er schüttelte den Kopf. »Erstens fällt weg. Ich habe sie angerufen. Sie haben sich nicht gemeldet. Also habe ich herumgefragt. Sie sind verschwunden. Aber wieso sollten sie abtauchen, nur weil jemand ihr Auto geklaut hat?«

»Also haben sie neue Leute eingestellt.«

Er nickte. »Und beschlossen, die Hand zu beißen, die sie füttert.«

Ich sagte nichts.

»Wissen Sie bestimmt, dass sie Uzis hatten?«

»Ich habe sie gesehen«, antwortete ich.

»Keine MP5K?«

»Nein«, sagte ich bestimmt. Diese Waffen konnte man unmöglich verwechseln. Sie sahen sich nicht einmal andeutungsweise ähnlich. Die MP5K ist eine Anfang der siebziger Jahre von Heckler & Koch entwickelte Maschinenpistole mit kurzem Lauf. Sie hat zwei große, dicke Griffe aus hochwertigem Kunststoff. Sie wirkt sehr futuristisch, wie eine Filmrequisite. Im Vergleich zu ihr sieht eine Uzi wie etwas aus, das ein Blinder in seinem Keller zusammengebastelt hat.

»Eindeutig Uzis«, sagte ich.

»Die Entführung kann kein Zufall gewesen sein?«, fragte er.

»Nein«, erwiderte ich.

Er nickte wieder.

»Damit haben sie mir den Krieg erklärt«, sagte er. »Und sind abgetaucht. Sie halten sich irgendwo versteckt.«

»Wozu?«

»Keine Ahnung.«

Danach herrschte Schweigen.

»Wollen Sie sie suchen?«, erkundigte ich mich.

»Darauf können Sie Ihren Arsch verwetten«, meinte Beck.

Duke wartete in der Küche auf mich. Er war wütend und ungeduldig und wollte mich nach oben bringen und über Nacht einsperren. Ich protestierte nicht dagegen. Eine abgeschlossene Tür, die innen kein Schlüsselloch hat, ist ein sehr gutes Alibi.

»Morgen, halb sechs«, sagte er noch. »Ich hole dich zum Dienst.«

Ich horchte angestrengt, hörte das Schloss klicken und wartete darauf, dass seine Schritte sich entfernten. Dann beschäftigte ich mich mit meinem Schuh. Ich hatte eine Nachricht von Duffy: *Wieder heil zurück?* Ich drückte die Antworttaste und tippte: *Stellen Sie ein Auto eine Meile vor dem Haus ab. Lassen Sie den Schlüssel stecken. Leise Anfahrt, kein Licht.*

Ich drückte auf *jetzt senden* und wartete. Wahrscheinlich benutzte sie einen Laptop und saß in ihrem Hotelzimmer vor dem eingeschalteten Gerät. Ein Klingelzeichen würde ihr signalisieren: *Sie haben Post!*

Sie meldete sich mit: *Warum? Wann?*

Ich sendete: *Nicht fragen. Mitternacht.*

Diesmal musste ich noch länger warten. Dann antwortete sie: *Okay.*

Ich sendete: *Um 6 Uhr abholen, unauffällig.*

Sie bestätigte: *Okay.*

Ich sendete: *Beck kennt die Toyota-Besitzer.*

Neunzig qualvolle Sekunden später meldete sie sich mit: *Wie?*

Ich sendete: *Geschäftlich.*

Sie fragte: *Nährere Einzelheiten?*

Ich sendete: *Nicht erläutert.*

Sie antwortete mit einem einzigen Wort: *Scheiße.*

Ich wartete, aber vorerst kam nichts mehr. Duffy beriet sich vermutlich mit Eliot. Ich sendete eine Frage: *Wie viele habt ihr in Hartford verhaftet?* Sie antwortete: *Alle, das heißt drei.* Ich fragte: *Reden sie?* Duffy berichtete: *Sie halten eisern dicht.* Ich fragte weiter: *Anwälte?* Sie erwiderte: *Keine Anwälte.*

Dies war eine sehr mühsame Methode, sich zu unterhalten. Aber man hatte dabei reichlich Zeit zum Nachdenken. Rechtsanwälte wären tödlich gewesen. Beck wäre mühelos an sie herangekommen. Früher oder später würde er auf die Idee verfallen nachzuforschen, ob seine Geschäftsfreunde verhaftet worden waren.

Ich sendete: *Könnt ihr sie in Isolierhaft halten?*

Sie sendete: *Ja, ein bis zwei Tage.*

Ich sendete: *Dringend notwendig.*

Nun folgte eine lange Pause. Dann fragte sie: *Was denkt Beck?*

Ich sendete: *Dass sie ihm den Krieg erklärt haben und abgetaucht sind.*

Sie fragte: *Was haben Sie vor?*

Ich sendete: *Weiß ich nicht genau.*

Sie sendete: *Empfehle, dass Sie sich mit dem Wagen absetzen, den ich zurücklasse.*

Ich antwortete: *Vielleicht.*

Wieder eine lange Pause. Dann sendete sie: *Gerät abschal-*

ten; Batterie schonen. Ich musste lächeln. Duffy war eine sehr praktisch veranlagte Frau.

Ich lag drei Stunden lang vollständig bekleidet auf dem Bett und lauschte auf das Klingeln eines Telefons. Aber ich hörte keines. Kurz vor Mitternacht stand ich auf, rollte den Orientteppich zusammen und streckte mich auf dem Fußboden aus, um an den Dielen zu horchen. Das ist die beste Methode, um leise Geräusche in einem Haus mitzubekommen. Ich konnte die Heizung arbeiten hören. Ich konnte den Wind an den Giebeln und Erkern hören. Das Meer hingegen war ruhig. Im Haus selbst, ein solider Steinbau, in dem nichts knarrte oder knackte, war es still. Nirgends ein Laut, der auf menschliche Aktivitäten schließen ließ. Keine Stimmen, keine Bewegung. Ich vermutete, dass Duke wie tot schlief. Er, der Profi, war der Einzige, der mir Sorgen bereitete.

Ich schnürte die Schuhe fest und zog das Sakko aus. Dann schob ich das Fenster ganz hoch und setzte mich mit dem Rücken nach außen aufs Fensterbrett. Starrte die Tür an. Verrenkte den Hals und sah nach draußen. Am Himmel stand eine schmale Mondsichel. Auch die Sterne gaben etwas Licht.

Ich schwang meine Beine nach draußen und rutschte etwas zur Seite. Dann drehte ich mich auf den Bauch und tastete mit den Zehen herum, bis ich eine Rille fand, die als Akzentlinie in die Fassade gemeißelt worden war. Als ich mit beiden Füßen darin Halt fand, hielt ich mich mit einer Hand am Fensterbrett fest und schloss mit der anderen das Fenster bis auf einen handbreiten Spalt. Schob mich seitlich weiter und tastete nach dem Abflussrohr der Regenrinne. Es war ungefähr einen Meter von mir entfernt: ein dickes Gussrohr mit ungefähr fünfzehn Zentimetern Durchmesser. Ich konnte die rechte Handfläche darauf legen. Es fühlte sich massiv an, war jedoch zu weit entfernt. Ich bin nicht besonders beweglich. Dürfte ich an

Olympischen Spielen teilnehmen, wäre ich ein Ringer, Boxer oder Gewichtheber, kein Turner.

Ich zog die rechte Hand wieder zurück und schob mich auf Zehenspitzen stehend möglichst weit nach rechts. Dabei ließ ich meine Linke ruckartig über die Fensterbank gleiten, bis ich an der Ecke des Fensterrahmens angelangt war. Streckte nun die Rechte aus. Umfasste mit ihr die andere Seite des Fallrohrs. Das Gusseisen fühlte sich kalt und vom Tau leicht rutschig an. Ich umfasste es mit Fingern und Daumen. Testete meinen Griff. Machte eine Grätsche bis zum Rohr und klebte nun zwischen Fenster und Ablaufrohr an der Wand. Verlagerte mein Gewicht noch weiter nach rechts, ließ das Fensterbrett los und sprang mit den Füßen um, sodass ich das Rohr nun zwischen ihnen hatte. Auch meine Linke umfasste jetzt das Eisen. Mein Griff hielt. Meine Schuhsohlen klebten flach an der Wand. Mein Arsch ragte fünfzehn Meter über den Felsen von der Hauswand weg. Der Wind verfing sich in meinem Haar. Es war kalt.

Ein Boxer, kein Turner. Ich konnte die ganze Nacht hier hängen. Gar kein Problem. Aber ich wusste nicht recht, wie ich an dem Fallrohr hinunterklettern sollte. Ich spannte die Armmuskeln an und zog meinen Oberkörper näher an die Mauer heran. Gleichzeitig schob ich die Hände fünfzehn Zentimeter tiefer und rutschte auch mit den Füßen fünfzehn Zentimeter ab. Das schien zu funktionieren. Ich wiederholte diesen Vorgang und bewegte mich in Etappen von fünfzehn Zentimetern nach unten. Wischte mir abwechselnd die Handflächen trocken, wenn sie vom Tau glitschig waren. Trotz der Kälte schwitzte ich. Meine rechte Hand schmerzte von dem Duell mit Paulie. Ich war noch immer zehn Meter über dem Boden, aber ich arbeitete mich langsam tiefer. Erreichte die Höhe des ersten Stocks. So kam ich langsam, aber sicher voran. Allerdings bedingte meine Fortbewegungsart, dass ich das alte

Gussrohr alle paar Sekunden ruckartig mit über hundertzehn Kilogramm Gewicht belastete. Das Rohr war vermutlich hundert Jahre alt. Und selbst Gusseisen rostet einmal.

Ich bewegte mich vorsichtig weiter. Spürte das glitschige Abflussrohr beben. Ich musste die Finger dahinter verschränken, um nicht abzurutschen. Meine Knöchel schürften sich an der Mauer auf. Ich hatte einen bestimmten Rhythmus entwickelt, indem ich den Oberkörper näher heranzog, mich dann zurückfallen ließ und zugleich mit den Händen tiefer ging, während ich den Ruck mit den Schultermuskeln abzufedern versuchte. Danach ließ ich die Füße tiefer gleiten und begann den Zyklus wieder von vorn. Bald war ich auf Höhe der Erdgeschossfenster. Dort fühlte das Rohr sich fester an. Ich rutschte das letzte Stück hinunter und hatte endlich wieder festen Boden unter den Füßen. Nachdem ich erleichtert tief Luft geholt hatte, trat ich von der Hauswand zurück, wischte mir die Hände an der Hose ab und horchte. Ich hörte nichts. Alle Fenster waren dunkel. Ich sah zum Mond auf, schüttelte mich und ging lautlos davon, um mir die Waffen zu holen.

Die Pistolen lagen noch in dem kleinen Hohlraum am Fuß der Mauer. Ich ließ Dolls PSM zurück. Die Glock war mir lieber. Ich wickelte sie aus und überprüfte sie. Siebzehn Patronen in der Waffe, jeweils siebzehn in den beiden Reservemagazinen. Insgesamt einundfünfzig 9-mm-Geschosse. Musste ich eines abfeuern, würde ich wahrscheinlich alle verschießen müssen. Ich steckte die Magazine ein, schob die Pistole in den Hosenbund und machte mich auf den Weg um den Garagenblock, um aus der Ferne einen Blick auf die Mauer zu werfen. Die grellen Scheinwerfer strahlten bläulich weiß wie in einem Stadion. Das kleine Wachlokal war ausgeleuchtet. Der Bandstacheldraht funkelte. Der taghell beleuchtete Streifen erstreckte sich ungefähr dreißig Meter breit vor einem nachtschwarzen Hintergrund. Das Tor war geschlossen und sicher abgesperrt. Das Ganze sah aus wie die Umfassungsmauer eines Gefängnisses im 19. Jahrhundert. Oder wie die einer Irrenanstalt.

Ich betrachtete sie, bis ich wusste, wie ich sie überwinden konnte. Dann ging ich auf dem gepflasterten Innenhof weiter. In dem Apartment über den Garagen war es dunkel. Alle Garagentore waren geschlossen, aber keines von ihnen besaß ein Schloss. Es waren große altmodische Holztore aus der guten alten Zeit, in der noch niemand daran gedacht hatte, Autos zu klauen. Vier zweiflüglige Tore, vier Garagen. In der Garage links außen stand der Cadillac. Ich hatte ihn selbst hineingefahren. Deshalb kontrollierte ich jetzt lautlos die anderen. In der zweiten Garage fand ich einen weiteren Lincoln Town Car in Schwarz, wie Angel Doll, wie die Leibwächter ihn gefahren hatten. Er war auf Hochglanz poliert und abgeschlossen.

Die dritte Garage war leer und frisch ausgekehrt. In Ölflecken auf dem Boden konnte ich Besenspuren erkennen. Hier und dort waren ein paar Teppichfasern übersehen worden. Ihre Farbe war in der Dunkelheit nicht auszumachen. Ich hielt sie für grau. Sie sahen aus, als stammten sie von der rauen Rückseite eines Teppichs, und sagten mir nichts. Deshalb ging ich weiter.

Was ich suchte, fand ich in der vierten Garage. Ich stieß die Torflügel weit auf, um möglichst viel Mondlicht einzulassen. Der staubige alte Saab, mit dem das Dienstmädchen zum Einkaufen gefahren war, stand hier so eingeparkt, dass sein Kühler fast die Werkbank an der Rückseite der Garage berührte. Durch das schmutzige Fenster über der Werkbank war das im Mondschein grau wirkende Meer zu erkennen. An der Werkbank war ein Schraubstock befestigt, die Arbeitsfläche lag voller alter Werkzeuge. Ihre Holzgriffe sahen von Öl und Alter dunkel aus. Ich fand eine Ahle, die nur ein stumpfer Stahldorn in einem birnenförmigen, aus Eiche gedrechselten Holzgriff war. Der Dorn hatte eine ungefähre Länge von fünf Zentimetern. Ich spannte ihn etwa einen halben Zentimeter fest in den Schraubstock. Zog an dem Griff, bis die Spitze des Dorns rechtwinklig abgebogen war. Lockerte den Schraubstock wieder, begutachtete mein Werk und steckte die Ahle in die Brusttasche des Jeanshemds.

Dann entdeckte ich ein Stemmeisen. Es hatte eine zwölf Millimeter breite Schneide und einen schön gearbeiteten Griff aus Esche. Ich suchte weiter, bis ich einen Karborund-Wetzstein und eine rostige Büchse Schleiföl gefunden hatte. Ich tupfte etwas Öl auf den Wetzstein, verteilte es mit dem Stemmeisen und schliff die Schneide blank, bis sie glänzte. Eine der vielen Highschools, die ich besucht hatte, war eine altmodische Schule auf Guam gewesen, wo man im Fach Werken danach benotet wurde, wie gut man ungeliebte Arbeiten wie das Schärfen von Werkzeug erledigte. Ich drehte das Stemmeisen um und nahm mir die Rückseite vor. Die Schneide war blank und gerade. Sie schien aus hochwertigem Pittsburgher Stahl zu bestehen. Ich wischte sie an der Hose ab. Verzichtete darauf, die Schärfe mit dem Daumen zu prüfen. Ein Blick genügte, um mir zu zeigen, dass die Schneide rasiermesserscharf war.

Ich kehrte auf den Innenhof zurück, kauerte mich in eine Mauerecke und begann meine Taschen zu füllen. Ich hatte das Stemmeisen für den Fall, dass ich keinen Lärm machen durfte, und die Glock, wenn Krach nicht schadete. Dann überlegte ich mir meine Prioritäten. *Erst das Haus,* entschied ich. Die Wahrscheinlichkeit war groß, dass ich es nie wieder sehen würde.

Die Außentür zur Küchenveranda war abgesperrt, aber der Mechanismus des Schlosses war primitiv. Die drei Zuhaltungen hatten eher symbolischen Wert. Ich führte die umgebogene Spitze der Ahle wie einen Schlüssel ein und ertastete die Zuhaltungen. Sie waren groß und leicht erkennbar. Ich brauchte keine Minute, um hineinzukommen. Auf der Veranda blieb ich stehen und horchte aufmerksam. Nichts.

Ich durchquerte die Veranda und kniete vor der inneren Tür nieder. Das gleiche primitive Schloss. Wieder knapp eine Minute Arbeit. Ich trat einen halben Schritt zurück, stieß die Tür auf. Roch alle möglichen Küchendüfte. Lauschte wieder. Der Raum war kalt und leer. Ich legte die Ahle und das Stemmeisen vor mich auf den Fußboden. Fügte die Glock mit den Reservemagazinen hinzu. Ich wollte vermeiden, dass der Metalldetektor ansprach. Ich schob die Ahle auf den Fußbodenbrettern durch die Tür und in die Küche. Diesen Vorgang wiederholte ich mit dem Stemmeisen. Fast alle handelsüblichen Metalldetektoren blenden den Fußbereich aus. Das kommt daher, dass bessere Herrenschuhe in der Sohle eine Stahleinlage haben, die den Schuh flexibel und dabei fester macht.

Ich schob die Glock durch den blinden Fleck des Metalldetektors und ließ die beiden Magazine einzeln folgen. Schob alles so weit in die Küche, wie mein Arm reichte. Dann stand ich auf und trat durch die Tür. Schloss sie lautlos hinter mir. Hob das ganze Zeug auf und verstaute es wieder in meinen Taschen. Überlegte, ob ich die Schuhe ausziehen sollte. Auf Socken kann man besser herumschleichen. Aber im Notfall sind Schuhe eine großartige Waffe. Trägt man Schuhe, genügt ein Tritt, um jemanden außer Gefecht zu setzen; trägt man keine, kann man sich dabei einen Zeh brechen. Und es dauert, bis man sie wieder angezogen hat. Ich wollte nicht barfuß auf den Felsen herumlaufen oder über die Mauer klettern. Außerdem hätte ich den E-Mail-Sender herausnehmen müssen. Ich beschloss, sie anzulassen und vorsichtig aufzutreten. Das Haus war solide gebaut. So viel durfte ich riskieren. Ich machte mich an die Arbeit.

Als Erstes suchte ich in der Küche nach einer Taschenlampe, konnte aber nur eine Schachtel Zündhölzer finden. Ich steckte drei ein und riss ein viertes an. Benutzte das flackernde

Licht, um mich nach dem großen Schlüsselbund umzusehen, den ich auf dem Küchentisch liegen gelassen hatte. Diese Schlüssel hätte ich gut brauchen können, aber sie waren nicht mehr da. Das überraschte mich nicht sonderlich. Sie hier zu finden, wäre fast zu schön gewesen, um wahr zu sein.

Ich blies das Zündholz aus und tastete mich in der Dunkelheit bis zur Kellertreppe vor. Schlich ganz hinunter und riss am Fuß der Treppe ein weiteres Zündholz mit dem Daumennagel an. Folgte den Leitungen unter der Kellerdecke bis zum Sicherungskasten. Auf dem kleinen Regal darunter stand eine Stablampe. Der vorhersehbare Platz für eine Taschenlampe. Fliegt eine Sicherung raus, ist dieser Kasten das Ziel, nicht der Ausgangspunkt.

Die Stablampe war eine große schwarze Maglite von der Länge eines Gummiknüppels. Sie enthielt sechs dicke Batterien. Wir hatten sie früher bei der Army verwendet. Sie sollte unzerbrechlich sein, aber wir hatten festgestellt, dass das davon abhing, was man damit traf und wie kräftig man zuschlug. Ich knipste sie an und blies das Streichholz aus. Spuckte auf das abgebrannte Ende und steckte es ein. Leuchtete dann in den Sicherungskasten. Hinter der Tür aus grauem Blech zählte ich insgesamt zwanzig Sicherungen in zwei Reihen. Keine war mit *Torhaus* beschriftet. Offenbar bezog es seinen Strom direkt, was nur vernünftig war. Es wäre unsinnig gewesen, den Strom erst ins Haupthaus zu leiten und das Wachlokal von hier aus zu versorgen. Ich war nicht überrascht, aber ein wenig enttäuscht, schloss den Sicherungskasten und ging weiter, um mir die verschlossenen Türen anzusehen, die ich am Morgen entdeckt hatte.

Bevor man ein Schloss zu öffnen versucht, kontrolliert man, ob es nicht vielleicht schon offen ist. Diese Schlösser waren nicht mehr abgesperrt. Beide Türen ließen sich durch einfaches Herabdrücken der Klinke öffnen.

Der erste Raum, ein Quadrat von ungefähr drei Metern Seitenlänge, war völlig leer. Ich leuchtete Boden und Wände mit der Maglite ab. Der kleine Raum hatte Wände aus Fels und einen Betonboden. Keine Fenster. Er sah wie ein Lagerraum aus und war tadellos sauber. Keine Teppichfasern. Nicht einmal Staub oder Wollmäuse. War mit Besen und Staubsauger gereinigt worden, wahrscheinlich erst am gestrigen Vormittag, und roch ein bisschen feucht und modrig. Genau wie man es von einem Felsenkeller erwartete. Ich konnte den typischen trockenen Geruch eines Staubsaugerbeutels riechen. Und einen schwachen, rätselhaften Duft, der eben noch wahrnehmbar war. Ein Duft, der mir vage vertraut schien. Trocken und papieren. Etwas, das ich hätte erkennen müssen. Ich trat in den Raum und schaltete die Stablampe aus. Schloss die Augen, blieb in der Dunkelheit stehen und konzentrierte mich. Der Duft verschwand. Man hätte glauben können, meine Bewegungen hätten die Luftmoleküle verwirbelt und der schwache Duft sei in dem leichten Modergeruch des Kellerraums untergegangen. Obwohl ich mir alle Mühe gab, ließ er sich nicht mehr zurückholen. Also gab ich auf. Dieser Duft glich einer Erinnerung. Setzte man ihr nach, verflüchtigte sie sich umso schneller. Und ich durfte keine Zeit vergeuden.

Ich schaltete die Stablampe wieder ein, trat auf den Gang hinaus und schloss lautlos die Tür hinter mir. Blieb stehen und horchte. Ich konnte die Heizung arbeiten hören. Sonst nichts. Ich sah mir den nächsten zuvor abgesperrten Raum an. Auch er war leer. Aber nur in dem Sinn, dass er gegenwärtig unbewohnt war. Er hatte als Schlafraum gedient.

Dieser Raum war etwas größer als der erste, ungefähr drei mal vier Meter. Der Lichtstrahl der Maglite zeigte mir Wände aus Fels, einen Betonboden, keine Fenster. Auf dem Boden lag eine dünne Matratze mit verknittertem Bettlaken und einer darüber geworfenen alten Decke. Kein Kopfkissen. In dem

Raum war es kalt. Ich konnte abgestandenes Parfüm, Schweiß und Angst riechen.

Ich durchsuchte sorgfältig den gesamten Kellerraum. Er war schmutzig. Ich fand nichts Bedeutsames, bis ich die Matratze wegzog. Unter ihr war mit krakeligen Großbuchstaben ein einzelnes Wort in den Betonboden eingeritzt: *JUSTICE*. Die Kratzer waren breiter und tiefer als Spuren, die eine Nadel, ein Nagel oder eine Scherenspitze hinterlassen hätte. Ich vermutete, dass sie von einer Gabelzinke stammten. Ich schob die Matratze an ihren Platz zurück und sah mir die Tür an. Das massive Türblatt aus schwerer Eiche wies innen kein Schlüsselloch auf. Also war dies kein Schlafraum, sondern eine Gefängniszelle.

Ich ging wieder auf den Gang hinaus, schloss die Tür, blieb wieder stehen und horchte angestrengt. Nichts. Ich verbrachte fünf Minuten damit, den Rest des Kellers zu durchsuchen. Fand nirgends etwas, was mich jedoch nicht überraschte. Wäre hier etwas zu entdecken gewesen, hätte man mich am gestrigen Morgen nicht unbegleitet hier unten herumlaufen lassen. Also schaltete ich die Stablampe aus und tastete mich in der Dunkelheit wieder die Kellertreppe hinauf. In der Küche sah ich mich um, bis ich einen großen schwarzen Müllsack gefunden hatte. Dann suchte ich nach einem Handtuch, konnte aber nur ein quadratisches Geschirrtuch auftreiben. Ich faltete Sack und Tuch klein zusammen und stopfte sie in meine Taschen. Dann trat ich in die Eingangshalle hinaus, um mir die noch unbekannten Bereiche des Hauses anzusehen.

Und davon gab es eine ganze Menge. Das Haus war das reinste Labyrinth. Ich begann meinen Streifzug von der Haustür aus. Die große Eichentür war geschlossen. Ich hielt Abstand zu ihr, weil ich nicht wusste, wie empfindlich der Metalldetektor reagierte. Manche piepsen schon, wenn man noch einen Viertelmeter von ihnen entfernt ist. Der Fußboden bestand aus massiven Eichenbohlen, auf denen dicke Teppiche lagen. Ich bewegte mich vorsichtig, obwohl ich nicht fürchtete, gehört zu werden. Die Teppiche, Vorhänge und holzgetäfelten Wände würden alle Geräusche schlucken.

Ich suchte das gesamte Erdgeschoss ab. Nur ein Zimmer interessierte mich mehr als die anderen. Es lag auf der Nordseite des Hauses neben dem Raum, in dem Beck zweimal mit mir gesprochen hatte. An einem breiten Korridor gegenüber dem Speisezimmer der Familie. Der einzige abgesperrte Raum im Erdgeschoss. Das Schloss war ein großes Messingding aus einer Zeit, in der solche Gegenstände noch von Männern, die auf ihrer Hände Arbeit stolz waren, hergestellt wurden. Die aufs Holz geschraubte Schlossplatte bestand aus fein ziseliertem Messing. Die Schraubenköpfe selbst waren durch hundertfünfzigjähriges Polieren glatt geschliffen. Vermutlich hatte irgendein Handwerker in Portland, der sonst Schiffe ausrüstete, es im 19. Jahrhundert angefertigt. Ich brauchte etwa anderthalb Sekunden, um es aufzubekommen.

Der Raum war ein Kabinett. Kein Büro, kein Arbeitszimmer, kein Freizeitraum. Ich suchte ihn mit dem Lichtstrahl der Stablampe ab. Hier gab es keinen Fernseher, keinen Schreibtisch, keinen Computer. Nur ein paar schlichte, altmodische Einrichtungsgegenstände. Das hohe Fenster verschwand hinter schweren Samtportieren. Die einzigen Möbelstücke waren ein dunkelroter Chesterfield-Sessel und ein Sammlerschrank mit Glastür. Dazu kamen kostbare Orientteppiche, die den Fußboden in bis zu drei Lagen bedeckten. Ich warf einen Blick auf meine Armbanduhr. Kurz vor ein Uhr. Ich war jetzt knapp eine Stunde unterwegs. Ich betrat den Raum und schloss geräuschlos die Tür hinter mir.

Der Sammlerschrank war etwa zwei Meter hoch. Über den beiden Schubladen, die über die gesamte Schrankbreite verliefen, befanden sich abgesperrte Glastüren. Dahinter sah ich fünf Maschinenpistolen der Marke Thompson. Sie waren die klassischen Gangsterwaffen mit Trommelmagazinen aus den zwanziger Jahren – Maschinenpistolen, die man auf körnigen Schwarzweißfotos von Al Capones Leuten sieht. Sie lagen genau waagrecht und abwechselnd nach links und rechts weisend auf eigens für sie angefertigten Halterungen aus Hartholz. Alle fünf waren identisch und schienen fabrikneu zu sein. Sie sahen aus, als wäre nie ein Schuss aus ihnen abgegeben worden. Der Ledersessel stand dem Schrank gegenüber. Sonst gab es in diesem Raum nichts Auffälliges. Ich ließ mich in den Sessel sinken und dachte darüber nach, weshalb jemand seine Zeit damit verbrachte, fünf alte Kugelspritzen zu bewundern.

Dann hörte ich Schritte. Leichte Schritte, oben im ersten Stock, direkt über mir. Drei Schritte, vier, fünf. Rasche, leichte Schritte. Nicht nur nächtlich leises Auftreten, sondern bewusstes Bemühen, nicht gehört zu werden. Ich erhob mich, blieb unbeweglich stehen. Knipste die Maglite aus und nahm sie in die linke Hand. Hielt das Stemmeisen in meiner Rechten. Ich hörte, wie eine Tür leise geschlossen wurde. Danach herrschte Stille. Ich horchte angestrengt. Konzentrierte mich auf jeden kleinsten Laut. Die Hintergrundgeräusche der Heizung wurden in meinen Ohren zu einem gewaltigen Rauschen. Mein Atem kam mir unglaublich laut vor. Von oben war nichts mehr zu hören. Doch dann setzten die Schritte wieder ein.

Sie waren zur Treppe unterwegs. Ich schloss mich in dem Zimmer ein. Kniete mich hinter der Tür nieder und ließ die Zuhaltungen einschnappen, *eins, zwei, drei.* Horchte auf das leise Knarren der Treppe. Dort stieg nicht Richard herunter. Das war kein Zwanzigjähriger. Aus den Schritten sprach Vorsicht. Eine gewisse Steifheit. Je weiter sie herunterkamen, desto langsamer und leiser wurden sie. In der Eingangshalle hörten sie ganz auf. Ich stellte mir jemanden vor, der auf den dicken Teppichen stand, sich umsah, angestrengt lauschte. Vielleicht in meine Richtung unterwegs war. Ich griff wieder nach Maglite und Stemmeisen. Die Glock steckte in meinem Hosenbund. Ich traute mir zu, mir den Weg aus dem Haus zu erkämpfen. Aber über Hunderte von Metern deckungsloses Gelände und im Lichtschein der hellen Mauerbeleuchtung an Paulie heranzukommen, würde verdammt schwierig werden. Und ein Feuergefecht zu diesem Zeitpunkt hätte das Ende meines Auftrags bedeutet. Quinn wäre erneut verschwunden.

Aus der Eingangshalle war kein Geräusch zu vernehmen. Nicht der geringste Laut. Dann hörte ich, wie die Haustür geöffnet wurde. Ich hörte das leise Klirren der Sperrkette, das Klicken des Schlosses, das Zurückschnappen des Riegels und das saugende Geräusch, mit dem das Dichtungsprofil die Türkante freigab. Im nächsten Augenblick wurde die Haustür wieder geschlossen. Ich glaubte zu spüren, wie ein leichter Schauder das Haus durchlief, als die schwere Eichentür ins Schloss fiel. *Kein Piepsen des Metalldetektors.* Wer dort hinausgegangen war, trug keine Waffe. Hatte nicht mal einen Schlüsselbund in der Tasche.

Ich wartete. Duke schlief bestimmt fest. Und er war kein vertrauensseliger Mensch. Ich vermutete, dass er nachts nicht ohne Waffe herumlaufen würde. Auch Beck nicht. Aber ich traute beiden zu, so clever zu sein, dass sie lediglich die Haustür öffneten und wieder schlossen, damit ich glaubte, sie hätten das Haus verlassen. Was sie in Wirklichkeit nicht getan hatten. Weil sie mit schussbereiter Waffe dastanden und darauf warteten, dass ich mich zeigen würde.

Ich ließ mich seitwärts in den roten Ledersessel sinken, zog die Glock aus dem Hosenbund und zielte mit der Pistole in der Linken auf die Tür. Sobald sie sich weiter als neun Millimeter öffnete, würde ich schießen. Bis dahin wollte ich warten. Ich verstand mich aufs Warten. Wenn sie glaubten, mich dadurch ermüden zu können, hatten sie sich den Falschen ausgesucht.

Aber selbst eine Stunde später herrschte in der Eingangshalle noch immer völlige Stille. Kein Geräusch irgendwelcher Art. Keine Vibrationen. Dort draußen war niemand. Bestimmt nicht Duke. Er wäre im Stehen eingeschlafen und zu Boden geplumpst. Auch nicht Beck. Er war ein Amateur. Eine Stunde lang absolut still und unbeweglich zu bleiben, erfordert ungeheure Ausdauer. Also war die Sache mit der Tür kein Trick gewesen. Irgendjemand war unbewaffnet in die Nacht hinausgegangen.

Ich kniete nieder und benutzte die Ahle erneut als Dietrich. Streckte mich der Länge nach auf dem Fußboden aus, griff nach oben und zog so die Tür auf. Nur eine Vorsichtsmaßnahme. Falls draußen jemand darauf wartete, dass die Tür aufging, würde er sie in Kopfhöhe fixieren. Ich würde ihn sehen, bevor er mich sah. Aber draußen wartete niemand. Der Korridor und die Eingangshalle waren leer. Ich stand auf und schloss die Tür hinter mir ab. Stieg lautlos die Kellertreppe hinunter und stellte die Stablampe an ihren Platz zurück. Tastete mich wieder nach oben. Schlich in die Küche, legte meine gesamte Hardware auf den Boden und schob sie durch die Tür auf die Veranda hinaus. Sperrte auch die Küchentür hinter mir ab, sammelte meinen Kram wieder ein und ließ dabei den Blick über das Gelände hinter dem Haus wandern. Dort war nichts zu sehen außer mondbeschienenem Fels und Meer.

Ich verschloss die Verandatür, blieb dicht an der Hausmauer und erreichte wieder die Mauer des Innenhofs. Fand die kleine Höhle an ihrem Fuß, wickelte Ahle und Stemmeisen zusammen mit Dolls Pistole in den Lappen und ließ sie dort zurück. Mitnehmen war nicht möglich. Sie hätten den Müllsack aufschlitzen können. Dann folgte ich der Mauer in Richtung

Ozean. Ich wollte im Süden, völlig außer Sichtweite des Hauses, zu den Felsen hinter dem Garagenblock klettern.

Ich legte die halbe Strecke bis dorthin zurück. Dann erstarrte ich.

Elizabeth Beck saß auf den Felsen. Sie trug einen Morgenrock über ihrem Nachthemd, hatte beide Ellbogen auf die Knie gestützt und starrte wie aus Stein gemeißelt ins Wasser.

Ich verharrte bewegungslos. Ich war zehn bis zwölf Meter von ihr entfernt und schwarz gekleidet. Doch wenn sie nach links sah, würde ich mich vor dem Himmel abheben. Und eine jähe Bewegung konnte mich verraten. Also stand ich einfach nur da. Die Brandung rollte an den Strand und lief wieder aus. Das war ein beruhigendes Geräusch. Eine hypnotische Bewegung. Sie musste völlig ausgekühlt sein. Ich sah, wie die leichte Brise ihr Haar bewegte.

Ich beugte die Knie, spreizte die Finger und ging lautlos in die Hocke. Sie bewegte sich. Drehte den Kopf zur Seite, als sei ihr plötzlich etwas eingefallen. Sie sah mich direkt an. Ließ sich keinerlei Überraschung anmerken. Starrte mich mehrere Minuten lang an. Ihre langen Finger waren ineinander verschlungen. Ihr blasses Gesicht wurde vom Widerschein des Mondlichts auf dem Wasser erhellt. Ihre Augen waren geöffnet, aber sie sah offenbar nichts. Oder ich war schon so zusammengeduckt, dass sie mich für einen Felsen oder Schatten hielt.

So verharrte sie ungefähr zehn Minuten. Sie begann vor Kälte zu zittern. Dann drehte sie den Kopf entschlossen zur anderen Seite und sah wieder aufs Meer hinaus. Sie hob beide Hände und strich sich die Haare aus der Stirn. Wandte ihr Gesicht dem Himmel zu und stand auf. Sie war barfuß. Ein Schauder durchlief sie. Sie streckte die Arme wie eine Seiltänzerin aus und ging in meine Richtung. Der felsige Boden tat ihren Füßen weh. Das war offensichtlich. Sie bewahrte ihr Gleichgewicht mit beiden Armen und kam bis auf einen Meter an mich heran. Ging unbeirrbar zum Haus weiter. Ich sah ihr nach. Sie verschwand hinter der Mauer des Garagenblocks. Eine Weile später hörte ich, wie die Haustür aufging und sich wieder schloss. Ich sank zu Boden und legte mich auf den Rücken. Starrte zu den Sternen hinauf.

Ich blieb so lange liegen, wie ich es wagen konnte, rappelte mich dann auf und kletterte die fünfzehn Meter zum Strand hinunter. Streifte meine Kleidung ab und verpackte sie ordentlich in dem schwarzen Müllsack. Die Glock mitsamt den beiden Magazinen wickelte ich in mein Hemd. Die Socken stopfte ich in die Schuhe, packte sie obenauf und bedeckte den Stapel mit dem Geschirrtuch. Dann verknotete ich den Plastiksack, hielt ihn am Knoten fest, glitt ins Wasser und zog ihn hinter mir her.

Das Meer war kalt. Damit hatte ich gerechnet. Schließlich war erst April und dies die Küste von Maine. Aber es war nicht nur kalt, sondern eisig. Es tat erst weh, dann lähmte es einen fast. Es verschlug mir den Atem. Ich war binnen Sekunden ausgekühlt. Fünf Meter vom Strand entfernt klapperten mir die Zähne. Ich kam kaum voran, und das Salzwasser brannte in meinen Augen.

Nach ein paar kräftigen Schwimmstößen war ich zehn Meter weit draußen und konnte die Mauer sehen. Sie war strahlend hell beleuchtet. Ich konnte nicht durch sie hindurch und nicht über sie hinweg. Also musste ich sie umschwimmen. Das war die einzige Möglichkeit. Ich musste eine Viertelmeile schwimmen. Ich war stark, aber nicht schnell, und zog einen Müllsack hinter mir her, weshalb ich ungefähr zehn Minuten brauchen würde. Allerhöchstens eine Viertelstunde. Und niemand starb innerhalb einer Viertelstunde an Unterkühlung. Jedenfalls nicht ich. Nicht in dieser Nacht.

Ich kämpfte gegen die Kälte und die Dünung an und gelangte zu einer Art Seitenschwimmrhythmus. Ich schleppte den Müllsack zehn Beinschläge lang mit der linken Hand. Dann wechselte ich auf die andere Seite über und machte weitere zehn Beinschläge. Ich spürte eine leichte Strömung. Die Flut kam herein. Sie nützte mir, kühlte mich aber zugleich aus. Sie war arktisch kalt. Meine Haut war blass und gefühllos, mein Atem keuchend. Mein Herz jagte. Ich begann mir Sorgen wegen eines Kälteschocks zu machen. Mir fiel ein, was ich über die *Titanic* gelesen hatte. Alle Leute, die es nicht geschafft hatten, in eines der Rettungsboote zu gelangen, waren innerhalb einer Stunde gestorben.

Aber ich würde keine Stunde im Wasser bleiben. Hier gab es auch keine Eisberge. Und mein Rhythmus bewährte sich. Ich befand mich ungefähr auf Höhe der Mauer, doch der Lichtschein ihrer Beleuchtung reichte nicht bis zu mir hinaus. Ich passierte die Mauer. Die halbe Strecke lag hinter mir. Machte kräftige Beinschläge. Holte mit jeweils einem Arm aus. Hob das linke Handgelenk und sah auf die Uhr. Ich war seit sechs Minuten unterwegs.

Es sollten noch sechs weitere werden. Ich blickte mich um. Die Mauer lag weit hinter mir. Ich änderte meinen Kurs und schwamm in Richtung Strand. Erreichte über glitschige, mit Moos bewachsene Felsen einen Kieselstrand. Warf den Sack voraus und kroch auf allen vieren aus dem Wasser. In dieser Haltung verharrte ich einen Augenblick keuchend und am ganzen Leib zitternd. Meine Zähne klapperten. Ich knotete den Müllsack auf. Fand das Handtuch. Rieb mich kräftig damit ab. Arme und Beine waren blau. Meine Sachen klebten auf der Haut. Ich zog die Schuhe an und steckte die Glock in den Hosenbund. Faltete den Plastiksack und das Handtuch zusammen und stopfte beides in meine Taschen. Dann rannte ich los, um warm zu werden.

Ich rannte knapp zehn Minuten, bevor ich den Wagen fand. Es war der Taurus des Alten. Der Wagen stand so vom Haus abgewandt, dass ich sofort losfahren konnte. Duffy war eine praktisch veranlagte Frau, das stand fest. Die Schlüssel lagen auf dem Sitz. Ich ließ den Motor an, fuhr ohne Licht und bremste nicht, bis ich die Landzunge verlassen hatte und die erste Kurve der landeinwärts führenden Straße hinter mir lag. Dann schaltete ich die Scheinwerfer ein, ließ die Heizung auf Hochtouren laufen und gab Gas.

Eine Viertelstunde später war ich am Rand des Gewerbegebiets im Hafen von Portland. Ich parkte den Taurus eine Meile vor Becks Lagerhaus in einer ruhigen Seitenstraße und ging den Rest des Wegs zu Fuß. Dies war der Augenblick der Wahrheit. War Doll tot aufgefunden worden, würde dort Hochbetrieb herrschen, und ich würde unauffällig verschwinden und mich nie wieder blicken lassen. War er es jedoch nicht, würde ich weitermachen.

Mein Fußmarsch dauerte fast zwanzig Minuten. Ich sah niemanden. Keine Cops, keine Krankenwagen, keine Absperrungen, keine Gerichtsmediziner. Keine Männer in Lincoln Town Cars. Ich machte in weitem Abstand einen Rundgang um Becks Lagerhaus. Ich sah es durch Querstraßen und Baulücken. In allen Büroräumen brannte Licht. Ich hatte es eingeschaltet gelassen. Angel Dolls Lincoln stand immer noch neben dem Rolltor, genau an der Stelle, wo er ihn zurückgelassen hatte.

Ich entfernte mich von dem Gebäude und näherte mich ihm von der Seite, die keine Fenster aufwies. Ich zog die Glock heraus. Hielt sie verdeckt an meinen rechten Oberschenkel gepresst. Vor mir befand sich Dolls Wagen. Die Tür dahinter führte in den Glaskasten im Lagerhaus, hinter dem das rückwärtige Büro lag. Ich schlüpfte zwischen dem Auto und der Personaltür hindurch und kroch auf allen vieren unter das

Fenster. Hob den Kopf und blickte in den beleuchteten Raum. Niemand zu sehen. Auch der Sekretariatsbereich war leer. Überall herrschte Stille. Ich atmete auf und steckte die Pistole weg. Kehrte zu Dolls Wagen zurück, öffnete die Fahrertür und entriegelte den Kofferraumdeckel. Doll lag noch im Kofferraum. Ich nahm ihm den Schlüsselbund ab, drückte den Deckel wieder zu und lief durch den Personaleingang ins Lagerhaus. Fand den richtigen Schlüssel und sperrte die Tür hinter mir ab.

Ich gab mir eine Viertelstunde. Fünf Minuten davon verbrachte ich im Lagerhaus, fünf im rückwärtigen Büro und fünf im Sekretariat. Um keine Fingerabdrücke zu hinterlassen, wischte ich alles, was ich anfasste, sofort mit dem Geschirrtuch ab. Ich fand keinen speziellen Hinweis auf Teresa Daniel oder auf Quinn. Es wurden nirgends Namen genannt. Alles war kodiert – Personen ebenso wie Waren. Ich gewann nur eine gesicherte Erkenntnis: Bizarre Bazaar verkaufte mehreren hundert Kunden jährlich mehrere zehntausend Artikel und erzielte damit über vierzig Millionen Dollar Umsatz. Nichts ließ erkennen, um welche Artikel es sich handelte oder wer die Kunden waren. Die meisten Waren fielen in eine von drei Preisgruppen: um fünfzig Dollar, um tausend Dollar und zum Teil weit darüber. Versandunterlagen gab es nicht, ebenso wenig wie FedEx-, UPS- oder Paketsendungen. Die Zustellung erfolgte offenbar privat. Aber nach Versicherungspolicen, die ich entdeckt hatte, gehörten der Firma nur zwei Lieferwagen.

Ich ging wieder in den Glaskasten im Lagerhaus und stellte den Computer ab. Dann kehrte ich nach vorn in den Eingangsbereich zurück, schaltete unterwegs alle Lampen aus und ließ alles aufgeräumt und ordentlich zurück. Ich testete Dolls Schlüssel an der vorderen Tür, fand den richtigen und behielt ihn in der linken Hand. Wandte mich dem Schaltkasten der Alarmanlage zu.

Doll hatte hier anscheinend häufig abgeschlossen, was bedeutete, dass er wusste, wie die Alarmanlage eingeschaltet wurde. Ich konnte mir vorstellen, dass auch Duke das von Zeit zu Zeit tat. Und natürlich Beck. Wahrscheinlich auch ein bis zwei andere Mitarbeiter. Eine ganze Menge Leute. Einer von ihnen würde ein schlechtes Gedächtnis haben. Ich sah mir das schwarze Brett neben dem Schaltkasten an. Blätterte in den Memos, die dort teilweise in drei Lagen übereinander hingen. Fand einen vierstelligen Zahlenkode am unteren Rand einer zwei Jahre alten städtischen Parkregelung. Ich gab den Kode im Zahlenfeld ein. Ein Piepsen erklang, dann begann die rote Signalleuchte zu blinken. Ich lächelte zufrieden. Darauf war Verlass. Computerpasswörter, nicht im Telefonbuch stehende Nummern, Alarmcodes ... irgendjemand schreibt sie immer auf.

Ich trat durch die vordere Tür ins Freie und zog sie hinter mir ins Schloss. Das Piepsen verstummte. Ich sperrte die Tür ab, ging zu Dolls Wagen und setzte mich ans Steuer. Ließ den Motor an und fuhr in ein Parkhaus in der Innenstadt, wo ich den Lincoln zurückließ. Ich wischte alles ab, was ich angefasst hatte, verriegelte den Wagen, und steckte die Schlüssel ein. Ich überlegte, ob ich den Wagen anzünden sollte. Autos abfackeln macht Spaß. Und es hätte den Druck auf Beck erhöht. Aber letztlich ließ ich es doch sein. Vermutlich war das die richtige Entscheidung. Es würde bestimmt einen Tag dauern, bis jemandem auffiel, dass der Lincoln dort parkte. Noch mal fast einen Tag, bis jemand etwas zu unternehmen beschloss. Dann einen weiteren, bis die Cops darauf reagierten. Sie würden das Kennzeichen überprüfen und auf eine von Becks Scheinfirmen stoßen. Also würden sie den Wagen abschleppen, um weiter zu ermitteln. Irgendwann würden sie den Kofferraum aufbrechen, weil sie sich Sorgen wegen einer Bombe oder wegen des Verwesungsgeruchs machten. Doch bis dahin würde es viele neue Schlagzeilen geben, und ich wäre längst über alle Berge.

Ich kehrte zu dem Taurus zurück und fuhr bis auf eine Meile ans Haus heran. Revanchierte mich für Duffys Gefälligkeit, indem ich wendete und den Wagen so parkte, dass sie sofort starten konnte. Dann ließ ich die vorige Prozedur sozusagen rückwärts ablaufen. Ich zog mich am Kieselstrand aus und verstaute alles im Müllsack. Watete hinaus ins Wasser, das noch genauso kalt wie auf dem Herweg war. Aber die Flut drängte jetzt herein, sodass ich schneller vorankam. Selbst der Ozean war mir jetzt wohlgesonnen. Ich schwamm wie zuvor zwölf Minuten. Hielt genug Abstand von der Mauer und konnte hinter dem Garagenblock an Land gehen. Ich zitterte wieder vor Kälte, und meine Zähne klapperten. Aber ich fühlte mich gut. Ich trocknete mich so gut wie möglich mit dem feuchten Geschirrtuch ab und zog mich rasch an. Ließ die Glock samt Reservemagazinen und Dolls Schlüsselbund in dem Versteck bei den anderen Sachen zurück. Faltete den Plastiksack und das Geschirrtuch zusammen und stopfte sie unter den nächsten Felsblock. Dann machte ich mich auf den Weg zum Fallrohr.

Das Hinaufsteigen fiel mir leichter als das Hinunterklettern. Auf Höhe meines Fensters umklammerte ich das Fensterbrett mit der linken Hand, machte in der Rille stehend einen großen Schritt nach links, zog die rechte Hand nach und schob mein Fenster auf. Kletterte so leise wie möglich ins Zimmer zurück.

Drinnen war es kalt. Das Fenster hatte stundenlang offen gestanden. Ich machte es zu und zog mich aus. Meine Kleidung war feucht. Ich legte sie auf den Heizkörper und verschwand im Bad. Duschte lange und heiß. Dann sperrte ich mich mit meinen Schuhen im Bad ein. Es war genau sechs Uhr. Irgendjemand würde jetzt den Taurus abholen. Wahrscheinlich erledigten das Eliot und der Alte. Duffy war vermutlich für den Fall zurückgeblieben, dass ich mich wieder meldete. Ich holte den E-Mail-Sender heraus und sendete: *Duffy?*

Neunzig Sekunden später traf ihre Antwort ein: *Hier. Alles okay?* Ich sendete: *Bestens. Folgende Namen dringend überprüfen lassen, auch von MP Powell – Angel Doll, mögl. Komplize Paulie, beide mögl. Exsoldaten.*

Sie antwortete: *Wird gemacht.*

Zuletzt sendete ich die Frage, die mich seit fünfeinhalb Stunden beschäftigte: *Wie heißt Teresa Daniel wirklich?*

Wieder die üblichen neunzig Sekunden Verzögerung, dann die Antwort: *Teresa Justice.*

6

Noch ins Bett zu gehen, wäre sinnlos gewesen, deshalb blieb ich einfach am Fenster stehen und verfolgte, wie der Tag anbrach. Das ging überraschend schnell. Die Sonne stieg aus dem Meer auf. Die Luft war frisch und klar. Ich konnte fünfzig Meilen weit sehen. Ich beobachtete eine Küstenseeschwalbe. Sie folgte der Brandungslinie und streifte fast die dort aufragenden Felsen. In der tief stehenden Sonne war ihr Schatten so groß wie der eines Geiers.

Danach war nicht mehr viel zu sehen. In der Ferne kreisten einige Heringsmöwen. Ich hielt Ausschau nach Walen oder Delfinen, konnte jedoch keine entdecken. Um Viertel nach sechs hörte ich Dukes Schritte auf dem Korridor, dann klickte mein Schloss. Er kam nicht herein. Ich wandte mich vom Fenster ab und atmete tief durch. Der dreizehnte Tag, ein Donnerstag. Vielleicht besser als Freitag der Dreizehnte. Schwer zu beurteilen. Ich holte erneut tief Luft und machte mich auf den Weg die Treppe hinunter.

Nichts war so wie am Morgen zuvor. Duke war ausgeschlafen und ich müde. Paulie ließ sich nicht blicken. Ich ging in den

Fitnessraum hinunter und traf dort niemanden an. Duke blieb nicht zum Frühstück da. Er verschwand irgendwohin. Richard Beck kam herunter, um in der Küche zu frühstücken. Nur wir beide saßen am Tisch. Der Hausmeister tauchte auch nicht auf. Die Köchin hatte am Herd zu tun. Die Irin lief zwischen Küche und Esszimmer hin und her. Sie bewegte sich schneller als sonst. Aufregung lag in der Luft.

»Eine große Ladung trifft ein«, klärte mich Richard Beck auf. »So ist's dann immer. Alle sind aufgeregt wegen des Geldes, das sie verdienen werden.«

»Wann geht's wieder ins College zurück?«, fragte ich.

»Sonntag«, antwortete er. Das schien ihm keine Sorgen zu machen, aber mir. Sonntag war in drei Tagen. Mein fünfter Tag in diesem Haus. Der endgültig letzte Termin. Was immer geschehen sollte, würde bis dahin passiert sein. Und der Junge würde sich die ganze Zeit im Kreuzfeuer befinden.

»Macht Ihnen das keine Angst?«, fragte ich.

»Ins College zurückzufahren?«

Ich nickte. »Nach allem, was passiert ist.«

»Wir wissen jetzt, wer's war«, sagte er. »Ein paar Arschlöcher aus Connecticut. Das kommt nicht wieder vor.«

»Wissen Sie das bestimmt?«

Er starrte mich an, als sei ich nicht ganz richtig im Kopf. »Mein Dad weiß, was in solchen Fällen zu tun ist. Und ist die Sache bis Sonntag nicht geregelt, bleibe ich einfach hier, bis sie's ist.«

»Leitet Ihr Dad das ganze Unternehmen selbst? Oder hat er einen Partner?«

»Er führt es allein«, erwiderte er. Seine Ambivalenz war verschwunden. Er schien es zu genießen, zu Hause zu sein, fühlte sich hier sicher und gut, war auf seinen Vater stolz.

»Ich glaube nicht, dass Sie diesen Cop wirklich erschossen haben«, sagte er.

Ich starrte ihn an.

»Sie haben ihn wahrscheinlich nur angeschossen«, fuhr er fort. »Das hoffe ich zumindest. Vielleicht erholt er sich gerade. In irgendeinem Krankenhaus. Das glaube ich. Und Sie sollten's auch. Denken Sie positiv. Das ist immer besser. So sieht die Welt ganz anders aus.«

»Ich weiß nicht recht«, entgegnete ich.

»Tun Sie einfach so«, drängte er. »Nutzen Sie die Kraft positiver Gedanken. Sagen Sie sich: Ich habe etwas Gutes getan, und es hat keine schlimmen Folgen gehabt.«

»Ihr Dad hat bei der Polizei angerufen«, erklärte ich. »Ich glaube nicht, dass es irgendwelche Zweifel gibt.«

»Tun Sie einfach so«, wiederholte er. »Das mache ich auch. Schlimme Dinge sind nicht passiert, außer man erinnert sich bewusst an sie.«

Richard hatte zu essen aufgehört, und seine linke Hand berührte die linke Kopfseite. Er lächelte fröhlich, aber sein Unterbewusstsein erinnerte sich gerade an einige schlimme Dinge. Das war offensichtlich.

»Okay«, sagte ich. »Es war nur eine Fleischwunde.«

»Rein und raus«, sagte er. »Ein glatter Durchschuss.«

Ich sagte nichts.

»Hat alles haarscharf verfehlt«, sagte er. »Ein richtiges Wunder.«

Ich nickte. Es wäre tatsächlich ein Wunder gewesen. Trifft ein Bleimantelgeschoss Kaliber 44 Magnum jemandes Brust, reißt es ein riesiges Loch hinein. Das Herz hört augenblicklich auf zu schlagen, weil es nämlich nicht mehr da ist. Ich vermutete, dass der Junge noch keinen Erschossenen gesehen hatte. Und wenn doch, hat's ihm vielleicht nicht gefallen.

»Positives Denken«, bemerkte Richard. »Das ist der Schlüssel.«

»Woraus besteht die Lieferung?«, fragte ich.

»Wahrscheinlich aus Fälschungen«, antwortete er. »Meistens aus Pakistan. Wir lassen dort zweihundert Jahre alte Perserteppiche weben. Die Leute fallen auf alles herein.«

»Tatsächlich?«

Er schaute mich an und nickte. »Sie sehen nur, was sie sehen möchten.«

»Wirklich?«

»Das tun sie dauernd.«

Ich blickte zur Seite. Es gab wieder keinen Kaffee. Nach einiger Zeit merkt man, dass Koffein süchtig macht. Ich war gereizt und müde.

»Was machen Sie heute?«, fragte er.

»Keine Ahnung«, erwiderte ich.

»Ich werde viel lesen«, sagte er. »Vielleicht einen kleinen Spaziergang unternehmen. Am Strand, um zu sehen, ob was angetrieben worden ist.«

»Dort werden Dinge angeschwemmt?«

»Manchmal. Zeug, das von Schiffen und Jachten fällt, wissen Sie.«

Ich sah ihn an. *Wollte er mir etwas mitteilen?* Ich hatte von Schmugglern gehört, die an einsamen Küsten Marihuanaballen an Land treiben ließen. Wahrscheinlich hätte das auch mit Heroin funktioniert. *Wollte er mir etwas mitteilen?* Oder warnte er mich? Wusste er von meinem Versteck? Und was hatte das ganze Gerede von dem toten Cop zu bedeuten? Psychogeschwafel? Oder spielte er irgendein Spiel mit mir?

»Aber die beste Zeit dafür ist der Sommer«, sagte er. »Im Augenblick ist's noch zu kalt für Jachten. Also bleibe ich wohl besser im Haus. Vielleicht male ich etwas.«

»Sie malen?«

»Ich bin Kunststudent«, erklärte er. »Das habe ich Ihnen erzählt.«

Ich nickte. Starrte den Hinterkopf der Köchin an, als könnte ich ihr telepathisch befehlen, Kaffee zu kochen. Dann kam Duke in die Küche. Er legte eine Hand auf die Lehne meines Stuhls und die andere flach auf den Tisch. Beugte sich tief hinunter, als müsse er vertraulich mit mir reden.

»Dein Glückstag, Arschloch«, sagte er.

Ich schwieg.

»Du fährst Mrs. Beck«, sagte er. »Sie will Einkäufe machen.«

»Wo?«

»Irgendwo«, antwortete er.

»Den ganzen Tag?«

»Das wollen wir schwer hoffen.«

Ich nickte. *Traut dem Fremden nicht, wenn eine Lieferung kommt.*

»Nimm den Cadillac«, befahl Duke. Er ließ die Schlüssel auf den Tisch fallen. »Sorg dafür, dass sie nicht zu früh zurückkommt.«

Oder traut Mrs. Beck nicht, wenn eine Lieferung kommt.

»Okay«, sagte ich.

»Du wirst merken, dass das sehr interessant ist«, meinte er. »Vor allem der erste Teil. Mir bringt er jedenfalls einen gewaltigen Kick – jedes Mal wieder.«

Ich hatte keine Ahnung, wovon er redete, und verlor keine Zeit damit, darüber zu spekulieren. Ich starrte nur weiter die leere Kaffeekanne an. Dann ging Duke, und ich hörte einen Augenblick später, wie die Haustür geöffnet wurde und wieder ins Schloss fiel. Der Metalldetektor piepste zweimal. Duke und Beck, Waffen und Schlüssel. Richard stand vom Tisch auf und schlenderte hinaus. Ich blieb mit der Köchin allein zurück.

»Haben Sie Kaffee?«, fragte ich.

»Nein«, entgegnete sie.

Ich saß noch eine Weile da, bis mir einfiel, ein pflichtbewusster Chauffeur habe wohl bereitzustehen. Also verließ ich die Küche durch die Hintertür. Wegen der Autoschlüssel piepste der Metalldetektor. Die Flut hatte ihren Höchststand erreicht, die Luft war kalt und frisch. Ich konnte Salz und Seetang riechen. Ich ging zum Garagenblock, ließ den Motor des Cadillacs an und stieß rückwärts aus der Garage. Fuhr bis vor die Haustür und wartete mit laufendem Motor, damit der Wagen warm wurde. Blickte ich nach Nordosten, konnte ich an der Kimm winzige Schiffe erkennen, die nach Portland einliefen oder von dort kamen. Ich fragte mich, ob eines von ihnen Becks Lieferung brachte. Oder hatte sein Schiff bereits am Kai festgemacht und wurde nun entladen? Ging ein Zollbeamter schon mit einem Bündel knisternder neuer Geldscheine in der Tasche daran vorbei und hielt auf das nächste Schiff zu?

Zehn Minuten später trat Elizabeth Beck aus dem Haus. Sie trug einen knielangen Schottenrock und einen dünnen weißen Kaschmirpullover mit einer Wolljacke darüber. Ihre Beine waren nackt. Keine Strumpfhose. Ihr Haar hatte sie mit einem Gummiband zusammengefasst. Sie schien zu frieren. Sie wirkte trotzig, resigniert und besorgt. Wie eine Adlige auf dem Weg zum Schafott. Ich vermutete, dass sie es gewöhnt war, mit Duke zu fahren. Dass sie darunter litt, mit dem Copkiller vorlieb nehmen zu müssen. Ich stieg aus und kam um den Wagen herum, um ihr die hintere Tür zu öffnen. Aber sie ging daran vorbei.

»Ich sitze vorn«, belehrte sie mich.

Sie nahm auf dem Beifahrersitz Platz, und ich glitt wieder hinters Lenkrad.

»Wohin?«, fragte ich höflich.

Sie starrte aus dem Fenster.

»Das erfahren Sie, wenn wir durchs Tor sind«, sagte sie.

Das Eisentor war geschlossen. Paulie stand genau davor. Er wirkte riesiger als je zuvor. Seine Arme und Schultern sahen aus, als hätte er Tennisbälle in seinen Anzug gestopft. Sein Gesicht war von der Kälte gerötet. Er hatte auf uns gewartet. Ich hielt zwei Meter vor ihm. Paulie machte keine Anstalten, das Tor zu öffnen. Ich starrte ihn an. Er ignorierte mich und ging zu Elizabeth Becks Fenster. Grinste sie an, klopfte mit einem Fingerknöchel an die Scheibe und machte eine Handbewegung, als kurbelte er sie herunter. Sie starrte nach vorn, bemüht, ihn zu ignorieren. Er klopfte wieder an die Scheibe. Diesmal drehte sie den Kopf zur Seite und schaute ihn an. Er zog die Augenbrauen hoch, machte nochmals die Kurbelbewegung. Sie fuhr zusammen. Sie starrte auf ihren Zeigefinger, legte ihn dann auf die Taste, mit der das elektrische Fenster bedient wurde. Die Scheibe fuhr summend herunter. Paulie ging in die Hocke und stützte den rechten Unterarm auf die Gummidichtungen.

»Guten Morgen«, sagte er.

Er beugte sich herein und berührte ihre Wange mit dem Rücken seines Zeigefingers. Sie bewegte sich nicht. Starrte nur angestrengt geradeaus. Er strich eine Haarsträhne hinter ihr Ohr zurück.

»Ihr Besuch letzte Nacht hat mir viel Spaß gemacht«, sagte er.

Sie fuhr erneut zusammen. Als sei ihr schrecklich kalt. Er bewegte seine Hand, legte sie auf ihre Brust. Umfasste sie. Drückte sie. Sie saß still, ließ es sich gefallen. Ich betätigte die Taste auf meiner Seite. Ihre Scheibe kam summend nach oben. Dann stieß sie gegen Paulies riesigen Arm, und die Sicherheitsautomatik ließ es wieder herunterfahren. Ich öffnete meine Tür und stieg aus. Ging um die Motorhaube herum. Paulie befand sich immer noch in der Hocke. Seine Hand war weiter im Wagen. Sie hatte sich etwas tiefer nach unten bewegt.

»Hau ab«, forderte er mich auf, ohne sie aus den Augen zu lassen.

Ich kam mir vor wie ein Holzfäller, der ohne Axt oder Kettensäge vor einem Mammutbaum steht. *Wo soll ich anfangen?* Ich trat ihn in die Niere. Das war die Art Tritt, die einen Football aus dem Stadion bis auf den Parkplatz befördert hätte. Er hätte ausgereicht, um die meisten Kerle ins Krankenhaus oder zu Tode zu bringen. Auf Paulie wirkte er sich ungefähr so aus, als hätte ich ihm höflich auf die Schulter geklopft. Er gab keinen Laut von sich, legte nur beide Hände auf den Fensterrahmen und stemmte sich hoch. Drehte sich zu mir um.

»Nicht aufregen, Major«, sagte er. »Ist nur meine Art, der Lady guten Morgen zu sagen.«

Dann ging er um mich herum und sperrte das Tor auf. Ich ließ ihn nicht aus den Augen. Er gab sich ruhig und gelassen. Zeigte keinerlei Reaktion. Als hätte ich ihn überhaupt nicht berührt. Ich wartete und ließ die Wirkung des Adrenalins abklingen. Dann betrachtete ich den Wagen. Um den Kofferraum herumzugehen, hätte besagt: *Ich habe Angst vor dir.* Also marschierte ich um die Motorhaube herum. Aber ich achtete darauf, außerhalb seiner Reichweite zu bleiben. Er versuchte nicht, mich anzugreifen. Zog nur das Tor ganz auf und wartete geduldig, es wieder schließen zu können.

»Über den Tritt unterhalten wir uns später, okay?«, rief er mir zu.

Ich gab keine Antwort.

»Und lass dich nicht täuschen, Major«, fügte er hinzu. »Sie mag das.«

Ich setzte mich wieder ans Steuer. Elizabeth Beck hatte inzwischen ihr Fenster geschlossen. Sie starrte angestrengt nach vorn: blass, schweigsam und gedemütigt. Ich fuhr durchs Tor Richtung Westen. Beobachtete Paulie im Rückspiegel. Er schloss das Tor und ging ins Wachhäuschen zurück.

»Tut mir Leid, dass Sie das sehen mussten«, sagte Elizabeth ruhig.

Ich sagte nichts.

»Und ich danke Ihnen für Ihr Eingreifen«, fuhr sie fort. »Aber es wird nichts nützen. Ich fürchte, Sie werden deswegen große Unannehmlichkeiten bekommen. Er hasst Sie bereits, wissen Sie. Und er ist nicht sehr vernünftig.«

Ich sagte nichts.

»Es handelt sich natürlich darum, Kontrolle auszuüben«, sagte sie, als erkläre sie sich diese Sache selbst. Als rede sie gar nicht mit mir. »Das Ganze ist eine Machtdemonstration. Mehr steckt nicht dahinter. Um Sex geht's dabei nie. Dazu ist er nicht imstande. Zu viele Steroide, vermute ich. Er begrapscht mich nur.«

Ich sagte nichts.

»Ich muss mich vor ihm ausziehen«, sagte sie. »Er lässt mich nackt vor sich auf und ab gehen. Begrapscht mich. Aber Sex gibt's keinen. Er ist impotent.«

Ich sagte nichts. Lenkte den Wagen in mäßigem Tempo durch die Kurven der Küstenstraße.

»Es dauert meist eine Stunde«, sagte sie.

»Haben Sie Ihrem Mann davon erzählt?«, fragte ich.

»Was könnte *er* tun?«

»Den Kerl rausschmeißen.«

»Geht nicht«, sagte sie.

»Warum nicht?«

»Weil Paulie nicht für meinen Mann arbeitet.«

Ich sah zu ihr hinüber. Erinnerte mich daran, wie ich Duke aufgefordert hatte: Sieh zu, dass du ihn loswirst. Und er geantwortet hatte: Das ist nicht so einfach.

»Für wen arbeitet er dann?«, wollte ich wissen.

»Jemand anders.«

»Für wen?«

Sie schüttelte den Kopf, als könne sie diesen Namen nicht aussprechen.

»Es handelt sich darum, Kontrolle auszuüben«, wiederholte sie. »Ich kann mich nicht dagegen wehren, was sie mir antun, genau wie mein Mann sich nicht dagegen wehren kann, was sie ihm antun. Niemand kann sich wehren. Gegen *nichts,* verstehen Sie? Das ist der springende Punkt. Auch Sie werden sich gegen nichts wehren können. Duke würde natürlich nicht einmal daran denken, sich zu wehren. Er ist ein Vieh.«

Ich schwieg.

»Ich danke Gott dafür, dass ich einen Sohn habe«, sagte sie, »und keine Tochter.«

Ich schwieg.

»Letzte Nacht war's besonders schlimm«, fuhr sie fort. »Dabei hatte ich gehofft, er würde mich langsam in Ruhe lassen. Weil ich jetzt alt werde.«

Ich sah erneut zu ihr hinüber. Wusste nicht, was ich sagen sollte.

»Gestern war mein Geburtstag«, erklärte sie. »Das war Paulies Geschenk für mich.«

Ich schwieg.

»Ich bin fünfzig geworden«, sagte sie. »Bestimmt wollen Sie sich keine Fünfzigjährige vorstellen, die nackt auf und ab läuft.«

Ich wusste nicht, was ich sagen sollte.

»Aber ich halte mich in Form. Gehe in den Fitnessraum, wenn die anderen weg sind.«

Ich schwieg.

»Er beordert mich zu sich«, sagte sie. »Ich muss ständig einen Piepser bei mir tragen. Dieses Mal hat er mitten in der Nacht gesummt. Erstmals seit langer Zeit. Ich musste sofort los. Es ist viel schlimmer, wenn ich ihn warten lasse.«

Ich schwieg.

»Ich war auf dem Rückweg, als Sie mich gesehen haben«, sagte sie. »Draußen zwischen den Felsen.«

Ich fuhr an den Straßenrand und hielt an.

»Ich glaube, dass Sie für eine staatliche Stelle arbeiten«, sagte sie.

Ich schüttelte den Kopf.

»Sie irren sich«, sagte ich. »Ich bin bloß ein ganz normaler Bürger.«

»Dann bin ich enttäuscht.«

»Ich bin ein ganz normaler Bürger«, wiederholte ich.

Sie schwieg.

»Sie sollten nicht solches Zeug reden«, entgegnete ich. »Ich habe schon genügend Schwierigkeiten.«

»Ja«, sagte Elizabeth. »Sie würden Sie umbringen.«

»Nun, sie würden's versuchen«, meinte ich. »Haben Sie ihnen erzählt, was Sie denken?«

»Nein.«

»Dann tun Sie's lieber nicht. Sie täuschen sich ohnehin.«

Sie schwieg.

»Es würde zum Kampf kommen«, sagte ich. »Sie würden mich erledigen wollen, aber ich würde mich wehren. Dabei könnten Leute verletzt werden. Vielleicht auch Richard.«

Sie starrte mich an. »Wollen Sie mit mir *feilschen*?«

Ich schüttelte erneut den Kopf.

»Ich will Sie nur warnen«, sagte ich. »Ich weiß, wie man überlebt.«

Sie lächelte bitter.

»Sie haben keinen blassen Schimmer«, sagte sie. »Wer Sie auch sind, Sie stecken in einer Sache, die Ihre Fähigkeiten bei weitem übersteigt. Sie sollten sofort verschwinden.«

»Ich bin ein ganz normaler Bürger«, wiederholte ich. »Ich muss nichts vor ihnen verbergen.«

Der Wind ließ den Cadillac kaum merklich schwanken. Ich konnte außer Felsen und Bäumen nichts sehen. Wir waren meilenweit von den nächsten Menschen entfernt.

»Mein Mann ist ein Verbrecher«, sagte sie.

»Das weiß ich inzwischen auch.«

»Er ist ein harter Mann. Ist gewalttätig und immer skrupellos.«

»Aber er ist nicht sein eigener Boss.«

»Nein, das ist er nicht. Er ist ein harter Mann, der buchstäblich vor dem Kerl zittert, der sein Boss *ist.*«

Ich sagte nichts.

»Es gibt eine Redensart«, fuhr sie fort. »Die Leute fragen: ›Warum stoßen schlechte Dinge immer nur guten Menschen zu?‹ Aber im Fall meines Mannes stoßen schlechte Dinge einem schlechten Menschen zu. Eine Ironie des Schicksals, finden Sie nicht? Aber es *sind* trotzdem schlechte Dinge.«

»Wem gehört Duke?«

»Meinem Mann«, antwortete sie. »Aber Duke ist auf seine Art ebenso schlimm wie Paulie. Ich würde nicht zwischen den beiden wählen wollen. Er war ein korrupter Cop, ein korrupter Federal Agent und ein Killer. Er hat im Gefängnis gesessen.«

»Ist er der Einzige?«

»Auf der Lohnliste meines Mannes? Nun, er hatte die beiden Leibwächter. Das waren seine Leute. Oder sie sind ihm zumindest zur Verfügung gestellt worden. Aber sie sind natürlich umgekommen. Vor dem College. Von den Leuten aus Connecticut erschossen. Deshalb ist Duke jetzt der Einzige. Außer dem Hausmeister, versteht sich. Aber der ist bloß ein Techniker.«

»Wie viele Leute hat der andere Typ?«

»Acht, glaube ich.«

»Was importieren sie wirklich?«

Sie sah zur Seite. »Wenn Sie kein Federal Agent sind, dürfte Sie das nicht interessieren.«

Ich folgte ihrem Blick zu einer fernen Baumreihe hinüber.

Denk nach, Reacher. Dies konnte ein raffinierter Trick mit dem Ziel sein, mich auffliegen zu lassen. Vielleicht arbeiteten sie alle zusammen. Die Hand seines Pförtners auf der Brust seiner Frau würde Beck als ein geringer Preis für lebenswichtige Informationen erscheinen. Und ich glaubte an raffinierte Schwindelmanöver. Schließlich war ich selbst in eines verwickelt.

»Ich bin kein Federal Agent«, sagte ich.

»Dann bin ich enttäuscht«, wiederholte sie.

Ich lenkte den Wagen wieder auf die Straße.

»Wohin?«, fragte ich.

»Es ist mir völlig egal, wohin wir fahren.«

»Möchten Sie irgendwo einen Kaffee trinken?«

»Kaffee? Gut. Fahren Sie nach Süden. Heute wollen wir einen weiten Bogen um Portland machen.«

Ich bog nach Süden auf die Route One ab, die wir ungefähr eine Meile vor der I-95 erreichten. Es war eine angenehme alte Straße, so wie Straßen früher zu sein pflegten. Wir kamen durch eine Kleinstadt, die Old Orchard Beach ließ. Dort gab es saubere Gehsteige mit Klinkerbelag und viktorianische Straßenleuchten. Wegweiser deuteten nach links zum Strand. In der Ortsmitte hingen verblasste französische Flaggen. Ich vermutete, dass Kanadier aus Quebec hier Urlaub gemacht hatten, bevor Billigflüge nach Florida und in die Karibik eine Änderung ihrer Reisegewohnheiten bewirkt hatten.

»Weshalb waren Sie heute Nacht unterwegs?«, fragte Elizabeth Beck.

Ich schwieg.

»Das können Sie nicht leugnen«, sagte sie. »Haben Sie geglaubt, ich hätte Sie nicht gesehen?«

»Sie haben nicht reagiert«, entgegnete ich.

»Ich war im Paulie-Modus«, erklärte sie. »Ich habe gelernt, keine Reaktion zu zeigen.«

Ich schwieg.

»Ihre Zimmertür war abgesperrt.«

»Ich bin aus dem Fenster geklettert. Ich mag nicht eingesperrt sein.«

»Was haben Sie anschließend gemacht?«

»Ich bin spazieren gegangen. Genau wie ich's von Ihnen geglaubt habe.«

»Danach sind Sie wieder reingeklettert?«

Ich nickte und schwieg.

»Die Mauer ist Ihr großes Problem«, sagte sie. »Sie ist mit Scheinwerfern und Bandstacheldraht gesichert, aber auch mit vergrabenen Sensoren. Paulie würde Sie aus dreißig Metern Entfernung hören.«

»Ich wollte nur frische Luft schnappen«, erklärte ich.

»In der Einfahrt gibt's keine Sensoren«, sagte sie. »Die haben unter dem Asphalt nicht funktioniert. Aber auf dem Pförtnerhaus ist eine Videokamera installiert. Und das Tor selbst ist mit Bewegungsmeldern gesichert. Wissen Sie, was ein NSW ist?«

»Ein Turm-MG sowjetischer Panzer«, antwortete ich.

»Paulie hat eines«, sagte sie. »Es steht hinter dem Seiteneingang schussbereit. Er hat Anweisung, es einzusetzen, sobald er den Bewegungsmelder hört.«

Ich holte tief Luft und atmete langsam aus. Ein NSW ist gut anderthalb Meter lang und wiegt über fünfundzwanzig Kilogramm. Seine 12,7-mm-Patronen sind elfeinhalb Zentimeter lang; die Feuergeschwindigkeit liegt bei über siebenhundert Schuss in der Minute. Es hat keinen Sicherungsmechanismus. Die Kombination aus Paulie und einem NSW musste jeden in Angst und Schrecken versetzen.

»Aber ich glaube, Sie sind geschwommen«, fuhr sie fort. »Ich rieche das Meer an Ihrem Hemd. Ganz schwach. Sie haben sich nach Ihrer Rückkehr nicht gut abgetrocknet.«

Wir kamen an einen Wegweiser zu der Kleinstadt Saco. Ich ließ den Wagen am Straßenrand ausrollen und hielt erneut. Autos und Lastwagen flitzten vorüber.

»Sie haben unglaubliches Glück gehabt«, sagte sie. »Vor den Felsen gibt es gefährliche Unterströmungen. Aber ich vermute, dass Sie hinter den Garagen ins Wasser gegangen sind. In diesem Fall haben Sie sie um zehn Meter verpasst.«

»Ich bin kein staatlicher Agent«, wiederholte ich.

»Wirklich nicht?«

»Finden Sie nicht, dass Sie ziemlich viel riskieren?«, fragte ich. »Nehmen wir mal an, ich wäre nicht genau das, was ich zu sein behaupte. Nur rein theoretisch. Sagen wir, ich gehörte beispielsweise einer konkurrierenden Organisation an. Merken Sie nicht, welches Risiko Sie eingehen? Glauben Sie, dass Sie lebend ins Haus zurückkämen? Nach diesen Äußerungen?«

Sie sah weg.

»Dann wird das die Probe aufs Exempel, denke ich«, sagte sie. »Sind Sie ein staatlicher Agent, lassen Sie mich leben. Sind Sie keiner, tun Sie's nicht.«

»Ich bin nur irgendein Kerl«, sagte ich wieder. »Sie könnten mich in Schwierigkeiten bringen.«

»Kommen Sie, wir gehen einen Kaffee trinken«, meinte sie. »Saco ist eine hübsche Stadt. Früher haben dort all die großen Textilfabrikanten gelebt.«

Wir landeten auf einer Insel mitten im Saco River. Dort stand ein gigantischer Klinkerbau, der vor vielen Jahren eine riesige Textilfabrik gewesen war. Jetzt hatte man ihn luxussaniert und in Hunderte von Büros und Läden aufgeteilt. Wir fanden einen Coffeeshop mit viel Chrom und Glas, der sich Café Café nannte. Kein sehr einfallsreicher Name. Im Französischen vermutlich ein Wortspiel. Aber allein der Kaffeeduft war den Trip wert. Ich ignorierte die Varianten mit *latte* und aufgeschäumter Milch und bestellte mir normalen Kaffee – heiß, schwarz, groß. Dann wandte ich mich Elizabeth Beck zu. Sie schüttelte den Kopf.

»Sie bleiben hier«, befahl sie. »Ich will einkaufen gehen. Allein. Wir treffen uns in vier Stunden hier.«

Ich sagte nichts.

»Ich muss Sie nicht um Erlaubnis bitten«, erklärte sie. »Sie sind nur mein Fahrer.«

»Ich habe kein Geld«, sagte ich.

Sie gab mir zwanzig Dollar aus ihrer Umhängetasche. Ich bezahlte den Kaffee und trug ihn zu einem der Tische. Sie begleitete mich und wartete, bis ich Platz genommen hatte.

»Vier Stunden«, wiederholte sie. »Vielleicht etwas länger, auf keinen Fall kürzer. Falls Sie irgendwas zu erledigen haben.«

»Ich habe nichts zu erledigen«, sagte ich. »Ich bin nur Ihr Fahrer.«

Sie sah mich an. Zog den Reißverschluss ihrer Umhängetasche zu. Die Tische waren ziemlich eng gestellt. Sie verdrehte ihren Körper etwas, um den Trageriemen richtig über die Schulter zu bekommen. Beugte sich leicht zur Seite, um den Tisch nicht zu berühren und meinen Kaffee nicht zu verschütten. Dann war ein Poltern zu hören, als sei etwas ziemlich Schweres zu Boden gefallen. Ich sah nach unten. Etwas war aus ihrem Rock gerutscht. Während sie es anstarrte, überzog ihr Gesicht sich langsam mit tiefer Röte. Sie bückte sich, hob das Ding auf und hielt es mit einer Hand umklammert. Tastete nach dem Stuhl gegenüber und sank darauf nieder, als habe sie plötzlich alle Kraft verlassen. Als fühlte sie sich unglaublich gedemütigt. Sie hielt einen Piepser in der Hand. Ein schwarzes Plastikrechteck, das etwas kleiner als mein E-Mail-Sender aussah. Sie starrte es an. Ihre Stimme war ein klägliches Flüstern.

»Er zwingt mich, ihn dort zu tragen«, erklärte sie. »In meinem Slip. Damit er die entsprechende Wirkung hat, wenn er summt. Jedes Mal wenn ich durchs Tor fahre, überzeugt er sich davon, dass er an seinem Platz ist. Normalerweise nehme ich ihn anschließend heraus und stecke ihn in meine Umhängetasche. Aber das wollte ich heute nicht tun, weil Sie's gesehen hätten.«

Ich wusste nichts darauf zu sagen. Sie stand wieder auf, blinzelte zweimal und holte tief Luft.

»In vier Stunden«, sagte sie. »Falls Sie etwas zu erledigen haben.«

Dann ging sie davon. Ich sah ihr nach. Sie wandte sich vor dem Eingang nach links und verschwand. *Ein raffinierter Schwindel?* Es war möglich, dass ihre Hintermänner versuchten, mich mit ihrer Story zu ködern. Möglich, dass sie einen Piepser in ihrem Slip trug, um ihre Geschichte zu untermauern. Möglich, dass sie's schaffte, ihn im genau richtigen Augenblick zu verlieren. Alles möglich. Aber es war völlig unmöglich, dass sie dieses tiefe Erröten wie auf ein Stichwort hin absichtlich hervorgerufen hatte. Das konnte niemand. Also war Elizabeth Beck echt.

Ich verzichtete nicht ganz auf vernünftige Vorsichtsmaßnahmen. Die waren mir zu sehr in Fleisch und Blut übergegangen. Ich trank meinen Kaffee wie ein ganz normaler Mensch mit reichlich Freizeit aus. Dann schlenderte ich durchs Labyrinth der Ladenstraßen und bog willkürlich mal nach rechts oder links ab, bis ich sicher war, dass ich nicht beschattet wurde. Dann ging ich in den Coffeeshop zurück und holte mir noch eine Tasse Kaffee. Ließ mir den Toilettenschlüssel geben und sperrte mich damit ein. Setzte mich auf den Klodeckel und zog meinen rechten Schuh aus. Im E-Mail-Empfänger war eine Nachricht von Duffy gespeichert: *Woher das Interesse an Te-*

resa Daniels richtigem Namen? Ich ignorierte sie und sendete: *Wo liegt Ihr Motel?* Neunzig Sekunden später antwortete sie: *Was haben Sie am ersten Tag in Boston zum Frühstück gegessen?* Ich lächelte. Duffy war eine praktisch veranlagte Frau. Sie machte sich Sorgen, meine Frage könnte unter Zwang gestellt worden sein. Deshalb stellte sie eine Sicherheitsfrage. Ich sendete: *Kleiner Stapel mit einem Ei obendrauf, Kaffee, drei Dollar Trinkgeld, ich habe alles aufgegessen.* Hätte ich etwas anderes geantwortet, wäre sie jetzt zu ihrem Wagen gerannt. Neunzig Sekunden später kam ihre Antwort: *Westseite der Route One, hundert Meter S Kennebunk River.* Nach meiner Schätzung zehn Meilen von hier entfernt. Ich sendete: *Wir sehen uns in zehn Minuten.*

Ich brauchte jedoch über eine Viertelstunde, weil ich erst aus dem Stau herauskommen musste, der in Saco auf der Route One herrschte. Auf der ganzen Strecke behielt ich den Rückspiegel im Auge, ohne etwas Beunruhigendes zu entdecken. Ich fuhr über den Fluss und kam zu einem Motel auf der rechten Straßenseite, einem frisch gestrichenen hellgrauen Bau. An diesem Apriltag herrschte nicht viel Betrieb. Ich sah den Taurus vor dem letzten Zimmer stehen und parkte den Cadillac dreißig Meter entfernt hinter einem Schuppen mit einem großen Propangastank. Es wäre unklug gewesen, ihn so abzustellen, das jeder, der auf der Route One vorbeifuhr, ihn sehen konnte.

Ich ging zurück und klopfte an. Susan Duffy riss die Tür auf, und wir umarmten uns. Das kam wie von selbst. Es überraschte mich völlig. Und wahrscheinlich auch sie. Hätten wir erst darüber nachgedacht, wär's vermutlich nicht passiert. Aber sie war besorgt, und ich stand unter Stress, und so geschah es einfach. Es fühlte sich richtig gut an. Sie war groß, aber sehr schlank. Meine Hand bedeckte fast die gesamte Breite ihres Rückens. Sie roch frisch und sauber. Kein Parfüm. Einfach nur Haut.

»Sind Sie allein?«, erkundigte ich mich.

Sie nickte. »Die anderen sind in Portland. Der Zoll sagt, dass heute ein Schiff mit einer Lieferung für Beck erwartet wird.«

Wir ließen einander los. Gingen ins Zimmer hinein.

»Was haben sie vor?«, fragte ich.

»Sie beobachten nur«, antwortete sie. »Machen Sie sich deswegen keine Sorgen. Darauf verstehen sie sich. Niemand wird sie sehen.«

Ein Motelzimmer in Standardausstattung. Ein französisches Bett, ein Stuhl, ein Schreibtisch, ein Fernseher, ein Fenster, ein Klimagerät in der Außenwand. Von hunderttausend anderen Motelzimmern unterschied es sich nur durch sein blaugraues Farbschema und die Drucke von Schiffsbildern an den Wänden. Sie verliehen ihm die für New England typische Küstenatmosphäre.

»Was wissen Sie von meiner Agentin?«, erkundigte sie sich.

Ich erzählte ihr von dem in den Boden eines Kellerraums eingeritzten Namen.

»Was bedeutet es?«

»Dass sie gestern noch gelebt hat«, erwiderte ich. »Ich vermute es zumindest. Am Morgen war die Tür noch abgeschlossen, und nachts war der Raum leer.«

»Glauben Sie, dass mit ihr alles in Ordnung ist?«

Ich erzählte ihr nicht, was Paulie mit Elizabeth Beck machte.

»Wahrscheinlich hat sie ihren Namen mit einer Gabel eingeritzt«, sagte ich. »Und gestern Abend hat in der Küche ein überzähliger Teller mit Steak und Kartoffeln herumgestanden, als sei sie in solcher Eile verlegt worden, dass die Köchin nichts davon wusste. Daher glaube ich, dass sie regelmäßig zu essen bekommen hat.«

»Wohin kann sie gebracht worden sein?«

»Quinn hat sie«, antwortete ich. »Ich glaube, dass wir's hier mit zwei Organisationen zu tun haben, von denen eine die andere überlagert. Beck ist ein übler Typ, das steht fest, aber sein Laden ist von einem noch übleren Typen übernommen worden.«

»Wie im Geschäftsleben?«

»Genau«, sagte ich. »Wie bei einer feindlichen Übernahme. Quinn hat seine Leute in Becks Unternehmen eingeschleust und saugt es wie ein Parasit aus.«

Sie nickte nachdenklich, wirkte etwas müde. Sie trug Jeans und ein schneeweißes Herrenhemd, das ordentlich in ihrer Hose steckte. Die beiden obersten Knöpfe standen offen. An den Füßen hatte sie Leinenschuhe ohne Socken. Die Heizung im Zimmer war ziemlich hochgedreht. Auf dem Schreibtisch stand neben dem Telefon ein Laptop. Das Telefon war ein mit Kurzwahltasten bedeckter klobiger Kasten. Ich warf einen Blick auf die Nummer und merkte sie mir. Der Laptop war über einen kompliziert aussehenden Adapter mit dem USB-Anschluss des Telefons verbunden. Auf dem Bildschirm lief ein Bildschirmschoner. Er zeigte das ziellos herumschwebende Emblem des Justizministeriums. Erreichte es irgendwo den Bildschirmrand, wurde es wie in dem uralten Video-Tennisspiel in eine neue Richtung katapultiert. Nur der Ton fehlte.

»Haben Sie Quinn schon zu Gesicht bekommen?«, fragte sie.

Ich schüttelte den Kopf.

»Wissen Sie, von wo aus er operiert?«

Ich schüttelte erneut den Kopf. »Ich habe praktisch noch nichts gesehen. Außer dass ihre Buchhaltung kodiert ist und ihr Fuhrpark nicht ausreicht, um das zu transportieren, was sie zu liefern vorgeben. Vielleicht holen ihre Kunden die Ware selbst ab.«

»Das wäre verrückt«, entgegnete sie. »Sie würden nicht wollen, dass die Kunden ihr Lager kennen. Außerdem wissen wir schon, dass sie das nicht tun. Denken Sie daran, dass Beck sich mit dem Dealer aus L. A. in einer Tiefgarage getroffen hat.«

»Vielleicht kommen sie an einem neutralen Ort zusammen, um den eigentlichen Verkauf abzuwickeln. Irgendwo in der Nähe, irgendwo im Nordosten.«

Sie nickte. »Wie sind Sie an die Buchhaltung rangekommen?«

»Ich war heute Nacht in ihrem Büro. Dafür wollte ich den Wagen.«

Sie trat an den Schreibtisch und tippte das Touchpad ihres Laptops an. Der Bildschirmschoner verschwand. Darunter wurde meine letzte E-Mail sichtbar: *Wir sehen uns in zehn Minuten.* Sie rief die Ablage auf und klickte eine Nachricht von MP Powell an, der mich verraten hatte.

»Wir haben diese Namen für Sie überprüft«, erklärte sie. »Angel Doll hat wegen eines Sexualverbrechens acht Jahre in Leavenworth gesessen. Hätte wegen Mordes und Vergewaltigung lebenslänglich bekommen müssen, aber die Anklagebehörde hat gepfuscht. Er war Nachrichtentechniker. Hat eine Majorin vergewaltigt, hat sie an inneren Verletzungen verbluten lassen. Er ist kein besonders netter Mensch.«

»Er ist ein sehr toter Mensch«, sagte ich.

Sie sah mich nur an.

»Doll hat das Kennzeichen des Maximas überprüft«, sagte ich. »Hat mich damit konfrontiert. Das war ein Riesenfehler. Ich musste ihm den Mund stopfen.«

»Sie haben ihn umgebracht?«

Ich nickte. »Hab ihm das Genick gebrochen.«

Sie schwieg.

»Selbst schuld«, sagte ich. »Er war dabei, unseren Auftrag zu gefährden.«

»Okay«, meinte sie. Dann machte sie eine Pause. »Die Sache mit dem Kennzeichen tut mir Leid. Das war ein Fehler.«

»Irgendwas über Paulie?«

Sie scrollte weiter. »In Leavenworth hatte Doll einen Kumpel namens Paul Masserella, einen Bodybuilder, der wegen tätlichen Angriffs auf einen Offizier sechs Jahre abzusitzen hatte. Sein Verteidiger hat wegen einer Persönlichkeitsveränderung durch Steroide auf mildernde Umstände plädiert. Hat versucht, die Army dafür verantwortlich zu machen, dass sie seinen Verbrauch nicht kontrolliert hat.«

»Sein Verbrauch ist noch erheblich gestiegen.«

»Glauben Sie, dass er derselbe Paulie ist?«

»Muss er wohl sein. Er hat mir erklärt, dass er Offiziere nicht leiden kann. Ich habe ihn vorhin in die Nieren getreten. Für Eliot oder Sie wäre dieser Tritt tödlich gewesen. Er hat ihn kaum wahrgenommen.«

»Wie wird er sich dafür revanchieren?«

»Das mag ich mir nicht vorstellen.«

»Ist's für Sie in Ordnung, dorthin zurückzufahren?«

»Becks Frau weiß, dass ich unter falscher Flagge segle.«

Sie starrte mich an. »Woher?«

Ich zuckte mit den Schultern. »Vielleicht *weiß* sie es nicht. Vielleicht wünscht sie es sich bloß oder versucht, es sich einzureden.«

»Geht sie damit hausieren?«

»Bis jetzt nicht. Heute Nacht hat sie mich außerhalb des Hauses gesehen.«

»Sie dürfen nicht dorthin zurück.«

»Ich bin nicht der Typ, der vorschnell aufgibt.«

»Sie sind aber auch kein Idiot. Die Sache ist außer Kontrolle.«

Ich nickte. »Aber die Entscheidung liegt bei mir.«

Sie schüttelte den Kopf. »Das entscheiden wir gemeinsam.

Wir führen hier ein illegales Unternehmen durch, und Sie sind auf unsere Unterstützung angewiesen.«

»Wir müssen Teresa rausholen. Sie befindet sich in einer wirklich schlimmen Lage.«

»Für Teresa bin ich zuständig.«

»Und ich für Quinn.«

Sie schwieg.

»Sie können Teresa aufgeben, wenn Sie wollen«, sagte ich. »Das ist Ihre Entscheidung. Sie können den Versuch aufgeben, Beck etwas nachzuweisen, wenn Sie wollen. Selbst wenn Sie Ihre gesamte Tätigkeit einstellen, die DEA auflösen und sämtliche Drogen der Welt legalisieren, gehe ich zurück. Weil ich es auf Quinn abgesehen habe. Mit oder ohne Ihre Unterstützung.«

»Was hat Quinn *Ihnen* getan?«

Ich gab keine Antwort. Sie machte eine lange Pause.

»Würde Mrs. Beck mit uns reden?«, wollte sie dann wissen.

»Das möchte ich sie nicht fragen«, entgegnete ich. »Mit dieser Frage würde ich ihren Verdacht bestätigten. Und ich bin mir nicht sicher, wohin das führen würde.«

»Was haben Sie vor, wenn Sie zurückgehen?«

»Ich möchte befördert werden«, sagte ich. »Das ist der Schlüssel. Ich muss in Dukes Position gelangen. Dann bin ich der maßgebliche Mann an Becks Seite. Dann gibt's offizielle Verbindungen zu Quinns Leuten. Genau die benötige ich. Sonst tappe ich weiter im Dunkeln.«

»Wir brauchen Fortschritte«, sagte sie, »Beweise.«

»Ich weiß.«

»Wie wollen Sie befördert werden?«

»Genau wie jedermann befördert wird.«

Sie äußerte sich nicht dazu. Stellte ihr E-Mail-Progamm auf Empfang um und trat ans Fenster. Ich beobachtete sie dabei. Das einfallende Tageslicht schien durch den dünnen weißen

Hemdstoff. Ihr zurückgekämmtes Haar bedeckte den Kragen nur um wenige Zentimeter. Der Schnitt sah aus, als habe er eine Menge Geld gekostet, aber ich vermutete, dass jemand mit einem DEA-Gehalt sich die Haare selbst schnitt oder sie sich von einer Freundin schneiden ließ.

Ihr Hintern sah in Jeans klasse aus. Ich konnte das rückwärtige Etikett lesen: *Taille 24, Länge 32*. Sehe ich eine so schmale Taille, habe ich das Bedürfnis, sie mit beiden Händen zu fassen und vielleicht meinen Kopf irgendwo etwas höher zu vergraben. Wie sich das bei ihr anfühlen würde, konnte ich nicht beurteilen, vermutete aber, dass es wirklich sehr angenehm sein würde.

»Wie gefährlich ist es dort?«, fragte sie. »Realistische Einschätzung?«

»Schwer zu sagen«, antwortete ich. »Zu viele Variablen. Mrs. Beck folgt ihrer Intuition, das ist alles. Vielleicht spielt auch etwas Wunschdenken mit. Sie hat keine handfesten Beweise. Was die betrifft, kann mir wenig passieren, denke ich. Selbst wenn Mrs. Beck sich jemandem anvertraut, hängt alles davon ab, ob die Intuition einer Frau ernst genommen wird oder nicht.«

»Sie hat Sie außerhalb des Hauses angetroffen. Das ist ein handfester Beweis.«

»Aber wofür? Dass ich ruhelos bin?«

»Dieser Doll ist ermordet worden, während Sie draußen waren.«

»Sie werden glauben, die Mauer habe mich aufgehalten. Und sie finden Doll nicht. Ausgeschlossen. Nicht rechtzeitig.«

»Die Sache ist jetzt außer Kontrolle«, wiederholte sie.

Ich zuckte mit den Schultern. »Dinge dieser Art geraten immer außer Kontrolle. Damit muss man rechnen. Nichts funktioniert jemals wie vorhergesehen. Alle Pläne sind Makulatur, wenn der erste Schuss gefallen ist.«

Sie schwieg zunächst. Drehte sich dann um.

»Was haben Sie jetzt vor?«, fragte sie.

Ich überlegte einen Moment. Das Licht kam jetzt von hinten. *Wirklich sehr hübsch.*

»Ein Nickerchen machen«, antwortete ich.

»Wie lange haben Sie Zeit?«

Ich sah auf die Uhr. »Drei Stunden.«

»Sind Sie müde?«

Ich nickte. »Ich war die ganze Nacht unterwegs, meistens schwimmend.«

»Sie sind um die Mauer herumgeschwommen?«, fragte Duffy ungläubig. »Vielleicht sind Sie *doch* ein Idiot.«

»Sind Sie auch müde?«, erkundigte ich mich.

»Sehr. Ich schufte jetzt schon seit Wochen.«

»Dann leisten Sie mir doch Gesellschaft«, sagte ich.

Sie zögerte kurz. »Hier gibt's nur ein Bett.«

»Kein Problem«, sagte ich. »Sie sind schlank und werden nicht viel Platz brauchen.«

»Wäre nicht recht«, gab sie zu bedenken.

»Wir müssen nicht *ins* Bett«, erklärte ich. »Wir könnten lediglich auf ihm liegen.«

»Aber Seite an Seite?«

»Vollständig angezogen«, erwiderte ich. »Ich behalte sogar die Schuhe an.«

Sie schwieg.

»Das verstößt gegen kein Gesetz«, beruhigte ich sie.

»Vielleicht doch«, sagte sie. »Manche Staaten haben verrückte alte Gesetze. Maine könnte zu ihnen gehören.«

»Ich muss mir wegen anderer Gesetzesverstöße Sorgen machen.«

»Nicht jetzt.«

Ich lächelte und gähnte. Setzte mich aufs Bett und ließ mich zurücksinken. Drehte mich auf die Seite und schob beide Hände unter den Kopf. Schloss die Augen. Ich konnte spüren, wie sie eine Weile zögernd dastand. Dann streckte sie sich neben mir aus.

»Keine Panik«, sagte ich. »Ich bin viel zu müde.«

Aber das war ich eigentlich nicht. Das Problem begann, als sie sich leicht bewegte und meinen Hintern mit ihrem berührte. Dieser Kontakt war nur ganz schwach, aber mir kam es vor, als hätte sie mich an eine Steckdose angeschlossen. Ich öffnete die Augen, starrte die Wand an und versuchte herauszufinden, ob sie sich nur im Schlaf bewegt hatte oder es eine absichtliche Berührung gewesen war. Ich verbrachte einige Minuten damit, über die Sache nachzudenken. Aber Lebensgefahr scheint ein Aphrodisiakum zu sein, denn ich stellte fest, dass ich zur optimistischeren Version tendierte. Doch ich wusste nicht so recht, welche Reaktion von mir erwartet wurde. Wie benahm man sich als Gentleman in dieser Situation? Also beschloss ich, mich selbst etwas zu bewegen. Nun war wieder sie am Zug und konnte sich mit der Interpretation abmühen.

Eine ganze Weile passierte nichts. Ich war kurz davor zu resignieren, als sie sich erneut rührte. Dieses Mal war der Kontakt ziemlich nachdrücklich. *Du bist dran.* Ich tarnte meine Bewegung mit einem verschlafenen Laut und drehte mich so um, dass wir wie zwei Löffel nebeneinander lagen und mein Arm »zufällig« ihre Schulter berührte. Ihr Haar an meinem Gesicht war weich und duftete nach Sommer. Ich warf einen Blick nach unten. Sie hatte die Schuhe abgestreift. Ich konnte ihre Fußsohlen und Zehen sehen.

Sie gab ihrerseits einen schläfrigen Laut von sich und rückte etwas näher an mich heran, sodass unsere Körper sich jetzt auf ganzer Länge berührten. Ich legte meine Hand auf ihren Oberarm, ließ ihn dann langsam hinabgleiten, bis er auf ihrer

Taille ruhte. Die Spitze meines kleinen Fingers lag unter dem Hosenbund ihrer Jeans. Sie gab einen weiteren Laut von sich. Ich hielt den Atem an. Ihr Po drängte gegen meinen Schritt. Mein Herz jagte. Mir schwirrte der Kopf. Widerstand war unmöglich. Völlig unmöglich. Dies war einer jener verrückten hormongesteuerten Augenblicke, in denen ich acht Jahre Leavenworth dafür riskiert hätte. Ich ließ meine Hand nach vorn und oben gleiten und umfasste ihre Brust. Danach gab es kein Halten mehr.

Sie gehörte zu den Frauen, die nackt viel attraktiver sind als angezogen. Sie besaß einen Körper, für den man sein Leben hätte hingeben können. Er war nicht von der Sonne gebräunt, aber ihre Haut sah nicht blass aus und fühlte sich seidenweich an. Sie war sehr schlank, aber nicht knochig, hoch gewachsen und sehnig. Sie hatte die Idealfigur für einen dieser Badeanzüge mit hohem Beinschnitt. Sie hatte kleine, feste, perfekt geformte Brüste. Ihr Hals war lang und schlank. Sie besaß hübsche Ohren, Knöchel, Knie und Schultern.

Sie war auch stark und hatte mich trotz meines fast doppelten Gewichts erschöpft. Das musste daran liegen, dass sie noch jung war – schätzungsweise zehn Jahre jünger als ich. Nun war ich fix und fertig, und das ließ sie lächeln. Auch ihr Lächeln war wundervoll.

»Erinnerst du dich an mein Hotelzimmer in Boston?«, fragte ich sie. »*Wie* du auf dem Stuhl gesessen hast? Ich hätte dich am liebsten gleich vernascht.«

»Ich habe nur auf einem Stuhl gesessen. Da gibt's kein *Wie*.«

»Mach dir nichts vor!«

»Erinnerst du dich an den Freedom Trail?«, fragte sie. »Als du mir von dem ›Langstangen-Penetrator‹ erzählt hast? Da hätte ich *dich* am liebsten vernascht.«

Ich lächelte.

»Das war ein Milliarden teurer Rüstungsauftrag«, sagte ich. »Deshalb bin ich froh, dass wenigstens dieser eine Bürger etwas davon gehabt hat.«

»Wäre Eliot nicht dabei gewesen, hätte ich's gleich dort im Park gemacht.«

»Eine alte Frau hat dort die Vögel gefüttert.«

»Wir hätten hinter einen Busch verschwinden können.«

Sie lächelte wieder.

»Fix und alle, was alter Junge?«, fragte sie.

»Das habe ich nicht direkt gesagt.«

»Gefahr ist ein Aphrodisiakum, nicht?«, fragte sie.

»Das stimmt wohl.«

»Du gibst also zu, dass du in Gefahr bist?«

»Ich bin in Gefahr, einen Herzanfall zu bekommen.«

»Du solltest wirklich nicht zurückgehen«, sagte sie.

»Ich bin in Gefahr, es nicht mehr zu können.«

Sie setzte sich auf. Die Schwerkraft konnte ihrer Vollkommenheit nichts anhaben.

»Das ist mein Ernst, Reacher«, sagte sie.

Ich lächelte sie an. »Mir passiert schon nichts. Nur noch zwei bis drei Tage. Ich finde Teresa und auch Quinn, und dann haue ich ab.«

»Nur wenn ich dich lasse.«

Ich nickte.

»Die beiden Leibwächter«, sagte ich.

Sie nickte ebenfalls. »Allein ihretwegen brauchst du unsere Unterstützung. Dein ganzes Heldentum kannst du dir abschminken. Mit uns oder ohne uns, dass ich nicht lache! Lassen wir die beiden Kerle laufen, bist du einen Anruf später ein toter Mann.«

»Wo sind sie jetzt?«

»In unserem ersten Motel in Massachusetts. In dem wir das

Unternehmen geplant haben. Die Männer aus dem Toyota und die angeblichen Collegecops bewachen sie.«

»Streng, hoffe ich.«

»Sehr streng.«

»Das liegt Stunden von hier entfernt.«

Sie schüttelte den Kopf.

»Mit dem Auto«, sagte sie. »Nicht per Telefon.«

»Du bist auf Kontrolle versessen«, bemerkte ich.

»Ich will nur nicht, dass dir was Schlimmes zustößt.«

»Mir passiert nie etwas Schlimmes.«

Sie ließ ihre Fingerspitzen über die Narben an meinem Körper gleiten. Brust, Bauch, Arme, Schultern, Stirn. »Für einen Kerl, dem nie was Schlimmes passiert, hast du ganz schön was abgekriegt.«

»Ich bin tollpatschig«, erklärte ich, »und falle oft hin.«

Sie stand auf und ging ins Bad: nackt, anmutig, völlig unbefangen.

»Komm schnell wieder!«, rief ich ihr nach.

Aber sie kam nicht schnell wieder. Sie blieb lange im Bad, und als sie herauskam, trug sie einen Bademantel. Ihr Gesichtsausdruck hatte sich verändert. Sie wirkte etwas verlegen. Aus ihrer Miene sprach Bedauern.

»Das hätten wir nicht tun sollen«, sagte sie.

»Warum nicht?«

»Es war unprofessionell.«

Sie sah mir ins Gesicht. Ich nickte. Sie hatte Recht, es war ein bisschen unprofessionell.

»Aber es hat Spaß gemacht«, meinte ich.

»Wir hätten's nicht tun sollen.«

»Wir sind erwachsen. Wir leben in einem freien Land.«

»Wir haben nur Trost gesucht, weil wir nervös und gestresst sind.«

»Was soll daran falsch sein?«

»Es wird alles Mögliche komplizieren«, erwiderte sie.

Ich schüttelte den Kopf.

»Nicht, wenn wir's nicht zulassen«, sagte ich. »Es bedeutet nicht, dass wir jetzt heiraten müssen oder sonst was. Wir sind einander nichts schuldig.«

»Ich wollte, wir hätten's nicht getan.«

»Ich bin froh, dass wir's getan haben. Fühlt sich etwas richtig an, sollte man's tun.«

»Ist das deine Philosophie?«

Ich sah zur Seite.

»Nein, das sagt mir meine Erfahrung«, antwortete ich. »Ich habe einmal nein gesagt, als ich lieber ja gesagt hätte, und es später bitter bereut.«

Sie zog ihren Bademantel enger um sich.

»Es hat sich gut angefühlt«, sagte sie.

»Für mich auch.«

»Aber wir sollten es jetzt vergessen. Es war, wie's war, nicht mehr, okay?«

»Okay«, sagte ich.

»Und du solltest dir ernstlich überlegen, ob du zurückgehen willst.«

»Okay«, sagte ich wieder.

Ich lag auf dem Bett und dachte darüber nach, wie es war, nein zu sagen, wenn man eigentlich ja sagen wollte. Letzten Endes war es besser gewesen, ja zu sagen, und ich bedauerte nichts. Duffy gab sich schweigsam. Es war, als warteten wir beide darauf, dass sich etwas ereignete. Ich duschte lange und zog mich im Bad an. Wir hatten nichts mehr zu besprechen und wussten beide, dass ich zurückgehen würde. Mir gefiel es, dass sie nicht wirklich versuchte, mich davon abzuhalten. Mir gefiel es, dass wir beide zielbewusste, praktisch veranlagte Menschen waren. Ich band mir gerade die Schuhe zu, als eine

E-Mail für sie eintraf. Ihr Laptop signalisierte sie ihr mit einem gedämpften *Ping*! Als ich aus dem Bad kam, setzte Duffy sich eben vor den Laptop und drückte eine Taste.

»Nachricht von meiner Dienststelle«, erklärte sie. »Insgesamt gibt's elf zweifelhafte Cops namens Duke. Diese Überprüfung habe ich gestern veranlasst. Wie alt ist er?«

»Um die vierzig«, antwortete ich.

Sie ging ihre Liste durch.

»Südstaatler?«, fragte sie. »Oder aus dem Norden?«

»Nicht aus dem Süden.«

»Dann bleiben noch drei übrig.«

»Mrs. Beck hat gesagt, er sei auch ein Federal Agent gewesen.«

Sie suchte weiter.

»John Chapman Duke«, sagte sie. »Er ist der Einzige, der später zu den Federals gegangen ist. Hat in Cleveland, Ohio, als Streifenpolizist angefangen, ist dort Kriminalbeamter geworden. Der Disziplinarausschuss hat dreimal gegen ihn ermittelt. Immer ergebnislos. Dann ist er zu uns gekommen.«

»Zur DEA?«, fragte ich. »Tatsächlich?«

»Nein, ich meine zum Staat«, entgegnete sie. »Er ist zum Finanzministerium gegangen.«

»In welcher Funktion?«

»Das steht hier nicht. Aber keine drei Jahre später ist Anklage gegen ihn erhoben worden. Wegen irgendeiner Korruptionsaffäre. Und wegen Mordverdachts, der sich jedoch nicht beweisen ließ. Aber er hat trotzdem eine vierjährige Haftstrafe verbüßt.«

»Personenbeschreibung?«

»Weiß, ungefähr deine Größe«, erwiderte sie. »Dem Foto nach ist er allerdings hässlicher.«

»Das stimmt«, sagte ich.

Sie scrollte weiter. Las den Rest des Berichts.

»Nimm dich vor ihm in Acht«, warnte sie mich. »Er scheint ein gefährlicher Mensch zu sein.«

»Keine Sorge«, sagte ich. Dann überlegte ich, ob ich sie zum Abschied küssen sollte. Aber ich ließ es bleiben und rannte zum Cadillac hinaus.

Als Elizabeth Beck auftauchte, saß ich wieder im Coffeeshop und hatte meine zweite Tasse Kaffee fast ausgetrunken. Sie trug nichts bei sich, das auf einen Einkaufsbummel hinwies. Keine Päckchen oder bunten Tragetaschen. Sie ignorierte mich und ging geradewegs an die Theke. Ließ sich einen großen Milchkaffee geben und kam dann an meinen Tisch. Ich hatte mir inzwischen überlegt, was ich ihr erzählen würde.

»Ich bin kein Federal Agent«, begann ich.

»Dann bin ich enttäuscht«, sagte sie zum dritten Mal.

»Wie könnte ich einer sein?«, fragte ich. »Ich habe einen Cop erschossen, erinnern Sie sich?«

»Ja«, sagte sie.

»So was tun Federal Agents nicht.«

»Vielleicht doch«, meinte sie. »Zufällig.«

»Aber sie würden anschließend nicht flüchten«, erwiderte ich, »sondern bleiben und die Konsequenzen daraus ziehen.«

Sie verharrte eine Weile in Schweigen. Trank ihren Kaffee mit kleinen Schlucken.

»Ich bin acht- oder zehnmal dort gewesen«, sagte sie. »Im College, meine ich. Manchmal finden Veranstaltungen für die Familien der Studenten statt, und ich versuche, zu Anfang und Ende jedes Semesters dort zu sein. Einmal habe ich sogar einen Kleintransporter gemietet und ihm geholfen, sein Zeug nach Hause zu schaffen.«

»Und?«

»Das College ist ziemlich klein«, fuhr sie fort. »Aber trotzdem ist dort zu Semesterbeginn die Hölle los. Viele Eltern und Studenten, Geländewagen, Limousinen, Vans, dichter Verkehr. Die Familientage sind noch schlimmer. Und wissen Sie was?«

»Was?«

»Ich habe dort noch nie einen städtischen Polizeibeamten gesehen. Keinen einzigen. Und erst recht keinen Kriminalbeamten in Zivil.«

Ich sah aus dem Fenster auf die überdachte Ladenstraße.

»Wahrscheinlich nur ein Zufall«, sagte sie. »Ein beliebiger Dienstagmorgen im April, ziemlich früh am Tag, nichts Besonderes los ... und dann steht ein Kriminalbeamter ohne erkennbaren Grund am Collegetor.«

»Worauf wollen Sie hinaus?«, fragte ich.

»Dass Sie schreckliches Pech gehabt haben«, antwortete sie. »Ich meine, wie hoch war die Wahrscheinlichkeit?«

»Ich bin kein Federal Agent«, wiederholte ich.

»Sie haben geduscht«, stellte sie fest. »Und sich die Haare gewaschen.«

»Tatsächlich?«

»Das kann ich sehen und riechen. Billige Seife, billiges Haarwaschmittel.«

»Ich war in der Sauna.«

»Sie hatten kein Geld. Ich habe Ihnen zwanzig Dollar gegeben. Sie haben mindestens zwei Kaffee getrunken. Also hatten Sie vielleicht vierzehn Dollar.«

»Es war eine billige Sauna.«

»Das muss sie wohl gewesen sein.«

»Ich bin nur irgendein Kerl«, sagte ich wieder.

»Und ich bin deswegen enttäuscht.«

»Sie reden, als wollten Sie, dass Ihr Mann auffliegt.«

»Das will ich.«

»Er würde ins Gefängnis kommen.«

»Er lebt schon in einem Gefängnis. Und er hat nichts anderes verdient. Aber in einem richtigen Gefängnis wäre er freier als jetzt.«

»Sie könnten jemanden um Hilfe bitten«, sagte ich. »Sie brauchen nicht zu warten, bis sie zu Ihnen kommen.«

Sie schüttelte den Kopf. »Das wäre Selbstmord. Für mich und Richard.«

»Nicht anders, als wenn Sie vor anderen Leuten in dieser Art über mich reden würden. Denken Sie daran, dass ich mich nicht einfach ergeben werde. Leute könnten zu Schaden kommen. Vielleicht Sie und Richard.«

Sie lächelte. »Wollen Sie wieder mit mir feilschen?«

»Ich will Sie nur warnen«, antwortete ich. »Damit's keine Unklarheiten gibt.«

Sie nickte.

»Ich kann den Mund halten«, entgegnete sie und bewies es mir dann, indem sie kein Wort mehr sagte. Wir leerten schweigend unseren Kaffee und gingen dann zum Auto zurück. Auch unterwegs sprachen wir kein Wort. Während ich sie in nordöstlicher Richtung nach Hause fuhr, wusste ich nicht, ob ich eine tickende Zeitbombe neben mir sitzen hatte oder die einzige Verbündete, die ich jemals in Becks Haus finden würde.

Paulie wartete hinter dem Tor. Er musste die Straße beobachtet haben und aus dem Pförtnerhäuschen gekommen sein, als der Cadillac in der Ferne aufgetaucht war. Er starrte mich an, als ich langsamer wurde und anhielt. Dann wanderte sein Blick zu Elizabeth Beck.

»Geben Sie mir den Piepser«, forderte ich sie auf.

»Ich kann nicht«, sagte sie.

»Nun machen Sie schon!«, sagte ich nur.

Paulie nahm die Kette ab und öffnete das Tor. Elizabeth zog den Reißverschluss ihrer Umhängetasche auf, gab mir den Piepser. Ich fuhr ein kleines Stück weiter und ließ mein Fenster herunter. Hielt auf gleicher Höhe mit Paulie, der darauf wartete, das Tor wieder schließen zu können.

»Hey, sieh mal!«, rief ich.

Ich warf den Piepser mit ausgestrecktem Arm vor den Wagen. Dieser Wurf mit der linken Hand war kraftlos und nicht gerade elegant, aber er erfüllte seinen Zweck. Das kleine schwarze Plastikding überschlug sich in der Luft und landete ungefähr sechs Meter vor der Motorhaube auf dem Asphalt. Paulie verfolgte seine Flugbahn und erstarrte dann, als ihm klar wurde, was da auf die Straße krachte.

»Hey«, sagte er.

Er rannte zu dem Piepser. Ich versuchte, ihn zu erwischen. Ich trat das Gaspedal durch, dass die Reifen quietschten und der Wagen vorwärts schoss. Ich zielte mit der rechten Stoßstangenecke auf sein linkes Knie und kam ihm ziemlich nahe. Aber er war unglaublich flink, hob den Piepser auf und wich blitzschnell zurück, sodass ich ihn um einen Viertelmeter verfehlte. Der Cadillac schoss an ihm vorbei, und ich beobachtete im Rückspiegel, wie Paulie, von blauem Reifenqualm eingehüllt, in meinem Kielwasser stand und mir nachstarrte. Ich war ziemlich enttäuscht. Musste ich's mit einem Kerl aufnehmen, der achtzig Kilomgramm schwerer war als ich, wär's mir lieber gewesen, wenn er ein kaputtes Knie gehabt hätte oder wenigstens nicht so verdammt schnell gewesen wäre.

Ich hielt vor der Haustür und ließ Elizabeth Beck aussteigen. Dann fuhr ich den Wagen in die Garage und war auf dem Weg in die Küche, als Zachary Beck und John Chapman Duke auf der Suche nach mir aus dem Haus traten. Sie waren sichtlich erregt und gingen schnell. Ich dachte, sie würden mir Vorwürfe wegen meines tätlichen Angriffs auf Paulie machen. Aber das war nicht der Fall.

»Angel Doll ist verschwunden«, sagte Beck.

Ich blieb stehen. Der Wind wehte vom Meer her. Feiner Salznebel hing in der Luft.

»Sie haben zuletzt mit ihm geredet«, sagte Beck. »Dann hat er abgesperrt, ist weggefahren und seitdem nicht mehr aufgetaucht.«

»Was wollte er von dir?«, fragte Duke.

»Weiß ich nicht«, erwiderte ich.

»Das weißt du nicht? Du warst fünf Minuten bei ihm drin.«

Ich nickte. »Er hat mich ins rückwärtige Büro mitgenommen.«

»Und?«

»Und nichts. Er wollte irgendwas sagen, aber dann hat sein Handy geklingelt.«

»Wer war dran?«

Ich zuckte mit den Schultern. »Woher soll ich das wissen? Jedenfalls schien die Sache wichtig. Er hat die gesamten fünf Minuten telefoniert. Damit hat er meine und eure Zeit vergeudet. Und deshalb bin ich dann einfach gegangen.«

»Was hat er am Telefon gesagt?«

»Ich hab nicht zugehört«, antwortete ich. »Wäre mir unhöflich vorgekommen.«

»Haben Sie irgendwelche Namen gehört?«, fragte Beck.

Ich wandte mich ihm zu. Schüttelte den Kopf.

»Keine Namen«, sagte ich. »Aber sie haben sich gekannt. Das war klar. Soweit ich mich erinnere, hat Doll die meiste Zeit nur zugehört. Ich denke, er hat irgendwelche Anweisungen oder Befehle erhalten.«

»Worüber?«

»Keine Ahnung«, sagte ich.

»Irgendwas Dringendes?«

»Anscheinend schon. Jedenfalls hat er sich nicht mehr um mich gekümmert. Hat nicht einmal versucht, mich aufzuhalten, als ich gegangen bin.«

»Das ist alles, was Sie wissen?«

»Ich hatte den Eindruck, da würde irgendein Plan besprochen«, sagte ich. »Vielleicht auch Anweisungen für den kommenden Tag.«

»Für heute?«

Ich zuckte wieder mit den Schultern. »Das sind nur Vermutungen. Das Gespräch war sehr einseitig.«

»Klasse«, meinte Duke. »Damit hilfst du uns gewaltig weiter, weißt du das?«

Beck starrte auf das Meer hinaus. »Er hat also einen dringenden Anruf auf dem Handy bekommen, hat danach abgesperrt und ist weggefahren. Das ist alles, was Sie uns erzählen können?«

»Ich habe nicht gesehen, wie er abgesperrt hat«, widersprach ich. »Und auch ich nicht, wie er weggefahren ist. Er hat noch telefoniert, als ich gegangen bin.«

»Offenbar hat er abgesperrt«, sagte Beck. »Und offenbar ist er weggefahren. Heute Morgen hat alles völlig normal ausgesehen.«

Ich schwieg. Beck machte eine halbe Kehrtwendung und sah nach Osten. Der Seewind blies so stark, dass die Kleidung an seinem Körper zu kleben schien. Seine Hosenbeine flatterten wie Flaggen im Wind. Er scharrte mit den Schuhsohlen im Kies, als versuchte er, warm zu werden.

»Das können wir nicht brauchen«, sagte er. »Das können wir *echt* nicht brauchen. Wir haben ein wichtiges Wochenende vor uns.«

Ich sagte nichts. Sie drehten sich um und gingen ins Haus zurück. Ließen mich allein zurück.

Ich war müde, aber ich würde keine Gelegenheit haben, mich auszuruhen. Das war klar. Aufregung lag in der Luft, und die Routine der beiden Vorabende war völlig dahin. In der Küche gab es kein Essen. Die Köchin war nirgends zu sehen. Ich hörte Schritte in der Eingangshalle. Duke kam herein, ging wortlos an mir vorbei und verschwand durch die Hintertür. Er hielt eine blaue Nike-Sporttasche in der Hand. Ich folgte ihm ins Freie, blieb an der Hausecke stehen und sah ihn in der zweiten Garage verschwinden. Fünf Minuten später fuhr er mit dem schwarzen Lincoln davon. Er hatte die Kennzeichen gewechselt. In der Nacht war es ein sechsstelliges Kennzeichen aus Maine gewesen, jetzt ein siebenstelliges aus New York.

Ich ging wieder in die Küche und machte mich auf die Suche nach Kaffee. Ich entdeckte eine Kaffeemaschine, konnte aber kein Filterpapier finden. Also begnügte ich mich mit einem Glas Wasser. Ich hatte es halb ausgetrunken, als Beck hereinkam. Auch er hielt eine Sporttasche in der Hand. Die Art, wie er sie trug, und das Geräusch, mit dem sie gegen sein Bein stieß, verrieten mir, dass sie voll schwerer Metallteile war. Vermutlich Waffen, vielleicht zwei Maschinenpistolen.

»Bringen Sie den Cadillac«, befahl er. »Sofort. Holen Sie mich an der Haustür ab.«

Er zog die Schlüssel aus der Tasche und ließ sie vor mir auf den Tisch fallen. Dann zog er den Reißverschluss seiner Sporttasche auf und holte zwei New Yorker Kennzeichen und einen Schraubenzieher hervor. Übergab das Werkzeug und die Nummernschilder mir.

»Schrauben Sie die erst an«, sagte er.

Ich sah Waffen in der Tasche. Zwei Maschinenpistolen Heckler & Koch MP5K, kurz, dick und schwarz, mit großen Formgriffen aus Kunststoff. Futuristisch wie Filmrequisiten.

»Wohin fahren wir?«, fragte ich.

»Hinter Duke her nach Hartford, Connecticut«, antwortete er. »Dort haben wir noch was zu erledigen, stimmt's?«

Er zog den Reißverschluss wieder zu und verließ den Raum.

Ich blieb noch einen Moment sitzen. Dann hob ich das Wasserglas und prostete der kahlen Wand vor mir zu.

»Auf blutige Kriege und schreckliche Plagen!«, sagte ich.

7

Ich machte mich auf den Weg zu den Garagen. Weit im Osten sank an der Kimm bereits die Abenddämmerung herab. Der Wind heulte, und die Wogen brachen sich tosend an den Felsen. Ich blieb stehen und sah mich unauffällig um. Außer mir war offensichtlich niemand draußen unterwegs. Also verschwand ich außer Sicht entlang der Mauer des Garagenblocks. Fand mein verstecktes Bündel und packte die beiden Pistolen aus. Duffys Glock kam in die rechte Jackentasche, Dolls PSM in die linke. Die beiden Reservemagazine für die Glock steckte ich in meine Socken. Ich verstaute den Rest wieder und ging zurück zu den Garagen.

Der Hausmeister war in der dritten, der leeren Garage beschäftigt. Er hatte das Tor weit geöffnet und ölte gerade die Angeln. Die Garage dahinter sah noch sauberer aus als die Nacht zuvor. Sie glänzte fast vor Sauberkeit. Der Boden war abgespritzt worden, und es gab noch Stellen, die feucht waren. Ich nickte dem Mann zu, und er erwiderte meinen Gruß. Dann öffnete ich das Tor der linken Garage. Hockte mich hin, schraubte das Nummernschild aus Maine hinten ab und ersetzte es durch eines aus New York. Wiederholte diesen Vorgang vorn. Ließ die alten Nummernschilder und den Schraubenzieher auf dem Boden liegen, stieg ein und ließ den Motor an. Stieß rückwärts aus der Garage und folgte der Einfahrt zum Haus hinauf. Der Hausmeister sah mir nach.

Beck wartete schon auf mich. Er öffnete die hintere Tür

selbst und stellte seine Sporttasche auf den Rücksitz. Dann schloss er die Tür wieder und stieg vorn neben mir ein.

»Los«, sagte er. »Auf der I-95 bis Boston.«

»Wir brauchen Benzin«, sagte ich.

»Okay, an der ersten Tankstelle«, meinte er.

Paulie wartete am Tor auf uns. Sein Gesicht war vor Wut verzerrt. Er war ein Problem, das ich bald würde lösen müssen. Er funkelte mich zornig an und behielt mich die ganze Zeit im Auge, während er das Tor öffnete. Ich ignorierte ihn und fuhr hindurch. *Aus den Augen, aus dem Sinn* – daran wollte ich mich halten, was Paulie betraf.

Die Küstenstraße nach Westen war völlig leer. Den Highway erreichten wir schon nach zwölf Minuten. Ich gewöhnte mich allmählich an das Fahrverhalten des Cadillacs. Ein guter Wagen. Stark und leise. Schluckte aber ziemlich viel Benzin. Die Nadel der Tankanzeige stand gefährlich weit unten. Meiner Erinnerung nach lag die erste Tankstelle südlich von Kennebunk. Wo ich mich auf meiner Fahrt nach New London mit Duffy und Eliot getroffen hatte. Wir erreichten sie eine Viertelstunde später. Sie erschien mir sehr vertraut. Ich fuhr an den Parkplätzen vorbei, auf denen wir den Lastwagen aufgebrochen hatten, und rollte zu den Zapfsäulen weiter. Beck saß schweigend neben mir. Ich stieg aus und tankte. Das dauerte einige Zeit. Achtzig Liter. Als ich fertig war, fuhr Beck sein Fenster herunter und drückte mir ein Bündel Geldscheine in die Hand.

»Benzin immer mit Cash bezahlen«, belehrte er mich. »Das ist sicherer.«

Die knapp fünfzehn Dollar Wechselgeld behielt ich. Dazu fühlte ich mich berechtigt. Schließlich hatte ich noch keinen Lohn erhalten. Ich fuhr wieder auf die I-95 und richtete mich auf eine lange Fahrt ein. Ich war müde, und nichts ist bei Müdigkeit schlimmer als eine eintönige Autobahn. Beck gab sich schweigsam. Anfangs dachte ich, er sei nur mürrisch oder gehemmt. Dann erkannte ich, dass er nervös war. Ich konnte mir vorstellen, dass ihm bei dem Gedanken, auf Konfrontation zu gehen, nicht recht wohl war. Mir schon. Vor allem, weil ich wusste, dass wir keine Gegner antreffen würden.

»Hatten Sie jemals mit Kleindealern zu tun?«, fragte er.

»Nein«, antwortete ich.

»Sie haben etwas Einzigartiges an sich«, meinte er.

Danach sagte er zwanzig Meilen lang kein Wort mehr.

»Sie lassen sich völlig von Moden beherrschen«, begann er wieder.

»Wirklich?«, fragte ich, als interessiere mich das.

»Natürlich sind Designerdrogen Modeartikel«, fuhr er fort. »Tatsächlich sind ihre Kunden ebenso schlimm wie sie. Ich weiß nicht mal genau, welches Zeug sie verkaufen. Jede Woche kommt etwas mit irgendeinem verrückten neuen Namen heraus.«

»Was ist eine Designerdroge?«, erkundigte ich mich.

»Eine im Labor hergestellte Droge«, erklärte er. »Sie wissen schon, etwas Künstliches, Chemisches. Nicht mit dem zu vergleichen, was auf natürliche Weise heranwächst.«

»Wie Marihuana.«

»Oder Heroin«, sagte er. »Oder Kokain. Das sind Naturprodukte. Organisch. Sie werden natürlich bearbeitet, aber sie kommen nicht aus dem Reagenzglas.«

Ich schwieg, kämpfte damit, meine Augen offen zu halten. Im Auto war es viel zu warm. Wer müde ist, braucht frische Luft. Ich biss mir auf die Unterlippe, um mich wach zu halten.

»Diese Modemasche wirkt sich auf alles aus, was sie tun«, sagte er. »Auf alle Lebensbereiche. Zum Beispiel auf ihre Schuhe. Immer wenn ich diese Typen, die wir heute Abend finden wollen, gesehen habe, hatten sie andere Schuhe an.«

»Was für welche, Sportschuhe?«

»Klar, als ob sie Basketballprofis wären. Das eine Mal haben sie Reeboks für zweihundert Dollar an, fabrikneu aus der Schachtel. Sehe ich sie das nächste Mal, sind Reeboks völlig out, dafür sind Nikes oder sonst was angesagt. Air-dieses, Air-jenes. Oder plötzlich müssen Stiefel von Caterpillar her oder Timberlands. Leder, dann Gore-Tex, danach wieder Leder. Erst schwarzes, dann gelbes Leder wie bei Arbeitsstiefeln. Immer mit offenen Schnürsenkeln. Dann sind wieder Laufschuhe in – diesmal von Adidas, die mit den drei Streifen. Zwei- bis dreihundert Dollar das Paar. Ohne erkennbaren Grund. Das ist doch verrückt!«

Ich sagte nichts. Fuhr mit krampfhaft aufgerissenen Augen weiter.

»Soll ich Ihnen sagen, woher das kommt?«, fragte er. »Vom vielen Geld. Sie haben so viel davon, dass sie nicht wissen, was sie damit anfangen sollen. Nehmen wir zum Beispiel ihre Jacken. Haben Sie die Jacken gesehen, die solche Leute tragen? Diese Woche müssen es Daunenjacken von North Face sein – dick und glänzend, voller Gänsedaunen. Ob's Sommer oder Winter ist, spielt keine Rolle, weil diese Kerle sowieso nur nachts unterwegs sind. Eine Woche später ist glänzendes Material out. North Face kann noch okay sein, aber jetzt ist Mikrofaser der letzte Schrei. Danach sind's Sportjacken – Strickjacken mit Lederärmeln – mit den Abzeichen berühmter Teams. Zwei- bis dreihundert Dollar pro Stück. Jede dieser Moden hält sich ungefähr eine Woche lang.«

»Verrückt«, sagte ich, weil ich etwas sagen musste.

»Das kommt vom vielen Geld«, wiederholte er. »Sie wissen nicht, was sie damit anfangen sollen, deshalb verschreiben Sie sich dem Wandel um des Wandels willen. Das gilt für alle Lebensbereiche. Sogar für Waffen. Diese Kerle, von denen ich rede, hatten eine Vorliebe für MP5K von Heckler & Koch. Jetzt haben sie Ihrer Schilderung nach Uzis. Sie verstehen, was ich meine? Für solche Leute sind sogar Waffen ein Modeartikel. Oder das Produkt, das sie verkaufen, womit der Kreis sich wieder schließt. Ihre Bedürfnisse wechseln ständig. Sogar was Autos angeht. Sie bevorzugen Japaner, was damit zusammenhängen dürfte, dass solche Moden von der Westküste rüberschwappen. Aber diese Woche sind Toyotas angesagt, nächste Woche Hondas. Dann sind's Nissans. Vor zwei, drei Jahren war der Nissan Maxima der große Renner. Der Wagen, den Sie geklaut haben. Dann muss plötzlich jeder einen Lexus haben. Eine regelrechte Manie. Mit Uhren ist's nicht anders. Sie tragen Swatch, dann Rolex. Sie sehen keinen Unterschied. Völlig verrückt! Weil ich selbst in der Branche bin und als Lieferant spreche, beschwere ich mich natürlich nicht darüber. Wechselnde Moden sind etwas, das wir fördern, aber manchmal erfolgen diese Wechsel doch sehr rasch. Da kommt man kaum noch mit.«

»Sie sind also in der Branche?«

»Was vermuten Sie?«, fragte er. »Haben Sie mich für einen Wirtschaftsprüfer gehalten?«

»Ich dachte, Sie seien Teppichimporteur.«

»Das bin ich«, stimmte er mir zu. »Ich importiere massenhaft Teppiche.«

»Okay.«

»Aber das Teppichgeschäft dient eigentlich nur als Tarnung«, erklärte er. Dann lachte er. »Denken Sie nicht, dass man heutzutage Vorsichtsmaßnahmen treffen muss, wenn man solchen Leuten Sportschuhe verkaufen will?«

In seinem Lachen lag nervöse Anspannung. Er beruhigte sich wieder. Sah erst durchs Seitenfenster, dann durch die Windschutzscheibe. Begann wieder zu reden, als sei ihm damit ebenso geholfen wie mir.

»Tragen Sie jemals Sportschuhe?«, wollte er wissen.

»Nein«, sagte ich.

»Weil ich auf der Suche nach jemandem bin, der mir das erklären kann. Zwischen Reebok und Nike gibt's keinen Unterschied, stimmt's?«

»Keine Ahnung.«

»Ich meine, sie werden vermutlich in derselben Fabrik hergestellt, irgendwo drüben in Vietnam, und sind derselbe Schuh, bis das Firmenzeichen draufgeklebt wird.«

»Schon möglich«, sagte ich. »Davon verstehe ich wirklich nichts. Ich war nie Sportler. Hab nie solches Schuhwerk getragen.«

»Gibt's einen wesentlichen Unterschied zwischen einem Toyota und einem Honda?«

»Keine Ahnung.«

»Warum nicht?«

»Weil ich nie ein POV hatte.«

»Was ist ein POV?«

»Privately Owned Vehicle«, sagte ich. »So nennt die U.S. Army Privatfahrzeuge. Einen Toyota oder einen Honda. Einen Nissan oder einen Lexus.«

»Was *wissen* Sie also?«

»Ich kenne den Unterschied zwischen einer Swatch und einer Rolex.«

»Okay, worin liegt der?«

»Es gibt keinen«, sagte ich. »Beide zeigen die Zeit an.«

»Das ist keine Antwort.«

»Ich kenne den Unterschied zwischen einer Uzi und einer Heckler & Koch.«

Beck wandte sich zu mir. »Gut. Großartig. Erklären Sie ihn mir. Warum sollten diese Typen ihre Maschinenpistolen von Heckler & Koch zugunsten von Uzis verschrotten?«

Ich zuckte mit den Schultern. Unterdrückte ein Gähnen. Das war natürlich eine unsinnige Frage. Die Kerle in Hartford hatten ihre MP5K nicht gegen Uzis eingetauscht. Nicht wirklich. Eliot und Duffy hatten nicht gewusst, welche Waffe in Hartford *en vogue* war, und nicht geahnt, dass Beck diese Leute kannte, deshalb hatten sie die beiden »Entführer« mit Uzis ausgerüstet – vermutlich weil dieses Modell gerade verfügbar war.

Aber theoretisch war das eine sehr gute Frage. Die Uzi ist eine sehr gute Waffe. Vielleicht ein bisschen schwer. Nicht mit der höchsten Feuergeschwindigkeit, und mit nur wenigen Zügen im Lauf, was ihre Zielgenauigkeit ein wenig beeinträchtigt. Andererseits ist sie sehr zuverlässig und einfach und hat sich bewährt. Und man kann ein Magazin mit vierzig Schuss für sie bekommen. Eine gute Waffe. Aber jede Variante der Heckler & Koch MP5 ist eine bessere Waffe. Sie verschießt dieselbe Munition schnell und mit mehr Durchschlagskraft. Sie ist sehr zielgenau. In den richtigen Händen so zielgenau wie ein gutes Gewehr. Äußerst zuverlässig und in allen Belangen besser. Eine großartige Konstruktion aus den siebziger Jahren gegen eine großartige Konstruktion aus den fünfziger Jahren. Das gilt nicht für alle Bereiche, aber bei Militärwaffen bedeutet moderner immer besser.

»Dafür gibt's keinen Grund«, sagte ich. »Das verstehe ich nicht.«

»Genau«, sagte er. »Alles eine Modefrage. Eine willkürliche Laune. Und irgendwie zwanghaft. Sorgt für Umsatz, macht aber auch alle verrückt.«

Sein Handy klingelte. Er zog es aus der Tasche und meldete sich. Kurz, knapp und leicht nervös. *Beck*. Das klang wie ein Husten. Er hörte lange zu. Ließ den Anrufer eine Adresse und eine Wegbeschreibung wiederholen, bevor er das Gespräch beendete und sein Handy wieder einsteckte.

»Das war Duke«, ließ er mich wissen. »Er hat ein bisschen herumtelefoniert. Unsere Jungs sind nirgends in Hartford zu finden. Aber sie sollen südöstlich der Stadt ein Landhaus besitzen. Er vermutet, dass sie sich dort eingeigelt haben. Wir werden jetzt dorthin fahren.«

»Was tun wir, wenn wir da sind?«

»Nichts Spektakuläres«, erwiderte Beck. »Wir brauchen keine große Sache daraus zu machen. Nichts Besonderes, nichts Ausgefallenes. In einer Situation dieser Art ziehe ich es vor, sie einfach nur niederzumähen. Eine Demonstration von Unvermeidlichkeit, verstehen Sie? Aber ganz lässig. Die Message muss sein: Wer sich mit mir anlegt, wird schnell und nachhaltig bestraft, aber ich gerate deswegen noch längst nicht ins Schwitzen.«

»Das kostet Sie Kunden.«

»Die sind leicht zu ersetzen. Bei mir stehen potenzielle Kunden Schlange. Das ist das wirklich Großartige an diesem Geschäft. Statt Angebot und Nachfrage herrscht ein reiner Verkäufermarkt.«

»Wollen Sie das selbst erledigen?«

Er schüttelte den Kopf. »Dazu sind Duke und Sie da.«

»Ich? Ich dachte, ich soll nur fahren.«

»Sie haben schon zwei von ihnen umgelegt. Auf ein paar mehr sollte es Ihnen nicht ankommen.«

Ich stellte die Heizung etwas kleiner und bemühte mich, die Augen offen zu halten. *Verdammter Bandenkrieg,* dachte ich.

Ich lenkte den Wagen halb um Boston herum, dann wies Beck mich an, auf der Massachusetts Turnpike und später der I-84 nach Südwesten zu fahren. Wir legten weitere sechzig Meilen zurück, was ungefähr eine Stunde dauerte. Er wollte nicht, dass ich zu schnell fuhr. Er wollte nicht auffallen. Mit gefälschten Kennzeichen und einer Sporttasche voller Maschinenpistolen auf dem Rücksitz wollte er auf keinen Fall die Highway Patrol auf sich aufmerksam machen. Das erschien mir vernünftig. Ich hatte vierzig Stunden nicht mehr geschlafen und fuhr wie ein Roboter. Aber ich bereute nicht, die Gelegenheit in Duffys Motel nicht genutzt zu haben. Im Gegensatz zu Duffy war ich mit der Art und Weise, wie ich meine Zeit dort verbracht hatte, sehr zufrieden.

»Nächste Ausfahrt«, befahl er.

Die I-84 verlief mitten durch Hartford. Die tiefen Wolken wurden von den Lichtern der Großstadt orangerot gefärbt. Die Ausfahrt mündete in eine breite Straße, die sich nach einer Meile verengte und nach Südosten aufs Land führte. Vor uns lag nächtliches Dunkel. Wir kamen an ein paar geschlossenen Läden für Anglerbedarf, Bier auf Eis und Motorradteile vorbei, dann waren beiderseits der Straße nur noch die dunklen Umrisse von Bäumen zu erkennen.

»Nächste rechts«, wies er mich acht Minuten später an.

Ich bog auf eine kleinere Straße ab. Die Fahrbahn war uneben und voller scheinbar willkürlich angelegter Kurven. Um uns nur Dunkelheit. Ich musste mich konzentrieren. Mir graute schon vor der Rückfahrt.

»Nur weiter«, munterte er mich auf.

Wir legten weitere acht oder neun Meilen zurück. Ich hatte keine Ahnung, wo wir uns befanden.

»Okay«, sagte er. »Bald müssten wir Duke sehen, der hier auf uns wartet.«

Nach eineinhalb Meilen fielen die Scheinwerfer auf Dukes Wagen, der am Straßenrand parkte. Er war nach rechts geneigt, weil das Bankett zum Straßengraben hin stark abfiel.

»Hinter ihm halten.«

Ich tat wie mir befohlen. Am liebsten wäre ich auf der Stelle eingeschlafen. Schon fünf Minuten hätten mir gereicht. Aber Duke kam schon nach hinten gehastet. Beck ließ die Scheibe herunter. Duke ging in die Hocke und streckte seinen Kopf in den Wagen.

»Ihr Haus steht ungefähr zwei Meilen von hier«, sagte er. »Am Ende einer langen Zufahrt mit mehreren Kurven, die links von der Straße abzweigt. Nicht viel mehr als ein unbefestigter Weg. Wir können die halbe Strecke fahren, wenn wir leise und ohne Licht dahinrollen. Den Rest müssen wir zu Fuß gehen.«

Beck sagte nichts, ließ nur die Scheibe wieder nach oben gleiten. Duke ging zu seinem Wagen zurück und fuhr mit durchdrehenden Reifen los. Ich folgte ihm. Ungefähr hundert Meter vor der Abzweigung schalteten wir unsere Scheinwerfer aus und bogen ab. Rollten langsam weiter. Zum Glück gab der Mond etwas Licht. Der Lincoln schwankte, während er über tiefe Querrillen kroch. Wir kamen nur im Schneckentempo voran. Krochen im ersten Gang weiter. Dann leuchteten Dukes Bremslichter auf, und er kam zum Stehen. Ich hielt dicht hinter ihm. Beck drehte sich halb um, zerrte die Sporttasche zwischen den Sitzen nach vorn und zog den Reißverschluss auf. Gab mir eine der MP5K und zwei Reservemagazine mit je dreißig Schuss.

»Machen Sie Ihre Sache gut«, sagte er.

»Sie warten hier?«

Er nickte. Ich zerlegte die Waffe und kontrollierte alles. Setzte sie wieder zusammen, zog den Verschlusshebel zurück, um eine Patrone in die Kammer zu befördern, und sicherte die MP. Dann steckte ich die Reservemagazine vorsichtig ein, damit sie nicht gegen die Glock oder die PSM klapperten. Stieg aus. Blieb stehen und atmete die kalte Nachtluft ein. Es war wie eine Erlösung und weckte meine Lebensgeister. Ich konnte einen See in der Nähe, Bäume und verrottendes Laub am Boden riechen und einen Wasserfall in einiger Entfernung hören. Eine leichte Brise ließ das junge Laub rascheln. Ansonsten war nichts zu hören.

Duke wartete auf mich. Aus seiner Haltung sprachen gleichzeitig Nervosität und Ungeduld. Für ihn war dies nicht der erste Job dieser Art. So viel stand fest. Er sah aus wie ein erfahrener Cop vor einem Überfall auf das Hauptquartier einer

Gangsterbande. Eine gewisse abgeklärte Routine mischte sich mit der beunruhigenden Erkenntnis, dass nicht jede Situation gleich war. Er hielt seine Steyr in der Hand, hatte das lange Magazin mit dreißig Schuss eingesetzt. Es ragte weit nach unten aus dem Griff heraus. Ließ die Pistole größer und hässlicher denn je aussehen.

»Los, komm schon, Arschloch«, flüsterte er.

Ich hielt mich anderthalb Meter hinter ihm und blieb auf der anderen Seite der Zufahrt, wie's ein Infanterist getan hätte. Ich musste überzeugend wirken, als hätte ich Angst davor, ein massiertes Ziel zu bieten. Ich wusste, dass das Haus leer war, aber er nicht.

Wir kamen um eine Wegbiegung und hatten nun das Haus vor uns. Hinter einem Fenster brannte Licht. Vermutlich durch einen Zeitschalter gesteuert. Duke wurde langsamer und blieb dann stehen.

»Siehst du eine Tür?«, flüsterte er.

Ich starrte ins Dunkel. Entdeckte eine kleine Veranda. Deutete darauf.

»Du wartest am Eingang«, sagte ich flüsternd. »Ich sehe mir das beleuchtete Fenster an.«

Das war ihm nur recht. Wir arbeiteten uns lautlos zu der Veranda vor. Dort machten wir Halt. Dann setzte ich mich wieder in Bewegung und schlich zu dem beleuchteten Fenster. Kroch die letzten drei Meter, hob vorsichtig den Kopf und starrte hinein. In einer Tischlampe mit gelbem Plastikschirm brannte eine 25-Watt-Birne. Ich sah abgewetzte Sessel und Sofas. Einen offenen Kamin mit kalter Asche. Mit Kiefernholz getäfelte Wände. Aber keine Menschen.

Ich kroch rückwärts, bis ich in dem ins Freie fallenden Lichtschein für Duke sichtbar war, und hielt zwei V-förmig gespreizte Finger unter meine Augen. Der Standard-Scharfschützen- und Spähtruppkode für *Ich sehe*. Dann hob ich die Hand mit fünf ausgestreckten Fingern. *Ich sehe fünf Leute.* Danach machte ich alle möglichen komplizierten Gesten, die ihre Positionen und ihre Bewaffnung hätten bezeichnen können. Ich wusste, dass Duke sie nicht verstehen würde. Ich verstand sie selbst nicht. Meines Wissens hatten sie keinerlei Bedeutung. Ich war nie Scharfschütze oder Späher gewesen. Aber das Ganze sah überzeugend aus. Es wirkte professionell und dringlich.

Ich kroch weitere drei Meter rückwärts, stand auf und schlich zu ihm zurück.

»Die sind zu nichts imstande«, flüsterte ich. »Betrunken oder bekifft. Fangen wir's richtig an, können wir sie nacheinander erledigen.«

»Waffen?«

»Genügend, aber keine in Reichweite.« Ich zeigte auf die Haustür. »Dahinter scheint ein kurzer Flur zu liegen. Äußere Tür, innere Tür, anschließend der Flur. Du übernimmst die linke Seite, ich die rechte. Wir warten draußen im Flur. Legen sie um, wenn sie aus dem Zimmer stürzen, um nachzusehen, was der Krach bedeutet.«

»Mach bloß keinen Scheiß, Arschloch«, warnte er mich.

»Du auch nicht.«

»Das tu ich nie«, sagte er.

»Okay«, sagte ich.

»Ich mein's ernst«, sagte er. »Wenn du mir in die Quere kommst, leg ich dich mit den anderen um, ohne zu zögern.«

»Wir stehen auf derselben Seite.«

»Tatsächlich? Das wird sich ja herausstellen.«

»Entspann dich«, sagte ich.

Er nickte. »Ich breche die Haustür auf, du die innere. In überschlagendem Einsatz.«

»Okay«, sagte ich wieder. Ich wandte mich ab, um ein Lächeln zu verbergen. Hier sprach ein erfahrener alter Cop. Brach ich die innere Tür auf, würde er an mir vorbeistürmen, sodass ich die Nummer zwei war – und wenn der Gegner normal reagiert, wird meist der zweite Kerl getroffen.

»Waffen entsichern«, flüsterte ich.

Ich stellte die H&K auf Einzelfeuer. Er legte den Sicherungshebel seiner Steyr nach rechts um. Ich nickte, und er nickte und trat die Haustür ein. Ich glitt an ihm vorbei und brach die innere Tür auf. Er huschte an mir vorbei und sprang nach links; ich folgte ihm und wandte mich nach rechts. Er machte seine Sache tadellos. Wir waren ein ziemlich gutes Team, kauerten geduckt da, noch bevor die demolierten Türen aufgehört hatten, in ihren Angeln hin- und herzuschwingen. Duke starrte auf die Tür des Raums vor uns. Er hielt seine Steyr mit beiden Händen umklammert, hatte die Arme ausgestreckt und die Augen weit aufgerissen. Er atmete fast keuchend. Überwand diesen gefährlichen Augenblick, so gut er konnte. Ich zog Angel Dolls PSM aus der Tasche, entsicherte sie, war mit zwei, drei raschen Schritten neben Duke und presste ihm die Pistolenmündung ans Ohr.

»Keinen Laut«, sagte ich warnend. »Und überleg dir gut, was du tust. Ich stell dir jetzt eine Frage. Eine einzige. Lügst du oder weigerst dich, sie zu beantworten, erledige ich dich mit einem Kopfschuss. Hast du verstanden?«

Er hielt unbeweglich still, fünf Sekunden, sechs, acht, zehn. Starrte verzweifelt auf den Fußboden vor sich.

»Keine Sorge, *Arschloch*«, sagte ich. »Hier ist niemand. Sie sind alle letzte Woche verhaftet worden. Von der DEA.«

Er machte keine Bewegung.

»Hast du verstanden, was ich vorhin gesagt habe? Das mit der Frage?«

Er nickte zögernd, unsicher, während ich die Pistolenmündung weiter fest an sein Ohr gedrückt hielt.

»Du beantwortest sie, sonst puste ich dir den Kopf weg. Verstanden?«

Er nickte nochmals.

»Wo ist Teresa Daniel?«, fragte ich ihn.

Nun folgte eine lange Pause. Er wandte sich mir halb zu. Ich drehte meine Hand mit, damit die Mündung der PSM an seinem Ohr blieb. In seinem Blick dämmerte Erkenntnis.

»In deinen Träumen«, antwortete er.

Also jagte ich ihm eine Kugel in den Kopf. Riss einfach die Mündung aus Dukes Ohr und schoss ihn mit der linken Hand in die rechte Schläfe. Der Schussknall war ohrenbetäubend laut. Blut, Gehirnmasse und Knochensplitter spritzten an die Wand hinter ihm. Das Mündungsfeuer verbrannte ihm die Haare. Dann schoss ich rasch zweimal hintereinander mit der H&K in die Decke und einmal mit der PSK in den Fußboden. Stellte die H&K auf Dauerfeuer um, richtete mich auf und schoss das Magazin auf seinen Körper leer. Hob die zu Boden gefallene Steyr auf und durchsiebte damit wieder die Decke, fünfzehn schnelle Schüsse, bis das halbe Magazin leer war. Der Flur füllte sich mit Pulverdampf, und überall flogen Holzsplitter und Gipsbrocken herum. Ich setzte ein neues Magazin an die H&K an und durchlöcherte damit die Wände um mich herum. Der Lärm war kaum auszuhalten. Auf allen Seiten regnete es leere Patronen herab. Als die H&K leer war, schoss ich auch die PSM auf eine Wand leer, brach dann die Tür zu dem Zimmer auf, in dem Licht brannte, und zielte mit der Steyr auf die Tischlampe. Griff nach einem Beistelltisch, warf ihn durchs Fenster und schoss das zweite Reservemagazin der H&K auf die Bäume am Rand der Rasenfläche leer, während ich mit der Steyr in meiner linken Hand immer wieder auf den Boden zielte. Dann raffte ich alle Waffen zusammen und stürmte aus dem Haus. Mir dröhnten die Ohren. Ich hatte in ungefähr einer Viertelminute hundertachtundzwanzig Schuss abgegeben. Beck musste glauben, hier sei der Dritte Weltkrieg ausgebrochen.

Ich rannte die Zufahrt entlang zum Wagen. Ich hustete und zog eine Pulverdampfwolke hinter mir her. Beck war schon auf den Fahrersitz des Cadillac gerutscht. Er sah mich kommen und öffnete die Tür einen Spalt breit. Das ging schneller, als das Fenster herunterzulassen.

»Hinterhalt«, keuchte ich. Ich war außer Atem und konnte die eigene Stimme sehr laut in meinem Kopf hören. »Sie waren mindestens zu fünft.«

»Wo ist Duke?«

»Tot. Wir müssen abhauen. *Sofort,* Beck.«

Er blieb eine Sekunde lang wie erstarrt sitzen.

»Sie fahren seinen Wagen«, sagte er dann.

Er trat aufs Gaspedal, knallte die Tür zu und raste rückwärts die Zufahrt entlang davon. Ich sprang in den Lincoln, ließ den Motor an. Stellte den Schalthebel auf R, starrte nach hinten und gab Gas. Wir schossen nacheinander rückwärts auf die Straße hinaus und düsten dann wie bei einem Dragsterrennen nebeneinander nach Norden davon. Wir schleuderten mit quietschenden Reifen durch die Kurven, mussten die Wagen mehrmals abfangen und fuhren kaum unter siebzig. Etwas langsamer wurden wir erst an der Einmündung der Straße nach Hartford. Dort übernahm Beck die Führung. Ich ließ mich zurückfallen und folgte ihm. Er fuhr noch weitere fünf Meilen in schnellem Tempo, dann bog er auf den Parkplatz eines geschlossenen Discounters ab und parkte auf dem rückwärtigen Teil. Ich stellte den Lincoln drei Meter von ihm entfernt ab und blieb zusammengesunken am Steuer sitzen, bis Beck zu mir kam. Ich war zu müde, um auszusteigen. Er riss meine Tür auf.

»Es war ein Hinterhalt?«, fragte er.

Ich nickte. »Sie haben uns aufgelauert. Fünf Kerle. Vielleicht auch mehr. Es war ein Massaker.«

Er schwieg. Was hätte er auch sagen sollen? Ich griff nach Dukes Steyr auf dem Beifahrersitz und hielt sie ihm hin.

»Die habe ich sicherheitshalber mitgenommen«, sagte ich.

»Weshalb?«

»Ich dachte, das wäre Ihnen lieber. Man könnte sie vielleicht zurückverfolgen.«

Er nickte. »Es gibt keine Spur zu uns. Aber das war gut mitgedacht.«

Ich gab ihm auch die H&K und beobachtete, wie er beide Waffen in der Sporttasche verstaute und den Reißverschluss zuzog. Dann ballte er die Hände zu Fäusten und sah zum Nachthimmel auf. Dann zu mir herüber.

»Haben Sie irgendwelche Gesichter erkannt?«, fragte er.

Ich schüttelte den Kopf. »Zu dunkel. Aber wir haben einen von ihnen getroffen. Er hat diese Waffe verloren.«

Ich gab ihm die PSM. Beck reagierte darauf wie auf einen Magenhaken. Er wurde blass, streckte eine Hand aus und stützte sich am Dach des Lincoln ab.

»Was?«, fragte ich.

Er sah weg. »Ich kann's nicht glauben.«

»Was?«

»Sie haben jemanden getroffen, und er hat diese Pistole fallen lassen?«

»Duke hat ihn getroffen, glaube ich.«

»Sie haben gesehen, wie's passiert ist?«

»Nur Gestalten«, sagte ich. »Es war dunkel. Überall Mündungsfeuer. Duke hat geschossen, und er hat eine der Gestalten getroffen. Das hier lag auf dem Boden, als ich rauskam.«

»Das hier ist Angel Dolls Pistole.«

»Wissen Sie das bestimmt?«

»Jede Wette, dass sie's ist. Kennen Sie diese Waffe?«

»Nie gesehen.«

»Eine Spezialpistole für KGB-Offiziere«, erklärte er. »Aus der ehemaligen Sowjetunion. Hierzulande sehr selten.«

Dann trat er in die Dunkelheit zurück. Ich schloss die Augen, wollte nur noch schlafen. Selbst fünf Sekunden hätten mir genügt.

»Reacher!«, rief er. »Welche Spuren haben Sie hinterlassen?«

Ich öffnete die Augen.

»Dukes Leiche«, sagte ich.

»Die führt nicht zu uns. Ballistisch?«

Ich grinste in der Dunkelheit. Stellte mir vor, wie die Spurensicherer aus Hartford versuchten, aus den Schussbahnen schlau zu werden. Wände, Böden, Decken. Sie würden glauben, der Flur sei voller schwer bewaffneter Diskotänzer gewesen.

»Massenhaft Kugeln und Patronenhülsen«, antwortete ich.

»Nicht nachweisbar«, meinte er.

Er wich noch weiter ins Dunkel zurück. Ich schloss wieder die Augen. Ich hatte keine Fingerabdrücke hinterlassen. Außer meinen Schuhsohlen hatte kein Teil von mir irgendetwas im Haus berührt. Und ich hatte absichtlich nicht mit Duffys Glock geschossen. Irgendwo sollte es ein zentrales Register für gespeicherte Spuren an Geschossen und Patronenhülsen geben. Vielleicht war ihre Glock dort registriert. Doch ich hatte sie nicht benutzt.

»Reacher!«, rief er. »Fahren Sie mich nach Hause.«

Ich öffnete die Augen.

»Was ist mit diesem Wagen?«, wollte ich wissen.

»Lassen Sie ihn hier stehen.«

Ich gähnte, dann zwang ich mich dazu, das Lenkrad und alle Schalter, die ich angefasst hatte, mit den Mantelschößen abzuwischen. Dabei wäre mir beinahe die Glock aus der Tasche gefallen. Aber Beck bemerkte es nicht. Er war so geistesabwesend, dass ich sie wie Sundance Kid am Abzugbügel um meinen Zeigefinger hätte kreiseln lassen können, ohne dass er's wahrgenommen hätte. Ich rieb den Türgriff sauber, zog den Zündschlüssel ab und warf ihn ins Gebüsch am Rand des Parkplatzes.

»Los, los!«, drängte Beck.

Er schwieg, bis wir dreißig Meilen südöstlich von Hartford waren. Dann fing er zu reden an. Er hatte die ganze Zeit damit verbracht, sich die Sache in Gedanken zurechtzulegen.

»Der gestrige Anruf«, begann er. »Mit dem haben sie alles geplant. Doll hat schon immer mit ihnen zusammengearbeitet.«

»Seit wann?«

»Von Anfang an.«

»Ausgeschlossen«, sagte ich. »Duke ist nach Süden gefahren und hat Ihnen das Kennzeichen des Toyota besorgt. Sie haben es Doll gegeben und ihn aufgefordert, die Besitzer zu ermitteln. Aber weshalb hat Doll Ihnen in diesem Punkt die Wahrheit gesagt? Wären sie seine Kumpel gewesen, hätte er die Nachforschungen bestimmt abgewürgt. Hätte Sie im Dunkeln gelassen.«

Beck lächelte blasiert.

»Nein«, widersprach er. »Sie haben den Hinterhalt geplant. Das war der springende Punkt. In dieser Beziehung haben sie gut improvisiert. Die Entführung war fehlgeschlagen, also änderten sie ihre Taktik. Sie ließen uns durch Doll einen korrekten Hinweis geben. Damit passieren konnte, was heute Abend passiert ist.«

Ich nickte nachdenklich, als schlösse ich mich seiner Auffassung an. Eine mögliche Beförderung sichert man sich am besten dadurch, dass man den Boss glauben lässt, man sei ein wenig dümmer als er. Beim Militär hatte ich damit dreimal Erfolg gehabt.

»Hat Doll wirklich gewusst, was für heute Abend geplant war?«

»Ja«, antwortete er. »Wir haben es gestern besprochen. In allen Einzelheiten. Als Sie uns im Büro reden hörten.«

»Also hat er Sie gelinkt.«

»Ja«, sagte er wieder. »Er hat gestern Abend zugesperrt, dann Portland verlassen und ist dorthin runtergefahren, um mit ihnen zu warten. Hat ihnen erzählt, wer, wann und warum kommt.«

Ich schwieg, dachte an Dolls Lincoln. Der Wagen stand ungefähr eine Meile von Becks Lagerhaus entfernt. Ich wünschte mir, ich hätte ihn besser versteckt.

»Aber dabei stellt sich eine Frage«, fuhr er fort. »War's *nur* Doll?«

»Oder?«

Er antwortete nicht gleich. Dann zuckte er mit den Schultern.

»Oder einer der anderen, die mit ihm zusammenarbeiten«, sagte er ausweichend.

Einer von denen, die du nicht unter Kontrolle hast, dachte ich. *Quinns Leute.*

»Oder andere miteinander«, sagte er.

Er sagte kein Wort mehr, bis wir wieder auf der I-95 waren und nach Norden um Boston herumfuhren.

»Duke ist tot«, sagte er.

»Tut mir Leid«, sagte ich.

Jetzt kommt's!, dachte ich.

»Ich habe ihn lange gekannt.«

Ich sagte nichts.

»Sie werden seinen Job übernehmen müssen«, sagte er. »Ich brauche sofort jemanden. Einen vertrauenswürdigen Mann. Und Sie haben sich bisher bewährt.«

»Beförderung?«, fragte ich.

»Sie sind qualifiziert.«

»Chef des Sicherheitsdienstes?«

»Zumindest vorläufig. Wenn Sie wollen, auch auf Dauer.«

»Ich weiß nicht so recht.«

»Vergessen Sie nicht, was *ich* weiß«, sagte er. »Ich habe Sie in der Hand.«

Ich schwieg eine Weile.

»Ich brauche viel mehr Informationen«, sagte ich. »Ohne die kann ich Ihnen nicht helfen.«

Er nickte.

»Morgen«, sagte er. »Wir reden morgen darüber.«

Dann verstummte er wieder. Als ich das nächste Mal zu ihm hinübersah, schlief er fest. Eine Art Schockreaktion. Er glaubt wohl, seine Welt falle in Scherben. Ich kämpfte damit, wach zu bleiben und den Wagen auf der Straße zu halten. Dabei dachte ich an Geschichten, die ich über die englische Armee in Indien zur Glanzzeit des britischen Weltreichs gelesen hatte. Die jungen Offiziere in untergeordneten Stellungen hatten ihr eigenes Kasino. Dort speisten sie in prächtigen Ausgehuniformen und sprachen über ihre Beförderungschancen. Aufsteigen konnte nur, wer in die Fußstapfen eines Toten trat. Deshalb hoben sie ihre Kristallgläser mit edlem französischem Wein und tranken auf *blutige Kriege und schreckliche Plagen,* weil der Tod eines Vorgesetzten ihre einzige Möglichkeit war, befördert zu werden. Brutal, aber so war's beim Militär schon immer.

Wie ich an die Küste von Maine zurückgelangte, daran konnte ich mich später nicht mehr erinnern. Ich war vor Erschöpfung gefühllos. Mein ganzer Körper schmerzte. Paulie brauchte ziemlich lange, um uns das Tor zu öffnen. Anscheinend hatten wir ihn aus dem Bett geholt. Er gab sich große Mühe, mich finster anzustarren. Ich setzte Beck vor der Haustür ab und brachte den Wagen in die Garage. Verstaute die Glock für alle Fälle wieder in ihrem Versteck und betrat das Haus durch die Hintertür. Der Metalldetektor piepste wegen der Autoschlüssel. Ich ließ sie auf den Küchentisch fallen. Ich war hungrig, aber zu müde, um etwas zu essen. Ich schleppte mich die beiden Treppen hinauf, fiel auf mein Bett und schlief vollständig angezogen ein.

Sechs Stunden später wurde ich vom Wecker geweckt. Regen peitschte gegen mein Fenster. Ich wälzte mich aus dem Bett und warf einen Blick nach draußen. Der Himmel war bleigrau und wolkenverhangen, das Meer tobte. Die Brandung schwappte über die Felsen am Ufer hinweg, und es waren keine Vögel zu sehen. Es war neun Uhr morgens. Der vierzehnte Tag, ein Freitag. Ich legte mich noch aufs Bett, starrte die Zimmerdecke an und dachte an den Morgen des elften Tages, an dem Duffy mir ihren Siebenpunkteplan erläutert hatte. Erstens, zweitens und drittens: gut auf mich aufpassen. Darin war ich bisher ganz erfolgreich. Zumindest lebte ich noch. Viertens: Teresa Daniel finden. In diesem Punkt gab es keine Fortschritte. Fünftens: irgendwelche Beweise gegen Beck finden. Ich hatte keine. Nicht den geringsten. In meiner Gegenwart hatte er noch nichts Strafbares verbrochen – außer vielleicht, dass er einen Wagen mit gefälschten Kennzeichen gefahren und darin eine Sporttasche mit Maschinenpistolen befördert hatte, die vermutlich in allen vier Bundesstaaten, durch die er gekommen war, illegal waren. Sechstens: Quinn finden. Auch damit war ich nicht weitergekommen. Siebtens: schleunigst von hier verschwinden. Dieser Punkt würde noch warten müssen. Dann hatte Duffy mich auf die Wange geküsst.

Ich stand wieder auf und sperrte mich im Bad ein, um zu sehen, ob ich eine E-Mail hatte. Meine Zimmertür war offen. Ich konnte mir nicht vorstellen, dass Richard Beck oder seine Mutter ohne anzuklopfen bei mir hereinplatzen würden. Aber bei seinem Vater konnte ich mir das vorstellen. Er hatte mich in der Hand. Ich war befördert worden, aber mein Dasein glich weiterhin einem Drahtseilakt. Ich setzte mich auf den Boden und zog den rechten Schuh aus. Öffnete das Absatzfach und schaltete das Gerät ein. *Sie haben Post!* Die Nachricht kam von Duffy: *Becks Container entladen, ins Lagerhaus gefahren. Vom Zoll nicht kontrolliert. Insgesamt fünf, die seit langem größte Partie.*

Ich drückte die Antworttaste und tippte: *Wird Überwachung fortgesetzt?*

Neunzig Sekunden später kam die Antwort: *Ja.*

Ich sendete: *Bin befördert worden.*

Sie sendete: *Das müssen Sie ausnutzen.*

Ich sendete: *War schön gestern.*

Sie sendete: *Strom sparen!*

Ich grinste, schaltete das Gerät aus und schob es wieder in den Schuhabsatz. Ich musste duschen, aber zuerst brauchte ich ein Frühstück und danach saubere Klamotten. Ich schloss das Bad auf und ging in die Küche hinunter. Die Köchin war wieder da. Sie stellte dem irischen Dienstmädchen Tee und Toast hin und diktierte ihr eine lange Einkaufsliste. Die Schlüssel des Saabs lagen auf dem Tisch. Ich stopfte alles in mich hinein, was ich finden konnte, und machte mich dann auf die Suche nach Beck. Er war nirgends zu finden. Auch Elizabeth und Richard nicht. Ich ging wieder in die Küche.

»Wo ist die Familie?«, erkundigte ich mich.

Das Dienstmädchen sah auf, gab jedoch keine Antwort. Sie machte sich fertig, um zum Einkaufen zu fahren.

»Wo ist Mr. Duke?«, wollte die Köchin wissen.

»Indisponiert«, sagte ich. »Ich springe für ihn ein. Wo sind die Becks?«

»Weggefahren.«

»Wohin.«

»Weiß ich nicht.«

Ich blickte aus dem Fenster. »Wer ist gefahren?«

Die Köchin sah zu Boden.

»Paulie«, antwortete sie.

»Wann?«

»Vor ungefähr einer Stunde.«

»Okay«, sagte ich. Ich trug noch immer meinen Mantel. Ich hatte ihn angezogen, als ich Duffys Motel verließ, und seither nicht wieder ausgezogen. Ich verließ das Haus durch die Hintertür und trat in den Sturm hinaus. Der Regen, den der Wind mir ins Gesicht peitschte, schmeckte leicht salzig. Er war mit Gischt vermengt. Ich schlug den Mantelkragen hoch und rannte zum Garagenblock, auf den von Mauern umgebenen Innenhof. Dort war ich vor Sturm und Regen geschützt.

Die erste Garage war leer. Ihre Torflügel standen offen. Der Cadillac war fort. In der dritten Garage war der Hausmeister mit irgendeiner Arbeit beschäftigt. Das Dienstmädchen kam auf den Innenhof gerannt. Ich beobachtete, wie sie das Tor der vierten Garage aufriss. Dann verschwand sie darin, und im nächsten Augenblick stieß der alte Saab rückwärts heraus. Die Irin fuhr davon, um Einkäufe zu machen.

Ich horchte auf das Tosen der Brandung. Begann mir Sorgen zu machen, wie hoch die Flut steigen würde. Deshalb folgte ich der Mauer bis zu ihrer der See zugewandten Seite. Fand meine kleine Aushöhlung zwischen den Steinen. Die Unkrautstängel davor waren nass und schmutzig. Das Loch war voller Wasser – Regenwasser, nicht Seewasser. Mein Versteck lag oberhalb der Flutlinie. Die Wellen konnten es nicht erreichen. Aber außer Regenwasser enthielt es nichts, keinen Lappen, keine Glock. Die Reservemagazine, Dolls Schlüssel, die Ahle und das Stemmeisen – alles war weg.

8

Ich drehte mich zum Haus um, sah nach Westen und starrte die hohe Steinmauer an. In diesem Augenblick war ich kurz davor aufzugeben und auszusteigen. Das wäre einfach gewesen. Das Tor stand weit offen. Vermutlich hatte das Dienstmädchen es nicht geschlossen. Paulie war nicht da, um ihr diese Arbeit abzunehmen. Er war unterwegs, fuhr den Cadillac. Deshalb war das Tor unbewacht. Ich hätte ungehindert hinausschlüpfen können. Aber das tat ich nicht. Ich blieb.

Das hatte auch zeitliche Gründe. Jenseits des Tors lagen mindestens zwölf Meilen einsamer Straße, bevor die erste größere Abzweigung kam. Und hier gab es keinen Wagen mehr, den ich hätte benutzen können. Die Becks waren mit dem Cadillac unterwegs, und das Dienstmädchen hatte den Saab genommen. Der Lincoln stand in Connecticut. Also würde ich zu Fuß gehen müssen. Drei Stunden, wenn ich flott unterwegs war. Aber diese drei Stunden hatte ich nicht. Bestimmt würde der Cadillac in dieser Zeit zurückkommen. Und entlang der Straße konnte man sich nirgends verstecken. Das Gelände auf beiden Seiten war kahl und felsig. Dort wäre ich exponiert gewesen. Beck würde mir in seinem Auto sitzend entgegenkommen. Und er besaß eine Pistole. Und Paulie. Ich hatte nichts.

Deshalb spielte bei meiner Entscheidung auch Strategie eine Rolle. Dabei erwischt zu werden, wie ich davonmarschierte, würde bestätigen, was Beck vermutete – wenn ich voraussetzte, dass *er* mein Waffenversteck entdeckt hatte. Blieb ich hingegen, hatte ich noch eine gewisse Chance. Mein Bleiben würde den Schluss nahe legen, ich sei unschuldig. Den Verdacht konnte ich auf Duke lenken, indem ich behauptete, die Waffen habe Duke dort versteckt. Das mochte Beck plausibel erscheinen. Möglicherweise. Duke hatte sich in- und außerhalb des

Hauses zu jeder Tages- und Nachtzeit frei bewegen dürfen. Ich war dagegen eingesperrt gewesen und ständig überwacht worden. Und Duke war nicht mehr da, konnte nichts abstreiten. Aber ich würde mich vor Beck stellen und überzeugend auf ihn einreden. Vielleicht würde er mir glauben.

Auch Hoffnung gehörte mit zu den Gründen. Vielleicht hatte nicht Beck das Waffenversteck gefunden, sondern Richard auf einem seiner Strandspaziergänge. Seine Reaktion würde unberechenbar sein. Die Chancen standen fifty-fifty, wen er zuerst – mich oder seinen Vater – darauf ansprechen würde. Oder vielleicht hatte Elizabeth es entdeckt. Sie kannte die Felsen dort draußen. Kannte ihre Geheimnisse. Und ihre Reaktion würde zu meinen Gunsten ausfallen. Wahrscheinlich.

Auch der Regen trug zu meinem Entschluss bei, hier zu bleiben. Außerdem war ich zu müde für einen dreistündigen Gewaltmarsch bei diesem Wetter. Ich wollte ins Haus zurück, in die Wärme, und mich ausruhen.

Versagensangst spielte ebenfalls eine Rolle. Wäre ich gegangen, wäre ich nie zurückgekommen. Ich hatte zwei Wochen Zeit investiert und gute Fortschritte gemacht. Menschen verließen sich auf mich. Ich hatte in meinem Leben schon manche Niederlage einstecken müssen, aber ich hatte nie aufgegeben. Kein einziges Mal. Gab ich jetzt auf, würde mich das für den Rest meines Lebens verfolgen. *Jack Reacher, Versager. Ist abgehauen, als es schwierig wurde.*

Aber ganz oben auf der Liste meiner Gründe zu bleiben, stand eine Frau.

Nicht Susan Duffy, nicht Teresa Daniel. Eine Frau aus der Vergangenheit, aus einem anderen Leben. Sie hieß Dominique Kohl. Ich hatte sie kennen gelernt, als ich Hauptmann bei der Militärpolizei und noch ein Jahr von der Beförderung zum Major entfernt war. Eines frühen Morgens kam ich zum Dienst und fand auf meinem Schreibtisch den üblichen Stapel Papierkram vor. Das meiste davon war unwichtig. Aber dazwischen lag ein Versetzungsbefehl, mit dem meiner Einheit ein Sergeant First Class Kohl, D. E., zugewiesen wurde. Damals befanden wir uns in einer Phase, in der alle schriftlichen Hinweise auf Militärangehörige geschlechtsneutral sein mussten. Ich fand, der Name *Kohl* klinge deutsch, und stellte mir irgendeinen großen, hässlichen Kerl aus Texas oder Minnesota vor. Später am Vormittag meldete mir die Schreibstube über die Gegensprechanlage, Kohl sei zum Dienstantritt da. Ich ließ ihn nur so aus Spaß zehn Minuten warten und rief ihn dann herein.

Aber der Er war eine Sie und trug einen Rock. Sie war Ende zwanzig, nicht klein, sportlich. Und sie war hübsch. Sie hatte etwas Elastisches an sich. Festigkeit und Weichheit zugleich. Sie stand in strammer Haltung vor meinem Schreibtisch und grüßte zackig. Ich erwiderte ihren Gruß nicht, was unhöflich war, starrte sie einfach nur eine Weile an.

»Stehen Sie bequem, Sergeant«, sagte ich.

Sie überreichte mir ihr Exemplar des Versetzungsbefehls und ihre Personalakte. Wir nannten sie *Personalumschläge*. Sie enthielten alles, was jemand wissen musste. Ich ließ sie weiter vor meinem Schreibtisch stehen, während ich ihre Akte durchblätterte, was wieder unhöflich war – aber mir blieb nichts anderes übrig. Ich hatte keinen Besucherstuhl. Den stellte einem die Army damals erst vom Oberst aufwärts zur Verfügung. Sie stand mit auf den Rücken gelegten Händen völlig unbeweglich da und fixierte einen Punkt, der genau dreißig Zentimeter über meinem Kopf lag.

Ihre Personalakte war eindrucksvoll. Sie hatte sich auf ungewöhnlich vielen Gebieten versucht und war überall erfolgreich gewesen. Scharfschützin, Nahkampfexpertin, viele Verhaftungen, hervorragende Aufklärungsquote. Als gute Vorgesetzte war sie schnell befördert worden. Sie hatte zwei Menschen getötet, den einen mit einer Schusswaffe, den anderen mit bloßen Händen – beide in berechtigter Notwehr, wie die anschließenden Ermittlungen ergaben. Sie war ein aufsteigender Stern. Und mir war bewusst, dass ihre Versetzung in meine Einheit nach Ansicht irgendeines Vorgesetzten ein großes Kompliment für mich war.

»Freut mich, Sie an Bord zu haben«, sagte ich.

»Sir, vielen Dank, Sir«, antwortete sie, indem sie weiter auf einen Punkt über meinem Kopf starrte.

»Von diesem Scheiß halte ich nicht viel«, sagte ich. »Ich habe keine Angst davor, mich aufzulösen, wenn Sie mich ansehen. Außerdem mag ich kein *Sir* in jedem Satz – von zweien ganz zu schweigen. Okay?«

»Okay«, antwortete Kohl. Sie begriff schnell. Sie nannte mich nie wieder *Sir*.

»Wollen Sie gleich ins tiefe Wasser springen?«, fragte ich sie.

Sie nickte. »Klar.«

Ich zog eine Schublade auf, nahm eine dünne Akte heraus und schob sie ihr über den Schreibtisch zu. Sie blätterte sie nicht durch, hielt sie nur in der linken Hand und sah mich an.

»Aberdeen, Maryland«, erklärte ich. »In der Erprobungsstelle. Dort gibt's einen Waffenkonstrukteur, der sich eigenartig benimmt. Vertraulicher Hinweis eines Kumpels, der sich Sorgen wegen Spionage macht. Aber ich tippe eher auf Erpressung. Könnten lange und heikle Ermittlungen werden.«

»Kein Problem«, sagte sie.

Sie war der Grund, weshalb ich nicht durch das offene und unbewachte Tor davonging.

Also ging ich wieder ins Haus zurück und stellte mich lange unter die heiße Dusche. Dann wickelte ich mich in ein Badetuch, stieg eine Treppe hinunter, suchte Dukes Zimmer und besorgte mir dort einen kompletten Satz Kleidung. Ich zog mich an, behielt aber weiterhin mein eigenes Sakko und die eigenen Schuhe. Nahm meinen Mantel mit, als ich die warme Küche aufsuchte, um dort zu warten. Die Köchin war damit beschäftigt, ein Huhn auszunehmen.

»Haben Sie Kaffee?«, fragte ich.

Sie schüttelte den Kopf.

»Warum nicht?«

»Koffein«, antwortete sie.

Ich betrachtete ihren Hinterkopf. »Koffein ist der ganze Witz bei Kaffee«, erklärte ich. »Außerdem enthält Tee Tein, das mit Koffein verwandt ist, und ich habe Sie schon Tee aufgießen gesehen.«

»Tee enthält Tannin«, sagte sie.

»Und Tein«, widersprach ich.

»Dann müssen Sie eben Tee trinken«, meinte sie.

Ich sah mich in der Küche um. Auf der Arbeitsfläche stand ein Messerblock aus Holz, aus dem schwarze Messergriffe ragten. Es gab Flaschen und Gläser. Ich stellte mir vor, dass unter dem Ausguss Sprühflaschen mit Salmiakgeist standen. Vielleicht auch Bleichmittel mit Chlor. Genügend Dinge, die man im Nahkampf als improvisierte Waffen benutzen konnte. Zögerte Beck auch nur kurz, bevor er in einem Raum, in dem sich auch andere Personen aufhielten, das Feuer eröffnete, war ich gerettet. Dann konnte ich ihn erledigen, bevor er mich erschoss. Ich brauchte nur eine Sekunde Vorsprung.

»Sie wollen einen Kaffee?«, fragte die Köchin. »Versuchen Sie, mir das zu sagen?«

»Ja«, sagte ich. »Genau.«

»Sie brauchen nur einen zu verlangen.«

»Das habe ich getan.«

»Nein, Sie haben gefragt, ob's welchen gibt«, sagte sie. »Das ist was anderes.«

»Machen Sie mir also welchen? Bitte?«

»Was ist Mr. Duke zugestoßen?«

Ich zögerte. Vielleicht hatte sie vorgehabt, ihn zu heiraten – wie in den alten Filmen, in denen die Köchin den Butler heiratet, die beiden dann den Dienst quittieren und bis an ihr seliges Ende glücklich und zufrieden leben.

»Er ist umgekommen«, sagte ich.

»Letzte Nacht?«

Ich nickte. »Bei einem Hinterhalt.«

»Wo?«

»In Connecticut.«

»Okay«, sagte sie. »Ich mache Ihnen einen Kaffee.«

Sie setzte die Maschine in Gang. Ich beobachtete, wo sie alles herholte. Die Papierfilter wurden in einer Schublade mit den Papierservietten aufbewahrt. Der Kaffee selbst kam aus dem Gefrierschrank. Die Kaffeemaschine war alt und langsam. Sie blubberte laut vor sich hin. Dieses Geräusch sowie der an die Fenster peitschende Regen und das Tosen der Brandung bewirkten, dass ich den Cadillac nicht zurückkommen hörte. Dass er wieder da war, merkte ich erst, als die Hintertür aufgerissen wurde und Elizabeth Beck zusammen mit Richard hereinstürmte, während Beck die Nachhut bildete.

»Hallo«, begrüßte Elizabeth mich.

Ich nickte. Schwieg.

»Kaffee«, sagte Richard. »Wunderbar.«

»Wir waren frühstücken«, sagte Elizabeth. »In Old Orchard Beach. Dort gibt's ein kleines Lokal, das wir mögen.«

»Paulie hat vorgeschlagen, Sie nicht zu wecken«, erklärte Beck. »Weil Sie heute Nacht ziemlich fertig ausgesehen haben. Er hat angeboten, uns zu fahren.«

»Okay«, sagte ich und dachte: *Hat Paulie dein Waffenversteck gefunden? Hat er Beck schon davon berichtet?*

»Kaffee?«, fragte Richard mich. Er stand vor der Maschine und klapperte mit Löffeln und Tassen.

»Schwarz«, sagte ich. »Danke.«

Er brachte mir eine Tasse. Beck schlüpfte aus seinem Mantel und schüttelte ihn aus.

»Nehmen Sie ihn mit«, forderte er mich auf. »Wir müssen uns unterhalten.«

Er ging in die Eingangshalle hinaus und drehte sich um, als erwartete er, dass ich ihm folgen würde. Ich nahm meinen Kaffee mit. Er war dampfend heiß. Ich konnte ihn Beck notfalls ins Gesicht schütten. Er führte mich in den mit Holz getäfelten quadratischen Raum, in dem wir schon einmal miteinander gesprochen hatten. Ich trug meine Tasse, deshalb war ich etwas langsamer. Als ich den Raum betrat, stand er bereits mit dem Rücken zu mir an einem der Fenster und starrte ins Freie. Dann drehte er sich um, eine Pistole in der Hand haltend. Ich blieb einfach stehen. Den Kaffee konnte ich ihm aus dieser Entfernung nicht ins Gesicht schütten. Wir standen fast viereinhalb Meter voneinander entfernt.

Die Pistole war eine Beretta M9 Special Edition, eine zivile Beretta 92FS, die so abgewandelt war, dass sie genau wie das Militärmodell M9 aussah. Sie verschoss 9-mm-Parabellummunition. Sie hatte ein Magazin mit fünfzehn Schuss und das militärische Punkt-und-Balken-Visier. Ich erinnerte mich mit absurder Klarheit, dass sie im Einzelhandel achthunderteinundsechzig Dollar gekostet hatte. Ich besaß neun Jahre lang eine M9. Aus ihr hatte ich Tausende von Schüssen auf dem Schießstand und nicht wenige im Einsatz abgegeben. Die meisten Ziele waren getroffen worden, weil die M9 eine präzise Waffe ist. Die meisten Ziele waren vernichtet worden, weil die M9 eine durchschlagskräftige Waffe ist. Sie hatte mir gute Dienste geleistet. Ich wusste sogar noch, mit welcher Begründung die Firmenvertreter sie uns angepriesen hatten: *Ihr Rückstoß ist beherrschbar, und sie lässt sich im Einsatz leicht zerlegen.* Das hatten sie wie ein Mantra wiederholt. Vermutlich war es um einen lukrativen Auftrag gegangen. Die Beschaffung der M9 war nicht unumstritten gewesen. Die SEALS – Kampfschwimmer der U.S. Navy – hassten sie. Sie behaupteten, ihnen seien schon Dutzende dieser Pistolen um die Ohren geflogen. Mir hatte die M9 jedoch stets gute Dienste geleistet. Meiner Ansicht nach war es eine gute Waffe. Becks Exemplar schien fabrikneu zu sein. Ihr Finish war makellos, mit einem leichten Ölfilm überzogen, das Visier mit Leuchtfarbe markiert. Im Halbdunkel leuchtete es gespenstisch.

Ich wartete.

Beck stand unbeweglich mit der Pistole in der Hand da. Dann knallte er den Lauf in die linke Hand und nahm die Rechte vom Griff. Beugte sich über den Eichentisch und hielt mir die Waffe mit dem Griff voraus hin, höflich wie ein Verkäufer im Waffengeschäft.

»Hoffentlich gefällt sie Ihnen«, sagte er. »Duke besaß eine Vorliebe für exotische Waffen wie die Steyr, die er hatte. Aber Ihnen müsste die Beretta wegen Ihrer früheren Tätigkeit vertrauter sein.«

Ich stellte meine Kaffeetasse auf den Tisch und nahm die Pistole entgegen. Nahm das Magazin aus dem Griff, kontrollierte die Kammer, zog den Schlitten zurück und sah durch den Lauf. Er war nicht blockiert. Dies war kein Trick. Die Pistole funktionierte. Die Munition war echt, die M9 fabrikneu. Ich setzte sie wieder zusammen und behielt sie noch einen Augenblick in der Hand. Das war, als würde man einen alten Freund begrüßen. Dann lud ich die Pistole durch und steckte sie gesichert in die Tasche.

»Danke«, sagte ich.

Er griff in die Tasche und holte zwei Reservemagazine heraus.

»Die gehören dazu«, sagte er.

Ich griff danach.

»Ich besorge Ihnen später weitere«, meinte er.

»Okay.«

»Haben Sie schon mal mit einem Laservisier geschossen?«

Ich schüttelte den Kopf.

»Es gibt eine Firma, die sich Laser Devices nennt«, erklärte er. »Sie baut ein Universalvisier für Handfeuerwaffen, das unter dem Lauf angebracht wird. Zum Lieferumfang gehört eine kleine Stablampe, die unter dem Visier angesteckt wird. Ein sehr cooles Gerät.«

»Es erzeugt einen roten Lichtpunkt?«

Er nickte lächelnd. »Niemand mag diesen roten Punkt auf sich gerichtet sehen, das steht fest.«

»Teuer?«

»Eigentlich nicht«, erwiderte er. »Ein paar hundert Dollar.«

»Wie viel schwerer wird die Pistole dadurch?«

»Ein Viertelpfund«, sagte er.

»Nur vorn?«

»Das Gewicht ist sogar nützlich«, sagte er. »Es verhindert, dass die Mündung beim Schuss hochschnellt. Die Pistole wird dadurch etwa dreizehn Prozent schwerer. Mit der Stablampe natürlich noch mehr. Je nach Ausführung beträgt das Gesamtgewicht dann elfhundert- bis zwölfhundertfünfzig Gramm. Damit wiegt sie weit weniger als die Anacondas, mit denen Sie hier angerückt sind. Wie schwer waren die – sechzehnhundertfünfzig Gramm?«

»Ungeladen«, antwortete ich. »Mit sechs Patronen schwerer. Bekomme ich die irgendwann zurück?«

»Ich hab sie für Sie in Verwahrung genommen«, antwortete er. »Sie bekommen sie später wieder.«

»Danke«, sagte ich nochmals.

»Wollen Sie's mit dem Laservisier versuchen?«

»Ich brauche eigentlich keines«, entgegnete ich.

Er nickte wieder. »Wie Sie meinen. Aber ich will den besten Schutz, den ich kriegen kann.«

»Machen Sie sich deswegen keine Sorgen.«

»Ich muss jetzt gehen«, sagte er. »Allein. Ich habe einen Termin.«

»Soll ich Sie nicht fahren?«

»Zu dieser Art Termin muss ich allein hin. Sie bleiben hier. Wir reden später nochmal miteinander. Sie ziehen in Dukes Zimmer um, okay? Ich will meinen Leibwächter mehr in meiner Nähe haben.«

Ich steckte die Reservemagazine in eine andere Tasche.

»Okay«, sagte ich.

Er ging an mir vorbei in die Eingangshalle und verschwand in Richtung Küche.

Dies war ein Wechselbad der Gefühle, das einen vorübergehend bremsen kann. Extreme Anspannung, dann extreme Verwirrung. Ich ging durchs Haus und schaute aus einem der vorderen Fenster. Sah den Cadillac im Regen die Einfahrt in Richtung Tor rollen. Er hielt vor dem Tor, bis Paulie aus dem Pförtnerhäuschen kam und das Tor öffnete. Er trug einen gelben Regenmantel von der Größe eines Zirkuszelts.

Ich wandte meinen Blick ab und machte mich auf den Weg, um Richard zu suchen. Er saß noch in der Küche bei seinem Kaffee.

»Haben Sie heute Morgen einen Spaziergang am Strand gemacht?«, fragte ich ihn.

Das sagte ich harmlos und freundlich, als wollte ich nur Konversation machen. Hatte er irgendwas zu verbergen, würde ich es merken. Er würde rot werden, zu Boden sehen, stottern und mit den Füßen scharren. Aber er tat nichts dergleichen. Er blieb völlig entspannt und sah mich an.

»Soll das ein Witz sein?«, fragte er. »Haben Sie das Wetter gesehen?«

Ich nickte.

»Echt scheußlich«, erwiderte ich.

»Ich fahre nicht ins College zurück«, sagte er.

»Warum?«

»Wegen gestern Abend«, antwortete er. »Wegen des Hinterhalts. Diese Kerle aus Connecticut sind weiter auf freiem Fuß. Ich wäre dort nicht sicher. Also bleibe ich eine Zeit lang hier.«

»Das macht Ihnen nichts aus?«

»Nein, mein Studium war größtenteils Zeitverschwendung.«

Ich sah weg. *Das Gesetz unbeabsichtigter Folgen.* Ich war schuld daran, dass der Junge seine Ausbildung abbrach. Vielleicht hatte ich damit sein Leben ruiniert. Andererseits war ich kurz davor, seinen Vater hinter Gitter zu bringen oder ihn gleich umzulegen. Im Vergleich dazu war ein Bachelor of Arts nicht weiter wichtig, vermutete ich.

Ich zog los, um Elizabeth Beck zu suchen. Ihre Reaktion würde schwerer zu deuten sein. Ich fand sie im Salon in der Nordwestecke des Hauses, wo sie in einem Sessel saß. Auf ihrem Schoß lag ein aufgeschlagenes Buch, *Dr. Schiwago* von Boris Pasternak. Die Taschenbuchausgabe. Ich hatte den Film gesehen. Ich erinnerte mich an Julie Christie und die Musik. *Laras Thema.* Zugfahrten. Und viel Schnee. Irgendein Mädchen hatte mich in diesen Film geschleppt.

»Sie sind keiner«, sagte sie.

»Was bin ich nicht?«

»Sie sind kein staatlicher Agent.«

Ich atmete auf. Das hätte sie nicht gesagt, wenn sie auf mein Waffenversteck gestoßen wäre.

»Richtig«, sagte ich. »Ihr Mann hat mir gerade eine Pistole gegeben.«

»Sie sind nicht clever genug, um ein staatlicher Agent zu sein.«

»Warum nicht?«

Sie schüttelte den Kopf. »Richard hat vorhin nach einer Tasse Kaffee gegiert. Als wir reingekommen sind.«

»Und?«

»Glauben Sie, dass er das getan hätte, wenn wir wirklich frühstücken gewesen wären?«

»Wo waren Sie dann?«

»Wir waren zu einer Besprechung beordert.«

»Mit wem?«

Sie schüttelte den Kopf, als bringe sie den Namen nicht über die Lippen.

»Paulie hat uns nicht *angeboten,* uns zu fahren«, sagte sie. »Er hat uns kommen lassen. Richard musste im Auto warten.«

»Sie durften mit hinein?«

Sie nickte. »Dort arbeitet ein Kerl namens Troy.«

»Dämlicher Name«, sagte ich.

»Aber ein sehr cleverer Typ«, meinte sie. »Er ist jung und versteht unglaublich viel von Computern. Man könnte ihn als Hacker bezeichnen, denke ich.«

»Und?«

»Er hatte sich teilweise Zugang zu einem der staatlichen Netze in Washington verschafft und rausgekriegt, dass hier ein Federal Agent eingeschleust wurde. Ursprünglich wurden Sie verdächtigt. Aber eine nähere Überprüfung hat ergeben, dass es sich um eine Frau handelt.«

Ich starrte sie verständnislos an. *Teresa Daniel war inoffiziell hier. Die staatlichen Computer wissen nichts von ihr.* Dann erinnerte ich mich an Duffys Laptop mit dem Emblem des Justizministeriums als Bildschirmschoner. Ich erinnerte mich an das Modemkabel, das über den Schreibtisch führte, durch den komplexen Adapter lief, in der Wand verschwand und so die Verbindung zu sämtlichen anderen Computern der Welt herstellte. Hatte Duffy etwa private Berichte geschrieben? Zur eigenen Verwendung? Um sich nach Abschluss dieses Unternehmens rechtfertigen zu können?

»Ich mag mir nicht vorstellen, was sie tun werden«, sagte Elizabeth. »Was sie einer Frau antun werden.«

Sie schauderte und sah weg. Ich kam bis in die Eingangshalle. Dann blieb ich abrupt stehen. Es gab kein Auto, und vor mir lagen zwölf Meilen Straße, bevor ich überhaupt die Möglichkeit hatte, irgendwohin zu gelangen. Drei Stunden bei flotter Gehweise. Zwei Stunden, wenn ich rannte.

»Vergessen Sie's!«, rief Elizabeth mir nach. »Hat nichts mit Ihnen zu tun.«

Ich drehte mich um und starrte sie an.

»Vergessen Sie's«, wiederholte sie. »Was mit ihr geschehen soll, geschieht gerade. Es ist hoffentlich bald vorbei.«

Das zweite Mal, dass ich Sergeant First Class Dominique Kohl jemals sah, war am dritten Tag ihrer Tätigkeit für mich. Sie trug die grüne Hose eines Arbeitsanzugs und dazu ein khakifarbenes T-Shirt. An diesem Tag war es sehr heiß. Daran erinnere ich mich. Wir hatten eine ungeheure Hitzewelle. Ihre Arme waren von der Sonne gebräunt. Sie schwitzte nicht. Das T-Shirt sah großartig aus. Unter ihrem linken Arm steckte die Akte, die ich ihr gegeben hatte. Wegen der eingehefteten Notizen war sie etwas dicker geworden.

»Ich bräuchte einen Partner«, erklärte sie mir. Sofort bekam ich ein schlechtes Gewissen. Dies war ihr dritter Tag, und ich hatte ihr noch niemanden zugeteilt. Ich fragte mich, ob ich ihr schon einen Schreibtisch, einen Spind oder ein Zimmer, in dem sie schlafen konnte, zugewiesen hatte.

»Haben Sie schon Frasconi kennen gelernt?«, fragte ich sie.

»Tony? Den kenne ich seit gestern. Aber er ist Leutnant.«

Ich zuckte mit den Schultern. »Mich stört's nicht, wenn Offiziere und Unteroffiziere zusammenarbeiten. Es gibt keine

Vorschrift, die das verbietet. Gäbe es eine, würde ich sie sowieso ignorieren. Haben Sie ein Problem damit?«

Sie schüttelte den Kopf. »Aber vielleicht hat er eines.«

»Frasconi? Das glaube ich nicht.«

»Sagen Sie's ihm also?«

»Klar«, erwiderte ich. Als Gedächtnisstütze notierte ich mir auf einem leeren Zettel: *Frasconi, Kohl, Partner.* Das unterstrich ich doppelt, damit ich's nicht vergaß. Danach deutete ich auf die Akte unter ihrem Arm. »Was haben Sie da?«

»Gute Nachrichten und schlechte«, antwortete sie. »Die schlechte Nachricht ist, dass ihr System für die Ausgabe von Geheimunterlagen total ineffektiv ist. Das könnte routinemäßige Schlamperei sein, aber ich vermute, dass es bewusst sabotiert worden ist, um Dinge zu tarnen, die nicht passieren sollten.«

»Wer ist der Typ, um den es dort geht?«

»Ein Eierkopf namens Gorowski. Onkel Sam hat ihn direkt vom MIT angeworben. Allen Berichten nach scheint er ein netter Kerl zu sein. Und auch sehr intelligent.«

»Ein Russe?«

Sie schüttelte den Kopf. »Er stammt aus einer polnischen Familie, die vor einer Million Jahre eingewandert ist. Von Ideologie keine Spur.«

»War er am MIT ein Red-Sox-Fan?«

»Wieso?«

»Die spinnen alle«, sagte ich. »Das sollten Sie nachprüfen.«

»Wahrscheinlich liegt Erpressung vor«, meinte sie.

»Was ist also die gute Nachricht?«

Sie schlug die Akte auf. »Dieses Ding, an dem sie arbeiten, ist im Prinzip ein kleines Raketengeschoss.«

»Mit wem arbeiten sie zusammen?«

»Honeywell und der General Defense Corporation.«

»Und?«

»Dieses Raketengeschoss muss klein sein. Sein Durchmesser soll unter dem Geschützkaliber liegen. Panzer haben 120-mm-Kanonen, aber dieses Ding wird kleiner.«

»Um wie viel?«

»Das weiß noch niemand. Aber sie arbeiten jetzt an der Konstruktion des Führungsrings. Dieser ist eine Art Manschette, die das Geschoss umgibt, um es auf den richtigen Durchmesser zu bringen.«

»Ich weiß, was ein Führungsring ist«, belehrte ich sie.

Sie ignorierte mich. »Der Führungsring ist abwerfbar geplant, was bedeutet, dass er unmittelbar nach Verlassen des Kanonenrohrs zerfällt und abgeworfen wird. Im Augenblick geht's darum, ob der Sabot – ein anderes Wort für Führungsring – aus Metall sein muss oder aus Kunststoff hergestellt werden kann. Das französische Wort Sabot bedeutet eigentlich Holzschuh. Als ob das Raketengeschoss anfangs einen kleinen Stiefel trüge.«

»Das weiß ich«, sagte ich. »Ich spreche französisch. Meine Mutter war Französin.«

»Wie in Sabotage«, fuhr sie fort. »Aus frühen französischen Arbeitskämpfen. Ursprünglich hat es bedeutet, neue Maschinen durch Tritte zu zerstören.«

»Durch Tritte mit Holzschuhen«, sagte ich.

Sie nickte. »Genau.«

»Was war also gleich wieder die gute Nachricht?«

»Die Konstruktion des Führungsrings verrät niemandem etwas«, sagte sie. »Zumindest nichts Wichtiges. Er ist nur ein Führungsring. Also haben wir reichlich Zeit.«

»Okay«, sagte ich. »Aber bearbeiten Sie diesen Fall vordringlich. Mit Frasconi. Sie werden ihn mögen.«

»Gehen Sie später ein Bier mit mir trinken?«

»Ich?«

Sie wich meinem Blick nicht aus. »Können alle Dienstgrade

zusammenarbeiten, sollten sie auch gemeinsam ein Bier trinken können, stimmt's?«

»Okay«, sagte ich.

Dominique Kohl hatte keinerlei Ähnlichkeit mit den Fotos, die ich von Teresa Daniel gesehen hatte, aber vor meinem inneren Auge überlagerten ihre Gesichter sich zu einem neuen Bild. Ich ging in mein altes Zimmer hinauf. Dort oben fühlte ich mich sicherer. Ich sperrte mich im Bad ein und streifte den rechten Schuh ab. Zog den E-Mail-Empfänger aus dem Absatz und schaltete das Gerät ein. Von Duffy war eine Nachricht gespeichert: *Keine Aktivitäten im Lagerhaus. Was tust du?*

Ich ignorierte sie, drückte die Taste *neue Nachricht* und tippte: *Teresa Daniel ist tot.*

Vier Wörter, achtzehn Buchstaben, drei Zwischenräume. Ich starrte sie lange an. Legte einen Finger auf die Sendetaste, drückte sie aber nicht. Stattdessen benutzte ich die Returntaste, um die Nachricht zu löschen. Sie verschwand von rechts nach links. Der kleine Cursor eliminierte einen Buchstaben nach dem anderen. Das wollte ich nur senden, wenn es sich nicht länger vermeiden ließ, wenn ich es sicher wusste.

Ich sendete: *Möglicherweise ist jemand in deinen Computer eingedrungen.*

Diesmal folgte eine lange Pause. Ich dachte schon, sie würde überhaupt nicht antworten, und stellte mir vor, wie sie ihr Kabel aus der Steckdose riss. Aber vielleicht hatte sie nur gerade nicht an ihrem Laptop gesessen, denn nach ungefähr vier Minuten schrieb sie lediglich: *Wieso?*

Ich sendete: *Hier ist die Rede von einem Hacker mit teilweisem Zugang zu staatlichen Systemen.*

Sie sendete: *Mainframe oder LAN?*

Ich hatte keine Ahnung, was sie meinte, deshalb sendete ich: *Weiß ich nicht.*

Sie fragte: *Einzelheiten?*

Ich sendete: *Nur Gerüchte. Protokollierst du den Ablauf auf deinem Laptop?*

Sie sendete: *Nein!*

Ich sendete: *Irgendwo?*

Sie sendete: *Nein!!*

Ich sendete: *Eliot?*

Nun folgte wieder eine mehrere Minuten lange Pause. Dann antwortete sie: *Glaube ich nicht.*

Ich fragte: *Weißt du's, oder glaubst du's?*

Sie sendete: *Glaube.*

Ich starrte die gekachelte Wand vor mir an. Atmete langsam aus. *Eliot ist schuld an Teresa Daniels Tod.* Das war die einzige Erklärung. Aber vielleicht gab es eine andere. Vielleicht war es nicht er gewesen. Ich sendete: *Können diese E-Mails mitgelesen werden?*

Schließlich schickten wir seit über sechzig Stunden laufend E-Mails hin und her. Sie hatte sich nach ihrer Agentin erkundigt. Ich hatte nach deren richtigem Namen gefragt und mich sicher nicht geschlechtsneutral ausgedrückt. Vielleicht hatte *ich* Teresa Daniel auf dem Gewissen.

Ich hielt unwillkürlich den Atem an, bis Duffys Antwort kam: *Unsere E-Mail ist verschlüsselt. Könnte theoretisch als Kode sichtbar gemacht werden, bleibt aber unleserlich.*

Ich atmete aus und sendete: *Garantiert?*

Sie sendete: *Todsicher.*

Ich sendete: *Wie verschlüsselt?*

Sie sendete: *NSA-Milliardenprojekt.*

Das beruhigte mich nur ein wenig. Manche Milliardenprojekte der National Security Agency stehen in der *Washington Post,* bevor sie überhaupt abgeschlossen sind. Und fehlerhafte Nachrichtenverbindungen verursachen mehr Scheiß als alles andere auf der Welt.

Ich sendete: *Eliot sofort nach Protokoll fragen.*

Sie sendete: *Wird gemacht. Fortschritte?*

Ich tippte: *Keine.*

Dann löschte ich dieses Wort und sendete: *Bald.* Ich wollte, dass sie sich besser fühlte.

Ich ging ganz bis ins Erdgeschoss hinunter. Die Tür zum Salon stand offen. Elizabeth saß noch immer in ihrem Sessel. *Dr. Schiwago* lag mit dem Rücken nach oben auf ihrem Schoß, und sie starrte durchs Fenster in den Regen hinaus. Ich öffnete die Haustür und trat ins Freie. Der Metalldetektor piepste laut, weil die Beretta in meiner Tasche steckte. Ich folgte der Einfahrt zum Pförtnerhaus hinunter. Der Regen trommelte auf meinen Rücken und lief mir in den Nacken. Aber der Wind blies mich nach Westen, genau aufs Tor zu. Ich bewegte mich geradezu leichtfüßig. Der Rückweg würde mühsamer werden. Dann musste ich gegen den Wind ankämpfen, vorausgesetzt, dass ich überhaupt noch gehen konnte.

Paulie sah mich kommen. Er verbrachte offenbar seine ganze Zeit in dem kleinen Gebäude, lief zwischen den vorderen und rückwärtigen Fenstern hin und her und beobachtete das Vorgelände wachsam wie ein Tier in seinem Bau. Jetzt kam er in seinem gelben Regenmantel heraus. Er musste den Kopf einziehen und sich zur Seite drehen, um durch die Tür zu kommen. Er blieb unter dem Dachvorsprung mit dem Rücken an die Hauswand gelehnt stehen. Aber der Dachvorsprung nützte ihm nichts. Der Wind trieb den Regen fast waagrecht vor sich her. Ich konnte hören, wie er auf den Regenmantel prasselte. Paulie trug keine Mütze. Sein Haar klebte klatschnass an seiner Stirn.

Ich behielt beide Hände in den Manteltaschen, hatte die Schultern hochgezogen und mein Gesicht tief im Kragen vergraben. Meine rechte Hand umklammerte die Beretta. Die

Waffe war durchgeladen und entsichert. Aber ich wollte sie nicht benutzen. Paulie zu erschießen, hätte komplizierter Erklärungen bedurft. Und er wäre nur von einem anderen ersetzt worden. Das wollte ich nicht. Nicht, bevor ich es für richtig hielt. Deshalb ließ ich die Beretta in der Manteltasche. Aber ich war darauf gefasst, sie einzusetzen.

Ich blieb zwei Meter vor ihm stehen. Außer seiner Reichweite.

»Wir müssen reden«, sagte ich.

Seine Augen waren blassblau und hatten stecknadelkopfgroße Pupillen. Vermutlich hatte sein Frühstück nur aus Kapseln und Pulvern bestanden.

»Worüber reden?«, fragte er.

»Neue Situation«, sagte ich.

Er schwieg.

»Was ist deine MOS?«, erkundigte ich mich.

MOS ist ein Army-Akronym. Die U.S. Army hat eine Vorliebe für Akronyme. Dieses bedeutet *Military Occupational Speciality,* also Spezialausbildung. Und ich sprach im Präsens. Ich wollte ihn in die alten Zeiten zurückversetzen. Ein ehemaliger Soldat hat Ähnlichkeit mit einem ehemaligen Katholiken. Selbst wenn die alten Rituale scheinbar längst vergessen sind, ist ihr Sog noch immer stark. Auch das alte Ritual, dass man einem Offizier zu gehorchen hat.

»Elf peng peng«, sagte er und grinste.

Keine Antwort, die ich mir gewünscht hätte. *Elf peng peng* war Soldatenjargon für 11B, was *11-Bravo, Infanterie* bedeutete, also Nahkampf. Sollte ich jemals wieder einem solchen Riesen gegenüberstehen, der mit Methedrin und Steroiden voll gepumpt war, würde ich mir wünschen, seine MOS sei Kfz-Instandsetzung oder Maschinenschreiben gewesen. Nicht ausgerechnet Nahkampf. Vor allem nicht, wenn es sich um einen hundertachtzig Kilogramm schweren Riesen handelte, der

Offiziere nicht leiden konnte und acht Jahre in Fort Leavenworth gesessen hatte, weil er einen von ihnen tätlich angegriffen hatte.

»Gehen wir rein«, schlug ich vor. »Hier draußen ist's zu ungemütlich.«

Das sagte ich in dem Tonfall, den man lernt, sobald man zu einem Dienstgrad über dem Hauptmann befördert wird. Es ist ein vernünftiger Tonfall, fast ein Gesprächston. Er klingt wie ein Vorschlag, ist aber auch ein Befehl und reich an Untertönen. Im Prinzip besagt er: *Hey, wir sind hier doch unter uns. Kleinigkeiten wie Dienstgrade brauchen uns nicht zu kümmern, stimmt's?*

Paulie starrte mich lange an. Dann wandte er sich ab und zwängte sich durch die Tür. Zog den Kopf ein, damit er durchkam. Die Decke drinnen war ungefähr zweieinviertel Meter hoch. Sein Scheitel berührte sie fast. Ich ließ meine Hände in den Manteltaschen. Das von seinem Regenmantel tropfende Wasser bildete Pfützen auf dem Fußboden.

In dem Pförtnerhäuschen herrschte ein scharfer, strenger Raubtiergeruch. Wie von einem Nerz. Und es war verdreckt. Wir standen in dem kleinen Wohnzimmer, an das sich der Küchenbereich anschloss. Jenseits der Küche gab es einen kurzen Flur, an dem das Bad lag, und an seinem Ende ein Schlafzimmer. Das Ganze war kleiner als eine Stadtwohnung, aber wie ein allein stehendes Haus angelegt und eingerichtet. Überall herrschte Unordnung. Im Ausguss türmte sich schmutziges Geschirr. Gebrauchte Teller, Tassen und Kleidungsstücke waren im ganzen Wohnzimmer verteilt. Vor einem neuen Fernseher stand ein altes Sofa. Seine Polster waren durchgesessen. Auf Regalen und Tischen, überall standen Pillenfläschchen. Manche enthielten Vitaminpillen. Aber das waren nicht sehr viele.

Zur Einrichtung des Wohnzimmers gehörte auch ein Maschinengewehr. Ein altes sowjetisches NSW, das von einem Panzerturm stammte. Paulie hatte es mitten im Raum an eine Kette gehängt. Dort baumelte es wie eine makabre Skulptur. Wie ein Mobile von Calder, das zur Ausstattung jedes neuen Flughafenterminals gehört. Er konnte dahinter stehen, das MG im Kreis schwenken und wie durch Schießscharten durchs vordere oder rückwärtige Fenster schießen. So war das Schussfeld begrenzt, aber er konnte die Straße vierzig Meter weit nach Osten und die Zufahrt vierzig Meter weit nach Westen mit MG-Feuer bestreichen. Die Zuführung der gegurteten Munition erfolgte aus einem unter dem MG stehenden offenen Metallkasten. An einer Wand stapelten sich ungefähr zwanzig weitere Munitionskästen. Die olivgrünen Metallboxen waren mit kyrillischer Schrift und roten Sowjetsternen bedeckt.

Das NSW war so riesig, dass ich bis fast an die Wand zurückweichen musste, um daran vorbeizukommen. Ich sah zwei Telefone. Eines stellte vermutlich die Verbindung zur Außenwelt dar. Das andere war anscheinend ein Apparat für die Verbindung zum Haus. An den Wänden hingen die Signalkästen von Alarmanlagen. Einer war mit den Sensoren im Niemandsland verbunden, der andere gehörte zu dem Bewegungsmelder am Tor. Ein Videomonitor zeigte das milchig weiße Bild der Überwachungskamera auf einer der Torsäulen.

»Du hast mich getreten«, sagte er.

Ich schwieg.

»Dann hast du versucht, mich zu überfahren.«

»Warnschüsse.«

»Warum?«

»Duke ist nicht mehr da.«

Er nickte. »Das hab ich gehört.«

»Also bin ich jetzt zuständig«, sagte ich. »Dir gehört das Tor, mir das Haus.«

Er nickte wieder. Sagte nichts.

»Ich kümmere mich jetzt um die Becks«, fuhr ich fort. »Ich bin für ihre Sicherheit verantwortlich. Mr. Beck vertraut mir. Und das so sehr, dass er mir eine Pistole gegeben hat.«

Ich starrte ihn unverwandt an. Dies war der Moment, in dem das Methedrin und die Steroide hätten bewirken müssen, dass er wie ein Idiot grinsend sagte: *Aber mit dem Vertrauen ist Schluss, wenn ich ihm zeige, was ich am Fuß der Mauer gefunden habe, stimmt's? Wenn ich ihm erzähle, dass du schon eine Waffe hattest.* Er würde mit den Füßen scharren, grinsen und in einem merkwürdigen Singsang sprechen. Aber das tat er nicht. Er reagierte überhaupt nicht, außer dass sein Bild leicht verschwommen wurde, als hätte er Schwierigkeiten, die Bedeutung des Gesagten zu erfassen.

»Kapiert?«, fragte ich.

»Bisher war's Duke, jetzt bist du's«, meinte er ausdruckslos.

Nein, er hatte mein Waffenversteck nicht gefunden.

»Ich kümmere mich um ihr Wohlergehen«, belehrte ich ihn. »Auch um das von Mrs. Beck. Mit den Spielchen ist jetzt Schluss, verstanden?«

Er schwieg. Ich bekam allmählich Genickstarre, weil ich zu ihm aufsehen musste.

»Verstanden?«, wiederholte ich.

»Sonst?«

»Sonst bekommst du's mit mir zu tun.«

»Das würde mir gefallen.«

Ich schüttelte den Kopf.

»Das würde dir nicht gefallen. Ganz und gar nicht. Ich würde dich Stück für Stück zerlegen.«

»Glaubst du?«

»Hast du jemals einen MP angegriffen?«, fragte ich. »Als du noch beim Militär warst?«

Er gab keine Antwort. Sah nur weg und schwieg. Vermutlich erinnerte er sich an seine Festnahme. Bestimmt hatte er Widerstand geleistet und musste überwältigt werden. War deshalb vermutlich eine Treppe hinuntergefallen und hatte beträchtliche Verletzungen erlitten. Wahrscheinlich auf dem Weg zwischen Tatort und Arrestzelle. Ein bedauerlicher Unfall. Solche Dinge passieren eben.

»Und dann würde ich dich rausschmeißen«, sagte ich.

Sein Blick kehrte zu mir zurück, langsam und träge.

»Du kannst mich nicht rausschmeißen«, entgegnete er. »Ich arbeite nicht für dich. Oder für Beck.«

»Für wen arbeitest du also?«

»Für jemanden.«

»Hat dieser Jemand einen Namen?«

Er schüttelte den Kopf.

»Da läuft nichts«, sagte er.

Ich behielt meine Hände in den Manteltaschen und zwängte mich hinter dem MG vorbei. Ging zur Tür.

»Alles klar?«, erkundigte ich mich.

Er schaute mich an, sagte nichts. Aber er blieb ruhig. Seine Morgendosis musste gut ausbalanciert gewesen sein.

»Mrs. Beck ist off limits, verstanden?«

»Solange du da bist«, antwortete er. »Aber du bist nicht ewig hier.«

Hoffentlich nicht, dachte ich. Eines der Telefone klingelte. Anscheinend die Verbindung nach draußen. Ich bezweifelte, dass Elizabeth oder Richard ihn aus dem Haus angerufen hätten. In der Stille schrillte die Telefonklingel unnatürlich laut. Er nahm den Hörer ab und nannte seinen Namen. Danach hörte er nur zu. Ich vernahm andeutungsweise eine Stimme, die fern und undeutlich aus dem Hörer drang, mit künstlichen Höhen und Resonanztönen, die das gesprochene Wort übertönten. Sie sprach knapp eine Minute lang. Dann war das Gespräch zu Ende. Paulie legte den Hörer auf und machte eine lockere Handbewegung, mit der er das Maschinengewehr leicht zum Schwingen brachte. Ich erkannte, dass das eine bewusste Imitation der Bewegung war, mit der ich an meinem ersten Morgen im Fitnessraum den schweren Sandsack zum Schwingen gebracht hatte. Er grinste mich an.

»Ich beobachte dich«, sagte er. »Ich werde dich ständig beobachten.«

Ich ignorierte ihn, öffnete die Haustür und trat ins Freie. Der Regen prasselte wie aus Feuerwehrschläuchen vom Himmel. Ich marschierte los. Hielt den Atem an und fühlte mich äußerst unwohl, bis ich das vierzig Meter breite Schussfeld vor dem rückwärtigen Fenster durchquert hatte. Erst dann atmete ich wieder auf.

Nicht Beck, nicht Elizabeth, nicht Richard. Nicht Paulie.

Da lief nichts.

Dominique Kohl sagte *da läuft nichts* an dem Abend, an dem wir unser Bier miteinander tranken. Ich war unerwartet verhindert gewesen und hatte mich am ersten Abend entschuldigen müssen, und dann konnte sie nicht, sodass es ungefähr eine Woche dauerte, bis wir zusammenkamen. Dass ein Sergeant mit einem Hauptmann ein Bier trank, war damals in der Kaserne unmöglich, weil die Klubs strikt getrennt waren. Deshalb gingen wir in eine Bar in der Stadt. Sie entsprach dem üblichen Standard: lang und niedrig, acht Billardtische, viele Leute, viel Neonlicht, viel Musikboxlärm, viel Rauch. Es war noch immer sehr heiß. Die Klimaanlage arbeitete auf Hochtouren, doch ohne viel Erfolg. Weil ich kaum Zivilkleidung besaß, trug ich eine Arbeitsanzughose und ein altes T-Shirt. Kohl erschien in einem schlichten ärmellosen Kleid, knielang, schwarz mit sehr kleinen weißen Punkten. Ein sehr dezentes Muster.

»Wie bewährt Frasconi sich?«, erkundigte ich mich.

»Tony?«, sagte sie. »Er ist ein netter Kerl.«

Wir bestellten Rocking Rolls, was mir recht war, weil dieses Getränk in jenem Sommer mein Lieblingsdrink war. Um mit mir reden zu können, musste sie wegen des Lärms dicht an mich heranrücken. Ich genoss ihre Nähe. Aber ich machte mir nichts vor. Dass sie mir so nah kam, lag am Schallpegel, an nichts anderem. Und ich hatte nicht vor, mich an sie ranzumachen, obwohl das nicht verboten gewesen wäre. Schon damals gab es gewisse Regeln, aber noch keine festen Vorschriften. Der Tatbestand »sexuelle Belästigung« wurde der Army erst allmählich ein Begriff. Aber mir war die potenzielle Ungerechtigkeit bewusst, auch wenn ich ihrer Karriere weder nutzen noch schaden konnte. Ihre Personalakte zeigte, dass sie so sicher Master Sergeant und dann First Sergeant werden würde, wie die Nacht auf den Tag folgt. Das war nur eine Frage der Zeit. Dann kam der Sprung zum E-9-Status – die Beförderung zum Sergeant Major. Auch diesen Dienstgrad würde sie bestimmt erreichen. Danach konnten Probleme auftauchen. Nach dem Sergeant Major folgt der Command Sergeant Major, von dem es in jedem Regiment nur einen gibt. Und danach kommt der Sergeant Major of the Army, von dem überhaupt nur einer existiert. Also würde sie unabhängig von allem, was ich sagte oder tat, bis zu einem bestimmten Dienstgrad befördert werden.

»Wir haben ein taktisches Problem«, sagte sie. »Vielleicht auch ein strategisches.«

»Wieso?«

»Der Eierkopf, Gorowski? Wir glauben nicht, dass er in dem Sinn erpresst wird, dass er ein schreckliches Geheimnis oder sonst was zu verbergen hat. Es scheint sich eher um offene Drohungen gegen seine Familie zu handeln. Also nicht Erpressung, sondern Androhung von Gewalt.«

»Wie kommen Sie darauf?«

»Seine Akte ist blitzsauber. Sein Hintergrund wurde schon x-mal genau überprüft. Deshalb haben sie sich ihn als Opfer ausgesucht. Sie wollen keinen Erpressungsverdacht aufkommen lassen.«

»War er ein Red-Sox-Fan?«

Sie schüttelte den Kopf. »Yankees. Er stammt aus der Bronx. Ist dort auf die Highschool of Science gegangen.«

»Okay«, sagte ich. »Ist mir schon sympathisch.«

»Aber laut Vorschrift müssten wir ihn jetzt verhaften.«

»Was macht er?«

»Wir haben beobachtet, wie er Unterlagen aus dem Labor mitnimmt.«

»Sind sie weiter mit der Konstruktion des Führungsrings beschäftigt?«

Sie nickte. »Aber sie könnten die Blaupausen in der *Stars and Stripes* veröffentlichen, ohne damit Geheimnisse zu verraten. Also ist die Lage noch nicht kritisch.«

»Was macht er mit den Unterlagen?«

»Er wirft sie in Baltimore in einen toten Briefkasten.«

»Haben Sie beobachtet, wer sie dort abholt?«

Sie schüttelte den Kopf.

»Da läuft nichts«, sagte sie.

»Was halten Sie von dem Eierkopf?«

»Ich will ihn nicht verhaften. Ich denke, wir sollten ihm diese Last abnehmen und ihn dann in Ruhe lassen. Er hat zwei kleine Mädchen.«

»Wie denkt Frasconi darüber?«

»Er ist meiner Meinung.«

»Tatsächlich?«

Sie lächelte.

»Nun, er wird sich ihr anschließen«, antwortete sie. »Aber die Vorschriften verlangen etwas anderes.«

»Vergessen Sie die Vorschriften«, sagte ich.

»Soll ich das wirklich?«

»Direkter Befehl von mir«, entgegnete ich. »Folgen Sie Ihrem Instinkt. Versuchen Sie rauszukriegen, wer ihm Gewalt androht. Wenn's irgendwie geht, halten wir diesen Gorowski aus allem raus. Das ist meine bei Yankee-Fans übliche Methode. Aber achten Sie darauf, dass die Sache Ihnen nicht über den Kopf wächst.«

»Keine Sorge«, meinte sie.

»Schließen Sie den Fall ab, bevor sie mit dem Führungsring fertig sind«, sagte ich. »Sonst müssen wir uns was anderes überlegen.«

»Okay.«

Dann redeten wir über andere Dinge, tranken noch ein paar Biere. Nach ungefähr einer Stunde kam ziemlich gute Musik aus der Jukebox, und ich forderte sie zum Tanzen auf. Aber sie sagte zum zweiten Mal an diesem Abend: *Da läuft nichts.* Später dachte ich über diesen Ausdruck und seine mannigfaltigen Bedeutungen nach. Was hatte sie wirklich damit gemeint?

Ich war bis auf die Haut nass, als ich ins Haus zurückkam, ging nach oben in Dukes Zimmer, trocknete mich ab und zog frische Sachen aus seinem Kleiderschrank an. Der Raum führte nach vorn hinaus, lag mehr oder weniger zentral. Nach Westen konnte ich die gesamte Zufahrt überblicken und sogar über die Mauer hinwegsehen. In der Ferne war ein schwarzer Lincoln Town Car zu erkennen. Er kam geradewegs aufs Tor zu. Paulie trat im Regenmantel ans Tor und öffnete es so zeitig, dass der Fahrer ohne zu bremsen in raschem Tempo hindurchfahren konnte. Paulie hatte den Wagen erwartet. Der Anruf von vorhin hatte ihn angekündigt.

Dukes Zimmer war quadratisch und wie die meisten Zimmer dieses Hauses sehr einfach möbliert. Er besaß eine dunkle Wandtäfelung und war mit einem riesigen Orientteppich ausgestattet. Auf einem Tischchen standen ein Fernseher und zwei Telefone. Intern und extern, vermutete ich. Das breite Bett war frisch bezogen, und außer den Sachen im Kleiderschrank konnte ich von Dukes persönlichen Habseligkeiten nichts mehr entdecken. Wahrscheinlich hatte Beck das Dienstmädchen heute Morgen von dem Personalwechsel informiert und sie auch angewiesen, Dukes Garderobe im Kleiderschrank zu lassen.

Ich trat erneut ans Fenster und sah nach etwa fünf Minuten Beck mit dem Cadillac zurückkommen. Paulie erwartete auch ihn. Der große Wagen musste kaum abbremsen. Dann schloss Paulie das Tor wieder, sperrte es ab und legte eine Sicherungskette um die Gitterstäbe. Obwohl das Tor hundert Meter von mir entfernt war, konnte ich genau verfolgen, was er tat. Der Cadillac fuhr zum Garagenblock weiter. Ich machte mich auf den Weg ins Erdgeschoss. Da Beck zurück war, würde es jetzt vielleicht ein Mittagessen geben. Und Paulie hatte das Tor vermutlich gesichert, weil er ins Haus kommen wollte, um mit uns zu essen.

Aber ich hatte mich getäuscht.

In der Eingangshalle begegnete ich Beck, der aus der Küche kam. Sein Mantel war vom Regen nass. Er war auf der Suche nach mir. In einer Hand trug er eine Sporttasche. Dieselbe Tasche, in der er die Maschinenpistolen nach Connecticut befördert hatte.

»Arbeit für Sie«, sagte er. »Gleich jetzt. Sie müssen die Flut nutzen.«

»Wo?«

Er ging weiter, drehte den Kopf zur Seite und sprach über die Schulter mit mir.

»Das sagt Ihnen der Mann in dem Lincoln«, antwortete er.

Ich ging in die Küche und verließ das Haus durch die Hintertür. Der Metalldetektor piepste. Ich trat in den Regen hinaus und wollte mich auf den Weg zu den Garagen machen, aber der Lincoln stand gleich an der Hausecke. Der Fahrer hatte gewendet und so geparkt, dass der Kofferraum dem Atlantik zugekehrt war. Am Steuer saß ein Mann. Er hatte dort Zuflucht vor dem Regen gesucht und trommelte ungeduldig mit den Fingern aufs Lenkrad. Als er mich im Rückspiegel entdeckte, entriegelte er den Kofferraumdeckel und stieg aus.

Er sah aus wie jemand, den man aus einem Obdachlosenasyl geholt und in einen Anzug gesteckt hat. Er trug einen langen Spitzbart, der ein fliehendes Kinn kaschieren sollte, und einen fettigen Pferdeschwanz, der von einem rosa Gummiband zusammengehalten wurde. Das Band war mit Strass besetzt. Sein Gesicht wies alte Aknenarben auf. Er hatte Häftlingstätowierungen am Hals und war sehr groß und hager.

»Bist du der neue Duke?«, fragte er.

»Ja«, sagte ich. »Der bin ich.«

»Ich heiße Harley«, sagte er.

Ich nannte ihm meinen Namen nicht.

»Bringen wir's hinter uns«, meinte er.

»Was denn?«

Er kam um den Wagen herum und öffnete den Kofferraumdeckel ganz.

»Müllabfuhr«, sagte er.

Im Kofferraum des Lincolns lag ein Leichensack in Militärausführung. Schwerer schwarzer Gummi mit einem Reißverschluss über die gesamte Länge. Die Umrisse zeigten, dass er eine kleine Gestalt enthielt. Vermutlich eine Frau.

»Wer ist das?«, fragte ich, obwohl ich die Antwort schon kannte.

»Die verdammte Agentin«, antwortete er. »Hat lange gedauert, aber wir haben sie schließlich doch erwischt.«

Er beugte sich hinein und packte ein Ende des Leichensacks. Umklammerte beide Ecken mit den Händen. Wartete darauf, dass ich die andere Seite nahm. Ich stand reglos da, spürte den Regen in meinem Nacken und hörte zu, wie er auf den schwarzen Gummi prasselte.

»Müssen die Flut nutzen«, meinte er. »Sie läuft bald ab.«

Ich packte die beiden Enden auf meiner Seite. Dann hievten wir den Leichensack gemeinsam aus dem Kofferraum. Er war nicht schwer, aber sperrig, und Harley besaß wenig Kraft. Wir trugen ihn ein paar Schritte in Richtung Strand.

»Setz ihn ab«, sagte ich.

»Warum?«

»Ich will sie sehen«, erwiderte ich.

»Das glaub ich eher nicht«, sagte er.

»Setz ihn ab«, wiederholte ich.

Er zögerte noch einen Augenblick, dann legten wir den Leichensack auf die Felsen. Ich zog am Anhänger des Reißverschlusses.

»Am besten siehst du dir nur das Gesicht an«, erklärte Harley. »Das ist nicht so schlimm.«

Ich sah es mir an. Es war sehr schlimm. Die Frau war unter entsetzlichen Qualen gestorben. Das war eindeutig. Ihr Gesicht war von Schmerzen verzerrt.

Aber es war nicht Teresa Daniel.

Es war Becks Dienstmädchen.

9

Ich zog den Reißverschluss noch etwas weiter auf, bis ich die gleiche Verstümmelung sah, die ich vor zehn Jahren schon einmal gesehen hatte. Dann wandte ich mein Gesicht dem Regen zu und schloss die Augen. Das Wasser auf meinem Gesicht fühlte sich wie Tränen an.

»Bringen wir's hinter uns«, sagte Harley.

Ich öffnete die Augen. Starrte das aufgewühlte Meer an. Zog den Reißverschluss hoch, ohne noch einen Blick auf die Tote zu werfen. Stand langsam auf. Harley wartete. Wir packten beide unsere Enden und hoben den Sack an. Schleppten ihn über die Felsen. Er führte mich nach Südosten zu einer weit entfernten Stelle am Strand, wo sich zwei Granitplatten trafen. Zwischen ihnen klaffte eine V-förmige Spalte.

»Warte bis nach der nächsten großen Welle«, sagte Harley.

Sie brach donnernd herein, und zum Schutz vor der Gischt zogen wir die Köpfe ein. Die Spalte lief voll, und das überschüssige Wasser schwappte über die Felsplatten und erreichte fast unsere Füße. Dann lief es wieder ab, und die Spalte leerte sich.

»Okay, absetzen«, befahl Harley. Er war außer Atem. »Halt dein Ende fest.«

Wir legten den Leichensack so ab, dass das Kopfende über den Fels hinaus in die Spalte ragte. Der Reißverschluss befand sich auf der Oberseite. Die Tote lag auf dem Rücken. Ich hielt die beiden Enden am Fußende fest. Harley stellte sich über den Sack, ging in die Hocke und zog das Kopfende weiter über die Spalte hinaus. Ich folgte ihm bei jedem Ruck und machte auf dem glitschigen Fels vorsichtige kleine Schritte. Die nächste Woge kam herein und schwappte unter dem Gummisack hinduch. Sie ließ ihn etwas aufschwimmen. Harley nutzte diese Gelegenheit, um den Sack noch etwas weiter hinauszuschieben. Ich folgte ihm. Die Flut wich zurück. Die Spalte leerte sich erneut. Der Regen prasselte auf den schwarzen Gummi, trommelte auf unsere Rücken. Es war schrecklich kalt.

Harley nutzte die folgenden fünf Wellen, um den Leichensack noch weiter nach vorn zu schieben, bis er fast ganz in der Spalte hing. Ich hielt nur noch den leeren Fußteil in den Händen. Die Tote war in den vorderen Teil gerutscht. Harley wartete, beobachtete das Meer und griff dann tief hinunter, um den Reißverschluss ganz aufzuziehen. Kam dann zurückgehastet und packte eine der beiden Ecken, die ich festgehalten hatte. Die siebte Woge donnerte an den Strand und durchnässte uns bis auf die Haut. Die Felsspalte füllte sich, und als die Flut zurückwich, saugte sie die Leiche regelrecht aus dem Gummisack. Sie schwamm noch einen Augenblick bewegungslos unter uns, bevor sie von der Unterströmung mit- und in die Tiefe gerissen wurde. Ich sah langes blondes Haar, das im Wasser trieb, und blasse Haut mit grauen und grünen Schatten. Dann war sie verschwunden. Das aus der Spalte ablaufende Wasser schäumte rot.

»Verdammt starke Strömung hier«, meinte Harley.

Ich schwieg.

»Die Unterströmung reißt sie weit mit«, erklärte er. »Jedenfalls ist noch keine wieder aufgetaucht. Zieht sie ein bis zwei Meilen raus und dabei immer tiefer. Und dort draußen gibt's Haie, glaub ich. Und alle möglichen anderen Viecher. Du weißt schon, Krabben, Muränen, solches Zeug.«

Ich schwieg.

»Bisher ist noch keine wieder aufgetaucht«, sagte er noch einmal.

Ich sah ihm ins Gesicht, und er lachte mich an. Sein Mund war ein gähnendes Loch. Die wenigen Zähne, die er besaß, waren faulige gelbe Stummel. Ich wandte den Blick ab. Die nächste Woge kam herein. Sie war viel kleiner, doch als sie ablief, ließ sie die Felsspalte sauber gewaschen zurück. Man hätte glauben können, hier sei nie etwas geschehen. Als ob es die Tote nie gegeben hätte. Harley richtete sich unbeholfen auf und zog den Reißverschluss des leeren Leichensacks zu. Wasser schwappte heraus und lief über die Felsen ab. Er machte sich daran, den Gummisack aufzurollen. Ich drehte mich zum Haus um. Beck stand an der Küchentür, allein, und beobachtete uns.

Wir gingen, von Regen und Salzwasser durchnässt, ins Haus zurück. Beck verschwand wieder in der Küche. Wir folgten ihm hinein. Harley lungerte in der Nähe der Tür herum, als spüre er, dass er hier nichts verloren hatte.

»Sie war ein Federal Agent?«, fragte ich.

»Eindeutig«, sagte Beck.

Seine Sporttasche stand mitten auf dem Küchentisch, auffällig, wie ein Beweismittel der Staatsanwaltschaft in einem Gerichtssaal. Er zog den Reißverschluss auf und wühlte in der Tasche herum.

»Sehen Sie sich das an«, sagte er.

Er nahm ein Bündel heraus, legte es auf den Tisch, zog den Stoff auseinander und nahm Duffys Glock 19 heraus.

»Das alles war in dem Wagen versteckt, den sie benutzen durfte«, sagte er.

»In dem Saab?«, fragte ich, weil ich irgendetwas sagen musste.

Er nickte. »Im Stauraum fürs Reserverad. Unter dem Kofferraumboden.« Er legte die Glock auf den Tisch, wickelte zwei Reservemagazine aus dem Lappen und legte sie daneben. Danach folgten die abgebogene Ahle und das geschärfte Stemmeisen. Und Angel Dolls Schlüsselring.

Ich bekam kaum noch Luft.

»Diese Ahle ist ein Dietrich, nehme ich an«, sagte Beck.

»Wie beweist das alles, dass sie ein Federal Agent war?«, wollte ich wissen.

Er nahm die Glock vom Tisch, drehte sie um und wies auf die rechte Seite des Schlittens.

»Fabriknummer«, sagte er. »Wir haben bei Glock in Österreich nachgefragt. Über Computer. Wir haben Zugang zu solchen Informationen. Diese Pistole wurde vor ungefähr einem Jahr an die US-Regierung verkauft. Im Rahmen einer großen Lieferung für Federal Agents, das Modell 17 für Männer, das

Modell 19 für Frauen. Daher wissen wir, dass sie ein Federal Agent war.«

Ich starrte die Fabriknummer an. »Hat sie's geleugnet?«

Er nickte. »Natürlich. Sie hat behauptet, sie hätte das Zeug eben erst gefunden. Hat lang und breit darüber geredet. Tatsächlich hat sie versucht, Sie anzuschwärzen. Hat behauptet, dies seien Ihre Sachen. Aber sie leugnen natürlich immer, stimmt's? Dafür sind sie ausgebildet, vermute ich.«

Ich sah weg, starrte durchs Küchenfenster aufs Meer hinaus. *Warum hat sie alles mitgenommen? Warum hat sie es nicht einfach liegen gelassen?*

»Sie sehen bestürzt aus«, stellte Beck fest.

Und wie hat sie es überhaupt gefunden?

»Sie sehen bestürzt aus«, wiederholte er.

Ich war viel mehr als nur bestürzt. Sie war unter Qualen gestorben. Und ich war schuld an ihrem Tod.

»Ich bin hier für Sicherheit zuständig«, sagte ich. »Ich hätte sie verdächtigen müssen.«

»Das sind Sie erst seit gestern Abend«, erklärte Beck. »Machen Sie sich also deswegen keine Vorwürfe. Es wäre Dukes Aufgabe gewesen, sie zu enttarnen.«

»Aber ich hätte sie nie verdächtigt«, sagte ich. »Ich hab sie nur für das Dienstmädchen gehalten.«

»Hey, ich auch«, sagte er. »Duke ebenfalls.«

Ich starrte wieder auf das stürmische Meer hinaus und konnte es noch immer nicht begreifen. *Sie hat die Sachen gefunden. Aber warum hat sie sie so gut versteckt?*

»Das hier ist der endgültige Beweis«, sagte Beck.

Ich wandte mich ihm zu und beobachtete, wie er ein Paar Schuhe aus der Sporttasche zog. Schwere, schwarze, klobige Dinger, die sie immer getragen hatte.

»Sehen Sie sich das an«, sagte er.

Er legte den rechten Schuh auf die Seite und zog mit den Fingernägeln einen Stift aus dem Gummiabsatz. Dann drehte er den Absatz wie eine kleine Tür und hielt den Schuh wieder richtig herum. Schüttelte ihn etwas. Ein kleines schwarzes Plastikrechteck fiel klappernd auf den Tisch. Es landete mit dem Gesicht nach unten. Er drehte es um.

Vor mir lag ein winziger E-Mail-Sender, exakt mit meinem Gerät identisch.

Beck hielt mir den Schuh hin. Ich griff danach. Starrte ihn verständnislos an. Ein Damenschuh in Größe sechs. Für einen kleinen Fuß gemacht. Aber er war vorn ziemlich breit und hatte deshalb einen Blockabsatz, um das optische Gleichgewicht wieder herzustellen. Aus dem Absatz war ein rechteckiger Hohlraum herausgeschnitten, mit dem in meinem Schuh identisch. Saubere Arbeit, die Geduld erfordert hatte. Vor allem keine Maschinenarbeit. Der Hohlraum ließ dieselben schwachen Werkzeugspuren erkennen wie der in meinem Schuh. Das geheime Arsenal von Federal Agents ist oft erstaunlich primitiv. Schießkugelschreiber und in Uhren eingebaute Kameras sind die große Ausnahme.

»Was denken Sie?«, fragte Beck.

Ich dachte darüber nach, wie ich mich fühlte. Ich befand mich auf einer emotionalen Achterbahn. Die Irin war tot, aber ich hatte sie doch nicht umgebracht. An ihrem Tod waren die staatlichen Computer schuld, was mich erleichterte. Aber ich war auch ziemlich wütend. *Was zum Teufel hat Duffy sich dabei gedacht?* Was hatte sie mit diesem Scheiß erreichen wollen? Eine eiserne Regel besagte, dass man niemals zwei oder mehr Leute verdeckt am selben Ort arbeiten lassen durfte, ohne dass sie voneinander wussten. Das war ein absolutes Prinzip. Sie hatte mir von Teresa Daniel erzählt. *Weshalb hat sie dann diese andere Frau mit keinem Wort erwähnt?*

»Unglaublich«, sagte ich.

»Die Batterie ist leer«, stellte Beck fest. Er hielt das Gerät in beiden Händen, drückte mit beiden Daumen darauf, als sei es ein Videospiel. »Jedenfalls funktioniert es nicht.«

Er hielt es mir hin. Ich griff danach und drückte die vertraute *Power*-Taste. Aber der kleine Bildschirm blieb dunkel.

»Wie lange war sie hier?«, fragte ich.

»Acht Wochen«, antwortete Beck. »Wir haben Mühe, Hauspersonal zu finden. Hier draußen ist's einsam. Und dann gibt's noch Paulie, wissen Sie. Und auch Duke war nicht gerade umgänglich.«

»Acht Wochen hält wohl keine Batterie.«

»Wie werden sie jetzt weiter vorgehen?«, fragte er.

»Keine Ahnung«, entgegnete ich. »Ich war nie bei den Feds.«

»Ganz allgemein«, sagte er. »Sie müssen sich mit solchen Fällen doch auskennen.«

Ich zuckte mit den Schultern.

»Ich vermute, dass sie damit gerechnet haben«, erklärte ich. »Als Erstes reißt immer die Nachrichtenverbindung ab. Auch wenn sie vom Radar verschwindet, macht man sich nicht gleich Sorgen. Ihnen bleibt nichts anderes übrig, als sie im Einsatz zu lassen. Ich meine, sie können sie nicht hier anrufen, um sie zurückzubeordern, oder? Sie sind wohl davon ausgegangen, dass sie eine Möglichkeit finden würde, den Akku wieder aufzuladen.« Ich drehte das Gerät auf die Seite und deutete auf den kleinen Anschluss am Boden. »Sieht so aus, als bräuchte dieses Ding ein Handy-Ladegerät, irgendwas in der Art.«

»Würden sie Leute losschicken, um sie suchen zu lassen?«

»Irgendwann«, sagte ich. »Vermutlich.«

»Wann?«

»Keine Ahnung. Nicht gleich, denke ich.«

»Wir werden leugnen, sie jemals hier gesehen zu haben. Es gibt keinen Beweis dafür, dass sie hier war.«

»Dann müssen Sie ihr Zimmer sehr gründlich putzen lassen«, sagte ich. »Dort gibt es reichlich Fingerabdrücke, Haare und DNA-Spuren.«

»Sie ist uns empfohlen worden«, sagte er. »Wir geben keine Anzeigen auf. Leute, die wir in Boston kennen, haben sie an uns verwiesen.«

Er sah mich an. Ich dachte: *Leute in Boston, die auf ein milderes Urteil hoffen und deshalb bereit sind, staatlichen Stellen auf alle nur mögliche Weise behilflich zu sein.* Ich nickte.

»Schwierig«, meinte ich. »Denn was sagt das schon über sie?«

Beck nickte ebenfalls, mürrisch. Er stimmte mir zu. Wusste, was ich meinte. Dann griff er nach dem großen Schlüsselbund, der neben dem Stemmeisen lag.

»Ich glaube, der hat Angel Doll gehört«, sagte er.

Ich schwieg.

»Folglich ist das Ganze ein dreifacher Albtraum«, stellte er fest. »Wir wissen, dass Doll mit den Typen in Hartford unter einer Decke steckt und unsere Bostoner Freunde in Verbindung mit den Feds stehen. Und jetzt zeigt sich, dass auch Doll mit den Feds zusammenarbeitet. Weil er dieser verdeckt arbeitenden Schlampe seine Schlüssel gegeben hat. Was bedeutet, dass die Jungs in Hartford ebenfalls mit den Feds gemeinsame Sache machen. Doll ist tot, dafür hat Duke gesorgt, aber ich habe trotzdem noch Hartford, Boston *und* die Feds auf dem Hals. Ich werde Sie brauchen, Reacher.«

Ich sah zu Harley hinüber. Er starrte in den Regen hinaus.

»War's nur Doll?«, fragte ich.

Beck nickte. »Davon hab ich mich schon überzeugt. Es war nur Doll. Die anderen sind zuverlässig. Sie halten zu mir. Sie haben sich ausdrücklich wegen Doll entschuldigt.«

»Okay«, sagte ich.

Nun geschah eine Weile nichts. Dann wickelte er meine Sachen wieder ein und legte sie in die Sporttasche zurück. Warf den E-Mail-Sender mit dem leeren Akku hinein und stellte die Schuhe obendrauf.

»Ich habe etwas dazugelernt«, sagte er. »Ab sofort werde ich die Schuhe von Leuten inspizieren, das steht fest. Darauf können Sie Gift nehmen!«

Ich riskierte mein Leben, indem ich meine Schuhe anbehielt. Ich ging in Dukes Zimmer und warf einen Blick in den Kleiderschrank. Dort standen vier Paar Schuhe. Keine Modelle, die ich mir selbst ausgesucht hätte, aber halbwegs vernünftig und ziemlich genau meine Größe. Trotzdem ließ ich sie stehen. Gleich jetzt mit anderen Schuhen herumzulaufen, hätte alle stutzig gemacht. Und wenn ich meine Schuhe verschwinden lassen wollte, mussten sie ganz verschwinden. Es hatte keinen Zweck, sie hier in den Schrank zu stellen, wo jeder, der einen Zweitschlüssel besaß, sie unter die Lupe nehmen konnte. Ich würde sie aus dem Haus schaffen müssen. Und das ging vorläufig nicht. Also behielt ich sie an.

Und außerdem brauchte ich sie noch. Obwohl ich mit dem Gedanken spielte, es zu tun, konnte ich die Verbindung zu Duffy vorläufig nicht abreißen lassen. Zumindest jetzt noch nicht. Ich sperrte mich in Dukes Bad ein und zog den E-Mail-Sender heraus. Das war ein seltsames Gefühl. Als ich das Gerät einschaltete, erschien auf dem kleinen Bildschirm eine Nachricht: *Wir müssen uns treffen.* Ich drückte die Antworttaste und sendete: *Da hast du verdammt Recht.* Dann schaltete ich das Gerät aus, steckte es in meinen Absatz zurück und ging wieder in die Küche hinunter.

»Sie fahren mit Harley«, wies Beck mich an. »Sie müssen den Saab holen.«

Die Köchin war nicht da. Die Arbeitsflächen sahen sauber und aufgeräumt aus. Der Herd war kalt. Mir schien es, als müsste ein Schild *Geschlossen* an der Tür hängen.

»Was ist mit Mittagessen?«, fragte ich.

»Haben Sie Hunger?«

Ich dachte daran, wie das Meer den Leichensack aufgebläht und die Tote mitgerissen hatte. Sah ihr Haar unter Wasser. Sah das Blut ablaufen, rosa und wässrig. Nein, ich hatte keinen Hunger.

»Wie ein Bär«, antwortete ich.

Beck grinste verlegen. »Sie sind ein eiskalter Hund, Reacher.«

»Ich habe schon öfter Tote gesehen. Ich rechne damit, weitere zu sehen.«

Er nickte. »Die Köchin hat heute frei. Essen Sie auswärts, okay?«

»Ich habe kein Geld.«

Er griff in seine Hosentasche und zog einen Packen Geldscheine heraus. Wollte ein paar abzählen, zuckte dann mit den Schultern und drückte mir das ganze Bündel in die Hand. Das mussten fast tausend Dollar sein.

»Für Spesen«, sagte er. »Über Ihr Gehalt reden wir später.«

Ich steckte das Geld ein.

»Harley wartet draußen im Auto«, informierte er mich.

Ich trat ins Freie und schlug den Kragen hoch. Der Lincoln parkte an der Hausecke. Der Kofferraumdeckel war geschlossen. Harley trommelte mit den Fingern aufs Lenkrad. Ich stieg neben ihm ein und fuhr den Sitz zurück, um mehr Beinfreiheit zu haben. Harley ließ den Motor an, schaltete die Scheibenwischer ein und fuhr los. Wir mussten warten, während Paulie die ums Tor geschlungene Sperrkette abnahm. Harley fummelte an der Heizung herum und drehte sie voll auf. Unsere nassen Sachen bewirkten, dass die Scheiben anliefen. Paulie ließ sich Zeit. Harley begann wieder aufs Lenkrad zu trommeln.

»Ihr beide arbeitet für denselben Mann?«, fragte ich ihn.

»Paulie und ich? Klar.«

»Wer ist er?«

»Hat Beck dir das nicht gesagt?«

»Nein.«

»Dann tu ich's besser auch nicht.«

»Schwierig für mich, meine Arbeit ohne Informationen zu tun«, meinte ich.

»Das ist dein Problem«, sagte er. »Nicht meins.«

Harley bedachte mich wieder mit einem Grinsen, das seine Zahnstummel sehen ließ. Ich stellte mir vor, wie meine Faust mit einem einzigen Schlag all die kleinen Stummel eliminieren würde. Aber ich schlug nicht zu. Paulie bekam endlich die Kette ab und öffnete das Tor. Harley gab sofort Gas, schaltete die Scheinwerfer ein und beschleunigte rasant. Ich lehnte mich in meinen Sitz zurück. Wir fuhren wie üblich die ersten zwölf Meilen westlich, weil es keine andere Möglichkeit gab, bogen dann auf die Route One nach Norden in Richtung Portland ab.

Draußen goss es in Strömen. Ich konnte kaum die Schlusslichter der vor uns fahrenden Wagen erkennen. Harley sprach kein Wort. Er wiegte sich nur auf dem Fahrersitz vor und zurück und trommelte aufs Lenkrad. Er fuhr nicht sehr flüssig, gab ständig Gas oder stand auf der Bremse. Wir beschleunigten, bremsten, beschleunigten, bremsten. So ging es lange zwanzig Meilen dahin.

Dann schwenkte die Straße nach Westen, und ich sah links neben uns die I-95. Jenseits von ihr lag ein schmaler Streifen graues Meerwasser, hinter dem sich der Flughafen Portland erstreckte. Dort startete gerade eine Maschine, die riesige Wasserfontänen hinter sich herzog. Als Nächstes tauchte links von uns eine Ladenzeile mit davor angeordneten Parkplätzen auf. Hier gab es die Art Geschäfte, die man in einem Billig-Einkaufszentrum zwischen zwei Flughafenzubringern zu finden erwartet. Auf dem Parkplatz standen etwa zwanzig Wagen – alle vorwärts eingeparkt mit den Stoßstangen an der niedrigen Begrenzungsmauer. Der alte Saab war das fünfte Auto von links. Harley hielt direkt hinter ihm. Trommelte mit den Fingern aufs Lenkrad.

»Okay, der gehört dir«, sagte er. »Schlüssel sind im Türfach.«

Ich stieg aus. Kaum hatte ich die Tür geschlossen, gab er wieder Gas. Aber er fuhr nicht auf die Route One zurück. Am Ende des Parkplatzes bog er zuerst links, dann sofort wieder rechts ab. Ich beobachtete, wie er die große Limousine langsam über die aus Beton gegossene improvisierte Zufahrt zum Nachbargrundstück rollen ließ und hinter einigen neuen Gebäuden verschwand. Es waren lange niedrige Bauten aus bunt lackiertem Wellblech. Irgendeine Art Gewerbegebiet. Zwischen diesen Gebäuden lag ein Netz aus schmalen, nass glänzenden Asphaltstraßen. Ich sah den Lincoln noch einmal, als er in einer Lücke zwischen zwei Gebäuden auftauchte. Harley fuhr langsam, als sei er auf der Suche nach einem Parkplatz. Dann verschwand der Lincoln hinter einem anderen Gebäude und tauchte nicht wieder auf.

Ich drehte mich um. Der Saab war vor einem Spirituosenladen eingeparkt. Links daneben lag ein Geschäft, das Stereoanlagen für Autos verkaufte. Das Schaufenster des Ladens auf der anderen Seite hing voller nachgemachter Kristallkronleuchter. Ich bezweifelte, dass das Dienstmädchen mit dem Auftrag unterwegs gewesen war, einen neuen Kronleuchter zu besorgen. Oder in den Saab einen CD-Spieler einbauen zu lassen. Also musste sie im Spirituosenladen gewesen sein. Und dort hatten sie ihr aufgelauert. Vier, vielleicht fünf Männer. Nach der ersten Schrecksekunde würde sie sich aus einem unbeholfenen Dienstmädchen in eine um ihr Leben kämpfende Agentin verwandelt haben. Aber damit würden diese Leute gerechnet haben. Ich sah nach beiden Richtungen den Gehsteig entlang. Dann begutachtete ich den Spirituosenladen. Sein Schaufenster stand voller Kartons. Die Sicht nach draußen schien ziemlich schlecht zu sein. Aber ich ging trotzdem hinein.

Der Laden war ebenfalls voller Kartons, aber menschenleer. Er war kalt und staubig. Der Verkäufer hinter der Theke, ein Mann um die fünfzig, hatte graues Haar und graue Haut und trug ein graues Hemd. Er sah aus, als sei er seit einem Jahrzehnt nicht mehr an der frischen Luft gewesen. Hier gab es nichts, das ich hätte kaufen wollen, um das Eis zu brechen. Also verzichtete ich auf alles Geplänkel und stellte ihm meine Frage.

»Sehen Sie den Saab dort draußen?«, fragte ich.

Er machte eine große Schau daraus, sich den Hals zu verrenken, um nach draußen blicken zu können.

»Ja«, antwortete er.

»Haben Sie gesehen, was mit der Fahrerin passiert ist?«

»Nein«, sagte er.

Leute, die sofort *nein* sagen, lügen meist. Ich griff in meine Tasche, ertastete das Geldbündel, das ich von Beck hatte, und zog den obersten Schein ab. Holte ihn heraus. Ich hatte einen Hunderter erwischt. Ich faltete ihn der Länge nach und hielt ihn zwischen Daumen und Zeigefinger hoch.

»Also, was haben Sie gesehen?«, fragte ich.

Er blickte nach links. Von mir aus gesehen nach rechts. Zum Gewerbepark mit den Wellblechfassaden. Nur ein rascher Blick, verstohlen, hinüber und zurück.

»Nichts«, erwiderte er.

»Schwarzer Town Car?«, fragte ich. »Ist nach dort drüben weggefahren?«

»Ich hab nichts gesehen«, sagte er. »Hatte zu tun.«

Ich nickte. »Hier geht's ja zu wie im Taubenschlag, das sieht man. Ein Wunder, dass ein einzelner Mensch diesem Druck standhalten kann.«

»Ich war hinten. Am Telefon, glaub ich.«

Ich hielt ihm den Hunderter noch eine Weile hin. Hundert steuerfreie Dollar hätten seine Wocheneinnahmen bestimmt erheblich aufgebessert. Doch er wandte den Blick ab. Auch das verriet mir viel.

»Okay«, sagte ich, steckte mein Geld wieder ein und ging hinaus.

Ich fuhr mit dem Saab auf der Route One zweihundert Meter nach Süden und hielt an der ersten Tankstelle, die ich sah. Ging hinein und kaufte eine Flasche Mineralwasser und zwei Schokoriegel. Auf die Gallone umgerechnet kostete das Wasser viermal so viel, wie ich für Benzin hätte bezahlen müssen. Ich trat ins Freie, blieb unter dem Tankstellendach, packte einen Schokoriegel aus und begann ihn zu verspeisen. Benutzte die Zeit, um mich umzusehen. Ich wurde nicht beschattet. Also trat ich an die Münztelefone und rief Duffy an. Ihre Telefonnummer im Motel hatte ich mir gemerkt. Sie meldete sich beim zweiten Klingeln.

»Fahr nach Norden, nach Saco«, erklärte ich. »Gleich jetzt. Wir treffen uns in dem großen Klinkergebäude auf der Insel im Fluss. In dem Coffeeshop, der Café Café heißt. Wer als Letzter kommt, zahlt für beide.«

Den Schokoriegel aß ich während der Fahrt nach Süden auf. Der Saab war alt und klapprig, hart gefedert und im Vergleich zu Becks Cadillac oder Harleys Lincoln sehr laut. Die Fußmatten waren abgetreten und lose. Der Meilenzähler zeigte eine sechsstellige Zahl an. Aber der Wagen fuhr. Er hatte anständige Reifen, und die Scheibenwischer funktionierten. Und er verfügte über schöne große Spiegel, in die ich unterwegs häufig einen Blick warf. Niemand beschattete mich. Ich erreichte den Coffeeshop als Erster. Bestellte mir einen doppelten Espresso, um den Schokoladegeschmack in meinem Mund loszuwerden.

Duffy kam etwa sechs Minuten später. Sie blieb am Eingang stehen, sah sich um und kam dann lächelnd auf mich zu. Sie trug frisch gewaschene Jeans und ein blaues Baumwollhemd, darüber ihre Lederjacke und einen verknitterten alten Regenmantel, der ihr viel zu groß war.

»Sind wir hier sicher?«, fragte sie.

Ich gab keine Antwort.

»Was ist?«, fragte sie.

»Du zahlst«, sagte ich. »Du bist nach mir gekommen. Ich nehme noch einen Espresso. Und du schuldest mir das Geld für den ersten.«

Sie sah mich verständnislos an, ging dann an die Theke und kam mit einem doppelten Espresso für mich und einem Cappuccino für sich zurück. Ihr Haar war ziemlich nass. Sie musste irgendwo auf der Straße geparkt haben und das letzte Stück zu Fuß gegangen sein. Jetzt zählte sie schweigend das Geld für meinen ersten Espresso ab und schob es mir über den Tisch. Auch Kaffee war etwas, das hier in Maine teurer als Benzin war.

»Was ist los?«, fragte sie.

Ich gab keine Antwort.

»Reacher, was ist los?«

»Du hast dort vor acht Wochen eine weitere Agentin eingeschleust«, antwortete ich. »Warum hast du mich darüber nicht informiert?«

»Was soll das heißen?«

»Was ich gesagt habe.«

»Welche Agentin?«

»Sie ist heute Morgen gestorben. Sie musste eine radikale beidseitige Mastektomie ohne Narkose über sich ergehen lassen.«

Sie starrte mich an. »Teresa?«

Ich schüttelte den Kopf.

»Nicht Teresa«, sagte ich. »Die andere.«

»Welche andere?«

»Erzähl mir keinen Scheiß«, schimpfte ich.

»Welche andere?«

Ich musterte sie. Durchdringend. Dann sanfter. In diesem Coffeeshop herrschte ein ganz eigenartiges Licht. Vielleicht stammte es von dem vielen hellen Holz, dem Edelstahl, dem Glas und dem Chrom. Es war das reinste Röntgenlicht. Wie ein Wahrheitsserum. Es hatte mir Elizabeth Becks echtes Erröten gezeigt. Jetzt rechnete ich damit, dass es mir eine ähnliche Reaktion Duffys zeigen würde. Ich erwartete, sie verlegen und beschämt erröten zu sehen, weil ich ihr auf die Schliche gekommen war. Aber das Licht zeigte mir nur verständnislose Überraschung. Die stand ihr ins Gesicht geschrieben. Sie war vor Schock kreidebleich geworden. Alles Blut schien aus ihrem Gesicht gewichen zu sein. Und auch das war ein Vorgang, den man – ähnlich wie das Erröten – nicht willkürlich herbeiführen kann.

»Welche *andere*?«, fragte sie wieder. »Wir hatten nur Teresa dort. Was soll das heißen? Willst du mir beibringen, dass sie tot ist?«

»Nicht Teresa«, wiederholte ich. »Im Haus war eine weitere Agentin. Sie hatte sich als Dienstmädchen anstellen lassen.«

»Nein«, sagte sie. »Nur Teresa.«

Ich schüttelte erneut den Kopf. »Ich habe die Leiche gesehen. Das war nicht Teresa.«

»Ein Dienstmädchen?«

»Sie hatte einen E-Mail-Sender im Schuh«, sagte ich. »Genau das gleiche Ding wie meiner. Ihren Absatz hat derselbe Hersteller ausgehöhlt. Ich habe seine Arbeitsweise wiedererkannt.«

»Ausgeschlossen!«, sagte sie.

Ich musterte sie prüfend.

»Das hätte ich dir erzählt«, sagte sie. »Natürlich hätte ich's dir erzählt. Und ich hätte dich nicht *gebraucht*, wenn ich bereits eine Agentin im Haus gehabt hätte. Verstehst du das nicht?«

Jetzt war *ich* verlegen.

»Wer zum Teufel war sie also?«, wollte ich wissen.

Sie gab keine Antwort. Begann ihre Tasse auf der Untertasse zu drehen, dachte wie verrückt nach.

»Vor acht Wochen?«, sagte sie.

Ich nickte.

»Was hat sie auf ihre Spur gebracht?«, fragte sie.

»Sie sind in deinen Computer eingedrungen«, antwortete ich. »Heute Morgen, vielleicht schon gestern Abend.«

Sie sah von ihrer Tasse auf. »Danach hast du mich also gefragt?«

Ich nickte.

»Teresa ist nicht im Computer«, sagte sie. »Sie arbeitet inoffiziell.«

»Hast du Eliot gefragt?«

»Ich habe etwas noch Besseres gemacht«, erwiderte sie. »Ich habe seine gesamte Festplatte überprüft. Und alle seine Dateien auf unserem Server in Washington. Ich habe Zugang zu sämtlichen Unterlagen. Ich habe nach Stichwörtern wie Teresa, Daniel, Justice, Maine und verdeckte Ermittlungen gesucht. Und er hatte nirgends etwas dergleichen gespeichert.«

Ich schwieg.

»Wie ist's passiert?«, fragte sie.

»Keine Ahnung«, sagte ich. »Ich denke, der Computer hat ihnen erst verraten, dass ihr jemanden eingeschleust hattet – und später hinzugefügt, dass es eine Frau war. Kein Name, keine Einzelheiten. Also haben sie angefangen, sie zu suchen. Und ich fürchte, dass ich mit daran schuld bin, dass sie entdeckt wurde.«

»Wieso?«

»Ich hatte ein Versteck angelegt«, erklärte ich. »Mit deiner Glock, der Munition und ein paar anderen Sachen. Sie hat das Zeug gefunden und in dem Auto versteckt, das ihr zur Verfügung stand.«

Duffy schwieg einen Moment.

»Okay«, sagte sie. »Und du glaubst jetzt, dass deine Sachen sie belastet haben, als ihr Auto gefilzt worden ist?«

»Vermutlich.«

»Aber vielleicht haben sie erst *sie* durchsucht und dabei das Ding im Schuh entdeckt.«

»Das kann ich nur hoffen.«

Sie verzog das Gesicht. »Mach dir deswegen keine Vorwürfe. Dafür kannst du nichts. Nachdem sie in den Computer eingedrungen waren, war's nur noch eine Frage der Zeit, wann sie die richtige Frau finden würden. Beide sind dafür in Frage gekommen. Ich meine, wie viele Frauen standen denn zur Auswahl? Wahrscheinlich nur Teresa und sie. Sie konnten gar nicht fehlgehen.«

Ich nickte. Natürlich gab es auch Elizabeth. Und es gab die Köchin. Aber beide würden auf einer Liste verdächtiger Personen nicht sehr weit oben stehen. Elizabeth war schließlich Becks Ehefrau und die Köchin vermutlich seit Jahren im Haus.

»Aber wer war sie?«, fragte ich.

Duffy spielte wieder mit ihrer Tasse.

»Das liegt auf der Hand, fürchte ich«, sagte sie. »Denk an den Zeitablauf. Rechne von heute aus zurück. Vor elf Wochen habe ich den Scheiß mit den Überwachungsfotos gemacht. Vor zehn Wochen bin ich von dem Fall abgezogen worden. Aber weil Beck ein großer Fisch ist, konnte ich nicht aufgeben, daher habe ich vor neun Wochen Teresa bei ihm eingeschleust, ohne dass jemand etwas davon wusste. Aber weil Beck ein großer Fisch ist, müssen sie seinen Fall ohne *mein* Wissen jemand anders übertragen haben, und dieser Jemand hat vor acht Wochen zusätzlich zu Teresa eine Agentin als Dienstmädchen eingeschleust. Teresa wusste nicht, dass noch jemand kommen würde, und das angebliche Dienstmädchen wusste nicht, dass Teresa schon dort war.«

»Warum hat sie sich für meine Sachen interessiert?«

»Um die Situation im Griff zu haben, denke ich. Standardverfahren. Aus ihrer Sicht warst du durchaus nicht koscher. Du warst nur irgendein Revolvermann, ein Unruhestifter. Ein Copkiller, der Waffen versteckt. Vielleicht hat sie dich für jemanden aus einer konkurrierenden Bande gehalten und daran gedacht, dich bei Beck zu verpfeifen. Das hätte ihre Glaubwürdigkeit erhöht. Und sie musste dich aus dem Weg schaffen, weil sie keine zusätzlichen Komplikationen brauchen konnte. Hätte sie dich nicht bei Beck verpfiffen, hätte sie uns einen Tipp gegeben, wo sich ein Copkiller versteckt hält. Mich wundert, dass sie das nicht schon längst getan hatte.«

»Ihr Akku war leer.«

Sie nickte. »Acht Wochen. Dienstmädchen haben vermutlich nicht so leicht Zugang zu Handy-Ladegeräten.«

»Beck hat gesagt, sie sei aus Boston gekommen.«

»Klingt vernünftig«, sagte sie. »Wahrscheinlich von der Außenstelle Boston. Das würde geografisch hinkommen und erklären, warum wir in Washington nicht mal gerüchteweise von diesem Einsatz gehört haben.«

»Er hat gemeint, sie sei ihm von Freunden empfohlen worden.«

Sie nickte wieder. »Bestimmt Leute, die auf ein milderes Urteil hoffen. Die benutzen wir dauernd. Sie verraten einander nur allzu bereitwillig.«

Dann fiel mir etwas anderes ein, das Beck gesagt hatte.

»Wie hat Teresa mit euch Verbindung gehalten?«

»Sie besaß wie du einen E-Mail-Sender.«

»In einem Schuh?«

Duffy nickte. Ich bildete mir ein, Becks Stimme laut in meinem Kopf zu hören: *Ich habe etwas dazugelernt. Ab sofort werde ich die Schuhe von Leuten inspizieren, das steht fest. Darauf können Sie Gift nehmen!*

»Wann habt ihr zuletzt von ihr gehört?«

»Die Verbindung ist am zweiten Tag abgerissen. Wir haben fünf Wochen lang nichts mehr von ihr gehört. Dann ist eine Nachricht gekommen, die aus einem einzigen Wort bestand.«

»Aus welchem?«

»Hilfe«, sagte sie. »Das war's. Vor fast vier Wochen.«

»Wo hat sie gewohnt?«, fragte ich.

»In Portland. Wir haben sie in einem Apartment untergebracht. Sie war eine Büroangestellte, kein Dienstmädchen.«

»Bist du in der Wohnung gewesen?«

Sie nickte. »Seit dem zweiten Tag ist sie dort nicht mehr gesehen worden.«

»Hast du ihren Kleiderschrank inspiziert?«

»Warum?«

»Wir müssen wissen, was für Schuhe sie getragen hat, als sie gefangen genommen wurde.«

Duffy wurde erneut blass.

»Scheiße«, sagte sie.

»Richtig«, sagte ich. »Welche Schuhe sind im Schrank zurückgeblieben?«

»Die falschen.«

»Ob sie daran gedacht hat, den E-Mail-Sender verschwinden zu lassen?«

»Das hätte nichts genützt. Sie hätte auch die Schuhe verschwinden lassen müssen. Das Loch im Absatz würde Bände sprechen, stimmt's?«

»Wir müssen sie finden«, sagte ich.

»Allerdings!«, pflichtete sie mir bei. »Heute hat sie verdammtes Glück gehabt. Diese Kerle haben eine Frau gesucht und zufällig erst das Dienstmädchen unter die Lupe genommen. Wir können nicht davon ausgehen, dass sie weiterhin so viel Glück hat.«

Ich schwieg. *Großes Glück für Teresa, großes Pech für das Dienstmädchen.* Zu jedem Silberrand gehört eine Wolke. Duffy nahm einen kleinen Schluck von ihrem Cappuccino. Verzog das Gesicht, als schmecke er nicht, und stellte die Tasse wieder ab.

»Aber was hat sie verraten?«, fragte sie. »Ursprünglich? Das wüsste ich gern. Ich meine, sie ist nur zwei Tage lang unentdeckt geblieben. Und das war volle neun Wochen vor dem Einbruch in den Computer.«

»Mit welcher Legende hast du sie losgeschickt?«

»Mit der für solche Aufträge üblichen. Ledig, ungebunden, keine Angehörigen, keine Wurzeln. Wie du, nur dass du nichts zu spielen brauchtest.«

Ich nickte. *Eine attraktive Dreißigjährige, die nicht vermisst werden würde.* Eine große Versuchung für Typen wie Angel Doll oder Paulie. Vielleicht sogar unwiderstehlich. *Macht Spaß, sie um sich zu haben.* Und der Rest ihres Teams war möglicherweise noch schlimmer. Zum Beispiel Kerle wie Harley.

»Vielleicht hat sie nichts verraten«, erklärte ich. »Ist nur verschwunden, weißt du, wie's Frauen tun. Viele Frauen verschwinden. Vor allem jüngere. Ledige ohne Anhang. Passiert dauernd. Tausende pro Jahr.«

»Aber du hast den Raum entdeckt, in dem sie gefangen gehalten wurde.«

»Alle diese Verschollenen müssen irgendwo sein. Sie sind nur für uns verschollen. Sie selbst wissen, wo sie sind, und die Männer, die sie verschleppt haben, wissen es auch.«

Sie starrte mich an. »Glaubst du, dass es so was ist?«

»Wäre denkbar.«

»Wird sie's überleben?«

»Weiß ich nicht«, sagte ich. »Hoffentlich.«

»Lebt sie noch?«

Ich nickte. »Ich glaube, dass man sie leben lässt. Weil die Kerle nicht wissen, dass sie ein Federal Agent ist. Sie halten sie nur für eine Frau.«

Macht Spaß, sie um sich zu haben.

»Kannst du Teresa finden, bevor sie ihre Schuhe inspizieren?«

»Darauf kommen sie vielleicht nie«, erwiderte ich. »Sehen die Typen sie sozusagen in einem bestimmten Licht, würde es gewaltiges Umdenken erfordern, sie anders zu betrachten.«

Duffy spielte mit ihrem Kaffeelöffel.

»In einem bestimmten Licht«, wiederholte sie. »Warum sagen wir nicht einfach, was wir meinen?«

»Weil wir das nicht wollen«, antwortete ich.

Sie schwieg eine Weile. Dann sah sie mich an, als sei ihr gerade etwas eingefallen.

»Was ist mit *deinen* Schuhen?«, erkundigte sie sich.

Ich schüttelte den Kopf.

»Beck hat mir eine Beretta M9 gegeben«, sagte ich. »Sowie er sich bückt, um meine Schuhe zu untersuchen, jage ich ihm eine Kugel in den Kopf.«

»Aber er ist nur ein Geschäftsmann, stimmt's? Im Prinzip? Würde er Teresa wirklich etwas Schlimmes antun, ohne zu wissen, dass sie eine Gefahr für sein Geschäft darstellt?«

»Keine Ahnung«, sagte ich.

»Hat er das Dienstmädchen ermordet?«

Ich schüttelte den Kopf. »Das war Quinn.«

»Hast du's gesehen?«

»Nein.«

»Woher weißt du es dann?«

Ich sah weg.

»Ich habe die Arbeitsweise erkannt«, sagte ich.

Zum vierten Mal in meinem Leben sah ich Sergeant Dominique Kohl eine Woche nach unserem Abend in der Bar. Das Wetter war noch immer drückend heiß. Von den Bermudas her war ein Tropensturm zur Ostküste angekündigt. Ich hatte unzählige Fälle auf meinem Schreibtisch liegen. Es ging um Vergewaltigungen, Morde, Waffendiebstähle und Körperverletzungen. Ich hatte gerade mit einem Kumpel im kalifornischen Fort Irwin telefoniert, der mir erzählte, wenn der Wüstenwind wehe, sei es bei ihnen ganz ähnlich.

Kohl kam in Shorts und einem ärmellosen Top herein. Sie schien nicht zu schwitzen. Unter dem Arm trug sie die Akte, deren Umfang sich inzwischen verachtfacht hatte.

»Der Führungsring muss aus Metall sein«, sagte sie. »Das ist die abschließende Erkenntnis.«

»Tatsächlich?«

»Sie hätten ihn lieber aus Kunststoff hergestellt, aber damit wollten sie nur eine neue Technologie erproben.«

»Okay«, sagte ich.

»Ich versuche Ihnen zu erklären, dass die Konstruktion des Führungsrings abgeschlossen ist. Jetzt können sie sich wichtigeren Details widmen.«

»Haben Sie noch immer eine Schwäche für diesen Gorowski?«

Sie nickte. »Es wäre eine Tragödie, ihn zu verhaften. Er ist ein netter Kerl und ein unschuldiges Opfer. Und letzten Endes leistet er gute Arbeit und ist für die Army nützlich.«

»Was wollen Sie also tun?«

»Das wird schwierig«, antwortete sie. »Ich glaube, ich möchte ihn an Bord holen, damit er dem Erpresser gefälschtes Material liefert. Dann können wir die Ermittlungen weiterführen, ohne zu riskieren, dass tatsächlich etwas Brauchbares in die falschen Hände gelangt.«

»Aber?«

»Das richtige Ding wirkt wenig glaubhaft. Eine verrückte Konstruktion. Das Geschoss gleicht einem riesigen Dartpfeil. Es enthält keine Sprengladung.«

»Wie funktioniert es dann?«

»Durch kinetische Energie, dichtes Material, angereichertes Uran, solches Zeug. Haben Sie als Nebenfach Physik gehabt?«

»Nein.«

»Dann vestehen Sie die Konstruktion ohnehin nicht. Aber ich fürchte, dass der üble Kerl misstrauisch wird, wenn wir am ursprünglichen Entwurf herumpfuschen. Das würde Gorowski gefährden. Oder seine beiden kleinen Mädchen.«

»Sie wollen also echte Blaupausen weitergeben?«

»Ich denke, das müssen wir.«

»Sehr riskant«, gab ich zu bedenken.

»Die Entscheidung liegt bei Ihnen«, sagte sie. »Dafür kriegen Sie Ihr hohes Gehalt.«

»Ich bin Hauptmann«, sagte ich. »Ich würde von Essensgutscheinen leben, wenn ich jemals Zeit fürs Essen fände.«

»Entscheidung?«

»Sind Sie dem üblen Kerl schon auf der Spur?«

»Nein.«

»Sind Sie zuversichtlich, dass der Fall Ihnen nicht entgleitet?«

»Hundertprozentig.«

Ich lächelte. In diesem Augenblick erschien sie mir wie der beherrschteste Mensch, den ich je gesehen hatte. Glänzende Augen, ernster Gesichtsausdruck, Haar hinter die Ohren gestrichen, Khakishorts, knapper Khakitop, Socken und Springerstiefel, sonst überall nur sonnengebräunte Haut.

»Weitermachen«, befahl ich.

»Ich tanze nie«, sagte sie.

»Was?«

»Es hat nicht an Ihnen gelegen«, erklärte sie. »Eigentlich

hätte ich gern getanzt. Ihre Aufforderung hat mich gefreut. Aber ich tanze nie mit jemandem.«

»Warum nicht?«

»Nur ein Spleen«, sagte sie. »Ich fühle mich dabei nicht wohl. Ich bewege mich nicht sehr koordiniert.«

»Ich auch nicht.«

»Vielleicht sollten wir das privat üben«, schlug sie vor.

»Getrennt?«

»Persönliche Betreuung ist effektiver«, sagte sie. »Wie bei Alkoholikern.«

Dann zwinkerte sie mir zu und ging hinaus. Ein schwacher Hauch ihres Parfüms blieb in der schwülheißen Luft zurück.

Duffy und ich leerten schweigend unseren Kaffee. Mein rechter Schuh drückte. Er passte nicht richtig. Und er kam mir allmählich wie Fußkette und -kugel eines Sträflings vor. Anfangs war mir die Sache mit dem E-Mail-Sender genial erschienen. Ich erinnerte mich daran, wie ich das Gerät drei Tage zuvor zum ersten Mal in dem von Duke verschlossenen Zimmer herausgeholt hatte. *Ich bin drin.* Ich war mir wie ein Filmheld vorgekommen. Dann fiel mir ein, dass ich das Gerät zum letzten Mal vor anderthalb Stunden oben in Dukes Bad benutzt hatte. Beim Einschalten hatte ich Duffys Nachricht vorgefunden: *Wir müssen uns treffen.*

»Weshalb wolltest du mich treffen?«, fragte ich sie.

Sie schüttelte den Kopf. »Spielt jetzt keine Rolle mehr. Ich ändere den ursprünglichen Plan und streiche alle Ziele bis auf die Befreiung Teresas. Finde sie und hole sie dort raus, okay?«

»Was ist mit Beck?«

»An Beck kommen wir nicht heran. Ich hab wieder Mist gebaut. Das angebliche Dienstmädchen war eine legitime Agentin, aber Teresa war es nicht. Auch du nicht. Und jetzt ist das Dienstmädchen tot. Sie werden mich entlassen, weil ich Teresa und dich inoffiziell eingesetzt habe. Und sie werden die Ermittlungen gegen Beck einstellen, weil ich durch mein unerlaubtes Handeln dafür gesorgt habe, dass er nicht mehr verurteilt werden kann. Sieh also zu, dass du Teresa dort rausholst und wir alle nach Hause gehen können.«

»Okay«, sagte ich.

»Das mit Quinn musst du vergessen«, meinte sie. »Einfach abhaken.«

Ich schwieg.

»Wir haben auf ganzer Linie versagt«, fuhr sie fort. »Du hast nichts Brauchbares entdeckt. Überhaupt nichts. Keinerlei Beweise. Diese Sache war von Anfang bis Ende reine Zeitverschwendung.«

Ich schwieg.

»Wie meine Laufbahn«, sagte sie.

»Wann willst du das Justizministerium informieren?«

»Über den Tod des Dienstmädchens?«

Ich nickte.

»Natürlich sofort«, antwortete sie. »Das muss ich. Mir bleibt nichts anderes übrig. Aber ich will erst durch eigene Nachforschungen herausfinden, wer sie dort hingeschickt hat. Weil ich die schlimme Nachricht lieber von Angesicht zu Angesicht übermitteln möchte. Das gibt mir Gelegenheit, mich zu entschuldigen. Mach ich's anders, ist der Teufel los. Dann werden alle meine Zugangskodes gesperrt, ich bekomme einen Pappkarton in die Hand gedrückt und werde aufgefordert, meinen Schreibtisch binnen einer halben Stunde zu räumen.«

»Wie lange arbeitest du schon dort?«

»Sehr lange. Ich dachte, ich würde die erste Direktorin werden.«

Ich schwieg.

»Ich hätte's dir gesagt«, erklärte sie. »Ich hätte dir von einer weiteren Agentin erzählt, das schwöre ich dir.«

»Ich weiß«, entgegnete ich. »Tut mir Leid, dass ich voreilig falsche Schlüsse gezogen habe.«

»Das kommt vom Stress«, meinte sie. »Verdeckt arbeiten ist anstrengend.«

Ich nickte. »Ich komme mir in dem Haus wie in einem Spiegelkabinett vor. Eine Sache nach der anderen taucht auf. Und alles erscheint einem irreal.«

Wir verließen den Coffeeshop. Unsere Autos parkten nicht weit voneinander entfernt. Duffy küsste mich zum Abschied auf die Wange. Dann stieg sie in den Taurus und fuhr nach Süden davon. Ich setzte mich in den Saab und lenkte ihn zurück nach Norden.

Paulie hatte es nicht eilig, mir das Tor zu öffnen. Er ließ mich ein paar Minuten warten, bevor er überhaupt aus seinem Häuschen kam. Er trug noch immer den gelben Regenmantel, baute sich am Tor auf und starrte mich eine Minute lang an, bevor er sich mit dem Schloss befasste. Aber mir war das egal. Ich musste nachdenken. In meinem Kopf hörte ich Duffys Stimme: *Ich ändere den ursprünglichen Plan.* Beim Militär war ein Kerl namens Leon Garber die meiste Zeit direkt oder indirekt mein Boss gewesen. Leon hatte für alles eine Redensart parat. Beispielsweise hatte er gesagt: *Aufträge abändern ist clever, weil es verhindert, dass man schlechtem Geld gutes nachwirft.* Damit meinte er nicht wirklich Geld. Er meinte Arbeit, Ressourcen, Zeit, Willen, Anstrengung, Energie. Und er widersprach sich häufig genug selbst. Zum Beispiel, wenn er postulierte: *Man darf sich nie vom jeweiligen Job ablenken lassen.* Natürlich sind Sprichwörter platt. *Viele Köche verderben den Brei; geteiltes Leid ist halbes Leid; unter Blinden ist der Einäugige König; jedem recht getan, ist eine Kunst, die keiner kann.* Eliminierte man ein paar Widerspruchsebenen, zeigte sich, dass Leon sehr für Änderungen war. Er befürwortete Revisionen, weil sie Nachdenken erforderten, was noch niemandem geschadet hatte. Also dachte ich angestrengt nach, weil ich etwas spürte, das sich langsam und kaum merklich am Rand meines Bewusstseins festsetzte. Etwas, das mit einer Äußerung Duffys zusammenhing: *Du hast nichts Brauchbares entdeckt. Überhaupt nichts. Keinerlei Beweise.*

Ich hörte, wie das Tor sich öffnete, und hob den Kopf. Sah Paulie darauf warten, dass ich hindurchfuhr. Der Regen trommelte auf seinen Mantel. Er trug noch immer keine Mütze. Ich rächte mich ein wenig an ihm, indem ich ihn meinerseits eine Minute warten ließ. Duffys Revision passte mir sehr gut. Aus Beck machte ich mir nicht viel. Er war mir ziemlich egal. Aber ich wollte Teresa. Ich würde sie dort rausholen. Und ich würde Quinn erledigen, auch wenn Duffy nichts davon hören wollte. Die angekündigte Änderung hatte ihre Grenzen.

Ich sah zu Paulie, der geduldig wartete. Er war ein Idiot. Ich nahm den Fuß vom Bremspedal und rollte langsam durchs Tor. Dann gab ich Gas und fuhr in raschem Tempo zum Haus.

Ich stellte den Saab in die Garage und trat auf den Innenhof hinaus. Der Hausmeister war wieder in der dritten, der leeren Garage. Ich konnte nicht sehen, was er dort machte. Vielleicht hatte er nur Zuflucht vor dem Regen gesucht. Ich rannte ins Haus. Beck hörte, wie der Metalldetektor meine Ankunft ankündigte, und kam mir in der Küche entgegen. Er deutete auf seine Sporttasche. Sie stand immer noch genau in der Mitte des Küchentischs.

»Schaffen Sie diesen Scheiß weg«, befahl er. »Schmeißen Sie ihn ins Meer, okay?«

»Okay«, sagte ich. Er ging in die Eingangshalle zurück. Ich griff nach der Tasche, ging wieder hinaus und folgte der dem Meer zugekehrten Mauer des Garagenblocks. Unterwegs legte ich mein Bündel wieder in das Versteck am Fuß der Mauer. *Spare in der Zeit, so hast du in der Not.* Und ich wollte Duffy die Glock zurückgeben können. Auch ohne den Verlust ihrer Dienstwaffe melden zu müssen, steckte sie bereits tief genug in der Scheiße. Die meisten Dienste nahmen solche Verlustmeldungen sehr ernst.

Dann ging ich bis zum Rand der Felsen weiter und schleuderte die Tasche mit Schwung ins Meer. Sie überschlug sich in der Luft, sodass die Schuhe und der E-Mail-Sender herausfielen. Ich sah das kleine Plastikding ins Wasser plumpsen und wie ein Stein untergehen. Der linke Schuh kam mit der Zehenkappe voraus auf und folgte ihm. Die Sporttasche füllte sich wie ein Fallschirm mit Luft, landete mit der Öffnung nach unten, lief voll Wasser, kippte um und sank. Der rechte Schuh trieb noch einen Augenblick wie ein winziges schwarzes Boot auf den Wellen, bis er Schlagseite bekam und dann spurlos versank.

Im Haus war nichts los. Die Köchin blieb weiter unsichtbar. Richard hockte im Esszimmer, aß ein Sandwich und starrte in den Regen hinaus. Elizabeth hielt sich im Salon auf und las wieder. *Dr. Schiwago*. Beck war nirgends zu sehen. Ich vermutete ihn in seinem Kabinett, vielleicht in dem roten Ledersessel vor dem Sammlerschrank mit den Maschinenpistolen sitzend. Überall im Haus herrschte Ruhe. Das verstand ich nicht. Duffy hatte gesagt, für Beck seien fünf Container angekommen, und er selbst hatte von einem hektischen Wochenende gesprochen, aber niemand entfaltete irgendwelche Aktivitäten.

Ich ging in Dukes Zimmer, das ich nicht als das meine betrachtete. Ich streckte mich auf dem Bett aus und begann wieder nachzudenken. Versuchte zu ergründen, was sich am Rand meines Bewusstseins abspielte. *Das ist ganz einfach,* hätte Leon Garber gesagt. *Geh den Spuren nach. Erinnere dich an alles, was du gehört und gesehen hast.* Also ging ich den Spuren nach. Aber ich musste immer wieder an Dominique Kohl denken. Bei unserer fünften Begegnung fuhr sie mich mit einem olivgrünen Chevrolet nach Aberdeen, Maryland. Ich hatte nachträglich Bedenken, ob es richtig war, echte Blaupausen aus der Hand zu geben. Das war ein ziemlich hohes Risiko. Normalerweise hätte mir das kaum Sorgen bereitet, aber ich brauchte größere Erfolge, als wir bisher vorweisen konnten. Kohl hatte den toten Briefkasten und das angewandte Verfahren identifiziert, sodass wir wussten, wo, wann und wie Gorowski seinem Kontaktmann mitteilte, dass eine Sendung bereitlag. Aber sie hatte noch nicht herausgefunden, wie sie abgeholt wurde. Kannte noch immer nicht den Kontaktmann.

Die Kleinstadt Aberdeen liegt etwas über zwanzig Meilen nordöstlich von Baltimore. Gorowskis Methode bestand darin, am Sonntag in die Großstadt zu fahren und sein Material am Inner Harbor zurückzulassen. Damals war die Renovierung dieses Viertels in vollem Gang, aber die Leute hatten es noch nicht richtig angenommen, weswegen dort im Allgemeinen ziemliche Ruhe herrschte. Gorowski fuhr einen zwei Jahre alten leuchtend roten Mazda Miata. Nicht neu, aber auch nicht billig, weil er zur damaligen Zeit sehr beliebt und deshalb nicht mit Rabatt erhältlich war. Und der Wagen war ein Zweisitzer – für seine beiden kleinen Töchter wenig geeignet. Also würde er sich bald ein anderes Auto zulegen müssen. Wir wussten, dass seine Frau nicht vermögend war. Bei jemand anders hätte mir das vielleicht Sorgen gemacht, aber dieser Mann war Ingenieur. Er rauchte nicht, trank nicht. Da war es nur logisch, dass er sein Geld zusammenhielt, um zugreifen zu können, wenn ihm ein Wagen mit Handschaltung und Allradantrieb angeboten wurde.

An diesem Sonntag folgten wir ihm, als er seinen Wagen auf einem der Parkplätze am Hafen abstellte und sich auf eine Bank setzte. Er war ein stämmiger, ziemlich behaarter Mensch. Breitschultrig, aber nicht sehr groß. Er hielt die

Sonntagszeitung unter den Arm geklemmt und verbrachte einige Zeit damit, den Segelbooten zuzusehen. Dann schloss er die Augen und wandte sein Gesicht der Sonne zu. Nach etwa fünf Minuten öffnete er die Augen wieder, schlug seine Zeitung auf und begann zu lesen.

»Dies ist das fünfte Mal«, flüsterte Kohl mir zu. »Sein dritter Trip, seit die Konstruktion des Führungsrings abgeschlossen ist.«

»Bisher alles wie sonst?«, fragte ich.

»Identisch«, antwortete sie.

Gorowski beschäftigte sich ungefähr zwanzig Minuten lang mit seiner Zeitung. Er las sie tatsächlich, blätterte alle Teile durch, außer den Sportteil, was mir bei einem Yankee-Fan etwas merkwürdig erschien.

»Achtung, es geht los«, flüsterte Kohl.

Er sah auf und ließ einen gelbbraunen Umschlag aus festem Papier aus der Zeitung gleiten. Riss die linke Hand hoch, um einen Knick aus dem Zeitungsteil zu entfernen, den er gerade las, und um davon abzulenken, dass er gleichzeitig mit der Rechten den Umschlag in den Abfallbehälter, der am Ende der Bank angebracht war, fallen ließ.

»Gut gemacht«, sagte ich.

»Klar doch«, sagte sie. »Dieser Knabe ist nicht blöd.«

Ich nickte. Er war ziemlich gut, stand nicht sofort auf, sondern bieb noch ungefähr zehn Minuten sitzen und las weiter. Dann faltete er die Zeitung langsam und sorgfältig zusammen, trat an den Kai und blickte noch eine Zeit lang auf die Segelboote hinaus. Zuletzt wandte er sich ab und ging mit der Zeitung unter dem linken Arm zu dem Parkplatz zurück, auf dem sein Wagen stand.

»Jetzt kommt's!«, sagte Kohl.

Ich beobachtete, wie er mit der rechten Hand einen Kreidestummel aus der Hosentasche zog. Er streifte einen Lampenmasten und ließ einen kurzen Kreidestrich daran zurück. Das war die fünfte Markierung an dem Masten. Fünf Wochen, fünf Markierungen. Die ersten vier verblassten bereits. Ich starrte sie durchs Fernglas an, während Gorowski über den Parkplatz ging, in sein Cabrio stieg und wegfuhr.

»Was passiert jetzt?«, fragte ich.

»Absolut nichts«, antwortete Kohl. »Ich war schon zweimal zwei ganze Sonntage lang hier. Es taucht niemand auf. Nicht tagsüber, nicht in der Nacht.«

»Wann wird der Abfallkorb geleert?«

»Am Montagmorgen.«

»Vielleicht ist der Müllwerker der Verbindungsmann.«

Sie schüttelte den Kopf. »Ich hab mich erkundigt. Der Müllwagen verdichtet alles zu einer kompakten Masse, die direkt in die Verbrennungsanlage gebracht wird.«

»Unsere geheimen Baupläne gehen also in einem städtischen Müllofen in Flammen auf?«

»Nicht die schlechteste Lösung.«

»Vielleicht kommt einer dieser Leute von den Segelbooten nachts heimlich an Land.«

»Nur wenn der Betreffende unsichtbar ist.«

»Vielleicht gibt's also niemanden«, sagte ich. »Möglicherweise ist der Ablauf lange im Voraus festgelegt worden – und dann hat man den Kerl wegen einer anderen Sache verhaftet. Oder er hat kalte Füße bekommen und die Stadt verlassen. Oder er ist krank geworden und gestorben. Vielleicht funktioniert der ursprüngliche Plan längst nicht mehr.«

»Glauben Sie?«

»Eigentlich nicht«, sagte ich.

»Ziehen Sie jetzt die Notbremse?«, wollte sie wissen.

Ich nickte. »Das muss ich. Ich bin vielleicht ein Idiot, aber nicht ganz dumm. Diese Sache ist völlig aus dem Ruder gelaufen.«

»Kann ich mit Plan B weitermachen?«

Ich nickte wieder. »Nehmen Sie Gorowski fest, und drohen Sie ihm mit Erschießung. Dann versprechen Sie ihm, dass wir nett zu ihm sind, wenn er mitspielt und falsche Pläne übergibt.«

»Schwierig, sie überzeugend zu fälschen.«

»Gorowski soll sie selbst zeichnen«, sagte ich. »Schließlich geht's hier um seinen Arsch.«

»Oder den seiner Kinder.«

»Gehört alles mit zum Elterndasein«, sagte ich. »Das wird ihm helfen, sich zu konzentrieren.«

Sie schwieg einen Augenblick. Dann fragte sie: »Möchten Sie tanzen gehen?«

»Hier?«

»Wir sind weit von zu Hause entfernt. Hier kennt uns niemand.«

»Okay«, sagte ich.

Dann überlegten wir uns, dass es zum Tanzen noch zu früh war, weshalb wir uns ein paar Biere genehmigten und auf den Abend warteten. Die Bar, die wir fanden, war klein und dunkel. Mit viel Holz und Ziegelmauerwerk. Ein gemütliches Lokal mit einer Musikbox. Wir überlegten lange, welches Stück wir auswählen sollten, kamen aber zu keinem Entschluss. So warfen wir zuletzt einfach eine Münze ein, machten die Augen zu und drückten auf irgendeine Taste. Die Jukebox spielte uns *Brown Sugar* von den Rolling Stones, ein großartiger Song. Sie war tatsächlich eine ziemlich gute Tänzerin. Aber ich tanzte miserabel.

Danach waren wir außer Atem, setzten uns und bestellten eine neue Runde. Und dann wurde mir schlagartig bewusst, was Gorowski gemacht hatte.

»Es ist nicht der Umschlag«, erklärte ich. »Der ist leer. Es ist die Zeitung. Die Pläne sind in der Zeitung. Im Sportteil. Er hätte wenigstens die Spielberichte überfliegen müssen. Der Umschlag ist ein Ablenkungsmanöver für den Fall, dass er überwacht wird. Die Sache ist gut eingeübt. Er wirft die Zeitung später in einen anderen Abfallbehälter. *Nachdem* er den Kreidestrich gemacht hat. Vermutlich an der Parkplatzausfahrt.«

»Scheiße«, sagte Kohl. »Ich habe zwei Wochen vergeudet.«

»Und irgendjemand hat drei echte Blaupausen.«

»Jemand von uns«, sagte sie. »Militär, CIA oder FBI. Nur ein Profi kann so raffiniert sein.«

Die Zeitung, nicht der Umschlag. Zehn Jahre später lag ich in Maine auf einem Bett und erinnerte mich daran, wie Dominique Kohl getanzt und ein Kerl namens Gorowski langsam und sorgfältig seine Zeitung zusammengefaltet hatte, während er auf die Segelboote im Wasser hinausgeblickt hatte. *Die Zeitung, nicht der Umschlag.* Das schien noch jetzt irgendwie relevant zu sein. *Dies, nicht jenes.* Dann dachte ich daran, wie das Dienstmädchen meine Sachen unter dem Reserverad des Saabs versteckt hatte. Wäre dort noch mehr gewesen, hätte Beck es mit dem übrigen Belastungsmaterial auf dem Küchentisch ausgebreitet. Aber die Fußmatten des Saabs waren alt und lose. Wäre ich der Typ, der eine Pistole unter dem Reserverad verbarg, würde ich vielleicht Papiere unter den Fußmatten verstecken. Und mir vielleicht Notizen machen und schriftliche Aufzeichnungen anfertigen.

Ich wälzte mich vom Bett und trat ans Fenster. Der Nachmittag neigte sich seinem Ende zu. Draußen dämmerte es bereits. Der vierzehnte Tag, ein Freitag, war fast vorüber. Ich ging nach unten und dachte dabei an den Saab. Beck durchquerte gerade die Eingangshalle. Er war in Eile. Geistesabwesend. Er ging in die Küche und nahm den Telefonhörer ab. Drückte ihn kurz ans Ohr und hielt ihn dann mir hin.

»Kein Telefon funktioniert mehr«, sagte er.

Ich presste den Hörer ans Ohr und horchte. Aber es gab nichts zu hören. Keinen Wählton, kein Verbindungsrauschen.

»Versuchen Sie's mal mit Ihrem«, forderte er mich auf.

Ich ging wieder in Dukes Zimmer hinauf. Das interne Telefon funktionierte. Paulie meldete sich beim dritten Klingeln. Ich legte wortlos auf. Aber die Leitung nach außerhalb war mausetot. Während ich den Hörer noch ans Ohr gedrückt hatte, erschien Beck in der offenen Zimmertür.

»Mit dem Tor kann ich sprechen«, sagte ich.

Er nickte.

»Das ist ein separater Stromkreis«, erklärte er. »Die Leitung haben wir selbst gelegt. Aber was ist mit der Verbindung nach draußen?«

»Tot«, antwortete ich.

»Komisch«, sagte er.

Ich legte den Hörer auf. Sah zum Fenster.

»Könnte am Wetter liegen«, meinte ich.

»Nein«, sagte er. Er hielt sein Handy hoch – ein kleines silbernes Nokia. »Das funktioniert auch nicht.«

Er gab es mir. Das Gerät hatte einen winzigen Bildschirm. Die Balkenanzeige am rechten Rand bewies, dass der Akku voll geladen war. Aber die Signalstärkeanzeige war ganz unten. Auf dem Bildschirm verkündeten große schwarze Lettern: *No service.* Ich gab ihm das Handy zurück.

»Ich muss auf die Toilette«, sagte ich. »Aber ich komme gleich runter.«

Ich sperrte mich ein. Streifte meinen Schuh ab und zog den E-Mail-Sender aus dem Absatz. *Drückte auf Power.* Auch hier erschien die Anzeige *No service.* Ich schaltete das Gerät aus und versteckte es wieder im Schuhabsatz. Dann betätigte ich der Form halber die Toilettenspülung und blieb auf dem Klodeckel sitzen. Ich war kein Fachmann für Telekommunikation, wusste jedoch, dass Telefonleitungen gelegentlich beschädigt wurden und Mobilfunkverbindungen manchmal unzuverlässig waren. Aber wie hoch war die Wahrscheinlichkeit, dass jemandes Festnetzverbindung im selben Augenblick abriss, in dem auch der nächstgelegene Mobilfunkmast wegen einer Störung ausfiel? Ziemlich gering, vermutete ich. Also musste es sich um eine absichtlich herbeigeführte Störung handeln. Aber wer hatte sie veranlasst? Nicht die Telefongesellschaft. Die würde Wartungsarbeiten nicht ausgerechnet an einem Freitagnachmittag vornehmen lassen. Und sie hätte niemals Festnetz und Mobilfunknetz gleichzeitig stillgelegt.

Wer hatte die Unterbrechung also organisiert? Vielleicht ein staatlicher Dienst mit großem Einfluss. Vielleicht einer wie die DEA. Vielleicht rückte sie an, um das Dienstmädchen zu retten. Vielleicht rollte ihr SWAT-Team als Erstes das Schmuggelunternehmen im Hafen auf und wollte so verhindern, dass Beck gewarnt wurde, bevor es sich sein Haus vornehmen konnte.

Aber das war unwahrscheinlich. Die DEA hätte mehr als nur ein SWAT-Team zur Verfügung gehabt. Sie würde die beiden Unternehmen parallel ablaufen lassen. Und selbst wenn sie das nicht tat, wäre es ein Kinderspiel gewesen, die Straße zu Becks Haus irgendwo nach der letzten Abzweigung zu sperren. Beck saß in seinem Haus in der Falle, ob er nun telefonieren konnte oder nicht.

Wer also?

Vielleicht Duffy, wieder mal inoffiziell. Ihr Status konnte ihr dazu verhelfen, dass ein Manager einer Telefongesellschaft ihr einen Gefallen tat. Geografisch beschränkt. Eine einzelne Telefonleitung, die auf eine abgelegene Landzunge hinausführte. Und einen Mobilfunkmasten, der wahrscheinlich irgendwo an der I-95 stand. Seine Abschaltung hätte zur Folge, dass Autofahrer ein Funkloch mit dreißig Meilen Durchmesser durchqueren mussten, aber das hatte sie vielleicht hinbekommen. Vor allem, wenn der Gefallen zeitlich beschränkt war: auf vier oder fünf Stunden.

Und welchen Grund konnte Duffy dafür haben? Darauf gab es nur eine mögliche Antwort: Sie hatte Angst um mich.

Die Leibwächter waren entkommen.

10

Zeit. Entfernung geteilt durch Geschwindigkeit – eventuell mit Richtungskorrektur – ergibt Zeit. Ich hatte entweder genug davon oder gar keine. Worauf es letztlich hinauslaufen würde, wusste ich nicht. Die Leibwächter waren in dem Motel in Massachusetts, in dem wir unseren acht Sekunden dauernden Überfall geplant hatten, gefangen gehalten worden. Es lag mindestens zweihundert Meilen südlich von hier. So viel wusste ich sicher. Der Rest war reine Spekulation. Aber ich konnte mir ein plausibles Szenarium vorstellen.

Die beiden waren aus dem Motel ausgebrochen und hatten einen Dienstwagen, einen DEA-Taurus, gestohlen. Damit waren sie ungefähr eine Stunde lang mit großer Geschwindigkeit dahingerast. Sie wollten möglichst viel Abstand gewinnen. Vielleicht hatten sie sich in der Wildnis zuerst etwas verfahren, dann jedoch die Orientierung zurückerlangt und den Highway erreicht. Waren nach Norden weitergebraust. Hatten sich mit der Zeit beruhigt und waren langsamer gefahren, um nicht gestoppt zu werden. Hatten Ausschau nach einem Telefon gehalten.

Inzwischen konnte Duffy die Verbindungen bereits gekappt haben. Sie hatte schnell gehandelt. Deshalb war der erste Halt der beiden Männer reine Zeitverschwendung gewesen. Sie hatten vermutlich etwa zehn Minuten gebraucht, um vom Highway abzubiegen, zu parken, hier anzurufen, die Nummer von Becks Handy zu wählen, wieder loszufahren und sich in den Verkehrsstrom einzuordnen. Dieser Vorgang würde sich an der nächsten Raststätte wiederholt haben. Den ersten Fehlschlag würden sie auf eine zufällige technische Panne zurückgeführt haben. Wieder zehn Minuten vergeudet. Nun würden sie vielleicht das System dahinter erkennen oder sich überlegen, dass sie schon nahe genug waren, um selbst nachsehen zu können. Vielleicht auch beides.

Insgesamt also etwa vier Stunden. Aber wann hatten diese vier Stunden begonnen? Das konnte ich nicht beurteilen. Der mögliche Zeitraum reichte von vier Stunden bis zu ungefähr einer halben Stunde. Mir blieb entweder genügend Zeit oder gar keine.

Ich verließ rasch das Bad und sah aus dem Fenster. Der Regen hatte aufgehört. Draußen war es dunkel. Die Scheinwerfer entlang der Mauer brannten. Dahinter herrschte absolute Dunkelheit. Keine Autoscheinwerfer in der Ferne. Ich ging nach unten, fand Beck in der Eingangshalle. Er drückte weiter auf seinem Nokia herum, als könnte er es dadurch zum Funktionieren bringen.

»Ich fahre noch mal weg«, erklärte ich. »Ein Stück die Straße entlang.«

»Wozu?«

»Diese Sache mit den Telefonen gefällt mir nicht. Braucht nichts zu bedeuten, kann es aber.«

»Zum Beispiel, was?«

»Keine Ahnung«, antwortete ich. »Vielleicht kriegen wir Besuch. Sie haben mir doch erzählt, wie viele Leute hinter Ihnen her sind.«

»Wir haben eine Mauer, ein bewachtes Tor.«

»Haben Sie auch ein Boot?«

»Nein«, sagte er. »Wieso?«

»Gelangen diese Leute bis ans Tor, brauchen Sie ein Boot. Sonst könnten Sie hier ausgehungert werden.«

Er schwieg.

»Ich nehme den Saab«, sagte ich.

»Warum?«

Weil er leichter ist als der Cadillac.

»Weil ich den Cadillac für Sie dalassen will«, sagte ich. »Er ist größer.«

»Was haben Sie vor?«

»Ich tu, was getan werden muss«, entgegnete ich. »Ich leite jetzt Ihren Sicherheitsdienst. Vielleicht ist nichts los, aber falls doch, werde ich versuchen, die Sache in Ihrem Sinn zu bereinigen.«

»Was mache ich inzwischen?«

»Sie lassen ein Fenster offen und horchen«, riet ich ihm. »Bei Nacht und mit so viel Wasser ringsum hören Sie aus mehreren Meilen Entfernung, wenn ich schieße. In diesem Fall packen Sie alle in den Cadillac und verschwinden von hier. Fahren Sie schnell. Bleiben Sie nicht stehen. Ich halte die anderen lange genug auf, um Ihnen die Flucht zu ermöglichen. Sie haben einen Zufluchtsort?«

Er nickte. Verriet mir nicht, wo er lag.

»Fahren Sie also dorthin«, sagte ich. »Komme ich durch, fahre ich zum Lagerhaus. Ich warte dort im Auto. Sie können später vorbeikommen, um nachzusehen.«

»Okay«, sagte er.

»Und jetzt rufen Sie Paulie an, damit er mich ohne Widerrede durchlässt.«

»Okay«, sagte er noch mal.

Ich ließ Beck in der Eingangshalle stehen. Trat in die Nacht hinaus. Machte einen Umweg die Hofmauer entlang, holte mein Bündel aus dem Versteck und legte es auf den Rücksitz des Saabs. Dann stieß ich rückwärts aus der Garage, fuhr auf die Zufahrt und beschleunigte in Richtung Tor. Die Scheinwerfer auf der Mauer strahlten hell. Ich konnte Paulie am Tor sehen. Ich wurde etwas langsamer und richtete es so ein, dass ich nicht zu halten brauchte. Lenkte den Wagen nach Westen, starrte durch die Windschutzscheibe und hielt Ausschau nach entgegenkommenden Scheinwerfern.

Ich war vier Meilen weit gefahren, als ich einen Dienstwagen, einen grauen DEA-Taurus, entdeckte. Er stand auf der anderen Straßenseite. Ohne Licht. Am Steuer saß der Alte. Ich schaltete meine Scheinwerfer aus, bremste und hielt genau auf seiner Höhe. Kurbelte mein Fenster herunter. Auch er öffnete sein Fenster. Hielt eine Pistole und eine Stablampe auf mich gerichtet, bis er erkannte, wer ich war.

»Die Leibwächter sind ausgebrochen«, verkündete er.

Ich nickte. »Das hab ich mir gedacht. Wann?«

»Vor fast vier Stunden.«

Ich sah mich unwillkürlich um. *Keine Zeit.*

»Wir haben zwei Männer verloren«, sagte er.

»Tot?«

Er nickte.

»Hat Duffy den Fall gemeldet?«

»Das kann sie nicht«, erwiderte er. »Noch nicht. Wir arbeiten inoffiziell. Diese ganze Sache passiert überhaupt nicht.«

»Sie wird ihn melden müssen«, sagte ich. »Es hat zwei Tote gegeben.«

»Das tut sie noch«, sagte er. »Später. Sobald Sie Ihren Teil geleistet haben. Weil die ursprünglichen Ziele wieder gelten. Sie braucht Beck, um alles rechtfertigen zu können – jetzt mehr denn je.«

»Wie ist es passiert?«

Er zuckte mit den Schultern. »Sie haben den richtigen Augenblick abgepasst. Zwei von ihnen, vier von uns. Hätte klappen müssen. Aber unsere Jungs sind nachlässig geworden, fürchte ich. Es ist immer schwierig, Leute in einem Motel festzuhalten.«

»Wen hat's erwischt?«

»Die beiden Jungs aus dem Toyota.«

Ich schwieg. Diese Sache hatte ungefähr vierundachtzig Stunden funktioniert. Dreieinhalb Tage. Tatsächlich etwas länger, als ich anfangs erwartet hatte.

»Wo ist sie jetzt?«, fragte ich.

»Wir haben uns räumlich verteilt«, antwortete er. »Sie ist mit Eliot in Portland.«

»Das mit den Telefonen hat sie klasse hingekriegt.«

Er nickte. »Wirklich gut. Sie macht sich Sorgen um Sie.«

»Wie lange sind sie außer Betrieb?«

»Vier Stunden. Mehr konnte sie nicht erreichen. Also funktionieren sie bald wieder.«

»Ich vermute, die Typen kommen geradewegs hierher.«

»Das glaube ich auch«, sagte er. »Deshalb bin ich geradewegs hergekommen.«

»Bei nahezu vier Stunden dürften sie den Highway schon verlassen haben. Also spielen die Telefone vermutlich keine Rolle mehr.«

»Stimmt wohl.«

»Haben Sie einen Plan?«, fragte ich.

»Ich habe hier auf Sie gewartet, weil ich mir schon dachte, dass Sie die richtigen Schlüsse ziehen würden.«

»Wollen Sie sie wieder in Gewahrsam nehmen?«

»Lebend und unverletzt?«, fragte der Alte. »Wir müssen's versuchen. Aber es braucht uns nicht zu gelingen.«

»Haben sie Waffen erbeutet?«

»Zwei Glocks«, erwiderte er. »Mit fast vollen Magazinen.«

Er machte eine kurze Pause. Sah weg.

»Am Tatort sind nur vier Schüsse abgegeben worden«, sagte er. »Das ist uns gemeldet worden. Vier Schüsse, zwei Kerle. Lauter Kopfschüsse.«

»Wird nicht leicht werden.«

»Das ist es nie.«

»Wir müssen einen Platz finden.«

Ich forderte ihn auf, seinen Wagen stehen zu lassen und bei mir einzusteigen. Er trug den Regenmantel, mit dem Duffy im Coffeeshop aufgekreuzt war. Sie hatte ihn zurückgegeben. Wir fuhren eine Meile weiter, dann begann ich, nach einer Stelle zu suchen, an der wir sie aufhalten konnten, ohne schießen zu müssen. Ich fand eine, wo die Straße sich stark verengte und in eine weite Kurve überging. Hier verlief die Fahrbahn wie auf einem kleinen Damm etwas erhöht. Die Bankette waren nur gut einen Viertelmeter breit und fielen steil in felsiges Gelände ab.

Ich hielt an, schlug das Lenkrad voll ein, stieß zurück und rangierte noch mehrmals hin und her, bis der Saab quer zur Straße stand. Wir stiegen aus und überzeugten uns davon, dass dies eine gute Straßensperre war. Um sie herumfahren konnte man auf keinen Fall. Die beiden Kerle würden um die Kurve gerast kommen, scharf bremsen, dann zurückstoßen und gleichzeitig das Feuer eröffnen.

»Wir müssen ihn umkippen«, schlug ich vor. »Wie bei einem schweren Unfall.«

Ich nahm mein Bündel vom Rücksitz, legte es an den Straßenrand. Dann bat ich den Alten, seinen Mantel auf der Fahrbahn auszubreiten. Nachdem ich die Taschen ausgeleert hatte, legte ich meinen daneben. Ich wollte den Saab auf unsere Mäntel kippen. Ich musste ihn relativ unbeschädigt zurückbringen. Dann stellten wir uns Schulter an Schulter mit dem Rücken zum Wagen und fingen an, ihn ins Schaukeln zu bringen. Es ist ganz leicht, ein Auto umzukippen. Man macht sich dabei Reifen und Federung zunutze. Schaukelt man die Karosserie immer mehr auf und hilft im genau richtigen Augenblick nach, kippt der Wagen auf die Seite. Der Alte war stark. Er leistete seinen Teil. Wir schaukelten den Saab auf, bis sich die Räder auf unserer Seite vom Asphalt lösten; drehten uns dann blitzschnell um, griffen unter die Türleiste und hievten ihn ganz auf die Seite. Indem wir den Schwung nutzten, gelang es uns, ihn sogar aufs Dach zu kippen.

Unsere Mäntel bewirkten, dass der Wagen sich in die genau richtige Position verschieben ließ, ohne verkratzt zu werden. Dann öffnete ich die Tür auf der Fahrerseite und forderte den Alten auf hineinzukriechen und zum zweiten Mal binnen drei Tagen den Toten zu spielen. Er tat wie ihm geheißen und legte sich halb aus dem Auto ragend mit über den Kopf erhobenen Armen auf den Bauch. In der Dunkelheit wirkte er ziemlich echt. Aber auch im grellen Licht aufgeblendeter Scheinwerfer würde er überzeugend aussehen. Die Mäntel waren nur sichtbar, wenn man sehr genau hinsah. Ich nahm mein Bündel, kletterte zwischen den Felsblöcken am Straßenrand hinunter und kauerte dort nieder.

Dann warteten wir.

Mir kam die Zeit sehr lang vor. Fünf Minuten, sechs, sieben. Ich sammelte kleine Felsbrocken – insgesamt drei, jeder etwas größer als der andere – in der linken Armbeuge. Beobachtete den Horizont im Westen. Der Himmel hing weiter voller Wolken, sodass sie das Licht reflektieren würden, wenn dort Autoscheinwerfer auftauchten. Aber der Horizont blieb schwarz. Und still. Die einzigen Geräusche, die ich hörte, waren die ferne Brandung und die Atemzüge des Alten.

»Hoffentlich kommen sie bald!«, rief er.

»Sie kommen«, versicherte ich ihm.

Wir warteten weiter.

»Wie heißen Sie?«, rief ich.

»Warum?«, fragte er.

»Ich möchte's bloß wissen«, sagte ich. »Kommt mir nicht richtig vor, dass ich Sie schon zweimal umgebracht habe und noch nicht mal Ihren Namen weiß.«

»Terry Villanueva«, antwortete er.

»Ist das ein spanischer Name?«

»Ja.«

»Sie sehen nicht wie ein Spanier aus.«

»Ich weiß«, sagte er. »Meine Mutter war Irin, mein Vater Spanier. Aber mein Bruder und ich schlagen unserer Mutter nach. Mein Bruder hat seinen Namen in Newton geändert. Wie dieser Wissenschaftler ... oder der Vorort. Das bedeutet Villanueva nämlich – neue Stadt. Aber ich hab meinen spanischen Namen behalten. Aus Respekt vor dem alten Knaben.«

»Wo war das?«

»South Boston«, sagte er. »War damals nicht leicht, eine Mischehe zu führen.«

Wir schwiegen wieder. Noch immer nichts. Villanueva veränderte seine Haltung. Sie war sichtlich unbequem.

»Auf Sie ist Verlass, Terry«, rief ich.

»Alte Schule«, antwortete er.

Dann hörte ich einen Wagen.

Und Villanuevas Handy klingelte.

Das Auto war ungefähr noch eine Meile entfernt. Ich konnte das ferne, hohe Surren eines hochdrehenden V-6-Motors hören und den zwischen Asphalt und Wolken gefangenen Widerschein aufgeblendeter Scheinwerfer sehen. Das Klingelzeichen von Villanuevas Handy war eine irrwitzig beschleunigte Version von Bachs *Tokkata und Fuge in D-Dur.* Er richtete sich halbwegs kniend auf, zog das Handy aus der Tasche, drückte eine Taste, stellte die Musik ab und meldete sich. Ich hörte, wie er »Okay« sagte, dann: »Wir sind gerade dabei«, dann: »Okay« und nochmals »Okay«. Dann schaltete er sein Handy aus und legte sich wieder hin. Eine Wange ruhte auf dem Asphalt. Sein Mobiltelefon schien ihm aus der Hand geglitten zu sein.

»Das Telefon funktioniert wieder!«, rief er mir zu.

Und damit beginnt ein neuer Countdown. Ich sah kurz nach Osten. Beck würde immer wieder versuchen zu telefonieren und, wenn der Wählton wieder erklang, vermutlich losfahren, um mich zu suchen und mir mitzuteilen, die Gefahr sei vorüber. Das Auto war jetzt laut und deutlich zu vernehmen.

»Dreißig Sekunden!«, rief ich.

Die Fahrgeräusche wurden lauter. Ich duckte mich tiefer. Zehn Sekunden, acht, fünf. Der Wagen kam um die Kurve gerast, das Scheinwerferlicht huschte über meinen gekrümmten Rücken. Dann hörte ich das Quietschen der Bremsen und das Kreischen von Reifen auf dem längst wieder trockenen Asphalt, und der Wagen kam sechs bis sieben Meter vor dem Saab leicht schräg zum Stehen.

Ich hob den Kopf. Der Wagen war ein Taurus in schlichtem Blau, das im Mondschein grau aussah. Vor ihm zwei weiße Scheinwerferkegel. Hinter ihm rot aufflammende Bremsleuchten. Auf den Vordersitzen zwei Männer. Ihre Gesichter wurden vom Licht ihrer eigenen Scheinwerfer erhellt, das der Saab zurückwarf. Sie hielten einen Moment lang still, starrten nach vorn. Erkannten den Saab wieder. Dann bewegte sich der Fahrer, schob den Schalthebel nach vorn in Stellung P. Die Bremslichter erloschen. Der Motor brummte im Leerlauf weiter. Ich konnte Abgase und den nach schneller Fahrt heißen Motor riechen.

Die beiden Männer stießen wie auf Befehl gleichzeitig die Türen auf. Stiegen aus und richteten sich hinter den Türen auf. Beide hielten eine Glock in der Rechten. Warteten. Dann kamen sie hinter den Türen hervor. Gingen mit tief gehaltenen Pistolen langsam nach vorn. Die Scheinwerfer beleuchteten sie von der Taille abwärts. Ihre Oberkörper waren schwerer auszumachen. Aber ich konnte ihre Gesichter erkennen. Es waren die Leibwächter, ganz ohne Zweifel. Junge, muskulöse Männer. Sie hatten dunkle Anzüge an, die verknittert und fleckig aussahen. Heute trugen sie keine Krawatte. Ihre Oberhemden waren nicht mehr weiß, sondern grau.

Sie gingen vor Villanueva in die Hocke. Er lag in ihrem Schatten. Sie drehten sein Gesicht ins Licht. Ich wusste, dass sie ihn schon mal gesehen hatten, aber das war nur ein flüchtiger Blick gewesen, als sie vierundachtzig Stunden zuvor am Collegetor an ihm vorbeigefahren waren. Ich rechnete nicht damit, dass sie ihn wiedererkennen würden. Und das taten sie offenbar nicht. Aber man hatte sie erst vor kurzem reingelegt, und sie wollten nicht schon wieder in die Falle tappen. Sie waren sehr vorsichtig, hockten nur da und überlegten. Dann richtete sich der Mann, der mir am nächsten war, auf.

Inzwischen war ich bis auf anderthalb Meter an ihn herangekommen. In meiner Rechten hielt ich einen Felsbrocken. Er war etwas größer als ein Softball. Ich schwang den Arm in einem weiten, flachen Bogen, als wollte ich dem Kerl eine Ohrfeige geben. Hätte ich ihn verfehlt, hätte der Schwung mir den Arm abgerissen. Aber ich verfehlte ihn nicht. Der Stein traf ihn genau an der Schläfe und zertrümmerte seinen Schädel wie eine Eierschale. Er brach in sich zusammen, als sei er von einem von oben kommenden Gewicht erschlagen worden.

Der andere Kerl war schneller. Er wich zurück und richtete sich zugleich auf. Villanueva schlug nach seinen Beinen, verfehlte sie aber. Der Kerl warf sich herum. Seine Glock zielte auf mich. Ich wollte unbedingt verhindern, dass er schoss, also warf ich den nächsten Felsbrocken nach ihm. Da er sich im selben Augenblick abwandte, traf er ihn oben zwischen den Schulterblättern. Die Wirkung war die eines kräftigen Faustschlags, der ihn in die Knie zwang und ihm den Atem raubte. Dann rappelte er sich wieder auf und versuchte zu flüchten.

Aber er konnte nicht gut rennen. Der Felsbrocken hatte ihn verletzt. Obwohl ich kein guter Läufer bin, hatte ich ihn schon nach sechs bis sieben Metern eingeholt. Ich packte ihn mit der linken Hand an den Haaren und holte mit der anderen zu einem gewaltigen Schlag aus, der von hinten und ziemlich weit oben auf seinem rechten Bizeps landete. Sein Arm wurde kraftlos, und er ließ die Pistole fallen. Der Rest war einfach. Ich riss ihn zu mir herum und setzte ihn mit einem Kopfstoß, von dem er bewusstlos wurde, außer Gefecht. Schleifte ihn dann am Kragen die wenigen Meter zurück. Villanueva war inzwischen aus dem Wagen gekrochen und stand über den ersten Kerl gebeugt.

»Sind Sie sicher, dass Sie die beiden nicht verhaften wollen?«, fragte ich ihn, etwas außer Atem.

»Zum Teufel mit ihnen«, antwortete Villanueva. »Und der hier ist sowieso tot, glaube ich.«

Ich überzeugte mich davon, dass das stimmte. Sehr schwierig, einen drei Kilogramm schweren Felsbrocken zu überleben, der einem an die Schläfe geschmettert wird. Ich kontrollierte den Puls an Hals und Handgelenk, konnte aber keinen mehr feststellen. Ich zerrte die Leiche an den Straßenrand und ging zurück, um den zweiten Mann zu holen. Er atmete noch. Also machte ich mich mit dem Stemmeisen an die Arbeit.

Hat man genug Zeit, tastet man am besten den Brustkorb ab, sucht die richtige Lücke zwischen den Rippen und stößt schnell und leicht durch sie hindurch. Das Herz hört sofort auf zu schlagen, noch bevor es Zeit gehabt hat, Blut durch die Eintrittswunde hinauszupumpen. Ich wollte keine großen Blutlachen auf der Straße zurücklassen. Der Regen hatte schon längst aufgehört, und ich wusste nicht, ob und wann er wieder einsetzen würde.

Der Kerl war sofort tot. Ich zog das Stemmeisen heraus und wischte es an seinem Hemd ab. Stand wieder auf, ging zu dem

Taurus hinüber und schaltete die Scheinwerfer aus. Dann winkte ich Villanueva zu mir heran.

»Wir haben's jetzt mehr als eilig«, erklärte ich ihm. »Rufen Sie Duffy an, damit sie mit Eliot herkommt. Sie müssen diesen Wagen wegfahren.«

Während Villanueva eine Kurzwahlnummer eintippte und zu reden begann, sammelte ich die beiden Glocks ein und steckte sie den Toten wieder in die Tasche, jedem eine. Dann betrachtete ich den Saab. Ihn wieder auf die Räder zu stellen würde sehr viel schwieriger sein, als ihn umzukippen. Einen Moment fürchtete ich, das könnte sich als unmöglich erweisen. Die Mäntel verhinderten jegliche Reibung auf dem Asphalt. Versuchten wir, den Saab anzuheben, würde er nur auf dem Dach wegrutschen. Ich schloss die Fahrertür des auf dem Kopf liegenden Fahrzeugs und wartete.

»Sie kommen!«, rief Villanueva.

»Helfen Sie mir«, bat ich ihn.

Wir schoben den auf unseren Mänteln liegenden Saab möglichst weit in eine Richtung. Er rutschte von Villanuevas Mantel auf meinen. Glitt dann bis zum Rand über meinen und kam zum Stehen, als Metall auf Asphalt traf.

»So wird er verkratzt«, sagte Villanueva.

Ich nickte.

»Das müssen wir riskieren«, erwiderte ich. »Setzen Sie sich in Ihren Taurus, und schieben Sie ihn an.«

Er kam mit dem Taurus näher, bis die vordere Stoßstange den Saab berührte. Ich machte ihm ein Zeichen, mehr Gas zu geben, sodass der Saab zur Seite geschoben wurde, wobei sein Dach über den Asphalt schrammte. Ich stieg auf die Motorhaube des Taurus und stemmte mich gegen die Türleiste des Saab. Villanueva ließ den Taurus stetig und gleichmäßig weiterrollen. Der Saab richtete sich um vierzig Grad auf, dann um fünfzig, sechzig. Ich stemmte meine Füße gegen den unteren

Rand der Windschutzscheibe und legte die Hände flach aufs Dach des schräg stehenden Wagens. Villanueva gab etwas mehr Gas, der Saab kippte ganz um und landete mit dumpfem Ton wieder auf seinen Rädern. Er sprang noch einmal hoch, und Villanueva bremste scharf. Ich rutschte von der Motorhaube und knallte mit dem Kopf an die Beifahrertür des Saabs. Landete dann auf der Fahrbahn unter der vorderen Stoßstange des Taurus'. Villanueva stieß noch ein Stück weit zurück, bremste und stieg aus dem Wagen.

»Alles in Ordnung?«, erkundigte er sich.

Mein Kopf tat weh. Ich hatte ihn mir ziemlich heftig angeschlagen.

»Was ist mit dem Saab?«, fragte ich.

»Die gute Nachricht oder die schlechte?«

»Erst die gute.«

»Den Außenspiegeln fehlt nichts«, sagte er.

»Aber?«

»Tiefe Kratzer im Lack, kleine Beule in der Tür. Die stammt von Ihrem Kopf, glaube ich. Auch das Dach ist etwas eingedrückt.«

»Ich behaupte, mit einem Stück Rotwild zusammengestoßen zu sein.«

»Ich weiß nicht, ob's hier draußen Rotwild gibt.«

»Gut, dann eben mit einem Bären. Oder einem gestrandeten Wal. Einem Meeresungeheuer. Einer Riesenqualle. Einem gewaltigen zottigen Mammut, den ein abschmelzender Gletscher freigegeben hat.«

»Alles in Ordnung mit Ihnen?«, wiederholte er.

»Ich werd's überleben«, antwortete ich.

Ich richtete mich auf allen vieren auf. Kam langsam und vorsichtig auf die Beine.

»Können Sie die Leichen mitnehmen?«, fragte er. »Wir nämlich nicht.«

»Dann muss ich's wohl tun«, sagte ich.

Wir öffneten die Heckklappe des Saabs mit einiger Mühe. Sie war leicht verzogen, weil das Dach etwas eingedrückt war. Dann hievten wir die Toten nacheinander in den Laderaum. Ich packte mein Bündel zusammen und legte es auf die beiden. Innen in der Heckklappe war eine Hutablage angebracht, die alles verdeckte, was sich im Kofferraum befand. Wir mussten die Klappe rechts und links herunterdrücken, um sie zu schließen. Dann nahmen wir unsere Mäntel von der Straße, schüttelten sie aus und zogen sie wieder an. Sie waren leicht feucht und zerdrückt und an mehreren Stellen eingerissen.

»Alles in Ordnung mit Ihnen?«, fragte er wieder.

»Steigen Sie ein«, sagte ich.

Wir ließen die Außenspiegel in ihre vorherige Stellung zurückschnappen und stiegen in den Saab. Der Motor wollte nicht anspringen. Ich versuchte es noch einmal. Wieder nichts. Zwischen den beiden Versuchen hörte ich die Benzinpumpe surren.

»Lassen Sie die Zündung kurz eingeschaltet«, sagte Villanueva. »Das Benzin ist aus dem Motor gelaufen, als der Wagen auf dem Dach gelegen hat. Warten Sie einen Augenblick, bis es nachgepumpt ist.«

Ich wartete. Beim dritten Versuch sprang der Motor an. Also legte ich den Gang ein, wendete und fuhr zu dem anderen Taurus zurück, mit dem Villanueva gekommen war.

»Sie warten hier auf Duffy und Eliot«, sagte ich. »Danach solltet ihr schnellstens verschwinden. Wir sehen uns später.«

Er schüttelte mir die Hand.

»Alte Schule«, meinte er.

»Zehn-achtzehn«, sagte ich. 10–18 war der MP-Funkkode für *Auftrag ausgeführt*. Aber das wusste er offenbar nicht, denn er sah mich verständnislos an.

»Halten Sie die Ohren steif«, sagte ich.

Er schüttelte den Kopf.

»Voicemail«, sagte er.

»Was ist damit?«

»Ist ein Handy außer Betrieb, werden Anrufe im Allgemeinen an eine Mailbox weitergeleitet.«

»Der Sendemast war außer Betrieb.«

»Aber für das Mobilfunknetz hatte Beck nur sein persönliches Handy ausgeschaltet. Folglich hätten sie seine Mailbox erreicht. Auf irgendeinem zentralen Server. Sie können ihm eine Nachricht hinterlassen haben.«

»Aber zu welchem Zweck?«

Villanueva zuckte mit den Schultern. »Sie hätten ihm mitteilen können, dass sie auf der Rückfahrt waren. Vielleicht wussten sie, dass er seine Mailbox regelmäßig abhört. Sie können ihm die gesamte Geschichte erzählt haben. Aber vielleicht haben sie bloß gesagt: ›Hey, Mr. Beck, heben Sie ab, okay?‹«

Ich schwieg.

»Sie können ihre Stimmen auf dem Server hinterlassen haben«, sagte er. »Heute. Das ist der springende Punkt.«

»Okay.«

»Was haben Sie jetzt vor?«

»Ich fange zu schießen an«, antwortete ich. »Schuhe, Voicemail, er ist nur noch einen Schritt davon entfernt.«

Villanueva schüttelte den Kopf.

»Das dürfen Sie nicht«, sagte er. »Duffy muss ihn festnehmen. Nur so kann sie ihren eigenen Arsch jetzt noch retten.«

»Richten Sie ihr aus, dass ich mein Bestes tun werde. Aber wenn's um ihn oder mich geht, erledige ich ihn.«

Villanueva sagte nichts.

»Was?«, fragte ich. »Soll ich mich etwa selbst opfern?«

»Tun Sie einfach Ihr Bestes«, sagte er. »Duffy hat's verdient.«

»Das weiß ich.«

Er stieg aus, überquerte die Straße, setzte sich in seinen Wagen und fuhr davon: langsam und unauffällig, ohne Licht. Ich sah ihn winken. Ich behielt ihn im Blick, bis die Schlusslichter verschwunden waren. Dann wendete ich und blieb mitten auf der Fahrbahn stehen. Kam Beck jetzt, um mich zu suchen, würde er glauben, ich hätte hier eine Verteidigungsstellung bezogen.

Aber Beck schien sich keine Gedanken über mich zu machen, denn ich wartete zehn Minuten, ohne dass er sich blicken ließ. Ich nutzte die Zeit, um meine frühere Hypothese zu überprüfen, dass jemand, der eine Pistole unter dem Reserverad versteckt, vielleicht auch Aufzeichnungen unter den Fußmatten verbirgt. Doch ich fand nichts außer Rostflecken und einer feuchten Lage Dämmplatten, die aussahen, als wären sie aus alten roten und grauen Wollsocken hergestellt. Keine Aufzeichnungen. Damit war meine Hypothese widerlegt.

Danach stieg ich aus und besichtigte die äußeren Schäden. An den Lackkratzern konnte ich nichts ändern, ebenso wenig an der Delle in der Tür, wenn ich nicht die gesamte Verkleidung abbauen und das Türblech ausbeulen wollte. Auch das Dach war etwas eingedellt. Aber dagegen ließ sich vielleicht etwas unternehmen. Ich stieg hinten ein, legte beide Hände flach an den Wagenhimmel und drückte kräftig nach oben. Dafür wurde ich mit zwei Geräuschen belohnt. Eines war das laute Knacken, mit dem das Dachblech in seine vorherige Form zurückkehrte, das andere das Knistern von Papier.

Der Saab war kein neuer Wagen, deshalb bestand der Dachhimmel nicht wie heutzutage üblich aus einem einzigen mausgrauen Formteil, sondern aus cremefarbenem Kunststoff, der durch Querrippen aus Draht in drei ziehharmonikaförmige Sektionen unterteilt wurde. Die Kanten verschwanden unter einer schwarzen Gummileiste, die um die gesamte Verkleidung herumführte. Über dem Fahrersitz war der Kunststoff leicht gewellt. Die Gummileiste schien dort etwas locker zu sein. Ich vermutete, dass der Kunststoff sich in diesem Bereich unter der Leiste herausziehen ließ. Zog man weiter daran, konnte man ihn auf gesamter Länge lockern und hatte so von der Seite her Zugang zu jeder der drei Sektionen. Anschließend brauchte man nur noch Zeit und kräftige Fingernägel, um den Kunststoff wieder unter die Gummileiste zu stopfen. Gab man sich etwas Mühe, würde die Veränderung bei einem so alten Wagen nicht auffallen.

Ich kontrollierte den Abschnitt über den Vordersitzen, drückte den Kunststoff hoch, bis ich die Dachunterseite spürte, und tastete die gesamte Wagenbreite ab. Dort war nichts. Auch im nächsten Abschnitt nicht. Aber im Abschnitt über dem Rücksitz lag Papier versteckt. Ich konnte sogar die Größe und das Gewicht ertasten. Schreibmaschinenpapier, ungefähr acht bis zehn Blätter.

Ich sah mir die Gummileiste näher an. Drückte den Kunststoff etwas nach rechts und versuchte, unter den Rand zu gelangen. Ich bekam einen Fingernagel unter den Gummi und öffnete den Spalt etwa einen Zentimeter weit. Als ich mit der anderen Hand den Wagenhimmel zur Seite zog, glitt der Kunststoff leicht aus der Gummileiste, sodass eine Lücke entstand, in die ich meinen Daumen stecken konnte.

Ich fuhr mit dem Daumen nach hinten und hatte schon über zwanzig Zentimeter geöffnet, als ich plötzlich von hinten angestrahlt wurde. Helles Licht, scharfe Schlagschatten. Ich warf einen Blick in den rechten Außenspiegel, dessen Glas gesprungen war, und sah aufgeblendete Scheinwerfer, die sich schnell näherten. Noch eine Viertelmeile entfernt, sich aber rasch nähernd. Als ich mein Fenster einen Spalt weit öffnete, hörte ich das Brummen eines V-8-Motors, der heruntergeschaltet im zweiten Gang beschleunigte. Der Cadillac, dessen Fahrer es eilig hatte. Ich steckte den Kunststoffhimmel hastig unter die

Gummileiste und hoffte, dass er halten würde. Die Zeit reichte nicht aus, um sorgfältig zu arbeiten.

Der Cadillac kam herangebraust und bremste dann scharf. Die Scheinwerfer blieben eingeschaltet. Ich beobachtete im Rückspiegel, wie die Fahrertür sich öffnete und Beck ausstieg. Ich griff in meine Manteltasche und entsicherte die Beretta. Auch wenn Duffys Karriere auf dem Spiel stand, hatte ich nicht vor, mich auf eine lange Diskussion über Voicemail einzulassen. Aber Beck hielt nichts in den Händen. Keine Waffe, kein Handy. Ich stieg aus und ging ihm bis auf Höhe der hinteren Stoßstange des Saabs entgegen. So wollte ich verhindern, dass er die Beulen und Kratzer sah.

»Die Telefone funktionieren wieder«, sagte er.

»Das Handy auch?«, fragte ich.

Er nickte.

»Aber sehen Sie sich das hier an«, sagte Beck.

Er zog sein kleines silbernes Telefon aus der Tasche. Ich hielt weiter die Beretta umklammert. Er streckte mir das Handy entgegen. Ich nahm es und hielt es ins Scheinwerferlicht des Cadillacs. Ich starrte das Display an. Die Handys, die ich kannte, zeigten Voicemails durch ein kleines Piktogramm mit einem Briefumschlag an. Andere verwendeten ein kleines Symbol aus zwei Kreisen, die wie bei einem Tonbandsymbol unten durch einen Strich verbunden waren.

»Sehen Sie das?«, fragte Beck.

Ich sah nichts. Keine Briefumschläge, keine kleinen Tonbandsymbole. Nur die Anzeige für die Signalstärke und den Ladezustand, die *Menü*-Anzeige und den Namensspeicher.

»Was?«, fragte ich.

»Die Signalstärke«, erklärte er mir. »Sie zeigt nur drei von fünf Balken an. Normalerweise hat sie vier.«

»Vielleicht war der Sendemast ausgefallen«, sagte ich.

»Glauben Sie?«

»Hier geht's um Mikrowellen«, sagte ich. »Die Sache ist vermutlich kompliziert. Am besten sehen Sie später noch mal nach. Vielleicht kommt die Signalstärke wieder.«

Ich gab ihm das Telefon zurück.

»Hier draußen alles ruhig?«, fragte er.

»Grabesstill«, antwortete ich.

»Also war's doch nichts.«

»Scheint so«, sagte ich. »Tut mir Leid.«

»Nein, ich weiß Ihre Vorsicht zu schätzen. Wirklich.«

»Ich tu nur meine Arbeit.«

»Kommen Sie, fahren wir heim zum Abendessen«, sagte er.

Er stieg in den Cadillac. Ich sicherte die Beretta und setzte mich ans Steuer des Saabs. Beck wendete auf der Straße und wartete dann auf mich. Ich vermutete, dass wir hintereinander durchs Tor fahren sollten, damit Paulie es nur einmal öffnen und schließen musste. Der Saab fuhr sich schlecht. Immerhin hatte ich schätzungsweise hundertachtzig Kilogramm im Kofferraum. Und die vordere linke Ecke des Wagenhimmels rutschte beim ersten Schlagloch unter der Gummileiste heraus und flatterte mir auf der gesamten Rückfahrt vor dem Gesicht herum.

Wir stellten die Autos in der Garage ab. Beck wartete im Innenhof auf mich. Die Flut kam herein. Ich konnte die Brandung hinter der Mauer hören. Wir gingen zusammen zum Haus zurück und benutzten den vorderen Eingang. Der Metalldetektor piepste zweimal. In der Eingangshalle gab Beck mir einen Satz Hausschlüssel. Ich nahm ihn als Symbol meiner neuen Stellung entgegen. Dann teilte er mir mit, das Abendessen werde in einer halben Stunde serviert, und lud mich ein, mit der Familie zu essen.

Ich ging in Dukes Zimmer und schaute aus dem Fenster. Glaubte zu sehen, wie in fünf Meilen Entfernung rote Lichter allmählich verschwanden, Villanueva, Duffy und Eliot, so hoffte ich, in ihren Dienstwagen. *10–18, Auftrag ausgeführt.*

Ich duschte rasch und plünderte dann nochmals Dukes Garderobe. Zog dazu die eigenen Schuhe und mein Sakko an, hängte meinen ruinierten Mantel in den Kleiderschrank. Ich sah nicht nach, ob eine E-Mail für mich gekommen war. Duffy war zu beschäftigt gewesen, um mir irgendwelche Nachrichten zu schicken. Aber sobald ich den Wagenhimmel des Saab herausreißen konnte, würde ich ihr etwas mitteilen.

Als die halbe Stunde, von der Beck gesprochen hatte, um war, ging ich hinunter ins Speisezimmer, das ich noch nicht kannte. In dem riesigen Raum stand ein langer rechteckiger Tisch. Er war aus Eiche – schwer, solide, altmodisch. An ihm hätten zwanzig Personen Platz nehmen können. Beck saß am Kopfende, Elizabeth ganz am unteren Ende. Richard hatte sich in der Mitte der Fensterseite niedergelassen. Für mich war genau ihm gegenüber gedeckt, sodass ich mit dem Rücken zur Tür sitzen würde. Ich überlegte, ob ich ihn bitten sollte, mit mir zu tauschen, denn ich sitze nicht gern mit dem Rücken zur Tür. Aber dann ließ ich es doch bleiben.

Paulie war nicht da. Man hatte ihn wohl nicht eingeladen. Da es kein Dienstmädchen mehr gab, musste die Köchin selbst servieren, was ihr sichtlich missfiel. Aber sie hatte ausgezeichnet gekocht.

»Erzählen Sie uns von Ihrer Dienstzeit beim Militär«, forderte Beck mich auf. Er hatte nicht die Absicht, übers Geschäft zu reden. Das war klar. Nicht vor der Familie. Elizabeth wusste vermutlich mehr, als gut für sie war, aber Richard schien ziemlich ahnungslos. Oder er blendete alles nur aus. Was hatte er gesagt? Dass schlimme Dinge nur passierten, wenn man sie sich ins Gedächtnis zurückrief?

»Da gibt's nicht viel zu erzählen«, sagte ich. Ich hatte keine Lust, darüber zu reden.

»Irgendwas muss es doch geben«, warf Elizabeth ein.

Da alle drei mich erwartungsvoll ansahen, zuckte ich mit den Schultern und erzählte die Geschichte, wie ich einen Haushaltsposten des Pentagons überprüft hatte und auf Ausgaben für ein RBVD genanntes Werkzeug für Wartungszwecke zum Stückpreis von achttausend Dollar gestoßen war. Wie ich dann aus purer Neugier ein paar Telefongespräche geführt hatte, die ergaben, dass RBVD ein *rotierendes Befestigungsmittel mit variablem Drehmoment* bezeichnete. Wie ich eines dieser Dinger aufgespürt hatte, das sich als Schraubendreher für drei Dollar erwies. Das hatte zur Entdeckung von Hämmern für dreitausend, Klositzen für tausend Dollar und so weiter geführt.

Das ist eine gute Story. Sie spricht jeden Zuhörer an. Aber sie ist nicht wahr. Sie ist tatsächlich so passiert, glaube ich, aber nicht mir. Das war in einer ganz anderen Abteilung.

»Haben Sie Leute umgebracht?«, fragte Richard.

Vier in den letzten drei Tagen, dachte ich.

»So was fragt man nicht«, wies Elizabeth ihn zurecht.

Dieses Abendessen würde sich hinziehen. Wir waren noch immer bei der Suppe. Elizabeth wechselte das Thema. Sie begann über das Portland Museum of Art zu reden. Sagte, es besitze ein Gebäude von I. M. Pei und eine Sammlung von Impressionisten und amerikanischen Meistern. Ich konnte nicht beurteilen, ob sie versuchte, etwas für meine Bildung zu tun oder Richard dazu anzuregen, aus dem Haus zu gehen und irgendwas zu unternehmen. Ich blendete sie aus, wollte wieder zu dem Saab. Doch das war im Augenblick nicht möglich. Deshalb versuchte ich mir genau vorzustellen, was ich dort finden würde. Das war eine Art Spiel. Ich glaubte Leon Garbers Stimme in meinem Kopf zu hören: *Erinnere dich an alles, was du gehört oder gesehen hast. Geh den Spuren nach.*

Gehört hatte ich nicht viel. Aber ich hatte viele Dinge gesehen, die vermutlich alle irgendwelche Hinweise liefern konnten. Zum Beispiel diesen Esstisch. Das ganze Haus mit allem, was sich darin befand. Die Autos. Der Saab war eine Schrottkiste. Der Cadillac und die Lincolns waren Luxuswagen, aber keine Rolls-Royces oder Bentleys. Die Einrichtung des Hauses war langweilig und solide. Ganz sicher nicht billig, aber längst bezahlt. Was hatte Eliot in Boston über den Drogenhändler aus L. A. gesagt? *Seine Gewinne pro Woche müssen im Millionenbereich liegen. Er lebt wie ein Kaiser.* Und Beck sollte noch einige Sprossen über ihm stehen. Aber Beck lebte nicht wie ein Kaiser. Weshalb nicht? War er nur ein sparsamer Yankee, immun gegen die Verlockungen des Konsums?

»Hier«, sagte er.

Ich tauchte wieder auf und stellte fest, dass er mir sein Handy hinhielt. Ich nahm es und sah auf das Display. Die Signalstärke wurde wieder durch vier Balken angezeigt.

»Mikrowellen«, sagte ich. »Vielleicht lassen sie sich nur langsam hochfahren.«

Dann sah ich erneut hin. Keine Briefumschläge, keine Tonbandspulen. Keine gespeicherten Anrufe. Aber das Nokia war winzig, und ich habe breite Daumen, sodass ich versehentlich die Pfeiltaste unter dem Display drückte. Augenblicklich erschien eine Liste mit Namen und Rufnummern. Sein virtuelles Telefonverzeichnis, vermutete ich. Das Display war so winzig, dass immer nur drei Nummern gleichzeitig angezeigt werden konnten. Ganz oben stand *Haus*. Dann kam *Tor*. Der dritte Eintrag lautete *Xavier*. Ich starrte ihn so konzentriert an, dass die Stimmen der anderen um mich herum für einen Augenblick verstummten, während mein Puls in meinen Ohren dröhnte.

»Die Suppe war sehr gut«, sagte Richard.

Ich gab Beck das Handy zurück. Die Köchin nahm den Suppenteller weg.

Erstmals hörte ich den Namen *Xavier* bei meiner sechsten Begegnung mit Dominique Kohl. Es war siebzehn Tage her, dass wir in der Bar in Baltimore getanzt hatten. Seither hatte sich das Wetter geändert. Die Temperaturen waren gefallen, der Himmel sah grau und wolkenverhangen aus. Sie erschien im großen Dienstanzug. Ich glaubte einen Augenblick, ich hätte einen Beurteilungstermin angesetzt und sie dann vergessen. Aber ich hatte meine Schreibstube, die mich rechtzeitig an solche Dinge erinnerte, und von dort hatte ich nichts gehört.

»Dies wird Ihnen nicht gefallen«, begann Kohl.

»Wieso? Sie sind befördert und gleichzeitig versetzt worden?«

Sie lächelte.

»Ich habe den miesen Typen gefunden!«, sagte sie.

»Wie?«

»Vorbildliche Anwendung einschlägiger Fähigkeiten«, sagte sie.

Ich musterte sie. »Hatten wir einen Beurteilungstermin angesetzt?«

»Nein, aber ich finde, wir sollten's tun.«

»Weshalb?«

»Weil ich den miesen Typen aufgespürt habe. Und ich finde, dass Beurteilungen dann stattfinden sollten, wenn man bei Ermittlungen einen großen Schritt vorangekommen ist.«

»Sie arbeiten weiter mit Frasconi zusammen, oder?«

»Wir sind Partner«, sagte sie, was keine richtige Antwort auf meine Frage war.

»Wie ist er?«

Sie verzog das Gesicht. »Darf ich offen sprechen?«

Ich nickte.

»Schade um das gute Essen, das er in sich reinstopft«, sagte sie.

Ich nickte erneut. Das war auch mein Eindruck. Leutnant

Anthony Frasconi war in Ordnung, aber nicht gerade ein Ausbund an Intelligenz.

»Er ist ein netter Kerl«, erklärte sie. »Ich meine, Sie dürfen mich nicht missverstehen.«

»Aber Sie machen die ganze Arbeit allein«, sagte ich.

Diesmal nickte sie. Unter dem linken Arm trug sie die ursprüngliche Akte, die jetzt von Haftnotizen überquoll.

»Andererseits haben *Sie* mitgeholfen«, fuhr sie fort. »Sie hatten Recht. Die Unterlagen sind in der Zeitung. Gorowski steckt die ganze Zeitung in einen Abfallkorb an der Parkplatzausfahrt. Jetzt schon an zwei Sonntagen nacheinander.«

»Und?«

»Und an zwei Sonntagen nacheinander hat derselbe Kerl sie wieder rausgeholt.«

Der Plan war clever, aber die Vorstellung, dass jemand in einem Abfallkorb herumwühlen musste, machte ihn irgendwie angreifbar. Die Abfallkorbmasche ist schwer zu realisieren, außer jemand macht sich tatsächlich die Mühe, als Obdachloser verkleidet aufzutreten. So ein Verhalten glaubwürdig zu imitieren, erfordert viel Geduld und Sorgfalt.

»Was für eine Art Kerl?«, fragte ich.

»Ich weiß, was Sie denken«, antwortete sie. »Wer außer Stadtstreichern wühlt schon in Abfallkörben, richtig?«

»Wer also noch?«

»Stellen Sie sich einen typischen Sonntag vor«, forderte sie mich auf. »Ein fauler Tag, Sie machen einen kleinen Spaziergang. Vielleicht hat sich jemand, mit dem Sie verabredet sind, etwas verspätet. Vielleicht ist Ihr Spaziergang doch langweiliger als erwartet. Aber die Sonne scheint, und es gibt eine Bank, auf die man sich setzen kann. Sie wissen, dass Sonntagszeitungen immer dick und interessant sind. Aber Sie haben gerade keine bei sich.«

»Okay«, sagte ich. »Ich stell's mir vor.«

»Ist Ihnen schon mal aufgefallen, wie eine schon gelesene Zeitung Allgemeingut wird? Haben Sie beispielsweise gesehen, wie das in einem Zug abläuft? In der U-Bahn? Ein Kerl liest seine Zeitung, lässt sie auf seinem Platz liegen, wenn er aussteigt, worauf sofort ein anderer nach ihr greift? Er würde nicht im Traum daran denken, einen halben Schokoriegel aufzuheben, aber eine schon gelesene Zeitung macht ihm keine Probleme?«

»Okay«, sagte ich.

»Unser Mann ist ungefähr vierzig«, fuhr sie fort. »Groß, ungefähr eins fünfundachtzig, schlank, etwa achtzig Kilo schwer, grau meliertes schwarzes Haar, ziemlich teures Outfit. Er trägt Freizeitkleidung – Chinos, Golfhemd –, als er über den Parkplatz zu dem Abfallkorb schlendert.«

»Schlendert?«

»Ja, schlendert«, entgegnete sie. »Als mache er einen kleinen Spaziergang, sei in Gedanken versunken, habe keinerlei Sorgen. Als komme er gerade von einem Sonntagsbrunch. Dann sieht er die Zeitung im Abfallkorb liegen und zieht sie heraus. Wirft einen Blick auf die Schlagzeilen, legt den Kopf ein bisschen schief und klemmt sich die Zeitung unter den Arm, als wolle er sie später gründlich lesen. Dann spaziert er weiter.«

»Schlendert weiter«, korrigierte ich sie.

»Das wirkt unglaublich natürlich«, sagte sie. »Ich hab's mit eigenen Augen gesehen und beinahe ignoriert. Es läuft fast unterschwellig ab.«

Ich dachte darüber nach. Sie hatte Recht. Sie war eine scharfe Beobachterin menschlicher Verhaltensweisen. Was sie zu einem guten Cop machte. Falls wir irgendwann tatsächlich Zeit für eine Beurteilung ihrer Leistungen fanden, würde sie sehr hoch punkten.

»Noch etwas, worüber Sie spekuliert haben«, sagte sie. »Er

schlendert zum Jachthafen hinunter und geht an Bord eines Segelboots.«

»Auf dem er lebt?«

»Das glaube ich nicht«, antwortete sie. »Ich meine, es hat Kojen und alles andere, aber ich halte es für ein Freizeitboot.«

»Woher wissen Sie, dass es Kojen hat?«

»Ich war an Bord.«

»Wann?«

»Am zweiten Sonntag«, erwiderte sie. »Sie dürfen nicht vergessen, dass ich bis dahin nur die Sache mit der Zeitung kannte. Das Dokument war noch nicht zweifelsfrei identifiziert. Aber als er mit ein paar anderen Leuten auf deren Jacht unterwegs war, konnte ich sein Boot durchsuchen.«

»Wie?«

»Vorbildlicher Einsatz einschlägiger Fähigkeiten«, sagte sie. »Ich habe einen Bikini getragen.«

»Einen Bikini zu tragen ist eine besondere Fähigkeit?«, fragte ich.

»Da war's noch heiß«, sagte sie. »Ich hab mich unter die anderen Jachthäschen gemischt. Bin über die Pier spaziert und seine kleine Gangway hinaufgegangen. Niemand hat mich beachtet. Ich habe das Schloss der Kajütentür geöffnet und die Kabine eine Stunde lang durchsucht.«

Ich *musste* einfach fragen.

»Wie haben Sie die Dietriche in einem Bikini versteckt?«, erkundigte ich mich.

»Ich hatte Schuhe an«, meinte sie.

»Haben Sie die Blaupause gefunden?«

»Ich habe alle gefunden.«

»Hat das Boot einen Namen?«

Sie nickte. »So habe ich den Besitzer ermittelt. Für solche Fälle gibt's das Jachtregister.«

»Wer ist der Mann also?«

»Das ist der Teil, der Ihnen nicht gefallen wird«, sagte sie. »Er ist ein hoher Offizier beim Militärischen Nachrichtendienst. Ein Oberstleutnant, Nahostspezialist. Für irgendwas, das er im Golfkrieg geleistet haben soll, hat er gerade einen Orden bekommen.«

»Scheiße«, sagte ich. »Aber vielleicht gibt's doch noch eine harmlose Erklärung.«

»Vielleicht«, sagte sie, »aber das glaube ich nicht. Ich habe erst vor einer Stunde mit Gorowski gesprochen.«

»Okay«, sagte ich. Das war die Erklärung für den großen Dienstanzug. »Und?«

»Ich habe ihn dazu veranlasst, mir seine Beweggründe zu erklären. Seine beiden Töchter sind zwei und vier Jahre alt. Die Vierjährige war vor acht Wochen einen Tag lang verschwunden. Sie will nicht darüber reden, was die Entführer mit ihr gemacht haben. Sie weint nur viel. Eine Woche später ist unser Freund vom Militärischen Nachrichtendienst aufgekreuzt. Er hat angedeutet, wenn Daddy nicht mitspiele, könne die Abwesenheit der Kleinen weit länger als nur einen Tag dauern. Ich sehe beim besten Willen keine harmlose Erklärung für so was.«

»Richtig«, stimmte ich ihr zu. »Ich auch nicht. Wer ist der Kerl?«

»Er heißt Francis Xavier Quinn«, sagte sie.

Die Köchin servierte den nächsten Gang, der eine Art Roastbeef war, aber ich achtete nicht darauf, weil ich in Gedanken noch immer bei Francis Xavier Quinn war. Als er aus dem Krankenhaus in Kalifornien abgehauen war, hatte er seinen Familiennamen *Quinn* offenbar ebenso im Abfallbehälter zurückgelassen wie sein Krankenhausgewand, die Verbände und sein Armband mit dem Namen *John Doe*. Er hatte sich abgesetzt und sofort eine schon auf ihn wartende neue Identität angenommen. Eine Identität, die ihm wie angegossen passte.

Nicht mehr Oberstleutnant Quinn, F. X., U. S. Army, Militärischer Nachrichtendienst, sondern nur noch Francis Quinn, ein anonymer Bürger.

»Halb oder ganz durch?«, fragte Beck mich.

Er tranchierte den Braten mit einem der Küchenmesser mit schwarzem Griff. Sie hatten in einem Messerblock gesteckt, und ich hatte daran gedacht, eines von ihnen zu benutzen, um ihn zu töten. Das Messer, das er jetzt verwendete, wäre eine gute Wahl gewesen. Es war gut fünfundzwanzig Zentimeter lang und rasiermesserscharf, denn es zerteilte mühelos das Fleisch.

»Halb«, sagte ich. »Danke.«

Er schnitt mir zwei Scheiben ab, was ich sofort bedauerte. Vor meinem geistigen Auge sah ich wieder den Leichensack. Ich hatte den Reißverschluss heruntergezogen und die Spuren eines anderen Messers gesehen. Das Bild hatte sich mir so stark eingeprägt, dass ich glaubte, das kalte Metall des Reißverschlussanhängers zwischen den Fingern zu spüren. Dann ging ich in Gedanken zehn volle Jahre zurück, ganz bis zum Anfang des Falls Quinn, und damit schloss sich der Kreis.

»Meerrettich?«, fragte Elizabeth.

Ich überlegte kurz. Dann nahm ich einen Löffel davon. Eine Soldatenregel lautete: *Iss bei jeder Gelegenheit, schlafe bei jeder Gelegenheit* – weil man nie wusste, wann man wieder dazu kommen würde. Deshalb blendete ich Quinn aus meinen Gedanken aus, lud mir noch Gemüse auf und begann zu essen. Fing wieder an nachzudenken. *Alles, was du gehört, alles, was du gesehen hast.* Ich musste wieder an den Jachthafen in Baltimore bei hellem Sonnenschein, den Briefumschlag und die Zeitung denken. *Nicht dies, sondern jenes.* Und an etwas, das Duffy gesagt hatte: *Du hast nichts Brauchbares entdeckt. Überhaupt nichts. Keinerlei Beweise.*

»Haben Sie Pasternak gelesen?«, fragte Elizabeth mich.

»Was halten Sie von Edward Hopper?«, fragte Richard.

»Finden Sie, dass das M16 durch ein verbessertes Modell ersetzt werden sollte?«, fragte Beck.

Ich tauchte wieder aus meinen Gedanken auf. Alle drei sahen mich an. Als sehnten sie sich danach, mit jemandem zu reden. Als wären sie einsam. Ich hörte auf die Brandung, die gegen die Felsen toste, und verstand, weshalb sie so fühlten. Sie lebten hier draußen in sehr großer, wenn auch selbst gewählter Einsamkeit. Mir hätte sie nichts ausgemacht, denn mich störte es nicht, drei Wochen lang kein Wort zu reden.

»Ich habe *Doktor Schiwago* im Kino gesehen«, sagte ich. »Mir gefällt das Gemälde von Hopper mit der Szene im Nachtcafé.«

»*Nachtschwärmer*«, verbesserte mich Richard.

Ich nickte. »Mir gefällt der Typ, der links außen ganz allein sitzt.«

»Wissen Sie den Namen des Restaurants noch?«

»Phillies«, antwortete ich. »Und ich halte das M16 für ein erstklassiges Sturmgewehr.«

»Wirklich?«, fragte Beck.

»Es leistet, was ein Sturmgewehr leisten sollte. Viel mehr kann man nicht verlangen.«

»Hopper war ein Genie«, meinte Richard.

»Pasternak war ein Genie«, sagte Elizabeth. »Leider hat der Film seinen Roman ins Triviale gezogen. Und er ist nicht gut übersetzt worden. Im Vergleich zu ihm wird Solschenizyn überbewertet.«

»Ich denke, das M16 ist schon ein *verbessertes* Modell«, sagte Beck.

»Edward Hopper ist wie Raymond Chandler«, erklärte Richard. »Er hat die Atmosphäre eines bestimmten Orts zu einem bestimmten Zeitpunkt eingefangen. Chandler war natürlich auch ein Genie. Viel besser als Hammett.«

»Wie Pasternak besser als Solschenizyn ist?«, fragte seine Mutter.

So ging es endlos weiter. Der vierzehnte Tag, ein Freitag, war fast vorbei, und ich aß abends Roastbeef mit drei dem Untergang geweihten Menschen, die über Bücher, Bilder und Gewehre redeten. *Nicht dies, sondern jenes*. Ich blendete sie wieder aus, ging zehn Jahre in die Vergangenheit zurück und hörte Sergeant First Class Dominique Kohl zu.

»Er ist ein echter Pentagon-Insider«, erklärte sie mir bei unserer siebten Begegnung. »Lebt ganz in der Nähe in Virginia. Deshalb liegt sein Boot in Baltimore, denke ich.«

»Wie alt ist er?«, fragte ich.

»Vierzig«, sagte sie.

»Haben Sie seine gesamte Akte eingesehen?«

Sie schüttelte den Kopf. »Die ist größtenteils geheim.«

Ich nickte. Versuchte, mir über die Chronologie klar zu werden. Ein Vierzigjähriger hätte mit achtzehn oder neunzehn noch in den beiden letzten Kriegsjahren als Wehrpflichtiger nach Vietnam geschickt werden können. Aber ein Mann, der es mit unter vierzig Jahren zum Oberstleutnant brachte, hatte bestimmt studiert, vielleicht sogar promoviert, und war deswegen zurückgestellt worden. Also war er vermutlich nicht in Indochina gewesen, was seine Beförderung normalerweise hätte verzögern müssen. Keine blutigen Kriege, keine schrecklichen Krankheiten.

»Ich weiß, was Sie denken«, sagte Kohl. »Woher kommt's, dass er schon zwei Dienstgrade über Ihnen steht?«

»Tatsächlich habe ich Sie mir im Bikini vorgestellt.«

Sie schüttelte den Kopf. »Nein, erzählen Sie mir keine Märchen.«

»Er ist acht Jahre älter als ich.«

»Er hat einen kometenhaften Aufstieg hingelegt.«

»Vielleicht ist er gescheiter als ich«, sagte ich.

»Vermutlich«, antwortete sie. »Aber trotzdem hat er's erstaunlich schnell erstaunlich weit gebracht.«

Ich nickte.

»Klasse«, sagte ich. »Wir sollen uns also mit einem echten Star aus dem Geheimdienstbereich anlegen.«

»Er hat jede Menge Kontakte zu Ausländern«, sagte sie. »Ich habe ihn mit allen möglichen Leuten gesehen. Israelis, Libanesen, Irakern, Syrern.«

»Das muss er wohl«, erwiderte ich. »Er ist Nahostspezialist.«

»Er stammt aus Kalifornien«, sagte sie. »Sein Vater war Eisenbahnarbeiter, seine Mutter Hausfrau. Die Familie hat in einem kleinen Haus in Nordkalifornien gewohnt. Er hat es geerbt, und es ist sein einziger Besitz. Und wir können davon ausgehen, dass er seit dem Studium von seinem Offiziersgehalt gelebt hat.«

»Okay«, sagte ich.

»Er besitzt kein eigenes Vermögen, Reacher. Wie kommt's also, dass er sich in Virginia ein großes Haus mieten kann und eine Jacht besitzt?«

»Ist's eine Jacht?«

»Er hat ein großes Segelboot mit Kajüten. Das ist doch eine Jacht, oder?«

»Privatfahrzeug?«

»Ein fabrikneuer Lexus.«

Ich schwieg.

»Warum stellen seine eigenen Leute sich nicht solche Fragen?«, wollte sie wissen.

»Das tun sie nie«, antwortete ich. »Ist Ihnen das noch nicht aufgefallen? Etwas kann einem förmlich ins Auge springen, aber sie sehen es trotzdem nicht.«

»Ich begreife das nicht«, sagte sie.

Ich zuckte mit den Schultern.

»Sie sind auch nur Menschen«, erklärte ich. »Das müssen wir ihnen nachsehen. Vorgefasste Meinungen sind hinderlich. Sie fragen sich, wie gut er ist, nicht jedoch, wie schlecht er sein könnte.«

Sie nickte. »Genau wie ich zwei Tage damit vergeudet habe, statt der Zeitung den Umschlag im Auge zu behalten. Vorgefasste Meinungen.«

»Aber sie sollten's besser wissen.«

»Eigentlich schon.«

»Militärischer Geheimdienst«, sagte ich.

»Das größte Oxymoron der Welt«, antwortete Kohl in einem altvertrauten Ritual. »Wie sichere Gefahr.«

»Wie trockenes Wasser«, fügte ich hinzu.

»Hat's Ihnen geschmeckt?«, fragte Elizabeth Beck mich zehn Jahre später.

Ich gab keine Antwort. *Vorgefasste Meinungen sind hinderlich.*

»Hat's Ihnen geschmeckt?«, wiederholte sie.

Ich sah sie nur an. *Vorgefasste Meinungen.*

»Entschuldigung?«, sagte ich. *Alles, was du gehört hast.*

»Das Essen«, sagte sie. »Hat's Ihnen geschmeckt?«

Ich sah auf meinen Teller. Er war leer gegessen.

»Es war wundervoll«, sagte ich. *Alles, was du gesehen hast.*

»Wirklich?«

»Keine Frage«, antwortete ich. *Du hast nichts Brauchbares entdeckt.*

»Das freut mich«, sagte sie.

»Vergessen Sie Hopper und Pasternak«, meinte ich. »Und Raymond Chandler. Ihre Köchin ist ein Genie.«

»Geht's Ihnen gut?«, fragte Beck. Er hatte die Hälfte seines Essens übrig gelassen.

»Bestens«, sagte ich. *Überhaupt nichts.*

»Sicher?«

Keinerlei Beweise.

»Ja, das ist mein Ernst«, sagte ich.

Und das war wirklich mein Ernst. *Weil ich wusste, was ich in dem Saab finden würde.* Ganz ohne Zweifel. Deshalb fühlte ich mich bestens. Aber ich schämte mich auch ein wenig. Denn ich war ziemlich begriffsstutzig gewesen. Erbärmlich begriffsstutzig. Ich hatte sechsundachtzig Stunden gebraucht, über dreieinhalb Tage. Ich war genauso begriffsstutzig gewesen wie Quinns frühere Einheit. *Etwas kann einem förmlich ins Auge springen, aber sie sehen es trotzdem nicht.* Ich drehte den Kopf zur Seite und starrte Beck an, als sähe ich ihn zum ersten Mal.

11

Ich wusste es, aber bei Kaffee und Nachtisch beruhigte ich mich rasch wieder. Ich hörte auch auf, mich zu schämen. Diese Empfindungen verdrängte ich. Stattdessen begann ich etwas besorgt zu werden, weil mir der genaue Umfang der taktischen Probleme bewusst wurde. Und die waren gewaltig. Sie würden eine ganz neue Definition des Begriffs von einem allein und verdeckt arbeitenden Ermittler erfordern.

Dann war das Abendessen beendet. Wir schoben scharrend unsere Stühle zurück und standen auf. Ich blieb im Speisezimmer zurück. Ich hatte es nicht eilig, schon jetzt an den Wagenhimmel des Saabs heranzukommen. Damit konnte ich mich später befassen. Stattdessen half ich der Köchin beim Abservieren. Das erschien mir höflich. Vielleicht wurde es sogar erwartet. Die Becks verschwanden irgendwohin, und ich trug das Geschirr in die Küche. Dort saß der Hausmeister bei einer größeren Portion Roastbeef, als ich sie bekommen hatte. Bei seinem Anblick begann ich mich wieder etwas zu schämen. Ihn hatte ich bisher völlig übersehen. Hatte kaum über ihn nachgedacht, mich nie gefragt, wozu er hier war. Aber das wusste ich jetzt.

Ich stellte die Teller in den Geschirrspüler. Die Köchin verstaute die Reste im Kühlschrank und putzte die Arbeitsflächen, sodass wir nach knapp einer Viertelstunde mit allem fertig waren. Dann erklärte sie mir, sie gehe jetzt schlafen. Also wünschte ich ihr eine gute Nacht, verließ das Haus durch die Hintertür und ging zu den Felsen. Ich wollte mir den Atlantik ansehen, den Stand der Gezeiten abschätzen. Ich hatte keine Erfahrung mit dem Meer, wusste nur, dass Ebbe und Flut sich zweimal täglich abwechselten, aber nicht, wann oder weshalb. Glaubte mich dunkel daran zu erinnern, dass die Gezeiten etwas mit der Anziehungskraft des Mondes zu tun hatten. Im Augenblick schien die Flut abzulaufen. Ich blieb noch fünf Minuten draußen und ging dann in die Küche zurück. Der Hausmeister war verschwunden. Ich benutzte den mir von Beck ausgehändigten Schlüsselbund, um die innere Tür abzuschließen. Die äußere ließ ich offen. Anschließend durchquerte ich die Eingangshalle und kontrollierte die Haustür. Ich nahm an, dass ich jetzt für solche Dinge zuständig war. Die Tür war abgesperrt, die Sicherungskette eingehakt. Im Haus war es still. Also ging ich in Dukes Zimmer und begann das Endspiel zu planen.

In meinem Schuh wartete eine Nachricht von Duffy auf mich. Sie fragte: *Alles okay?* Ich antwortete: *Herzlichen Dank für die Telefone. Du hast meinen Arsch gerettet.*

Ihre Antwort kam prompt: *Meinen auch. War also auch Eigennutz.*

Darauf antwortete ich nichts. Mir fiel keine passende Erwiderung ein. Sie hatte einen kleinen Aufschub erwirkt, aber das war schon alles. Ihr Arsch war nicht zu retten, was auch als Nächstes passierte. Dagegen konnte ich nichts tun.

Dann sendete sie: *Bin alle Unterlagen durchgegangen und kann keine, wiederhole keine, Genehmigung für zweite Agentin finden.*

Ich sendete: *Ich weiß.*

Ihre Antwort bestand nur aus zwei Zeichen: *??*

Ich sendete: *Wir müssen uns treffen. Ich rufe vorher an oder bin einfach da. Halte die Stellung.*

Dann schaltete ich das Gerät ab und verstaute es wieder im Absatz. Fragte mich, ob ich es jemals wieder herausholen würde. Ich sah auf die Uhr. Es war kurz vor Mitternacht. Der vierzehnte Tag, ein Freitag, war fast vorüber. Der fünfzehnte Tag, ein Samstag, würde bald beginnen. Heute war es auf den Tag genau zwei Wochen her, dass ich mich vor der Bostoner Symphony Hall durch die Menge gedrängt hatte – auf dem Weg zu einer Bar, die ich niemals erreicht hatte.

Ich legte mich vollständig bekleidet aufs Bett. Ich ging davon aus, dass die kommenden vierundzwanzig bis achtundvierzig Stunden entscheidend sein würden, weshalb ich fünf der ersten sechs im Tiefschlaf verbringen wollte. Meiner Erfahrung nach verursacht Müdigkeit mehr Fehler als Leichtsinn und Dummheit zusammen. Deshalb machte ich es mir bequem und schloss die Augen. Stellte den Wecker in meinem Kopf auf zwei Uhr morgens. Er funktionierte, wie er's immer tat. Als ich nach zweistündigem Schlaf erwachte, fühlte ich mich einigermaßen frisch.

Ich wälzte mich aus dem Bett und schlich nach unten. Gelangte durch die Eingangshalle in die Küche und sperrte die Hintertür auf. Was ich an Metall in den Taschen trug, ließ ich auf dem Küchentisch liegen. Dann trat ich ins Freie. Draußen herrschte stockfinstere Nacht. Die Brandung toste, und es war kalt. Ich ging zur vierten Garage und öffnete das Tor gerade so weit, dass ich hindurchschlüpfen konnte. Der Saab stand so da, wie ich ihn abgestellt hatte. Ich öffnete lautlos den Kofferraumdeckel, holte mein Bündel heraus, schlich die Mauer entlang und schob es in sein früheres Versteck. Dann machte ich mich daran, den ersten Leibwächter aus dem Kofferraum zu hieven. Er war ziemlich steif. Die niedrige Temperatur hatte bewirkt, dass die Leichenstarre früh eintrat. Ich legte ihn mir über die Schulter. Seine Arme standen wie Äste von seinem Körper ab.

Ich trug ihn zu der V-förmigen Felsspalte, die Harley mir gezeigt hatte. Legte ihn ab und wartete auf die siebte Woge. Kurz bevor sie sich am Strand brach, kippte ich den Toten in die Spalte. Das Wasser hob ihn hoch und spülte ihn fast bis zu mir hinauf. Er schwebte einen Moment lang unbeweglich vor mir, bis die Woge zurückwich, die Spalte sich leerte und er verschwunden war.

Ebenso funktionierte die Sache mit dem zweiten Mann. Ich blieb noch einen Augenblick in der Hocke, spürte die Brise auf meinem Gesicht und lauschte dem Geräusch der Brandung. Dann ging ich zurück, schloss den Kofferraum des Saabs und setzte mich ans Steuer. Ich zog die Kunststoffverkleidung ganz heraus, griff nach hinten und bekam die Notizen des Dienstmädchens zu fassen. Sie bestanden aus acht eng beschriebenen Seiten Schreibmaschinenpapier. Ich überflog sie im schwachen Lichtschein der Innenbeleuchtung. Sie waren sehr detailliert, enthielten alle Einzelheiten, aber im Prinzip nichts, was ich nicht schon wusste. Ich las sie ein zweites Mal, schob sie dann zu einem ordentlichen Stapel zusammen und ging damit bis zur äußersten Spitze der Landzunge. Dort hockte ich mich auf einen Felsen, faltete aus jedem Blatt ein Papierschiffchen und setzte sie nacheinander aufs Wasser. Beobachtete, wie sie auf den Wellen tanzend nach Osten in die rabenschwarze Finsternis davonschwammen.

Anschließend trat ich den Rückweg an und verbrachte einige Zeit damit, den Wagenhimmel wieder in seinen alten Zustand zu versetzen, was mir ziemlich gut gelang. Dann schloss ich das Garagentor und ging ins Haus zurück. Sperrte die Tür hinter mir ab, steckte mein Zeug wieder in die Taschen und schlich in Dukes Zimmer zurück. Zog mich bis auf die Unterhose aus und schlüpfte ins Bett. Ich wollte noch drei Stunden schlafen. Also stellte ich wieder den Wecker in meinem Kopf, schloss die Augen und versuchte einzuschlafen. Aber es gelang mir nicht. Stattdessen kam mir Dominique Kohl in den Sinn.

Bei unserer achten Begegnung hatten wir taktische Probleme zu besprechen. Einen Nachrichtendienstoffizier auffliegen zu lassen war eine knifflige Sache. Natürlich ist die Militärpolizei ausschließlich mit Soldaten befasst, die straffällig geworden sind, deshalb war es für uns nichts Neues, gegen jemanden aus den eigenen Reihen vorzugehen. Aber Geheimdienste und ihre Mitarbeiter waren etwas anderes. Sie bildeten eine von Geheimhaltung geprägte Gemeinschaft und gaben sich größte Mühe, niemandem Rechenschaft abzulegen. An sie war schwer heranzukommen.

Ich wollte diese Besprechung nicht in meinem Dienstzimmer abhalten. Also gingen wir wieder in die Bar in der Stadt. Sie erschien mir dafür geeigneter. Diese ganze Sache wurde allmählich so brisant, dass wir schon unter Verfolgungswahn zu leiden begannen. Kohl erschien in Zivil, nicht in einem Kleid, sondern in Jeans und einem weißen T-Shirt, über dem sie eine Lederjacke trug. Ich kam im Arbeitsanzug, denn ich besaß keine Zivilkleidung. Das Wetter war inzwischen kalt geworden. Ich bestellte Kaffee. Sie einen Tee. Wir wollten beide einen klaren Kopf behalten.

»Ich bin jetzt froh, dass wir ihm echte Blaupausen zugespielt haben«, sagte sie.

Ich nickte.

»Gutes Gespür«, sagte ich. Wir mussten dafür sorgen, dass die Beweise unanfechtbar waren. Dass Quinn sich im Besitz von echten Bauplänen befand, würde ihm das Genick brechen. Weniger hätte bedeutet, dass er anfangen konnte, Storys über Testverfahren, Einsatzübungen und eigene Sicherheitsüberprüfungen zu erfinden.

»Es sind die Syrer«, sagte sie. »Und sie zahlen im Voraus. Er hat ihnen Ratenzahlung eingeräumt.«

»Wie?«

»Aktenkoffertausch«, erklärte sie. »Er trifft sich mit einem Attaché der syrischen Botschaft. Sie gehen in Georgetown in irgendein Café. Beide tragen einen dieser luxuriösen Aktenkoffer aus Aluminium, identisch.«

»Halliburton«, sagte ich.

Sie nickte. »Die beiden stellen sie nebeneinander unter den Tisch, und wenn er geht, nimmt er den Koffer des Syrers.«

»Er wird behaupten, der Syrer sei eine legitime Kontaktperson. Er wird behaupten, der Kerl liefere *ihm* Material.«

»Dann sagen wir: Okay, zeigen Sie es uns.«

»Er wird sagen, das dürfe er nicht, weil es geheim sei.«

Kohl sagte nichts. Ich lächelte.

»Er wird eine große Show abziehen«, sagte ich. »Er wird uns eine Hand auf die Schulter legen, uns ins Gesicht sehen und sagen: ›He, vertraut mir, Leute, hier geht's um die Sicherheit der Vereinigten Staaten.‹«

»Haben Sie schon mit solchen Kerlen zu tun gehabt?«

»Einmal«, erwiderte ich.

»Mit Erfolg?«

Ich nickte. »Die meisten sind große Blender. Mein Bruder war eine Zeit lang beim Militärischen Nachrichtendienst. Jetzt arbeitet er im Finanzministerium. Er hat mir alles über diese Leute erzählt. Sie halten sich für schrecklich clever, aber in Wirklichkeit sind sie auch nicht schlauer als wir.«

»Was machen wir also?«

»Wir müssen den Syrer anwerben.«

»Dann können wir ihn anschließend nicht verhaften.«

»Sie wollten beide hochgehen lassen?«, fragte ich. »Das funktioniert nicht. Der Syrer tut nur seine Pflicht. Daraus kann man ihm keinen Vorwurf machen. Der üble Kerl in diesem Fall ist Quinn.«

Sie schwieg einen Augenblick, wirkte leicht enttäuscht. Dann zuckte sie mit den Schultern.

»Okay«, sagte sie. »Aber wie stellen wir das an? Der Syrer wird uns einfach die kalte Schulter zeigen. Als Attaché seiner Botschaft genießt er diplomatische Immunität.«

Ich lächelte wieder. »Diplomatische Immunität steht nur auf einem Blatt Papier aus dem Außenministerium. Beim vorigen Mal habe ich mir den Kerl geschnappt und ihn aufgefordert, sich ein Blatt Papier vor den Bauch zu halten. Dann habe ich meine Pistole gezogen und ihn gefragt, ob er glaube, dass das Papier eine Kugel aufhalten könne. Er hat mir gedroht, ich würde Schwierigkeiten bekommen. Aber ich habe ihm erklärt, das ändere nichts an der Art und Weise, wie er langsam verbluten werde.«

»Und, hat er sich Ihrer Auffassung angeschlossen?«

Ich nickte. »Er hat geredet wie ein Buch.«

Sie schwieg wieder. Dann stellte sie mir die erste von zwei Fragen, von denen ich mir später wünschte, ich hätte sie anders beantwortet.

»Können wir zusammen ausgehen?«, fragte sie.

Wir saßen in einer düsteren Bar in einer separaten Sitznische. Dominique Kohl sah verdammt attraktiv aus. Ich war damals erst knapp über dreißig und bildete mir ein, für alles noch massenhaft Zeit zu haben.

»Sie laden mich ein, mit Ihnen auszugehen?«, fragte ich.

»Ja«, antwortete sie.

Ich schwieg.

»Wir haben's weit gebracht, Baby«, sagte sie. Dann fügte sie für den Fall hinzu, dass ich nicht auf dem Laufenden war, was aktuelle Zigarettenwerbung betraf: »Wir Frauen, meine ich.«

Ich schwieg.

»Ich weiß, was ich will«, sagte sie.

Ich nickte. Das glaubte ich ihr. Und ich war für Gleichberechtigung.

»Also?«, bohrte sie nach.

Fragen, von denen ich mir wünschte, ich hätte sie anders beantwortet.

»Nein«, sagte ich.

»Warum nicht?«

»Unprofessionell«, entgegnete ich. »Das sollten Sie lassen.«

»Warum?«

»Weil das Ihre Laufbahn mit einem Sternchen versehen würde«, antwortete ich. »Sie sind eine gute Soldatin, die's nicht weiter als bis zum Sergeant-Major bringen kann, ohne die Offiziersschule zu besuchen. Deshalb werden Sie sie besuchen, glänzend abschneiden und es innerhalb von zehn Jahren bis zum Oberstleutnant bringen. Weil Sie es verdienen. Aber alle werden sagen, das verdankten Sie nur der Tatsache, dass Sie damals in grauer Vorzeit mit Ihrem Kompaniechef geschlafen haben.«

Sie sagte nichts, winkte nur die Serviererin heran und bestellte zwei Biere. In der Bar wurde es warm, weil immer mehr Gäste kamen. Wir zogen unsere Jacken aus. Ich trug ein olivgrünes T-Shirt, das ziemlich fadenscheinig und ausgewaschen war. Ihr T-Shirt stammte aus einer Boutique. Es war etwas tiefer ausgeschnitten als bei T-Shirts sonst üblich. Auf ihrer gebräunten Haut wirkte der Stoff schneeweiß. Und er war fast durchsichtig. Ich konnte sehen, dass sie nichts darunter anhatte.

»Das Militärleben ist voller Entbehrungen«, sagte ich – mehr zu mir selbst als zu ihr.

»Ich werde darüber hinwegkommen«, sagte sie.

Dann stellte sie mir die zweite Frage, von der ich mir wünschte, ich hätte sie anders beantwortet.

»Lassen Sie mich ihn verhaften?«, fragte sie.

Zehn Jahre später wachte ich um sechs Uhr morgens allein in Dukes Bett auf. Da sein Zimmer nach vorn hinausführte, konnte ich das Meer nicht sehen. Ich blickte nach Westen, über Amerika hinweg. Auch heute gab es keine Morgensonne. Keine langen Schatten. Nur stumpfes graues Licht auf der Einfahrt, der Mauer und der hinter ihr liegenden Granitlandschaft. Der stürmische Wind blies von See her. Ich stellte mir dunkle Sturmwolken vor, die hinter mir noch weit draußen über dem Atlantik hingen, aber schnell in Richtung Küste zogen. Der fünfzehnte Tag begann grau, kalt und unwirtlich – und würde bestimmt noch schlimmer werden.

Ich duschte, verzichtete aber darauf, mich zu rasieren. Ich zog schwarze Jeans von Duke und ein frisches Hemd an, schnürte die Schuhe und nahm Sakko und Mantel über den Arm. So ging ich leise in die Küche hinunter. Die Köchin hatte bereits Kaffee gekocht. Sie gab mir einen Becher, ich nickte dankend und setzte mich damit an den Küchentisch. Dann holte sie einen Laib Brot aus dem Gefrierschrank und legte ihn in die Mikrowelle. Ich überlegte mir, dass ich sie irgendwann würde in Sicherheit bringen müssen, bevor es hier gefährlich wurde. Auch Elizabeth und Richard. Der Hausmeister und Beck selbst konnten bleiben, um die Suppe, die sie sich eingebrockt hatten, auszulöffeln.

Hier in der Küche war das Meer deutlich zu hören. Der Wind heulte leise in den Spalten der äußeren Verandatür.

Richard kam zehn Minuten nach mir herunter. Seine Haare

standen ihm wirr vom Kopf ab, und ich konnte sehen, wo ihm ein Ohr fehlte. Er goss sich Kaffee ein und nahm mir gegenüber Platz. Seine Zwiespältigkeit machte sich wieder bemerkbar. Er schien sich mit dem Gedanken zu tragen, nicht ans College zurückzukehren und den Rest seines Lebens mit seinen Eltern in irgendwelchen Verstecken zu verbringen. Kam seine Mutter davon, ohne angeklagt zu werden, konnten die beiden irgendwo ein neues Leben beginnen, vermutete ich. Je nachdem, wie hart er im Nehmen war, konnte er ins College zurückgehen, ohne mehr als eine Woche des Semesters zu versäumen. Wenn er das wollte. Und wenn das College nicht zu viel kostete, was es vermutlich tat. Die beiden würden nämlich dieses Haus nur mit dem verlassen, was sie am Leib trugen. Wenn sie's überhaupt verließen.

Die Köchin ging hinaus, um im Esszimmer fürs Frühstück zu decken. Während Richard ihr nachsah, betrachtete ich ihn. Dabei wurde ich wieder auf sein fehlendes Ohr aufmerksam, und ein weiteres Stück des Puzzles fiel an seinen Platz.

»Die Entführung«, sagte ich. »Vor fünf Jahren.«

Er blieb äußerlich ruhig. Blickte lediglich auf den Tisch, hob dann den Kopf und strich sich das Haar über die Narbe.

»Wissen Sie, womit Ihr Dad wirklich handelt?«, fragte ich ihn.

Er nickte. Schwieg.

»Nicht nur mit Teppichen, stimmt's?«, fragte ich.

»Nein«, sagte er. »Nicht nur mit Teppichen.«

»Was empfinden Sie dabei?«

»Es gibt Schlimmeres«, meinte er.

»Möchten Sie mir erzählen, was vor fünf Jahren passiert ist?«, fragte ich.

Er schüttelte den Kopf. Sah weg.

»Nein«, sagte er. »Nein, das will ich nicht.«

»Ich habe mal einen Mann namens Gorowski gekannt«,

sagte ich. »Seine vierjährige Tochter ist entführt worden. Nur einen Tag lang. Wie lange waren Sie fort?«

»Acht Tage«, erwiderte er.

»Gorowski hat sofort pariert«, sagte ich. »Ein Tag hat ihm gereicht.«

Richard schwieg.

»Ihr Vater ist hier nicht der Boss«, sagte ich. Das war keine Frage, sondern eine Feststellung.

Richard schwieg.

»Er hat vor fünf Jahren pariert«, fuhr ich fort. »Nachdem Sie acht Tage verschwunden waren. So sehe ich das.«

Richard schwieg weiter. Ich dachte an Gorowskis Tochter. Sie war jetzt zwölf. Wahrscheinlich hatte sie einen Computer mit Internetanschluss, einen CD-Player und ein Telefon in ihrem Zimmer. Poster an den Wänden. Und wegen etwas, das in der Vergangenheit passiert war, einen kleinen verborgenen Schmerz in ihrem Herzen.

»Ich brauche keine Einzelheiten«, sagte ich. »Ich will nur, dass Sie mir seinen Namen sagen.«

»Wessen Namen?«

»Den des Kerls, der Sie acht Tage lang entführt hat.«

Richard schüttelte den Kopf.

»Ich habe den Namen Xavier gehört«, sagte ich. »Irgendwer hat ihn erwähnt.«

Richard sah weg. Seine Hand berührte die linke Kopfhälfte. Mehr Bestätigung brauchte ich nicht.

»Ich bin vergewaltigt worden«, sagte er.

Ich hörte die See, die an die Felsen donnerte.

»Von Xavier?«

Er schüttelte wieder den Kopf.

»Von Paulie«, sagte er. »Er war gerade aus dem Gefängnis gekommen. Hatte noch eine Vorliebe für solche Sachen.«

Ich machte eine lange Pause.

»Weiß Ihr Vater das?«

»Nein.«

»Ihre Mutter?«

»Nein.«

Mir fiel nichts ein, was ich sagen konnte. Auch Richard sprach nicht mehr. Wir saßen uns schweigend gegenüber. Dann kam die Köchin zurück und stellte den Herd an. Sie tat Fett in eine Bratpfanne und begann es zu erhitzen. Bei diesem Geruch wurde mir fast übel.

»Kommen Sie, wir machen einen Spaziergang«, sagte ich.

Richard folgte mir nach draußen. Die Luft war bitterkalt, das Tageslicht grau. Der starke Wind wehte uns direkt ins Gesicht.

»Zu jedem Silberrand gehört eine Wolke«, sagte ich. Ich musste laut reden, um Wind und Brandung zu übertönen. »Vielleicht bekommen Xavier und Paulie eines Tages, was ihnen zusteht, aber dabei wandert Ihr Vater hinter Gitter.«

Richard nickte. Er hatte Tränen in den Augen. Vielleicht kamen sie aber auch von dem eisigen Wind.

»Er hat's verdient«, sagte er. »Ich war acht Tage fort. Einer hätte gereicht. Wie bei diesem Mann, den Sie erwähnt haben.«

»Gorowski?«

»Wer auch immer. Der mit dem vierjährigen Mädchen. Glauben Sie, dass sie vergewaltigt worden ist?«

»Das will ich nicht hoffen.«

»Ich auch.«

»Können Sie Auto fahren?«, fragte ich.

»Ja.«

»Vielleicht müssen Sie von hier weg«, erklärte ich. »Bald. Sie, Ihre Mutter und die Köchin. Also müssen Sie sich vorbereiten. Für den Augenblick, in dem ich Ihnen sage, dass Sie abhauen müssen.«

»Wer sind Sie?«

»Ich bin jemand, der dafür bezahlt wird, Ihren Vater zu beschützen. Vor seinen so genannten Freunden ebenso wie vor seinen Feinden.«

»Paulie lässt uns nicht durchs Tor.«

»Er ist nicht mehr lange da.«

Richard schüttelte den Kopf.

»Paulie bringt Sie um«, sagte er. »Sie haben keine Vorstellung. Mit Paulie wird niemand fertig. Niemand!«

»Ich bin mit diesen Kerlen außerhalb des Colleges fertig geworden.«

Er schüttelte erneut den Kopf. Seine langen Haare flatterten im Wind.

»Das war ein Schwindel«, sagte er. »Meine Mutter und ich haben darüber gesprochen. Dieser so genannte Überfall war fingiert.«

Ich ließ mir Zeit mit der Antwort. *Kann ich ihm schon trauen?*

»Nein, der war echt«, sagte ich. *Nein, ich traue ihm noch nicht.*

»Die Collegestadt ist ein Nest«, sagte er. »Dort gibt's ungefähr fünf Cops. Diesen Kerl hatte ich noch nie gesehen.«

Ich schwieg.

»Auch die Collegecops hatte ich noch nie gesehen«, fuhr er fort. »Dabei studiere ich seit fast drei Jahren dort.«

Ich schwieg. *Fehler, die einen später wieder einholen.*

»Warum haben Sie dann Ihr Studium aufgegeben?«, fragte ich. »Wenn der Überfall nur fingiert war?«

Er gab keine Antwort.

»Und wie kommt's, dass Duke und ich in einen Hinterhalt geraten sind?«

Er gab keine Antwort.

»Was war er also?«, fragte ich. »Gestellt oder echt?«

Er zuckte mit den Schultern. »Keine Ahnung.«

»Sie haben selbst gesehen, wie ich sie erschossen habe«, sagte ich.

Er schwieg. Ich sah aufs Wasser. Die siebte Woge rollte heran. Sie überschlug sich vierzig Meter weit draußen und schäumte schneller über die Felsen hinweg, als ein Mann rennen konnte.

»Haben Sie oder Ihre Mutter mit Ihrem Vater darüber gesprochen?«

»Ich nicht«, antwortete er. »Und ich werd's auch nicht tun. Was meine Mutter vorhat, weiß ich nicht.«

Und ich weiß nicht, was du vorhast, dachte ich. Seine Zwiespältigkeit machte ihn unberechenbar. Die Vorstellung, dass sein Vater hinter Gitter kommen würde, mochte ihm im Augenblick gefallen. Später konnte er seine Meinung wieder ändern. Wohin dieser Bursche tendieren würde, wenn's ernst wurde, ließ sich unmöglich vorhersagen.

»Ich hab Ihren Arsch gerettet«, sagte ich. »Mir gefällt nicht, dass Sie jetzt so tun, als wär's nicht so gewesen.«

»Wie Sie meinen«, sagte er. »Sie können sowieso nichts ausrichten. Dies wird ein hektisches Wochenende. Sie werden bei der Verteilung einer Lieferung mit anpacken müssen. Und danach sind Sie ohnehin einer von ihnen.«

»Helfen Sie mir also«, sagte ich.

»Wie?«

»Sagen Sie Ihrem Vater, dass Sie mich hier haben möchten. Dass Sie jetzt nicht allein sein wollen. In solchen Dingen hört er auf Sie.«

Er gab keine Antwort. Ließ mich einfach stehen und ging ins Haus. Ich vermutete, dass er im Esszimmer frühstücken würde. Ich blieb in der Küche. Die Köchin hatte meinen Platz am Kiefernholztisch gedeckt. Ich verspürte keinen Hunger, zwang mich jedoch dazu zu essen. Müdigkeit und Hunger sind schlimme Feinde. Ich hatte geschlafen, und jetzt würde ich essen. Ich wollte nicht im falschen Augenblick vor Hunger halb schwindlig sein. Ich aß Toast und leerte eine weitere Tasse Kaffee. Dann bekam ich etwas Appetit und vertilgte eine große Portion Rührei mit Schinken. Als ich bei der dritten Tasse Kaffee war, betrat Beck auf der Suche nach mir die Küche. Er trug Samstagskleidung: Jeans und ein rotes Flanellhemd.

»Wir fahren nach Portland«, sagte er. »Zum Lagerhaus. Sofort.«

Er ging wieder hinaus. Ich vermutete, dass Richard nicht mit ihm gesprochen hatte. Entweder mangels Gelegenheit oder aus freien Stücken. Ich kontrollierte meine Taschen, um mich davon zu überzeugen, dass meine Beretta sicher verstaut und die Schlüssel da waren. Dann holte ich den Wagen. Fuhr vor die Haustür, wo Beck mich schon erwartete. Er hatte eine Windjacke über sein Flanellhemd angezogen und sah aus wie ein Kerl aus Maine, der unterwegs ist, um Holz zu schlagen oder seinen Ahornbäumen Sirup abzuzapfen. Aber der Schein trog.

Paulie hatte das Tor schon so weit geöffnet, dass ich zwar bremsen, aber nicht anhalten musste. Im Vorbeifahren warf ich ihm einen Blick zu. Ich ging davon aus, dass er heute oder auch morgen sterben würde. Oder dass ich sterben würde. Ich fuhr mit raschem Tempo die vertraute Straße entlang. Nach einer Meile kamen wir an den Platz, an dem Villanueva geparkt hatte. Vier Meilen weiter passierten wir die Stelle am Ausgang einer Kurve, wo wir den Leibwächtern aufgelauert hatten. Beck sagte kein Wort. Er hockte nach vorn gebeugt im Sitz. Hielt den Kopf gesenkt, aber seine Augen behielten die Straße vor uns im Blick. Er war sichtlich nervös.

»Wir haben noch nicht miteinander geredet«, begann ich. »Sie haben mir Hintergrundinformationen versprochen.«

»Später«, vertröstete er mich.

Ich fuhr über die Route One, um diesmal die I-95 zu benutzen. Rollte nach Norden in Richtung Stadt. Der Himmel blieb grau. Der Wind blies so stark, dass ich manchmal gegenlenken musste. Ich bog auf die 295 ab und kam am Flughafen vorbei, der jenseits des schmalen Meeresarms links von mir lag. Rechts von mir befand sich die Rückseite der Ladenzeile, in der man das Dienstmädchen geschnappt, und die Rückseite des neuen Gewerbegebiets, in dem man sie vermutlich ermordet hatte. Ich fuhr geradeaus weiter und schlängelte mich dann durchs Straßengewirr des Hafenbezirks. Ich kam an dem unbebauten Grundstück vorüber, auf dem Beck seine Lastwagen stehen hatte. Eine Minute später erreichten wir das Lagerhaus.

Heute wimmelte es von Fahrzeugen. Entlang seiner Vorderfront waren fünf Autos eingeparkt. Es waren zwei schwarze Lincolns Town Car, zwei blaue Chevys Suburban und ein grauer Mercury Grand Marquis. Einer der Lincolns war der Wagen, in dem ich mit Harley gesessen hatte. Ich fuhr langsamer und sah mich nach einer Parkmöglichkeit um.

»Setzen Sie mich einfach hier ab«, sagte Beck.

Ich bremste und hielt. »Und?«

»Fahren Sie ins Haus zurück«, sagte er. »Kümmern Sie sich um meine Familie.«

Ich nickte. Vielleicht hatte Richard doch mit ihm gesprochen. Vielleicht hatte seine Zwiespältigkeit sich diesmal zu meinen Gunsten ausgewirkt.

»Okay«, sagte ich. »Wie Sie meinen. Soll ich Sie später abholen?«

Er schüttelte den Kopf.

»Ich finde bestimmt jemanden, der mich mitnimmt.«

Er stieg aus und ging auf die verwitterte graue Tür zu. Ich bog ums Lagerhaus ab und fuhr in Richtung Süden zurück.

Diesmal benutzte ich statt der 295 die Route One und fuhr geradewegs zu dem neuen Gewerbegebiet. Lenkte den Wagen dort kreuz und quer über das Netz aus neuen Straßen, an denen sich ungefähr drei Dutzend identische Gebäude mit Blechverkleidungen befanden. Sie wirkten alle sehr schlicht. Dies war kein Gewerbegebiet, das die Aufmerksamkeit von Passanten erregen wollte. Fußgänger waren hier kaum zu sehen. Es gab keine Großmärkte, keine Werbung, keine großen Reklametafeln. Nur diskrete Gebäudenummern, unter denen Firmennamen standen. Aber es gab einen Schlüsseldienst, einen Fliesenhandel und mehrere kleine Druckereien. Ein ganzes Gebäude gehörte einem Großhandel mit Schönheitsprodukten. Im Gebäude 26 war eine Firma untergebracht, die Treppenlifte und elektrische Rollstühle vertrieb. Und nebenan stand Gebäude 27: *Xavier eXport Company*. Die Buchstaben X waren viel größer als die anderen. Über dem Firmennamen war die Anschrift der Zentrale angegeben, die nicht mit der hiesigen Adresse übereinstimmte. Ich vermutete sie irgendwo im Stadtzentrum von Portland. Also fuhr ich wieder nach Norden, überquerte nochmals den Fluss und fuhr dann kreuz und quer durch die Innenstadt.

Ich kam auf der Route One herein und bog nach rechts auf eine Straße mit Bürogebäuden ab. Aber dies waren die falschen Gebäude. Also kurvte ich weitere fünf Minuten durchs Geschäftsviertel, bis ich die richtige Straße gefunden hatte. Dann achtete ich auf die Hausnummern und hielt neben einem Hydranten vor einem Büroturm aus Stahl und Glas, über dessen Eingang Lettern aus Edelstahl seinen Namen verkündeten: *Missionary House*. Zu dem Gebäude gehörte eine Tiefgarage. Ich sah mir die Einfahrt an und war mir ziemlich sicher, dass Susan Duffy elf Wochen zuvor mit einer Kamera in der Hand diese Rampe hinuntergegangen war. Dann erinnerte ich mich an eine fünfundzwanzig Jahre zurückliegende Geschichtsstunde in der Highschool, als irgendein alter Lehrer uns von dem spanischen Jesuiten Francisco Javier erzählt hatte. Ich konnte mich sogar an seine Lebensdaten erinnern: 1506 bis 1552. Francisco Javier, spanischer Missionar. Francis Xavier, Missionary House. Ganz zu Anfang hatte Eliot behauptet, Beck mache schlechte Scherze. Aber er hatte sich getäuscht. Quinn war der Mann mit dem seltsamen Sinn für Humor.

Ich verließ meinen Parkplatz am Hydranten, fuhr zur Route One und folgte ihr nach Süden. Obwohl ich schnell unterwegs war, brauchte ich eine halbe Stunde, um den Kennebunk River zu erreichen. Vor dem Motel parkten drei Ford Taurus, alle schlicht und identisch bis auf die Lackierung: grau, graublau und blau. Ich parkte den Cadillac wieder hinter dem Propangastank und klopfte dann an Duffys Tür. Als sie mir öffnete, umarmten wir uns nicht. Hinter ihr im Zimmer sah ich Eliot und Villanueva sitzen.

»Warum kann ich diese andere Agentin nicht finden?«, fragte sie.

»Wo hast du nachgesehen?«

»Überall«, erwiderte sie.

Sie trug wieder Jeans und ein weißes Hemd. Andere Jeans, ein anderes Hemd. Sie musste einen großen Vorrat davon mitgebracht haben. Dazu hatte sie Leinenschuhe an. Sie sah blendend aus, doch ihr Blick war sorgenvoll.

»Darf ich reinkommen?«, fragte ich.

Sie zögerte einen Augenblick wie geistesabwesend und trat dann zur Seite. Villanueva saß auf dem nach hinten gekippten Stuhl am Schreibtisch. Eliot hatte wie in meinem Bostoner Hotelzimmer am Fußende des Betts Platz genommen. Duffy musste sich am Kopfende des Betts niedergelassen haben, denn die senkrecht stehenden Kissen zeichneten die Form ihres Rückens nach.

»Wo hast du nachgesehen?«, wiederholte ich.

»Im gesamten System. Quer durchs ganze Justizministerium, also bei FBI und DEA. Sie ist einfach nicht zu finden.«

»Schlussfolgerung?«

»Auch sie war inoffiziell im Einsatz.«

»Was eine Frage nahe legt«, warf Eliot ein. »Beispielsweise: Was zum Teufel geht hier vor?«

Duffy setzte sich wieder ans Kopfende des Betts und ich mich neben sie. Sonst gab es keinen Platz für mich. Sie zog ein Kissen hinter sich heraus und stopfte es mir in den Rücken.

»Nicht besonders viel«, bemerkte ich. »Außer dass wir drei vor zwei Wochen angefangen haben, uns wie die Keystone Cops zu benehmen.«

»Wieso?«

Ich verzog das Gesicht. »Ich war auf Quinn fixiert, ihr auf Teresa Daniel. Wir waren alle so besessen, dass wir uns darangemacht haben, ein Kartenhaus zu bauen.«

»Wieso?«, fragte er wieder.

»Das war mehr meine Schuld als Ihre«, sagte ich. »Denken Sie an die allererste Zeit vor elf Wochen.«

»Die betrifft Sie nicht. Damals hatten Sie noch nichts mit diesem Fall zu tun.«

»Berichten Sie mir genau, wie alles abgelaufen ist.«

Eliot zuckte mit den Schultern. Dachte kurz nach. »Wir haben aus L. A. erfahren, dass eine wichtige Person sich gerade ein Flugticket erster Klasse nach Portland, Maine, besorgt hatte.«

Ich nickte. »Also haben Sie ihn bei seinem Treffen mit Beck beschattet und ihn wobei fotografiert?«

»Beim Begutachten von Mustern«, antwortete Duffy. »Bei einem Deal.«

»In einer privaten Tiefgarage«, sagte ich. »Und ganz nebenbei: Wenn sie privat genug war, um euch wegen des Vierten Verfassungszusatzes in Schwierigkeiten zu bringen, hättet ihr euch vielleicht fragen sollen, wie Beck dort reingekommen ist.«

Sie sagte nichts.

»Wie ist's weitergegangen?«, fragte ich.

»Wir haben uns Beck angesehen«, sagte Eliot, »und ihn für einen Großimporteur und einen wichtigen Dealer gehalten.«

»Was er ist«, sagte ich. »Und ihr habt Teresa auf ihn angesetzt.«

»Inoffiziell«, betonte er.

»Das spielt keine Rolle«, sagte ich.

»Was ist also schief gegangen?«

»Das Ganze war ein Kartenhaus«, antwortete ich. »Ihr seid zu Anfang einem winzigen Trugschluss erlegen.«

»In welcher Beziehung?«

»In einem Punkt, den ihr früher als ich hättet erkennen müssen.«

»In welchem?«

»Fragt euch mal, wieso das Dienstmädchen in keinem Computer auftaucht.«

»Sie hat inoffiziell gearbeitet. Das ist die einzig mögliche Erklärung.«

Ich schüttelte den Kopf. »Sie war völlig legal im Einsatz. Sie ist überall registriert. Ich habe einige ihrer Notizen gefunden. Kein Zweifel möglich.«

Duffy starrte mich an. »Reacher, was geht hier vor?«

»Beck hat einen Hausmeister, der in Wirklichkeit Mechaniker ist«, sagte ich. »Eine Art Techniker. Wofür?«

»Keine Ahnung«, sagte sie.

»Ich habe mich das auch nicht gefragt«, sagte ich, »obwohl ich's hätte tun sollen. Aber ich war genau wie ihr auf eine Idee fixiert.«

»Auf welche?«

»Beck kannte den Ladenpreis eines Revolvers Colt Anaconda«, sagte ich. »Auch sein Gewicht. Duke hatte eine Steyr SPP, eine seltene österreichische Pistole. Angel Doll hatte eine PSM, eine sehr seltene russische Pistole. Paulie hat ein NSW, wahrscheinlich das einzige Exemplar in den Vereinigten Staaten. Beck ist immer wieder darauf zurückgekommen, dass wir mit Uzis, nicht mit Heckler & Koch HP5 überfallen worden sind. Er versteht genug von Waffen, um eine Beretta 92FS so herrichten zu lassen, dass sie genau wie eine militärische M9 aussieht.«

»Und?«

»Er ist nicht, was wir geglaubt haben.«

»Was sonst? Du hast vorhin selbst gesagt, dass er ein Großimporteur und ein wichtiger Dealer ist.«

»Stimmt.«

»Und?«

»Du hast im falschen Computer nachgesehen«, erklärte ich. »Das Dienstmädchen ist nicht aus dem Justizministerium gekommen, sondern aus dem Finanzministerium.«

»Secret Service?«

Ich schüttelte den Kopf.

»ATF«, sagte ich. »The Bureau of Alcohol, Tobacco and Firearms.«

In dem Motelzimmer wurde es still.

»Beck ist kein Drogenhändler«, sagte ich, »sondern Waffenschmuggler.«

Danach herrschte langes Schweigen. Duffy sah zu Eliot, der ihren Blick erwiderte. Dann schauten beide zu Villanueva. Der Alte starrte erst mich an und dann aus dem Fenster. Ich wartete darauf, dass ihnen das taktische Problem aufgehen würde. Aber das tat es nicht. Jedenfalls nicht sofort.

»Was hat der Typ aus L. A. also gemacht?«, fragte Duffy.

»Warenmuster begutachtet«, antwortete ich. »Im Kofferraum des Cadillacs. Genau wie ihr vermutet habt. Aber es waren Muster der Waffen, mit denen Beck handelt. Das hat er mir gegenüber praktisch zugegeben. Er hat mir erklärt, Dealer haben eine Vorliebe für alles Neue, alles Luxuriöse. Auf der Suche nach dem letzten Schrei wechseln sie sogar ständig ihre Waffen.«

»Das hat er dir erzählt?«

»Ich hab kaum zugehört«, erwiderte ich. »Ich war todmüde. Und er hat das Thema mit Sachen über Laufschuhe, Autos, Jacken und Uhren vermischt.«

»Duke war im Finanzministerium«, merkte sie an. »Als er kein Cop mehr war.«

Ich nickte. »Beck hat ihn wahrscheinlich im Einsatz kennen gelernt. Hat ihn vermutlich bestochen und so auf seine Seite gebracht.«

»Wie passt Quinn da rein?«

»Ich vermute, dass er eine konkurrierende Organisation geleitet hat«, sagte ich. »Wahrscheinlich schon seit seiner Flucht aus dem Krankenhaus in Kalifornien. Er hatte ein halbes Jahr Zeit, alles genau zu planen. Und zu einem Mann wie Quinn passen Waffen viel besser als Drogen. Irgendwann muss er beschlossen haben, auch Becks Organisation zu übernehmen. Deshalb hat er vor fünf Jahren Richard entführt, um Beck zu zwingen, sich seiner Organisation anzuschließen.«

»Beck hat Ihnen gesagt, die Typen in Hartford seien Kunden von ihm«, bemerkte Eliot.

»Stimmt«, sagte ich. »Aber er hat sie mit Waffen, nicht mit Drogen beliefert. Deshalb konnte er die Sache mit den Uzis nicht verstehen. Wahrscheinlich hatte er ihnen gerade eine Ladung MP5 von Heckler & Koch verkauft – und jetzt benutzen sie Uzis? Er muss geglaubt haben, sie hätten den Lieferanten gewechselt.«

»Wir sind ganz schön dumm gewesen«, meinte Villanueva.

»Aber ich war noch dümmer«, sagte ich. »Geradezu sträflich dumm. Beweise hat's zur Genüge gegeben. Beck ist nicht reich genug, um ein Drogenhändler zu sein. Klar, er verdient gutes Geld, aber keine Millionen pro Woche. Ihm sind die Markierungen, die ich an den Revolvertrommeln angebracht hatte, sofort aufgefallen. Er hat Preis und Gewicht eines Laservisiers für die Beretta, die er mir gegeben hat, gekannt. Als es in Connecticut etwas zu erledigen gab, hat er zwei fabrikneue Heckler & Koch in eine Sporttasche geworfen. Wahrscheinlich aus seinem Lager. Und er besitzt eine ganze Sammlung alter Thompson-Maschinenpistolen.«

»Wozu ist der Mechaniker da?«

»Der macht die Waffen verkaufsfertig«, antwortete ich. »Zumindest vermute ich das. Er kontrolliert und justiert sie und schießt sie vielleicht ein. Einige von Becks Kunden würden keine Durchschnittsware wollen.«

»Kann ich mir gut vorstellen«, sagte Duffy.

»Beck hat beim Abendessen über das M16 gesprochen«, fuhr ich fort. »Das muss man sich mal vorstellen: Er hat Konversation über ein Sturmgewehr gemacht! Und war ernsthaft daran interessiert zu erfahren, was ich von der Uzi im Vergleich zur Heckler & Koch halte. Ich dachte, er sei nur ein Waffennarr, aber in Wirklichkeit war das professionelles Interesse. Und er hat per Computer Zugang zu der Fabrik in Deutsch-Wagram in Österreich, wo die Glock hergestellt wird.«

Danach entstand eine Pause.

»In einem Kellerraum des Hauses ist mir ein schwacher Geruch aufgefallen«, setzte ich das Gespräch fort. »Den hätte ich erkennen müssen. Es war der Geruch von Waffenöl auf Pappe. Er entwickelt sich, wenn man Kartons mit fabrikneuen Waffen stapelt und ungefähr eine Woche lang stehen lässt.«

Niemand sprach.

»Und die Preisklassen in den Büchern der Firma Bizarre Bazaar«, sagte ich. »Niedrig, mittel, hoch. Niedrig für Munition, mittel für Handfeuerwaffen, hoch für Gewehre und Exoten.«

Duffy starrte die Wand an. Sie dachte angestrengt nach.

»Okay«, sagte Villanueva. »Ich denke, wir waren alle etwas begriffsstutzig.«

Duffy starrte erst ihn, dann mich an. Das taktische Problem dämmerte ihr endlich.

»Wir sind nicht zuständig«, stellte sie fest.

Allgemeines Schweigen.

»Diese Sache betrifft nur das ATF«, sagte sie. »Nicht die DEA.«

»Wir haben uns in bester Absicht geirrt«, warf Eliot ein.

Sie schüttelte den Kopf. »Ich meine nicht *damals*. Ich meine *jetzt*. Wir dürfen uns hier nicht einmischen. Wir müssen uns sofort zurückziehen.«

»Ich denke nicht daran, mich zurückzuziehen«, entgegnete ich.

»Das musst du aber. Weil *wir's* müssen. Wir müssen unsere Zelte abbrechen und verschwinden. Und du kannst nicht allein und ohne Unterstützung weitermachen.«

»Ich bleibe«, beharrte ich.

Nachdem es passiert war, erforschte ich ein ganzes Jahr lang mein Gewissen und gelangte zu dem Schluss, dass meine Antwort nicht anders gelautet hätte, auch wenn sie nicht aufregend duftend und unter einem dünnen T-Shirt nackt in einer Bar neben mir gesessen hätte, als sie diese verhängnisvolle Frage stellte. *Lassen Sie mich ihn verhaften?* Ich hätte unter allen Umständen ja gesagt. Todsicher. Auch wenn sie ein in strammer Haltung vor meinem Schreibtisch stehender großer, hässlicher Kerl aus Texas oder Minnesota gewesen wäre. Sie hatte die Arbeit getan und somit Anspruch auf eine Anerkennung. Damals war ich vage daran interessiert, Karriere zu machen, wenn auch etwas weniger als andere Leute. Aber ich war niemand, der die Verdienste Untergebener für sich beansprucht, um selbst auf der Karriereleiter weiterklettern zu können. Arbeitete jemand gut, zeichnete er sich durch überdurchschnittliche Leistungen aus, war ich gern bereit, beiseite zu treten und ihn die Früchte seiner Arbeit ernten zu lassen. Nach diesem Prinzip hatte ich stets gehandelt. Außerdem konnte ich mich im Licht ihrer Erfolge sonnen. Schließlich war dies meine Kompanie. Es gab ein gewisses Maß an kollektiver Anerkennung. Manchmal.

Jedenfalls machte mir die Vorstellung Spaß, einen Oberstleutnant vom Militärischen Nachrichtendienst von einem Unteroffizier der Militärpolizei verhaften zu lassen. Weil das einem Kerl wie Quinn gewaltig gegen den Strich gehen und er es als absolut entwürdigend empfinden würde. Ein Kerl, der einen Lexus fuhr, eine Segeljacht besaß und Golfhemden trug, wollte nicht von einer gottverdammten *Sergeantin* eingelocht werden.

»Lassen Sie mich ihn verhaften?«, wiederholte sie ihre Frage.

»Tun Sie's«, sagte ich.

»Dies ist eine rein juristische Frage«, sagte Duffy.

»Nicht für mich«, entgegnete ich.

»Wir sind nicht berechtigt, hier tätig zu werden.«

»Ich arbeite nicht für euch.«

»Das wäre Selbstmord«, meinte Eliot.

»Bisher lebe ich noch«, sagte ich.

»Aber nur, weil sie die Telefone hat sperren lassen.«

»Diese Sache ist Geschichte«, sagte ich. »Das Problem mit den Leibwächtern hat sich erledigt. Deshalb brauche ich keine Unterstützung mehr.«

»Jeder braucht Unterstützung. Ohne die kann niemand verdeckt arbeiten.«

»Die Unterstützung durchs ATF hat dem Dienstmädchen verdammt viel genützt«, warf ich ein.

»Wir haben Ihnen ein Auto geliehen und Ihnen die ganze Zeit geholfen.«

»Ich brauche kein Auto mehr. Beck hat mir einen eigenen Satz Schlüssel gegeben, eine Pistole und Munition. Ich bin seine neue rechte Hand. Er vertraut darauf, dass ich ihn und seine Familie beschütze.«

Sie schwiegen.

»Ich bin kurz davor, Quinn zu erledigen«, erklärte ich, »und denke nicht daran, jetzt aufzugeben.«

Sie schwiegen.

»Und ich kann euch Teresa Daniel zurückbringen«, sagte ich.

»ATF bringt Teresia Daniel zurück«, sagte Eliot. »Wir werden zur ATF gehen, unsere Leute sind draußen. Das Mädchen ist ihres, nicht unseres.«

»ATF ist zu langsam«, erwiderte ich. »Teresa wird zwischen die Fronten geraten.«

Sie schwiegen lange.

»Montag«, sagte Villanueva. »Wir halten bis Montag dicht. Spätestens am Montag müssen wir das ATF benachrichtigen.«

»Wir sollten es sofort informieren«, meinte Eliot.

Villanueva nickte. »Ja, aber wir tun's nicht. Dafür werde ich notfalls sorgen. Ich schlage vor, Reacher bis Montag Zeit zu lassen.«

Eliot schwieg, sah zur Seite. Duffy lehnte sich in die Kissen zurück und starrte die Zimmerdecke an.

»Scheiße«, sagte sie.

»Bis Montag ist alles vorbei«, sagte ich. »Ich bringe Teresa, und danach könnt ihr nach Hause fahren und so viel telefonieren, wie ihr wollt.«

Sie ließ sich mit ihrer Antwort Zeit.

»Okay«, sagte sie dann. »Meinetwegen kannst du zurückfahren. Und das möglichst schnell, sonst erregst du Verdacht.«

»Okay.«

»Aber überleg's dir genau«, sagte sie. »Bist du dir deiner Sache absolut sicher?«

»Du bist nicht für mich verantwortlich«, antwortete ich.

»Das ist mir egal. Beantworte einfach meine Frage. Bist du dir deiner Sache sicher?«

»Ja.«

»Denk noch mal nach. Immer noch sicher?«

»Ja«, wiederholte ich.

»Wir bleiben hier«, sagte sie. »Ruf uns an, wenn du uns brauchst.«

»Okay.«

»Noch immer sicher?«

»Ja.«

»Dann geh.«

Sie stand nicht auf. Das tat keiner von ihnen. Ich stemmte mich vom Bett hoch und verließ den Raum. Ich war schon auf halbem Weg zum Wagen, als Terry Villanueva hinter mir ins Freie trat. Er winkte mir zu, auf ihn zu warten.

»Lassen Sie mich mitmachen«, sagte er. »Falls sich eine Chance bietet, möchte ich dabei sein.«

Ich sagte nichts.

»Ich könnte Ihnen helfen.«

»Das haben Sie schon.«

»Ich möchte mehr tun. Für die Kleine.«

»Duffy?«

Er schüttelte den Kopf. »Nein, für Teresa.«

»Gibt's irgendeine Verbindung?«

»Ich bin für sie verantwortlich«, erwiderte er.

»Wie?«

»Ich war ihr Mentor«, sagte er. »Das hat sich so ergeben. Sie wissen, wie das ist?«

Ich nickte. Ich wusste genau, wie das war.

»Teresa hat eine Zeit lang für mich gearbeitet«, erklärte er. »Ich habe sie ausgebildet, ihr die Grundlagen beigebracht. Dann hat sie Karriere gemacht. Aber vor zehn Wochen war sie bei mir und hat mich gefragt, ob sie diesen Auftrag annehmen soll. Sie hatte ihre Zweifel.«

»Aber Sie haben ihr zugeredet.«

Er nickte. »Wie ein gottverdammter Idiot.«

»Hätten Sie sie wirklich daran hindern können?«

»Ich denke schon. Sie hätte auf mich gehört, wenn ich Bedenken geäußert hätte. Ihre Entscheidung hätte sie dann selbst getroffen, aber sie hätte auf mich gehört.«

»Ich verstehe«, sagte ich, setzte mich ans Steuer und beobachtete, wie er im Rückspiegel kleiner wurde.

Ich blieb auf der gesamten Strecke durch Biddeford, Saco und Old Orchard Beach auf der Route One und bog dann nach Osten auf die lange, einsame Straße zu Becks Haus ab. Kurz bevor es in Sicht kam, sah ich auf die Uhr und rechnete mir aus, dass ich zwei volle Stunden unterwegs gewesen war, von denen ich nur vierzig Minuten hätte erklären können. Zwanzig Minuten bis zum Lagerhaus, zwanzig für die Rückfahrt. Aber ich erwartete nicht, mich jemandem gegenüber rechtfertigen zu müssen. Beck würde es nicht erfahren, und die anderen wussten nicht, wie lange ich für ihn unterwegs gewesen war. Meiner Meinung nach hatte bereits das Endspiel begonnen, und ich war schon auf der Siegerstraße.

Aber ich täuschte mich.

Das wurde mir klar, noch bevor Paulie das Tor halb geöffnet

hatte. Er kam in seinem Anzug, aber ohne Mantel aus dem Pförtnerhaus und trat an den Riegel, drückte ihn hoch, indem er mit der geballten Faust von unten dagegenschlug. Bisher war alles normal. Er verhielt sich nicht anders als sonst. Seine Hände umklammerten die Gitterstäbe und zogen den linken Torflügel auf. Aber diesmal öffnete er ihn nicht ganz, sondern nur so weit, dass er seinen Riesenkörper hindurchzwängen konnte. Dann kam er auf mich zu. Ging um die Motorhaube herum zu meinem Fenster. Als er noch zwei Meter entfernt war, blieb er stehen, grinste und zog zwei Revolver aus den Taschen. Das geschah in weniger als einer Sekunde. Er hatte meine Colts Anaconda. Im grauen Tageslicht glänzte ihr Stahl matt. Ich konnte sehen, dass sie geladen waren. In jeder der sichtbaren Kammern glänzten Kupfermantelgeschosse mit stumpfer Spitze, Remington Kaliber 44 Magnum. Munition in Luxusausführung. Achtzehn Dollar für eine Zwanzigerschachtel. Plus Verkaufssteuer. Fünfundneunzig Cent pro Stück. Insgesamt zwölf davon. Präzisionsmunition für elf Dollar vierzig, einsatzbereit, fünf Dollar siebzig in jeder Hand. Und er hielt diese beiden Hände sehr ruhig. Sie waren wie aus Stein gehauen. Die Linke zielte etwas vor die Vorderreifen des Cadillacs, die Rechte genau auf meinen Kopf. Die Revolvermündungen bewegten sich nicht. Keinen Millimeter. Er stand wie aus Erz gegossen da.

Ich tat, was man in solchen Fällen tut. Ich rechnete mir meine Chancen aus. Der Cadillac war ein großer Wagen mit breiten Türen, aber Paulie stand gerade so weit entfernt, dass ich meine Tür nicht aufstoßen und ihn damit rammen konnte. Und der Wagen stand. Gab ich Gas, würde er sofort mit beiden Revolvern schießen. Die Kugel aus der rechten Waffe konnte hinter meinem Kopf vorbeisausen, aber der Vorderreifen des Cadillacs würde genau in die Schussbahn des linken Revolvers hineinrollen. Dann würde er ans Tor knallen, den ganzen Schwung verlieren und mit geplatztem Vorderreifen und vermutlich beschädigter Lenkung ein leichtes Ziel sein. Paulie konnte noch zehnmal abdrücken, und selbst wenn ich nicht gleich tot war, würde ich schwer verletzt und der Wagen bewegungsunfähig sein. Dann würde Paulie in aller Ruhe zusehen, wie ich verblutete, während er nachlud.

Ich konnte heimlich den Rückwärtsgang einlegen und rückwärts flüchten. Aber dieser Gang ist bei den meisten Autos ziemlich niedrig übersetzt, sodass ich relativ langsam wegkäme. Und ich würde mich in völlig gerader Linie von ihm entfernen, ohne die üblichen Vorteile eines beweglichen Ziels. Außerdem verlässt eine Remington Kaliber 44 Magnum den Revolverlauf mit über achthundert Meilen in der Stunde, sodass man ihr nicht so leicht entkommt.

Ich konnte versuchen, meine Beretta zu ziehen und damit blitzschnell durch eine der Scheiben zu schießen. Doch das Fensterglas eines Cadillacs ist ziemlich dick. Selbst wenn es mir gelang, die Pistole zu ziehen und vor Paulie abzudrücken, würde es reiner Zufall sein, wenn ich ihn traf.

Ich konnte mein Fenster herunterfahren. Aber das ginge nicht schnell genug, sodass mir klar war, was geschehen würde. Er würde den Colt in der rechten Hand bis auf einen Meter an meinen Kopf heranbringen. Selbst wenn ich es schaffte, die Beretta sehr schnell zu ziehen, hätte er einen erheblichen Vorsprung. Meine Chancen standen ziemlich schlecht. *Bleib am Leben,* hätte Leon Garber mir geraten. *Bleib am Leben und warte ab, was die nächste Minute bringt.*

Was in dieser Minute geschah, diktierte Paulie.

»Schalthebel auf P!«, rief er.

Ich hörte seine Stimme deutlich, auch durchs dicke Glas, und tat, wie mir befohlen.

»Rechte Hand hoch, damit ich sie sehen kann!«, rief er.

Ich legte die rechte Handfläche mit gespreizten Fingern an die Scheibe.

»Tür mit der linken Hand öffnen!«

Ich tastete blindlings nach dem Türgriff und zog ihn mit der linken Hand auf. Drückte mit der Rechten an die Scheibe. Die Tür ging auf. Kalte Luft strömte herein.

»Beide Hände oben lassen, damit ich sie sehen kann«, sagte er. Gleichzeitig richtete er auch den linken Colt auf mich. Ich starrte in beide Mündungen. Dabei kam ich mir vor, als säße ich auf dem Vorderdeck eines Schlachtschiffs und sähe in die Rohre zweier Schiffsgeschütze. Ich hielt die Hände so, dass er sie sehen konnte.

»Füße aus dem Wagen«, befahl er.

Ich drehte mich langsam nach links, stellte beide Füße auf den Asphalt.

»Aufstehen«, sagte er. »Vom Wagen wegbewegen.«

Ich stemmte mich hoch. Trat vom Wagen weg. Beide Colts zielten jetzt auf meine Brust. Paulie stand anderthalb Meter von mir entfernt.

»Stehen bleiben, keine Bewegung«, sagte er.

Ich tat wie mir geheißen.

»Richard!«, rief er.

Richard Beck trat aus der Tür des Pförtnerhauses. Er war blass. Hinter ihm im Schatten sah ich Elizabeth Beck. Ihre Bluse war vorn aufgerissen. Sie hielt sie mit beiden Händen zusammen. Paulie grinste. Ein jähes, verrücktes Grinsen. Aber die Revolvermündungen zielten weiter unbeirrbar auf mich.

»Du bist ein bisschen zu schnell zurückgekommen«, sagte Paulie. »Ich wollte ihn gerade dazu zwingen, mit seiner Mutter zu bumsen.«

»Du spinnst wohl?«, sagte ich. »Was geht hier vor?«

»Ich hab einen Anruf gekriegt«, sagte er. »Das geht hier vor.«

Du hättest vor einer Stunde und zwanzig Minuten wieder da sein müssen.

»Beck hat angerufen?«

Er schüttelte den Kopf.

»Nicht Beck«, sagte er. »Mein Boss.«

»Xavier?«, fragte ich.

»*Mr.* Xavier«, sagte er.

Paulie starrte mich herausfordernd an. Die Revolver blieben auf mich gerichtet.

»Ich war einkaufen«, erklärte ich. *Bleib am Leben und wart ab, was die nächste Minute bringt.*

»Was du gemacht hast, ist mir egal.«

»Ich konnte nicht finden, was ich wollte. Deshalb komme ich so spät.«

»Wir haben erwartet, dass du dich verspätest.«

»Warum?«

»Wir haben neue Informationen.«

Dazu sagte ich nichts.

»Du gehst jetzt rückwärts«, forderte er mich auf. »Durchs Tor.«

Beide Revolver blieben aus anderthalb Meter Abstand auf mich gerichtet. Paulie marschierte vorwärts, während ich rückwärts durchs Tor ging. Er bewegte sich im Gleichschritt mit mir. Als das Tor sieben oder acht Meter entfernt war, hielt ich mitten auf der Einfahrt an. Paulie trat etwas zur Seite und blieb so stehen, dass er mich links und Richard und Elizabeth rechts vor sich bedrohen konnte.

»Richard!«, rief er. »Mach das Tor zu.«

Er ließ den linken Colt auf mich gerichtet und schwenkte den anderen in Richtung des Jungen. Richard trat vor, packte die Gitterstäbe und knallte das Tor zu. Es fiel mit lautem, metallischem Klirren ins Schloss.

»Jetzt die Kette vorlegen.«

Richard fummelte an der Kette herum. Ich hörte sie klirren und scheppern. Ich hörte den Cadillac, dessen Motor zwölf

Meter von mir entfernt auf der falschen Seite des Tors gehorsam im Leerlauf weiterlief. Ich hörte die Brandung hinter mir an den Strand donnern. Ich sah Elizabeth Beck in der Tür des Pförtnerhauses stehen. Sie war nur drei Meter von dem großen Maschinengewehr entfernt, das hinter ihr an der Kette hing. Es hatte keine Sicherungsvorrichtung. Aber Paulie stand im toten Winkel zwischen Tür und hinterem Fenster.

»Absperren!«, rief er.

Richard ließ das Vorhängeschloss einschnappen.

»Jetzt stellst du dich mit deiner Mama hinter Reacher.«

Die beiden trafen sich in der Nähe der Tür des Pförtnerhauses. Kamen auf mich zu. Gingen an mir vorbei. Beide waren blass und zitterten. Der Wind zerzauste Richards Haar. Ich sah seine Narbe. Elizabeth' Bluse war noch offen. Sie hielt ihre Arme eng vor der Brust verschränkt. Ich spürte, wie die beiden hinter mir stehen blieben. Paulie baute sich drei Meter von mir entfernt mitten in der Einfahrt auf. Beide Revolverläufe waren auf meine Brust gerichtet. Die Kupfermantelgeschosse Kaliber 44 Magnum würden mich glatt durchschlagen – und Richard und Elizabeth vermutlich auch.

»Reacher streckt jetzt seitlich die Arme aus«, rief Paulie.

Ich folgte seinem Befehl.

»Richard zieht Reacher jetzt den Mantel aus«, sagte Paulie. »Er zieht ihn vom Kragen aus herunter.«

Ich spürte Richards Hände im Nacken. Sie waren kalt, packten meinen Kragen und zogen den Mantel herunter. Er glitt von meinen Schultern, rutschte die Arme hinab. Die Ärmel streiften erst ein Handgelenk, dann das andere.

»Zusammenknüllen«, befahl Paulie.

Ich hörte, wie Richard seiner Anweisung nachkam.

»Herbringen«, wies Paulie ihn an.

Richard blieb mit dem zusammengerollten Mantel anderthalb Meter vor Paulie stehen.

»Wirf ihn übers Tor«, sagte Paulie. »Ganz weit.«

Richard tat es, warf ihn so weit er konnte. Die Ärmel flatterten in der Luft, und er segelte übers Tor. Ich vernahm den dumpfen Aufprall, mit dem die Beretta in der Manteltasche auf die Motorhaube des Cadillacs aufschlug.

»Jetzt das Gleiche mit dem Sakko«, befahl Paulie.

Richard wiederholte den Vorgang mit meinem Sakko. Er kam neben dem Mantel auf der Motorhaube auf, rutschte über den glänzenden Lack und blieb als Häufchen Stoff neben dem Vorderrad liegen. Mir war kalt. Der Wind blies, und mein Hemd war dünn. Ich konnte Elizabeth hinter mir atmen hören: hektisch und flach. Richard wartete auf die nächsten Befehle.

»Geh jetzt mit deiner Mama fünfzig Schritte weg«, wies Paulie ihn an. »In Richtung Haus.«

Richard setzte sich in Bewegung, und seine Mutter schloss sich ihm an. Ich hörte sie im Gleichschritt davongehen. Ich drehte den Kopf zur Seite und sah, wie sie ungefähr vierzig Meter entfernt stehen blieben und sich umdrehten. Paulie bewegte sich rückwärts aufs Tor zu. Einen Schritt, zwei, drei. Er machte anderthalb Meter davor Halt. Sein Rücken blieb dem Tor zugekehrt. So hatte er mich in fünf bis sechs und vermutlich auch Richard und Elizabeth in vierzig Metern Entfernung im Blick. Wir waren wie Perlen an einer Schnur aufgereiht: Paulie am Tor und dem Haus zugekehrt; Richard und Elizabeth auf halber Strecke zum Haus und ihm zugewandt; ich in der Mitte, darauf wartend, was die nächste Minute bringen würde, Paulie zugekehrt, ihn unverwandt ansehend.

Er lächelte.

»Okay«, sagte er. »Pass jetzt gut auf.«

Er ließ mich nicht aus den Augen, ging in die Hocke und legte die beiden Revolver auf den Asphalt; dann schlenzte er sie rückwärts in Richtung Tor. Ich hörte die Stahlgehäuse über die raue Oberfläche scharren, wo sie einen Meter hinter ihm liegen blieben. Er richtete sich wieder auf und zeigte mir seine Handflächen.

»Keine Waffen«, sagte er. »Ich erledige dich mit bloßen Händen.«

12

Ich konnte noch immer den Motor des Cadillacs im Leerlauf hören. Die langsam laufenden Keilriemen unter der Motorhaube. Und den Schalldämpfer, der sich leise knackend der neuen Betriebstemperatur anpasste.

»Spielregeln«, rief Paulie mir zu. »Kommst du an mir vorbei, kriegst du die Revolver.«

Ich sagte nichts.

»Kommst du an sie ran, kannst du sie benutzen«, rief er.

Ich sagte nichts. Er lächelte.

»Hast du verstanden?«, rief er.

Ich nickte. Beobachtete seine Augen.

»Okay«, sagte er. »Ich fasse die Revolver nicht an, außer du versuchst wegzulaufen. Tust du das, heb ich sie auf und schieß dich in den Rücken. Das ist nur fair, oder? Du musst dich mir stellen und kämpfen.«

Ich sagte nichts.

»Wie ein Mann«, fügte er hinzu.

Ich sagte noch immer nichts. Mir war kalt. Kein Mantel, kein Sakko.

»Wie ein Offizier und ein Gentleman«, sagte er.

Ich beobachtete seine Augen.

»Sind die Spielregeln klar?«, fragte er.

Ich sagte nichts. Ich spürte den Wind von hinten.

»Sind die Spielregeln klar?«, wiederholte er.

»Kristallklar«, antwortete ich.

»Willst du weglaufen?«, fragte er.

Ich sagte nichts.

»Ich denke, das wirst du tun«, sagte er. »Weil du ein Feigling bist.«

Ich reagierte nicht.

»Offiziersschisser«, sagte er. »Etappenhure. Feigling!«

Ich blieb einfach stehen. Er konnte mich beschimpfen, so lange er wollte. Wörter taten nicht weh. Und ich bezweifelte, dass er irgendeinen Ausdruck kannte, den ich nicht schon gehört hatte. Militärpolizisten sind unbeliebt. Ich blendete seine Stimme aus. Beobachtete stattdessen seine Augen, Hände und Füße. Überlegte angestrengt. Ich wusste viel über ihn. Nichts davon war positiv. Er war groß und schnell, und er war verrückt.

»Verdammter ATF-Spion!«, rief er.

Das gerade nicht, dachte ich.

»Achtung, ich komme!«, rief er.

Aber er bewegte sich nicht. Auch ich rührte mich nicht vom Fleck, hielt einfach nur die Stellung. Er war voll gepumpt mit Methedrin und Steroiden. Seine Augen glänzten irr.

»Ich komme, um dich zu holen«, sang er.

Doch er blieb immer noch stehen. Er war schwer und stark. Sehr stark. Traf er mich, würde ich zu Boden gehen und nie mehr aufstehen. Ich ließ ihn nicht aus den Augen. Er wippte auf den Fußballen vor und zurück. Bewegte sich blitzschnell. Täuschte eine linke Gerade an und erstarrte wieder. Ich rührte mich nicht. Dachte angestrengt nach. Er war schwerer als von der Natur vorgesehen, mindestens fünfzig bis sechzig Kilogramm. Er mochte schnell sein, aber nicht für ewig.

Ich holte tief Luft.

»Elizabeth erzählt, dass du ihn nicht hochkriegst«, sagte ich.

Er starrte mich an.

»Ein Riese«, sagte ich. »Aber nicht überall riesig.«

Keine Reaktion.

»Ich wette, dass mein linker kleiner Finger größer ist«, sagte ich.

Ich hielt ihn leicht nach innen gekrümmt hoch.

»Und steifer«, fügte ich hinzu.

Sein Gesicht verfinsterte sich. Dann explodierte er förmlich, stürzte sich auf mich und holte dabei mit dem rechten Arm zu einem gewaltigen Rundschlag aus. Ich wich seitlich aus, duckte mich unter seinem Arm hindurch, kam wieder hoch und drehte mich um. Er blieb steifbeinig stehen und fuhr herum. Wir hatten die Plätze getauscht. Jetzt war ich den Revolvern näher. Er geriet in Panik und stürmte nochmals auf mich zu. Wieder der gleiche Ablauf. Sein rechter Arm holte aus zu einem gewaltigen Schwung. Ich wich zur Seite aus und duckte mich, womit wir uns wieder in Ausgangsposition befanden. Aber Paulies Atem ging schwerer als meiner.

»Du bist eine große Mädchenbluse«, sagte ich.

Das war ein abfälliger Ausdruck, den ich irgendwo aufgeschnappt hatte. Vielleicht in England. Ich hatte keine Ahnung, was er bedeutete. Aber bei einem bestimmten Männertyp tat er seine Wirkung. Auch bei Paulie. Er stürzte sich sofort wieder auf mich. Ich wich ihm erneut aus. Diesmal rammte ich ihm meinen Ellbogen in die Rippen, während ich mich unter seinen Arm duckte. Aber er schien nicht beeindruckt zu sein. Er kam steifbeinig zum Stehen, warf sich herum und stürzte sich erneut auf mich. Diesmal spürte ich den Luftzug seiner Faust wenige Zentimeter über meinem Kopf.

Ich keuchte vor Anstrengung. Allmählich wurde mir warm, und ich begann mir doch eine Chance auszurechnen. Paulie war ein schlechter Kämpfer. Das sind viele dieser Kolosse. Entweder wirkt ihre schiere Größe so einschüchternd, dass niemand sich mit ihnen anzulegen wagt, oder sie gewinnen jeden Kampf, sobald ihr erster Schlag sein Ziel trifft. Beides bedeutet, dass sie nicht viel Übung haben. Sie beherrschen praktisch keine Tricks. Kraftmaschinen und Laufbänder sind kein Ersatz für die agile, wendige Fitness, für die Ausdauer, hohes Tempo und viel Adrenalin charakteristisch sind und die nötig ist, um auf der Straße zu bestehen. Paulie war dafür das beste Beispiel.

Ich warf ihm eine Kusshand zu.

Er stürzte sich wieder auf mich. Kam wie eine Dampframme auf mich zu. Ich wich nach links aus und traf sein Gesicht mit dem Ellbogen, während er mich mit der linken Hand berührte und beiseite wischte, als wäre ich gewichtslos. Ich sank auf ein Knie nieder und rappelte mich gerade rechtzeitig hoch, um seinem nächsten Ansturm auszuweichen. Seine Faust verfehlte mich nur knapp, und der heftige Schwung zog ihn etwas nach unten, sodass sein Kopf in genau der richtigen Position für einen linken Haken war. In diesen Schlag legte ich alles hinein, was ich besaß. Meine Faust krachte gegen sein Ohr, und ich ließ eine kolossale rechte Gerade gegen seinen Unterkiefer folgen. Dann tänzelte ich rückwärts und versuchte herauszufinden, wie viel Schaden ich angerichtet hatte.

Nicht den geringsten.

Ich hatte ihn viermal getroffen, aber die Wirkung war gleich null. Als hätte ich ihn gar nicht berührt. Von dem zweiten Ellbogenstoß blutete er an der Lippe, aber ansonsten fehlte ihm nichts. Theoretisch hätte er bewusstlos sein oder im Koma liegen müssen. Dass ein Kerl nach meinem vierten Treffer noch immer stand, war vermutlich seit dreißig Jahren nicht mehr passiert. Aber Paulie schien keine Schmerzen zu haben. Er tänzelte herum und grinste. Er wirkte völlig entspannt. Bewegte sich locker. Riesig. Unbesiegbar. Dem *ist nicht beizukommen.*

Ich musterte ihn, und mir wurde mit einem Mal klar, dass

ich gegen ihn keine Chance hatte. Und er wusste genau, was ich dachte. Er grinste noch breiter. Wippte auf den Fußballen, zog den Kopf zwischen den Schultern ein und hielt seine Hände wie Krallen vor sich ausgestreckt. Zugleich stampfte er mit den Füßen. Als wäre er ein Stier, der im Sand scharrte und sich im nächsten Augenblick auf mich stürzen, mich packen und in Stücke reißen wollte.

Er kam auf mich zugestürmt. Ich wich nach links aus. Aber diesmal war er auf mein Ausweichmanöver vorbereitet und traf meine Brust mit einem rechten Haken. Mein Brustbein knackte hörbar, und ich hatte das Gefühl, mein Herz müsse vor Schreck stillstehen. Dieser Schlag holte mich von den Beinen, und ich landete auf dem Rücken. Dann musste ich mich entscheiden, ob ich weiterleben oder sterben wollte. Ich entschied mich fürs Erstere. Wälzte mich herum, drückte mich mit den Händen hoch und kam wieder zum Stehen. Sprang mit einem Satz nach hinten und wich einer Geraden aus, die mein Ende bedeutet hätte.

Jetzt ging es darum, am Leben zu bleiben. Obwohl ich Brustschmerzen hatte und meine Mobilität deutlich eingeschränkt war, wich ich ungefähr eine Minute lang allen seinen Fausthieben aus. Er war stark, aber nicht sonderlich talentiert. Ich schaffte es, ihm einen Ellbogen ins Gesicht zu rammen. Er brach ihm das Nasenbein. Immerhin blutete er jetzt. Er öffnete den Mund, um nach Luft zu schnappen. Ich wich ihm aus, tänzelte rückwärts und wartete. Wurde von einer blitzschnellen Geraden an der linken Schulter getroffen und konnte den Arm danach kaum noch bewegen. Dann verfehlte er mich mit einer Rechten und war für Bruchteile einer Sekunde völlig ohne Deckung. Sein Mund stand offen, weil er nicht mehr durch die Nase atmen konnte.

Ich holte aus und verpasste ihm einen Zigarettenhaken. Das war ein Trick für Schlägereien in Bars, den ich seit vielen Jahren anwandte. Man bietet dem anderen eine Zigarette an, und wenn er sie nimmt und zwischen die Lippen stecken will, macht er den Mund ungefähr halb auf. Das ist genau der richtige Augenblick für einen kräftigen Kinnhaken. Der knallt seinen Mund zu und bricht ihm den Unterkiefer, wobei er ein paar Zähne verliert und sich vielleicht die Zunge abbeißt. *Das war's dann.* Paulie brauchte ich keine Zigarette anzubieten, weil sein Mund schon offen stand. Also brachte ich nur den Kinnhaken an. Legte mein ganzes Gewicht hinein. Ein perfekter Schlag. Obwohl ich im Vergleich zu ihm klein wirkte, war ich ein großer, kräftiger Mann mit fundierter Ausbildung und viel Erfahrung. Meine Faust landete genau unter seinem Kinn. Ich richtete mich auf den Zehenspitzen auf, um mein ganzes Gewicht in diesen Schlag zu legen.

Mein Kinnhaken hätte ihm nicht nur den Unterkiefer, sondern auch das Genick brechen müssen. Doch der Schlag bewirkte nichts. Absolut nichts. Ließ ihn nur etwas zurücktaumeln. Er schüttelte den Kopf und schlug mir ins Gesicht. Ich sah seine Faust kommen und bemühte mich, die Wirkung dieses Schlags abzuschwächen. Ich nahm den Kopf zurück und riss den Mund weit auf, um keine Zähne zu verlieren. Weil mein Kopf sich rückwärts bewegte, wurde sein Schlag etwas abgeschwächt, aber ich hatte trotzdem das Gefühl, mit einem Zug zusammenzustoßen. Mir wurde schwarz vor Augen, und ich krachte mit dem Rücken auf den Asphalt. Die Luft wurde mir aus der Lunge gepresst, und ich fühlte Blut aus meinem Mund rinnen. Mein Hinterkopf schlug auf den Boden. Der Himmel über mir wurde dunkel.

Ich versuchte mich zu bewegen, aber ich glich einem Wagen, dessen Motor nicht beim ersten Versuch anspringt. *Klick … nichts.* Ich verlor eine halbe Sekunde. Mein linker Arm war so schwach, dass ich nur den rechten benutzen konnte. Damit stemmte ich mich halb hoch. Dann zog ich die Beine an und rappelte mich auf. Mir war schwindlig. Ich schwankte benommen. Paulie stand da, beobachtete mich und grinste.

Ich erkannte, dass er sich mit mir Zeit lassen, dass er wirklich seinen Spaß haben wollte.

Ich hielt Ausschau nach den Revolvern. Sie lagen wie zuvor hinter ihm. Ich konnte sie nicht erreichen. Ich hatte ihn sechsmal getroffen, und er lachte mich aus. Er hatte mich dreimal getroffen, und ich war schwer angeschlagen, praktisch erledigt. Ich würde hier in Abbot, Maine, an einem trüben Samstagmorgen Ende April sterben. Und eine Stimme in mir sagte: *He, irgendwann müssen wir doch alle abtreten. Welche Rolle spielt's also, wo und wann?* Aber eine andere, die mich mein Leben lang beflügelt hatte, ließ nicht locker und feuerte mich zornig an: *Du willst dich doch nicht von diesem Idioten unterkriegen lassen?*

Ich verfolgte diese stumme Auseinandersetzung aufmerksam. Traf meine Entscheidung, spuckte Blut aus, atmete tief durch und riss mich ein letztes Mal zusammen. Mein Mund, mein Kopf, meine Schulter, meine Brust taten weh. Mir war übel und schwindlig. Ich spuckte nochmals aus. Fuhr mit der Fingerspitze über die Zähne. Das war ein Gefühl, als lächelte ich. Also sieh dir die positive Seite an. Ich hatte keine tödlichen Verletzungen – noch nicht. Ich war nicht angeschossen. Deshalb lächelte ich wirklich, spuckte zum dritten Mal aus und sagte mir: *Okay, dann wollen wir wenigstens kämpfend untergehen.*

Auch Paulie lächelte. Er hatte Blut im Gesicht, sah aber ansonsten völlig normal aus. Seine Krawatte war nicht verrutscht. Er trug noch seine Anzugjacke. Er beobachtete, wie ich mich aufraffte. Lächelte breiter. Duckte sich wieder und streckte mir seine Hände wie Krallen entgegen. Scharrte erneut mit den Füßen wie ein angriffslustiger Stier. Ich rechnete mir aus, dass ich ihm noch einmal, vielleicht zweimal, mit viel

Glück sogar dreimal würde ausweichen können. Aber dann wär's vorüber. Tod in Maine. An einem Aprilsamstag. Ich stellte mir Dominique Kohl vor und sagte: *Ich hab's versucht, Dom, ich hab's wirklich versucht.* Ich sah Paulie tief Luft holen und sich in Bewegung setzen. Er wandte sich ab. Ging drei Meter zurück. Machte kehrt. Dann kam er auf mich zugestürmt. Ich wich aus. Sein Jackett streifte mich, als er an mir vorbeischoss. Aus dem Augenwinkel sah ich Richard und Elizabeth, die alles aus der Ferne verfolgten. Ihre Münder standen offen, als wollten sie sagen: *Ave, Cäsar, die Todgeweihten grüßen dich!* Paulie warf sich herum und kam erneut auf mich zugerannt.

Aber dann verzettelte er sich, und ich erkannte, dass ich zuletzt doch siegen würde.

Er versuchte, mich in Kampfsportmanier mit einem Tritt zu erledigen, was ungefähr das Dümmste ist, was man bei einem Zweikampf auf der Straße tun kann. Sobald man einen Fuß in der Luft hat, ist man aus dem Gleichgewicht und deshalb verwundbar. Damit beschwört man seine Niederlage geradezu herauf. Er kam mit zur Seite gedrehtem Körper wie irgendein Kung-Fu-Idiot im Fernsehen auf mich zugestürmt. Sein Fuß war hoch in der Luft, und er zielte mit dem Absatz seines riesigen Schuhs, den er parallel zum Erdboden hielt, auf meinen Kopf. Hätte er mich getroffen, wäre ich zweifellos tot gewesen. Aber er traf mich nicht. Ich wich zurück, packte seinen Fuß mit beiden Händen und riss ihn ruckartig nach oben. *Kann ich hundertachtzig Kilo stemmen? Nun, das wirst du gleich sehen, Arschloch.* Ich legte meine ganze Kraft in diesen Ruck, mit dem ich seinen Fuß in die Höhe riss und Paulie auf den Hinterkopf knallen ließ. Er blieb benommen auf dem Rücken liegen.

Der wichtigste Grundsatz bei Straßenkämpfen ist, dass man seinen Gegner erledigt, sobald man ihn von den Beinen geholt hat – ohne Zögern, ohne Hemmungen, ohne ritterlichen Anstand. Man *erledigt* ihn. Diese Regel hatte Paulie missachtet. Ich hielt mich daran und trat ihn so kräftig wie möglich ins Gesicht. Blut spritzte, und er wälzte sich von mir weg. Ich stampfte mit dem Absatz auf seine rechte Hand und zerschmetterte sie. Dann wiederholte ich das Ganze: hundertachtzig Kilogramm Eigengewicht, die auf gebrochenen Knochen herumtrampelten. Anschließend trat ich nochmal zu und brach ihm das Handgelenk. Anschließend den Unterarm.

Er schien übermenschliche Kräfte zu haben, wälzte sich zur Seite und richtete sich auf die linke Hand gestützt auf. Als ich herantänzelte, versuchte er mich mit einem gewaltigen linken Haken niederzustrecken, aber ich schlug seine Faust beiseite und traf seine gebrochene Nase mit einer harten Linken. Er prallte zurück, und ich rammte ihm ein Knie in den Unterleib. Als sein Kopf wieder nach vorn kam, verpasste ich ihm erneut einen rechten Zigaretten-Haken. Sein Kopf schnellte zurück, und ich stieß ihm den linken Ellbogen unters Kinn. Dann stampfte ich zweimal kräftig auf den linken Rist und bohrte ihm zugleich die Daumen in die Augen. Als er sich schwankend abwandte, trat ich ihn von hinten in die rechte Kniekehle, sodass sein Bein einknickte und er der Länge nach hinschlug.

Ich stellte meinen linken Fuß auf sein linkes Handgelenk. Sein rechter Arm war völlig unbrauchbar. Paulie war festgenagelt. Auch Stereoide hatten offenbar ihre Grenzen. Also trampelte ich mit dem rechten Fuß auf seiner linken Hand herum, bis zersplitterte Knochen die Haut durchstießen. Dann warf ich mich herum und landete mit beiden Füßen auf seinem Solarplexus. Anschließend bearbeitete ich seinen Kopf mit Fußtritten. Mein letzter Tritt war so kräftig, dass mein Schuh sich in seine Einzelteile auflöste und der E-Mail-Sender herausfiel und über den Asphalt davonschlitterte. Er blieb genau dort liegen, wo Elizabeth Becks Piepser liegen geblieben war, als ich ihn aus dem Cadillac geworfen hatte. Paulie verfolgte das kleine Gerät mit den Augen und starrte es an. Ich trat ihn nochmals an den Kopf.

Er setzte sich auf. Kam einfach hoch, indem er die Kraft seiner gewaltigen Bauchmuskeln benutzte. Beide Arme hingen schlaff herab. Ich packte sein linkes Handgelenk und drehte den Ellbogen nach außen, bis das Gelenk ausgekugelt war und dann brach. Er schlug mit dem gebrochenen rechten Handgelenk nach mir und traf mich klatschend mit seiner blutigen Hand. Ich ergriff sie mit der Linken und drückte die gebrochenen Knochen zusammen. Starrte ihn einfach nur an und zerquetschte die zertrümmerten Knochen. Er gab keinen Laut von sich. Ich hielt seine Hand gepackt, drehte den Ellbogen nach außen und ließ mich mit den Knien darauf fallen, sodass der Knochen brach. Dann wischte ich meine Hände an seinem Haar ab und marschierte davon. Erreichte das Tor und bückte mich nach den Colts.

Paulie rappelte sich auf, kam nur mühsam auf die Beine. Die Arme konnte er nicht mehr gebrauchen. Er zog die Füße unter seinen Hintern und warf sich ruckartig nach vorn, benutzte den Schwung, um hochzukommen. Seine Nase war zerquetscht und blutete stark. Er funkelte mich wütend aus geröteten Augen an.

»Vorwärts!«, befahl ich ihm. Ich keuchte vor Anstrengung. »Zu den Felsen.«

Er stand wie ein betäubter Ochse da. Ich schmeckte Blut im Mund. Spürte ein paar lockere Zähne. Und ich empfand keinerlei Befriedigung. Ich hatte ihn nicht besiegt, das hatte er selbst getan. Mit dem Kung-Fu-Blödsinn. Hätte er weiter auf mich eingedroschen, wäre ich binnen einer Minute tot gewesen. Das wussten wir beide.

»Vorwärts«, wiederholte ich. »Sonst erschieße ich dich.«

Er hob wie fragend das Kinn.

»Du gehst ins Wasser«, sagte ich.

Ich wollte ihn nicht erschießen. Hatte keine Lust, eine hundertachtzig Kilogramm schwere Leiche hundert Meter weit zum Strand zu schleppen. Als er sich nicht von der Stelle rührte, begann mein Verstand, sich mit diesem Problem zu beschäftigen. Vielleicht konnte ich die Kette, mit der das Tor gesichert war, um seine Knöchel schlingen. Hatten Cadillacs hinten einen Abschlepphaken?

»Vorwärts«, befahl ich nochmals.

Ich sah Richard und Elizabeth auf mich zulaufen. Sie machten einen weiten Bogen, wollten hinter mich gelangen, ohne Paulie allzu nahe zu kommen. Als wäre er zu allem imstande. Ich wusste, wie ihnen zumute war. Obwohl er zwei gebrochene Arme hatte, beobachtete ich ihn, als hinge mein Leben davon ab. Wäre es ihm gelungen, mich zu rammen und umzuwerfen, hätte er mich mit den Knien erdrücken können. Ich bezweifelte, dass die Colts irgendwas gegen ihn ausrichten würden.

»Vorwärts«, wiederholte ich.

Er setzte sich in Bewegung, begann die Zufahrt hinaufzugehen. Ich folgte ihm mit zehn Schritt Abstand. Richard und Elizabeth wichen noch weiter von der Straße zurück. Als wir an ihnen vorbeigingen, schlossen sie sich mir an. Zuerst wollte ich sie auffordern zurückzubleiben. Doch dann sagte ich mir, dass sie es – jeder auf seine Weise – verdient hatten, Paulies Ende mitzuerleben.

Er folgte der bogenförmigen Zufahrt. Schien zu wissen, wo ich ihn haben wollte, sich aber nichts daraus zu machen. Wir kamen am Garagenblock vorbei, ließen das Haus hinter uns und gingen zu den Felsen. Ich achtete darauf, den Abstand nie kleiner als zehn Schritt werden zu lassen. Ich hinkte etwas, weil der Absatz meines rechten Schuhs fehlte. Der Wind blies mir ins Gesicht. Die aufgewühlte See brandete donnernd an den Strand. Paulie ging bis zu der Felsspalte, in die Harley und ich den Leichensack geleert hatten. Dort blieb er stehen und drehte sich dann nach zu mir um.

»Ich kann nicht schwimmen«, sagte er. Er sprach undeutlich, weil ich ihm ein paar Zähne ausgeschlagen hatte. Der Wind heulte, plusterte seine Haare auf und ließ ihn noch größer erscheinen. Gischt hüllte ihn ein und durchnässte auch mich.

»Das brauchst du auch nicht«, antwortete ich.

Ich schoss ihn sechsmal in die Brust. Alle sechs Kugeln durchschlugen seinen Oberkörper. Große Klumpen von Fleisch und Muskeln folgten ihnen ins Meer. Danach zielte ich sechsmal auf seinen Kopf, bis eigentlich nichts mehr von ihm übrig war. Ein Kerl, zwei Revolver, zwölf laute Schussknalle, Munition für elf Dollar vierzig. Er klatschte rückwärts ins Wasser und ließ es hoch aufspritzen. Das Meer war aufgewühlt, aber es herrschte Ebbe. Die Strömung nahm ihn nicht wie erhofft mit sich. Er blieb auf der Oberfläche des Wassers und trieb zwischen den Felsen hin und her. Um ihn herum verfärbte sich der Atlantik rosa. Zuletzt trieb er langsam aufs Meer hinaus, von der Dünung heftig auf und ab geworfen. So schwamm er eine Weile, trieb fünf Meter weit. Allmählich zehn. Eine Woge drehte ihn auf den Bauch. Dabei blieb er dicht unter der Wasseroberfläche.

Unter seiner Jacke hatte sich Luft gefangen, die ihm Auftrieb verlieh und nur langsam durch die zwölf Einschuss- und Austrittslöcher entwich. Ich legte die leer geschossenen Revolver auf die Felsen, ging in die Hocke und übergab mich. Richard und Elizabeth hielten sieben bis acht Meter Abstand von mir. Ich wusch mir das Gesicht mit Salzwasser. Schloss die Augen. Ließ sie lange zu. Als ich sie wieder öffnete und aufs Meer hinaussah, war er verschwunden.

Ich blieb vorerst in der Hocke. Schöpfte tief Luft. Sah auf meine Armbanduhr. Es war erst elf Uhr. Mein Kopf war leer. Doch allmählich gelang es mir, wieder klar zu denken. Ich fing an, die Dinge zu sortieren. Machte mich daran, die veränderte Sachlage abzuwägen. Da Paulie so frühzeitig ausgeschieden war, rechnete ich mir aus, dass das Endspiel schneller und leichter geworden sei.

Doch auch darin täuschte ich mich.

Meine Schwierigkeiten begannen damit, dass Elizabeth Beck nicht wegwollte. Ich forderte sie auf, den Cadillac zu nehmen und schleunigst mit Richard abzuhauen. Aber sie weigerte sich.

»Dies ist mein Haus«, sagte sie.

»Bald wird's ein Kriegsschauplatz sein«, erwiderte ich.

»Ich bleibe.«

»Das kann ich nicht zulassen.«

»Ich werde nicht gehen«, widersprach sie, »nicht ohne meinen Mann.«

Ich wusste nicht, was ich ihr sagen sollte. Richard näherte sich mir, blickte aufs Meer hinaus und dann zu mir.

»Das war cool«, sagte er. »Sie haben ihn besiegt.«

»Nein«, entgegnete ich. »Er hat sich selbst besiegt.«

In der Luft über uns kreischten Seemöwen. Sie kämpften gegen den Wind an, kreisten über einer Stelle, die etwa vierzig Meter vom Strand entfernt war. Richard beobachtete sie ausdruckslos.

»Reden Sie mit Ihrer Mutter, sagte ich. »Sie müssen sie davon überzeugen, dass sie von hier verschwinden muss.«

»Ich bleibe«, wiederholte Elizabeth.

»Ich auch«, sagte Richard.

Die beiden standen unter einer Art Schock, und es war zwecklos, mit ihnen zu diskutieren. Also würde ich wenigstens versuchen, sie für mich arbeiten zu lassen. Wir gingen schweigsam die Zufahrt entlang zurück. Der Wind zerrte an unserer Kleidung. Ich hinkte, weil ich den rechten Schuhabsatz verloren hatte. An der Stelle, wo die Blutflecken begannen, hob ich den E-Mail-Sender auf. Das Gerät war demoliert und ließ sich nicht mehr einschalten. Ich steckte es ein. Dann fand ich den Gummiabsatz, hockte mich auf den Asphalt und drückte ihn unter meinen Schuh. Wir erreichten das Tor, nahmen die Kette ab und öffneten es. Ich hob Sakko und Mantel auf und zog beides an. Dann fuhr ich den Cadillac durchs Tor und parkte ihn an der Tür des Pförtnerhauses. Richard sicherte das Tor wieder mit der Kette. Ich ging hinein, öffnete den Verschluss des großen russischen Maschinengewehrs und zog den Patronengurt heraus. Dann hob ich das MG von dem Haken unten an der Kette, trug es nach draußen und verstaute es auf dem Rücksitz des Cadillacs. Anschließend ging ich wieder hinein, legte den Gurt in den Munitionskasten, nahm die Kette ab und schraubte den Haken aus dem Deckenbalken. Kasten, Kette und Haken kamen in den Kofferraum des Cadillacs.

»Kann ich Ihnen irgendwie helfen?«, fragte Elizabeth.

»Drinnen stehen zwanzig Munitionskästen«, sagte ich. »Die brauche ich alle.«

»Ich gehe nie wieder da hinein«, sagte sie. »Niemals!«

»Dann können Sie mir auch nicht helfen, denke ich.«

Ich trug jeweils zwei Kästen auf einmal, folglich musste ich zehnmal gehen. Ich stapelte die Kisten im Kofferraum, zwischen den Sitzen und im Fußraum des Beifahrersitzes. Dann rutschte ich hinters Steuer und begutachtete mein Gesicht im Spiegel in der Sonnenblende. Meine Unterlippe war aufgeplatzt und blutete. Die oberen Vorderzähne wackelten, was mir wirklich Sorgen machte.

»Alles in Ordnung mit Ihnen?«, fragte Elizabeth.

Ich tastete meinen Hinterkopf ab und fühlte eine empfindliche Stelle, wo ich auf den Asphalt geknallt war. Seitlich an der linken Schulter hatte ich eine größere Prellung. Meine Brust tat weh, und jeder Atemzug schmerzte. Aber insgesamt war ich okay und in besserer Verfassung als Paulie. Und nur darauf kam es an. Ich drückte meine Zähne mit den Daumen nach oben und hielt sie dort fest.

»Hab mich nie besser gefühlt«, behauptete ich.

»Ihre Lippe ist geschwollen.«

»Das überlebe ich.«

»Wir sollten feiern.«

Ich glitt aus dem Wagen.

»Wir sollten darüber reden, dass Sie von hier verschwinden müssen«, sagte ich.

Sie äußerte sich nicht dazu. Das Telefon im Pförtnerhäuschen begann zu klingeln. Es schien wie aus weiter Ferne zu kommen. Ich lief hinein und nahm den Hörer ab. Meldete mich als Paulie, wartete einen Augenblick und hörte dann erstmals seit zehn Jahren wieder Quinns Stimme.

»War er schon da?«, fragte sie.

Ich zögerte.

»Vor zehn Minuten«, antwortete ich. Ich hielt die Sprechmuschel halb zu und bemühte mich, meine Stimme leicht und hoch klingen zu lassen.

»Ist er schon tot?«, fragte Quinn.

»Seit fünf Minuten«, antwortete ich.

»Okay, pass weiter auf. Wir haben heute einen langen Tag vor uns.«

Da hast du Recht, dachte ich. Als er wortlos die Verbindung unterbrach, legte ich den Hörer auf und trat wieder ins Freie.

»Wer war das?«, fragte Elizabeth.

»Quinn«, sagte ich.

Zum ersten Mal hatte ich Quinns Stimme vor zehn Jahren aus einem Kassettenrecorder gehört. Kohl überwachte sein Telefon. Dafür lag keine Genehmigung vor, aber damals waren die militärischen Bestimmungen noch weit großzügiger als die zivilen. Die Kassette war ein Rechteck aus durchsichtigem Kunststoff, in dem zwei kleine Tonbandspulen zu erkennen waren. Kohl, die einen Recorder von der Größe eines Schuhkartons mitgebracht hatte, schob die Kassette ein und drückte auf die Abspieltaste. Quinns Stimme füllte mein Dienstzimmer. Er telefonierte mit einer Offshore-Bank, besprach Überweisungsmodalitäten. Seine Stimme klang sehr entspannt. Quinn sprach langsam und deutlich in dem fast akzentfreien Tonfall, der das Produkt einer langen Laufbahn in der Army ist. Er nannte Kontonummern, gab Kennwörter an und traf Verfügungen über insgesamt eine halbe Million Dollar. Der größte Teil des Geldes sollte auf die Bahamas transferiert werden.

»Er sendet das Bargeld per Post«, sagte Kohl. »Erst mal nach Grand Cayman.«

»Ist das sicher?«

Sie nickte. »Ziemlich sicher. Es könnte höchstens von Postbediensteten gestohlen werden. Aber die Päckchen gehen an eine Postfachadresse, und er schickt sie als Büchersendungen, und Bücher werden buchstäblich nie geklaut. Also kommt er damit durch.«

»Eine halbe Million Dollar ist ein Haufen Geld.«

»Die Waffe ist ziemlich wertvoll.«

»Tatsächlich? *So* wertvoll?«

»Finden Sie nicht?«

Ich zuckte mit den Schultern. »Kommt mir viel zu viel vor. Für einen Dartpfeil?«

Sie deutete auf den mitgebrachten Kassettenrecorder, aus dem weiter Quinns Stimme kam. »Nun, das zahlen sie anscheinend dafür. Ich meine, woher hätte er sonst eine halbe Million Dollar? Von seinem Gehalt hat er sie sich nicht zusammengespart, das steht fest.«

»Wann wollen Sie die Falle zuschnappen lassen?«

»Morgen«, antwortete sie. »Das müssen wir. Er hat die endgültigen Konstruktionszeichnungen. Gorowski sagt, dass sie der Schlüssel zu allem sind.«

»Wie soll die Sache ablaufen?«

»Frasconi arbeitet mit dem Syrer zusammen. Er markiert die Geldscheine, wobei ein Militärrichter zusieht. Dann beobachten wir gemeinsam die Übergabe. Den Aktenkoffer, den Quinn dem Syrer übergibt, öffnen wir sofort in Anwesenheit dieses Richters. Wir dokumentieren seinen Inhalt, der aus den endgültigen Konstruktionszeichnungen bestehen wird. Anschließend nehmen wir uns Quinn vor. Wir verhaften ihn und beschlagnahmen den Aktenkoffer, den der Syrer *ihm* gegeben hat. Später kann der Richter zusehen, wie wir ihn öffnen und darin die zuvor gekennzeichneten Scheine finden. Das bedeutet, dass die Übergabe vor Zeugen stattgefunden hat und dokumentiert ist, was wiederum bedeutet, dass Quinn den Hals nicht mehr aus der Schlinge ziehen kann.«

»Klingt hieb- und stichfest«, sagte ich. »Gut gemacht.«

»Danke«, sagte sie.

»Leistet Frasconi seinen Teil?«

»Das muss er. Ich kann nicht selbst mit dem Syrer verhandeln. Diese Kerle sind total verklemmt, was den Umgang mit Frauen betrifft. Sie dürfen uns nicht berühren, sie dürfen uns nicht ansehen, sie dürfen oft nicht mal mit uns reden. Deshalb muss Frasconi ihn übernehmen.«

»Soll ich ihn dabei im Blick behalten?«

»Sein Part spielt ausschließlich im Hintergrund«, erwiderte sie. »Da kann er nicht viel vermurksen.«

»Ich denke, ich werde ihn trotzdem beaufsichtigen.«

»Danke.«

»Und er begleitet Sie, wenn Sie Quinn verhaften.«

Sie schwieg.

»Ich darf Sie nicht allein losschicken«, sagte ich. »Das wissen Sie.«

Sie nickte.

»Aber ich erzähle Quinn, dass Sie die Ermittlungen geleitet haben«, erklärte ich. »Ich sorge dafür, dass er weiß, dass dies Ihr Fall war.«

»Okay«, sagte sie.

Sie drückte die Stopptaste des Kassettenrecorders. Quinns Stimme brach mitten im Wort ab. Es sollte *Dollar* heißen, aber es kam als *Doll* heraus. Seine Stimme klang zufrieden und angekratzt wie die eines Mannes, der das Spiel im Griff hat. Kohl nahm die Kassette und steckte sie in ihre Umhängetasche. Dann blinzelte sie mir zu und verließ mein Dienstzimmer.

»Wer ist Quinn?«, fragte Elizabeth Beck mich zehn Jahre später.

»Frank Xavier«, antwortete ich. »Er hat früher Quinn geheißen. Sein voller Name lautet Francis Xavier Quinn.«

»Sie *kennen* ihn?«

Ich nickte. »Weshalb wäre ich sonst hier?«

»Wer sind Sie?«

»Ein Mann, der Francis Xavier gekannt hat, als er noch Francis Xavier Quinn hieß.«

»Sie sind ein staatlicher Agent.«

Ich schüttelte den Kopf. »Hier geht's um eine rein persönliche Sache.«

»Was passiert mit meinem Mann?«

»Keine Ahnung«, sagte ich. »Und ob er lebt oder stirbt, ist mir auch ziemlich egal.«

Ich ging in Paulies Häuschen zurück, sperrte die Eingangstür ab, kam durch die Hintertür heraus und schloss sie von außen ab. Dann kontrollierte ich die Kette am Tor. Sie war straff gespannt. Ich vermutete, dass wir Eindringlinge für ein bis zwei

Minuten aufhalten konnten, was unter Umständen genügen würde. Den Schlüssel des Vorhängeschlosses steckte ich ein.

»Jetzt zurück ins Haus«, forderte ich die beiden auf. »Sie müssen zu Fuß gehen, fürchte ich.«

Ich fuhr mit dem Cadillac, in dem neben und hinter mir Munitionskisten gestapelt waren, die Zufahrt entlang. Im Rückspiegel konnte ich verfolgen, wie Richard und Elizabeth mir hastig folgten. Sie wollten nicht von hier verschwinden, aber sie waren auch nicht scharf darauf, allein gelassen zu werden. Ich hielt vor der Haustür und stieß dann zurück, um besser ausladen zu können. Ich öffnete den Kofferraum, nahm die Kette und den Deckenhaken heraus und rannte damit in Dukes Zimmer. Von seinem Fenster aus war die gesamte Zufahrt zu überblicken. Dies war die ideale Feuerstellung.

Ich zog meine Beretta, entsicherte sie und gab einen Schuss in die Zimmerdecke ab. Draußen blieben Richard und Elizabeth in fünfzig Metern Entfernung ruckartig stehen, bevor sie sich in Bewegung setzten und aufs Haus zurannten. Vielleicht glaubten sie, ich hätte die Köchin erschossen. Oder mich selbst. Ich stieg auf einen Stuhl, bohrte den Haken durchs Einschussloch und brach große Stücke Deckenputz heraus, bis ich einen massiven Holzbalken fand. Dann zielte ich sorgfältig, drückte nochmals ab und bohrte so ein Neun-Millimeter-Loch in den Balken. Ich schraubte den Haken hinein, hängte die Kette daran und testete diese Konstruktion mit meinem Gewicht. Sie hielt.

Ich ging wieder hinunter und öffnete die hinteren Türen des Cadillacs. Als Richard und Elizabeth den Wagen erreichten, erhielten sie von mir den Auftrag, die Munitionskästen nach oben zu schaffen. Ich trug das große Maschinengewehr nach oben. Hängte es an die Kette und führte den Anfang des ersten Patronengurts ein. Drehte die Mündung zur Wand und schob den unteren Teil des Schiebefensters hoch. Drehte die

Mündung wieder zurück und schwenkte sie von links nach rechts, von oben nach unten. Von hier aus hatte ich die gesamte Mauer und die Zufahrt in ganzer Länge bis unmittelbar vor dem Haus im Schussfeld. Richard stand an der Tür und beobachtete mich schweigend.

»Bringen Sie alle Munitionskästen rauf«, sagte ich.

Dann rief ich Duffy im Motel an.

»Wollt ihr noch immer helfen?«, fragte ich.

»Ja«, sagte sie.

»Dann müsst ihr alle drei herkommen«, sagte ich. »So schnell wie möglich.«

Danach gab es nichts mehr zu tun, bis sie eintrafen. Ich wartete am Fenster und beobachtete die Straße. Betrachtete den Himmel. An diesem Tag wurde es schon mittags dunkel. Das Wetter verschlechterte sich noch mehr. Die Nordatlantikküste Ende April. Unberechenbar.

»Was passiert jetzt?«, erkundigte sich Elizabeth Beck.

»Schwer zu sagen«, antwortete ich.

»Wozu ist diese Waffe?«

»Sie ist eine Vorsichtsmaßnahme.«

»Wogegen?«

»Quinn hat acht Männer«, sagte ich. »Wir befinden uns mit dem Rücken zum Meer. Vielleicht müssen wir sie auf der Zufahrt aufhalten.«

»Sie wollen auf sie schießen?«

»Notfalls schon.«

»Was ist mit meinem Mann?«

»Machen Sie sich Sorgen um ihn?«

Sie nickte. »Ja.«

»Ich schieße auch auf ihn.«

Sie schwieg.

»Er ist ein Verbrecher«, sagte ich. »Selbst schuld, wenn er dadurch in Gefahr gerät.«

»Die Gesetze, die ihn zum Verbrecher machen, sind verfassungswidrig.«

»Glauben Sie?«

Sie nickte erneut. »Der Zweite Verfassungszusatz ist eindeutig.«

»Wenden Sie sich an den Obersten Gerichtshof«, riet ich ihr. »Lassen Sie mich damit in Ruhe.«

»Die Leute haben ein Recht, Waffen zu tragen.«

»Drogenhändler nicht«, sagte ich. »Ich kenne keinen Verfassungszusatz, der jemandem erlaubt, in dicht besiedelten Gebieten mit Schnellfeuerwaffen zu schießen. Mit Geschossen, von denen jedes einzelne eine Ziegelmauer durchschlagen kann. Und ahnungslose Unbeteiligte. Babys und Kinder.«

Sie sagte nichts.

»Haben Sie mal gesehen, wie das ist, wenn eine Kugel ein Baby trifft?«, fragte ich. »Sie bohrt sich nicht wie eine Nadel in seinen Körper, sondern *zerschmettert* ihn wie eine Keule.«

Sie sagte nichts.

»Versuchen Sie nie, einem Soldaten weiszumachen, Waffen seien ein harmloser Spaß«, sagte ich.

»Die Gesetzeslage ist klar«, entgegnete sie.

»Treten Sie meinetwegen der NRA bei«, sagte ich. »Ich lebe lieber hier in der richtigen Welt.«

»Er ist mein Ehemann.«

»Sie haben selbst gesagt, er verdiene es, hinter Gitter zu kommen.«

»Ja«, bestätigte sie. »Aber er verdient nicht den Tod.«

»Finden Sie?«

»Er ist mein Ehemann«, wiederholte sie.

»Wie wickelt er das Geschäft ab?«, wollte ich wissen.

»Die Übergabe erfolgt entlang der I-95«, antwortete sie. »Er schneidet aus billigen Teppichen das Mittelstück heraus und verpackt die Waffen darin. Äußerlich sehen die Teppichrollen ganz normal aus. Damit fährt er in Richtung Boston oder New Haven. Die Kunden treffen sich unterwegs mit ihm.«

Ich nickte. Erinnerte mich an die Teppichfasern, die ich überall gesehen hatte.

»Aber er ist trotzdem mein Ehemann«, beharrte Elizabeth.

Ich nickte wieder. »Ist er so vernünftig, sich nicht neben Quinn zu stellen, passiert ihm vielleicht nichts.«

»Das war nie eine freiwillige Geschäftsverbindung«, erklärte sie. »Darüber müssen Sie sich im Klaren sein.«

Sie trat ans Fenster und sah auf Richard hinab. Er hievte gerade den letzten Munitionskasten aus dem Cadillac.

»Es wurde Zwang ausgeübt«, sagte sie.

»Ja, das habe ich schon vermutet.«

»Er hat meinen Sohn entführt.«

»Ich weiß«, sagte ich.

Sie drehte sich um und sah mir offen ins Gesicht.

»Was hat er Ihnen angetan?«, fragte sie.

An jenem Tag sah ich Kohl noch zweimal, während sie den Abschluss ihrer Ermittlungen vorbereitete. Sie machte alles genau richtig, glich einer meisterhaften Schachspielerin, die ein halbes Dutzend Züge vorausplante. Da sie wusste, dass der Militärrichter, den sie anforderte, damit er Augenzeuge der Übergabe war, später nicht an der Kriegsgerichtsverhandlung teilnehmen konnte, weil er als befangen gelten würde, wählte sie einen, der bei allen Anklägern verhasst war. Sie veranlasste auch, dass ein Fotograf die Übergabe im Bild festhalten sollte. Und sie hatte schon überprüft, wie lange die Fahrt zu Quinns Haus in Virginia dauerte. Die Akte, die sie von mir erhalten hatte, füllte inzwischen zwei große Kartons. Als ich Kohl zum zweiten Mal traf, war sie mit den aufeinander gestapelten Kartons unterwegs und hatte Mühe, sie zu schleppen.

»Wie hält sich Gorowski?«, fragte ich sie.

»Schlecht«, antwortete sie. »Aber morgen ist ja alles vorbei.«

»Der Fall Quinn wird Sie berühmt machen.«

»Hoffentlich nicht«, wehrte sie ab. »Er sollte bis in alle Ewigkeit geheim bleiben.«

»Trotzdem werden Sie berühmt«, beharrte ich. »Solches Zeug sehen eine Menge Leute.«

»Dann sollte ich vielleicht um eine Beurteilung bitten«, meinte sie. »Vielleicht übermorgen.«

»Lassen Sie uns heute Abend essen gehen«, schlug ich vor. »Zur Feier des Tages. Ins beste Restaurant, das wir finden können. Ich lade Sie ein.«

»Ich dachte, Sie lebten von Essensgutscheinen.«

»Ich hab ein paar zusammengespart.«

»Zeit genug hatten Sie dafür. Die Ermittlungen haben doch ziemlich lange gedauert.«

»Zäh wie Sirup«, sagte ich. »Das ist Ihr einziges Problem, Kohl. Sie arbeiten gründlich, aber verdammt langsam.«

Sie lächelte wieder, hievte ihre Kartons etwas höher.

»Sie hätten sich doch mit mir einlassen sollen«, erklärte sie. »Dann hätte ich Ihnen zeigen können, dass langsam auch seine Reize hat.«

Wir trafen uns zwei Stunden später in einem Restaurant in der Stadt. Für dieses elegante Lokal hatte ich meine frisch gereinigte Ausgehuniform angezogen. Kohl erschien in einem schwarzen Kleid, das ihr sehr schmeichelte. Sie sah darin wie achtzehn aus.

»Klasse«, sagte ich. »Die Leute werden denken, Sie würden von Ihrem Vater ausgeführt.«

»Vielleicht von meinem Onkel«, korrigierte sie mich. »Dem jüngeren Bruder meines Vaters.«

Dies war eine der Mahlzeiten, bei denen das Essen keine

Rolle spielt. Ich konnte mich später an alle Einzelheiten dieses Abends erinnern, aber nicht mehr daran, was wir bestellten. Ich weiß nur, dass wir irgendetwas aßen. Wir unterhielten uns sehr angeregt – hauptsächlich über Dinge, über die man nicht mit jedem spricht. Ich war kurz davor schwach zu werden und sie zu fragen, ob wir uns ein Motel suchen sollten. Doch ich ließ es sein. Wir tranken jeder ein Glas Wein und gingen dann zu Wasser über. Wir waren uns stillschweigend darüber einig, dass wir für den nächsten Tag fit bleiben mussten. Ich zahlte für beide. Wir verließen das Lokal um Mitternacht, und jeder ging seiner Wege. Kohl war aufgekratzt, obwohl es schon spät war. Sie sprühte vor Leben und Energie und war erfüllt von Vorfreude. Ihre Augen glänzten. Ich blieb auf der Straße stehen und sah ihr nach, als sie davonfuhr.

»Da kommt jemand«, verkündete Elizabeth Beck zehn Jahre später.

Ich warf einen Blick aus dem Fenster und sah in der Ferne einen grauen Taurus. Die Farbe verschmolz mit den Felsen und war bei diesem Wetter kaum zu sehen. Der Wagen war noch ungefähr zwei Meilen entfernt, kam aber schnell näher. Villanuevas Taurus. Ich forderte Elizabeth auf, im Haus zu bleiben und ein Auge auf Richard zu haben. Dann holte ich Angel Dolls Schlüssel aus dem Bündel in meinem Versteck. Ließ sie in meine Jackentasche gleiten. Auch Duffys Glock und die Reservemagazine nahm ich mit. Ich wollte ihr die Sachen unbeschädigt zurückgeben. Sie hatte ohnehin schon genügend Schwierigkeiten zu erwarten.

Ich steckte Pistole und Magazine zu der Beretta in meine Manteltasche, ging nach vorn ums Haus und setzte mich ans Steuer des Cadillacs. Fuhr damit zum Tor, stieg aus und wartete außer Sichtweite. Der Taurus hielt vor dem Tor. Ich sah Villanueva am Steuer sitzen, daneben Duffy und auf dem Rücksitz Eliot. Ich kam aus meinem Versteck, nahm die Kette ab und zog beide Flügel auf. Villanueva rollte hindurch und kam dicht vor dem Cadillac zum Stehen. Dann stiegen alle aus.

»Was zum Teufel ist mit Ihnen passiert?«, fragte Villanueva.

Ich berührte meine Lippen. Sie fühlten sich wund und geschwollen an.

»Bin gegen eine Tür gelaufen«, antwortete ich.

Villanueva sah zum Pförtnerhaus.

»Oder gegen einen Tür*steher«,* meinte er. »Hab ich Recht?«

»Alles in Ordnung mit dir?«, fragte Duffy.

»Ich bin in besserer Verfassung als der Türsteher«, sagte ich.

»Wozu sind wir hier?«

»Plan B«, erklärte ich. »Wir fahren nach Portland, aber wenn wir dort nicht finden, was wir brauchen, müssen wir hierher zurückkommen und warten. Deshalb fahren zwei von euch sofort mit. Der dritte Mann bleibt hier, um die Stellung zu halten.« Ich drehte mich um und deutete aufs Haus. »Hinter dem mittleren Fenster im ersten Stock ist ein Maschinengewehr zur Überwachung der Zufahrt montiert. Ich brauche jemanden, der es bedienen kann.«

Keiner meldete sich freiwillig. Ich sah zu Villanueva. Er war alt genug, um in seiner Jugend als Wehrpflichtiger beim Militär gewesen zu sein. Vielleicht hatte er selbst mit MGs schießen dürfen.

»Sie wären der richtige Mann, Terry«, sagte ich.

»Nein«, entgegnete er. »Ich helfe Ihnen, Teresa zu finden.«

Das sagte er, als sei er fest entschlossen, sich das von niemandem ausreden zu lassen.

»Okay, ich mach's«, sagte Eliot.

»Danke«, sagte ich. »Haben Sie jemals einen Vietnamfilm gesehen? Mit dem Bordschützen an der Kabinentür einer Huey? Der sind jetzt Sie. Falls die anderen auftauchen, werden sie nicht versuchen, durchs Tor reinzukommen, sondern ins

Pförtnerhaus eindringen und durch die Hintertür oder das rückwärtige Fenster herauskommen. Also müssen Sie darauf gefasst sein, sie abzuknallen, wenn sie erscheinen.«

»Was mache ich, wenn's finster ist?«

»Wir sind vor Einbruch der Dunkelheit zurück.«

»Okay. Wer ist im Haus?«

»Mrs. Beck, ihr Sohn und die Köchin. Sie sind Nichtkombattanten, aber sie wollen nicht weg.«

»Was ist mit Beck selbst?«

»Er kommt mit den anderen zurück. Gelänge ihm im allgemeinen Durcheinander die Flucht, wäre ich nicht traurig. Aber würde er erschossen, wäre ich es auch nicht.«

»Okay.«

»Wahrscheinlich tauchen sie gar nicht auf«, sagte ich. »Sie sind beschäftigt. Das sind alles nur Vorsichtsmaßnahmen.«

»Okay«, sagte er wieder.

»Sie behalten den Cadillac«, erklärte ich. »Wir nehmen den Taurus.«

Villanueva setzte sich wieder in den Ford und lenkte den Wagen rückwärts durchs Tor. Ich ging mit Duffy hinaus, schloss das Tor hinter mir, sicherte es mit der Kette und warf Eliot den Schlüssel des Vorhängeschlosses zu.

»Bis später!«, rief ich.

Er wendete mit dem Cadillac und fuhr Richtung Haus davon. Dann stieg ich mit Duffy und Villanueva in den Taurus. Die beiden saßen vorn. Ich machte es mir auf dem Rücksitz bequem. Dann zog ich ihre Glock und die Reservemagazine aus der Manteltasche und reichte sie mit gewisser Feierlichkeit nach vorn.

»Danke fürs Ausleihen«, sagte ich.

Sie steckte die Glock ins Schulterhalfter und die Magazine in ihre Umhängetasche.

»Gern geschehen«, sagte sie.

»Erst Teresa«, schlug Villanueva vor. »Dann Quinn. Okay?«

»Einverstanden«, sagte ich.

»Wo suchen wir also?«, fragte er.

»Wir haben drei Orte zur Auswahl«, erklärte ich. »Das Lagerhaus, ein Bürogebäude in der Innenstadt und ein Gewerbegebiet in Flughafennähe. In einem Bürogebäude in der Innenstadt kann man am Wochenende keine Gefangenen bewachen. Und im Lagerhaus herrscht zu viel Betrieb. Dort ist gerade eine große Lieferung eingetroffen. Deshalb tippe ich auf den Gewerbepark.«

»I-95 oder Route One?«

»Route One«, sagte ich.

Wir fuhren schweigend die zwölf Meilen landeinwärts und bogen an der Route One nach Norden in Richtung Portland ab.

13

An diesem frühen Samstagnachmittag war in dem Gewerbegebiet nichts los. Unter dem grauen Himmel leuchteten die Metallfassaden der Gebäude wie mattes Zinn. Wir rollten langsam kreuz und quer durch die Straßen. Nirgends eine Menschenseele. Quinns Gebäude schien fest verschlossen zu sein. Ich studierte beim Vorbeifahren erneut das Firmenzeichen: *Xavier eXport Company.* Die Wörter waren professionell aus einer dicken Edelstahlplatte herausgeätzt, aber die übergroßen X wirkten, als habe sich hier ein Amateur als Graphikdesigner versucht.

»Wieso steht hier ›Export‹?«, fragte Duffy. »Er ist doch Importeur, oder?«

»Wie kommen wir rein?«, fragte Villanueva.

»Wir brechen ein«, antwortete ich. »Auf der Rückseite, denke ich.«

Die Gebäude standen Rückseite an Rückseite und verfügten über ordentliche Parkplätze vor dem Eingang. Alle sonstigen Flächen waren entweder Straßen oder neuer Rasen, beide mit Randsteinen aus Beton eingefasst. Zäune gab es hier keine. Das Gebäude hinter Quinns gehörte dem *Partyservice Paul Keast & Chris Maden* und war ebenfalls abgesperrt und verlassen. Ich konnte bis zu Quinns Hintereingang sehen, der ein in stumpfem Rot gestrichenes einfaches Metallrechteck war.

»Kein Mensch weit und breit«, stellte Duffy fest.

In der Nähe der roten Tür war in die Rückwand von Quinns Gebäude ein Fenster eingelassen. Es hatte eine Milchglasscheibe. Vermutlich ein Toilettenfenster. Davor war ein Eisengitter angebracht.

»Alarmanlage?«, fragte Villanueva.

»In einem so neuen Gebäude?«, sagte ich. »Hundertprozentig.«

»Direkt mit den Cops verbunden?«

»Das bezweifle ich«, erwiderte ich. »Für einen Kerl wie Quinn wäre das nicht clever. Er will nicht, dass die Cops jedes Mal hier rumschnüffeln, wenn ein Junge eine Fensterscheibe einwirft.«

»Privater Sicherheitsdienst?«

»Wahrscheinlich. Oder seine eigenen Leute.«

»Wie machen wir's also?«

»Wir müssen verdammt schnell vorgehen. Brechen ein und sind wieder draußen, bevor jemand reagieren kann. Fünf bis zehn Minuten sind drin, denke ich.«

»Einer vorn und zwei hinten?«

»Genau«, bestätigte ich. »Sie übernehmen die Vorderseite.«

Ich forderte ihn auf, den Kofferraum zu öffnen. Dann stieg

ich mit Duffy aus, zog das Montiereisen unter dem Reserverad hervor, schloss den Kofferraumdeckel wieder und wartete, bis der Wagen wegfuhr. Duffy und ich gingen am Gebäude des Partydienstes entlang und dann über die Rasenfläche, um zu Quinns Toilettenfenster zu gelangen. Ich legte ein Ohr an die kalte Blechhaut des Gebäudes und horchte. Nichts. Dann sah ich mir die rechteckigen Gitterstäbe an. Sie bildeten einen flachen Kasten, der mit acht Sechskantschrauben befestigt war – jeweils zwei auf allen vier Seiten des Rechtecks.

Duffy zog die Glock aus ihrem Schulterhalfter. Gleichzeitig kontrollierte ich die Beretta in meiner Manteltasche. Packte dann das Montiereisen mit beiden Händen. Legte mein Ohr wieder an die Blechverkleidung. Hörte Villanuevas Wagen vor dem Gebäude vorfahren. Hörte, wie die Fahrertür geöffnet und wieder geschlossen wurde. Den Motor ließ er laufen. Ich hörte seine Schritte auf dem Gehsteig vor dem Gebäude.

»Gleich geht's los«, sagte ich.

Ich spürte, wie Duffy hinter mich trat. Hörte Villanueva mit der Faust gegen die Eingangstür hämmern. Ich rammte das flache Ende des Montiereisens so neben eine der Schrauben in die Blechverkleidung, dass eine flache Delle entstand. Schob das Eisen an dieser Stelle unters Gitter und zog es nach außen. Die Schraube hielt. Sie führte offensichtlich ganz durch den Stahlrahmen. Also setzte ich das Montiereisen anders an und ruckte noch kräftiger, einmal, zweimal. Der Schraubenkopf brach ab, und das Gitter ließ sich etwas bewegen.

Ich musste insgesamt sechs Schraubenköpfe abbrechen. Dafür brauchte ich eine knappe halbe Minute. Villanueva hämmerte weiter an die Eingangstür. Niemand reagierte darauf. Als der sechste Schraubenkopf abriss, ließ ich das Montiereisen fallen, packte das Gitter und bog es um neunzig Grad zur Seite, als zöge ich eine Tür auf. Die beiden letzten Schrauben kreischten protestierend. Ich hob das Montiereisen wieder auf und schlug die Milchglasscheibe ein. Griff mit einer Hand hinein, fand den Griff, entriegelte das Fenster und stieß es nach innen auf. Zog meine Beretta und stieg ein.

Ich fand mich in einem kleinen Raum wieder, der höchstens zwei mal anderthalb Meter groß war. Es gab hier ein WC, ein Waschbecken mit einem kleinen rahmenlosen Spiegel darüber, einen Treteimer und ein Regal für Klopapierrollen und Papierhandtücher. In einer Ecke neben der Tür stand ein Putzkübel mit einem Mopp. Der Fußboden war sauber gefliest. Ein starker Geruch nach Desinfektionsmitteln lag in der Luft. Ich drehte mich um und kontrollierte das Fenster. Am Rahmen war ein kleiner Erschütterungsmelder festgeschraubt. Doch im Gebäude blieb es weiterhin still. Keine Sirene. Ein stummer Alarm? Irgendwo würde jetzt vielleicht ein Telefon klingeln oder auf einem Bildschirm eine Alarmmeldung blinken.

Von der Toilette aus ging es in einen rückwärtigen Vorraum. Das Gebäude war menschenleer und dunkel. Ich bewegte mich rückwärts zur Hintertür, fummelte daran herum, ohne hinzusehen, und bekam sie schließlich auf. Hörte Duffy hereinkommen.

Sie hatte in der Grundausbildung vermutlich sechs Wochen in Quantico geübt und wusste, wie sie sich verhalten musste. Sie hielt die Glock mit beiden Händen, huschte an mir vorbei und bezog Posten an der Tür, die aus dem Vorraum ins restliche Gebäude führte. Sie lehnte sich mit einer Schulter an den Türrahmen und hielt dabei ihre Pistole ziemlich hoch, damit sie mich nicht behinderte. Ich trat vor, stieß die Tür auf, war mit einem Satz hindurch und drückte mich links an die Wand. Duffy folgte mir und blieb an die rechte Wand gepresst stehen. Wir befanden uns auf einem ziemlich schmalen Korridor. Er führte durch das ganze Gebäude bis zum Haupteingang. Auf beiden Seiten dieses Korridors lagen Räume. Sechs Räume, auf jeder Seite drei. Sechs Türen, alle geschlossen.

»Haupteingang«, flüsterte ich. »Villanueva.«

Wir bewegten uns Rücken an Rücken im Krebsgang weiter und zielten von einer Tür auf die andere. Sie blieben alle geschlossen. Wir erreichten den Haupteingang. Ich entriegelte die Tür und zog sie auf. Villanueva trat rasch ein und schloss sie hinter sich. Er hielt eine Glock 17 in der Hand.

»Alarm?«, flüsterte er.

»Stumm«, antwortete ich ebenso leise.

»Okay, dann müssen wir uns beeilen.«

»Zimmer für Zimmer«, flüsterte ich.

Das war kein gutes Gefühl. Wir hatten so viel Krach gemacht, dass niemand im Gebäude unser Eindringen überhört haben konnte. Und die Tatsache, dass niemand auf den Korridor gestürmt kam, konnte bedeuten, dass sie clever genug waren, uns mit schussbereiten Waffen hinter den Türen aufzulauern. Und dieser Mittelgang war knapp anderthalb Meter breit. Also hatten wir nicht viel Spielraum.

Alle Türen waren links angeschlagen, deshalb postierte ich Duffy links neben mich, damit sie die gegenüberliegenden Türen im Auge behielt. Ich wollte nicht, dass wir alle in dieselbe Richtung schauten, wollte nicht in den Rücken geschossen werden. Dann stellte ich Villanueva rechts neben mich. Sein Job war es, eine Tür nach der anderen einzutreten. Die mittlere Position übernahm ich. Ich würde als Erster in den jeweiligen Raum stürmen.

Wir begannen mit dem ersten Zimmer links. Villanueva trat mit dem Absatz kräftig gegen das Türschloss. Holz splitterte, das Schloss brach heraus, die Tür flog auf. Ich stürmte sofort hinein. Der Raum war leer. Ein drei mal vier Meter großes Büro mit einem Fenster, einem Schreibtisch und einer Wand voller Aktenschränke. Ich kam sofort wieder heraus, und wir nahmen die nächste Tür in Angriff. Duffy gab uns Feuerschutz. Auch dieses Zimmer war leer, aber die Trennwand nach nebenan war eingerissen worden, sodass der Raum drei mal acht Meter groß war und zwei in den Korridor hinausführende Türen besaß. In diesem Büro standen drei Schreibtische mit Computern. An der Wandgarderobe zwischen den Türen hing ein Damenregenmantel.

Wir überquerten den Korridor und standen vor der vierten Tür, die in das dritte Zimmer führte. Villanueva trat die Tür ein, und ich war mit einem Satz über der Schwelle. Leer. Wieder ein drei mal vier Meter großer Büroraum. Fensterlos. Ein Schreibtisch vor einer großen Pinnwand aus Kork. Auf dem Linoleumboden ein riesiger Orientteppich, der ihn fast ganz bedeckte.

Vier abgehakt. Noch zwei zu kontrollieren. Wir entschieden uns für das Zimmer hinten rechts. Villanueva trat die Tür ein. Ich stürmte in den Raum. Er war leer. Drei mal vier Meter, weiß gestrichen, graues Linoleum. Völlig kahl. Überhaupt nichts darin – außer Blutflecken. Jemand hatte sie wegzuwischen versucht, aber ziemlich schlampig gearbeitet. Es gab auch Blutspritzer an den Wänden, die zum Teil entfernt, an manchen Stellen jedoch übersehen worden waren. In dem Winkel zwischen Fußbodenleiste und Linoleum waren dunkelbraune, fast schwarze Spuren zurückgeblieben.

»Die ATF-Agentin«, sagte ich.

Wir verharrten für einen Augenblick schweigend. Dann traten wir wieder auf den Korridor hinaus und brachen auch die Tür des letzten Raums auf. Ich stürmte mit schussbereiter Waffe als Erster hinein und blieb wie angewurzelt stehen.

Vor mir sah ich ein Gefängnis. Und es war leer.

Der Raum, drei mal vier Meter groß, hatte weiße Wände und eine niedrige Decke. Kein Fenster. Graues Linoleum, darauf eine Matratze mit gebrauchter Bettwäsche. Auf dem Fußboden verteilt Dutzende von leeren Pappkartons aus einem chinesischen Schnellimbiss sowie Plastikflaschen, die Mineralwasser enthalten hatten.

»Sie war hier«, stellte Duffy fest.

Ich nickte. »Genau wie im Keller von Becks Haus.«

Ich trat an die Matratze und hob sie hoch. Auf dem Fußboden stand das Wort JUSTICE – groß und deutlich in rostbrauner Farbe mit einem Finger hingeschmiert.

»Ist das etwa auch Blut?«, fragte Duffy.

Ich konnte abgestandenes Essen, Angst und Verzweiflung riechen. Sie hatte mitbekommen, wie die ATF-Agentin gestorben war. Zwei dünne Türen konnten die Geräusche nicht sonderlich gedämmt haben.

»Hoisin-Sauce«, sagte ich.

»Wann hat man sie von hier weggebracht?«

Ich begutachtete das Innere einiger Pappkartons. »Vielleicht erst heute Morgen.«

»Scheiße.«

»Also los!«, drängte Villanueva. »Wir müssen sie finden.«

»Noch fünf Minuten«, bat Duffy. »Ich brauche etwas für das ATF, damit diese Sache wieder in Ordnung kommt.«

»Wir haben keine fünf Minuten«, meinte Villanueva.

»Zwei Minuten«, sagte ich. »Nimm mit, was du kriegen kannst, und sieh's dir später an.«

Wir gingen rückwärts aus der Zelle. Duffy führte uns in das Zimmer mit dem Orientteppich. *Eine clevere Wahl,* dachte ich. Dies war vermutlich Quinns Büro. Sich selbst einen kostbaren Teppich zu gönnen, sah ihm ähnlich. Sie nahm einen dicken Ordner mit der Aufschrift *Zu erledigen* vom Schreibtisch und riss alle Listen von der Pinnwand.

»Los jetzt«, drängte Villanueva.

Genau vier Minuten, nachdem ich durchs Toilettenfenster geklettert war, verließen wir das Gebäude durch den Haupteingang. Mir kam es vor, als seien vier Stunden vergangen.

Wir stiegen in den grauen Taurus und erreichten eine Minute später die Route One.

»Nach Norden«, sagte ich. »Richtung Stadtmitte.«

Keiner sagte ein Wort. Wir dachten alle an das Dienstmädchen. Ich saß wieder hinten. Duffy blätterte auf dem Beifahrersitz eifrig in Quinns Akten. Auf der Brücke stockte der Verkehr. Wir waren von Leuten umgeben, die in die Stadt wollten, um Einkäufe zu erledigen. Alle fuhren sehr vorsichtig, weil die Fahrbahnen von Regen und der salzhaltigen Gischt rutschig waren. Endlich brach Duffy das Schweigen.

»Klingt alles sehr kryptisch«, sagte sie. »Hauptsächlich geht's um *XX* und *BB*.«

»Xavier Export Company und Bizarre Bazaar«, erklärte ich.

»BB importiert«, sagte sie. »XX exportiert. Aber sie gehören offenbar zusammen. Wie zwei Hälften eines einzigen Unternehmens.«

»Das ist mir schnuppe«, sagte ich. »Ich will nur Quinn.«

»Und Teresa«, fügte Villanueva hinzu.

»Mossberg«, warf Duffy ein. »Sagt dir der Name was?«

»Wieso?«, wollte ich wissen.

»X hat gerade eine Lieferung von Mossberg bekommen.«

»O. F. Mossberg and Sons«, sagte ich. »In New Haven, Connecticut. Hersteller von Schrotflinten.«

»Was ist ein *Persuader*?«

»Eine Schrotflinte«, antwortete ich. »Die Mossberg M500 Persuader. Eine paramilitärische Waffe.«

»XX schickt die Persuader irgendwohin. Zweihundert Stück mit einem Rechnungswert von hundertzwanzigtausend Dollar. Im Prinzip als Gegenleistung für etwas, das BB erhält.«

»Import–Export«, sagte ich. »So funktioniert das.«

»Aber die Preise stimmen nicht überein«, meinte sie. »Die bei BB eingehende Lieferung hat einen Rechnungswert von hundertdreißigtausend Dollar. Also erzielt XX einen Gewinn von zehntausend.«

»Die Magie des Kapitalismus«, sagte ich.

»Nein, Augenblick, hier steht noch etwas. Damit geht die Rechnung auf. Zweihundert Persuader von Mossberg – und als Ausgleich ein zusätzlicher Bonusartikel.«

»Welcher Art?«, fragte ich.

»Das steht hier nicht. Was könnte zehn Riesen wert sein?«

»Das ist mir schnuppe«, wiederholte ich.

Sie blätterte weiter in den Unterlagen.

»Keast und Maden«, sagte sie. »Wo haben wir diese Namen gesehen?«

»Am benachbarten Gebäude«, erwiderte ich. »Das ist der Partyservice.«

»Er hat ihnen einen Auftrag erteilt«, sagte Duffy. »Sie liefern heute etwas aus.«

»Wohin?«

»Das steht hier nicht.«

»Was liefern sie aus?«

»Keine Ahnung. Achtzehn Stück von irgendwas zu je fünfundfünfzig Dollar. Dieser Auftrag ist fast tausend Dollar wert.«

»Wohin jetzt?«, fragte Villanueva.

Wir hatten die Brücke hinter uns gelassen und fuhren weit ausholend nach Nordwesten, wobei der Park links neben uns lag.

»Übernächste rechts«, befahl ich.

Wir fuhren geradewegs in die Tiefgarage unter dem Missionary House. An der Einfahrt saß ein Wachmann, der eine Phantasieuniform trug, in einem Glaskasten. Er notierte unser Kennzeichen, ohne richtig auf uns zu achten. Dann zeigte Villanueva seinen DEA-Dienstausweis vor und wies ihn an, auf seinem Platz zu bleiben und sich ruhig zu verhalten. Wies ihn auch an, niemanden zu verständigen. In der Garage war es still. Von den schätzungsweise achtzig Stellplätzen waren nicht mal ein Dutzend belegt. Aber einer der dort geparkten Wagen war der graue Grand Marquis, den ich an diesem Morgen vor Becks Lagerhaus gesehen hatte.

»Hier habe ich die Fotos gemacht«, sagte Duffy.

Wir parkten in einer Ecke im hinteren Teil der Tiefgarage, stiegen aus und fuhren mit dem Aufzug in die Eingangshalle des Gebäudes hinauf. Vor einer der Säulen aus künstlichem Marmor hing ein Firmenverzeichnis. Die Xavier Export Company teilte sich den dritten Stock mit der Anwaltsfirma Lewis, Strange und Greville. Das war uns nur recht, denn es bedeutete, dass es oben eine Art Vorraum geben musste und wir nicht direkt aus dem Aufzug in Quinns Bürosuite gelangen würden.

Wir drückten den Knopf mit der Drei, und nur wenig später hielten wir im dritten Stock. Die Tür ging auf. Der kleine Vorraum war voller Anwälte. Links von uns befand sich eine Mahagonitür mit einem Messingschild, auf dem *Lewis, Strange & Greville. Attorneys at Law* stand. Sie war offen, und drei Leute waren herausgekommen; zwei Männer und eine Frau. Sie trugen Freizeitkleidung. Jeder hatte einen Aktenkoffer in der Hand. Alle wirkten fröhlich und nickten uns lächelnd zu, als wir aus dem Aufzug traten.

Villanueva lächelte seinerseits und nickte zur gegenüberliegenden Tür von Xavier Export hinüber. *Wir wollen nicht zu Ihnen, sondern dorthin.* Die Frau sah weg und zwängte sich an uns vorbei in den Aufzug. Ihre Partner schlossen die Kanzleitür ab und traten dann zu ihr in die Kabine. Die Tür schloss sich. Dann hörten wir den Aufzug surrend in die Tiefe sinken.

»Zeugen«, flüsterte Duffy. »Scheiße.«

Villanueva deutete auf die Tür von Xavier Export. »Und dort drinnen ist jemand. Die Anwälte waren nicht überrascht, dass wir an einem Samstag um diese Zeit zu der Firma wollen. Also wussten sie, dass jemand da ist. Oder sie haben angenommen, wir hätten einen Termin.«

Ich nickte. »Einer der Wagen in der Tiefgarage hat heute Morgen vor Becks Lagerhaus gestanden.«

»Quinn?«, fragte Duffy.

»Das hoffe ich sehr.«

»Wir haben vereinbart, dass Teresa Vorrang hat«, erinnerte uns Villanueva. »Dann erst kommt Quinn.«

»Der Plan hat sich geändert«, sagte ich. »Ich rühre mich nicht von der Stelle, wenn er dort drin ist.«

»Aber wir können sowieso nicht hinein«, gab Duffy zu bedenken. »Wir sind gesehen worden.«

»*Ihr* könnt nicht rein«, widersprach ich. »Ich schon.«

»Was, allein?«

»Allerdings. Nur er und ich.«

»Wir haben Spuren hinterlassen.«

»Die könnt ihr wieder eliminieren. Ihr geht zum Wagen und fahrt weg. Dann trägt der Wachmann euch wieder aus. Fünf Minuten später ruft ihr in diesem Büro an. Die Kladde des Wachmanns und die automatische Aufzeichnung eures Anrufs beweisen, dass nichts passiert ist, während ihr hier wart.«

»Aber was ist mit dir? Der Typ in der Garage wird aussagen, dass wir dich hier zurückgelassen haben.«

»Das bezweifle ich«, sagte ich. »Ich glaube nicht, dass er wirklich auf uns geachtet hat. Er hat bloß das Kennzeichen notiert.«

Sie schwieg.

»Mir ist's ohnehin egal«, sagte ich. »Ich war schon immer schwierig aufzuspüren. Und das soll in Zukunft nicht einfacher werden.«

Sie betrachtete die Tür der Anwaltskanzlei. Dann die von Xavier Export. Dann den Aufzug. Dann mich.

»Okay«, sagte sie. »Wir lassen dich hier allein. Ich will es nicht, aber ich muss es tatsächlich tun, verstehst du das?«

»Natürlich«, erwiderte ich.

»Vielleicht ist Teresa dort drinnen bei ihm«, flüsterte Villanueva.

Ich nickte. »Dann bringe ich sie euch. Wir treffen uns am Ende der Garagenzufahrt. Zehn Minuten nachdem ihr hier angerufen habt.«

Sie zögerten noch einen Augenblick, dann drückte Duffy den Rufknopf des Aufzugs. Wir hörten ein Surren im Schacht, als die Maschinerie anlief.

»Pass gut auf dich auf«, sagte sie.

Die Tür des Aufzugs öffnete sich, und die beiden traten in die Kabine. Ohne mich aus den Augen zu lassen, drückte Villanueva auf die Taste G für Garage. Dann schloss sich die Tür, und sie verschwanden. Ich blieb an die Wand gegenüber Quinns Tür gelehnt stehen. Es war ein gutes Gefühl, allein zu sein. Ich umfasste den Griff der Beretta in meiner Manteltasche und wartete. Ich stellte mir vor, wie Duffy und Villanueva zu ihrem Wagen gingen und aus der Tiefgarage fuhren. Wie der Wachmann sie austrug. Wie sie um die Ecke parkten und die Auskunft anriefen, um Quinns Nummer zu bekommen. Ich betrachtete die Tür. Stellte mir vor, wie Quinn dahinter an seinem Schreibtisch saß. Ich starrte die Tür an, als könnte ich ihn durchs Holz hindurch sehen.

Das erste Mal, dass ich ihn jemals zu Gesicht bekam, war der Tag, an dem die Verhaftung stattfinden sollte. Frasconi hatte den Syrer entsprechend bearbeitet. Der Kerl wusste genau, was wir von ihm erwarteten. In solchen Situationen arbeitete Frasconi tadellos. Ließ man ihm Zeit und gab ihm ein klar definiertes Ziel vor, erledigte er alles, was man von ihm verlangte. Der Syrer brachte einen Aktenkoffer mit Bargeld aus seiner

Botschaft mit, und wir zählten es gemeinsam vor dem Militärrichter ab. Es waren fünfzigtausend Dollar – vermutlich die letzte Rate von vielen. Wir markierten jeden Schein einzeln. Wir markierten sogar den Aktenkoffer, indem wir neben einem der Scharniere mit farblosem Nagellack die Initialen des Richters anbrachten.

Der Militärrichter schrieb eine eidesstattliche Erklärung für die Ermittlungsakte, und Frasconi bewachte einstweilen den Syrer. Kohl und ich bezogen unsere Überwachungsposition. Der Fotograf stand zwanzig Meter südlicher in einem Haus gegenüber dem Café an einem Fenster im ersten Stock bereit. Zehn Minuten später stieß der Richter zu uns. Wir saßen in einem am Straßenrand abgestellten Fahrzeug einer Telefongesellschaft, das Gucklöcher mit nur von innen durchsichtigem Glas besaß. Kohl hatte es sich vom FBI ausgeliehen. Um die Inszenierung vollkommen zu machen, hatte sie drei Soldaten angefordert. Sie trugen Overalls dieser Telefongesellschaft und buddelten tatsächlich den abgesperrten Gehsteig auf.

Wir warteten. Geredet wurde nicht viel. Die Luft in dem Kastenwagen war schlecht. Es war wieder heiß geworden. Nach vierzig Minuten ließ Frasconi den Syrer laufen. Er kam von Norden herangeschlendert. Wir hatten ihn gewarnt, was mit ihm passieren würde, falls er uns verriet. Wahrscheinlich hätten wir unsere Drohungen nicht wahr gemacht, aber das konnte der Mann nicht wissen. Nahm man als Maßstab, was Leuten in Syrien geschah, klangen sie plausibel, fand ich.

Er setzte sich, keine fünf Meter von uns entfernt, an einen Tisch auf dem Gehsteig. Den Aktenkoffer stellte er auf unserer Seite des Tisches aufs Pflaster. Ein Ober kam und nahm seine Bestellung auf. Brachte kurz darauf einen Espresso. Der Syrer zündete sich eine Zigarette an, rauchte sie nur zur Hälfte und drückte sie im Aschenbecher aus.

»Der Syrer wartet«, sagte Kohl halblaut. Sie ließ einen Kassettenrecorder mitlaufen. Sie wollte eine Echtzeit-Tonaufnahme als zusätzliches Beweismittel haben. Um auf die Verhaftung vorbereitet zu sein, trug sie ihren großen Dienstanzug. Er stand ihr wirklich gut.

»Korrekt«, sagte der Richter. »Der Syrer wartet.«

Der Syrer leerte seine Tasse und machte dem Ober ein Zeichen, er solle ihm noch einen Espresso bringen. Dann zündete er sich eine weitere Zigarette an.

»Qualmt er immer so viel?«, erkundigte ich mich.

»Wieso?«, fragte Kohl.

»Warnt er Quinn, sich ihm nicht zu nähern?«

»Nein, er raucht immer«, sagte Kohl.

»Okay. Aber sie müssen irgendein Warnsignal vereinbart haben.«

»Er würde's nicht einsetzen. Frasconi hat ihm wirklich Angst eingejagt.«

Wir warteten. Der Syrer rauchte seine zweite Zigarette zu Ende. Legte beide Hände flach auf die Tischplatte. Er trommelte mit den Fingern. Das wirkte alles ganz normal. Er sah wie ein Mann aus, der auf einen anderen wartet, der sich etwas verspätet hat. Dann zündete er sich wieder eine Zigarette an.

»Diese Qualmerei gefällt mir nicht«, sagte ich.

»Keine Sorge, das macht er immer«, erwiderte Kohl.

»Sie lässt ihn nervös wirken. Das könnte Quinn auffallen.«

»Bei ihm ist das normal. Er kommt aus dem Nahen Osten.«

Wir warteten. Die Tische waren in der Zwischenzeit fast alle besetzt. Inzwischen war es fast Mittag.

»Da kommt Quinn«, sagte Kohl.

»Korrekt«, bestätigte der Richter. »Quinn kommt jetzt.«

Ich blickte nach Süden. Erkannte einen gut aussehenden Mann, schlank und sportlich, schätzungsweise eins fünfundachtzig groß und knapp neunzig Kilo schwer. Er sah etwas jünger als vierzig aus, hatte schwarzes Haar mit leicht angegrauten Schläfen. Er trug einen blauen Anzug mit weißem Hemd und mattroter Krawatte. Er bewegte sich rasch, ohne im Geringsten hektisch zu wirken. Sein Gang verriet, dass er sportlich fit war. Bestimmt ein Jogger. In der rechten Hand hielt er einen Aktenkoffer von Halliburton. Genau das Aluminiummodell des Syrers. Im Sonnenlicht glänzte das Metall leicht golden.

Der Syrer legte seine Zigarette in den Aschenbecher und hob grüßend die Hand. Er schien sich nicht sonderlich wohl zu fühlen, aber das war vermutlich ganz normal. Richtiggehende Spionage im Zentrum einer feindlichen Hauptstadt ist kein Kinderspiel. Quinn entdeckte ihn und kam auf ihn zu. Der Syrer stand auf, und sie schüttelten sich über den Tisch hinweg die Hand. Ich musste unwillkürlich lächeln. Diese Szene war in Georgetown so alltäglich, dass sie keinem Menschen auffallen würde. Dann nahmen beide Platz. Quinn rutschte auf seinem Stuhl hin und her, bis er eine bequeme Position gefunden hatte, und stellte seinen Aktenkoffer dicht neben den des Syrers. Sah man nur flüchtig hin, hätte man glauben können, dort stehe ein einziger Koffer in doppelter Breite.

»Aktenkoffer stehen nebeneinander«, sagte Kohl ins Mikrofon.

»Korrekt«, sagte der Richter. »Die Aktenkoffer stehen nebeneinander.«

Der Ober brachte dem Syrer den zweiten Espresso. Er nahm Quinns Bestellung auf und ging wieder. Der Syrer sagte etwas zu Quinn. Der Amerikaner lächelte. Ein sehr überlegenes, selbstbewusstes Lächeln. Der Syrer sagte wieder etwas. Er spielte seine Rolle. Quinn verrenkte sich den Hals und versuchte zu erkennen, wohin der Ober verschwunden war. Der Syrer griff wieder nach seiner Zigarette, drehte den Kopf zur Seite und blies den Rauch direkt in unsere Richtung. Dann drückte er die Zigarette im Aschenbecher aus. Der Ober kam zurück und stellte eine große Kaffeetasse vor Quinn. Vermutlich mit Milchkaffee. Der Syrer nippte am Espresso, Quinn trank seinen Kaffee. Die beiden sprachen nicht miteinander.

»Sie sind nervös«, meinte Kohl.

»Aufgeregt«, korrigierte ich sie. »Sie haben's fast geschafft. Dies ist ihr letzter Treff. Das Ziel ist in Sicht. Für beide. Sie wollen die Sache nur noch hinter sich bringen.«

»Achten Sie auf die Aktenkoffer«, sagte Kohl.

»Ich habe sie im Auge«, bestätigte der Richter.

Quinn stellte seine Tasse auf den Tisch. Schob seinen Stuhl zurück. Streckte die rechte Hand aus. Griff nach dem Aktenkoffer des Syrers.

»Quinn hat den Aktenkoffer des Syrers«, stellte der Richter fest.

Quinn stand auf, sagte noch etwas, wandte sich dann ab und ging. Sein Schritt wirkte energiegeladen. Wir beobachteten ihn, bis er außer Sicht war. Der Syrer blieb auf der Rechnung sitzen, zahlte und ging dann, bis Frasconi aus einem Hauseingang trat, ihn am Arm nahm und zu uns zurückbrachte. Kohl öffnete die Hecktür, und Frasconi schob den Mann herein. Zu fünft war es ziemlich eng in dem Kastenwagen.

»Machen Sie seinen Aktenkoffer auf«, verlangte der Richter.

Aus der Nähe wirkte der Syrer weit nervöser als am Cafétisch sitzend. Er schwitzte und roch streng. Er legte Quinns Aktenkoffer auf den Boden und ging davor in die Hocke. Sah uns an, ließ dann die Schlösser aufschnappen und klappte den Deckel hoch.

Der Aktenkoffer war leer.

Ich hörte hinter der Tür der Xavier Export Company ein Telefon klingeln. Die Tür war massiv und schwer, sodass dieses Geräusch gedämpft und wie aus weiter Ferne klang. Aber dort klingelte ein Telefon – genau fünf Minuten nachdem Duffy und Villanueva die Tiefgarage verlassen haben mussten. Nach dem zweiten Klingeln nahm jemand ab. Was gesprochen wurde, konnte ich nicht hören. Ich vermutete, dass Duffy irgendeine Geschichte mit einer falschen Telefonnummer erfinden würde. Bestimmt würde sie versuchen, das Gespräch auszuweiten, damit es in der automatischen Aufzeichnung wichtig erschien. Ich gab ihr eine Minute. Kein Mensch hört sich eine »Verwählt«-Story länger als sechzig Sekunden an.

Ich zog die Beretta und stieß die Tür auf. Trat über die Schwelle in einen großzügigen Empfangsbereich. Dunkles Holz, edle Teppiche. Links ein Büro, dessen Tür geschlossen war. Rechts ein Büro, ebenfalls mit geschlossener Tür. In der Mitte die Empfangstheke, hinter der jemand dabei war, den Telefonhörer aufzulegen. Nicht Quinn, sondern eine Frau. Ich schätzte sie auf Anfang dreißig. Sie war blond, hatte blaue Augen. Vor ihr stand ein Namensschild aus Plexiglas in einem Holzrahmen. Auf dem Schild stand *Emily Smith*. Hinter ihr befand sich eine Wandgarderobe, an der ein Regenmantel hing. Außerdem ein schwarzes Cocktailkleid im Plastiksack einer chemischen Reinigung.

Ich tastete mit der linken Hand hinter mich und schloss die Eingangstür ab. Beobachtete dabei Emily Smith' Augen. Sie starrten mich unverwandt an, blickten zu keiner der beiden Bürotüren – also war sie vermutlich allein – und auch nicht zu einer Handtasche oder Schublade nach unten – also war sie vermutlich unbewaffnet.

»Sie sollten tot sein«, sagte sie.

»Tatsächlich?«

Sie nickte vage, als begreife sie nicht recht, was sie da mit eigenen Augen sah.

»Sie sind Reacher«, sagte sie. »Paulie hat uns gemeldet, er habe Sie erledigt.«

Ich nickte. »Okay, ich bin ein Gespenst. Hände weg vom Telefon.«

Ich trat vor und sah mir ihren Schreibtisch an. Nirgends eine Waffe. Das Telefon war ein komplizierter Apparat mit einer Vielzahl von bunten Knöpfen. Ich beugte mich hinunter und riss mit der linken Hand das Kabel aus dem Stecker.

»Aufstehen!«, befahl ich.

Sie schob ihren Stuhl zurück und stand auf.

»Kommen Sie, wir sehen uns die übrigen Räume an«, sagte ich.

»Dort ist niemand«, erklärte sie. Ihre Stimme klang ängstlich, also sagte sie vermutlich die Wahrheit.

»Wir wollen trotzdem nachsehen«, sagte ich.

Sie kam hinter der Empfangstheke hervor. Sie reichte mir kaum bis zur Schulter, trug eine dunkelgraue Bluse, einen schwarzen Rock und elegante Pumps, die später vermutlich ebenso gut zu ihrem Cocktailkleid passen würden. Ich drückte ihr die Mündung der Beretta in den Rücken, packte mit der linken Hand ihren Blusenkragen und schob sie vor mir her. Sie wirkte zierlich und zerbrechlich. Ihr Haar fiel über meine Hand. Es roch frisch gewaschen. Als Erstes kontrollierten wir das linke Büro. Sie öffnete die Tür. Ich schob sie ganz hinein und trat sofort zur Seite, um aus der Schusslinie zu kommen. Ich wollte nicht quer durch den Empfangsbereich in den Rücken getroffen werden.

Der Raum war ziemlich geräumig, eher nüchtern möbliert. Menschenleer. Ein Orientteppich, darauf ein riesiger Schreibtisch. Eine weitere Tür, die in eine winzige Toilette mit WC und Waschbecken führte. Auch darin kein Mensch. Also drehte ich die Blondine um und schob sie aus dem Raum und quer durch den Empfangsbereich in das rechte Büro. Seine Einrichtung sah fast identisch aus. Orientteppich, riesiger Schreibtisch. Menschenleer. Hier gab es keine Privattoilette. Ich schob die

Frau in den Empfangsbereich zurück. Hielt sie weiter am Blusenkragen fest. Ließ sie neben der Empfangstheke Halt machen.

»Keiner da«, sagte ich.

»Ich hab's Ihnen gesagt«, murmelte sie.

»Wo sind dann alle?«

Sie gab keine Antwort. Ich spürte, wie sie sich versteifte, als sei sie entschlossen, unter keinen Umständen etwas zu sagen.

»Genauer gefragt: Wo ist Teresa Daniel?«

Keine Antwort.

»Wo ist Xavier?«

Keine Antwort.

»Woher kennen Sie meinen Namen?«

»Beck hat ihn Xavier genannt. Er musste Xaviers Erlaubnis einholen, Sie einstellen zu dürfen.«

»Xavier hat mich überprüft.«

»So weit er konnte.«

»Und er gab Beck sein Okay?«

»Offensichtlich.«

»Wieso hat er dann heute Morgen Paulie auf mich gehetzt?«

Sie versteifte sich erneut. »Die Situation hat sich verändert.«

»Diesen Morgen? Warum?«

»Es gab neue Informationen.«

»Welche Informationen?«

»Ich weiß es nicht genau. Irgendwas über ein Auto.«

»Der Saab? Die Aufzeichnungen des Dienstmädchens?«

»Er machte bestimmte Andeutungen«, sagte sie. »Jetzt weiß er alles über Sie.«

»Niemand weiß alles über mich«, sagte ich.

»Er weiß, dass Sie mit dem ATF in Verbindung gestanden haben.«

»Wie ich schon gesagt habe, weiß niemand wirklich etwas.«

»Er weiß, was Sie hier gemacht haben.«

»Ach, wirklich? Wissen Sie's auch?«

»Er hat's mir nicht erzählt.«

»Welche Rolle spielen Sie hier?«

»Ich bin seine Geschäftsführerin.«

Ich packte ihren Blusenkragen fester, hob die Beretta und kratzte mich mit der Pistolenmündung an der Wange. Ich dachte an Angel Doll, John Chapman Duke, zwei Leibwächter, deren Namen ich nicht einmal wusste, und Paulie. Ich rechnete mir aus, dass es mich nicht allzu viel kosten würde, auch Emily Smith auf die Verlustliste zu setzen. Ich drückte die Waffe an ihren Kopf. In der Ferne war ein auf dem Flughafen startendes Flugzeug zu hören. Ich konnte einfach auf die nächste Maschine warten und dann abdrücken. Niemand würde etwas hören. Und sie hatte es wahrscheinlich verdient.

Vielleicht aber auch nicht.

»Wo ist er?«, fragte ich.

»Keine Ahnung.«

»Wissen Sie, was *er* vor zehn Jahren getan hat?«

Leben oder sterben, Emily. Wusste sie es, würde sie es bestimmt sagen. Aus Stolz oder um zu beweisen, dass sie dazu gehörte, oder nur, um sich wichtig zu machen. Und wenn sie es wusste, hatte sie den Tod verdient.

»Nein, das hat er mir nie erzählt«, sagte sie. »Und vor zehn Jahren habe ich ihn noch nicht gekannt.«

»Sind Sie sicher?«

»Ja.«

Ich glaubte ihr.

»Wissen Sie, was mit Becks Dienstmädchen passiert ist?«, fragte ich.

»Mit wem?«, fragte sie zurück. »Nein, was?«

Ich atmete aus.

»Okay«, sagte ich.

Ich steckte die Beretta wieder ein, ließ den Blusenkragen los, drehte sie um und umfasste ihre beiden Handgelenke mit der linken Hand. Wischte mit der rechten Hand das Telefon zu Boden, stellte einen Fuß darauf und riss das Kabel heraus. Dann schob ich sie vor mir her in das linke Büro und quer durch den Raum zu der kleinen Toilette. Stieß sie hinein.

»Die Anwälte von nebenan sind schon weg«, erklärte ich. »Bis Montagmorgen ist das Gebäude menschenleer. Sie können also kreischen, so viel Sie wollen, es wird niemand hören.«

Sie sagte nichts. Ich schloss die Tür hinter ihr, wickelte die Telefonschnur eng um den Türknauf, öffnete die Bürotür so weit wie möglich und verknotete das andere Ende um die Klinke. Jetzt mochte die Blondine ein ganzes Wochenende lang an der Toilettentür zerren, ohne sich befreien zu können. Niemand kann ein Elektrokabel durch Zug in Längsrichtung zerreißen. Ich schätzte, dass sie nach ungefähr einer Stunde aufgeben und und versuchen würde, sich irgendwie die Zeit zu vertreiben.

Ich setzte mich an ihren Schreibtisch. Eine Geschäftsführerin würde vermutlich interessante Akten haben. Aber das war nicht der Fall. Der beste Fund war eine Fotokopie der Bestellung beim Partyservice Keast & Maden. Achtzehnmal irgendwas zu fünfundfünfzig Dollar. Unten hatte jemand einen handschriftlichen Vermerk angebracht, der von einer Frau stammte. Vermutlich von Emily Smith selbst. Der Vermerk lautete: *Lamm, nicht Schwein!* Ich drehte mich auf dem Stuhl um und betrachtete das Cocktailkleid an der Wandgarderobe. Dann sah ich auf die Armbanduhr. Die zehn Minuten waren um.

Ich fuhr mit dem Aufzug in die Garage hinunter und verließ sie unbemerkt vom Wachmann durch einen rückwärtigen Notausgang. Ich machte eine Runde um den Block und näherte mich Duffy und Villanueva von hinten. Ihr Wagen parkte an einer Ecke. Sie starrten durch die Windschutzscheibe nach vorn. Als ich die hintere Tür öffnete und auf den Rücksitz glitt, drehten die beiden sich erschrocken um und machten enttäuschte Gesichter. Ich schüttelte den Kopf.

»Weder sie noch er«, sagte ich.

»Jemand hat sich am Telefon gemeldet«, verkündete Duffy.

»Eine gewisse Emily Smith«, entgegnete ich. »Seine Geschäftsführerin. Aus ihr war nichts rauszukriegen.«

»Was hast du mit ihr gemacht?«

»In die Toilette gesperrt. Sie ist bis Montag außer Gefecht.«

»Sie hätten sie unter Druck setzen müssen«, meinte Villanueva. »Ihr die Fingernägel ausreißen sollen.«

»Nicht mein Stil«, sagte ich. »Aber es steht Ihnen frei, es zu tun. Sie ist oben. Sie läuft nicht weg.«

Er schüttelte nur den Kopf und blieb sitzen.

»Was machen wir jetzt?«, fragte Duffy.

»Was machen wir jetzt?«, fragte Kohl.

Wir, Kohl, der Militärrichter und ich, hockten weiterhin in dem Fahrzeug der Telefongesellschaft. Frasconi hatte den Syrer abgeführt. Kohl und ich zermarterten uns das Gehirn, und der Richter versuchte, sich von dieser Pleite zu distanzieren.

»Ich war nur als Beobachter hier«, sagte er. »Ich kann Sie nicht juristisch beraten. Damit geriete ich in einen Interessenskonflikt. Und ich wüsste auch nicht, wozu ich Ihnen raten sollte.«

Er funkelte uns böse an, stieg aus dem Wagen und ging. Er sah sich nicht um. Vermutlich war das der Preis, wenn man sich ein richtiges Arschloch als Beobachter aussuchte.

»Was ist eigentlich passiert?«, fragte Kohl. »Was haben wir gesehen?«

»Da gibt's nur zwei Möglichkeiten«, erwiderte ich. »Erstens: Quinn hat den Kerl betrogen, sonst nichts. Ein klassischer Trick. Man liefert immer wieder unbedeutendes Zeug und behält dann die letzte Lieferung ein. Zweitens: Er hat als legitimer Geheimdienstler gearbeitet. Mit offiziellem Auftrag. Hat bewiesen, dass Gorowski bereit war, Geheimmaterial zu verkaufen, für das die Syrer sehr viel Geld zahlen wollten.«

»Er hat Gorowskis Tochter entführt«, widersprach sie. »Das war auf keinen Fall offiziell sanktioniert.«

»Es hat schon schlimmere Dinge gegeben«, sagte ich.

»Er hat sie abgezockt.«

Ich nickte. »Das glaube ich auch.«

»Was können wir also dagegen tun?«

»Nichts«, antwortete ich. »Beschuldigen wir ihn, die Syrer abgezockt zu haben, um sich selbst zu bereichern, sagt er: ›Nein, das stimmt nicht, ich habe nur versucht, den Syrer der Spionage zu überführen. Das Gegenteil müssen Sie mir erst beweisen.‹ Anschließend wird er uns nicht sehr höflich auffordern, unsere Nasen gefälligst nicht in Geheimdienstsachen zu stecken.«

Sie schwieg.

»Und wissen Sie was?«, fuhr ich fort. »Selbst wenn er sie abgezockt *hat,* wüsste ich nicht, mit welcher Begründung wir ihn verhaften sollten. Ist es nach Militärstrafrecht verboten, Geld von ausländischen Idioten anzunehmen, die dafür Aktenkoffer mit frischer Luft erhalten?«

»Keine Ahnung.«

»Dito.«

»Aber die Syrer werden durchdrehen«, sagte ich. »Ich meine, sie haben ihm eine halbe Million Dollar gezahlt. Jetzt *müssen* sie reagieren. Ihr Stolz steht auf dem Spiel. Selbst wenn er legitim gearbeitet *hat,* ist er ein verdammt großes Risiko eingegangen. Die Syrer werden Jagd auf ihn machen. Er kann nicht einfach verschwinden und wird in der Kaserne bleiben müssen. Außerhalb wäre er ein leichtes Ziel.«

Ich machte eine kurze Pause. Sah zu ihr hinüber. »Warum hat er das viele Geld auf andere Konten überwiesen, wenn er sich nicht absetzen will?«

Sie sagte nichts. Ich sah auf meine Armbanduhr. Und dachte: *Dies, nicht jenes*. Oder vielleicht ausnahmsweise: *Dies* und *jenes*.

»Eine halbe Million ist zu viel Geld«, sagte ich.

»Wofür?«

»Als Honorar für Quinn. So viel ist diese Waffe nicht wert. Bald gibt's die ersten Prototypen. Dann wird eine Vorserie produziert. Innerhalb weniger Monate sind einige hundert Geschosse bis zur Quartiermeisterebene hinunter verteilt. Eines von denen könnten die Syrer vermutlich für zehntausend Dollar bekommen. Irgendein korrupter Unteroffizier würde ihnen eines besorgen. Sie könnten sogar kostenlos eines klauen. Dann hätten sie ein Muster und wären imstande, das Geschoss nachzubauen.«

»Okay, dann sind sie eben miserable Geschäftsleute«, sagte Kohl. »Aber wir haben Quinn am Telefon gehört. Er hat eine halbe Million auf der Bank.«

Ich sah wieder auf meine Uhr. »Ja, ich weiß.«

»Also?«

»Es ist trotzdem zu viel. Die Syrer sind nicht dümmer als andere Leute. Kein Mensch würde für einen veredelten Dartpfeil eine halbe Million Dollar ausgeben.«

»Aber wir wissen, dass sie so viel gezahlt haben. Das haben Sie eben erst bestätigt.«

»Nein«, sagte ich. »Wir wissen, dass Quinn eine halbe Million auf der Bank hat. *Das* ist Tatsache. Sie beweist aber nicht, dass die Syrer ihm eine halbe Million gezahlt haben. Dieser Teil ist reine Spekulation.«

»Wieso?«

»Quinn ist Nahostspezialist, ein cleverer Kerl und ein übler

Bursche. Ich glaube, dass Sie Ihre Beobachtung zu früh eingestellt haben.«

»Wen hätte ich observieren sollen?«

»Ihn. Wohin er geht, mit wem er sich trifft. Wie viele zweifelhafte Regimes gibt es im Nahen Osten? Mindestens vier bis fünf. Was wäre, wenn er zu einigen anderen gute Beziehungen hätte? Oder gar zu allen? Wobei jedes glaubt, ihn exklusiv für sich gewonnen zu haben? Was wäre, wenn er denselben Betrug drei- oder viermal verüben würde? Das würde erklären, warum er eine halbe Million Dollar für etwas auf der Bank hat, was für keine Einzelperson eine halbe Million wert wäre.«

»Und er zockt sie *alle* ab?«

Ich sah nochmals auf die Uhr.

»Schon möglich«, sagte ich. »Oder er meint es nur mit einem ernst. Viellcicht hat die ganze Sache so angefangen, und er wollte die Pläne ursprünglich nur einem Klienten verkaufen. Aber diese Leute konnten den Preis, den er sich vorgestellt hatte, nicht zahlen. Deshalb hat er beschlossen, den Ertrag zu vervielfachen.«

»Ich hätte mehr Cafés observieren müssen«, sagte sie. »Und mich nicht nur mit dem Syrer begnügen dürfen.«

»Er hat wahrscheinlich eine bestimmte Route«, erklärte ich. »Mit mehreren Treffs, einer nach dem anderen. Wie ein Briefträger.«

Sie sah auf ihre Uhr.

»Okay«, sagte sie. »Jetzt ist er also mit dem Geld des Syrers nach Hause unterwegs.«

Ich nickte. »Und dann fährt er sofort wieder los, um sich mit dem nächsten Typen zu treffen. Also müssen Sie sich mit Frasconi zusammentun und die Überwachung verstärken. Sie müssen Quinn auf der Rückfahrt in die Stadt beschatten. Jeden verhaften, mit dem er seinen Aktenkoffer tauscht. Vielleicht bringt Ihnen das nur einen Stapel leerer Aktenkoffer ein, aber vielleicht ist einer von ihnen gefüllt – und dann sind wir wieder im Geschäft.«

Sie sah sich im Wageninneren um. Blickte auf ihren Kassettenrecorder.

»Den können Sie vergessen«, sagte ich. »Dafür reicht die Zeit nicht mehr. Frasconi und Sie auf der Straße – das muss reichen.«

»Das Lagerhaus«, sagte ich. »Wir müssen es kontrollieren.«

»Dafür brauchen wir Unterstützung«, sagte Duffy. »Sie werden alle da sein.«

»Das hoffe ich!«

»Zu gefährlich. Wir sind nur zu dritt.«

»Tatsächlich glaube ich, dass sie alle irgendwohin unterwegs sind.«

»Wohin unterwegs?«

»Später«, sagte ich. »Wir wollen Schritt für Schritt vorgehen.«

Villanueva fuhr bereits an.

»Augenblick«, sagte ich. »An der nächsten Straße rechts. Ich will noch etwas überprüfen.«

Ich dirigierte ihn zu der öffentlichen Tiefgarage, in der ich Angel Dolls Wagen zurückgelassen hatte. Villanueva parkte an einem Hydranten, und ich stieg aus. Ging die Einfahrt hinunter und weiter, bis ich den Parkplatz mit der richtigen Nummer erreichte. Dort stand ein Wagen – aber nicht Angel Dolls schwarzer Lincoln, sondern ein metallicgrüner Subaru Legacy. Das Modell Outback mit Dachreling und Breitreifen. Am Heckfenster klebten die Stars and Stripes als Abziehbild. Ein patriotischer Fahrer. Aber doch nicht patriotisch genug, um sich ein amerikanisches Auto zu kaufen.

Um jeden Irrtum auszuschließen, schritt ich die beiden benachbarten Fahrspuren ab, obwohl ich mir meiner Sache längst sicher war. *Jetzt weiß er alles über Sie.* Ich nickte im Halbdunkel. Niemand weiß alles über irgendjemanden. Aber vermutlich wusste er jetzt mehr über mich, als mir recht sein konnte. Ich ging auf demselben Weg zurück. Es war wolkig, grau und düster, aber mir war, als hätte mich der Strahl eines Suchscheinwerfers erfasst. Ich glitt auf den Rücksitz des Taurus.

»Okay?«, fragte Duffy.

Ich gab keine Antwort. Sie drehte sich zu mir um.

»Okay?«, wiederholte sie.

»Wir müssen Eliot von dort abziehen«, sagte ich.

»Wieso?«

»Sie haben Angel Doll gefunden.«

»Wer?«

»Quinns Leute.«

»Wie?«

»Keine Ahnung.«

»Weißt du das bestimmt?«, fragte sie. »Vielleicht war's die hiesige Polizei. Ein verdächtiges Fahrzeug, das zu lange in einer Tiefgarage steht?«

Ich schüttelte den Kopf. »Die Polizei hätte den Kofferraum geöffnet. Dann wäre die Tiefgarage jetzt als Tatort abgeriegelt. Ich wäre gar nicht hineingekommen. Dort unten würde es von Cops wimmeln.«

Sie schwieg.

»Die Sache ist jetzt völlig außer Kontrolle«, sagte ich. »Ruf also Eliot an. Auf seinem Handy. Er soll schleunigst von dort verschwinden. Sag ihm, dass er die Becks und die Köchin mitnehmen soll. Notfalls mit vorgehaltener Waffe. In dem Cadillac. Dann soll er sich ein anderes Motel suchen, in dem er sich verkriechen kann.«

Sie wühlte ihr Nokia aus ihrer Umhängetasche, drückte auf eine Kurzwahltaste. Wartete. Duffy warf mir einen besorgten

Blick zu. Dann meldete sich Eliot. Duffy atmete auf und gab ihm die Anweisungen. Danach beendete sie das Gespräch.

»Okay?«, fragte ich.

Sie nickte. »Ich glaube, er war sehr erleichtert.«

Ich nickte ebenfalls. »Also los zum Lagerhaus.«

Villanueva fuhr bereits an. Er kannte den Weg, schlängelte sich nach Südosten durch die Stadt und erreichte das Hafengebiet von Nordwesten her. Niemand sprach. Ich versuchte, den Schaden abzuschätzen. Schlimmer hätte es nicht kommen können. Ein Desaster. Aber darin lag auch eine Befreiung. Nun war alles geklärt. Mit der Schauspielerei war Schluss. Jetzt war ich ihr Feind, und sie waren meine Feinde.

Villanueva, der alte Fuchs, drehte mit drei Blocks Abstand eine Runde um das Lagerhaus. Kontrollierte es dabei von allen vier Seiten. Allerdings mussten wir uns auf kurze Blicke durch Einfahrten und Baulücken beschränken. Dort parkten keine Autos. Das Rolltor war geschlossen. Hinter den Fenstern brannte kein Licht.

»Wo sind sie alle?«, fragte Duffy. »Dies sollte doch ein großes Wochenende werden.«

»Das ist es auch«, sagte ich. »Sehr groß sogar. Ich glaube, dass sie völlig logisch vorgehen.«

»Was *tun* sie überhaupt?«

»Später«, sagte ich. »Kommt, wir wollen uns die Persuader ansehen. Und vor allem, was sie bringen.«

Villanueva parkte zwei Gebäude weiter nordöstlich vor einer Tür, an der *Brians importierte 1a Tierpräparate* stand. Er schloss den Taurus ab. Wir gingen nach Südwesten und beschrieben dann einen Bogen, sodass wir Becks Lagerhaus von der Seite erreichten, auf der es keine Fenster besaß. Die ins Lagerhausbüro führende Tür war abgeschlossen. Ich schaute durchs Bürofenster und konnte niemanden erkennen. Bog um die Ecke und warf einen Blick in den Sekretariatsbereich. Auch dort war niemand. Wir erreichten die verwitterte graue Tür. Auch sie war abgesperrt.

»Wie kommen wir hier rein?«, fragte Villanueva.

»Damit«, sagte ich.

Ich zog Angel Dolls Schlüssel aus der Tasche und öffnete die Tür. Stieß sie dann auf. Die Alarmanlage begann zu piepsen. Ich trat ein und blätterte die Zettel an der Pinnwand durch, fand den Kode und gab ihn ein. Das rote Licht wurde grün, das Piepsen hörte auf, und im Gebäude herrschte wieder Stille.

»Hier ist niemand«, stellte Duffy fest. »Wir haben keine Zeit, uns lange umzusehen. Wir müssen los und Teresa finden!«

Ich konnte bereits Waffenöl riechen. Sein typischer Geruch überlagerte den Schafwollgeruch der Teppiche.

»Fünf Minuten«, sagte ich. »Anschließend verleiht das ATF dir einen Orden.«

»Sie müssten einen Orden bekommen«, sagte Kohl.

Sie rief mich aus einer Telefonzelle auf dem Gelände der Georgetown University an.

»Warum?«

»Wir haben ihn! Wir können alles beweisen. Der Kerl ist so gut wie erledigt.«

»Wer war's also?«

»Die Iraker«, antwortete sie. »Ist das nicht unglaublich?«

»Eigentlich logisch«, sagte ich. »Sie sind gerade kräftig in den Hintern getreten worden und wollen fürs nächste Mal besser gerüstet sein.«

»Ganz schön dreist!«

»Wie ist's abgelaufen?«

»Nach dem gleichen Schema. Aber mit Aktenkoffern von Samsonite, nicht von Halliburton. Bei einem Libanesen und einem Iraner haben wir nur leere Aktenkoffer sichergestellt. Aber bei dem Iraker sind wir dann fündig geworden. Er hatte die Originalblaupausen bei sich.«

»Wissen Sie das bestimmt?«

»Ganz bestimmt«, sagte sie. »Ich habe Gorowski angerufen, und er hat sie anhand der Zeichnungsnummern in der rechten unteren Ecke identifiziert.«

»Wer hat die Übergabe beobachtet?«

»Wir beide, Frasconi und ich. Außerdem einige Studenten und Professoren. Sie ist in einem Coffeeshop auf dem Universitätsgelände über die Bühne gegangen.«

»Was für Professoren?«

»Wir haben einen Juristen.«

»Was hat er gesehen?«

»Praktisch alles. Aber den eigentlichen Tausch kann er nicht beschwören. Die beiden waren flink wie Hütchenspieler. Und ihre Aktenkoffer waren identisch. Glauben Sie, dass das reicht?«

Fragen, von denen ich mir wünschte, ich hätte sie anders beantwortet. Quinn konnte einfach behaupten, der Iraker habe die aus unbekannter Quelle stammenden Blaupausen schon vorher besessen und trage sie einfach gern mit sich herum. Und er konnte abstreiten, dass es jemals zu einem Koffertausch zwischen ihm und dem Iraker gekommen war.

Aber dann dachte ich an den Syrer, den Libanesen und den Iraker. Und an das viele Geld auf Quinns Bankkonto. Die Abgezockten würden sich rächen wollen und möglicherweise bereit sein, unter Ausschluss der Öffentlichkeit auszusagen. Vielleicht konnte das Außenministerium sich dafür irgendwie erkenntlich zeigen. Und auf dem Aktenkoffer im Besitz des Irakers würden Quinns Fingerabdrücke zu finden sein. Er würde nicht mit Handschuhen zu dem Treffen gekommen sein. Viel zu auffällig.

Insgesamt reichten die Beweise aus, fand ich. Wir hatten ein klares Schema, wir hatten ein unerklärlich hohes Guthaben auf Quinns Konto, wir hatten streng geheime Blaupausen der U. S. Army im Besitz eines irakischen Agenten, wir hatten zwei Militärpolizisten und einen Juraprofessor, die Zeugen der Übergabe gewesen waren, und wir hatten Fingerabdrücke am Griff eines Aktenkoffers.

»Das reicht«, entschied ich. »Fahrt also los und verhaftet ihn.«

»Wohin wollen wir?«, fragte Duffy.

»Ich zeig's dir«, erwiderte ich.

Ich ging an ihr vorbei durch den Sekretariatsbereich und ins rückwärtige Büro. Dann durch die Tür in den Glaskasten im Lagerhaus. Auf dem Schreibtisch stand noch immer Angel Dolls Computer. Ich fand den richtigen Schalter und ließ die Deckenbeleuchtung aufflammen. Durch die Glaswand war alles deutlich zu erkennen. Die Regale mit Teppichrollen waren noch da. Der Gabelstapler auch. Aber mitten in der Halle befanden sich jetzt fünf mannshohe Kistenstapel in zwei Gruppen. Am weitesten vom Rolltor entfernt gab es drei Stapel aus leicht ramponierten Holzkisten mit kyrillischer Beschriftung, aber auch mit Bezeichnungen in arabischer Schrift. Ich vermutete, dass dies die Importe von Bizarre Bazaar waren. Dem Tor etwas näher standen zwei Stapel aus neuen Kisten mit englischer Beschriftung: *Mossberg Connecticut*. Das würde die Ausfuhrware der Xavier Export Company sein. Import–Export, Tauschhandel in Reinkultur. *Fairer Handel ist kein Raub*, wie Leon Garber vielleicht gesagt hätte.

»Nicht gerade viel, was?«, sagte Duffy. »Ich meine, fünf Stapel Kisten? Eine Viertelmillion Dollar? Ich dachte, dies sollte ein großer Deal sein.«

»Das ist er auch, meiner Meinung nach«, antwortete ich. »Vielleicht nicht der Menge, sondern der Bedeutung nach.«

»Sehen wir uns das Zeug mal an«, schlug Villanueva vor.

Wir gingen in die Halle. Villanueva und ich hoben die oberste Kiste vom ersten Mossberg-Stapel. Sie war verdammt schwer.

Villanueva fand einen Klauenhammer, benutzte ihn, um die Nägel aus dem Deckel zu ziehen. Die Kiste war voller Styroporflocken. Ich griff mit beiden Händen hinein und zog eine in Wachspapier verpackte Langwaffe heraus. Es war eine M500 Persuader – das Modell Cruiser ohne Schulterstütze, nur mit Pistolengriff. Kaliber 12, siebenundvierzig Zentimeter langer Lauf, drei Zoll lange Kammer, Magazin mit sechs Schuss, brüniertes Metall, vorderer Griff aus schwarzem Kunststoff, kein Visier. Eine hässliche, brutale Nahkampfwaffe. Ich probierte den Repetiermechanismus. Er bewegte sich butterweich. Ich betätigte den Abzug. Er klickte wie eine Nikon.

»Gibt's dafür auch Munition?«, fragte ich.

»Hier«, sagte Villanueva. Er hielt eine Schachtel Magnumpatronen von Brenneke in der Hand. Hinter ihm stand ein offener Karton mit Dutzenden von identischen Schachteln. Ich riss eine auf, drückte sechs Patronen ins Magazin, beförderte eine davon in die Kammer und lud eine siebte nach. Dann sicherte ich die Waffe, weil Brennekes kein Vogelschrot waren, sondern fast dreißig Gramm schwere Kupferprojektile, die die Persuader mit über siebzehnhundert Stundenkilometern verließen. In eine Mauer aus Hohlblocksteinen konnten sie ein mannsgroßes Loch reißen. Ich legte die Waffe auf den Tisch und packte eine andere aus. Lud und sicherte sie und legte sie neben die erste. Duffy sah mich fragend an.

»Dafür sind sie da«, erklärte ich. »Eine ungeladene Waffe nützt niemandem.«

Ich legte die leeren Brenneke-Schachteln in den Karton zurück und klappte den Deckel zu. Villanueva begutachtete die für Bizarre Bazaar bestimmten Kisten. Er hielt Papiere in der Hand.

»Finden Sie, dass die wie Teppiche aussehen?«, wollte er wissen.

»Nicht unbedingt«, sagte ich.

»Für den hiesigen Zoll anscheinend schon. Ein Typ namens Taylor hat die Sendung als handgewebte Teppiche aus Libyen passieren lassen.«

»Das hilft euch weiter«, sagte ich. »Diesen Taylor könnt ihr dem ATF zum Fraß vorwerfen. Es kann seine Konten überprüfen. Vielleicht macht euch das beliebter.«

»Was enthalten sie wirklich?«, fragte Duffy. »Was stellen sie in Libyen her?«

»Nichts«, antwortete ich. »Sie bauen Datteln an.«

»Dies ist alles russisches Zeug«, sagte Villanueva. »Es ist zweimal durch Odessa gekommen. Nach Libyen exportiert, gleich wieder zurückgeschickt und hierher versandt. Im Tausch gegen zweihundert Persuader. Nur weil jemand auf den Straßen von Tripolis taff aussehen will.«

»Und in Russland wird alles Mögliche hergestellt«, meinte Duffy.

Ich nickte. »Sehen wir mal nach, worum es sich genau handelt.«

Die drei Stapel bestanden aus insgesamt neun Kisten. Wir hoben die oberste Kiste vom ersten Stapel, und Villanueva machte sich mit dem Klauenhammer an die Arbeit. Als er den Deckel aufklappte, sah ich eine Ladung AK-74 auf Holzwolle. Gewöhnliche Kalaschnikow-Sturmgewehre, ziemlich gebraucht. Langweiliges Zeug, Straßenverkaufswert vielleicht zweihundert Dollar pro Stück, je nachdem, an wen man sie verhökerte. Sie waren keine Modewaffen. Ich konnte mir nicht vorstellen, dass Kerle in North-Face-Jacken ihre schönen matt-schwarzen H&K gegen solche Dinger eintauschen würden.

Die zweite Kiste füllte sich etwas leichter an. Auch sie enthielt Holzwolle, auf der Maschinenpistolen AKSU-74 lagen, eine Nachahmung des AK-74. Zuverlässig, aber etwas klobig. Auch sie waren gebraucht, aber gut gepflegt. Nichts Aufregendes. Nicht besser als ein halbes Dutzend westlicher Modelle. Sie hatten der NATO garantiert keine schlaflosen Nächte bereitet.

Die dritte Kiste enthielt 9-mm-Makarow-Pistolen. Die meisten waren alt und verkratzt. Schlampiges Design, einfach von der alten Walther PP abgekupfert. Das sowjetische Militär hatte nie viel von Handfeuerwaffen gehalten. Pistolen waren ihm offenbar nicht viel besser als Steinschleudern erschienen.

»Lauter Schund«, sagte ich. »Dieses Zeug kann man eigentlich nur einschmelzen und daraus Bootsanker schmieden.«

Wir machten uns über den zweiten Stapel her und fanden gleich in der ersten Kiste viel interessantere Waffen: Scharfschützengewehre des Musters WAL Silent Sniper. Diese Gewehre waren geheim gewesen, bis das Pentagon 1994 eines erbeutet hatte. Sie waren schwarz, bestanden ganz aus Metall und hatten eine nur angedeutete Schulterstütze. Sie verschossen 9-mm-Spezialmunition, die besonders schwer und unterschallschnell war. Tests hatten gezeigt, dass sie auf fünfhundert Meter Entfernung alle bekannten Panzerwesten durchschlug. Ich wusste noch gut, welche Betroffenheit diese Tatsache damals ausgelöst hatte. In der Kiste lagen zwölf davon. Die nächste Kiste enthielt ebenfalls zwölf. Lauter gepflegte Qualitätswaffen, die klasse aussahen. Sie würden wirklich gut zu North-Face-Jacken passen. Vor allem die silbern abgesetzten Ausführungen.

»Sind die teuer?«, fragte Villanueva.

Ich zuckte mit den Schultern. »Schwer zu sagen. Hängt davon ab, wie viel jemand dafür ausgeben will, vermute ich. Aber ein entsprechendes neues Gewehr von Vaime oder SIG würde hierzulande über fünf Mille kosten.«

»Dann enthalten diese beiden Kisten praktisch schon den Rechnungswert.«

Ich nickte. »Das sind ernst zu nehmende Waffen. Aber in South-Central L. A. nicht sehr begehrt. Deshalb kann ihr Straßenverkaufswert weit niedriger liegen.«

»Wir müssen weiter«, drängte Duffy.

Ich trat einen Schritt zur Seite, um durch die Glaswand und das kleine Fenster des rückwärtigen Büros sehen zu können.

»Bald«, sagte ich.

Villanueva öffnete die letzte Kiste des zweiten Stapels.

»Was zum Teufel ist das?«, fragte er.

Ich sah ein Bett aus Holzwolle, auf dem ein schlankes schwarzes Rohr mit einer kurzen hölzernen Schulterstütze lag. Ein Raketengeschoss steckte bereits in der Mündung. Ich musste zweimal hinsehen, bis ich mir meiner Sache sicher war.

»Ein RPG-7«, erwiderte ich. »Eine Panzerfaust. Eine Infanteriewaffe zur Panzerbekämpfung.«

»RPG heißt *Rocket-propelled Grenade«,* erklärte er.

»Nur im Englischen«, sagte ich. »Im Russischen bedeutet die Abkürzung *Reaktiwnij Protiwotankowij Granatomet* – Granatwerfer mit Raketenantrieb zur Panzerabwehr. Aber er verschießt eine Lenkwaffe, keine Granate.«

»Ähnlich wie der Langstangen-Penetrator?«, fragte Duffy.

»Gewissermaßen«, antwortete ich. »Aber dieses Geschoss ist explosiv.«

»Es jagt Panzer in die Luft?«

»So ist's vorgesehen.«

»Wer würde Beck diese Waffe abkaufen?«

»Keine Ahnung.«

»Drogenhändler?«

»Möglicherweise. Sie wäre sehr effektiv gegen ein Haus. Oder eine gepanzerte Limousine. Hat ein großer Konkurrent sich gerade einen gepanzerten BMW gekauft, würde man eine von diesen einsetzen.«

»Oder Terroristen«, sagte sie.

Ich nickte. »Oder Waffennarren.«

»Ziemlich ernste Sache.«

»Sie sind nicht sehr treffsicher«, sagte ich. »Die Lenkwaffe ist groß und langsam. In neun von zehn Fällen bedeutet der geringste Seitenwind, dass man das Ziel verfehlt. Aber das ist kein Trost für den, der dann versehentlich getroffen wird.«

Villanueva stemmte den nächsten Kistendeckel auf.

»Noch eine«, sagte er. »Dasselbe Modell.«

»Wir müssen das ATF verständigen«, meinte Duffy. »Das FBI vermutlich auch. Gleich jetzt.«

»Bald«, sagte ich.

Villanueva machte die beiden letzten Kisten auf.

»Noch mehr komisches Zeug«, stellte er fest.

Ich warf einen Blick in die Kiste. Auf Holzwolle lagen leuchtend gelb lackierte dicke Rohre. An ihren Unterseiten waren Elektronikmodule festgeschraubt.

»Grails«, sagte ich. »SA-7 Grails. Russische Fla-Lenkwaffen.«

»Um Flugzeuge abzuschießen?«, wollte Duffy wissen.

Ich nickte. »Und echt gut gegen Hubschrauber.«

»Reichweite?«, fragte Villanueva.

»Bis in fast dreitausend Meter Höhe wirksam«, antwortete ich.

»Damit könnte man ein Verkehrsflugzeug runterholen.«

Ich nickte.

»In der Nähe eines Flughafens«, sagte ich. »Bald nach dem Start. Man könnte die Waffe von einem Boot auf dem East River aus einsetzen. Stellt euch vor, man träfe eine Maschine, die vom Flughafen La Guardia startet. Sie würde auf Manhattan abstürzen. Das wäre dann wieder der elfte September.«

Duffy starrte die gelben Rohre an.

»Unglaublich«, sagte sie.

»Hier geht's nicht mehr nur um Drogenhändler«, erklärte ich. »Sie haben sich einen neuen Markt erschlossen. Hier geht's um Terrorismus. Das ist die einzig mögliche Erklärung. Allein mit dieser Lieferung könnte man eine ganze Terroristenzelle bewaffnen.«

»Wir müssen rauskriegen, welche Leute diese Waffen kaufen. Und was sie damit vorhaben.«

Dann hörte ich Schritte vor der Tür des Glaskastens. Und das metallische Geräusch, mit dem eine Patrone in die Kammer einer Pistole glitt. Und eine Stimme.

»Wir fragen nicht, wozu sie das Zeug brauchen«, sagte sie. »Das tun wir nie. Wir nehmen nur ihr verdammtes Geld.«

14

Es war Harley. Sein Mund war ein ausgefranstes Loch über seinem Spitzbart. Ich konnte die gelben Zahnstummel sehen. Er grinste. In der rechten Hand hielt er eine Para Ordnance P14. Die Waffe, ein solider kanadischer Nachbau der Colt-Pistole 1911, war viel zu schwer für ihn. Mit einer Glock 19 wie Duffys wäre er viel besser bedient gewesen.

»Mir ist aufgefallen, dass hier Licht brennt«, sagte er. »Wollte sicherheitshalber mal nachsehen.«

Dann starrte er mich an.

»Ich schätze, Paulie hat Mist gebaut«, fuhr er fort. »Und Sie haben seine Stimme imitiert, als Mr. Xavier angerufen hat.«

Mein Blick fiel auf seinen rechten Zeigefinger. Er war in Position. Ich war wütend auf mich, weil ich Harley nicht bemerkt hatte, und überlegte, wie ich ihm beikommen konnte. Dachte dabei: *Villanueva macht dich zur Schnecke, wenn du ihn umlegst, ohne ihn nach Teresa gefragt zu haben.*

»Wollen Sie mich den anderen nicht vorstellen?«, fragte er.

»Das hier ist Harley«, sagte ich.

Schweigen.

»Wer sind diese anderen Leute?«, erkundigte er sich.

Ich gab keine Antwort.

»Wir sind Federal Agents«, sagte Duffy.

»Was machen Sie denn hier?«, fragte Harley.

Er stellte diese Frage in einem Tonfall, als interessierte ihn die Antwort wirklich. Diesmal trug er einen Anzug aus glänzend schwarzem Stoff, dazu ein weißes Hemd und eine silbergraue Krawatte. Er hatte sich die Haare gewaschen. Sein Pferdeschwanz wurde von einem neuen braunen Gummiband zusammengehalten.

»Wir arbeiten hier«, entgegnete Duffy.

Er nickte. »Reacher weiß, was wir mit Agentinnen machen. Er hat's mit eigenen Augen gesehen.«

»Sie sollten aussteigen, Harley«, sagte ich. »Mit Xavier ist's bald aus.«

»Glauben Sie?«

»Ich weiß es.«

»Diesen Eindruck vermitteln uns die Computer aber nicht. Unsere gemeinsame Freundin in dem Leichensack hatte ihren Leuten noch nichts gemeldet. Sie warten noch immer auf ihren ersten Bericht. Man könnte sogar glauben, sie hätten sie ganz vergessen.«

»Wir haben nichts mit Computern zu tun.«

»Umso besser«, sagte er. »Ihr arbeitet auf eigene Faust, niemand weiß, dass ihr hier seid, und ich habe euch alle vor meiner Pistole.«

»So hat auch Paulie vor mir gestanden«, erwiderte ich.

»Mit einer Waffe?«

»Mit zweien.«

Sein Blick glitt kurz nach unten.

»Ich bin schlauer als Paulie«, sagte er. »Legt eure Hände auf den Kopf.«

Wir taten, was er von uns verlangte.

»Reacher hat eine Beretta«, fuhr er fort. »Da bin ich mir sicher. Und ich vermute, dass auch zwei Glocks im Raum sind. Wahrscheinlich eine 17 und eine 19. Ich möchte sie alle auf dem Fußboden sehen – langsam und vorsichtig, eine nach der anderen.«

Keiner von uns bewegte sich. Harley zielte mit seiner P14 auf Duffy.

»Die Frau fängt an«, befahl er. »Daumen und Zeigefinger.«

Duffy griff mit der linken Hand in ihre Jacke und zog die nur mit Daumen und Zeigefinger gehaltene Glock heraus. Sie ließ die Waffe auf den Fußboden fallen. Ich nahm einen Arm herunter und wollte mit der Hand in meine Tasche greifen.

»Halt!«, sagte Harley. »Ihnen traue ich nicht.«

Er trat vor und drückte die Mündung der P14 genau an die Stelle meiner Unterlippe, die nach Paulies Fausthieb aufgeplatzt war. Dann griff er mit der linken Hand in meine Manteltasche und brachte die Beretta zum Vorschein. Ließ sie neben Duffys Glock auf den Fußboden fallen.

»Sie als Nächster«, sagte er zu Villanueva. Die P14 blieb, wo sie war. Ich konnte den Druck der Pistolenmündung auf meinen lockeren Zähnen spüren. Auch Villanueva ließ seine Glock auf den Fußboden fallen. Harley schob alle drei Pistolen mit dem Fuß hinter sich. Dann entfernte er sich von mir.

»Okay«, sagte er. »Jetzt stellt euch dort drüben an die Wand.«

Er machte einen Bogen um uns und blieb neben den Kisten

stehen, während wir uns an der Rückwand der Lagerhalle aufreihten.

»Es gibt noch einen«, sagte Villanueva. »Aber der ist nicht hier.«

Fehler, dachte ich. Harley grinste.

»Dann rufen Sie ihn an«, sagte er. »Lassen Sie ihn herkommen.«

Villanueva schwieg. Das Ganze erschien mir wie eine Sackgasse, die in eine Falle mündete.

»Rufen Sie ihn an«, wiederholte Harley. »Sofort, sonst schieße ich.«

Keiner bewegte sich.

»Rufen Sie ihn an, sonst bekommt die Frau eine Kugel in den Oberschenkel.«

»Das Telefon hat sie«, sagte Villanueva.

»In meiner Umhängetasche«, erklärte Duffy.

»Und wo ist Ihre Tasche?«

»Draußen im Wagen.«

Gute Antwort, dachte ich.

»Wo steht der?«

»In der Nähe«, antwortete Duffy.

»Der Taurus neben dem Laden für ausgestopfte Tiere?«

Duffy nickte. Harley zögerte.

»Sie können vom Büro aus telefonieren«, sagte er. »Rufen Sie den Kerl an.«

»Ich weiß seine Nummer nicht«, meinte Duffy.

Harley starrte sie an.

»Ich hab sie im Handy gespeichert«, sagte sie. »Aber ich weiß sie nicht auswendig.«

»Wo ist Teresa Daniel?«, fragte ich.

Harley lächelte. *Gefragt und beantwortet*, dachte ich.

»Alles in Ordnung mit ihr?«, fragte Villanueva. »Wenn nicht, bekommt ihr's mit mir zu tun.«

»Ihr geht's gut«, antwortete Harley. »Ist so gut wie neu.«

»Soll ich das Telefon holen?«, fragte Duffy.

»Wir gehen alle«, sagte Harley. »Sobald ihr diese Kisten wieder in ihren ursprünglichen Zustand versetzt. Ihr habt sie durcheinander gebracht. Das hättet ihr nicht tun sollen.«

Er trat neben Duffy und setzte ihr die Pistolenmündung an die Schläfe.

»Ich warte hier«, sagte er. »Und die Frau auch. Als meine persönliche Lebensversicherung.«

Villanueva warf mir einen Blick zu. Ich zuckte mit den Schultern, trat vor und hob den Hammer vom Fußboden auf. Villanueva griff nach dem Deckel der ersten Kiste mit Fla-Lenkwaffen. Sah mich wieder an. Ich schüttelte nur für ihn sichtbar den Kopf. Ich hätte den Hammer liebend gern auf Harleys Kopf sausen lassen, aber mit einem Hammer war nichts gegen einen Typen auszurichten, der einer Geisel eine Pistole an den Kopf hielt. Und außerdem hatte ich eine bessere Idee. Und deren Erfolg hing davon ab, dass wir bereitwillig arbeiteten. Deshalb behielt ich den Hammer in der Hand und wartete höflich, bis Villanueva den Deckel auf die Kiste mit dem dicken Raketenrohr gelegt hatte. Ich klopfte ihn mit dem Handballen zurecht, bis die Nägel wieder in den ursprünglichen Löchern saßen. Dann hämmerte ich sie hinein, trat zurück und wartete wieder.

So verschlossen wir auch die zweite Kiste mit Grails. Hoben sie hoch und stellten sie auf die erste. Danach folgten die Kisten mit den RPG-7. Wir nagelten die Deckel zu und stellten sie genauso aufeinander, wie wir sie vorgefunden hatten. Anschließend nahmen wir uns die WAL Silent Snipers vor. Harley beobachtete uns aufmerksam. Aber er wirkte etwas entspannter. Schließlich befolgten wir seine Befehle. Villanueva schien zu wissen, worauf wir hinauswollten. Das hatte er bewundernswert schnell erfasst. Er griff nach dem Deckel der Kiste mit den Makarow-Pistolen. Legte ihn aber noch nicht gleich auf.

»Diese Dinger werden tatsächlich gekauft?«

Perfekt, dachte ich. Lockerer Gesprächston, leicht fragend. Und beruflich interessiert, wie man's von einem echten ATF-Agenten hätte erwarten können.

»Warum denn nicht?«, fragte Harley.

»Weil sie Schund sind«, antwortete er. »Haben Sie schon mal eine ausprobiert?«

Harley schüttelte den Kopf.

»Ich will Ihnen was zeigen«, sagte ich. »Okay?«

Harley hielt seine P14 weiter an Duffys Schläfe gedrückt. »Was wollen Sie mir zeigen?«

Ich griff in die Kiste und holte eine der Pistolen heraus, blies Holzwolle weg und hielt die Waffe hoch. Sie war alt und verkratzt. Ziemlich abgenutzt.

»Ein sehr primitiver Mechanismus«, erklärte ich. »Die Russen wollten die ursprüngliche Walther-Konstruktion vereinfachen. Dabei haben sie sie ruiniert. Das Ding ist wie das Original mit double action ausgestattet, aber der Kraftaufwand ist ein Albtraum.«

Ich zielte mit der Makarow an die Decke, legte meinen Zeigefinger auf den Abzug und zog den Hammer nur mit dem rechten Daumen zurück, um den Effekt deutlicher zu machen. Dann drückte ich ab. Der Mechanismus knirschte, und die Pistole bäumte sich in meiner Hand auf.

»Absoluter Schrott«, sagte ich.

Ich wiederholte den Vorgang.

»Aussichtslos«, sagte ich. »Damit trifft man nur, was man unmittelbar vor der Nase hat.«

Ich warf die Pistole wieder in die Kiste. Villanueva legte den Deckel auf.

»Sie sollten sich Sorgen machen, Harley«, meinte er. »Ihr Ruf ist bald ruiniert, wenn Sie solches Scheißzeug unter die Leute bringen.«

»Nicht mein Problem«, sagte Harley. »Nicht mein Ruf. Ich arbeite nur hier.«

Ich hämmerte die Nägel langsam ins Holz, als sei ich müde. Dann fingen wir mit der AKSU-74-Kiste an. Mit den alten Maschinenpistolen. Danach kam die Kiste mit den AK-74 dran.

»Die könnten Sie an eine Filmgesellschaft verkaufen«, sagte Villanueva. »Für historische Dramen. Das ist ungefähr der einzige Zweck, für den sie noch taugen.«

Ich trieb die Nägel hinein, und wir hievten die letzte Kiste auf die anderen, sodass nun alle Importe von Bizarre Bazaar wieder so ordentlich aufgestapelt waren, wie wir sie vorgefunden hatten. Harley ließ uns nicht aus den Augen, hielt die P14 noch immer an Duffys Kopf gedrückt. Aber sein Handgelenk war ermüdet, und sein Zeigefinger lag nicht mehr am Abzug. Er hatte ihn aus dem Schutzbügel auf die Unterseite des Laufs gleiten lassen, um die Waffe zu stützen. Villanueva schob die Mossberg-Kiste auf mich zu. Hob den Deckel auf. Wir hatten nur diese eine Kiste mit Schrotflinten geöffnet.

»Fast fertig«, stellte ich fest.

Villanueva legte den Deckel auf.

»Augenblick«, sagte ich. »Wir haben zwei auf dem Tisch liegen lassen.«

Ich trat an den Tisch und griff nach der ersten Persuader. Starrte sie stirnrunzelnd an.

»Sehen Sie das?«, fragte ich Harley. Ich deutete auf den Sicherungsflügel. »Die Waffe ist in gesichertem Zustand versandt worden. Das sollte man nicht tun. Das kann den Schlagbolzen beschädigen.«

Ich legte den Sicherungsflügel auf *Feuer* um, wickelte die Schrotflinte in das Wachspapier und vergrub sie tief in den Styroporflocken. Dann ging ich zurück, um die zweite zu holen.

»Bei der hier ist's genauso«, sagte ich.

»Lange seid ihr Jungs bestimmt nicht mehr im Geschäft«, warf Villanueva ein. »Eure Qualitätskontrolle ist echt beschissen.«

Ich legte den Sicherungsflügel auf *Feuer* um und trat wieder an die Kiste. Drehte mich auf dem rechten Fuß herum, betätigte den Abzug und schoss Harley in den Unterleib. Die Brenneke-Patrone klang wie eine Bombendetonation, und das riesige Geschoss riss Harley buchstäblich in zwei Teile. Das Lagerhaus war voller beißendem Pulverdampf, und in der Luft hing der Gestank von Harleys Blut und seinen Eingeweiden. Duffy kreischte. Mir dröhnten die Ohren. Duffy kreischte weiter und wich vor der größer werdenden Blutlache zurück. Villanueva packte sie und hielt sie fest, während ich die Persuader nachlud und die Tür für den Fall im Auge behielt, dass uns weitere Überraschungen bevorstanden. Aber es gab keine. Das Dröhnen in meinen Ohren klang allmählich ab, und nur noch Duffys laute, hektische Atemzüge waren zu hören.

»Ich habe direkt neben ihm gestanden«, sagte sie.

»Und jetzt stehst du nicht mehr neben ihm«, erwiderte ich.

Villanueva ließ sie los und hob unsere Pistolen auf. Ich holte die zweite geladene Persuader aus der Kiste, wickelte sie wieder aus und legte den Sicherungsflügel um.

»Die gefallen mir wirklich«, sagte ich.

»Sie scheinen zu funktionieren«, meinte Villanueva.

Ich hielt beide Schrotflinten in einer Hand und steckte die Beretta in meine Manteltasche.

»Holen Sie den Wagen, Terry«, befahl ich. »Wahrscheinlich hängt schon jemand am Telefon und alarmiert die Cops.«

Er verließ das Gebäude durch den Haupteingang. Ich sah durchs Fenster. Die Wolkendecke war fast geschlossen, aber es würde noch eine Weile hell sein.

»Was machen wir jetzt?«, fragte Duffy.

»Warten«, sagte ich.

Ich wartete über eine Stunde lang, hockte an meinem Schreibtisch, starrte mein Telefon an, rechnete damit, dass Kohl jeden Moment anrufen würde. Sie hatte herausgefunden, dass die Fahrt nach MacLean durchschnittlich fünfunddreißig Minuten dauerte. Vom Campus der Georgetown University aus konnte man je nach Verkehrslage fünf bis zehn Minuten länger brauchen. Die Einschätzung der Lage in Quinns Haus konnte weitere zehn Minuten gekostet haben. Die Verhaftung selbst musste in einer Minute erledigt gewesen sein. Quinn Handschellen anzulegen und ihn zum Wagen hinauszuführen konnte weitere drei Minuten gedauert haben. Höchstens neunundfünfzig Minuten für alles. Aber eine volle Stunde verging, und sie meldete sich nicht.

Nach siebzig Minuten fing ich an, mir Sorgen zu machen. Nach achtzig wurde ich unruhig. Und in der neunzigsten Minute schnappte ich mir einen Dienstwagen und fuhr selbst los.

Terry Villanueva parkte den Taurus auf der asphaltierten Fläche vor dem Haupteingang und ließ den Motor laufen.

»Wir sollten Eliot anrufen und ihn fragen, wo er jetzt steckt. Dann fahren wir hin und warten gemeinsam mit ihm«, sagte ich.

»Worauf warten wir?«, erkundigte sich Duffy.

»Auf die Dunkelheit«, sagte ich.

Sie ging zum Auto und holte ihre Umhängetasche. Suchte nach dem Handy und gab die Kurzwahlnummer ein. Ich zählte in Gedanken mit. Ein Klingelzeichen. Zwei. Drei. Vier. Fünf. Sechs.

»Keine Antwort«, sagte Duffy.

Ihre Miene hellte sich auf, wurde aber sogleich wieder bedrückt.

»Nur seine Mailbox«, erklärte sie. »Irgendwas stimmt nicht.«

»Also los«, sagte ich.

»Wohin?«

Ich sah auf meine Uhr. Blickte aus dem Fenster. *Zu früh.*

»Zur Küstenstraße«, sagte ich.

Wir löschten das Licht und schlossen hinter uns ab, als wir das Lagerhaus verließen. Villanueva fuhr. Duffy hatte vorn neben ihm Platz genommen. Ich saß hinten, die beiden Persuaders neben mir. Wir schlugen die Richtung zur Route One ein, rollten am Flughafen vorbei und nach Süden.

Wir verließen die Route One und fuhren auf der vertrauten Küstenstraße nach Osten weiter. Außer uns schien hier niemand unterwegs zu sein. Der Himmel sah grau und wolkenverhangen aus. Doch es war noch immer viel zu hell. *Zu früh.*

»Versuch's noch mal mit Eliot«, sagte ich.

Duffy holte ihr Handy heraus, drückte auf die Kurzwahltaste. Hörte das sechsmalige Klingeln und dann die Mailbox-Ansage. Schüttelte den Kopf.

»Okay«, sagte ich.

Sie drehte sich zu mir um.

»Weißt du bestimmt, dass sie alle draußen im Haus sind?«

»Hast du Harleys Anzug gesehen?«

»Schwarz«, sagte sie. »Billig.«

»Einem Smoking so ähnlich wie nur möglich. Seine Vorstellung von formeller Abendgarderobe. Und Emily Smith hatte ein schwarzes Cocktailkleid im Büro hängen. Sie wollte sich nach der Arbeit umziehen. Ihre eleganten Schuhe hatte sie bereits an. Ich glaube, dass ein Bankett stattfinden soll.«

»Keast und Maden«, sagte Villanueva. »Der Partyservice.«

»Genau«, erwiderte ich. »Ein kleines Bankett. Achtzehn Personen zu fünfundfünfzig Dollar. Heute Abend. Und Emily Smith hat auf der Bestellung eigens vermerkt: *Lamm, nicht Schwein!* Wer isst Lamm, aber kein Schweinefleisch?«

»Leute, die koscher essen.«

»Und Araber«, sagte ich. »Vielleicht Libyer.«

»Ihre Lieferanten.«

»Genau«, wiederholte ich. »Ich glaube, dass sie im Begriff sind, ihre Handelsbeziehungen zu festigen. Meiner Ansicht nach war all das russische Zeug in den Kisten eine Art Musterlieferung. Zu Demonstrationszwecken. Die Persuader ebenfalls. Beide Seiten haben einander bewiesen, dass sie in der Lage sind zu liefern. Jetzt wollen sie ernsthaft ins Geschäft einsteigen.«

»In Becks Haus?«

Ich nickte. »Als Kulisse äußerst eindrucksvoll. Isoliert, sehr dramatisch. Und dort gibt's einen großen Esstisch.«

Villanueva schaltete die Scheibenwischer ein. Auf dem Glas bildeten sich schmierige Schlieren. Vom Sturm herangewehte Gischt. Voller Salz.

»Und noch was«, fuhr ich fort.

»Was?«

»Teresa Daniel ist Bestandteil dieses Deals, glaube ich.«

»Wie das?«

»Ich vermute, dass sie gemeinsam mit den Schrotflinten verkauft wird. Eine hübsche amerikanische Blondine. Sie ist der Bonus im Wert von zehntausend Dollar.«

Schweigen.

»Ist euch aufgefallen, was Harley über sie gesagt hat? Sie ist so gut wie neu.«

Schweigen.

»Ich vermute, dass sie am Leben erhalten und beschützt worden ist. Hätte Paulie sie haben können, hätte er sich nicht mit Elizabeth Beck abgegeben.«

Schweigen.

»Die Typen sind vermutlich gerade dabei, sie ein bisschen herauszuputzen.«

Schweigen.

»Ich glaube, sie wird in Tripolis landen«, fuhr ich fort. »Als Bestandteil des Deals. Als zusätzliche Attraktion.«

Villanueva gab Gas. Zwei Minuten später erreichten wir die Stelle, wo wir den Leibwächtern aufgelauert hatten, und er fuhr wieder langsamer. Wir waren vier Meilen von Becks Haus entfernt. Theoretisch mussten wir von den Fenstern im ersten Stock aus zu sehen sein. Wir hielten mitten auf der Straße und starrten nach Osten.

Ich fuhr einen olivgrünen Chevrolet, mit dem ich's in neunundzwanzig Minuten nach MacLean hinaus schaffte. Dort hielt ich zweihundert Meter von Quinns Haus entfernt mitten auf der Fahrbahn an. Es lag in einer ziemlich teuren Wohnsiedlung. Die Häuser standen auf viertausend Quadratmeter großen Grundstücken und waren halb hinter dichten immergrünen Stauden verborgen. Ich konnte Vögel singen und in weiter Entfernung einen Rasensprenger hören.

Ich nahm den Fuß vom Bremspedal und kroch hundert Meter weiter. Quinns Haus war mit dunklem Zedernholz verkleidet. Zwischen kniehohen Mauern, die Beete mit niedrigen Hemlocktannen und Rhododendren einfassten, führte ein mit Natursteinplatten belegter Weg zur Haustür. Zur Straße hatte das Haus nur kleine Fenster und einen tief heruntergezogenen Dachvorsprung.

Frasconis Auto – ein mit meinem Dienstwagen identischer olivgrüner Chevrolet – parkte in der Einfahrt. Er war leer. Seine vordere Stoßstange berührte fast das Tor der langen, niedrigen Dreifachgarage. Nirgends ein Geräusch außer dem Vogelgezwitscher, dem Plätschern des Rasensprengers und dem Summen von Insekten.

Ich parkte hinter Frasconis Chevy, stieg aus und zog meine Beretta aus dem Schulterhalfter. Entsicherte sie und folgte dem

Gehweg. Die Haustür war abgeschlossen. Im Haus herrschte Stille. Ich warf einen Blick durch eines der Dielenfenster. Drinnen war nichts zu sehen außer den soliden Möbeln, mit denen teure Mietshäuser ausgestattet werden.

Ich ging ums Haus herum nach hinten. Auf der Natursteinterrasse standen ein fahrbarer Grill, ein alter quadratischer Teakholztisch mit vier dazu passenden Stühlen sowie ein weißer Sonnenschirm in einem verzinkten Ständer. Dann eine weite Rasenfläche mit pflegeleichten immergrünen Büschen. Ein Flechtzaun aus Zedernholz als Sichtschutz zum Nachbargrundstück.

Ich rüttelte an der Hintertür, die in die Küche führte. Auch sie war abgeschlossen. Ich warf einen Blick durchs Fenster. Sah nichts. Ich setzte meinen Rundgang fort. Kam zum nächsten Fenster, sah wieder nichts. Ging ein Fenster weiter und entdeckte Frasconi, der auf dem Rücken lag.

Er lag mitten im Wohnzimmer. Neben einer Sitzgruppe, die aus einem Sofa und zwei Sesseln bestand. Der Fußboden verschwand unter einem Spannteppich, dessen Olivgrün genau dem Farbton seiner Uniform entsprach. Er war von einem Schuss mitten in die Stirn getroffen worden. Neun Millimeter. Sofort tödlich. Selbst durchs Fenster konnte ich das mit Blut verklebte Einschussloch sehen. Unter dem Kopf hatte sich eine Blutlache gebildet. Sie wurde zum Teil vom Teppichboden aufgesogen, trocknete bereits an und verfärbte sich dunkel.

Ich wollte nicht durchs Erdgeschoss eindringen. War Quinn noch im Haus, würde er oben im ersten Stock warten, wo er taktisch im Vorteil war. Also zerrte ich den Verandatisch zur Rückseite der Garage, kletterte aufs Dach und zu einem Fenster im ersten Stock. Schlug mit dem Ellbogen die Scheibe ein und glitt dann mit den Füßen voraus in ein Gästezimmer. Es roch muffig und unbenutzt. Ich durchquerte es und gelangte so auf den Flur im Obergeschoss. Blieb unbeweglich stehen und horchte. Hörte nichts. Das Haus machte den Eindruck völliger Leere.

Aber ich konnte Blut riechen.

Ich überquerte den Flur und fand Dominique Kohl im Schlafzimmer des Hausherrn. Sie lag, völlig nackt, rücklings auf dem Bett. Jemand hatte ihr alle Kleidungsstücke vom Leib gerissen, ihr so lange ins Gesicht geschlagen, bis sie benommen war, und sie dann abgeschlachtet. Hatte ihr mit einem großen Messer die Brüste abgetrennt. Das Messer konnte ich sehen. Es war durch das weiche Fleisch unter ihrem Kinn nach oben durch den Gaumen und in ihr Gehirn gestoßen worden.

Ich hatte schon einiges erlebt. Einmal war ich nach einem Bombenanschlag von Terroristen mit dem Kieferknochen eines anderen Mannes in meinem Unterleib aufgewacht. Ich musste mir sein Fleisch aus den Augen wischen, um wenigstens so viel zu sehen, dass ich wegkriechen konnte. Ich war zwanzig Meter weit über abgerissene Arme und Beine gekrochen und an abgetrennte Köpfe gestoßen, während ich beide Hände auf den Unterleib presste, damit meine Eingeweide nicht herausquollen. Ich hatte Morde und Unfälle gesehen und Männer, die bei Gangsterfehden von MP-Salven durchsiebt worden waren. Menschen, die nach Detonationen nur mehr eine formlose blutige Masse oder nach Bränden schwarze verdrehte Klumpen gewesen waren. Aber ich hatte noch nie etwas so Entsetzliches wie Dominique Kohls entstellte Leiche vor Augen gehabt. Ich musste mich auf den Fußboden übergeben, und dann weinte ich zum ersten Mal seit über zwanzig Jahren.

»Was machen wir jetzt?«, fragte Villanueva zehn Jahre später.

»Ich gehe allein rein«, antwortete ich.

»Ich komme mit.«

»Keine Widerrede«, sagte ich. »Bringen Sie mich nur etwas näher ran. Aber fahren Sie ganz langsam.«

Der Taurus war grau wie der Tag draußen, und Objekte, die sich langsam bewegen, sind schwerer zu erkennen als sich schnell bewegende. Villanueva ließ den Wagen mit etwa zehn Meilen in der Stunde weiterrollen. Ich überprüfte meine Beretta und die Reservemagazine. Da ich zwei Schüsse auf die Decke von Dukes Zimmer abgegeben hatte, blieben mir noch dreiundvierzig Schuss. Dann kontrollierte ich die Persuaders. Dreizehn Schuss, nachdem ich mit einem Harley erledigt hatte. Insgesamt sechsundfünfzig Schuss für weniger als achtzehn Personen. Ich wusste nicht, wer auf der Gästeliste stand, aber Emily Smith und Harley würden garantiert nicht erscheinen.

»Dämlich, es allein zu versuchen«, meinte Villanueva.

»Dämlich, es zu zweit zu versuchen«, erwiderte ich. »Die Annäherung wird mörderisch.«

Er schwieg.

»Besser, wenn ihr beide euch hier draußen bereithaltet«, sagte ich.

Auch dazu äußerte er sich nicht. Er wollte mich unterstützen, und er wollte Teresa, aber er war klug genug, um zu erkennen, dass die Annäherung an ein isoliert liegendes und wie eine Festung gebautes Haus bei schwindendem Tageslicht kein Spaß sein würde. Also ließ er den Taurus langsam weiterrollen, stellte den Schalthebel auf N und hielt an. Er wollte vermeiden, dass die Bremslichter den Nebel rötlich erhellten. Wir waren noch etwa eine Viertelmeile von der Mauer entfernt.

»Ihr beide wartet hier«, befahl ich. »Zumindest vorläufig.«

Villanueva sah zur Seite.

»Lasst mir eine Stunde Zeit.«

Ich wartete, bis beide nickten.

»Dann verständigt ihr das ATF«, sagte ich. »Wenn ich nach einer Stunde nicht wieder da bin.«

»Vielleicht sollten wir das gleich tun«, meinte Duffy.

»Nein«, sagte ich. »Ich will diese Stunde haben.«

»Das ATF sorgt dafür, dass Quinn seine Strafe bekommt«, sagte sie. »Es lässt ihn schon nicht laufen.«

Ich dachte daran, was ich gesehen hatte, und schüttelte den Kopf.

Ich verstieß gegen alle Dienstvorschriften und ignorierte alle vorgeschriebenen Verfahren. Verließ einen Tatort, ohne das Verbrechen anzuzeigen. Ich behinderte die Justiz, wo ich nur konnte. Ich ließ Kohl im Schlafzimmer und Frasconi im Wohnzimmer liegen. Ließ ihren Wagen in der Einfahrt stehen. Fuhr einfach in meine Dienststelle zurück und holte mir eine Ruger Standard Kaliber 22 mit Schalldämpfer aus der Waffenkammer meiner Kompanie und machte mich auf die Suche nach den Kartons mit Kohls Unterlagen. Mein Instinkt sagte mir, dass Quinn noch einen Zwischenstopp einlegen würde, bevor er auf die Bahamas verschwand. Er würde irgendwo etwas für Notfälle gebunkert haben. Vielleicht falsche Papiere, ein Bündel Geldscheine oder einen gepackten Koffer, vielleicht alle drei Dinge. Und das konnte er nicht in der Kaserne verstecken. Auch nicht in seinem gemieteten Haus. Dafür war er zu sehr Profi. Zu vorsichtig. Er würde es weit entfernt und sicher versteckt haben. Ich ging davon aus, dass dieses Versteck sich in dem Haus befinden würde, das er in Nordkalifornien von seinen Eltern geerbt hatte. Also brauchte ich die Adresse.

Kohls Handschrift war klar und deutlich. Ihre Notizen füllten die zwei Kartons, waren umfassend und akribisch genau. Sie brachen mir fast das Herz. Die Adresse in Kalifornien fand ich in einem achtseitigen Lebenslauf, den sie zusammengestellt hatte: eine fünfstellige Hausnummer an einer Straße im Postzustellbezirk Eureka. Vermutlich ein einsam gelegenes Haus weit außerhalb der Stadt. Ich ging in die Schreibstube und stellte mir einen ganzen Stapel Reisegutscheine aus. Dann warf ich meine Dienstwaffe, eine Beretta M9, und die Ruger mit Schalldämpfer in eine Reisetasche und fuhr zum Flughafen. Ich musste alle möglichen Papiere unterschreiben, bevor ich geladene Schusswaffen in die Kabine mitnehmen durfte. Aber ich wollte sie nicht als Gepäck aufgeben. Möglicherweise würde Quinn dasselbe Flugzeug nehmen. Entdeckte ich ihn am Flugsteig oder in der Maschine, wollte ich ihn sofort abknallen.

Aber ich bekam ihn nicht zu Gesicht. Ich bestieg das Flugzeug nach Sacramento, lief nach dem Start den Mittelgang entlang und suchte alle Gesichter ab, aber er war nicht an Bord. Also musste ich mich für den Rest des Fluges gedulden. Ich saß einfach nur da und starrte ins Leere. Die Stewardessen machten einen weiten Bogen um mich.

Am Flughafen in Sacramento nahm ich mir einen Leihwagen. Fuhr auf der I-5 nach Norden und dann auf der Route 299 nach Nordwesten, eine sich durch die Berge schlängelnde und als landschaftlich schöne Strecke ausgewiesene Straße. Doch ich besaß nur Augen für den gelben Mittelstrich vor mir. Obwohl ich durch den Flug über drei Zeitzonen drei Stunden gewonnen hatte, wurde es schon dunkel, als ich die Stadtgrenze von Eureka erreichte. Ich fand die Straße, an der Quinns Haus stand. Sie war unbefestigt und führte hoch über der US 101 in Nord-Süd-Richtung durch die Hügel. Die Fernstraße lag tief unter mir. Ich konnte Scheinwerfer sehen, die einen endlosen Strom nach Norden bildeten. Schlussleuchten, die nach Süden unterwegs waren. Irgendwo dort unten musste es eine Bahnstrecke geben. Vielleicht mit einem Bahnhof oder einem Ausbesserungswerk in der Nähe, in dem Quinns Vater sein Leben lang gearbeitet hatte.

Ich entdeckte das Haus. Fuhr daran vorbei, ohne langsamer zu werden. Es war ein ziemlich primitives ebenerdiges Blockhaus. Sein Briefkasten stand nicht auf einem Pfosten, sondern auf einem alten Butterfass. Der Vorgarten des Hauses war von

Unkraut überwuchert. Ich wendete fünfhundert Meter weiter südlich und fuhr ohne Licht zweihundert Meter zurück. Parkte hinter einem aufgegebenen Schnellimbiss mit eingefallenem Dach, stieg aus und kletterte den Hügel hinauf, bis ich mich dreißig Meter über der Straße befand. Blieb in dieser Höhe und bewegte mich dreihundert Meter nach Norden, bis ich die Rückseite seines Hauses erreichte.

In der Abenddämmerung erkannte ich hinter dem Blockhaus eine schmale Veranda und davor eine mit Kies bestreute und von Autoreifen aufgewühlte Abstellfläche. Dies war offenbar die Art Haus, die man bevorzugt durch den Hintereingang betrat. Im Hausinneren brannte kein Licht. Die staubigen, von der Sonne ausgebleichten Vorhänge an den Fenstern waren halb zugezogen. Das ganze Haus wirkte leer und verlassen. Ich konnte einige Meilen weit nach beiden Richtungen sehen und stellte fest, dass kein Auto hierher unterwegs war.

Ich stieg langsam den Hügel hinunter. Umkreiste das Haus. Horchte an allen Fenstern. Aber alles blieb still. Da ich annahm, Quinn würde hinter dem Haus parken und dort den Eingang benutzen, brach ich vorn ein. Die Haustür war alt und brüchig. Ich drückte kräftig dagegen, bis der innere Türrahmen nachzugeben begann, und schlug dann mit dem Handballen oberhalb des Schlosses ans Türblatt. Holz splitterte, und die Tür flog auf. Ich trat über die Schwelle, schloss die Haustür und klemmte einen Stuhl unter den Türknauf. So würde man von außen nicht gleich erkennen, dass sie aufgebrochen war.

Drinnen war es moderig und düster und bestimmt fünf Grad kälter als draußen. Aus der Küche drang das Arbeitsgeräusch eines Kühlschranks, das mir zeigte, dass es hier Strom gab. Die uralten Tapeten an den Wänden waren verblasst und vergilbt. Das Haus bestand aus nur fünf Räumen. Es gab eine Wohnküche sowie ein Wohn- und zwei Schlafzimmer – ein kleineres und ein größeres. Das kleinere war früher vermutlich das von Quinn gewesen. Zwischen den Schlafräumen lag ein winziges Bad mit Toilette. Unter dem abgestoßenen weißen Email der Badewanne prangten Rostflecken.

Was ich suchte, entdeckte ich fast augenblicklich. Ich hob im Wohnzimmer einen Läufer hoch und fand darunter eine in den Fußboden eingelassene quadratische Klappe. Wäre sie im Flur gewesen, hätte ich vermutet, sie führe in einen Kriechraum unter dem Blockhaus. Aber sie war im Wohnzimmer. Ich holte eine Gabel aus der Küche und stemmte damit die Klappe auf. Unter ihr befand sich zwischen den Balken, die den Fußboden trugen, ein flaches Holzfach. Darin lag ein in einen halb durchsichtigen Plastikbeutel verpackter Schuhkarton, der dreitausend Dollar und zwei Schlüssel enthielt. Ich vermutete, dass sie zu Bank- oder Gepäckschließfächern passten. Ich steckte das Geld ein und ließ die Schlüssel, wo sie waren. Dann schloss ich die Klappe wieder, breitete den Läufer darüber, setzte mich mit der Beretta in der Tasche und der Ruger auf dem Schoß in einen Sessel und wartete.

»Pass auf dich auf«, sagte Duffy.

Ich nickte. »Klar.«

Villanueva sagte nichts. Ich stieg mit einer Beretta in der Tasche und je einer Persuader in beiden Händen aus dem Taurus. Verließ sofort die Straße, passte mich in geduckter Haltung den Felsblöcken an und machte mich auf den Weg nach Osten. Über den Wolken war es noch hell, aber ich war dunkel gekleidet und bewegte mich abseits der Straße, sodass ich vielleicht eine Chance hatte. Der stürmische Wind blies mir ins Gesicht, und ich konnte das Tosen der Brandung hören.

Ich bog um eine Kurve und sah, dass die Scheinwerfer auf der Mauer brannten. Sie leuchteten in bläulichem Weiß vor dem düsteren Himmel und würden mir vermutlich nützen. Der Kontrast zwischen dem elektrischen Licht und der Düsterkeit des Tages würde bedeuten, dass ich umso schwieriger zu erkennen war, je näher ich der Mauer kam. Also kletterte ich auf die Straße zurück und begann zu laufen. Ich näherte mich der Mauer so weit an, wie ich riskieren zu können glaubte, verschwand dann wieder zwischen den Felsen und folgte der Strandlinie. Ich konnte Salz und Seetang riechen. Die Felsen waren glitschig. Einzelne Wogen rollten über den Strand.

Ich stand still. Holte tief Atem. Erkannte, dass ich nicht um die Mauer herumschwimmen konnte. Diesmal nicht. Das wäre verrückt gewesen. Das Meer war viel zu aufgewühlt.

Kann nicht darum herumgehen, kann nicht darüber klettern, muss hindurchgehen.

Ich kletterte wieder zwischen den Felsen hinauf und betrat den hellen Bereich am Fuß der Mauer möglichst weit vom Tor entfernt. Ich befand mich ganz weit außen, wo das Mauerfundament zum Meer hinunter abfiel, und bewegte mich an die Mauer gepresst weiter. Dort war ich in Licht getaucht. Aber niemand, der sich östlich der Mauer aufhielt, konnte mich sehen, weil sie zwischen mir und dem Haus stand und mich weit überragte. Ich musste nur noch darauf achten, keinen der im Erdreich vergrabenen Sensoren auszulösen. Ich trat möglichst leicht auf und hoffte, dass es so dicht am Fuß der Mauer keine mehr gab.

Und das schien zu stimmen, denn ich erreichte das Pförtnerhäuschen, ohne Alarm auszulösen. Ich warf einen Blick durch den Spalt der nicht ganz zugezogenen Vorhänge des vorderen Fensters und sah den hell beleuchteten Wohnraum, in dem Paulies Nachfolger es sich auf dem Sofa bequem gemacht hatte. Es war ein Typ, den ich noch nicht kannte. Ungefähr in Dukes Alter und Größe. Knapp unter vierzig, vielleicht etwas schlanker als ich. Ich brachte einige Zeit damit zu, seine genaue Körpergröße einzuschätzen. Die würde eine Rolle spielen. Er war vermutlich fünf Zentimeter kleiner als ich, trug

Jeans, ein weißes T-Shirt und darüber eine Jeansjacke. Also würde er wohl nicht zum Bankett gehen. Ich hoffte, dass er der einzige Mann auf diesem Posten war. Aber ich wollte nicht darauf wetten. Wer auch nur ein Mindestmaß an Vorsicht walten ließ, würde einen weiteren Mann vor der Haustür und vielleicht einen dritten am Fenster von Dukes Zimmer postieren. Sie wussten, dass Paulie scinen Auftrag nicht ausgeführt hatte und ich noch irgendwo hier draußen sein musste.

Ich konnte es mir nicht leisten, Lärm zu machen, indem ich den neuen Wachmann erschoss. Der Schussknall der Beretta hätte trotz des Sturms und des Tosens des Meeres alles übertönt. Also ging ich ein paar Meter weit zurück, legte die beiden Persuaders ab und zog Mantel und Sakko aus. Dann streifte ich mein Hemd über den Kopf und wickelte es mir um die linke Hand. Lehnte mich mit dem bloßen Rücken an die Mauer, schob mich seitlich bis zum Fensterrahmen vor und klopfte mit den Fingern der rechten Hand ganz leicht an die Unterkante der Scheibe, die durch den Vorhang verdeckt war – ein kaum hörbares Rascheln und Trippeln wie von einer Maus.

Das machte ich viermal, als ich aus dem Augenwinkel heraus wahrnahm, dass die Helligkeit hinter dem Vorhang plötzlich abnahm. Das bedeutete, dass der Mann aufgestanden war und sich die Nase an der Scheibe platt drückte und herauszufinden versuchte, was dort draußen dieses lästige Geräusch verursachte. Ich konzentrierte mich also darauf, die richtige Höhe abzuschätzen, drehte mich halb um die eigene Achse und führte mit meiner gepolsterten linken Faust einen gewaltigen Rundschlag, der erst die Scheibe zersplittern ließ und dann das Nasenbein des neuen Wachmanns zertrümmerte.

Er sackte hinter der Fensterbank zusammen. Ich griff durch das große Loch in der Scheibe hinein, entriegelte das Fenster, stieß es auf und kletterte hinein. Der Kerl lag halb bewusstlos auf dem Boden. Blutete im Gesicht aus mehreren Wunden von

Glassplittern. Ich überlegte einen Moment, ob ich versuchen sollte, etwas aus ihm herauszubekommen, aber letztlich konnte er mir nicht viel sagen. Damit er keine Möglichkeit hatte, mich zu verraten, brach ich ihm mit einem kurzen Ruck das Genick. Danach zog ich mein Hemd wieder an, kletterte hinaus, um Sakko, Mantel und Schrotflinten zu holen, stieg wieder ein, durchquerte den Wohnraum und sah durch das rückwärtige Fenster zum Haupthaus hinüber.

»Scheiße«, sagte ich.

Vor der Haustür parkte der Cadillac. Eliot war also nicht entkommen. Auch Elizabeth, Richard und die Köchin nicht. Das bedeutete, dass drei Nichtkombattanten die Sache komplizierten. Vier, falls sie Eliot noch nicht umgebracht hatten.

Hinter dem Cadillac stand ein schwarzer Lincoln Town Car. Dahinter parkten zwei dunkelblaue Suburbans. Der Lieferwagen des Partydienstes war nirgends zu sehen. Möglicherweise stand er auf der anderen Seite neben dem Hintereingang. Oder er kam erst später. Oder auch gar nicht. Vielleicht würde es hier kein Bankett geben. Vielleicht hatte ich Mist gebaut und die Situation völlig falsch eingeschätzt.

Ich starrte ins Halbdunkel, in dem das Haus lag. Am Eingang war kein Wachposten zu entdecken. Andererseits würde bei diesem Wetter jeder, der auch nur einen Funken Verstand besaß, in der Eingangshalle stehen und durch eines der Fenster nach draußen sehen. Auch am Fenster von Dukes Zimmer war niemand zu erkennen. Doch es stand noch immer so offen, wie ich es zurückgelassen hatte. Wahrscheinlich hing dahinter das NSW weiter an seiner Kette.

Ich begutachtete nochmals die Fahrzeuge. Der Town Car konnte vier Personen befördert haben. Die beiden Suburbans waren siebensitzig. Maximal achtzehn Personen. Vielleicht zwölf bis fünfzehn Hauptfiguren mit drei bis sechs Leibwächtern. Vielleicht täuschte ich mich aber auch gewaltig.

Nur eine Möglichkeit, das festzustellen.

Und das war der schwierigste Teil. Ich musste den taghell ausgeleuchteten Bereich vor der Mauer überwinden. Ich überlegte, ob ich den Hauptschalter suchen sollte, um die Scheinwerfer auszuschalten. Aber damit hätte ich augenblicklich die Leute im Haus alarmiert.

Also musste ich den angestrahlten Bereich irgendwie überwinden. Es gab zwei Möglichkeiten. Die eine war, geradewegs aufs Haus zuzurennen. Das würde die Zeit minimieren, in der ich tatsächlich in Licht getaucht war. Aber dazu musste ich mich sehr schnell bewegen – und schnelle Bewegungen erwecken sofort Aufmerksamkeit. Die andere Möglichkeit war, der Mauer bis ans Meer hinunter zu folgen. Sechzig Meter weit ganz langsam zu kriechen. Das würde quälend lange dauern. Aber es war vermutlich die bessere Option; denn die Scheinwerfer waren so auf der Mauer montiert, dass sie das Gelände davor beleuchteten. Zwischen dem Mauerfuß und der rückwärtigen Grenze des angestrahlten Bereichs würde eine Schattenzone liegen. Blieb ich in diesem schmalen Dreieck, konnte ich die Mauer entlang- und durch das Schussfeld des NSWs kriechen.

Ich öffnete vorsichtig die Tür des Pförtnerhauses. Auf seinem Dach waren keine Scheinwerfer angebracht. Die begannen sechs bis sieben Meter weiter rechts, wo die Hauswand in die Mauer überging. Ich trat halb ins Freie und ging in die Hocke. Drehte mich neunzig Grad nach rechts und hielt nach meinem Tunnel Ausschau. Er war da, jedoch in Bodennähe nur knapp einen Meter breit. Und in Kopfhöhe schrumpfte er zu nichts zusammen. Außerdem sah er nicht sehr dunkel aus, denn das Erdreich reflektierte einen Teil des Lichts.

Ich rutschte auf den Knien liegend vorwärts, griff hinter mich und schloss die Tür. Nahm je eine Persuader in die Hand, legte mich auf den Bauch und presste meine rechte Schulter gegen den Mauerfuß. Dann wartete ich, damit jemand, der eine Bewegung der Tür wahrgenommen zu haben glaubte, das Interesse wieder verlor. Dann begann ich vorwärts zu kriechen. Langsam.

Ich kam ungefähr drei Meter weit. Dann machte ich ruckartig Halt. Auf der Straße war ein Fahrzeug zu hören. Keine Limousine. Irgendein größerer Wagen. Ich kehrte um. Richtete mich auf den Knien auf, öffnete die Tür und glitt ins Pförtnerhaus zurück. Legte die Persuader über eine Sessellehne und zog die Beretta. Von außerhalb des Gittertors kam das Blubbern eines großvolumigen V-8-Motors.

Entscheidung. Die Leute dort draußen erwarteten, dass ein Wachmann herauskam und ihnen das Tor öffnete. Und ich wäre jede Wette eingegangen, dass diese Neuankömmlinge wussten, dass ich nicht der richtige Wachmann war. Ich würde sie erschießen müssen, ihr Fahrzeug kapern und schnellstens zum Haus rasen, bevor der NSW-Schütze richtig zielen konnte. Und dann versuchen, das entstehende Chaos auszunutzen.

Ich trat wieder an den Hinterausgang, entsicherte die Beretta und atmete tief durch. Ich hatte das Überraschungsmoment auf meiner Seite.

Dann fiel mir die Überwachungskamera ein. Sie würde mir genau zeigen, mit wem ich's zu tun hatte. *Gefahr erkannt, Gefahr gebannt*. Ich ging zu dem kleinen Bildschirm. Das Bild, grau und milchig, zeigte einen weißen Kastenwagen mit der Aufschrift *Keast & Maden Catering*. Kein Grund, weshalb diese Leute den Wachmann kennen sollten. Ich steckte die Beretta wieder ein. Zog hastig Mantel und Sakko aus. Riss dem toten Wachmann die Jeansjacke vom Leib und schlüpfte hinein. Sie war ziemlich eng und wies Blutspuren auf. Ich trat aus der Tür. Kehrte dem Haupthaus den Rücken zu und versuchte, fünf Zentimeter kleiner auszusehen. Ging ans Tor. Schlug genau wie Paulie den Riegel mit dem Handballen hoch und zog den Torflügel auf. Der weiße Lieferwagen fuhr an und hielt auf meiner Höhe. Der Beifahrer ließ sein Fenster herunter. Er trug einen Smoking. Auch der Mann am Steuer trug einen Smoking. *Noch mehr Nichtkombattanten.*

»Wohin?«, fragte der Beifahrer.

»Rechts ums Haus herum«, antwortete ich. »Die Küchentür liegt auf der Rückseite.«

Das Fenster schloss sich wieder. Der Kastenwagen rollte an mir vorbei. Ich hob grüßend die Hand. Machte das Tor wieder zu, ging ins Pförtnerhaus zurück und beobachtete das Fahrzeug durchs Fenster. Es fuhr zügig bis zum Haus und bog am Ende der Zufahrt nach rechts ab. Seine Scheinwerfer glitten über den Cadillac, den Town Car und die beiden Suburbans. Ich sah seine Bremslichter aufleuchten, dann verschwand es außer Sichtweite.

Ich wartete zwei Minuten. Versuchte durch Willenskraft zu erzwingen, dass es dunkler wurde. Dann zog ich erneut Sakko und Mantel an und nahm die Persuaders. Öffnete vorsichtig die Tür, rutschte auf den Knien hinaus, schloss sie hinter mir und ließ mich nach vorn auf den Bauch fallen. Presste meine rechte Schulter an die Mauer und begann wieder langsam zu kriechen. Mein Gesicht hielt ich vom Haus abgewandt. Der Boden war kiesig, und ich spürte, wie kleine Steine sich in Ellbogen und Knie bohrten. Aber vor allem spürte ich ein Kribbeln zwischen den Schulterblättern, denn ich befand mich im Wirkungsbereich einer Waffe, die zwölf 12,7-mm-Geschosse in der Sekunde verschießen konnte.

Ich schob mich im Schneckentempo vorwärts. Zehn Meter. Fünfzehn. Zwanzig. Musste gegen den fast übermächtigen Drang ankämpfen, aufzuspringen und loszustürmen. Mein Herz jagte. Trotz des kalten Wetters war ich in Schweiß gebadet.

Ich kroch weiter. Schaffte es bis ungefähr zur Hälfte der Strecke. Noch ungefähr dreißig Meter lagen vor mir. Meine Ellbogen schmerzten. Ich machte eine Pause, um zu rasten. Lag einfach auf dem Boden. Versuchte, wie ein Felsen auszusehen. Riskierte einen Blick zum Haus. Dort war alles still. Dann kroch ich weiter. Das Kribbeln zwischen meinen Schulterblättern wurde stärker. Ich atmete keuchend. War kurz davor, in Panik zu geraten. Wäre am liebsten aufgesprungen und losgerannt.

Dann hatte ich nur noch zehn bis zwölf Meter vor mir und war mir allmählich sicher, dass ich es schaffen könnte. Ich legte noch eine Pause ein, holte mehrmals tief Luft. Setzte mich wieder in Bewegung. Vor mir fiel das Gelände zum Strand hinunter ab. Ich erreichte das Wasser. Fühlte glitschig nasse Felsen unter mir. Ich bog neunzig Grad nach links ab und machte nochmals eine Pause. Befand mich am äußersten Rand des Gebiets, das jemand im Blickfeld haben konnte, musste aber noch einen gut zehn Meter breiten, hell beleuchteten Streifen überwinden. Ich sprang auf, zog den Kopf ein und rannte geduckt los.

Etwa vier Sekunden lang befand ich mich in gleißend hellem Licht. Diese Sekunden erschienen mir wie eine Ewigkeit. Ich war geblendet. Dann stürmte ich wieder ins Dunkel, kauerte mich zusammen und horchte. Hörte nichts außer der tosenden See. Stolperte noch ein paar Schritte über die Felsen weiter und blieb erneut stehen. Sah mich um. *Geschafft!* Ich lächelte in der Dunkelheit. *Quinn, jetzt komme ich dich holen.*

15

Zehn Jahre zuvor hatte ich achtzehn Stunden auf ihn gewartet. Ich zweifelte nicht einen Moment daran, dass er kommen würde. Ich saß einfach mit der Ruger im Schoß in dem Sessel und wartete. Schlief nicht. Die ganze Nacht. Und den ganzen Vormittag. Der Mittag kam und ging.

Er tauchte um Punkt zwei Uhr nachmittags auf. Ich hörte einen Wagen auf der Straße langsamer werden, stand auf und beobachtete vom Fenster aus, wie er in die Einfahrt bog. Er fuhr einen Leihwagen wie ich. Seiner war ein roter Pontiac. Durch die Windschutzscheibe erkannte ich ihn ganz deutlich. Er wirkte sauber und gepflegt. Hatte ein blaues Hemd mit offenem Kragen an. Der Pontiac fuhr seitlich am Haus vorbei zum Hintereingang. Ich ging in den Flur hinaus und blieb an die Wand neben der Küchentür gepresst stehen.

Ich hörte, wie sich sein Schlüssel im Schloss drohte. Hörte, wie die Tür aufging. Die schlecht geölten Angeln quietschten. Er ließ die Tür offen und den Motor seines Wagens weiterlaufen. Er hatte nicht vor, lange zu bleiben. Ich hörte den raschen, selbstbewussten Schritt eines Mannes, der auf der Siegerstraße zu sein glaubt. Mein Ellbogen traf ihn seitlich am Kopf, als er durch die Tür trat.

Er krachte auf den Rücken. Ich war mit einem Satz über ihm und drückte ihn mit einer Hand an der Kehle zu Boden. Legte die Ruger beiseite und tastete ihn nach Waffen ab. Er war unbewaffnet. Ich nahm die Hand von seiner Kehle, und als er den Kopf heben wollte, traf mein Handballen ihn unter dem Kinn. Sein Hinterkopf knallte auf den Fußboden, und er wurde bewusstlos. Ich ging durch die Küche und schloss die Hintertür. Dann schleifte ich ihn an den Handgelenken ins Wohnzimmer, ließ ihn zu Boden fallen und ohrfeigte ihn. Zielte mit der Ruger auf sein Gesicht und wartete darauf, dass er wieder zu sich kam.

Als er die Augen wieder öffnete, starrte er zuerst die Waffe und dann mich an. Da ich meine Uniform trug, brauchte er nicht lange, um darauf zu kommen, wer ich war und weshalb ich mich hier aufhielt.

»Warten Sie«, sagte er.

»Worauf?«

»Sie machen einen Fehler.«

»Wirklich?«

»Sie irren sich.«

»Tatsächlich?«

Er nickte. »Sie haben sich bestechen lassen.«

»Wer denn?«

»Frasconi und Kohl.«

»Ach, wirklich?«

Er nickte wieder. »Und dann hat er versucht, sie zu betrügen.«

»Wie?«

»Kann ich mich aufsetzen?«

Ich schüttelte den Kopf. Zielte weiter mit der Pistole auf sein Gesicht.

»Nein«, sagte ich.

»Ich hatte eine Operation laufen«, erklärte er. »In Zusammenarbeit mit dem Außenministerium. Gegen uns feindlich gesinnte Botschaften. Ich wollte ein paar ihrer Geheimdienstler auffliegen lassen.«

»Was war mit Gorowskis kleiner Tochter?«

Er schüttelte ungeduldig den Kopf. »Der verdammten Göre ist nichts passiert, Sie Idiot! Gorowski musste sich an sein Skript halten, das war alles. Das Ganze war ein Täuschungsmanöver – es hätte ja sein können, dass der Feind ihn überprüfte. Wir planen solche Operationen sorgfältig. Für den Fall, dass jemand misstrauisch wird, muss es eine lückenlose Beweiskette geben. Deshalb haben wir tatsächlich mit toten Briefkästen und Ähnlichem gearbeitet, falls jemand uns beobachten sollte.«

»Wie war das mit Frasconi und Kohl?«

»Die beiden waren gut. Sie haben meine Fährte sehr bald

aufgenommen. Haben vermutet, ich koche mein eigenes Süppchen, was mir nur recht war. Aber dann haben sie sich demaskiert. Sie haben mir angeboten, gegen Geld die Ermittlungen zu verzögern. Warum nicht?, dachte ich nur. Wer weiß, was dabei noch so alles ans Tageslicht kommt? Also bin ich zum Schein auf ihre Forderungen eingegangen.«

Ich schwieg.

»Die Ermittlungen *sind* langsam vorangekommen, oder?«, fragte er. »Das muss Ihnen doch aufgefallen sein.«

Zäh wie Sirup.

»Gestern ist's dann passiert«, fuhr er fort. »Ich hatte die Syrer, Libanesen und Iraner im Sack. Danach die Iraker, die der große Fisch waren. Deshalb dachte ich, es wäre an der Zeit, auch Ihre Leute in den Sack zu stecken. Sie waren bei mir, um sich die letzte vereinbarte Rate abzuholen. Das war ein Haufen Geld. Aber Frasconi wollte es für sich allein. Er hat mich niedergeschlagen. Als ich wieder zu mir gekommen bin, musste ich feststellen, dass er Kohl abgeschlachtet hatte. Er war verrückt, das können Sie mir glauben. Ich hab's geschafft, an eine Pistole in einer Schublade ranzukommen, und ihn erschossen.«

»Warum sind Sie dann geflüchtet?«

»Weil ich die Nerven verloren habe. Ich arbeite als Offizier im Pentagon und hatte noch nie Blut gesehen. Außerdem wusste ich nicht, zu wievielt Ihre Leute waren. Es hätten mehr als diese beiden sein können.«

Frasconi und Kohl.

»Sie sind sehr gut«, erklärte er. »Und auf dem kürzesten Weg hierher gekommen.«

Ich nickte. Dachte an den achtseitigen Lebenslauf in Kohls deutlicher Handschrift. *Beruf der Eltern, Wohnort in Kindheit und Jugend.*

»Wessen Idee war das?«, fragte ich.

»Ursprünglich?«, erkundigte er sich. »Natürlich Frasconis. Er hatte den höheren Dienstgrad.«

»Wie war ihr Name?«

Ich sah ein Flackern in seinem Blick.

»Kohl«, antwortete er.

Ich nickte wieder. Sie war im großen Dienstanzug losgefahren, um ihn zu verhaften. Mit einem Namensschild über der rechten Brusttasche. *Kohl. U. S. Army.* Das musste er gesehen haben, als sie hereingekommen war.

»Vorname?«

Er zögerte.

»Habe ich vergessen«, sagte er.

»Frasconis Vorname?«

»Hab ich vergessen.«

»Versuchen Sie, sich an ihn zu erinnern«, forderte ich ihn auf.

»Er ist mir entfallen«, sagte er. »Das ist nur ein unwichtiges Detail.«

»Vier von zehn«, sagte ich. »Ungenügend.«

»Was?«

»Ihre Leistung«, erwiderte ich. »Damit fallen Sie durch.«

»Was?«

»Ihr Vater war Bahnarbeiter«, sagte ich. »Ihre Mutter Hausfrau. Ihr voller Name lautet Francis Xavier Quinn.«

»Und?«

»So laufen Ermittlungen ab«, fuhr ich fort. »Will man jemanden hochnehmen, informiert man sich erst mal gründlich über ihn. Sie hatten die beiden wochenlang an der Angel und haben nicht mal ihre Vornamen gekannt? Haben nie einen Blick in ihre Personalakten geworfen? Haben sich nie Aufzeichnungen gemacht? Haben nie einen Bericht geschrieben?«

Er schwieg.

»Außerdem hat Frasconi sein ganzes Leben lang keine eigenen Ideen gehabt«, erklärte ich. »Er ist ohne ausdrücklichen Befehl nicht mal scheißen gegangen. Kein Mensch, der mit den beiden zu tun hatte, würde jemals *Frasconi und Kohl* sagen, sondern nur *Kohl und Frasconi.* Sie haben ein schmutziges Spiel gespielt und meine Leute zum ersten Mal gesehen, als sie in Ihr Haus kamen, um Sie zu verhaften. Und Sie haben beide ermordet.«

Er bestätigte meine Vorwürfe, indem er mich anzugreifen versuchte. Aber darauf war ich vorbereitet. Als er sich aufzurappeln begann, schlug ich ihn mit viel mehr Kraft nieder, als eigentlich nötig gewesen wäre. Er war bewusstlos, als ich ihn in den Kofferraum seines Pontiacs hievte, und auch noch, als ich ihn hinter dem ehemaligen Schnellimbiss in den Kofferraum meines Wagens umlud. Ich fuhr auf der U. S. 101 ein Stück weit nach Süden und bog nach rechts auf eine Straße ab, die entlang der Pazifikküste verlief. Dort hielt ich auf einem mit Kies bestreuten Rastplatz, von dem aus man eine grandiose Aussicht hatte. Es war drei Uhr nachmittags. Die Sonne schien, und das Meer war blau. Die Begrenzung des Rastplatzes bestand aus einer kniehohen Leitplanke und einem schmalen Kiesstreifen dahinter, dem eine hohe senkrechte Felswand folgte, an deren Fuß sich die Wellen brachen. Es herrschte wenig Verkehr auf dieser Küstenstraße, weil der Highway sie eigentlich überflüssig gemacht hatte.

Ich öffnete den Kofferraum und schlug ihn für den Fall, dass Quinn das Bewusstsein wiedererlangt hatte, herausspringen und sich auf mich stürzen wollte, sofort wieder zu. Aber diese Befürchtung traf nicht zu. Er litt an Sauerstoffmangel und war noch ziemlich benommen. Ich zerrte ihn heraus, stützte ihn, weil er sich kaum auf den Beinen halten konnte, und zwang ihn mitzukommen. Ließ ihn kurz die Aussicht bewundern, während ich mich davon überzeugte, dass wir nicht beobachtet wurden. Dann drehte ich ihn um und trat fünf Schritte zurück.

»Sie hat Dominique geheißen«, sagte ich.

Anschließend drückte ich dreimal ab. Zwei Schüsse in den Kopf, einer in die Brust. Ich ging davon aus, dass er im Kies zusammenbrechen würde, worauf ich ihn mit einem vierten Schuss durchs Auge erledigen würde, bevor ich ihn ins Meer warf. Aber er brach nicht zusammen, sondern taumelte rückwärts, stieß gegen die Leitplanke, fiel darüber, prallte mit der Schulter auf dem letzten halben Meter Amerika auf und rollte sofort über die Kante. Ich stützte mich an der Leitplanke ab und beobachtete, wie er auf die Felsen krachte und die Brandung ihn fortriss. Er tauchte nicht wieder auf. Ich blieb noch eine Weile so stehen. Dachte: *Zwei in den Kopf, einen ins Herz, ein Vierzigmetersturz ins Meer, das überlebt niemand.*

»Zehn-achtzehn, Dom«, sagte ich mir und ging zu meinem Wagen zurück.

Zehn Jahre später, es wurde jetzt rasch dunkel, suchte ich mir einen Weg über die Felsen hinter den Garagen. Rechts von mir toste die See. Der Sturm blies mir ins Gesicht. Ich rechnete nicht damit, dass jemand draußen unterwegs sein würde, weshalb ich mich schnell und in aufrechter Haltung, in jeder Hand eine Persuader, fortbewegte. *Quinn, jetzt komme ich dich holen.*

Als ich um die Ecke des Garagenblocks bog, konnte ich sehen, dass der Lieferwagen des Partydiensts an der rückwärtigen Ecke des Gebäudes stand. Genau dort hatte Harley den Lincoln mit der Leiche von Becks Dienstmädchen geparkt. Die Hecktüren standen offen, und Fahrer und Beifahrer liefen hin und her, um ihn zu entladen. Der Metalldetektor im Rahmen der Küchentür piepste bei jeder mit Alufolie abgedeckten Schüssel, die sie hineintrugen. Ich war hungrig. Der Wind wehte appetitanregende Essensdüfte zu mir herüber. Die beiden Männer waren ganz auf ihre Arbeit konzentriert. Trotzdem machte ich einen weiten Bogen um sie. Ich blieb am äußersten Rand der Felsen und umging den Wagen mit möglichst großem Abstand.

Als ich weit genug entfernt war, bog ich wieder ab und hielt auf die entgegengesetzte Ecke des Hauses zu. Ich fühlte mich gut, kam mir unbesiegbar vor. Wie eine Art Naturgewalt, die von See her über das Haus hereinbrechen würde. Ich blieb stehen und zählte ab, welche Fenster zum Speiseraum gehören mussten. Ich fand sie, trat näher und riskierte einen Blick hinein.

Als Ersten sah ich Quinn. Er stand in einem dunklen Anzug in der Nähe des offenen Kamins und hielt einen Drink in der Hand. Sein Haar war grau. Die kleinen Narben auf seiner Stirn glänzten rosig. Seine Haltung war gebeugt, und er wog etwas mehr als früher. Er war zehn Jahre älter geworden.

Neben ihm erkannte ich Beck. Auch er trug einen dunklen Anzug und hielt einen Drink in der Hand. Ihnen gegenüber standen drei arabisch aussehende Männer. Sie waren klein, hatten mit Pomade zurückgekämmtes Haar und trugen amerikanische Kleidung. Anzüge in leicht changierenden hellen Grau- und Blautönen. Sie hielten ebenfalls Drinks in der Hand.

Hinter ihnen entdeckte ich Richard und Elizabeth Beck, die sich unterhielten. Das Ganze glich einer Cocktailparty. Der riesige Esstisch war für achtzehn Personen gedeckt. Mit Stoffservietten, drei Gläsern vor jedem Teller und Besteck für eine Woche. Die Köchin machte die Runde mit einem Tablett, auf dem Champagnerflöten und Whiskeygläser standen. Sie trug einen schwarzen Rock mit weißer Bluse.

Teresa Daniel war nirgends zu sehen. Vielleicht sollte sie später aus einer Torte steigen. Die übrigen Anwesenden waren drei Männer. Quinns beste Leute, vermutete ich. Ein willkürlich zusammengewürfeltes Trio, eine bunte Mischung. Wahrscheinlich nicht gefährlicher, als es Angel Doll oder Harley gewesen waren.

Also nur zehn Gäste, obwohl für achtzehn Personen gedeckt war. Acht fehlten. Duke, Angel Doll, Harley und Emily Smith waren vier davon. Der Kerl, den sie als Ersatz für Paulie ans Tor beordert hatten, wäre vermutlich der fünfte Gast gewesen. Somit blieben drei unbekannt. Einer an der Haustür, einer oben in Dukes Zimmer und einer als Bewacher bei Teresa Daniel, dachte ich.

Ich beobachtete die Szene noch etwas länger. Beim Militär war ich auf vielen Cocktailpartys und Banketten gewesen. Je nachdem, wo man stationiert war, spielten sie im Standortleben eine mehr oder weniger große Rolle. Ich vermutete, dass diese Leute sich mindestens drei Stunden im Speisezimmer aufhalten würden und es nur verließen, um auf die Toilette zu gehen. Quinn spielte den Alleinunterhalter. Er achtete darauf, zu jedem der Araber gleich viel Blickkontakt zu halten. Er führte das große Wort. Lächelte, gestikulierte, lachte. Er wirkte wie ein Mann, der spielt und gewinnt.

Ich schlich geduckt an dem Fenster vorbei und in Richtung Küche weiter. Zog meinen Mantel aus und ließ die Persuaders in ihn gewickelt an einer Stelle liegen, wo ich sie leicht wiederfand. Dann ging ich in die Küche. Der Metalldetektor piepste wegen der Beretta in meiner Tasche. Die beiden Männer vom Partyservice waren damit beschäftigt, Vorspeisenteller zu garnieren. Ich nickte ihnen zu, als wohnte ich hier, durchquerte die Küche und trat auf den Korridor hinaus. Die dicken Teppiche, mit denen er ausgelegt war, dämpften meine Schritte. Ich konnte die Stimmen der Partygäste im Speisezimmer hören und einen Kerl sehen, der an der Haustür Wache hielt. Er kehrte mir den Rücken zu und starrte aus dem Fenster neben der Tür.

Ich trat hinter ihn. Zögerte einen Augenblick. Umfasste

dann sein Kinn mit der Rechten. Drückte die Fingerknöchel der linken Hand in sein Genick. Riss die rechte Hand nach oben und hinten, während meine Linke nach unten und vorn drückte, und brach ihm das Genick am vierten Halswirbel. Als er zusammensackte, packte ich ihn unter den Armen und schleppte ihn in Elizabeth Becks Salon, wo ich ihn aufs Sofa fallen ließ. Auf einem Beistelltischchen lag dort noch immer *Doktor Schiwago*.

Einer erledigt.

Ich schloss die Salontür hinter mir und machte mich auf den Weg zur Treppe. Stieg rasch und lautlos hinauf. Blieb vor Dukes Zimmer stehen. Eliot lag vor der offenen Tür auf dem Flur. Tot. Sein Jackett stand offen, und das Hemd war voller Löcher und mit Blut getränkt. Die Teppiche unter ihm hatten sich damit voll gesogen. Ich stieg über ihn hinweg, blieb hinter der Tür und warf einen Blick in den Raum. Erkannte, weshalb Eliot gestorben war. Das NSW hatte eine Ladehemmung gehabt. Er musste nach Duffys Anruf auf dem Weg aus dem Zimmer gewesen sein, als er plötzlich eine Autokolonne auf der Straße gesehen hatte. Also war er an das großkalibrige MG zurückgehastet. Hatte einen Feuerstoß hinausjagen wollen, aber das NSW hatte Ladehemmung gehabt. Das Ding war Schrott. Der Mechaniker hatte es auf dem Fußboden zerlegt und versuchte, die Gurtzuführung zu reparieren. Er konzentrierte sich ganz auf seine Arbeit. Sah mich nicht kommen. Hörte mich nicht.

Zwei erledigt.

Ich ließ ihn auf dem großen MG liegen. Der Lauf ragte unter ihm hervor und sah wie ein dritter Arm aus. Ich warf erst einen Blick aus dem Fenster und dann auf meine Armbanduhr. Von meiner Stunde hatte ich bis jetzt genau dreißig Minuten verbraucht.

Ich ging wieder nach unten. Durch den Korridor. Zur Kellertür. Dort unten brannte Licht. Ich stieg die Treppe hinunter. Lief durch den Fitnessraum. An der Waschmaschine vorbei. Zog die Beretta aus der Tasche. Entsicherte sie. Hielt sie schussbereit, bog um die Ecke und marschierte geradewegs auf die beiden abgesperrten Räume zu. Einer von ihnen war leer, und seine Tür stand offen. Vor der geschlossenen Tür des anderen Raums saß ein hagerer junger Mann auf einem Stuhl, den er schräg nach hinten gekippt hatte. Er starrte mich überrascht an. Sein Mund öffnete sich, aber er brachte keinen Laut heraus. Er kam mir nicht besonders gefährlich vor. Er trug ein T-Shirt mit dem Aufdruck *Dell.* Vielleicht war es Troy, der Computerspezialist.

»Klappe halten, wenn du leben willst«, sagte ich.

Er hielt den Mund.

»Bist du Troy?«

Er schwieg, nickte nur.

»Okay, Troy«, sagte ich.

Ich rechnete mir aus, dass wir uns genau unter dem Speisezimmer befanden. Also durfte ich nicht riskieren, einen Schuss abzugeben. So steckte ich die Beretta wieder ein und brach ihm das Genick. Ich verspürte keine Gewissensbisse, weil ich ihn irregeführt hatte. Wegen seiner Nachforschungen am PC war das Dienstmädchen ermordet worden.

Drei erledigt.

Den Schlüssel fand ich in seiner Tasche. Ich sperrte die Tür auf und fand Teresa Daniel auf einer Matratze sitzend vor. Sie sah genau wie auf den Fotos aus, die Duffy mir am frühen Morgen des elften Tages gezeigt hatte. Sie schien bei bester Gesundheit zu sein. Ihr Haar war frisch gewaschen. Sie trug ein Kleid in jungfräulichem Weiß. Dazu weiße Strümpfe und Schuhe. Ihre Haut wirkte blass, und ihre Augen leuchteten blau. Sie sah wie für ein Menschenopfer geschmückt aus.

Ich zögerte einen Augenblick. Ich konnte ihre Reaktion

nicht vorhersagen. Sie wusste wahrscheinlich, welches Schicksal ihr bevorstand. Und sie kannte mich nicht. Aus ihrer Sicht war ich vermutlich einer der Männer, der gekommen war, um sie zu holen. Außerdem war sie eine ausgebildete Agentin. Forderte ich sie jetzt zum Mitkommen auf, würde sie sich vielleicht wehren. Und ich wollte auf keinen Fall Lärm machen. Noch nicht.

Aber dann sah ich ihr nochmals in die Augen. Ihre Pupillen waren unnatürlich geweitet. Sie war sehr ruhig. Träge und benommen. Sie stand unter Drogen. Vielleicht unter dem Einfluss irgendwelcher exotischer Substanzen. Wie hieß das Zeug gleich wieder? Die Droge, die Vergewaltigungsopfer willenlos machte? Rohypnol? Rophynol? Ich konnte mich nicht an den Namen erinnern. Nicht mein Fachgebiet. Duffy oder Villanueva hätten ihn gekannt. Dieses Zeug machte Menschen passiv und willenlos.

»Teresa?«, flüsterte ich.

Sie sah zu mir auf.

»Alles in Ordnung mit dir?«, fragte ich.

Sie nickte.

»Mir geht's gut«, antwortete sie.

»Kannst du gehen?«

»Ja.«

»Dann komm mit.«

Sie stand auf, hatte wacklige Beine. Muskelschwäche, vermutete ich. Schließlich war sie neun Wochen eingesperrt gewesen.

»Hierher«, sagte ich.

Ich streckte meine Hand aus. Sie ergriff sie. Ihre Haut war warm und trocken.

»Komm«, sagte ich. »Den Mann auf dem Fußboden nicht ansehen.«

Sie war sehr fügsam. Kam bereitwillig mit. Starrte geradeaus. Wir bogen um die Ecke, kamen an der Waschmaschine vorbei und durchquerten den Fitnessraum. Ihr Kleid war aus Seide und mit Spitzen besetzt. Wir gingen nebeneinander die Kellertreppe hinauf. Kamen oben an.

»Warte hier«, sagte ich leise. »Geh nicht ohne mich weg, okay?«

»Okay«, flüsterte sie.

»Und mach keinen Lärm, okay?«

»Nein.«

Ich schloss die Tür hinter mir und ließ Teresa auf der obersten Stufe zurück. Ich überzeugte mich davon, dass die Luft im Flur rein war, und ging dann in die Küche zurück. Die beiden Männer vom Partydienst waren weiter fleißig am Arbeiten.

»Seid ihr Keast und Maden, Jungs?«, erkundigte ich mich.

Der Mann, der mir am nächsten stand, nickte.

»Paul Keast«, antwortete er.

»Chris Maden«, sagte sein Partner.

»Ich muss euren Lieferwagen wegfahren, Paul«, sagte ich.

»Warum?«

»Weil er im Weg ist.«

Der Mann sah mich an. »Sie haben selbst gesagt, dass ich ihn dort parken soll.«

»Ja, aber nicht, dass Sie ihn dort stehen lassen sollen.«

Er zuckte mit den Schultern, wühlte in seiner Tasche herum und zog die Autoschlüssel heraus.

»Wie Sie meinen«, sagte er.

Ich nahm die Schlüssel, ging hinaus und inspizierte den Laderaum des Lieferwagens. Er war auf beiden Seiten mit übereinander angeordneten stählernen Führungsschienen ausgestattet. Für Tabletts mit Essen. Dazwischen verlief ein schmaler Mittelgang. Keine Fenster. Für meine Zwecke ausreichend. Ich ließ die Hecktüren offen, glitt hinters Steuer und ließ den Motor an. Stieß rückwärts auf die Einfahrt hinaus, wendete und fuhr im Rückwärtsgang zur Küchentür zurück. Jetzt stand der Wagen abfahrbereit da. Ich stellte den Motor ab, ließ aber den Zündschlüssel stecken. Ging in die Küche zurück. Der Metalldetektor piepste wieder.

»Was bekommen sie zu essen?«, fragte ich.

»Lammkebabs«, antwortete Maden. »Mit Reis und Kuskus und Hummus. Gefüllte Weinblätter als Vorspeise. Baklava als Dessert. Mit Kaffee.«

»Ist das libysch?«

»Nicht speziell«, sagte er. »Das wird überall gegessen.«

»Das habe ich früher für einen Dollar gekriegt«, meinte ich. »Ihr verlangt fünfundfünfzig dafür.«

»Wo? In *Portland?*«

»In Beirut«, erwiderte ich.

Ich verließ die Küche und kontrollierte den Flur. Alles ruhig. Dann öffnete ich die Kellertür. Teresa Daniel wartete auf der obersten Stufe stehend, wie ich sie zurückgelassen hatte. Ich streckte ihr eine Hand hin.

»Komm«, sagte ich.

Sie trat auf den Korridor hinaus. Ich schloss die Kellertür hinter ihr und führte sie durch die Küche. Keast und Maden starrten sie an. Ich ignorierte die beiden und trat mit ihr ins Freie. Ging mit ihr zum Lieferwagen. Sie zitterte in der Kälte. Ich half ihr einzusteigen.

»Du wartest hier auf mich«, wies ich sie an. »Aber ganz still, okay?«

Sie nickte wortlos.

»Ich mache jetzt die Türen zu«, erklärte ich.

Wieder ein Nicken.

»Ich hole dich so schnell wie möglich wieder raus«, sagte ich.

»Danke.«

Ich schloss die Türen und ging in die Küche zurück. Blieb an der Tür zum Flur stehen und horchte. Aus dem Speisesaal drang Stimmengewirr. Es klang harmlos gesellig.

»Wann essen sie?«, fragte ich.

»In zwanzig Minuten«, antwortete Maden. »Sobald sie mit ihren Drinks fertig sind. Für diese fünfundfünfzig Dollar gibt's auch Champagner, wissen Sie.«

»Okay«, sagte ich. »War nicht bös gemeint.«

Ich sah auf meine Uhr. Fünfundvierzig Minuten waren vorbei. Noch fünfzehn Minuten.

Showtime.

Ich ging wieder hinaus. Setzte mich in den Lieferwagen und ließ den Motor an. Fuhr vom Haus weg, dann durchs Tor auf die Straße. Ich hielt bei Villanuevas Taurus. Sprang aus dem Wagen. Duffy und Villanueva stiegen sofort aus und kamen auf mich zu.

»Teresa ist hinten drin«, sagte ich. »Ihr fehlt nichts, aber sie steht unter Drogen.«

Duffy fiel mir um den Hals und drückte mich an sich. Villanueva riss die Hecktüren auf und hob Teresa wie ein Kind herunter. Dann nahm Duffy sich ihrer an, und Villanueva umarmte mich seinerseits.

»Ihr solltet sie ins Krankenhaus bringen«, sagte ich.

»Wir bringen sie ins Motel«, erklärte Duffy. »Dieses Unternehmen bleibt inoffiziell.«

»Bist du sicher?«

»Sie erholt sich bald wieder«, meinte Villanueva. »Wahrscheinlich haben sie ihr Roofies gegeben. Von den Drogendealern, denen sie Waffen liefern. Aber deren Wirkung hält nicht lange an. Sie werden rasch abgebaut.«

»Eliot ist tot«, sagte ich.

Das dämpfte die Stimmung schlagartig.

»Ruft das ATF vom Motel aus an«, sagte ich. »Wenn ich mich nicht vorher bei euch melde.«

Sie sahen mich wortlos an.

»Ich fahre jetzt zurück«, sagte ich.

Ich wendete auf der Straße und fuhr zurück. Vor mir konnte ich das Haus sehen. Die Fenster im Erdgeschoss leuchteten gelb. Das Licht der Mauerscheinwerfer wirkte im leichten Nebel bläulich. *Plan B,* beschloss ich. Quinn gehörte mir, aber die anderen würde ich dem ATF überlassen.

Ich stellte den Wagen wieder vor der Küchentür ab, ging ums Haus herum und fand meinen Mantel. Wickelte die Persuaders aus. Schlüpfte in meinen Mantel. Den brauchte ich. Die Nacht war kalt, und ich würde in ungefähr fünf Minuten wieder auf der Straße unterwegs sein.

Ich trat an die Fenster des Speisesaals, um hineinzusehen. Jemand hatte die Vorhänge zugezogen. *Vernünftig,* dachte ich. Die Nacht war wild und stürmisch. Bei geschlossenen Vorhängen würde das Speisezimmer behaglicher wirken.

Ich nahm die Persuaders und ging in die Küche. Der Metalldetektor piepste empört. Die Partyserviceleute hatten zehn Teller mit gefüllten Weinblättern auf einem Servierwagen stehen.

»Lasst euch mit dem Essen noch fünf Minuten Zeit, okay?«, sagte ich.

Keast und Maden starrten die Schrotflinten an.

»Eure Schlüssel«, sagte ich.

Ich ließ sie neben die Weinblätter fallen. Ich brauchte sie nicht mehr. Ich besaß die Schlüssel, die Beck mir gegeben hatte. Ich wollte durch die Haustür hinausgehen und den Cadillac nehmen. Schneller. Bequemer. Ich zog ein Messer aus dem hölzernen Messerblock, schnitt damit einen Schlitz ins Futter meiner rechten Manteltasche – gerade breit genug, um den Lauf einer Persuader hineinzustecken. Ich wählte die Waffe, mit der ich Harley erschossen hatte, und schob sie wie in ein Halfter hinein. Die andere hielt ich mit beiden Händen umklammert. Atmete tief durch. Trat auf den Korridor hinaus. Keast und Maden starrten mir nach. Als Erstes kontrollierte ich die Toilette. Mein dramatischer Auftritt würde verpuffen, wenn Quinn sich gar nicht im Speisezimmer befand. Aber die Toilette war leer. Niemand hatte das Esszimmer verlassen.

Die Tür des Speisesaals war geschlossen. Ich holte erneut tief Luft. Dann trat ich sie ein, war mit einem Satz über der Schwelle und schoss zwei Brennekes in die Zimmerdecke. Sie wirkten wie Blendgranaten. Die Detonation war gewaltig. Verputz und Holzsplitter regneten von der Decke. Alle erstarrten. Ich zielte auf Quinns Brust.

»Kennen Sie mich noch?«, fragte ich.

Elizabeth Beck schrie in der plötzlichen Stille gellend laut auf.

Ich trat einen weiteren Schritt vor, ließ dabei die Mündung der Persuader auf Quinn gerichtet.

»Kennen Sie mich noch?«, wiederholte ich.

Eine Sekunde. Zwei. Seine Lippen begannen sich zu bewegen.

»Ich habe Sie in Boston gesehen«, antwortete Quinn. »Auf der Straße. Vor ungefähr zwei Wochen.«

»Versuchen Sie's noch mal«, sagte ich.

Sein Gesicht blieb völlig ausdruckslos. Er erinnerte sich nicht an mich.

»Ich bin Reacher«, sagte ich.

Er sah zu Beck hinüber.

»Sie hat Dominique geheißen«, sagte ich.

Er blickte wieder zu mir. Bekam große Augen. Jetzt wusste er, wen er vor sich hatte. Sein Gesichtsausdruck veränderte sich. Er wurde kreidebleich und gleich darauf rot vor Zorn. Die beiden Narben auf seiner Stirn wechselten ebenfalls die Farbe. Ich überlegte, ob ich genau zwischen sie zielen sollte. Das wäre ein schwieriger Schuss gewesen.

»Wir sind hier alle bewaffnet«, klärte er mich auf. Es klang, als wäre seine Kehle trocken.

Die drei Araber starrten mich an. In ihren Pomadefrisuren klebte Gipsstaub.

»Dann sagen Sie ihnen, dass sie ihre Waffen stecken lassen und ihre Hände so halten sollen, dass ich sie sehen kann. Es braucht nicht mehr als einen Toten zu geben.«

Die Leute wichen kaum merklich vor mir zurück. Auf dem Tisch lag eine Staubschicht. Ein Stück Deckenputz hatte ein Weinglas zertrümmert. Ich bewegte mich mit der Gruppe, drängte sie in eine bestimmte Richtung und veränderte ihre Geometrie, um die Verbrecher an einem Ende des Raums zusammenzutreiben. Gleichzeitig bemühte ich mich, Elizabeth, Richard und die Köchin allein durch Körpersprache ans andere Ende zu drängen. Ans Fenster, wo sie sicher waren. Ich bewegte mich mit nach vorn geschobener Schulter, und obwohl der Tisch zwischen mir und den meisten Anwesenden stand, gingen sie dorthin, wo ich sie haben wollte. Die kleine Versammlung teilte sich bereitwillig in zwei Gruppen zu acht und drei Personen auf.

»Jetzt sollten alle von Mr. Xavier wegtreten«, befahl ich.

Das taten außer Beck alle. Beck blieb weiter an seiner Seite. Ich starrte ihn verblüfft an. Dann merkte ich, dass Quinn ihn unmittelbar über dem Ellbogen am Arm gepackt hielt. Daran zog und zerrte, um Beck als menschlichen Schutzschild zu benutzen.

»Diese Geschosse haben einen Zoll Durchmesser«, erklärte ich ihm. »So lange ich einen Zoll von Ihnen sehen kann, ist Ihr Versuch aussichtslos.«

Er gab keine Antwort, zerrte einfach weiter. Beck setzte sich dagegen zur Wehr. In seinem Blick lag Angst. Dies war ein Kräftemessen im Zeitlupentempo. Aber ich erkannte, dass Quinn Sieger bleiben würde. Er zog Beck halb vor sich. Dessen linke Schulter verdeckte Quinns rechte. Beide zitterten vor Anstrengung. Obwohl die Persuader statt einer Schulterstütze einen Pistolengriff hatte, legte ich sie wie ein Gewehr an und zielte sorgfältig den Lauf entlang.

»Ich kann Sie noch immer sehen«, verkündete ich.

»Nicht schießen«, sagte Richard Beck hinter mir.

Etwas in seiner Stimme.

Ich drehte nur kurz den Kopf zur Seite. Eine blitzschnelle Bewegung. Er hielt eine Beretta in der Hand. Sie war mit der Waffe in meiner Tasche identisch und zielte auf meinen Kopf. Im Licht der Deckenbeleuchtung war mir der seitlich eingravierte elegante Namenszug aufgefallen. *Pietro Beretta.* Ich hatte den kleinen roten Punkt gesehen, der nur sichtbar wurde, wenn die Waffe entsichert war.

»Steck sie weg, Richard«, befahl ich.

»Nicht, solange mein Vater dort ist«, erwiderte er.

»Lassen Sie ihn los, Quinn«, sagte ich.

»Nicht schießen, Reacher«, sagte Richard. »Sonst erschieße ich Sie.«

Unterdessen hatte Quinn Beck fast ganz vor sich gezogen.

»Nicht schießen«, wiederholte Richard.

»Weg mit der Pistole, Richard«, sagte ich.

»Nein.«

»Weg damit!«

»Nein.«

Ich horchte aufmerksam auf seine Stimme. Er machte keine Bewegung, stand still. Ich wusste genau, wo er war, und kannte den Winkel, in dem ich mich drehen musste. Ich spielte den Ablauf in Gedanken durch. *Herumwerfen. Schießen. Pumpen. Herumwerfen. Schießen.* Ich konnte beide innerhalb von eineinviertel Sekunden erledigen. Viel zu schnell, als dass Quinn hätte reagieren können. Ich holte tief Luft.

Dann sah ich Richard vor meinem inneren Auge. Das strähnige Haar, das fehlende Ohr. Die langen Finger. Ich stellte mir vor, wie das riesige Brenneke-Geschoss den schmächtigen Körper zerfetzen würde. Das brachte ich nicht über mich.

»Weg damit, Richard«, sagte ich.

»Nein.«

»Bitte.«

»Nein.«

»Damit hilfst du *ihnen.*«

»Ich helfe meinem Dad.«

»Deinem Dad passiert nichts.«

»Das kann ich nicht riskieren. Er ist mein Dad.«

»Elizabeth, sagen Sie's ihm.«

»Nein«, sagte sie. »Er ist mein Mann.«

Patt. In Wirklichkeit war dies schlimmer als eine Pattsituation. Auf Richard konnte ich nicht schießen. Weil ich's nicht über mich brachte. Deshalb konnte ich auch nicht auf Quinn schießen. Und ich durfte nicht *sagen,* dass ich nicht auf Quinn schießen würde, weil sonst acht Männer sofort ihre Waffen gezogen hätten. Ich hätte vielleicht ein paar erledigen können, aber früher oder später hätte einer von ihnen mich erledigt. Und ich konnte Quinn nicht von Beck trennen. Quinn würde Beck unter keinen Umständen loslassen und allein mit mir den Raum verlassen. *Patt.*

Plan C.

»Steck sie weg, Richard«, sagte ich.

Horchen.

»Nein.«

Er hatte sich nicht bewegt. Ich ging den Ablauf nochmals in Gedanken durch. *Herumwerfen. Schießen.* Ich atmete tief durch, warf mich herum und schoss. Auf das Fenster dicht neben Richards Kopf. Das Geschoss durchschlug den Vorhang, traf den Fensterrahmen und sprengte ihn heraus. Ich rannte drei Schritte und hechtete durch die entstandene Öffnung.

Rollte mich zweimal ab, rappelte mich auf und lief Richtung Felsen.

Nach zwanzig Metern blieb ich stehen und schaute mich um. Die Vorhangreste bauschten sich im Wind, wehten aus dem Loch, das einmal ein Fenster gewesen war. Gelbliches Licht fiel ins Freie. Gestalten drängten sich hinter der zersplitterten Scheibe. Alles war in Bewegung. Der Vorhang, die Menschen. Dann fielen die ersten Schüsse. Geschosse umschwirrten mich. Sie trafen Felsen und schlugen Funken aus ihnen. Überall spritzten Steinsplitter weg. Die Schüsse klangen gedämpft. Das Geräusch ging im Heulen des Windes und im Tosen der Brandung fast unter.

Ich fiel auf die Knie. Hob die Persuader. Dann hörte die Ballerei auf. Ich wartete ab. Der Vorhang verschwand. Jemand hatte ihn heruntergerissen. Licht flutete ins Freie. Ich beobachtete, wie Richard und Elizabeth vor die am Fenster stehende Gruppe gestoßen wurden. Kräftige Hände drehten ihnen die Arme auf den Rücken. Ich sah Quinns Gesicht über Richards Schulter auftauchen. Er zielte mit einer Pistole auf mich.

»Erschieß mich doch!«, kreischte er.

Ich sah einen von Quinns Leuten hinter Elizabeth stehen. Ihr Gesicht war vor Schmerz verzerrt. Sein rechtes Handgelenk ruhte auf ihrer Schulter. Sein Kopf blieb hinter ihrem. In der rechten Hand hielt er eine Pistole. Ich sah, wie jemand mit dem Griff einer anderen Waffe die Glassplitter aus dem Fensterrahmen schlug. Sobald das Glas entfernt war, wurde Richard nach vorn gestoßen. Er kniete einen Augenblick auf dem Fensterbrett. Dann schob Quinn ihn ganz hinaus und folgte ihm, benutzte ihn als Schutzschild.

»Erschieß mich doch!«, schrie er wieder.

Hinter ihm wurde Elizabeth aus dem Fenster gehoben, auf den Boden gestellt und nach hinten gezogen, um den Mann zu decken, der sie umklammert hielt. Ich konnte trotz der Dunkelheit ihr blasses Gesicht sehen. Ich wich zurück. Weitere Männer kletterten aus dem Fenster. Erst liefen sie planlos durcheinander, dann schlossen sie sich zusammen und bildeten einen Keil mit Richard und Elizabeth an der Spitze. Der Keil begann sich ruckartig, aber nicht sehr koordiniert auf mich zuzubewegen. Ich konnte fünf Pistolen ausmachen und wich noch weiter zurück. Dann fielen wieder Schüsse.

Sie zielten absichtlich daneben, um mich in eine bestimmte Richtung zu treiben. Ich zog mich weiter zurück, zählte die Schüsse mit. Fünf Pistolen, volle Magazine, das waren zusammen fünfundsiebzig Schuss oder mehr. Sie hatten ungefähr fünfundzwanzig abgegeben. Ballerten nicht unkontrolliert einfach darauf los. Schossen in regelmäßigen Abständen von wenigen Sekunden auf die Felsen rechts und links neben mir. Rückten dabei wie eine Maschine weiter vor.

Ich suchte mir einen Kerl rechts hinter Richard aus und zielte auf ihn. Aber er beobachtete, was ich tat, und drängte nach innen. Der Keil wurde zu einer Kolonne in Zweierreihen. Ich fand kein Ziel und wich Schritt für Schritt zurück.

Mit dem linken Absatz ertastete ich den Rand von Harleys Felsspalt.

Wasser flutete herauf und erfasste meinen Schuh. Ich stellte meinen rechten Fuß neben den linken, balancierte auf der Kante. Ich sah, dass Quinn grinste.

»Sag gute Nacht!«, brüllte er.

Der Kolonne wuchsen Arme, die Waffen in den Händen hielten. Sie auf mich richteten und auf einen Befehl warteten. Ich hörte, wie eine Woge sich unter mir brach. Das Wasser ergoss sich über meine Knöchel und die Felsen vor mir, verharrte einen Augenblick und flutete wieder zurück. Mein Blick fiel auf Elizabeth und Richard. Ich betrachtete ihre Gesichter, holte tief Luft und sagte mir: *Ihr beide oder ich*. Ich ließ die Persuader fallen und warf mich rückwärts ins Wasser.

Als Erstes kam der Kälteschock, dann hatte ich das Gefühl, von einem hohen Gebäude zu stürzen. Nur war dies kein freier Fall. Es erschien mir, als landete ich in einer eiskalten, rutschigen Röhre und glitte mit dem Kopf voraus in einem steilen Winkel nach unten. Immer schneller werdend. Ich war mit dem Rücken ins Wasser geklatscht und hatte für Bruchteile einer Sekunde nichts gespürt. Nur das eiskalte Wasser in Ohren, Augen und Nase. Es ließ meine aufgeplatzte Unterlippe brennen. Ich trieb kaum einen Viertelmeter unter der Wasseroberfläche und hatte Sorge, gleich wieder aufzutauchen. Sie würden alle am Rand des Felsspalts stehen und mit ihren Pistolen ins Wasser zielen.

Aber dann fühlte ich, wie meine Haare sich aufrichteten – eine kaum wahrnehmbare Empfindung – und mein Kopf erfasst wurde. Erst sehr sanft, dann etwas kräftiger und noch kräftiger. Ich spürte den Zug im Nacken. Als ob ich größer würde. Meine Arme, die bisher locker im Wasser gehangen hatten, wurden plötzlich über meinen Kopf nach vorn gerissen. So fiel ich von dem Gebäude. Mit einem flachen Sprung, den ich auf dem Rücken liegend absolvierte. Ich beschrieb einen perfekten Bogen und wurde schneller. Die Beschleunigung war viel höher als beim freien Fall durch die Luft.

Ich konnte nichts sehen, wusste nicht, ob meine Augen offen oder geschlossen waren. Die Kälte war so betäubend und der auf meinen Körper ausgeübte Druck so stark, dass ich eigentlich nichts spürte. Um mich herum nur Schwärze. Ich hielt den Atem an. Alle Anspannung fiel von mir ab, und ich legte den Kopf in den Nacken, um das Wasser auf meiner Kopfhaut zu spüren. Streckte die Zehen. Machte ein Hohlkreuz. Streckte meine Arme weit nach vorn. Spreizte die Finger, um das Wasser durch sie hindurchströmen zu lassen. Alles fühlte sich sehr friedlich an. Ich war ein Geschoss, und das gefiel mir.

Dann wurde mir bewusst, dass ich ertrank, und ich begann,

mich dagegen zu wehren. Ich überschlug mich, und mein Mantel rutschte über meinen Kopf. Ich riss ihn mir vom Leib, während ich mich in der eiskalten Röhre weiter kreiselnd überschlug. Der Mantel wurde fortgerissen. Ich schlüpfte aus dem Sakko. Es verschwand ebenso. Ich spürte plötzlich die Kälte, konnte den wachsenden Druck in meinen Ohren spüren. Die Strömung riss mich tiefer und tiefer, während ich mich wie in Melasse gefangen langsam überschlug.

Welchen Durchmesser hat die Röhre? Ich schlug verzweifelt mit den Beinen aus und krallte mit beiden Händen ins Wasser. *Nicht in die Tiefe schwimmen.* Ich strampelte, kämpfte und versuchte, den Rand zu finden. Führte dabei Selbstgespräche. *Konzentrier dich. Finde den Rand. Bleib ruhig. Lass dich für jeden Meter, den du seitlich gewinnst, fünf Meter in die Tiefe reißen.* Ich verharrte einen Augenblick, konzentrierte mich und begann, richtig zu schwimmen. Holte kräftig aus.

Wie lange bist du schon unter Wasser? Vielleicht fünfzehn Sekunden. Die Luft anhalten konnte ich mindestens eine Minute lang. *Entspann dich also. Schwimm zügig weiter. Finde den Rand.* Die Röhre musste einen Rand haben.

In welche Richtung schwimmst du? Unwichtig. Ich musste nur aus der Strömung herauskommen. Ich schwamm weiter. Spürte, wie das Wasser mich weiter mitreißen wollte. Biss die Zähne zusammen und schwamm weiter. Es war, als kröche ich mit tausend Tonnen Steinen auf dem Rücken über einen Fußboden. Meine Lunge schien zu bersten und brannte. Ich ließ etwas verbrauchte Luft entweichen. Strampelte weiter. Krallte mich durchs Wasser.

Dreißig Sekunden. Ich ertrank. Das war mir klar. Meine Kräfte ließen nach. Meine Lunge war leer. Meine Brust schien erdrückt zu werden. Meine Magennerven verkrampften sich. Ich glaubte Harleys Stimme zu hören: *Bisher ist noch keiner wieder aufgetaucht.* Ich schwamm weiter.

Vierzig Sekunden. Ich kam nicht vorwärts. Ich wurde weiter in die Tiefe gerissen. Strampelte weiter. Krallte mich ins Wasser. *Fünfzig Sekunden.* Meine Ohren dröhnten. Mein Kopf schien zerspringen zu wollen. Meine Lippen waren krampfhaft zusammengepresst. Ich war fuchsteufelswild. Quinn hatte es geschafft, sich aus dem Meer zu retten. *Wieso schaffst du's nicht?*

Ich strampelte verzweifelt weiter. *Eine volle Minute.* Dann spürte ich, wie das Wasser sich veränderte. Ich hatte den Rand erreicht. Ein Gefühl, als halte man sich aus einem fahrenden Zug heraus an einem Telegrafenmasten fest. Ich durchstieß die Wände der Röhre, und eine neue Strömung erfasste mich. Turbulenzen bewirkten, dass ich mich überschlug, während ich in Wasser weitertrieb, das sich still und klar anfühlte.

Klaren Kopf behalten. Wo ist oben? Ich schaffte es mit äußerster Selbstdisziplin, meinen wilden Kampf einzustellen. Ließ mich einfach nur treiben. Versuchte, meine Bewegungsrichtung zu erkennen. Ich kam überhaupt nicht voran. *Meine Lunge war leer. Ich konnte nicht atmen.* Ich hatte keinen Auftrieb. Ich bewegte mich nicht. Ich schwebte regungslos im Wasser. Ich öffnete die Augen. Starrte in alle Richtungen. Drehte mich im Kreis. Sah trotzdem nichts. Kam mir wie im Weltraum vor. Um mich herum tiefschwarze Nacht. Nicht der geringste Lichtschimmer. *Bisher ist noch keiner wieder aufgetaucht.*

Ich spürte leichten Druck auf der Brust. Weniger auf dem Rücken. Ich lag mit dem Gesicht nach unten im Wasser. Schwebend. In dieser Haltung trieb ich sehr langsam aufwärts. Ich konzentrierte mich. Fixierte meine Position im Wasser. Machte einen Buckel. Scharrte mit den Händen. Trat mit den Beinen nach unten. Streckte die Arme nach oben aus. *Und jetzt los!*

Ich schlug energisch mit den Beinen. Schaufelte mit gewaltigen Armbewegungen Wasser unter mich. Presste die Lippen zusammen. *Ich hatte keine Luft mehr*. Hielt meinen Kopf in den Nacken gelegt, damit ich die Wasseroberfläche mit dem Mund voraus durchbrechen würde. *Wie weit noch?* Über mir war alles schwarz. Ich befand mich eine Meile unter dem Meeresspiegel. *Ich hatte keine Luft mehr*. Ich würde sterben. Ich konnte die Lippen nicht länger zusammenpressen. Wasser drang in meinen Mund. Ich spuckte und schluckte. Strampelte weiter nach oben. Ich sah purpurrote Sterne vor den Augen. Mein Schädel dröhnte. Ich fühlte mich, als stünde ich in Flammen. Dann wieder, als erfröre ich. Im nächsten Augenblick war mir, als hüllten mich dicke, wundervoll weiche Federbetten ein. Ich spürte überhaupt nichts mehr.

Nun hörte ich zu strampeln auf, weil ich mir ziemlich sicher war, gestorben zu sein. Ich öffnete also den Mund. Atmete Meerwasser ein. Meine Brust verkrampfte sich und hustete es wieder aus. Rein und raus, noch zweimal. Dann machte ich noch einen Beinschlag. Mehr schaffte ich nicht. Eine letzte Anstrengung. Ich legte alles hinein, was ich noch an Kraft besaß. Dann schloss ich die Augen und ließ mich treiben.

Eine Sekunde später durchbrach ich die Meeresoberfläche. Ich spürte die Luft auf meinem Gesicht wie eine Liebkosung. Ich öffnete den Mund und holte gierig Luft. Dann kämpfte ich wie ein Berserker, damit mein Gesicht in der herrlich süßen Luft blieb. Ich strampelte, keuchte und atmete, prustete, schnaubte, hustete und würgte.

Ich breitete die Arme weit aus, ließ meine Beine an die Oberfläche treiben und legte den Kopf mit weit offenem Mund in den Nacken. Beobachtete, wie meine Brust sich hob und senkte, füllte und leerte. Ich war erschöpft, und mein Gehirn gierte nach Sauerstoff. Also blieb ich eine Minute lang so liegen, um zu atmen. Allmählich konnte ich wieder sehen. Über mir erkannte ich tief hängende Wolken. Ich trat Wasser und versuchte die Kimm zu finden. Konnte sie nicht entdecken. Ich stieg und fiel mit den schnell aufeinander folgenden Wellen, machte ein paar Beinschläge und schaffte es, dass die nächste Woge mich auf ihrem Kamm in die Höhe trug. Starrte angestrengt in die Dunkelheit. Sah überhaupt nichts, bevor ich wieder ins Wellental hinabglitt.

Ich hatte keine Ahnung, wo ich mich befand. Drehte mich neunzig Grad nach rechts, ließ mich von der nächsten Welle nach oben tragen und sah mich erneut um. Vielleicht gab es hier irgendwo ein Boot oder Schiff. Aber meine Hoffnung erfüllte sich nicht. Ich war mitten auf dem Atlantik allein. Hilflos treibend. *Bisher ist noch keiner wieder aufgetaucht.*

Ich drehte mich um meine Achse, ließ mich wieder emportragen und schaute nach links. Nichts. Ich sank ins nächste Wellental hinunter, wartete auf die nächste Woge und blickte hinter mich.

Ich war hundert Meter vom Strand entfernt. Konnte das Haus, die beleuchteten Fenster und die Mauer sehen. Ich zerrte mein Hemd über die Schultern. Es war nass und schwer. Dann holte ich tief Luft, wälzte mich auf den Bauch und begann zu schwimmen.

Damals konnte jeder einigermaßen gute Olympiateilnehmer hundert Meter in ungefähr fünfzig Sekunden schwimmen. Ich brauchte dafür fast fünfzehn Minuten. Dann hatte ich endlich den Strand erreicht und klammerte mich an einen glitschigen Felsen. Ruhte mich eine Minute aus und kroch dann halb durchs Wasser platschend, halb über den Strand kriechend bis hinter den Garagenblock. Dort krabbelte ich auf allen vieren an Land. Drehte mich auf den Rücken. Starrte zum Nachthimmel auf. *Jetzt ist doch einer wieder aufgetaucht, Harley.*

Mein Mantel war weg. Mein Sakko war weg. Die Persuader waren weg. Die Beretta war weg.

Ich rappelte mich auf, machte ein paar unsichere Schritte. Bildete mir ein, Leon Garbers Stimme zu hören: *Was uns nicht umbringt, macht uns stärker.* Er hatte das für ein JFK-Zitat gehalten. Ich torkelte zwei Schritte weiter und lehnte mich an die Rückwand des Garagenblocks. Erbrach ungefähr drei Liter Wasser. Danach fühlte ich mich ein wenig besser. Ich bewegte die Arme und schüttelte die Beine aus, um meinen Kreislauf in Gang zu bringen. Versuchte, etwas Wasser aus den Klamotten zu wringen. Dann strich ich mir das tropfnasse Haar aus dem Gesicht und atmete mehrmals tief und langsam durch. Meine Kehle war vom Salzwasser ganz rau.

Dann schlich ich die rückwärtige Mauer entlang, fand mein kleines Versteck und holte zum letzten Mal etwas aus dem Bündel.

Meine Armbanduhr funktionierte noch und zeigte mir, dass die Stunde, die ich mir zugebilligt hatte, längst abgelaufen war. Duffy musste das ATF vor zwanzig Minuten verständigt haben. Aber seine Reaktion würde auf sich warten lassen. Ich bezweifelte, dass es eine Außenstelle in Portland gab. Die nächste war vermutlich Boston. Von dort stammte auch das Dienstmädchen. Also blieb mir noch genug Zeit.

Der Lieferwagen war verschwunden. Aber die anderen Fahrzeuge standen noch da: der Cadillac, der Town Car, die beiden Suburbans. Folglich befanden sich noch acht Personen im Haus. Dazu Elizabeth und die Köchin. In welche Kategorie ich Richard einordnen sollte, wusste ich nicht so recht.

Ich blieb dicht an der Hauswand und blickte in jedes einzelne Fenster. Die Köchin war in der Küche. Sie versuchte, dort Ordnung zu schaffen. Keast und Maden hatten all ihre Sachen dagelassen. Ich duckte mich unters Fensterbrett und schlich weiter. Im Speisesaal sah es wie nach einem Bombenangriff aus. Der durchs zerschossene Fenster hereinwehende Sturm hatte das Tischtuch hochgerissen und zersplittertes Glas und Porzellan im ganzen Raum verteilt. In den Zimmerecken konnte ich vom Wind aufgehäufte kleine Dünen aus Gipsstaub erkennen. In der Decke gähnten zwei große Löcher.

In dem quadratischen Raum, in dem ich russisches Roulett gespielt hatte, sah ich die drei Libyer und Quinns Männer. Sie saßen um den Eichentisch und wirkten gelangweilt. Ich bewegte mich vorsichtig weiter. Erreichte als nächsten Raum Elizabeth Becks Salon. Sie war dort. Mit Richard. Jemand hatte den Toten weggeschafft. Sie saß auf dem Sofa und redete. Ich konnte nicht verstehen, was sie sagte, aber Richard hörte ihr aufmerksam zu. Ich schlich weiter.

Beck und Quinn hielten sich in Becks kleinem Herrenzimmer auf. Quinn saß in dem roten Sessel. Beck stand vor der Vitrine mit den Maschinenpistolen. Beide hielten dicke Zigarren in der Hand, rollten sie zwischen Daumen und Zeigefinger und waren dabei, silberne Zigarrenabschneider anzusetzen.

Nach meiner Runde ums Haus betrat ich durch den Hintereingang die Küche. Der Metalldetektor blieb stumm. Die Köchin hörte mich nicht kommen. Ich schlich mich von hinten an sie heran, hielt ihr mit einer Hand den Mund zu und schleifte sie zu dem Schrank mit Putzzeug und Geschirrtüchern. Nach allem, was ich mit Richard erlebt hatte, wollte ich kein Risiko mehr eingehen. Ein Geschirrtuch benutzte ich als Knebel, mit einem weiteren fesselte ich ihre Handgelenke und mit einem dritten ihre Fußknöchel. Ich ließ sie in unbequemer Haltung auf dem Boden neben dem Ausguss sitzend zurück. Ein viertes Geschirrtuch steckte ich hinten in den Hosenbund meiner Jeans. Dann trat ich auf den Flur hinaus.

Im Haus herrschte Stille, nur Elizabeth Becks Stimme war eben noch zu hören. Die Tür zu ihrem Salon stand offen. Ich ging geradewegs zur Tür von Becks Zimmer, öffnete sie, trat ein und schloss sie hinter mir.

In dem kleinen Raum hingen bläuliche Schwaden von Zigarrenrauch. Die beiden Männer hatten gerade ihre Zigarren angezündet. Ich hatte den Eindruck, sie hätten eben noch gelacht, jetzt waren ihre Mienen schreckensstarr. Beck brachte den Mund nicht mehr zu. Ich verpasste ihm einen Haken. Sein Unterkiefer klappte hoch, sein Kopf flog nach hinten. Er verdrehte die Augen und sackte auf dem mit dicken Orientteppichen ausgelegten Boden zusammen. Das war ein guter Schlag gewesen, aber nicht mein bester. So hatte sein Sohn ihm letztlich doch das Leben gerettet. Wäre ich vom Schwimmen nicht so müde gewesen, hätte ein besserer Schlag ihm das Genick gebrochen.

Quinn ließ seine Zigarre fallen. Wollte in eine Tasche greifen. Ich traf ihn mit einem Magenhaken. Die Luft entwich aus seiner Lunge. Er klappte nach vorn zusammen und sank auf die Knie. Ich stieß ihn so nach vorn, dass er auf dem Bauch zu liegen kam. Dann kniete ich mich auf seinen Rücken, zog das Stemmeisen aus meinem Schuh und rammte es ihm hinter dem linken Ohr ins Gehirn. Er war tot, bevor ich es halb hineingestoßen hatte. Ich ließ es stecken. Nachdem ich den Holzgriff mit dem Geschirrtuch abgewischt hatte, breitete ich das Tuch über seinen Kopf und stand erschöpft auf.

»Zehn-achtzehn, Dom«, sagte ich mir.

Ich zog die Autoschlüssel aus Becks Tasche und trat wieder auf den Flur. Verließ durch die Küche das Haus. Der Blick der Köchin folgte mir. Ich ging zum Vordereingang, setzte mich ans Steuer des Cadillacs und fuhr los.

Für die Fahrt zu Duffys Motel brauchte ich eine halbe Stunde. Villanueva und sie befanden sich mit Teresa Justice in seinem Zimmer. Sie war nicht mehr Teresa Daniel und auch nicht mehr püppchenhaft aufgeputzt. Hatte jetzt einen Bademantel des Motels an und sah müde und erschöpft aus. Die Wirkung der Drogen war abgeklungen. Sie starrte mich entsetzt an. Im ersten Moment dachte ich, sie halte mich vielleicht für einen von Quinns Leuten, aber dann erblickte ich mich im Spiegel an der Kleiderschranktür und wusste, weshalb sie mich so entgeistert anschaute. Ich war klatschnass und zitterte, als hätte ich Schüttelfrost. Meine Haut sah leichenblass aus. Meine Unterlippe war wieder aufgeplatzt, und die Wunde hatte sich an den Rändern bläulich verfärbt. Ich wies frische Prellungen auf, wo die Brandung mich gegen den Felsen geworfen hatte. Hatte Seetang im Haar und Schlamm am Hemd.

»Ich bin ins Meer gefallen«, sagte ich.

Keiner sprach.

»Ich gehe jetzt unter die Dusche«, verkündete ich.

Hinterher sah ich besser aus. Aber ich hatte keine trockenen Kleider. Villanueva half mir mit seinen Sachen aus. Sie waren etwas zu kurz und zu weit, aber ich würde sie unter seinem alten Regenmantel verstecken können. Wir ließen uns Pizzas bringen. Den harten Pizzaboden konnte ich nicht kauen. Also begnügte ich mich damit, nur den Belag zu essen. Teresa Justice ging zu Bett. Sie schüttelte mir die Hand, wünschte mir eine gute Nacht. Sie wusste nicht, wer ich war.

»Roofies löschen das Kurzzeitgedächtnis«, erklärte Villanueva mir.

Dann redeten wir Klartext. Duffy war sehr bedrückt. Sie hatte bei einem illegalen Unternehmen drei Agenten verloren. Und dass ich's geschafft hatte, Teresa rauszuholen, half ihr nichts. Weil Teresa dort von Anfang an nichts zu suchen gehabt hatte.

»Dann kündige einfach«, schlug ich vor. »Geh stattdessen zum ATF. Dem hast du gerade einen großen Erfolg auf einem Silbertablett serviert.«

»Ich gehe in den Ruhestand«, meinte Villanueva. »Ich bin alt, und mir reicht's.«

»Ich kann nicht in den Ruhestand gehen«, sagte Duffy.

Im Restaurant, in dem wir am Abend vor der Verhaftung gegessen hatten, hatte Dominique Kohl mich gefragt: »Warum tun Sie das eigentlich?«

Ich wusste nicht, was sie meinte. »Was? Mit Ihnen zu Abend essen?«

»Nein, bei der Militärpolizei arbeiten. Sie könnten überall Karriere machen. Bei den Special Forces, beim Nachrichtendienst, bei der Air Cavalry, wo Sie wollen.«

»Sie aber auch.«

»Ja, ich weiß. Und ich weiß, warum *ich* das tue. Ich möchte wissen, weshalb Sie's tun.«

Dies war das erste Mal, dass jemand mich danach fragte.

»Weil ich schon immer ein Cop sein wollte«, erwiderte ich. »Aber ich sollte unbedingt zum Militär. Mein Vater war Berufssoldat, da gab's nichts anderes. Also bin ich ein Militärcop geworden.«

»Das ist keine richtige Antwort. Weshalb wollten Sie ein Cop sein?«

Ich zuckte mit den Schultern. »Das ist einfach meine Art. Cops bringen Dinge in Ordnung.«

»Was für Dinge?«

»Sie kümmern sich um Leute. Sie stellen sicher, dass der kleine Mann nicht unter die Räder kommt.«

»Das ist alles?«

Ich schüttelte den Kopf.

»Nein«, antwortete ich. »Eigentlich nicht. In Wirklichkeit ist mir der kleine Mann egal. Ich hasse nur die großen Kerle. Ich hasse Schlägertypen. Leute, die andere übervorteilen. Die mit allem durchkommen.«

»Dann erreichen Sie also aus falschen Gründen das richtige Ergebnis.«

»Schon möglich. Aber der Grund ist mir nicht so wichtig. Ich versuche, das Richtige zu tun. Oder ich sehe es zumindest gern, wenn das Richtige getan wird.«

»Ich auch«, sagte Kohl. »Ich versuche ebenfalls, das Richtige zu tun, obwohl uns alle hassen, niemand uns hilft und niemand uns anschließend dankt. Ich glaube, das Richtige zu tun, ist ein Wert an sich. So muss es wohl sein, oder?«

»Hast du das Richtige getan?«, fragte ich zehn Jahre später Duffy.

»Ja«, sagte sie und nickte.

»Keinerlei Zweifel?«

»Nein.«

»Weißt du das bestimmt?«

»Hundertprozentig.«

»Also mach dir keinen Stress«, sagte ich. »Mehr kannst du nicht erhoffen.«

Sie schwieg eine Weile.

»Hast *du* das Richtige getan?«, wollte sie wissen.

»Keine Frage«, sagte ich.

Wir ließen's dabei bewenden. Duffy hatte Teresa Justice in Eliots ehemaligem Zimmer untergebracht. Also würde Villanueva in seinem und ich in Duffys schlafen. Sie wirkte etwas verlegen in Bezug auf das, was sie bei anderer Gelegenheit gesagt hatte. Über unseren Mangel an Professionalität.

»Keine Sorge«, beruhigte ich sie. »Ich bin viel zu müde.«

Und diesmal war ich es wirklich. Ich schlief wie ein Toter. Elf Stunden. Als ich aufwachte, waren sie alle fort. Weggefahren, um sich dem zu stellen, was ihre Zukunft für sie bereithielt. Durch die Schlitze der Jalousie fiel schräges Sonnenlicht in den Raum. Sonnenstäubchen tanzten in der Luft. Villanuevas Sachen waren von dem Stuhl verschwunden, auf dem ich sie zurückgelassen hatte. Stattdessen stand dort eine große

Einkaufstüte mit preiswerten Klamotten. Sie sahen aus, als könnten sie mir passen. Duffy verstand sich darauf, Größen abzuschätzen. Die Tüte enthielt zwei komplette Sets Ausrüstungen. Einen für kaltes Wetter und einen für heißes. Da sie nicht wusste, wohin ich wollte, hatte sie für beide Möglichkeiten vorgesorgt. Sie war eine sehr praktisch veranlagte Frau.

Ich zog die Sachen für heißes Wetter an und ließ die für kaltes im Zimmer zurück. Rechnete mir aus, dass ich die I-95 schnell erreichen und problemlos eine Mitfahrgelegenheit finden würde. Die I-95 führte zu allen möglichen Orten, ganz bis nach Miami hinunter.